증편 한국구비문학대계

5-9

전라북도 장수군

증편 한국구비문학대계

5-9

전라북도 장수군

이 저서는 2008년도 정부(교육과학기술부)의 재원으로 한국학중앙연구원(한국학진흥사업단)의 지원을 받아 수행된 연구임(AKS-2008-AIA-3101)

증편 한국구비문학대계
5-9
전라북도 장수군

임철호·권은영·이화영

한국학중앙연구원

역락

발간사

민간의 이야기와 백성들의 노래는 민족의 문화적 자산이다. 삶의 현장에서 이러한 이야기와 노래를 창작하고 음미해 온 것은, 어떠한 권력이나 제도도, 넉넉한 금전적 자원도, 확실한 유통 체계도 가지지 못한 평범한 사람들이었다. 이야기와 노래들은 각각의 삶의 현장에서 공동체의 경험에 부합하였으며, 사람들의 정신과 기억 속에 각인되었다. 문자라는 기록 매체를 사용하지 못하였지만, 그 이야기와 노래가 이처럼 면면히 전승될 수 있었던 것은 그것이 바로 우리 민족의 유전형질의 일부분이 되었기 때문이며, 결국 이러한 이야기와 노래가 우리 민족을 하나의 공동체로 묶어 주고 있는 것이다.

사회와 매체 환경의 급격한 변화 가운데서 이러한 민족 공동체의 DNA는 날로 희석되어 가고 있다. 사랑방의 이야기들은 대중매체의 내러티브로 대체되어 버렸고, 생활의 현장에서 구가되던 민요들은 기계화에 밀려 버리고 말았다. 기억에만 의존하여 구전되던 이야기와 노래는 점차 잊히고 있다. 한국학중앙연구원이 1970년대 말에 개원함과 동시에, 시급하고도 중요한 연구사업으로 한국구비문학대계의 편찬 사업을 채택한 것은 바로 이러한 시대적 상황에 대한 우려와 잊혀 가는 민족적 자산에 대한 안타까움 때문이었다.

당시 전국의 거의 모든 구비문학 연구자들이 참여하였는데, 어려운 조사 환경에서도 80여 권의 자료집과 3권의 분류집을 출판한 것은 그들의 헌신적 활동에 기인한다. 당초 10년을 계획하고 추진하였으나 여러 사정으로 5년간만 추진되었으며, 결과적으로 한반도 남쪽의 삼분의 일에 해당하는 부분만 조사하게 되었다. 그럼에도 불구하고 한국구비문학대계는 주관기관인 한국학중앙연구원의 대표 사업으로 각광 받았을 뿐 아니라, 해방 이후 한국의 국가적 문화 사업의 하나로 꼽히게 되었다.

21세기에 들어서면서 한국학중앙연구원에서는 미완성인 채로 남아 있는 구비문학대계의 마무리를 더 이상 미룰 수 없다는 생각으로 이를 증보하고 개정할 계획을 세웠다. 20년 전의 첫 조사 때보다 환경이 더 나빠졌고, 이야기와 노래를 기억하고 있는 제보자들이 점점 줄어들고 있었던 것이다. 때마침 한국학 진흥에 대한 한국 정부의 의지와 맞물려 구비문학대계의 개정·증보사업이 출범하게 되었다.

이번 조사사업에서도 전국의 구비문학 연구자들이 거의 다 참여하여 충분하지 않은 재정적 여건에서도 충실히 조사연구에 임해 주었다. 전국 각지의 제보자들은 우리의 취지에 동의하여 최선으로 조사에 응해 주었다. 그 결과로 조사사업의 결과물은 '구비누리'라는 이름의 데이터베이스에 탑재가 되었고, 또 조사자료의 텍스트와 음성 및 동영상까지 탑재 즉시 온라인으로 접근할 수 있는 시스템을 갖추었다. 특히 조사 단계부터 모든 과정을 디지털화함으로써 외국의 관련 학자와 기관의 선망의 대상이 되고 있다.

이제 조사사업의 결과물을 이처럼 책으로도 출판하게 된다. 당연히 1980년대의 일차 조사사업을 이어받음으로써 한편으로는 선배 연구자들의 업적을 계승하고, 한편으로는 민족문화사적으로 지고 있던 빚을 갚게 된 것이다. 이 사업의 연구책임자로서 현장조사단의 수고와 제보자의 고귀한 뜻에 감사를 표하지 않을 수 없다. 아울러 출판 기획과 편집을 담당한 한국학중앙연구원의 디지털편찬팀과 출판을 기꺼이 맡아준 역락출판사에 감사를 드린다.

2013년 10월 4일

한국구비문학대계 개정·증보사업 연구책임자 김병선

책머리에

구비문학조사는 늦었다고 생각하는 지금이 가장 빠른 때이다. 왜냐하면 자료의 전승 환경이 나날이 달라지고 있기 때문이다. 전승 환경이 훨씬 좋은 시기에 구비문학 자료를 진작 조사하지 못한 것이 안타깝게 여겨질 수록, 지금 바로 현지조사에 착수하는 것이 최상의 대안이자 최선의 실천이다. 실제로 30여 년 전 제1차 한국구비문학대계 사업을 하면서 더 이른 시기에 조사를 했더라면 하는 아쉬움이 컸는데, 이번에 개정·증보를 위한 2차 현장조사를 다시 시작하면서 아직도 늦지 않았다는 사실을 실감했다.

구비문학 자료는 구비문학 연구와 함께 간다. 자료의 양과 질이 연구의 수준을 결정하고 연구수준에 따라 자료조사의 과학성이 결정되기 때문이다. 실제로 1차 조사사업 결과로 구비문학 연구가 눈에 띄게 성장했고, 그에 따라 조사방법도 크게 발전되었다. 그러나 연구의 수명과 유용성은 서로 반비례 관계를 이룬다. 구비문학 연구의 수명은 짧고 갈수록 빛이 바래지만, 자료의 수명은 매우 길 뿐 아니라 갈수록 그 가치는 더 빛난다. 그러므로 연구활동 못지않게 자료를 수집하고 보고하는 일이 긴요하다.

교육부에서 구비문학조사 2차 사업을 새로 시작한 것은 구비문학이 문학작품이자 전승지식으로서 귀중한 문화유산일 뿐 아니라, 미래의 문화산업 자원이라는 사실을 실감한 까닭이다. 따라서 학계뿐만 아니라 문화계의 폭넓은 구비문학 자료 활용을 위하여 조사와 보고 방법도 인터넷 체제와 디지털 방식에 맞게 전환하였다. 조사환경은 많이 나빠졌지만 조사보

고는 더 바람직하게 체계화함으로써 누구든지 쉽게 접속하여 이용할 수
있는 데이터베이스를 구축했다. 그러느라 조사결과를 보고서로 간행하는
일은 상대적으로 늦어지게 되었다.

　2차 조사는 1차 사업에서 조사되지 않은 시군지역과 교포들이 거주하
는 외국지역까지 포함하는 중장기 계획(2008~2018년)으로 진행되고 있
다. 한국학중앙연구원 어문생활연구소와 안동대학교 민속학연구소가 공동
으로 조사사업을 추진하되, 현장조사 및 보고 작업은 민속학연구소에서
담당하고 데이터베이스 구축 작업은 한국학중앙연구원에서 담당한다. 가
장 중요한 일은 현장에서 발품 팔며 땀내 나는 조사활동을 벌인 조사자들
의 몫이다. 마을에서 주민들과 날밤을 새우면서 자료를 조사하고 채록하
여 보고서를 작성한 조사위원들과 조사원 여러분들의 수고를 기리지 않
을 수 없다. 조사의 중요성을 알아차리고 적극 협력해 준 이야기꾼과 소
리꾼 여러분께도 고마운 말씀을 올린다.

　구비문학 조사를 전국적으로 실시하여 체계적으로 갈무리하고 방대한
분량으로 보고서를 간행한 업적은 아시아에서 유일하며 세계적으로도 그
보기를 찾기 힘든 일이다. 특히 2차 사업결과는 '구비누리'로 채록한 자
료와 함께 원음도 청취할 수 있는 데이터베이스를 구축해서 세계에서 처
음으로 인터넷과 스마트폰으로 이용할 수 있는 디지털 체계를 마련했다.
'구슬이 서 말이라도 꿰어야 보배'인 것처럼, 아무리 귀한 자료를 모아두
어도 이용하지 않으면 소용이 없다. 그러므로 이 보고서가 새로운 상상력
과 문화적 창조력을 발휘하는 문화자산으로 널리 활용되기를 바란다. 한
류의 신바람을 부추기는 노래방이자, 문화창조의 발상을 제공하는 이야기
주머니가 바로 한국구비문학대계이다.

2013년 10월 4일
한국구비문학대계 개정·증보사업 현장조사단장 임재해

한국구비문학대계 개정·증보사업 참여자(참여자 명단은 가나다 순)

연구책임자

김병선

공동연구원

강등학 강진옥 김익두 김헌선 나경수 박경수 박경신 송진한 신동흔
이건식 이인경 이창식 임재해 임철호 임치균 조현설 천혜숙 허남춘
황인덕 황루시

전임연구원

장노현 최원오

박사급연구원

강정식 권은영 김구한 김기옥 김월덕 노영근 서정매 서해숙 유명희
이균옥 이영식 이윤선 조정현 최명환 최자운

연구보조원

강소전 구미진 김보라 김성식 김영선 김옥숙 김유경 김은희 김자현
문세미나 박동철 박은영 박현숙 박혜영 백계현 백은철 변남섭 서은경
송기태 송정희 시지은 신정아 오세란 오정아 유태웅 이선호 이옥희
이원영 이진영 이홍우 이화영 임 주 장호순 정아용 정혜란 편성철
편해문 한유진 허정주 홍현성 황진현

주관 연구기관 : 한국학중앙연구원 어문생활사연구소
공동 연구기관 : 안동대학교 민속학연구소

일러두기

- 『증편 한국구비문학대계』는 한국학중앙연구원과 안동대학교에서 3단계 10개년 계획으로 진행하는 "한국구비문학대계 개정·증보사업"의 조사 보고서이다.
- 『증편 한국구비문학대계』는 시군별 조사자료를 각각 별권으로 간행하는 것을 원칙으로 한다. 서울 및 경기는 1-, 강원은 2-, 충북은 3-, 충남은 4-, 전북은 5-, 전남은 6-, 경북은 7-, 경남은 8-, 제주는 9-으로 고유번호를 정하고, -선 다음에는 1980년대 출판된 『한국구비문학대계』의 지역 번호를 이어서 일련번호를 붙인다. 이에 따라 『증편 한국구비문학대계』는 서울 및 경기는 1-10, 강원은 2-10, 충북은 3-5, 충남은 4-6, 전북은 5-8, 전남은 6-13, 경북은 7-19, 경남은 8-15, 제주는 9-4권부터 시작한다.
- 각 권 서두에는 시군 개관을 수록해서, 해당 시·군의 역사적 유래, 사회·문화적 상황, 민속 및 구비 문학상의 특징 등을 제시한다.
- 조사마을에 대한 설명은 읍면동 별로 모아서 가나다 순으로 수록한다. 행정상의 위치, 조사일시, 조사자 등을 밝힌 후, 마을의 역사적 유래, 사회·문화적 상황, 민속 및 구비문학상의 특징 등을 중심으로 설명하고, 마을 전경 사진을 첨부한다.
- 제보자에 관한 설명은 읍면동 단위로 모아서 가나다 순으로 수록한다. 각 제보자의 성별, 태어난 해, 주소지, 제보일시, 조사자 등을 밝힌 후, 생애와 직업, 성격, 태도 등을 중심으로 서술하고, 제공 자료 목록과 사진을 함께 제시한다.

■ 조사자료는 읍면동 단위로 모은 후 설화(FOT), 현대 구전설화(MPN), 민요(FOS), 근현대 구전민요(MFS), 무가(SRS), 기타(ETC) 순으로 수록한다. 각 조사자료는 제목, 자료코드, 조사장소, 조사일시, 조사자, 제보자, 구연상황, 줄거리(설화일 경우) 등을 먼저 밝히고, 본문을 제시한다. 자료코드는 대지역 번호, 소지역 번호, 자료 종류, 조사 연월일, 조사자 영문 이니셜, 제보자 영문 이니셜, 일련번호 등을 '_'로 구분하여 순서대로 나열한다.

■ 자료 본문은 방언을 그대로 표기하되, 어려운 어휘나 구절은 ( ) 안에 풀이말을 넣고 복잡한 설명이 필요할 경우는 각주로 처리한다. 한자 병기나 조사자와 청중의 말 등도 ( ) 안에 기록한다.

■ 구연이 시작된 다음에 일어난 상황 변화, 제보자의 동작과 태도, 억양 변화, 웃음 등은 [ ] 안에 기록한다.

■ 잘 알아들을 수 없는 내용이 있을 경우, 청취 불능 음절수만큼 '○○○'와 같이 표시한다. 제보자의 이름 일부를 밝힐 수 없는 경우도 '홍길○'과 같이 표시한다.

■『증편 한국구비문학대계』에 수록된 모든 자료는 웹(gubi.aks.ac.kr/web)과 모바일(mgubi.aks.ac.kr)에서 텍스트와 동기화된 실제 구연 음성파일을 들을 수 있다.

차례

● 현대 구전설화

● 민요

2. 계북면

● 현대 구전설화

● 민요

4. 산서면

● **근현대 구전민요**

5. 장계면

▌**조사마을**

▌**제보자**

● **설화**

● **현대 구전설화**

● **기타**

장수군 개관

장수군(長水郡)은 삼국시대에는 우평현과 백해군이라 지칭했는데, 통일 신라시대인 757년(경덕왕 16)에 우평현이 고택현으로, 백해군이 벽계군으로 바뀌었다. 고려시대인 940년(태조 23)에는 고택현이 장천현으로 바뀌었고 벽계군은 벽계현으로 격하되었다. 995년(성종 14)에는 벽계현만 장계현으로 다시 바뀌었다. 1392년 조선 태조 원년에는 장천현을 장수현으

전라북도 장수군(장수군청 제공)

로 개칭하였고, 1414년 태종 14년에 장계현이 장수현에 병합되었다. 1895년 고종 32년 장수현이 장수군으로 개칭되면서 지금까지 이 명칭이 유지되고 있다. 이때에 남원에 속해 있던 상번암, 중번암, 하번암이 장수군으로 편입되어 번암면이 되었고 역시 남원에 속해 있던 외진전과 내진전이 산서면으로 포함되었다. 1979년 5월 1일 장수면이 장수읍으로 승격되었고 1993년 11월 1일 계내면이 장계면으로 개칭되었다.

장수군은 2009년 현재 1읍 6면으로 법정리 73개, 행정리 197개로 구성되어 있다. 인구는 2009년 7월말을 기준으로 남자 11,785명 여자 11,800명으로 합산하여 23,585명이다. 세대수는 10,211 세대로 한 세대 당 인구는 2.31명이다.

장수군은 동경 127도 북위 35도에 펼쳐 있으며 전라북도의 동부 산악지대에 위치해 있다. 동쪽은 경상남도 거창군, 함양군과 도의 경계를 이루고 남쪽은 남원시, 서쪽은 임실군과 진안군 북쪽은 무주군과 각각 접하고 있다. 남북의 거리가 44km, 동서의 거리가 20km인 위아래로 길게 놓인 형상이다. 장수군의 면적은 533.64km^{2}으로 면적의 70% 이상이 산지이며, 농지는 10%를 웃도는 정도이다. 동쪽에는 장안산과 덕유산, 서쪽에는 팔공산, 남쪽에는 대망산, 북쪽에는 장등산이 놓여 있다. 장수군 소재지는 해발 430m에 위치해 있는데 1읍 6면 중에서 장수, 번암, 천천, 계북은 산지가 많고 반면에 산서, 장계, 계남은 이에 비해 산지가 적은 편이다. 산서와 번암면은 기온이 전북 평균에 약간 밑도는 정도이지만 장수, 장계, 천천, 계남, 계북은 한랭한 편이다. 소백산맥에서 노령산맥이 시작하는 분계점으로 낙동강, 섬진강, 금강의 근원지이다.

1986년 당시 농가인구가 총 인구의 83.6%일 정도로 산업 부분에서 농업이 차지하는 비중이 매우 높다. 농업 형태면에서는 전통적인 쌀 생산 위주의 답작 농가호수는 감소하고 비닐하우스 재배 농가와 축산, 과수, 특용작물 등을 재배하는 농가수가 증가하고 있다. 한우와 돼지를 중심으로 하는 축산업과 약용식물이나 버섯, 산나물 등을 생산하는 임산업도 활

발한 편이다. 이렇게 1차 산업이 발달한 것에 비해 장수군에서 2·3차 산업의 비중은 매우 낮다. 장계면과 천천면 남양리에는 농공단지를 개발해 기업을 입주시키고 있다. 남덕유산국립공원, 방화동자연휴양림, 와룡자연휴양림, 천천월곡승마장, 관광농원 등 청정한 자연환경을 갖춘 관광휴양지로 요식업과 숙박업 등의 서비스업에 종사하는 주민들도 있다. 특산물로는 사과, 배 등의 과일류와 오미자, 인삼, 가시오가피 등의 약용작물, 고사리나 취나물 등의 산나물, 한우와 돼지 등의 축산물 등이 있다. 또 옹기와 벼루, 곱돌을 활용한 석기 등의 공예품이 생산된다.

　장수의 향토문화 연구자들은 장수를 이덕(二德), 삼절(三節), 오의(五義)의 고장으로 표상한다. 이덕은 방촌 황희와 정신재 백장을 말한다. 황희는 본관이 장수이며 그의 부친이 장수 현감 재임 시에 장수에서 태어난 것으로 구전되고 있고, 장수에서 유배 생활을 한 것으로 알려져 있다. 역사상 가장 훌륭한 정승으로 전해지는 황희를 기리기 위해 조성된 방촌공원이 장수읍 장수리 중동 마을에 조성되어 있다.

　정신재 백장은 고려 공민왕 때에 벼슬에 올라 광정대부, 이부전서, 보문각대제학, 태자소부에 이르렀다가 벼슬을 버리고 은둔하며 학문을 연구한 인물이다. 조선이 건국되고 난 후 태조와 태종이 벼슬을 제수하였으나 충신은 두 임금을 섬기지 않는다며 벼슬을 거부하여 장수에서 귀양살이를 하였다. 청렴결백한 명재상으로 알려진 황희와 고려수절신인 백장의 충절을 높이 기리어 장수에서는 이 두 인물을 이덕으로 삼고 있다.

　삼절은 주논개, 정경손, 통인 백씨를 말한다. 주논개는 임진왜란 때에 진주 촉석루에서 승전연을 벌이던 왜장을 껴안고 남강에 투신한 여인이다. 장수군에는 논개가 장수에서 태어나고 성장했다는 기록이 적힌 생향비(生鄕碑)가 있는데, 이는 장수 현감이었던 정주석이 세운 것이다. 장수군에서는 논개의 공적을 기리기 위해 사당을 세워 영정을 봉안하고 생향비를 이 사당으로 옮겨 안치하였으며, 장계면 대곡리 주촌 마을에 생가를 복원하여 나라에 대한 그의 절의를 기리고 있다.

정경손은 장수 향교의 교직(校直)을 맡은 노복(奴僕)으로 정유재란 시에 향교를 불태우려 하는 왜병들에 저항하여 향교를 지켜낸 인물이다. 전쟁이 끝난 후 장수 향교를 본으로 삼아 전국의 향교가 다시 지어졌다. 장수 향교에서 보관하고 있는 서적은 지방사 연구에 귀중한 자료가 되고 있다고 한다. 향교의 대성전은 조선 향교 건축의 대표적인 건물로 인정되어 1962년 보물 272호로 지정되었다. 후대의 장수 현감 정주석은 정경손의 공을 찬양하는 호성충복정경손수명비(護聖忠僕丁敬孫竪名碑)를 장수 향교 앞에 세웠다.

통인 백씨는 관노의 신분이어서 이름마저 전해지지 않으나 그의 상전이었던 장수 현감 조종면을 따라 순사한 그의 충의를 높이 평가하여 장수 삼절로 추앙되었다. 통인 백씨는 장수 현감 조종면의 말고삐를 잡고 수행하였는데, 도중에 갑자기 꿩이 날아오르자 말이 놀라 날뛰어 조종면이 길 옆 소에 빠져 죽고 말았다. 통인 백씨는 이를 애통히 여겨 자신의 주인을 따라 죽었다. 그가 죽은 뒤 124년이 지난 뒤에 장수 현감 최수형이 그 통인의 행적을 절의의 본보기로 삼겠다고 하여 조종면과 통인 백씨가 죽은 곳에 타루비를 세웠다. 이 타루비는 천천면 장판리 장척 마을 소재 타루각 안에 세워져 있다. 최근 장수군에서는 이곳에 사당과 기념공원을 조성하고 절벽에 말과 꿩을 부조로 하여 새겨 놓았다.

오의로는 일본 제국주의에 항거하여 의병을 일으켰던 의병장 문태서, 박춘실, 전해산과 승려의 신분으로 민족 대표 33인의 한명으로 참여하여 기미년 3·1운동을 이끌었던 백용성, 그리고 한글학자 정인승을 꼽고 있다. 장수군은 이러한 인물들을 이덕, 삼절, 오의로 추앙하여 기림으로써 충절의 고장으로서의 장수의 이미지를 강화하고 있다.

본 조사팀은 2009년 1월부터 8월까지 설화와 민요를 중심으로 장수군의 구비문학을 수집하는 현장조사를 실시하였다. 1월에는 장수문화원, 장수군청, 읍면사무소 등을 방문하여 장수의 구비문학 관련 문헌자료를 수집하고 적절한 제보자 물색을 위한 정보를 수집하는 데 주력하였다. 2월부터 3월까지는 각 마을의 노인회장과 연락을 취하여 협조를 구하고 마을회관에 모인 사람들을 중심으로 조사하였다. 본격적으로 농사일이 시작되어 농촌의 일손이 바빠진 4월부터는 마을회관에 사람들이 모이지 않기 때문에 제보자들에게 개별적으로 연락을 취하여 면담하였다.

다음해인 2010년에 상황에 따라 추가 조사를 하기도 했다. 주요 제보자를 찾는 데에는 크게 두 가지 방법을 취했는데, 이미 면담한 제보자로부터 다른 제보자를 소개 받거나 문헌자료에 설화나 민요를 제보한 바 있는 사람에게 연락을 취하여 찾아가는 것이었다.

이같은 조사 활동을 통해 조사자들은 장수군의 설화와 민요를 녹취하였고 이를 문자로서 채록하였다. 설화 부문에서는 흥미와 재미를 목적으로 하는 민담의 경우 그 수가 많지 않았다. 대신 지방자치제 이후로 지역에 대한 관심이 높아지고, 지역문화콘텐츠에 대한 인식이 부각되어 이것이 주민들에게까지 확산되면서 지명 유래를 포함한 전설에 대한 관심은 지속되어 이것들을 녹취할 수 있었다. 특히 앞에서 언급한 바 있는 이덕과 삼절의 인물들에 대한 구전을 많이 접할 수 있었다. 이 구전들 중 일부는 실증적인 역사 기록과 버무려져 책으로 발간되었고 장수군의 향토사를 구성하고 있었다.

민요 부문에서 조사자들은 집단요보다는 개인요를 많이 수집할 수 있었다. 도작 노동요의 경우 모심는 소리가 가장 많았다. 주로 여성들이 부르는 밭매는 소리는 모심는 소리와 선율이나 가창방식이 같고, 또한 여성들이 모내기에 동참하였기 때문에 밭매는 소리 사설의 일부가 모심는 소리에서 불리기도 하였다. 여성 노동요로는 베틀가를 수집할 수 있었다. 제의요로는 상여 소리를 들을 수가 있는데, 장수군에서는 아직도 장례에서 상여를 사용하기 때문에 상여 소리가 어느 정도 전승되고 있었다. 이 외에 장수군에서는 아기 어르는 소리, 놀이요, 그리고 일정한 줄거리를 가지고 있는 사설민요를 수집할 수 있었다.

장수군의 문화적 표상 중 하나인 방촌 황희를 기리는 방촌공원(장수군청 제공)

논개 생가지(장수군청 제공)

1. 계남면

전라북도 장수군 계남면 궁양리 궁평(弓坪) 마을

조사일시 : 2010.1.28
조 사 자 : 권은영, 김성식

장수군 계남면 궁양리 궁평 마을

궁양리는 장안리, 가곡리와 더불어 내동으로 일컬어지며 내동의 중심지
이다. 궁양리는 궁평 마을과 양지 마을로 되어 있는데 이 두 마을의 앞
글자를 따서 궁양리가 되었다.

궁평 마을은 삼한시대 마한의 궁터가 있었다 하여 궁평(宮坪)이라 한다
는 말이 있으나, 마을의 형태가 활 모양을 하고 있어서 궁평(弓坪)이라 불
린다는 설이 지배적이다. 현재 50여 가구가 살고 있는데 김해 김씨가 10

여 가구로 가장 많고 그 다음이 광주 이씨가 많이 살고 있다.

마을 앞에는 2미터 높이의 입석이 하나 서 있는데, 거북이가 하늘을 바라보는 형상이라고 보고 있다. 30여 년 전에 마을의 안녕과 평안을 기원하고 새마을사업을 기념하기 위해 세운 것이라고 한다. 궁평 마을에는 1937년 개교했던 장안초등학교가 있었는데 1999년 폐교되었다. 현재는 이 건물을 장수군이 리모델링하여 장안문화예술촌이라는 문화공간으로 활용하고 있다.

전라북도 장수군 계남면 침곡리 요전(堯田) 마을

조사일시 : 2009.4.29, 2009.5.4, 2009.5.12
조 사 자 : 권은영, 이화영

장수군 계북면 어전리 노인복지회관에 방문했다가 그곳 노인들에게서 장수군 계북초등학교 교사인 장성렬을 만나보라는 말을 들었다. 장성렬은 장수군 향토문화연구회의 회원으로 이미 여러 차례 현지조사를 수행했고 그 결과물을 여러 권의 책으로 발간했기 때문에 그를 만나면 장수군의 민속과 구비문학에 관해 많은 정보를 들을 수 있을 것이라는 말이었다. 계북초등학교에 방문하여 장성렬을 면담했고 그가 소개해 준 제보자들 중 박수섭과 연락이 닿아 그가 살고 있는 침곡리 요전 마을을 찾아갔다.

요전 마을은 박수섭의 8대조 강암(康庵) 박종빈(朴宗彬)이 터를 잡은 곳으로, 요순시대와 같이 조용하고 평화롭다고 하여 마을 이름을 요전(堯田)이라 지었다고 한다. 마을이 생긴 뒤로 오랫동안 충주 박씨 일가들끼리 이 마을에서 살았다. 마을 주민 모두가 혈연으로 묶인 일가이다 보니 마을이 한 울안 속에 있어서 대문이 마을 앞에 하나, 뒤에 하나 있을 정도였다고 한다. 마을 사람들이 필요한 물건을 장보기 해오는 시장유사를 두기도 하였다.

계남면 침곡리 요전 마을

지금은 충주 박씨뿐 아니라 청주 한씨, 금계 한씨, 김해 김씨 등 여러 성씨가 모여 사는 마을이 되었다. 과거에는 20~30호 정도가 되었으며, 현재는 12호에 인구가 30명이 채 안 되는 작은 마을이다. 요전 마을에 사람이 가장 많았을 때는 한국전쟁 시기로 이때는 장계에서 살던 가구 100여 호가 이곳에서 피난을 하였다고 한다.

마을이 생긴 이래로 요전 마을에는 선비들이 많아서 영남의 선비들이 교류 차 많이 다녀가기도 했다. 강암 박종빈이 모훈재(慕勳齋)라는 서당을 세우고 후학을 양성하는 데 힘을 쏟았으며, 일제강점기에는 박수섭의 아버지인 박상석이 주축이 되어 경독사숙(耕讀私塾)이라는 글방을 열고 인근 사람들에게 국어, 국사, 한문, 예절 등을 교육을 시켰다고 한다. 학문을 장려하는 마을 분위기 때문에 이 마을 출신 교수가 여러 명 배출되는 등 학자가 많이 나는 마을이라는 자부심이 강하였다.

요전 마을의 주요 산업은 벼농사인데 1900년대 중반에는 한봉을 치거나 인삼, 왕골, 대마, 목화 등을 재배하기도 하였다. 요즘에는 한우를 키우거나 사과를 재배하는 집도 있다고 한다. 대대로 유학을 공부하는 선비들이 많이 살아서 다른 종교를 믿는 사람이 적다고 한다.

전라북도 장수군 계남면 화양리 중방(中方) 마을

조사일시 : 2009.5.19
조 사 자 : 권은영, 이화영

화양리는 법화산의 양지쪽에 위치해 있어 지어진 지명이다. 난평, 명동, 중방 마을로 되어 있다.

중방 마을은 계남면 소재지인 화음리 한거 마을에서 북서쪽으로 1km 거리에 있다. 이 마을에는 400년 된 귀목나무가 있는데 보호수로 지정되어 있다. 마을 주민들은 벼농사를 주로 한다.

마을에 사람이 많았을 때는 80가구에 400여 명이 거주하였으나 현재는 35호뿐이다. 이중 독거 가구가 11호이며 다른 농촌 마을과 마찬가지로 마을 주민 중 3명을 제외하고 모두 60대 이상의 고령자들이다.

밀양 박씨들이 마을에 먼저 들어온 것으로 알려져 있다. 현재는 남원 양씨가 10호로 가장 많고, 그 다음 밀양 박씨 3호, 양성 이씨 3호, 문화 유씨 2호 등 여러 성씨가 모여 살고 있다.

마을 가운데에 '인재를 기르는 곳'이라는 뜻의 육영당(育英堂)이란 건물이 있으며, 이 건물에 딸린 논도 있다. 육영당의 현판은 양문철이 쓴 것이며, 상량 글씨는 양문철 부친의 것이다. 마을 단위로 시행되었던 향약인 동약(洞約)이 있어 그 규약문이 전해지고 있다.

갈마음수 명당으로 알려져 있는 밀양 박씨의 묘와 관련된 전설이 남아 있다.

장수군 계남면 화양리 중방 마을

전라북도 장수군 계남면 화음리 고정(高亭) 마을

조사일시 : 2010.1.28
조 사 자 : 권은영, 김성식

계남면사무소를 방문한 뒤 그 근처에 있는 문예복지관 경로당을 찾아
갔다. 많은 남자 노인들이 모여 있었는데, 주로 화투를 치면서 시간을 보
내고 있었다. 본 조사 사업에 대해 설명하자 여러 사람들이 민요 조사에
적합한 제보자로서 최장수를 지목하였다. 고정 마을은 제보자 최장수가
태어나 성장하였으며 현재 거주하고 있는 마을이다.

계남면 화음리 920번지에는 임진왜란 때의 열녀인 해주 오씨를 기리기
위한 수열비가 있다. 이 수열비를 사이에 두고 수열 마을과 고정 마을이
있었는데, 1975년에 두 마을이 고정 마을로 합해졌다. 고정 마을의 뒤쪽
으로 백화산이 있고 마을에 백화정이라는 정자가 있다. 고정(高亭)이란 마

장수군 계남면 화음리 고정 마을

을 명칭은 이 정자로부터 유래된 것으로 보인다.

고정 마을은 전주 최씨가 터를 잡았다고 알려져 있으며, 지금도 전주 최씨가 10호 정도 거주하고 있다. 한다. 현재 전주 최씨를 비롯하여 여러 다른 성씨들이 고루 분포되어 있으며 38호가 거주하고 있다.

전라북도 장수군 계남면 화음리 한거(漢駏) 마을

조사일시 : 2009.4.16, 2010.1.28
조 사 자 : 권은영, 이화영, 김성식

화음리는 법화산의 음지쪽에 위치해 있다고 하여 지어진 명칭이다. 기산, 고정, 조곡, 한거, 화산 마을로 되어 있다. 계남면 노인복지회관을 방문하였다가 장수문화원의 고두영 전 문화원장이 화음리 한거 마을에 살고 있다는 얘기를 듣고 전화로 면담을 요청하였다. 고두영은 향토사를 연

계남면 화음리 한거 마을

구하지만 구비문학에 관한 것은 잘 모른다며 면담을 거절하였으나 다시 전화로 면담을 청하자 이를 수락하였다. 또한 노인복지관에서 만난 민요 제보자 양만석도 한거 마을에 살고 있었다.

한거 마을은 1930년대 당시 25호 정도 되던 마을이었는데, 면사무소와 파출소 등의 기관이 들어서면서 면소재지로서 계남면의 중심지가 되었다. 계남초등학교, 계남우체국, 보건지소, 장계 농협 계남지소 등의 기관과 교회, 그리고 여러 상점이 들어서 있다.

■ 제보자

고두영, 남, 1929년생

주 소 지 : 장수군 계남면 화음리 972-3번지 한거 마을
제보일시 : 2009.4.16
조 사 자 : 이화영

　고두영(高斗永)은 장수군 계남면 신전리에서 출생하였는데 아버지는 한학에 조예가 깊은 분이었다고 한다. 고두영은 학업을 위해 외지로 나갔다가 대학 졸업 후 장수군에서 교편을 잡으면서 줄곧 장수에서 살았다. 현재는 장수군 계남면 화음리 972-3번지 한거 마을에 거주하고 있다.

　강원도 태백에서 중학교를 다녔고 서울에서 고등학교를 다니다가 한국전쟁을 맞았다. 잠시 이리농림고에 전학하였다가 강원도 태백의 고등학교를 졸업했고, 경남대학교를 졸업했다. 대학 졸업 후 장수군내 초등학교에서 교편을 잡은 이래로 교사, 교감, 교장, 교육청 연구사, 장학사 등 장수군 교육계에서 40년간 재직하였다. 20년간 재직했던 계남초등학교에는 제자들이 세운 사은비가 있다.

　현직에 있을 때부터 장수군의 향토사를 연구하였고 특히 주논개 연구에 천착하였다. 내고장 전통가꾸기 위원회 위원, 장수군지 개정증보판 집필위원, 장수문인협회 회장, 장수문화원장 등을 역임하였다. 시인으로서 6권의 시집을 발행하였고, 향토사 관련 저서도 7권이 있다. 장수문화원장으로 재직 시에 향토문화연구회를 만들었고 이 단체를 중심으로 『장수문화』라는 학술지를 발행하고 있다.

23세에 혼인하여 3남 2녀를 두었다. 치가(治家)를 잘 했다고 하여 300
쌍 정도의 결혼 주례를 했다고 한다. 호는 효산(曉山)인데 고두영의 초등
학교 은사가 지어준 것이라 한다. 현재 계남약방을 운영하며 아내와 둘이
지내면서 종종 향토사에 관해 강의를 하거나 장수군 유적지를 안내하는
등의 활동을 하고 있다.

제공 자료 목록
07_10_FOT_20090416_LHY_KDY_0001 사갑술의 사주를 타고난 논개
07_10_MPN_20090416_LHY_KDY_0001 논개와 춘향의 영정이 비슷한 사연

박수섭, 남, 1943년생

주 소 지 : 장수군 계남면 침곡리 1006-1번지 요전 마을
제보일시 : 2009.4.29, 2009.5.4, 2009.5.12
조 사 자 : 권은영, 이화영

박수섭(朴洙燮)은 본관이 충주이며, 전북
장수군 계남면 침곡리 요전 마을에서 태어
나고 성장하여 지금까지 살고 있다. 현재
거주지는 장수군 계남면 침곡리 1006-1번
지이다.

집안 대대로 한학을 공부하는 선비 집안
으로, 박수섭의 아버지는 농사를 직접 짓지
않고 머슴을 두었다고 한다. 일제강점기에
박수섭의 선친은 인근의 남녀노소를 모아 공부를 시키려고 글방을 열었
는데, 낮에는 일하고 밤에는 공부를 한다고 하여 이 글방을 경독사숙(耕讀
私塾)이라 했다. 일제강점기에는 국어·국사·한문·예절 등을 가르쳤고,
해방직후에는 우리말 교육을 주로 했다고 한다. 박수섭 선친의 제자들은

스승을 기리기 위해 마을 앞에 화계 박선생 강학비(華溪 朴先生 講學碑)라는 기념비를 세워놓았다.

박수섭은 젖먹이였을 때 어머니가 독사에 물리는 바람에 젖을 제대로 먹을 수가 없어서 몸이 병약하였다. 이 때문에 각별하게 아버지의 보살핌을 받았다고 한다. 박수섭은 초등학교까지 다녔고, 주로 한문을 공부했다. 군대를 제대하고 난 후 27세에 산서면에 사는 전의 이씨인 아내와 혼인하여 딸 둘에 아들 셋을 낳았다

카투사에서 군복무를 하였는데, 당시 군복무 기간은 34개월이었다. 그런데 당시 대통령 선거 후보였던 윤보선이 군복무기간을 24개월로 줄이겠다는 공약을 하였고 박정희는 그런 공약을 하지 않는 대신 군인들을 앞당겨 전역시켰다. 이 때문에 박수섭은 26세에 29개월 만에 전역하였다. 대선이 끝난 후에는 다시 복무기간이 36개월로 늘었다고 한다.

박수섭은 농업에 종사하고 있으며 성균관 중앙 임원이고 장수의 유지들에게 한학의 권위자로 인정받고 있다. 현재 장수 향교에 직책이 있는 것은 아니지만 '향교 일요학교'에서 학생들을 가르치기도 하고 성인들을 대상으로 하는 한시 교실에서 강의를 하고 있다. 2001년 발행된 『장수향교지』의 주필을 담당하기도 하였다.

제공 자료 목록

07_10_FOT_20090429_LHY_PSS_0001 건망증 심한 사람들
07_10_FOT_20090429_LHY_PSS_0002 각자 딴 소리만 하는 귀머거리 가족
07_10_FOT_20090504_LHY_PSS_0001 저승에 다녀온 북실 진상섭
07_10_FOT_20090504_LHY_PSS_0002 한시 대결에서 진 해인사 주지
07_10_FOT_20090504_LHY_PSS_0003 죽은 아버지를 모욕하여 벼슬을 얻은 김씨
07_10_FOT_20090504_LHY_PSS_0004 닭놀이 하는 부부
07_10_FOT_20090504_LHY_PSS_0005 친구 망할 것 진안 친구
07_10_FOT_20090504_LHY_PSS_0006 고양이 도움으로 목숨 건진 눌재 선생
07_10_FOT_20090512_KEY_PSS_0001 학문의 근본을 잊은 내동의 선배 양학선

07_10_FOT_20090512_KEY_PSS_0002 부를 과시하다 망한 김부자

07_10_ETC_20090504_LHY_PSS_0001 요전 마을 유래

07_10_ETC_20090512_KEY_PSS_0001 요전 마을 주변 불교 관련 지명

07_10_ETC_20090512_KEY_PSS_0002 일제강점기 와룡리로 이름이 바뀐 비룡리

서중식, 남, 1927년생

주 소 지 : 장수군 계남면 궁양리 181번지 궁평 마을

제보일시 : 2010.1.28

조 사 자 : 권은영, 김성식

서중식(徐仲植)은 장수군 계남면 궁양리 궁평 마을에서 태어나고 자랐다. 궁양리는 계남면의 내동에 속한다. 그는 평생을 살면서 이 마을을 떠난 적이 거의 없으며, 현재는 장수군 계남면 궁양리 181번지 궁평 마을에 거주하고 있다.

서중식은 현재 계남면 노인회의 노인회장 직을 맡고 있다. 그가 알고 있는 설화는 궁평 마을에 살았던 양기수 씨의 아버지로부터 들은 얘기들이다. 양기수 씨는 계남면장을 했던 분으로 그분의 아버지는 유식한 분이어서 이야기를 내놓으면 그치지 않을 정도로 많은 얘기를 알고 있었다고 한다. 내동에서 제일 먼저 생긴 마을이 까끄말(안터)인데 그곳에 나씨들이 많이 살았다는 얘기도 그분에게 들은 얘기라고 하였다.

제공 자료 목록

07_10_FOT_20100128_KEY_SJS_0001 섬다리 마을을 망하게 한 도승

07_10_FOT_20100128_KEY_SJS_0002 방죽을 파서 망한 박씨들

07_10_FOT_20100128_KEY_SJS_0003 양지마을에서 태어났던 아기장수

07_10_FOT_20100128_KEY_SJS_0004 세 마리의 오리가 나온 방죽

07_10_FOT_20100128_KEY_SJS_0005 쌀구멍

07_10_FOT_20100128_KEY_SJS_0006 세종대왕과 사주가 같은 벌치기

07_10_FOT_20100128_KEY_SJS_0007 불로초를 구하러 갔다가 정착한 일본

07_10_FOT_20100128_KEY_SJS_0008 하늘의 시험을 극복하고 동삼을 얻은 효부

07_10_FOS_20100128_KEY_SJS_0001 모심는 소리

07_10_FOS_20100128_KEY_SJS_0002 어랑 타령

07_10_FOS_20100128_KEY_SJS_0003 너영 나영

07_10_FOS_20100128_KEY_SJS_0004 도라지 타령

07_10_FOS_20100128_KEY_SJS_0005 밭매는 소리

07_10_ETC_20100128_KEY_SJS_0001 금계포란 형국의 내동 궁평들

양만석, 남, 1932년생

주 소 지 : 장수군 계남면 화음리 1070-1번지 한거 마을
제보일시 : 2010.1.28
조 사 자 : 권은영, 김성식

양만석(梁萬石)은 장수군 계남면 내동에서 태어났다. 내동은 장안리, 궁양리, 가곡리를 일컫는 말이다. 화음리 한거 마을로 이사 온 지는 60년이 넘었다. 현재는 장수군 계남면 화음리 1070-1번지 한거 마을에 살고 있다.

양만석은 4남 1녀 중 장남으로 태어났다. 집안이 가난하여 초등학교도 다니지를 못했다. 일제강점기에는 먹을 것이 없어서 경상도에 가서 1년 정도 살다가 왔다. 해방 후에 다시 장수로 돌아와서 9년 동안 머슴살이를 했다.

20살 때 6·25로 전쟁이 한창이었는데 이때 의경대 생활을 3년 동안 했다. 그 뒤에 군대를 다시 들어가 5년 4개월을 군대 생활을 했다. 국가

유공자로 되어 있다. 군복무를 오래 하느라 결혼도 늦어졌다. 31세에 결혼을 하여 네 명의 아들과 두 명의 딸을 두었다.

생업으로 주로 농사를 지었는데, 농사일을 하면서 어른들에게 민요를 자연스럽게 배우게 되었다. MBC 방송 프로그램에서 모심는 소리를 부른 적도 있다. 양만석은 회심곡 가사를 적은 문서를 가지고 있다. 지금도 초상이 나면 상여 소리 앞소리를 메기러 가기도 한다.

제공 자료 목록

07_10_FOS_20100128_KEY_YMS_0001 발인 소리

07_10_FOS_20100128_KEY_YMS_0002 운상 소리

07_10_FOS_20100128_KEY_YMS_0003 달구질 소리

07_10_FOS_20100128_KEY_YMS_0004 모찌는 소리

07_10_FOS_20100128_KEY_YMS_0005 모심는 소리

양문철, 남, 1929년생

주 소 지 : 장수군 계남면 화양리 721번지 중방 마을

제보일시 : 2009.5.19

조 사 자 : 권은영, 이화영

양문철(梁文喆)은 남원 양씨로, 장수군 계남면 화양리 중방 마을에서 태어나 줄곧 이 곳에서 살아왔다. 군대를 제외하고는 마을을 떠난 적이 없다. 현재는 장수군 계남면 화양리 721번지에 거주하고 있다.

양문철의 8대조는 조선 후기 학자인 양심헌(養心軒) 양성린(梁聖麟)으로, 대대로 글이 좋은 집안이라고 한다. 본래 난평 마을에서 살았으나 증조부 때 중방 마을로 이사와 정착했다. 양문철은 5대 종손으

로 외아들로 자랐다. 초등학교를 졸업한 뒤에 두 해 동안 서당 공부를 하였다. 14세에 어머니를, 17세에 아버지를 여의어서 할머니와 살았다. 18살에 혼인하여 1남 7녀를 두었다. 24세에 군대를 가서 2년 7개월을 복무하였고, 군대 제대 후에는 구장을 하였다. 65년부터 72년까지 7년 동안 화양리의 행정일을 보는 참사를 하였고, 주로 농업에 종사하였다. 조사자 방문 당시 안과 치료를 받은 직후여서, 안대를 착용하고 있었다.

제공 자료 목록

07_10_FOT_20090519_KEY_YMC_0001 갈마음수혈을 훼손한 박씨 일가

최장수, 남, 1931년생

주 소 지 : 장수군 계남면 화음리 614번지 고정 마을
제보일시 : 2010.1.28
조 사 자 : 권은영, 김성식

최장수(崔長壽)는 전주 최씨로, 정읍 신태인에서 태어났다. 1939년 9살이 되었을 때에 화음리 고정 마을로 이사를 왔고 이곳에서 줄곧 살았다. 현재는 장수군 계남면 화음리 614번지 고정 마을에 거주하고 있다. 고정 마을은 전주 최씨들이 조상 대대로 모여 살았던 곳이다.

최장수는 어린 시절 가난하여 고생을 정말 많이 했다고 한다. 12살 때부터 학교도 다니지 못하고 머슴살이를 하였다. 그때는 삯도 제대로 받지 못하고 그저 밥을 얻어먹는 것으로 만족해야 했다.

양지 마을 출신의 아내와 혼인을 하여 아들 딸 모두 7남매를 두었다.

혼인을 한지는 51년이 되었다. 생업으로는 주로 농사를 지었다. 효자로서 표창을 받은 적도 있다.

최장수는 학교를 다니지 못한 한이 있어서 자식들의 교육에 성심을 다했다. 아들을 전주에 있는 고등학교로 유학 보내자 주변에서는 그를 만류하기도 했다. 장수에도 고등학교가 있는데, 전주에까지 학교를 보내는 일은 그의 집안 형편상 무리가 되는 일이라고 보았기 때문이다. 하지만 최장수는 자식들을 교육시키는 보람이 매우 컸다고 한다. 자식들이 공부를 하고 있으면 밤늦게까지도 잠을 자지 않고 옆에서 새끼를 꼬면서 자리를 지켰다고 한다.

최장수는 특정한 누구에게 민요를 배운 적이 없고 마을에서 자연스럽게 배우게 되었다.

제공 자료 목록

07_10_FOT_20100128_KEY_CJS_0001 미복잠행한 세종대왕을 알아챈 사람
07_10_FOS_20100128_KEY_CJS_0001 상여 소리
07_10_FOS_20100128_KEY_CJS_0002 모심는 소리
07_10_FOS_20100128_KEY_CJS_0003 양산도

사갑술의 사주를 타고난 논개

자료코드 : 07_10_FOT_20090416_LHY_KDY_0001
조사장소 : 전북 장수군 계남면 화음리 972-3번지 한거 마을 고두영 자택
조사일시 : 2009.4.16
조 사 자 : 이화영
제 보 자 : 고두영, 남, 81세
구연상황 : 영정 이야기에 이어 제보자가 저서에서 기술했던 논개에 대한 내용을 요약하여 구연하였다. 조사자가 다른 설화들을 요청하자 기억이 희미해져 기억하지 못하며, 논개에 관한 내용은 향토사를 공부하면서 알고 있는 것이라 했다. 조사자가 논개와 관련된 설화도 좋다고 이야기 하자 다음을 구연하였다.
줄 거 리 : 논개의 부모들은 하나 있던 아들을 잃고는 자식을 점지해달라고 기도를 올렸다. 그러다 딸을 하나 낳았는데, 수명이 길었으면 하는 바람에서 이름을 천하게 지으려고 했다. 육갑을 짚어보니 그 딸아이는 생년월일과 생시까지 모두 갑술인 사갑술의 사주를 타고 태어났다. 그 아버지는 딸의 사주를 희한하게 여기며, 개를 낳았다는 의미에서 놓은 개를 줄여 논개라 이름 지었다고 한다.

어린 시절에 그 논개의 아버지는 밀양 박씨고, [잘못 말하여 바로 수정하며] 아니 그 저 신안 주씨고 아버지는이 신안 주씨고, 어머니는 밀양 박씨고. 근디 그 사이에 그 대룡이라는 오빠가 하나 있었어요. 근디 그것이 열다섯 살 정도 먹어갖고 열병으로 죽어 버렸어. 근게 아무것도 없으니까 그 논개 어머니 아버지가 음 장안산에다가 인자 설단을 하고서는 그

"우리 이렇게 아들 딸이 없으니까 아들 딸 하나 점지해달라"

고 말이여 인제 산신제를 많이 드린 거여. 그래갖고 인자 논개를 늦게사 한 오십대 줄에 와서사 논개를 늦게사 얻었어. 낳는데, 나놓고 보니까 그것이 아들이었으면 얼매나 좋겄어 집 대를 잇고. 그 딸이었었단 말여. 게 참 참 아쉽단 말여.

그러나 딸이라도 하나 있신게 인제 참 다행이다 싶어서 이름을 질라고 그 뭐 하나뿐이 없는 핏줄이니까. 오래 살아라 되겠다 싶어서 이름을 인제 조끔 천하게 잘 지어줘야 되겠다 싶어서, 논개 아버지가 인제 그 서당 접장 있었는데 이 사갑주를 인제 지어 손으로 인제 갑, 그 육갑을 짚 짚어 보는 거여. 짚어 보니까 갑술년 갑술월 갑술일 갑술시. 사갑술(四甲戌)이란 말이여이 사갑술. 우리나라에서 사갑술로 태어난 사램이 둘이라고라. 논개 하나 하고 정조 임금이 그릏게 사갑술이여.

근디 인제 술자가 저것이 개띠그든 개띠. 개 술(戌)자. 개띠니까 가만히 생각해보니까 사갑술이란 것이 참 희한하니 사주가 희한한데, 개를 개띠니까 개를 낳다. 개를 낳구나 그릏게 생각했는데, 그 주춘이 그 논개 생가 그 다녀온 데, 거가 그 마을이 들으가서 마을 사람들하고 얘기를 해보면은 전부 경상도 액센트를 써요. 경상도 경상도 말씨를 쓰는 거여. 여그 말씨를 쓰 쓰들 아녀. 그 왜 그르냐면 그 재 너머가 경상도거던. 근게 인제 경상도하고 혼인을 하고 거그 사람들하고 나무하러 가고 풀하러 가고 나물 뜯으러 가면 그 사람들하고 만냐. 게 만나서 얘기니까 그 사람들 그 언어 그 액센트가 자연적으로 고짝으로 넘어 와가지고, 여그는 개를 낳다라고 하는데, 그 골짝 사람들, 주춘 골짝 사람들은 놓다라 그랴 놓다. 게 놓은 개, 개를 놓다 놓았다. 그래가지고 그 줄여서 논개라고 해갖고, 이름을 진 거여. 근게 사갑술하고 그 이름하고 연결이 돼 있는 것이지. 그래 논개.

건망증 심한 사람들

자료코드 : 07_10_FOT_20090429_LHY_PSS_0001
조사장소 : 전북 장수군 장수읍 장수리 254-1 장수 향교
조사일시 : 2009.4.29

조 사 자 : 이화영

제 보 자 : 박수섭, 남, 67세

구연상황 : 장수군 계북초등학교의 교사이면서 장수군의 여러 곳을 현지 조사해 온 장성
렬이 박수섭을 소개해 주었다. 박수섭과 미리 연락을 하여 본 사업의 취지를
설명하고 면담 요청을 하였고, 박수섭이 흔쾌히 허락하였다. 장수 향교에 방
문하여 제보자 박수섭을 만났고 간단한 얘기가 오간 뒤에 다음의 이야기를
구연해 주었다.

줄 거 리 : 딸의 혼인날을 정해 놓고는 건망증이 심해 가족들에게도 알리지 않고 있다가,
혼인날 집안에 가마가 들어서는 것을 보고서야 딸의 혼인이 기억난 사람이
있었다. 또 어떤 건망증 심한 사람 하나는 손에 담뱃대를 들고 길을 가다가
자신이 그걸 들고 있다는 사실을 잊어 버렸다. 그래서 팔이 뒤로 가서 보이지
않으면 담뱃대가 어디 있느냐며 찾고, 팔이 앞으로 와 담뱃대가 보이면 찾았
다고 안도하기를 반복하고 있었다. 이 모습을 본 스님 한 명이 장난기가 발동
하여, 이 사람이 느티나무 아래에서 잠깐 낮잠을 자는 사이 머리를 깎아 놓았
다. 잠에서 깬 사람은 자기의 머리를 만져보다가 중은 그대로 있는데 나는 어
디로 갔느냐며 자신을 찾았다고 한다.

그 나이가 많아지면요, 어 기억력이 상실돼요. 근데 또 선천적으로 기
억력이 희박한 사람이 있어. 잘 잊어버려. 그 우리 동네에 그 동네 앞에
밭이 있는데, 거기가 아무리 봐도 집 짓고 살 자리는 아녀. 근데 옛날에
거기서 사람이 살았대요. 사는데, 되게 멍청해. 기억력이 아주 형편없어.
그래도 살긴 잘 살어. 근데 참 어찌 거기다 집을 짓고 깝깝하게 살았을까
싶어. 아이 베를 매는데, 가마가 들어와요. 가마가 들어오니까 [헛기침을
하고] 그 부인이 하는 말이 영감보고,

"어이 우리 집에 가마가 들어와요?"

그러니까

[손뼉을 치며] "오라, 오늘 우리 딸 여우는(여의는) 날인데!" [제보자
웃음]

(조사자 : 아, 두 분 다 그렇게 기억력이 없으신?) 아니, 딸을 여우기로
해놓고, 날 잡아놓고, 잊어버린 거야. 그래갖고 그 그 모녀, 모녀한테는

말을 안 해줬어. 그래갖곤 양 부랴부랴 양 머리 빗겨서 게서 시집보냈어요. [조사자 웃음] 어지간히 멍청한 사람이지. 그러니까 지금은 거기 집이 없어. 거기 집 짓고 살 데가 아냐. 답답해, 거그 보면. 바로 이렇게 산, 이렇게 돼 가지고. 우리 같으면 그런 데 집 안 짓고 살아요. 아무리 잘 살을 망정.

그런데 잉, 전에 어떤 [헛기침 후] 그 잊음 헐한 분이 걸어가면서, 담뱃대를 들고 가요. [팔을 앞뒤로 흔드는 시늉을 하며] 이렇게 팔을 흔들고 걸어가지 않아요? [팔이 뒤로 가 있는 상태에서] 게 뒤로 가면 담뱃대가 안 보여. [팔이 앞으로 뻗어 있는 상태에서] 팔이 앞으로 나오면 보이고.

[팔을 앞뒤로 흔드는 시늉을 하며] "내 담뱃대 어디 갔나? 아 여깄구나! [조사자 웃음] 내 담뱃대 어디 갔나? 아 여깄구나!"

계속 그러면서 걸어가는 거여. 그래 지나가던 중이 보니까 참 웃기는 사람이거든. 그니까 중이 장난기가 동했어요. 게서 인제 그 느티나무 밑에서 둘이 쉬, 인제 쉬어요. 쉬는데, 그다 잠이 들었어. 에 여름에 시원하니 그 누워서 잤어요, 느티나무 밑에서. 자서 이렇게 머리를 보니까 [머리를 매만지며] 머리가 없어. 상투도 없고, 머리가 없어요. 그 인제 중은 갔지, 그래놓고. 머리 깎아놓고 갔어요. 잘 사이에 가서 가위로, 가위로 상투 짤라 버리고 갔어.

[머리를 매만지면서 고개를 갸우뚱하며] "이상하다. 중은 여기 있는데, 나는 어디 갔나?"

(조사자 : 아, 중이.) (청중 : 스님이.) 자기가 자기 머리 만지면서 (청중 : 만지면서도.) 상투가 안 잡히고, 맨 민둥머리가 잡히, 만져지니까,

"이상하다. 중은 여기 있는데, 나는 어디 갔나?"

그렇게 그렇게 잊음이 헐했어요. 뭐 그런 이야기도 있어요. 그렇게 좀 웃기는 이야기지만. 근데 우리가 이렇게 나이 들면서 뭘 자꾸 잊어버리잖아요. 그럴 때 그런 생각이 나요.

각자 딴 소리만 하는 귀머거리 가족

자료코드 : 07_10_FOT_20090429_LHY_PSS_0002
조사장소 : 전북 장수군 장수읍 장수리 254-1 장수 향교
조사일시 : 2009.4.29
조 사 자 : 이화영
제 보 자 : 박수섭, 남, 67세
구연상황 : 앞의 이야기에 이어 바로 다음의 이야기를 구연하였다.
줄 거 리 : 귀머거리 가족이 있었다. 영감이 장에 갔다가 와서 할머니에게 오소리감투 값
이 성냥 반값이라고 말 하자 이를 제대로 못 알아들은 할머니는 왜 옷을 벗
으라고 하느냐며 역정을 내었다. 이 말을 잘 못 알아들은 딸은 내가 언제 시
집 못 가 안달 났느냐며 화를 냈고 며느리는 서방질 한 적이 없는데 그 소리
를 자꾸 해댄다고 헛소리를 하고, 머슴은 삼년 전에 깬 장군 얘기를 지금도
한다고 불평을 했다.

벙어리 가족이 살았어요. [헛기침 후] 벙어리 가족이 살았는데, 한번은
그 [헛기침] 영감 벙어리가 장날 장에를 갔다 와요. 그 들어오면서
"여보 마누라, 오늘 장에 오소리감투 하나에 성냥 반 하데."
그 털모자 있잖아요. 겨울에 쓰는 두꺼운 털모자. 오소리감투라 그래요.
그 값이 성냥 반이다 그말이여. 그러니까 그 할마니가 하는 소리가,
"저놈의 영감탱이 해도 안 넘어갔구만 바지 벗어라, 중우 벗어라 그
래." [제보자, 조사자 웃음]
거 얼마나 웃겨요. 어? 자기 생각만 하는겨. 오소리감투 생각은 못하고,
자기 보고 옷 벗으라고 알아 알아들었어. [조사자 웃음]
"저 놈의 영감탱이, 해도 안 넘어갔구만. 바지 벗어라, 중우 벗어라 그
래?"
그런단 말야. 그러니까 그 저 딸이 마루를 닦다가, 마루 청소를 하다가,
[무언가를 던지는 시늉을 하며] "내가 언제 시집 못 가 안달 났다고
했소?"
귀머거리야. 아 벙어리가 아니고 귀머거리 가족이여. (조사자 : 아, 다

지금 다 헛소리 하는 거예요?) 에. (청중 : 다 다른 말을 계속 지금.) 아 아까 내가 벙어리라고 했어요? (조사자 : 네. 벙어리.) 어 그게 아니고 귀머거리 가족. 아니여. 귀가 먹으면 벙어리가 되고. (청중 : 네. 말씀 잘 못하시는.) 에 같이 온다 그러더라고. 귀머거리. 근데 이 사람들은 말은 했든 모양이여. 귀머거리 가족이야. 그니까 며느리가 저녁밥 짓느라고 불을 때다가, 아궁이 불을 때다가 하는 말이, [생각이 잘 나지 않는 듯 종이를 만지작거리더니 헛기침 후]

"뭐야, 내가 뭐 어 밥그릇 한번 깼다고? [웃음] 아 그게 언제라고?[들고 있던 볼펜을 던지며] 어 지금도 그냥 나보고 밥그릇 깼다고 저러싼다고"[1] 근단 말야. 그러니까 인자 마당을 쓸던 머슴이, 인제 머슴까지도 귀머거리. 머슴이 하는 말이,

"삼 년 전에 장군 한번 깼더니 그걸 지금까지도 그냥 노닥거리쌌고." 근다고 막 불평을 해요. 삼 년 전에 장군 한번 깨가, 장군이 뭐냐면, 오줌이나 똥물을 퍼다가 밭에 주는 그런 농기구요. 통. (조사자 : 장군이요?) 장군. 오줌, 똥물 이런 걸 퍼다가 밭에 갖다 거름으로 주는, 이렇게 통이 있어요. 통으로 만든 게 있어. 그걸 장군이라 그래요. 똥장군. (조사자 : 음, 똥장군.) 삼 년 전에 깬 걸 지금까지도 얘기를 하고 뭐라고 한다고. [조사자 웃음] 좀 웃겨요? (조사자 : 네. 웃겨요.) (청중 : 재밌어요.) 근데 그런 거는 어디나 있을 수 있는 얘기요. 장수 지방뿐이 아니고. 있을 수 있는 얘기.

---

1) 5월 4일 재방문했을 때에 제보자는 이 부분을 "내가 언제 서방질 했다고 그놈의 소리를 또 하고 또 하고 그런다고"로 수정해 주었다.

저승에 다녀온 북실 진상섭

자료코드 : 07_10_FOT_20090504_LHY_PSS_0001
조사장소 : 전북 장수군 계남면 침곡리 1006-1번지 박수섭 자택
조사일시 : 2009.5.4
조 사 자 : 이화영
제 보 자 : 박수섭, 남, 67세
구연상황 : 앞의 이야기에 이어 바로 다음의 이야기를 구연하였다.
줄 거 리 : 계남 북실에 진상섭이란 사람이 살다가 죽었다. 저승에 간 진상섭은 염라대왕
         을 만났다. 그를 만나 본 염라대왕은 산서면의 진상섭을 데려와야 하는데 북
         실의 진상섭을 잘못 데려왔다며 그를 돌려보냈다. 그는 저승에서 한 여인을
         만났는데, 본래 무주에 살던 그 여인 또한 저승사자의 실수로 잘못 온 것이라
         했다. 다시 살아난 진상섭은 무주로 그 여인을 찾아 갔고 그 여인이 자신도
         알아보는 것을 보면서 저승에 다녀온 것이 확실함을 확인했다.

여기 산서면에 진상섭 씨라고 그전에 살았던 모양이여. 어 아주 옛날은
아니고 가까운 옛날이지. 근데 여기 계남에 이 밑에 가면은 곡이 그 밑에
가 곡이 들곡이라고 하는데 옛터, 그 밑에가 북실. 북실은 뭐냐면 그 베
짜는 북같이 생겼다고 이렇게 모양 길쭉하니 베 짜는 북. 실, 실타래 담아
가지고 [좌우로 손을 움직이며] 이렇게 이렇게 좌우로 짜는 거. 그래서 북
실이라고 그라는데, 북 사자가 있으니까 사곡(梭谷) 그러지. 아 곡을, 골짝
곡자를 실 그러잖여. 그서 거기에 진상섭 씨라는 분이 또 살았어. 근데 그
한번은 그 북실에 진상섭 씨가 병석에 누워가지고 아 돌아가셨다 그 말이
여. 그래서 가족이 전부 모여가지고 인제, 인제 울고 그러, 그러는데 얼마
있다가 깨나. 깨나니까 깨나서 보니까 가족이 다 모여서 울고 그래. 그니
까 어 저승을 가다가 왔어. 염라대왕 앞에를 갔다 왔단 말이여. 근데 염라
대왕이 그 사자보고 하는 말이,

"야 이놈들아 왜 산서 진상섭이 잡아 오랬는데, 북실 진상섭이 잡아 왔
느냐? 데려다 주라."

그런데 올 적에 무주에 사는 어느 여인과 함께 왔어, 함께. 그 여인도

잘못 잡혀갔다가 온 사람이여. 게 같이 왔단 말야. 그래가지고 인제 기운을 차려서 확인을 좀 하고 싶어갖고, 무주를 갔어. 거기서 본 그 그 경치가 있어. 그 그래서 인제 가니까 그 여인이 알아보고 웃으면서 나와 또. 어 알던 사람이야. 근데 어 지금 이 이런 분들이 살았다면 그저 한 내 짐작으로 백 한 아 삼십대? 삼십 세? 뭐 백 한 삼사십 세? 뭐 그 정도밖에 안 됐단 말이야. 아 아주 오래된 분은 아니야. 아 그 분은 내가 몰라도 그 분 아들은 내가 아니까. 아 [헛기침 후] 그래서 인제 그 동네 사는 분들이 인제 우리 집에 공부하러 다녔었는데 이제 그 분들이 그 동네 사는 분들은 다 다같이 똑같은 얘기를 해. 정말 판에 박은 것처럼 똑같이 얘길 해. 그때 내가 그때 거기서 몇 분이 공부하러 다녔는데 그 분들한테 들은 이야기.

한시 대결에서 진 해인사 주지

자료코드 : 07_10_FOT_20090504_LHY_PSS_0002
조사장소 : 전북 장수군 계남면 침곡리 1006-1번지 박수섭 자택
조사일시 : 2009.5.4
조 사 자 : 이화영
제 보 자 : 박수섭, 남, 67세
구연상황 : 일제강점기 때 선친께서 마을에서 글방을 열어 마을 사람들을 가르쳤는데, 그
　　　　　 때 시험을 보고 성적을 적어놓은 강록을 보여주며 선친에 관한 이야기를 하
　　　　　 였다. 그런 다음 합천 해인사와 관련된 이야기가 있다며 구연해 주었다.
줄 거 리 : 한 선비가 해인사 주지와 시 대결을 하는데, 여기에서 지면 자신의 딸을 주기
　　　　　 로 했다. 걱정을 하던 선비가 하루는 꿈을 꾸었는데 꿈속에서 최치원이 나타
　　　　　 나 시를 지어 주겠다고 하였다. 먼저 한 수의 시를 불러준 최치원은 혜인사
　　　　　 주지가 이 시를 사람이 지은 것으로 믿지 않을 것이니 마지막 구절을 바꾸라
　　　　　 고 하며 다시 알려 주었다. 선비는 최치원이 고쳐 알려준 시를 해인사 주지의
　　　　　 앞에서 읊었고 해인사 주지는 자신이 졌음을 인정하고 절 재산의 반을 선비
　　　　　 에게 바쳤다.

그 어 해인사 주지가, 누군가는 모르지만, 옛날에 그랬다고 옛날에. 해인사 주지가 그 시를 잘 지어, 한시를. 시를 잘 짓는데 아주 못돼 먹었어. 욕심이 많고. [헛기침 후] 근데 그 그 밑에 동네, 어느 동넨가는 모르지 내가. 밑에 동네라고 하니까. 동네 와서 선비 한 분이 있는데 그 분도 시를 잘 지어. 한번 찾아왔어.

"아 선비님, 저하고 내기 하나 헙시다."

옛날에나 조선조 때는 중이 소승이라 그러고, 그 하대를 받아. 그러니까 그 선비가 반말을 한단 말야. 그러니까

"그래 뭔 얘기를 할꼬?"

그니까,

"시를 지어서 선비님이 이기시면 절 재산 반을 드리고, 소승이 이기면 그 선비님의 딸을 주십쇼."

근단 말여. 그니까 지기 싫어가지고 승낙을 해버렸는데, 이거 큰일 났어. 딸을 중놈한테 주게 생겼으니

'이거 어떻게 하꼬.'

근심이 돼가지고 말라 죽게 생겼단 말여. 근데,

"기한은 한 달입니다. 운자는 제가 내겠습니다. 소승이 내겠습니다. 가로 왈 달 월."

그게 운자여. 근데 본래 가로 왈 달 월은 운자로 날 수 없는 글자거든 그게. 운자를 내는 글씨 아니여. 근데 장난으로 하는 소리지. (조사자 : 근데 운자가 뭐예요?) 그 한시는 운자를 내가지고 시제와 운자를 내면 그 제목에다가 그 운자를 달아서 우에다 글자를 해가지고 시를 짓는 그 방법이란 말여. 정형시니까, 한시는. 게서 걱정을 하는데, 내일이면 인제 만나야 돼. 시를 불러야 돼. 수없이 지었겠지. 근데 맘에 싹 안 든단 말야. 꿈에 어 최치원. 최고운 선생이 그 가야산에 들으가서 안 나왔다고 그런 말이 있지. 최고운 선생이 나타나. 나타나서,

"내가 시를 불러주마."

그 이제 중 뵈기 싫어서 그랬을 거야, 아마. [조사자 웃음]

"가야산경문(伽倻山景問) 하니, 가야산 경치를 물어보니, 백낙도승왈(白
낙道僧曰), 흰 장삼 입은 늙은 중이 말하기를, 홍류동구화요, 홍류동 어귀
에 꽃이요. 백옥봉두월이라. 백옥봉 머리에 달이라. 달빛이라."

그케 지어 줘 놓고는,

"이거 니가 지었다고 안 할 것이다. 그러니까 끝에를 백옥봉두월을, 명
경대상월이라고 고쳐라. 명경대 위에 달이라."

그래 그 이튿날 중이 와서,

"글 지어 보셨습니까?"

"아 지었지 그럼."

"한번 불러보십시오."

"가야산경문 하니, 백낙노승왈."

아 그니깐 깜짝 놀래.

홍류동구화요, 백옥봉두월이라 그러지 않고,

"홍류동구화요, 명경대상월이라."

그러니까,

"아, 이상합니다. 여기까지는 신작인데, 마지막이 인작입니다."

사람이 지었어. 마지막 걸 보니까 사람 글이여. 그러니 신작이라고 할
수도 없고, 분명히 사람 글이 나오니까.

"제가 졌습니다. 소승이 졌습니다."

그러고 절 재산 반을 바쳤다는 [제보자, 조사자 웃음] 그런 이야기가 있는
데, 어찌 되았든 그 어 뭐 해인사에 뭐 그런 거 알아도 모른다고 할 테지
만 나도 어서 책에서 본 건 아니고, 그런 게 있어. 그런 전설이 있고.

죽은 아버지를 모욕하여 벼슬을 얻은 김씨

자료코드 : 07_10_FOT_20090504_LHY_PSS_0003
조사장소 : 전북 장수군 계남면 침곡리 1006-1번지 박수섭 자택
조사일시 : 2009.5.4
조 사 자 : 이화영
제 보 자 : 박수섭, 남, 67세
구연상황 : 앞의 이야기가 끝나고 잠깐 후에 바로 다음의 이야기를 구연하였다.
줄 거 리 : 매천야록에 실린 이야기이다. 벼슬이 하고 싶었던 어느 김씨가 있었는데 그의
아버지가 돌아가셨고, 거기에 대원군 문하에 있는 친구가 조문을 왔다. 대원
군의 관심을 사고 싶었던 김씨는 친구에게 자기 선친의 아명이 구자(狗子)였
다고 했고, 김씨의 의도를 짐작한 친구는 대원군에게 친구 선친의 아명이 소
구(小狗)였다고 말했다. 그 집에 문상을 간 대원군은 장난기가 발동하여 개를
부르는 소리를 내며 곡을 하고는 돌아왔고, 김씨를 불러 벼슬을 주었다.

매천야록에 보면 그 김씬데, 어디 김씨라고 말 안하게. 그런데 벼슬이
하고 싶어갖고 자기 아버지가 돌아가시니까, 그 자기 친구가 대원군 문하
에 출입하는 사람이 있어. 대원군 문하. 그 대원군한테 잘 보이면 그때는
대원군 전권이니까 벼슬할 수 있단 말야. 그러니까 그 친구가 문상을 왔
어. 조문을 왔단 말이야. 그러니까 그 친구보고 하는 말이,

"에이 친구야, 내 선고께서 아명이 아이 때 이름이 구자네 구자. 개 구
(狗) 자 아들 자(子) 자. 개자식이네."

[조사자 웃음] 그러니까 그 뭐 애들이 저 어릴 적에 저 명 길라고 막
강아지야, 강아지야 근단 말야. 그 그 집 아버지뿐 아니고 그 다 인제 그
럴 수 있단 말야. 근데 그걸 이용을 한 거지. 그걸 그 친구가 그 무슨 뜻
인가를 안단 말이야. 그 친한 친구니까. 알고 대원군한테 가서,

"아 오늘 제가 아무개 친구 조문을 갔더니",

그 친구 선고 아명이 구자라고 하기가 좀 그래. 개자식이라고 하기가.
그니까,

"소구라고 합디다."

작을 소(小) 자. 작은 개. 강아지란 얘기여.

"소구(小狗)라고 합디다."

그러니까 대원군이 장난기가 발동을 한단 말이야. 그러니까 조문을 갔어. 가가지고 [헛기침 후] 어이, 어이, 그렇게 곡을 하는 하지 않고, 에.

"오요, 오요."

[제보자, 조사자 웃음] 그렇게 곡을 해. 어이하고 오요 하고 비슷하니까. 오요, 오요 그 곡을 하고는 나와서 인제 상주 인사도 할 것 없고 그냥 자기 장난 장난만 하고 오는겨. 와 버렸어. 와가지고는 불러서 어디다 벼슬 하나를 시켰어. [제보자 웃음] 그런데 그렇게 아무리 벼슬이 좋아도 저 그 아버지를 개자식을 만들어가면서까지 벼슬을 해야 하는지. 그래가지고 거기다 또 모월 모시에 대원군이 입곡이라. [손으로 바닥을 치며] 들어와서 곡을 곡을 했다. [제보자 웃음] 또 그렇게 애감록에다 딱 또 써놔. (조사자 : 아버지 팔아가지고 벼슬이 됐네요.)

닭놀이 하는 부부

자료코드 : 07_10_FOT_20090504_LHY_PSS_0004
조사장소 : 전북 장수군 계남면 침곡리 1006-1번지 박수섭 자택
조사일시 : 2009.5.4
조 사 자 : 이화영
제 보 자 : 박수섭, 남, 67세
구연상황 : 앞 이야기의 인물을 비판하다가 제보자의 13대 조에 대한 얘기가 나왔다. 13대 조에 대한 얘기가 끝나자 바로 다음을 구연해 주었다.
줄 거 리 : 아이들과 한방에서 지내던 부부가 있었다. 애들이 자는 사이 남편은 수탉소리를 내고 아내는 암탉소리를 내면서 방안을 돌다 방 한쪽에서 만나기로 했다. 부모들이 내는 닭소리를 듣고 잠에서 깬 아이들은 부모들이 닭놀이를 하는 줄 알고는 병아리 소리를 내며 방안을 따라 돌았다고 한다.

누가 옛날에 조그만한 방에서 애들은 많이 낳아 가지고 복잡해. 다른 공간이 없어. 그자 남편이 부인보고 조용히 귓속말로.

"내가 *꼬꼬댁* 그러면 당신은 *꼬꼬꼬꼬꼬* 그래라. 그리고 만나자."

그러면 다른 방향으로 돌아야 만나는데 같은 방향으로 도니까 못 만나. 애들은 가운데 있고. *꼬꼬꼬*, 하나는 *꼬꼬댁* 그러고 하나는 *꼬꼬꼬* 그러고 소란스러우니까 애들이 깼단 말여. 깨가지고,

"아버지, 어머니가 닭놀이 하시는 모양이구나."

그래 이놈들이 따라서 기어서 돌아. 돌면서,

"삐약삐약 삐약삐약."

(조사자 : 닭놀이.)

친구 망할 것 진안 친구

자료코드 : 07_10_FOT_20090504_LHY_PSS_0005
조사장소 : 전북 장수군 계남면 침곡리 1006-1번지 박수섭 자택
조사일시 : 2009.5.4
조 사 자 : 이화영
제 보 자 : 박수섭, 남, 67세
구연상황 : 앞 이야기가 끝나고 잠깐 있다가 다음의 이야기를 구연하였다.
줄 거 리 : 장수 친구와 진안 친구는 자기 고향에서 생산한 담배를 임금에게 진상하기
　　　　　위해 함께 길을 떠났다. 진안 친구는 장수에서 난 담배가 더 좋다는 것을 알
　　　　　고는 도중에 친구의 짐과 자신의 짐을 바꿔치기 하였다. 장수 사람이 진상한
　　　　　담배지만 실은 진안에서 생산된 담배를 피워 본 왕은 장수 담배가 망할 담배
　　　　　라고 평했다. 그 후 진안 친구가 짐을 바꿔치기해서 일이 그렇게 되었다는 것
　　　　　을 전해 들은 왕은 진안 친구가 망할 친구라고 평했다고 한다.

그 지방에서 좋은 것은 진상을 해, 왕한테. 장수 친구하고 진안 친구하고 입담배를 짊어지고 진상을 하러 가다가 여관에서 같이 자면서 장수 담

배가 좋으니까 진안 친구가 바꿔, 바꿔치기를 했어, 짐을. 게 모르고 갖다 바치니까 왕이 피워보고,

"그 담배 망할 것, 장수 담배로구나."

그랬단 말여. 진안 담배를 피운 거지. 근데 장수 담배가 좋다고 소문이 났는데. 그 다음에 왕이 또 들었어. 진안 친구가 짐을 바꿔 갖고 그릏게 됐다고.

"친구 망할 것, 진안 친구로구나."

[조사자 웃음] 근데 지금도 그 얘기가 있어. 여그 진안 장수 사이에서 그 얘기가 있다고, 지금도. 친구 망할 거 진안 친구. 진안 사람들은 들으면 좀 안 좋겠지. (조사자 : 친구 망할 것 진안 친구라구요?) 좀 듣기가 안 좋겠지.

고양이 도움으로 목숨을 건진 눌재 선생

자료코드 : 07_10_FOT_20090504_LHY_PSS_0006
조사장소 : 전북 장수군 계남면 침곡리 1006-1번지 박수섭 자택
조사일시 : 2009.5.4
조 사 자 : 이화영
제 보 자 : 박수섭, 남, 67세
구연상황 : 앞의 이야기 후에 제보자는 방랑시인 김삿갓과 교류가 있었던 천천면의 한진
　　　　　사에 관해 얘기해 주었다. 장수에서 더 만날만한 사람들을 조사자에게 소개한
　　　　　후 다음의 이야기를 구연하였다.
줄 거 리 : 눌재 박상은 연산조 사람으로 무등산을 치마폭으로 받는 태몽을 갖고 태어났
　　　　　다. 당시 임금인 연산군은 백정 쇠부리의 딸을 애첩으로 삼았는데, 광주에 사
　　　　　는 쇠부리의 권세로 인해 광주 목사가 제대로 정사를 볼 수 없을 지경이었다.
　　　　　이 때문에 사람들이 광주 목사 되기를 꺼리자 눌재 선생은 자청하여 광주 목
　　　　　사로 부임하였고, 쇠부리에게 형벌을 줘 죽게 하였다. 쇠부리를 죽인 죄를 청
　　　　　하러 한양으로 가는 중에 고양이 한 마리가 홀연히 나타나 눌재 선생을 이끌
　　　　　었다. 눌재 선생은 고양이를 따라갔다가 길이 엇갈려 한양에서 내려오는 금부

도사와 만나지 않았다. 그리고 한양에 도착하기 전날 중종반정이 일어나 눌재 선생은 목숨을 구할 수가 있었다.

여기 이얘기 아닌데, 저 우리 집안 선대 할아버지 얘긴데, 에 [헛기침] 문간공 눌재 박상 그러면, 세상이 다 아는 분이야. 이 분이 광주에서 났는데, 광주 한 동네서 용문장이라 ○○○ 용문장. 그런데 에 그 분 어머니가 꿈에 무등산이 자기한테로 넘어와. 그걸 치마로 받았어. 그래가지고 나신 분이야. 그 무등산 정기 타고 났지. 근데 그 분이 [헛기침] 연산조 때 연산군이 그 그 애첩이 하나 있었는데, 그게 광주 백정 쇠부리 딸이여. 근데 이 광주 백정 쇠부리가 그냥 당장에 그냥 어 뭐냐 부원군이지. 부원군이 돼버리니까 광주 사람들이 무서워서 살들 못해, 그 사람 기세에. 광주 목사가 가서 찾아봐야지 큰 절 올리고. 해먹을 수가 없어. 광주 목사를 안 갈라 그러지 아무도. 근데 이 양반이 자청해서 광주 목사를 갔어. 게 연산이 그거 모르고 보냈지.

"가서 잡아다가 뒈지게 패버리라. 죽을 때까지 패라."

엎어놓고 패서 죽여 버렸어. 아 그 하나 땜에, 광주가 베리게 생겼단 말여. 게 죽이버렸어. 그리고는 이제 죄를 청하러 서울로 올라가. 올라가는데, 자기도 이제 죽어야지. [헛웃음] 죽을 각오 하고 가는겨. [헛기침] 가는데 장성 갈재를 오는, 오는데 고양이가 나타나서, [옷을 끄는 시늉을 하며] 옷을 자꾸 일케 물고 끌어. 이상하다 싶어 갖고 고양이 가는 데로 가니까, 산 밑에 중턱으로 소롯길로 갔단 말야. 그때 서울서 벌써 듣고는 금부도사 보내가지고 거기서 갈린 거야 길이. 저 사람들은 광주로 내리가 뻐렸고. 인제 눌재 선생은 서울로 가셨고. 그래 가시니까 그 전 날 밤에 중종 반정이 됐어. 그래 살았지. (조사자 : 아, 서울 가서요?) 응. 그 그 전 날 밤에 반정이 됐다고. 연산이 쫓겨났어. 그래 살았을 거 아녀.

그 고양이가 강원도 어느 절에서 먹인 고양이여. 그래서 그 나라에서 고양이 제사 지내라고 논을 스무 마지기를 줘서 해마다 제사를 한 번씩 지내. 그런데 왜놈들이, 왜놈 총독부에서 그걸 압수해 가버렸단 말여. 게 제사를 못 지내. 싹 뺏어가 버렸어. 그래가지고 금강산 중이 그 재판을 할라고, 뭐 돈이 있으야지. 요즘은 절에 돈 쌨드만 그 전에는 돈이 돈이 없으니까, 광주를 와서 자손들보고 돈을 좀 도와달라고. 내가 재판을 해야겠다. 근데 그 집도 못 살았든가 못 도와줬어.

게 지금까지 이제 고양이 제사는 없어졌는데, 그런 제사는 부활이 돼야 되지 않겠는가. 우린 그런 생각이 든단 말여? 그래야 아 사람들이 그 미물도 감동하고, 그 그런 의리를 알고, 그 뭐 우리 집 어른이래서 그런 게 아니라, 사람들이 배울 게 있지. (조사자 : 고양이 재산을 그 왜놈들이 다 가져가 버린 거예요? 그냥?) 그 제사답을 다 뺏어가 버리 갖고, 그 뒤로 그냥 못 찾고 지금까지 제사를 못 지낸단 말이여. 그런 행사를 하면, 그런 축제를 하면, 그 사람들이 그럴 거 아녀. 아, 의리를 지켜야 되겠다. 아, 우리는 이거 미물한테도 부끄러운 일이다. 그럴 거 아녀. 그래 그런 것은 참 다시 생겨나야 좋을 것 같아. (조사자 : 그러니까요.) 고양이 제사. (조사자 : 네. 고양이가 참. 근데 거의 막 다 이런 도움 주고 막 그러면요, 호랑이, 막 그러죠. 호랑이가 도와주고 막 그러잖아요. 그런데 고양이 도와줬대요.) 고양이가 그것도 그 강원도에서 먹이는 고양인데 어디 가고 없어. 없는데 나중에 찾아 왔어. 그래 추적을 해보니까 거기 갔다 왔어. (조사자 : 아, 원래 강원도에서 먹이는 고양이가.) 그 절에서. (조사자 : 고양이가 없어져가지고 추적했더니 그 눌재 선생님을 도와주고.) 딱 맞어, 날짜가. 고 시간이랑. 그 고양이가 말을 안 하니까 모르지.

학문의 근본을 잊은 내동의 선비 양학원

자료코드 : 07_10_FOT_20090512_KEY_PSS_0001
조사장소 : 전북 장수군 계남면 침곡리 1006-1번지 박수섭 자택
조사일시 : 2009.5.12
조 사 자 : 권은영, 이화영
제 보 자 : 박수섭, 남, 67세

구연상황 : 2009년 5월 4일 조사 시에 재방문할 것을 약속하였고, 제보자와 시간을 맞추
어 자택을 다시 찾아갔다. 간단히 인사를 주고받은 후 다음의 이야기를 해 주
었다.

줄 거 리 : 계남면 내동에 양학원이란 선비가 살았는데, 환갑이 되는 해 마지막으로 과거
를 보러 한양에 가서 한강 백사장을 서성거리다가 가마를 들고 있는 일행을
만났다. 일행 중 한 청년의 말이 가마를 탄 사람은 자기의 누이동생인데 그녀
는 담을 넘어 총각을 만나러 다니다가 아버지에게 들켰으며, 자기는 누이를
물에 빠뜨려 죽이라는 명령을 받았다고 했다. 그러니 양학원더러 누이동생을
데려가 후처로 삼아달라고 부탁했다. 양학원은 과거를 볼 생각에 청년의 청을
거절했고, 청년은 양학원이 선비의 근본을 잊었다고 비난하며 누이를 물에 던
져 죽게 했다. 양학원은 과거를 치르지 못하고 돌아왔다. 양학원은 공부를 할
적에 영남의 서진사에게 담배를 주고 글을 지어오는 차작을 자주 했었는데,
그것이 글공부에 도움이 되기도 했다.

여간 돈이 많아도 과거 보러 갈 엄두를 못 내. 경비가 많이 나. 걸어,
걸어서 그 몇 날 며칠을 가가지고 적어도 한 일주일 가야 될 거여. 에 그
래 가가지고 경비 쓰고 그럴 돈이 없어. 근데 여기 계남에 내동이라고 하
는 데가 있는데, 내동. 안골. (조사자 : 내동이요?) 에. 거기 거기서 아 어
떤 선비 하나가 어 글을 잘해요. 보니까 글 잘하더라고. 그 어 이름이 양
학원이여. 배울 학(學)자 근원 원(原)자. 그 양학원씨가 아 한 백석 받았어
요. 백석이면은 논이 한 백마지기 되는 거여. 그러면 소작을 주면은 한 마
지기 해서 벼 한 섬을 받아. 그런데 그 정도 되는데, 이 시골에서는 산중
에서는 논이 많은 거여. 그래가지고 [헛기침] 과거 보러 다니러다가 살림
다 없앴어, 인제. 어 합격이 되면 인제 안 되니까.

그래가지고 인제 평생 하다가 육십 한 살 환갑이 돌아왔어. 게 금년에
는 인제 마지막이다. 더 이제 여력이 없다. 그릏게 생각하고 갔는데 그 인
제 내일이 그 인제 과거가 열리는 날이면 오늘 밤에 한심스러워서 자기
일생을 너무나 허무하게 그냥 옥○ 생활 헌 것 같애서 게서 인제 한강 백
사장에 나와가지고 보니까 달은 휘영청 밝고, 게 서성대고 맘이 심난해.
그러는데 어디서 가마 하나가 온 단 말여. 가마 하나가 오는데, [헛기침]
건장한 청년이 앞에서. [밖에서 나는 손녀 울음 소리를 듣고는] 문 닫으
까? [기침] 가마를 이릏게 인도해서 오다가 세워놓고는,

  "당신이 장수에서 온 양학원씨 맞죠."
그니까
  "예. 그렇소이다."
그러니까 하는 말이,
  "이 가마 속에 있는 게 내 여매(女妹)여."
  [조사자 : 여매?] 예. 응 여맨데, 에, 우리 집이 참 현재 그 대갓집인데,
에 이 유장상봉을 하다가 아버지한테 들켰어. (조사자 : 그게, 그 무슨 상
봉요?) 유장상봉. 담을 넘어 다니면서 총각을 만나다. (조사자 : 그게 유장
상봉이라고 하는 거예요? 누이동생이 지금 몰래 아버지 몰래 담을.) 담을
넘어서 이릏게 인제 서로 만나고 그랬어. 게 들켰어. 그래서 한강에 갖다
버리라는 엄명이 계셔 갖고 데리고 왔어 지금. 가문에 수치라고. (조사
자 : 수치라고.) 그런데

  "내가 이걸 던질 수가 없어. 그러니 당신이 좀 맡아서 데리고 가 주면
은 우리 아버지가 모르실 것 아니냐. 아 거리가 하도 머니까이? 그면 당
신 평생 먹게는 해 줄 텐게 사람 하나 살려주라."

  그래. 그러니까 이이가 무슨 생각이 드냐면 가만있어. 그럴 때 어떻게
하면 좋겠어요? (조사자 : 그 때 환갑이지 않아요?) 에. (조사자 : 이제, 그
믄. 아 글쎄요.) [조사자 웃음] 아니 근게 어 그릏게 해서 인제 보내면은

죽기는 싫으니까 따라 올 텐데, 후처 삼아 달란 얘기여. 그러니까 어떻게
하겠냐고. 어떻게 해야 옳겠냐고. (조사자 : 사람 목숨은 살리고 봐야죠.)
그렇죠, 이. 그런데 이 이가 무슨 생각이 드냐면 평생 공들여서 인제 내일
마지막으로 지금 시험 한번 볼라고 하는데 이게 마장이다. 이렇게 생각을
하고

　　"나 못하오."
그랬단 말여. 그러니까 이 청년이 귀 싸대기를 그냥 이리 패고 저리 패고
그냥 호빡 패 버렸어. (조사자 : 노인 양반을?) 에. [조사자 웃음] 호빡 패
고는,

　　"야 이놈아, 과거를 뭣 하러 보느냐. 아 [헛기침] 벼슬을 해가지고 백성
을 잘 살리기 위해서 하는 거여. 어 근데 느 일신영화만 생각햐? 그래 옆
에 있는 사람 목숨 하나도 못 살리는 게 어뜿게 백성을 멕여 살리, 멕여
살린다고 그런 생각을 하고 과거를 볼라 그랴. 아 이 넋 빠진 놈이라고."
말여. 호빡 패고는,

　　"던지라고."
게 바다에다 던졌어. 그러니까 어떻게 시험을 보겠냐고. 그냥 내려왔지.
근데 [헛기침] 그 그이는 자기 본처를 의식해서 반대한 게 아니여. 그때쯤
은, 그때쯤은 뭐 서울 가서 뭐 어 이 피치 못할 사정이 있어 그렇게 됐다
고 하면은 또 본처도 이해도 할 그런 세상이여, 그때는. 에 그런데 뭐냐면
은 오로지 그 과거, 그 마장 된다 그런 것만 생각한 거여. 그니까 아 니까
짓 놈에가 무슨 놈의 과거 볼 자격이 있냐 그 말이여. [헛기침] 그러면서

　　"내일 시관이 우리 아버지여 이놈아. 당대 정승이여."

　　[제보자 웃음] (조사자 : 그 딸이 그럼 당대 정승의 딸이었고만요.) 어
정승의 딸이여. [큰 기침] 그르니까 게 그 뒤로는 귀 싸대기 뚜드려 맞고
와갖고 그냥 그러고 살았지. 살다 죽었는데, 글은 잘해요. 근데 그이가 어
공부를 할 적에 어 어떤 방법으로 했냐면, 그것도 하나에 방법일 수 있단

말이여. 컨닝인데, 그 그 동네서 인제 서당에를 다니는데 그 점심 먹기 전에 에 운자를 하나 내줘. 그러면 점심 먹는 시간에 글을 지어 가지고 와. 오면 인제 그 인제 선생이 인제 그 평을 하지. 근데 항시 이 사람 글이 제일 좋아. 장원이여. 날마다 장원이여. [헛기침] 근데 그 아버지가 생각할 적에는

'아 이상하다. 그렇게 글을 잘 할 수 있는 그런 아직 능력이 없을 텐데 웬일인가.'

아 기분은 좋지. 아들이 재주 있어서 그러느만. 근데 옛날에 담배를 잎담배를 이렇게 칼로 썰어가지고 목침에다 썰어가지고 그 놈을 피운단 말여. 게서 인제 잎담배를 이 이렇게 좋은 놈으로 이렇게 모아서 뒀, 말아서 뒀다가 인제 그 놈 하나씩 내서 썰어서 피우는데, 그 아버지 담배 에 벽장에서 날마다 담배 하나씩이 없어져. 담배 한 묶음씩이 없어져. (조사자 : 잎담배가요?) 에. 잎담배가. 그니까 그 하인들이 그냥 혼이 나지. 하인들이 훔쳐 먹은 줄 알고. 그냥 당하다 당하다 안 되니까 할 수 없이 이 실직고 한 거야. 도련님이 그런 날마다 하나씩 가져간다고. [제보자, 조사자 웃음] 그래서 불러다놓고

"너 이놈, 에 애비 담배를 훔쳐다가 엇다 어뜿게 했어 이놈아."
그러니까 인제 이 사람도 할 수 없이 제대로 말을 하는데 어떻게 하냐면, 그 놈을 가지고 거기 장안산을 넘어가면 거기 무룡궁재라고 있어. 장안산 재 이름이 무룡궁이여. (조사자 : 무룡궁재.) 무룡궁. 춤출 무(舞)자. 용 룡(龍)자. 집 궁(宮)자. 용이 춤추는 형으로 (조사자 : 무룡궁재.) 산 형이 생겼단 말이여. 그 무룡궁재를 넘어서 아 가면은 거가 영남 땅인데 경상도 땅인데, 거기 가면 서진사가 있어. (조사자 : 서진사?) 어 서진사. (조사자 : 그 서씨 성을 가진 진사?) 에. 서진사한테 담배 한 갑, 하 한 그 한 묶음씩을 갖다 드리고 차작을 해와. 글을 [제보자, 조사자 웃음] 하나 받아가지고 온단 말여. 어 서진사는 금방금방 지니까. 그 뭐 애들 글 짓는

그런 정도야 뭐. 그 오면은 바로 그 운자에 맞춰서 바로 지어주면 인제 그 놈 가지고 온단 말이여. 그러믄 인제 바쁘지. 밤, 밥 먹을 시간도 없지 사실은. [제보자, 조사자 웃음] 그것이 (조사자 : 밥 먹을 도막에 갔다 오려니까.) 어 뛰어 갔다 올라니까. 그래서 인제 그 그 소리를 듣고는,

"그래. 니가 그 동안에 그렇게 차작을 해왔다니 차작도 공부가 된다는 데 공부 좀 됐겄다. 내가 운자를 낼 테니 한번 지어봐라. 못 지면은 너 [헛기침] 각오해라."

인제 그런단 말여. 근데 그 동안에 하도 많이 인제 가서 글을 얻어 와서 머릿속에 있단 말여 그게. 그니까 이제 운자를 그 아버지가 내니까 이리저리 뜯어 맞추니까 글이 돼. [제보자, 조사자 웃음] 글이 꼭 됐단 말야. 아 그러니까 아 인제 속으로 쾌재를 부르는 거야.

'아 이것도 공부가 되는구나.'

게 그 다음부터는 말을 안 해. 날마다 담, 담배가 없어지, 인제 없어지기를 희망을 하는겨 인제. 오히려. (조사자 : 아, 그것도 공부가 되니까요.) 어. 그니까 그 그것도 하나에 방법이지. 어 지금 우리도 어 자기 능력으로 공부를 못 할 때 누가 옆에서 이렇게 쪼끔 봐주면 어 뭐 (조사자 : 과외 선생처럼.) 요새 과외라 그드만. 그럼 공부가 된단 말여. 그래서 인제 그것이 내 것이 되거든. [헛기침] 그래서 어 그 그것도 인제 과거도 운이 따라야 되는데, 글 잘한다고 되는 것도 아니거든. 그래서 어찌 됐든 그이가 글은 잘했지만, 글은 잘했지만 그 어 근본을 망각하고 그 그냥 어찌됐든 자기가 사람을 죽인 거란 말이여. (조사자 : 자기 일신에 영화를 위해서요.) 에. 자기가 사람을 죽인 거나 마찬가지여. 그래서 그거 참 아 잘못한 거다. 아 그렇게 생각하지. 말하자면 아 어찌됐든, 어찌됐든 나중 일은 그만두고, 사람은 살려 놓고 봐야 되는데 에 그건 대단히 잘못한 거여. (조사자 : 그믄 그 양학원이라는 사람이 이 장수 어디쯤에 살았다.) 장수군 계남면. (조사자 : 계남면.) 내동이라고는디 내동, 동네까지는 내가 모르고,

내동이라고 하는 데가 동네가 여러 개가 있어요. 여러 개가 있어. 장안산 밑에. (조사자 : 그믄 내동에 양학원이라는 사람이 살았고, 이런 이야기가 전해 오는 거예요?) 에.

아 이거 실화여. (조사자 : 실화예요?) 에. 그런데 어느 조정인가 그건 내가 모르겠고, 그 연대를 보면은 대략 한 이백년 안쪽일 거여, 아마. (조사자 : 이백년 안쪽에요.) 에. (조사자 : 그 뭐 기록이 남아 있는 게 있는.) 그런 기록은 안 써. 안 써졌어. (조사자 : 그런 건 아니고 구전. 그냥 입에서 입으로.) 에. 구전이지. 그런 걸, 그런 걸 써놓질 않지. 그리고 그 자손이 있다는 말도 못 들었어요. 아 내가 그 말은 못 들었어. (조사자 : 자손이 있다는.) 양씨들 있는 데 가서는 그 이야기 하기도 좀. (조사자 : 조심스럽고.) 어 조심스러워요. 좋은 이야기는 아니니까. (조사자 : 그렇죠.)

부를 과시하다 망한 김부자

자료코드 : 07_10_FOT_20090512_KEY_PSS_0002
조사장소 : 전북 장수군 계남면 침곡리 1006-1번지 박수섭 자택
조사일시 : 2009.5.12
조 사 자 : 권은영, 이화영
제 보 자 : 박수섭, 남, 67세
구연상황 : 계남에 남원 양씨들이 많이 산다는 말을 하고는 바로 다음의 이야기를 구연
　　　　　 하였다.
줄 거 리 : 분성 김씨 성을 가진 영남의 부자가 사윗감을 고르려고 돌아다니다가 요전 마
　　　　　 을까지 오게 되었다. 김부자는 느티나무 아래에서 놀고 있던 박수섭 오대조의
　　　　　 관상을 보고는 그를 사위로 삼게 되었다. 김부자는 대삿날, 영남에서 요전 마
　　　　　 을로 넘어오는 길에 있는 모든 주막에 쌀을 닷 말씩 주어 잔칫술을 빚게 하였
　　　　　 다. 이처럼 부를 과시하던 김부자는 오래 가지 않아 재산을 다 잃게 되었다.

(조사자 : 내동. 내동 쪽에 오면 혹시 양씨 집성촌 있어요?) 아 많이 살

지. 많이 살어요. 계남에 양씨가 많이 살어요. (조사자 : 그래요.) 남원 양씨. (조사자 : 남원 양씨요?) 에. (조사자 : 원래 그 집안에서 그냥 주변에서 그릏게 조용히 나온 내려온 이야긴가부네요.) 아 우리 이 지방에서도 아는 사람이 별로 없어요. 아 계남서 나말곤 없을걸? 근데 그 아 이름까지 분명하니까. 근데 그 수량이지. 양씨가 목량이 있고 수량이 있고 그러거든. 이제 (조사자 : 앞에.) 앞에 나무목하고 버들양. [버들 양자를 써보이며] 버들 양(楊) 이거. 저 순창 저 구미 양씨들. 그거는 목량이라 그러고, 예 삼수에다 이케 쓴 거는 수량이라 그러지. (조사자 : 그걸 수량이라 그래요.) 에. 근데 이것도 사실은 밑에 나무목에서 찾아, 찾기는. 찾기는 여기서 찾는데, 구분 하느라고 목량 수량 그러지. (조사자 : 목량 수량 그릏게 하는 거예요. 아 그렇구나.)

그러고 아 그 우리 동네 [창문가를 향해 손가락으로 가리키며] 여기 앞에 인제 다른 다른 이야기여. 이 앞에 그 보면 느티나무 있어요. 그 이 아까 차 세운 데 느티나무 있고, 그 아래가 또 하나 있어. 근데 논 가운데, 고기 오래 된 거여. 고게 오래 된 건데. 정확히 연세는 모르고, 그 혹시 우리 팔대조 할아버지가 여기 처음 터 잡으실 때 심으셨는지, 아 그건 몰라 나도. (조사자 : 요전을 그믄은 그 8대조 할아버지가 이릏게 자 터를 잡으신 거예요?) 아. 처음 들어오신 거요. 그런데 그 느티나무 아래서 아내 생가 5대조여. 내 고조께서 양자로 오셨거든. 근데 그 5대조께서 어려서, 어려서 그 나무 밑에서 인제 놀으시는거. 인제 그 때도 나무가 컸다 그래요. 그때도 이미. 그래서 내가 그걸로 봐서 동네 생기면서 심어진 나무가 아닌가 그런 생각을 하는데, 근데 얼굴이 아주 인물이 풍채가 좋고 그랬대요. 아 저 영남에 분성 김씨, 김부자가 살았어요. 근디 분성이 대구 고호(古號)거든. 근디 그 어 분성 김씨 한 분이 아 관상을 잘 봐요. 관상. 그래가지고 인제 사윗감을 고를라고 이릏게 넘어오다 보니까 여까지 온 거야. 그래 나무 밑에서 쉬면서 보니까 아 애가 얼굴이 잘 생겼어. (조사

자 : 그 고조할아버지.) 우리 오대조. (조사자 : 오대조 할아버지요?) 에. 그
래서

　　"너그 집이 어디냐"

고 물어보니까 데리고 오는데, 형편없이 가난하게 살아. 그때 뭐 밥솥이
깨진 걸, 깨져서 구먹이 난 걸 어뚷게 막아갖고 밥을 해먹고 그릏게 살았
대. 그릏게 가난했어요. 그런데 그 김부자가 인제 그 총각이 욕심이 나는
겨. 그래서 와서 인제 어른들을 만나 뵙고는 청혼을 했어. 그니까 어이 그
냥 그 우리는 어 좋은 거야. 하 말하자면 워낙 부잣집이여, 지 집이. 에
그러니까 어 허혼을 했단 말야. 허락을 했어. 근데 이제 [헛기침] 인제 그
대샷날 그 집에서 여기까지, 여기까지 옛날에는 주막이 많아요. 쪼끔 걸
어가면 주막, 쪼끔 걸어가면 주막 그래. 술 깨지도 않아서 주막 나오면 또
밥 먹고 그래. 주객들은. [조사자 웃음] 그 주막을 전부 다 쌀 닷 말씩을
줘. 그게 지금 저 육십령 어 고개로 넘어오거든, 그 길이. 옛날에는 서울
서 와도 고 길 뿐이여. (조사자 : 육십령이요.) 어. 육십령 고개. 그니까 이
제 그 그 길로 쪽[길게 빼며] 오면서 주막마다 쌀 닷 말씩을 다 줘. 다 주
면서 요걸로 술을 해가지고 어 영남 김부자 떠 딸 시집보내는 잔치 잔칫
술이라고 그 날은 무료로 술을 좀 다 줘라. 그니까 영호남 잔치를 한 거
야. 근데 그릏게 하는 게 아니야. 돈이 있으면 그냥 빈민구제를 하지 그릏
게 기분 내는 게 아니라고. 그래 인제 딸을 보냈는데, 얼마 가서 망했어.
(조사자 : 아, 김부자네 집이요?) 에. 그 집이 망했어. 망해가지고 이제 에
이쪽으로 따라와서 살게 돼. (조사자 : 아, 김부자 집이? 장수로 넘어와서
요.) 에. 그래가지고 이 장계에서 그때 좀 제일 요새로 말하면 뭐 허까, 좀
구비해가지고 뭐 백화점, 에 미니백화점 마냥, 이? 에 그때 그때 세상에
없는 거 없는, 뭐 그런 그런 걸 했어요. 그런 걸 하고 살았어.

　게 우리도 아는데, [헛기침] 우리도 그 자손이지. 이제 알고 어 서로 인
제 그 척보를 찾고 뭐 아저씨라고 하고 이제 그러고 지냈단 말여. 근데

지금 여기 하나도 안 살아요. 또 어디로 갔어 다. 그르니까 에 그 인제 이
얘기는 뭐냐면 그 잘 산다고 해서 어 그렇게 아 너무다 사치하고, 뭐 그
래선 못 쓴다. (조사자 : 그런 얘기.) 에 그런 얘기. (조사자 : 빈민구제를
할 때는 그렇게 기분을 그냥 막.) 그렇지. (조사자 : 내는 것은 옳지 않다.)
에. 자기 자기 생활은 검소하고 그래야지 그걸 뭐 그 부귀를 남한테 이룧
게 과시를 하고 그럼 못 쓴단 얘기여.

섬다리 마을을 망하게 한 도승

자료코드 : 07_10_FOT_20100128_KEY_SJS_0001
조사장소 : 전북 장수군 계남면 화음리 969번지 계남면 문예복지관 경로당
조사일시 : 2010.1.28
조 사 자 : 권은영, 김성식
제 보 자 : 서중식, 남, 83세
구연상황 : 1차 방문 시에 제대로 조사하지 못했던 최장수와 양만석을 면담하기 위해 사
전에 약속을 하고 계남면 문예복지관 경로당에 방문하였다가 서중식 노인회
장을 만났다. 지난 방문 시에 면식이 있어서 그간의 안부를 묻고 이러저러한
얘기를 나누었다. 그러다 내동 마을에서 전해지는 아기장수 설화, 쌀이 나오
던 시암에 관한 설화, 풍수 설화 등을 얘기해 주었는데 주변이 소란스러워서
녹음이 잘 되지 않았다. 경로당에서 제공하는 점심을 먹은 후 청중 몇 명과
옆방으로 자리를 옮겼다. 조사자가 앞서 들었던 얘기들을 해달라고 청하자 제
보자가 다음을 구연하였다.
줄 거 리 : 장수군 계남면 가곡리에는 섬다리 마을이 있는데, 지금 있는 마을 아래로 있
던 옛날 마을은 도승 때문에 망해 없어졌다. 옛날에 섬다리 마을에는 부자가
많이 살았는데, 마을 사람들은 마을을 찾아온 중을 붙잡아 대테를 메어 몹시
고통스럽게 하였다. 그런 일이 반복되자 도승 하나가 마을 사람들을 징치할
생각을 하고 그 마을을 찾아갔다. 사람들에게 잡힌 도승은 마을에 식수가 부
족한 것을 알고 마을 한복판에 있는 전나무를 베고 그 아랫부분을 파면 식수
가 충분히 나올 것이라고 일러 주었다. 마을 사람들은 도승의 말을 믿고 일러
준 대로 따랐다. 하지만 그 마을은 풍수지리적으로 볼 때 배의 형국이었고,

그 전나무는 배의 돛대에 해당하는 것이었다. 전나무를 베어내고 그 아랫부분을 파 낸 것은 풍수지리적으로 볼 때 돛대를 베어내고 배의 한복판을 파낸 것이었다. 그렇게 하여 배가 난파한 것처럼 그 마을도 망해 버리고 말았다.

그 장수군 계남면 가곡리라고 혀, 그 부락을. 가곡리라고 하는 부락인데, 그 인자 우로 부락이 지금은 있지만은 그 옛날에 있든 부락은 그 중 땜에 그 부락이 파했어. 왜 파했냐, 아까 말대로 그 섬다리 마을이 옛날에 부자도 많이 살고 그랬는데 그 중들이 옛날에 오먼은 중을 잘 대접을 해서 보내는 것이 아니라 중이 오먼은 옥신 복달 시달려갖고 보내든지 글안 허먼 옛날에 그 대테라고 했어. 태테. 태테.

(조사자 : 아, 대테.)

콩 태 자, 그, 이 테를 메운다 이거여. 그 얘기는 뭐냐 허먼 쌀자루다 콩을 담가가지고 콩을 너가지고 사람을 그 자루 속에다 콩 속에다 넣어. 그래가지고 물이다 담그먼 콩이 그 불을 것 아녀. 그라믄 사람이 숨이 멕혀서 죽는다.

(조사자 : 콩이 이렇게 불어갖고요?)

어, 그래 인자 태테를 메운다 그, 그 역사 이얘기가 있는데, 그래 인자 그 섬다리란 데가 부자로 인자 부촌으로 살고 있는데 그 부락이 식수가 딸려, 식수가. 그래 인자 도사가 오, 오먼은 좋게 보내는 것이 아니라 시달리고 곧 죽일라고 하고 그링게 그 도사가 벌써 심사를 죽일라고

인자 맘을 먹는 것이지 누 차례 댕겨도 인자 그 지경을 늘 하고 이러인게 에라이 부락에 가서 요번에는 좀 심사를 부리야겠다. 도사가 이런 맘을 먹고 그 부락을 왔어. 오닌게 그 때 또 먼여와(먼저와) 같이

(조사자 : 또 마을 사람들이 힘들게?)

어, 한단 말이여. 긍게 그 중이 한단 말이 요번에 나를 살리줄 것 같으면 요 부락에 지금 식수가 없잖냐. 내가 식수를 한 군데 좋은 데를 잡아 줄 텐게 살리달란 말야. 그람 그렇게 해라.

그래서 그거 가게 그 섬다리란 데가 그 가게가 옛날부텀 배혈이라고 그라, 배혈. 바다에 떠 댕긴 배. 나무에 여는 배가 아니고. 그려 인자 지금도 지금 전설이 나와. 그 전나무떵이 있어. (조사자 : 전나무떵.)

전나무떵이 있고. 그 섬다리 가가지고 또 그 큰 전나무가 있었다능거. 그 부락 가운데에. 그럼 그 저, 전나무 그것이 무엇이냐. 배 돛대여, 배 돛대. 배 돛댄데 그 도사중이 여그 식수가 모지라고 그러닝게 요 전나무 요 놈을 비고 똥구녕을 요 파먼은 아주 좋은 식수가 나온다. 그러닝게 인자 그 부락에 식수가 없고 그러니까 그람 그렇게 해라. 그 전나무 고놈을 비고 그 전나무 똥꼬녁을 파낸 게 물이 그냥 폭 솟아 부려. 그 때는 좋았어, 좋았는디 아 배 복판을 뚫버 버렸으니 배가 물, 물이 올라오니게 배 그거 가라앉기 마련 아니여. 이, 그래가지고 그 섬다리 마을이 망했다. 이런 역사가 있어. (조사자 : 가곡리에, 섬다리라고.)

방죽을 파서 망한 박씨들

자료코드 : 07_10_FOT_20100128_KEY_SJS_0002
조사장소 : 전북 장수군 계남면 화음리 969번지 계남면 문예복지관 경로당
조사일시 : 2010.1.28
조 사 자 : 권은영, 김성식
제 보 자 : 서중식, 남, 83세
구연상황 : 앞의 이야기에 이어 바로 다음을 구연하였다.
줄 거 리 : 장안리에는 박씨들이 모여 살았는데 부자로 잘 살고 있었다. 박씨들은 마을에 들어온 중들을 괴롭힌 후에 내쫓곤 했다. 하루는 도승 하나가 마을에 들어와 동네 뒤의 한 곳을 가리키며 그곳에 방죽을 파면 마을이 더 잘 될 것이라고 일러주었다. 중이 알려준 대로 그곳에 방죽을 파자 잉어 세 마리가 뛰어 나왔다. 마른 땅에서 솟아난 잉어들은 죽어버렸고, 그 뒤에 박씨들은 망하고 말았다.

저, 장안이라는 데 그 박씨들이

(조사자 : 장안리. 예.) 박씨들이 등황하게 살았어. 그 장안리 거 박씨들네가 밀양인가 어디 박씬 거는 모르겄어.

(청중 : 내동은 밀양 박씨가 특긴데.) (청중 : 없, 아니여.) (청중 : 없어.)

(청중 : 저 밀양이 아니고 거그는) (청중 : 맞아, 없어.) (청중 : 밀양은 화산. 화산집?)

화산은 밀앵이 아니여. (청중 : 거게는 충주 박씨고, 충주고) 충주 박씨고.

(청중 : 그른갑다 참.) 충주 박씨고 밀양 박갈 거야, 아매. 그런디 그 집안이 그 괘등이란 데다 묘를 썼어.

(조사자 : 괘정이요?) 괘등. (조사자 : 괘등.) (청중 : 괘등. 괘등이라고.)

괘등은 뭐냐, 등잔에 호롱불 쓰는 형국이여. 어, 등잔에 호롱불 쓰는 격인데, 거그도 역시 중이 오면은 못 살기고. 응. 그래 인제 몇 차례 오고 그랬는데 박씨들이 등황하게 산 게 한 번은 와가지고 당신네들이 이렇게 부자로 잘 사는데, 나 시긴 대로 할 거거든 더 살림이 일어나고 좋다. 그른게 그렇게 하라고 인자 시깄어. 그 괘등 밑에 지금도 그 방죽터가 있어.

(청중 : 어디 짬?) 거 장안리 동네 뒤에 (청중 : 동네 뒤에?)

응, 지금, 지금도 방죽이 있어.

(청중 : 우로 올라가서?) 바로 동네 뒤에 가서 있어. (청중 : 아 쪼깐헌 저 저)

여따가 방죽을 팔 것 같으먼 당신네들이 더 득세를 하고 좋다. 그람 그렇게 해라. 시긴 대로 거 방죽을 팠어. 방죽을 파닝게 잉어 세 마리가 뛰어. (조사자 : 허, 방죽에서요?)

음, 방죽을 파니까. 그러니 잉어 세 마리가 마른 땅에 솟아나 부러니 잉어가 죽지 거 살겄어. (조사자 : 마른 땅에서. 예)

그래가지고 거 박씨들이 망했다, 그런 유래가 있어.

양지마을에서 태어났던 아기장수

자료코드 : 07_10_FOT_20100128_KEY_SJS_0003
조사장소 : 전북 장수군 계남면 화음리 969번지 계남면 문예복지관 경로당
조사일시 : 2010.1.28
조 사 자 : 권은영, 김성식
제 보 자 : 서중식, 남, 83세
구연상황 : 앞의 이야기 후에 앞서 했던 얘기를 다시 청하자 다음을 구연하였다.
줄 거 리 : 내동 양지마을에 광주 이씨들이 살고 있었다. 이씨들은 장군대좌에 묘를 썼는
데, 그러고 나서 집안에서 한 아이가 태어났다. 그 아이는 태어나자마자 벌떡
일어나 앉았고, 어깨 밑에 날갯죽지를 달고 있었다. 옛날에는 이런 아이가 태
어나면 역적이 났다고 하여 나라에서 잡아다가 죽였다. 아이는 해를 피하기
위해 마을을 떠났고 그 이후로 전혀 소식이 없었다.

그것은 저 내나 저 내동 양지마을 이씨들이여. 이씨들인데

(청중 : 광주 이씨, 광주 이씨.) (조사자 : 광주 이씨.)

괴목동 가면 장군대좌라고 묏자리가 있어. 묏자리가 있는디 지금은 인
자 처갓집 산이 됐구만. 거가 아래 우에 상하장으로 지금도 가면 뫼가 큰
뫼가 있어요, 지금. 근데 그 옆에가 투구바우도 있고 칼바우도 있고 그리
여 거가. 그런디 인자 거따 뫼를 쓰고 참, 아얼, 아이를 난 방에 인자 난
아이가 뽈딱 일어 앉아. 뽈딱 일어 앉는단 말여. 그래가지고 가만히 보닝
게 어깨 밑에 쭉지가 달렸어. 겨드랑 밑에. 그래, 지금 같으면 그런 사람
을 나라에서도 보호해서 키우고 그럴 테지만은, 옛날에는 그런 사람이 나
면 나라에서 그만 쥑이버릴라고 하거든.

(청중 : 역적 난다고.) 역적, 역적이라 히가지고 (청중 : 역적이 난다고
그맀어.)

그라믄 인자 그런 사람을 나라이서 인자 잡아다가 어깨를 파, 어깨. 산
사람을 갖다 그 어깨를 파먼 살 것이여, 죽어버리지. 그렁게 인제 그런 역
적이 났다 하가지고 소문이 나닝게 이 사람이 고만 나가버렸다는 겨.

(조사자 : 도망갔어요?)

어, 도망. 그닝게 인제 사램이고 모든 것이 인제 시를 잘 타야 되는데,

(청중 : 그렇지 시를.) 시를 잘 타야 되는데, 내나 저그 저, 태은이 사는 집에 거 바우가 있어. 바우. (청중 : 있어, 마당에.) 바우가 있는데, 아를 낳아 노니까 그 바우에 가 딱 앉드라 이겨.

(조사자 : 애기가요?)

에. 그래가지고 인자 참 장군을 낳다 했는데 나라에서 그걸 알고 죽일라고 하닝게 나갔다고 인자 나가서 오늘 날까지 흔적이 없다고 그런 유래가 있어.

(조사자 : 그냥 도망가 버리고 없고만요.)

세 마리의 오리가 나온 방죽

자료코드 : 07_10_FOT_20100128_KEY_SJS_0004
조사장소 : 전북 장수군 계남면 화음리 969번지 계남면 문예복지관 경로당
조사일시 : 2010.1.28
조 사 자 : 권은영, 김성식
제 보 자 : 서중식, 남, 83세
구연상황 : 앞의 이야기에 이어 다음을 구연하였다.
줄 거 리 : 충주 박씨들이 마을에 온 중을 괴롭혔다. 중은 박씨들에게 조상 묘 옆에 방죽
　　　　　을 파면 더 잘 살게 될 것이라고 했다. 박씨들은 그 말을 따라 방죽을 팠는데,
　　　　　방죽에서 오리 세 마리가 나와 각각 오리솔, 까끄말, 작살봉으로 날아가 앉았
　　　　　다고 한다.

충주 박씨들이 그 저, 거가 묘가 여러 상부가 있거든. 그런디 인자 옛날에 인자 아까 말과 같이 그 중이 오면 어느 부락 없이 다 그렇게 모, 못 할 일을 많이 시깄던 개벼.

(청중 : 못 살게허고. 왜나 양반이 양)

그러니까 인자 그 박씨들 또 등황하게 살고 그러는데 중이 오면 인제 괴롭히고 계속 그러닌게 한 번은 와가지고 이 뫼 옆에다 방죽을 파면 박씨들이 더 등황하게, 박씨들이 더 등황하게 산다. 그래가지고 그렇게 허락을 해가지고 그 묏발 밑에 그 방죽 터가 있어.

(청중 : 있어. 지금도 거그 진털이 있어.)

방죽을 파닝게 오리 세 마리가 나래가 나오드라 이거여. (조사자 : 오리요?)

오리. 그래가지고 말이, 한 마리는 금뜰에 그 오리솔이란 데가 있어.

(조사자 : 오리속?) 오리솔. (조사자 : 오리솔.)

으이. 금뜰에 그 그 있잖여, 박병헌이 살던 거그라. 에두럭 밤실 밑에 바로. 거그 와서 오리가 한 마리 앉고 한 마리는 또 저, 까끄말 안터 어디 가서 앉았다든가 그러고 한 마리는 퉁적골 어디 와서 앉고 그래 그런 유래가 있어.

(조사자 : 어, 퉁적골이요?) (청중 : 작살봉이라 그러지.) (청중 : 작살봉.)

쌀구멍

자료코드 : 07_10_FOT_20100128_KEY_SJS_0005
조사장소 : 전북 장수군 계남면 화음리 969번지 계남면 문예복지관 경로당
조사일시 : 2010.1.28
조 사 자 : 권은영, 김성식
제 보 자 : 서중식, 남, 83세
구연상황 : 계남면의 마을 중 양신은 반촌이며 음신은 민촌이라는 얘기를 한 후 조사자
        가 앞서 해 주었던 쌀구멍에 관한 얘기를 청하자 다음을 구연하였다.
줄 거 리 : 궁양리에서 장계면 대곡리를 넘어가는 고배기골의 방죽 밑에는 바위가 많은
        골짜기가 있다. 옛날에 거기에 절이 하나 있었고 그 절에는 쌀이 나오는 구멍
        이 있었다. 그 쌀구멍에서는 절에 오는 손님의 수에 따라 딱 그 몫만큼의 쌀
        이 나왔다. 그 절에 살던 상좌가 쌀구멍이 커지면 쌀이 더 나올까 하여 꼬챙

이로 구멍을 쑤셨다. 그러자 구멍에서는 쌀뜬물같이 뽀얀 물이 팍 솟았고 그 뒤로 쌀은 나오지 않고 물만 나왔다고 한다.

아 내나 저 고배기골이라 그 저 방죽 밑에 방죽 밑에 그 왜정 때 방죽 막았잖여. 그런 게 우리가 인자 들어서 이야기지, 우리가 실제로 보던 못 하고. 에, 보던 못 허고 인자 그 때 그 방죽 막을 때 흙을 파다 인자 그 방죽 뚝을 막는데 거그서 저 조그만한 동자부처가 나왔어, 하나. 그것은 확실히 우리 눈으로 봤으니까.

(조사자 : 보셨어요?) (청중 : 동, 동으로, 동?)

뭐 크도 안햐, 요만헌 동자석으로 해서 이렇게 놔눴는데 인자 어른들이 전해온 얘기를 들어보면 그저 방죽 밑에 거가 그 양달쪽으로 붙었는데, 거가 순 암석이여. (조사자 : 암석?) 암석. 암석인디 암석이 이렇게 붙었어, 이렇게, 아래우로 이렇게. 이렇게 붙언데, 여기서 물이 나와. 물이 나온데 그 물을 가지고 누가 농살 짓냐면 박승근이. 박승근이가 그 넘, 그 물을 대서 농사를 지어먹었어.

그런디 인자 어른들이 하는 얘기를 들어보면 거그서 쌀이 나왔다 이거여, 거그서. 그 절이 있고. 그 골짜기 거가. 그라믄 절에 손님이 하나 오먼 하나 몫이 쌀이 나오고, 손님이 둘이 오먼 둘 몫이가 나오고, 서이 오먼 세 몫이가 나오고. 그 마 아주 참 그 뭐라고 헐까, 보화란 말여, 그 구녁이. 지금도 그런 보화 갖고 있음 뭐 할라고 농살 짓고 그려. [좌중 웃음] 인자 전해온 말로 의하먼은 그래 인자 그렇게 쌀이 계속 나오는디, 그 어느 상좌 하나가 조끔 더 나오라고 더 나오라고 꼬쟁이로 쑤셨어, 그 구녁을. 쑤신게 쌀 씻그면 뜬물이 보오허니 나오잖아. 뜬물이 그냥 팍 솟아나 오더라는겨. 그 뒤우로 쌀은 나오지 않고 물만 나왔다. 그런 얘기가 있고.

세종대왕과 사주가 같은 벌치기

자료코드 : 07_10_FOT_20100128_KEY_SJS_0006

조사장소 : 전북 장수군 계남면 화음리 969번지 계남면 문예복지관 경로당

조사일시 : 2010.1.28

조 사 자 : 권은영, 김성식

제 보 자 : 서중식, 남, 83세

구연상황 : 앞의 이야기 후 임금이 밀행했다는 얘기를 아느냐고 묻자 제보자가 다음을
구연하였다.

줄 거 리 : 세종대왕이 백성들이 사는 모습을 보려고 민복 차림으로 잠행에 나섰다. 다니
는 도중에 날이 저물어 어느 집에서 하룻밤 머무르게 되었는데 수십 통의 벌
을 치는 벌치기의 집이었다. 집주인은 도토리가루에 꿀을 섞어 만든 음식으로
대접을 했고 세종대왕은 그 음식을 맛있게 먹었다. 집주인과 이야기를 하던
도중에 세종대왕은 집주인의 사주가 자신과 똑같음을 알았다. 자신은 한 나라
의 왕이 되었고, 집주인은 수많은 벌들의 왕 노릇을 하고 있는 셈이었다. 나
중에 궁으로 돌아와 그 벌치기를 불러 상을 주었다.

인제 임금이 지금은 대통령이 뭐 참 자긴 인자 청와대에 있고 외국이
나 순방하고 국민들이 잘 사는가 못 사는가 그건 몰라 지금 정치만 하지.
그전 임금들도 그런 임금이 없었고 우리 한글도 세종대왕이 만들었다고
하잖아요. 그분이 밤이면은 관복을 전부 벗어놓고 일반인마니 두루매기
입고 갓 쓰고 저녁으로 홀로 돌아댕겨. 우리 국민이 잘 사냐 못 사냐 그
걸 알기 위해서.

그래 인자 하루는 가다 일모가 저물었어. 일모가 저물어서 이런 재를
한 번 넘어가야 되는데, 거그서 자게가 됐단 말여. 긍게 에뚜럭 사는 사
람, 동네를 피해서 가닌게 에뚜럭 집 한 채 인제 거가 불이 빤하니 써 갖
고 있어. 가서 보닝게 벌을 여러 수십 통을 키우고 있어, 벌.

(조사자 : 벌, 예.)

그래 인제 거그를 들어가닝게 밥을 뭣을 해서 주냐. 산에 굴밤 있잖아,
참나무서 열리는 굴밤, (청중 : 도토리. 도토리.) (조사자 : 도토리.)

고놈을

(청중 : 상수리라, 참.)

고놈을 줏어다가 삶아서 울그고 그래가지고 인자 고놈 인제 좀 바솨가지고 꿀을 거따 버무려서 줬어, 임금님. 임금님인지도 모르고. 그래, 임금님이 먹어본 게 맛이 참 좋아. 어. (청중 : 안 먹어보던 걸 먹어보니까.)

그래서 이것이 무엇이냐, 그 인자 굴밤이라고 그려, 굴밤이라고. 굴밤으다 꿀을 버무렸다고. (청중 : 굴밤이란 말은 우리 여그 이 근방 사투리고.)

굴밤이라기 전에 꿀밤이다. 꿀밤이다.

임금이 그거, 그래갖고 먹곤 꿀에다 버무려 하도 맛있응게 이거 꿀밤이다, 굴밤이 아니라. 그래 인자 거그서 자면서 그 주인 영감하고 이양저양하고 인제 자, 세종대왕하고 한 날 났어.

(조사자 : 아, 주인이요, 그 집주인이? 어이고.)

그래 시를 물은 게, 한 날 한 시여, 시도 똑같혀. 하하 거그서 임금이 느낀 바가 많아. 나는 임금의 왕이 됐지만은 한 나라의 임금이 될라면 역적이 하나 되잖야. 아, 벌로 해서 너는 왕이 됐구나, 어.벌이 여섯, 수십 통이면 우리 백성들 숫자보담 더 많아.

(조사자 : 음, 그러겠네요.)

나는 임금의 왕이 됐고, 그 임금 속으로는 너는 이 벌로 해서 임금이로구나. 그렇게 짐작을 하고 서울로 올라갔어.

(청중 : 그 인자 그런 것도 우리는) 아 그게 들어서 얘기지, 아먼.

(청중 : 처음부터 끝까지 인제 알아야 된데.)

그래 인자 (제보자 손에 들고 있던 장기알이 녹음이 근처로 떨어져서 나는 소리)그래 임금이 올라가서 인자 그 사람을 불러 올렸어. 아 올라가서 본 게 임금이거든. 하, 죽기 살기로 뭐 사죄를 하고, 그럴 것이 아니다. 그래가지고 그 임금이 그 사실 얘기를 죽 했어. 당신하고 나하고 한 날 한 시 났는디 나는 인간의 왕이 됐고 당신은 벌로 왱이여. 그닝게 둘이 똑같으면 역적이 하나 생겨야 돼. 서로 임금 자리를 차지할라고 하닝게. 그래가지고 거그서 참봉 벼슬을 주고 돈을 후히 임금님이 드리 보내가지고

(청중 : 상을 줬겠지.)

잘 살았다는 그런 역사 이야기도 있고.

불로초를 구하러 갔다가 정착한 일본

자료코드 : 07_10_FOT_20100128_KEY_SJS_0007
조사장소 : 전북 장수군 계남면 화음리 969번지 계남면 문예복지관 경로당
조사일시 : 2010.1.28
조 사 자 : 권은영, 김성식
제 보 자 : 서중식, 남, 83세
구연상황 : 앞의 이야기 후 다음을 구연하였다.
줄 거 리 : 진시황이 불로초를 구하려고 사람들을 파견했다. 일본 심신산으로 불로초를 캐러 가는 사람이 진시황에게 남자 천명과 여자 천명을 함께 보내달라고 청했다. 그 사람들이 건너가 보니 일본은 기후가 따뜻하여 사람이 살기에 좋았다. 그래서 불로초를 구하러 갔던 사람들이 그 땅에 정착하여 일본 사람들의 조상이 되었다.

우리, 일본 사람들이 일본이 별도로 일본 나라가 된 것이 아니여. 우리 한족민이여 그게 일본 사람들이.

(조사자 : 그래요, 원래 한국 사람이었어요?)

그럼. 진나라 때 진시황이, 오래 살라고, 심신산 불로초를 좀 캐오니라 그랬어. 그 놈 먹고 오래 살라고. 그러닌게 인제 거기 갈 사람이 뭐라고 혔냐. 남자 천 명하고 여자 천 명하고만 보내, 내주쇼. 그러면 일본 심신산에 가가지고 불로초를 캐오겠습니다. 그래, 일본을 건너갔어. 건너가서 보닝게 그렇게 따숩고 일본이 살기가 좋아. 나오지도 않고 거그서 자리를

잡아가지고 살았다는 그런 유래도 있고. 그런게 일본 사램이 별도로 일본 놈이 아녀, 우리 한족민이라 일본. 그러니까 얼굴도 비슷하거든, 다.

하늘의 시험을 극복하고 동삼을 얻은 효부

자료코드 : 07_10_FOT_20100128_KEY_SJS_0008
조사장소 : 전북 장수군 계남면 화음리 969번지 계남면 문예복지관 경로당
조사일시 : 2010.1.28
조 사 자 : 권은영, 김성식
제 보 자 : 서중식, 남, 83세
구연상황 : 앞의 이야기 후 제보자가 담배를 태우러 나갔고 그 사이 최장수 제보자가 세
종대왕의 미복잠행 설화와 자신의 생애에 대해 얘기하였다. 그 후 서중식 제
보자가 돌아와 다음을 구연하였다.
줄 거 리 : 한 부부가 노부모를 모시고 살고 있었다. 하루는 농사일을 마치고 며느리가
아들보다 먼저 집으로 돌아왔는데, 노망기가 있던 시어머니가 닭을 삶아났다
고 했다. 며느리가 솥을 열어보니 솥 안에는 자기 아들이 죽어 있었다. 효심
이 깊었던 아들과 며느리는 아이의 시신을 아무도 모르게 치우고 종전대로
부모를 잘 모시기로 했다. 다음날 아침 죽은 줄로만 알았던 아들은 살아서 집
으로 돌아왔고, 부부는 자신들이 치웠던 시신이 사실은 동삼인 것을 알게 되
었다. 하늘이 동삼을 아이의 모습처럼 보이게 하여 부부의 효심을 시험했던
것이다. 노망기가 있던 할머니는 동삼을 먹고 백수장수를 하였다.

경기도에서 이것이 나오는 이야긴데, 지금이나 그전이나 농사짓고 사는 것은 다 똑같여. 옛날이나 지금이나. 늙은 노부모를 모시고시난 내우간이 인자 참 농사일을 하고 사는데, 그르믄 남자는 좀 늦게 저녁때 저녁을 하로, 부인은 저녁을 할란게 남자보담 좀 앞에 와. 안 그려?

지금도 마찬가지여. 우리가 들에 가서 일을 하다가도 안양반은 저녁을 할라닌게 남자보담 좀 앞에 오게 마련이거든? 그 부인이 집이를 오니까, 저녁을 할라고 오니까, 시어마니가 노망기가 들어갖고 있는데, 메느리보

고 뭐라곤고는

"야야, 저 솥에 내가 닭 한 마리를 사다 삶아놨으니, 나를 좀 건지다 도 라."

시어마니 되는 분이 그런 얘기를 햐. 그래서 가서 보니까 자기 아들이여. (조사자 : 애기를요?)

응. 메느리가 가서 인제 솥을 열어 보닌게 자기 아들을 갖다 삶아 났다 이거여. 그람 할마니 손자 아니었어? 그 이 남자가 일을 마치고 집이를 들어오니까 이 여자가 한다 소리가, 자기 남편보고 하는 소리가 뭐라고 허냐,

"자슥은 나면 자식 아니요."

부인이, 사실 이 어머니가 이래저래 하서 가서 보닌게 사실 일이 이룧 게 돼갖고 있는데, 둘도 모르게 갖다 치우자. 자슥은 나면 자식 아니냐, 여자가 그런 소리 하니, 남자는 뭐라고겄어. 할 말이 없지. 참 귀신도 이 웃집도 모르게 갖다 치워 버렸어. 아 그 이튿날 날을 새고 아들이 인자 핵교 댕기는 판인데, 날이 새고 그런게 자기 아들이 책보를 끼고 털쓴털 쓴 들으와. (조사자 : 아이고, 밖에서요?)

그래가지고 그런 것을 나라에서 알고시나 아따 경기도 무신 부락이 이 름까지 알았는데 내가, 그런 효자는 하늘에서 내린 효자여.

(조사자 : 그믄 그 묻은 것은 뭐였어요, 어르신?)

그린게 그것이 동샘이셨어. 동삼. (조사자 : 아하, 삼?)

응. 동삼. 근데 동샘인데, 이 여자 눈으로는 아들로 뵀다 이기여.

(조사자 : 아들로 뵀던 거예요. 하늘에서 시험한 거고만요?)

아, 하늘에서 벌써 그릏게 씌이는 것이여. (청중 : 시험해 본 거지, 시험 해 본 거)

응, 갖다 준게 오마니가 잘 먹고 백수장사를, 장수를 했다. (조사자 : 아, 신기한 얘기네요, 세상에.)

갈마음수혈을 훼손한 박씨 일가

자료코드 : 07_10_FOT_20090519_KEY_YMC_0001
조사장소 : 전북 장수군 계남면 화양리 중방 마을 721번지 양문철 자택
조사일시 : 2009.5.19
조 사 자 : 권은영, 이화영
제 보 자 : 양문철, 남, 81세

구연상황 : 『장수의 마을과 지명 유래』(장수문화원, 2007)에 나온 설화의 제보자들에게 연락을 취하다가 양문철과 통화가 되었다. 약속을 하고는 자택을 방문하였는데, 양문철은 안과 치료를 받고 난 후라며 왼쪽 눈에 눈 보호대를 붙이고 있었다. 조사자가 설화 구연을 요청하자 다음과 같이 이야기해 주었다.

줄 거 리 : 중방 마을은 본래 밀양 박씨들이 터를 잡고 살았는데, 승려들에 대한 횡포가 심했다. 한 도승이 박씨들을 몰락하게 할 요량으로 박씨들에게 거짓 비책을 일러 주었다. 박씨들은 그 비책대로 하면 더 큰 부자가 될 수 있을 거라 생각하고는, 방죽을 놋그릇으로 메우고 산의 혈맥을 잘라 선산의 갈마음수혈을 훼손해버렸다. 그 뒤로 중방 마을의 밀양 박씨들이 몰락하고 말았다.

저 중 아 그것이 인제 옛날에 거 저 밀양 박씨덜 박씨들이 원래 이 이 마을에 터를 잡았어요. 이 동네에? 겐데 이 동네에 터를 잡고 인제 살았었는데, 이 여 여그가 아니고 저 아래 꼴짜기 있는데 그 산 밑에 거가 있어 인제 (조사자 : 원래 마을이요?) 에에. 골말이라고 하는 데 인제 거가서 살았는데. (조사자 : 골말.) 그 잘 살았던 모냥이요. 그. (조사자 : 밀양 박씨들이?) 어. 박씨들이. 게 인제 그 저그 중이 와서 저 동냥을 돌라면 동냥은 안주고시나 생 혼을 내서 보내고, 옛날에 그 대테을 메운다 그랬거든 대테. 그 대나무를 가지고 테를 이렇게 메워버려 막. (조사자 : 아, 왜요?) 동냥 안 주고 쫓아 보낼려고. (조사자 : 아니, 대테를 메우면 괴로워요?) 그렇죠. 아 그 저 옛날에 그 저 장군 겉은 거 저 세숫대야 겉은 것도 나무로 해가지고 그 대로 테를 메웠거든요. 그래서 물도 안 새는 거예요. 그 나무로 해도. (조사자 : 아, 빡빡하게 이렇게 조여줘요.) 아 그런게 대테를 메웠다 그러거든. 대테를 메웠다. (조사자 : 사람한테?) 아 사람한티다

가. 게 인제 그래 가가지고시나 인제 가만히 보인게, 그 어뜷게 이놈들 못 살게 좀 만들어야겄는디, 그것이 없어. 그래 도승이 와가지고

"하, 이 댁이 참 이릏게 저 거시기 부유하게 그래 잘 살고 그러시는데 아 저그 저 좋은 거시기를 납둬서 그렇다고 저그 저 앞에 여 여 방죽을 메우먼은, 큰 부자가 더 될 참인데 그런다."

고 허거든. 그런게 그 부자가 된다 그런게,

"그럼 어뜷게 하먼 되겄냐?"

그런게로

"저 방죽을 놋그륵으로 메워버리고."

[열어 둔 문으로 보이는 집 앞의 산을 손가락으로 가리키며] 이 날을 이릏게 안산이라 그래요. 여그를 보고. 안산이. (조사자 : 앞에 산이요?) 에. 게 저그 지금 옛날에 참 육송이 좋았어요. 그란데 저 산 나무를 비어 가지고 마을에 저 전기로 쓰고 그랬어요 그 돈을 가지고. 그런데 조 끄트머리 가먼은 그 당그래봉이라고 있어요. (조사자 : 당그래봉?) 응. 왜 저것이 당그래라는 것은 이 저 곡식을 널어 가지고 잡아댕기고 밀고 하는 게 당그래 아니요. 저 잡아댕기는 거. (조사자 : 아, 이릏게 그.) 으 걸 걸어댕기는 거. 게 인제 당그래봉이 있는데, 고 사이를 짤라버리먼은 아 그 그것이 곡식이 제대로 들어올 챔인데, (조사자 : 산 사이를 이릏게 짤라버리면요?) 어. [산의 형세를 손으로 그려주며] 그 저 요롷게 산이 이릏게 가다 이릏게 좀 해가지고 이릏게 또 여기 동그롬하니 있어요. 쪼곰 여 여기서 내다보면 비는디(뵈는디). 게 거기를 짤르고 그라먼은 방죽을 놋그륵으로 메우고 그걸 짤르먼 큰 부자가 된다고. [조사자 웃음] 게 도승이 이제 그라고 쉬고 갔어요. 게 이제 도 저 살림은 있겄다 그래가 놋그륵을 여럿이 매가 방죽을 녹그륵으로 메워버맀어요. (조사자 : 놋그륵을 까득 채워 가지고?) 아예 메워버리고, 저그를 인제 고개를 이제 끊고. 끊으닌게 피가 나드란 거요 고개에서. 에 전설인게 그렇지 인제 그게. [제보자 웃음] 게

이것이 왜 그러냐. 그 골말이라는 데 그저 그 그 사람들 밀양 박씨들 선산이 있어요 거가. (조사자 : 골말에.) 네. 거 바로 동네 뒤에가.

인제 지금은 안 사람이 안 살고 그 밭으로 모다 되고 인제 그렇지만은 게 지금도 가면은 옛날에 살든 그 흔적이 있어요. 담우락 겉은 것이 있고 지금도 그런데, 게 말이 녹 녹그륵을 먹음 놋물을 먹으먼 죽는다는 거요. (조사자 : 아, 말이.) 응 말이. 녹그릇 놋물을 먹으면 죽는다는 거요. 그런게 여그 미나리를 사다거시나는 여 거시기 그륵으다 넣고 놋수제를 갖다 거그다가 넣으먼은 거마리가(거머리가) 죽어 나오거든요? (조사자 : 놋그릇 기운 때문에요?) 아, 놋 놋 기운 땀시. 게 제 말이 그 그 갈마음순데, 목마른 말이 물 많은 저 물을 마시는 형국이다 이거요. (조사자 : 거기 풍수지리?) 아, 풍수지리로. 그래 갈마(渴馬)여. 목마른 말이 음수(飮水). 물을 물을 먹는 형용이다 이거여. 게 인데 그런 형용인데, 갈마음수혈에 그 방죽으다 갖다 녹그륵으로 갖다가 메워버렸으니 말이 죽을뺴이는. (조사자 : 아, 물을 못 먹어서.) 예. 게 죽고 아 그 혈이 나가는 데를 갖다거시나 그 고개 있는 데를 끊어버린게 거기서 피가 나다는 거여. 게 말이 죽어버렸어. 게 그 뒤로 망해버렸어요. 예. 게 지금 제 그릏게 여 그 사람들이 그 많이 살았었는데, 지금 인제 딱 셋 집 살고 있어요. 셋 집. (조사자 : 여기 여기?) 예. 이 동네에 이 부락에 셋 집 살고 있어요 마을에.

미복잠행한 세종대왕을 알아챈 사람

자료코드 : 07_10_FOT_20100128_KEY_CJS_0001
조사장소 : 전북 장수군 계남면 화음리 969번지 계남면 문예복지관 경로당
조사일시 : 2010.1.28
조 사 자 : 권은영, 김성식
제 보 자 : 최장수, 남, 79세

구연상황 : 지난 번 방문 시에 제대로 조사하지 못했던 최장수와 양만석을 면담하기 위
해 계남면 문예복지관 경로당에 방문하였다. 먼저 와 있던 서중식 노인회장과
면담하던 중에 최장수 제보자가 그 자리에 합류하였다. 줄곧 서중식 노인회장
의 얘기에 귀 기울이던 제보자가 생각이 났다는 듯 다음을 구연하였다.
줄 거 리 : 세종대왕이 민심을 알아보기 위해 미복잠행을 나섰는데 차일을 크게 치고 묘
를 쓰는 곳에 가게 되었다. 점심을 얻어먹고 있는데 사람들 중 어느 한 사람
이 이 시간에 세종대왕이 여기에 와서 밥을 얻어먹는다고 했는데 아직 안 왔
다는 말을 하였다. 길을 가다 날이 저물 때쯤 세종대왕이 개울에서 손을 씻고
는 한 집에 들어가서 묵게 되었다. 그 집 주인이 저녁을 대접하며 세종대왕이
옥새를 나뭇가지에 걸어놓고 이 집에 와서 저녁을 먹기로 되어 있는데 아직
안 온다는 얘기를 하였다. 세종대왕이 아까 지나왔던 곳을 확인해 보자 주인
의 말대로 나뭇가지에 옥새가 걸려 있었다.

거 인자 그른게 우리는 밑도 끝도 몰르고 인자 하는 소린데, 하도 인자
그 가뭄이 들고 이래서 에, 그 신하, 인제 그 신숙주 아래 그 저 소수를
데리고, 과객으로 나서서 어, 민심을 수습하러 갔는데, 한 마을을 가니까,
그 백성들이 굶고 배고파하는 세상에 산에다가 그 채울이라고(차일이라
고) 지금은 저 텐트, 이릏게 이 텐트, (조사자 : 천막?)

응, 천막. 그때는 그 채울이라고 했그든. 채울을 치고, 그양 그 묘를 쓰
는데, 아주 그냥 뭐 거창하게 인자 하드라, 이거야. 그래서 인자 세종대욍
이 거그를 가니까, [제보자 헛기침] 아이 점심을 먹으면서 어느 한 분이,
이 점심시간에 세종대욍이, 세종대왕이 여그 와서 밥을 얻어먹고 간다고
했는데 아직 안온다고, 아 그라드라네. 아 근게 그 소리를 듣고 난게 뜨끔
하지. 아이 이거 이릏게 아는 분이 있구나. 그 인자 그 묘 쓴 것을 뭣이냐
면, 그 마을에 어느 대감이 인자 그 내나야 자기 신하지. 이 인자 국록을
먹고 사는 사램이, 어느 그 그 민, 인자 그 보통 사램이지. 그게 그, [제보
자 헛기침] 인자 그런게 밑도 끝도 없다고 긍게. 그걸 누르고, 남의 묘 뒷
꼭지다가 묘를 쓴 거여.

(조사자 : 남의 묘 뒷꼭지에다가요?)

그렇지. 그래서 아 항소를 해가지고, 게 정승보단 더 좋으면 그 그 우에는 뭣이냐, 그 어린이가 하는 말이, 거기다 묘를 쓴 게 못 쓰게 할라고. 인제,

"글쎄, 그 역적 아이냐."

하 그란게, 그래가지고 묘를 파냈다는 이런 얘기도 있고.

(조사자 : 그믄 거기서 아까 세종대왕이 여기 다녀 갈 거라고 한 그 사람이 그 얘기를, 했대요?)

예에. 그래 그라고, 게 인제 또 거그서 인자 그걸 보고 점심을 얻어먹고 나와서 어느 한 마을에를 들어갔는데, 그니까 인자 일모가 돼서 나이 날이 저물어가니까, 게 가다가 이 조그만한 개울이 있는데 거그서 손을 씻고 들으갔드라 이 말이야. (조사자 : 아, 세종대왕이.)

에. 그 신하들 인자 그 불과 몇 명 심복 부하먼 게 저 과객으로 나섰으니까 뭐, 그 안에를 저 그 들으가니까, 아 어서 오시라고 하면서 참 그 뭐 산중음식으로 이, 조밥이랄까 말이야 이, 이런 것을 해서 주드라. 그래서 인자 그 저녁을 먹고 있으니까, 아 이 세종대왕이 옥새를 벗어놓고, 옥새를 이 밖에다 걸어놓고, 여그 와서 저녁을 얻어먹는다고 했는데, 아이 어찌 아직 안 온다고. 아 그런게 그 세종대왕이

'아차, 이거 그 분이 그 분인갑다.'

아 그래서

"저 나가봐라. 옥새를 혹시 거그다 걸어놓고 왔지 않냐."

게 나가니까 아니나 다를까 인제 나뭇가지가 하나 있는디 거그다 옥새를 걸어놓고 들으갔어. 그런 인자 그 얘기가. 인자 그것이 전설, 전설이지. 그랬는가, 안 그랬는가 우리는 모른 것이고.

논개와 춘향의 영정이 비슷한 사연

자료코드 : 07_10_MPN_20090416_LHY_KDY_0001
조사장소 : 전북 장수군 계남면 화음리 972-3번지 한거 마을 고두영 자택
조사일시 : 2009.4.16
조 사 자 : 이화영
제 보 자 : 고두영, 남, 81세
구연상황 : 조사의 취지에 대해 설명하자 본인의 저서에 대부분 다 적어 놓았다고 하였
　　　　　다. 그러면서 책에 나와 있지 않은 숨은 이야기를 해주겠다고 하면서 다음의
　　　　　이야기를 해 주었다. 조사장소인 제보자의 자택이 길가에 위치해 있어 자동차
　　　　　지나가는 소리가 다소 많이 난다.
줄 거 리 : 이승만 정권 때 전라북도 국회의원 한 명이 환심을 사기 위해 대통령이 좋아
　　　　　하는 것을 조사했다. 이승만 대통령이 미인도에 관심이 있다는 것을 알고는
　　　　　제일 잘 그려졌다고 판단되는 춘향의 영정을 그린 김은호 화백에게 춘향 영
　　　　　정과 비슷하게 논개 영정을 그려달라고 청했다. 논개 영정이 완성되자 그 국
　　　　　회의원은 그것을 대통령에게 바쳤고 대통령은 그 영정을 잘 간직했다. 그러다
　　　　　진주개천문화제 참석차 대통령이 의기사에 방문했다가 논개 사당에 위패만
　　　　　하나 놓여있을 뿐 영정이 없는 것을 알았다. 대통령은 자기가 간직하고 있던
　　　　　논개 영정을 내놓았고, 의기사에서는 그 영정을 잘 봉안하였다. 이러한 사연
　　　　　때문에 논개와 춘향의 영정이 비슷한 모습을 하고 있다

　근디 문제는 저것이 어뜯게 돼서 아 진주에 가가지고 그 진주에 의기
사에 가서 그 춘향이 하고 똑같은 그림이 그리게 됐느냐. 그 인제 숨은
얘기란 말여 여서. 책에 안 나오고 숨은 얘기여이.

　그 자유당 정권 때 이승만 대통령 때란 말이여이. 근데 전라북도에 있
는 국회의원 하나가, 아조 그 이승만 대통령 비위를 잘 맞추고 아부를 하
는 그런 국회의원이 하나 있었어요. 있는데, 그 사램이 어뜯게 이승만 대
통령의 인제 관심을 사도록 하까. 그렇게 생각을 하다가,

‘그 분이 좋아하는 것이 뭣이까?’

근디 그 분이 나이도 많이 먹고 뭐 벨 아 노는 것도 별 좋아하지도 않고 그 나이가 들면 좋아하는 것이 별로 없잖아요. 그런데 미인도를 좋아한 질 알았어. 미인도 예쁜 여자의 그림 말여이. 실제의 예쁜 여자를 뭐 갖다 앤기도(안겨도) 소용이 없는 것이지 나이가 늙었으니까. 그러나 미인들 그림에는 관심이 있어가지고 미인도에 관심 있다 그런 것을 알았어. 현재에 대한민국에 있는 여자 그림 가운데서 제일로 미인으로 그린 그림 그림이 어떤 그림인 것인가 하는 것을 자기가 사방으 알아보고 또 보고 그런 저로서는 남원 춘향이 겉이(같이) 예쁘게 그려진 그림이 없다 젊고 예쁜 게. 그래서 인제 거기에 착안해가지고 논개 그림을 춘향이 겉이 예쁘게 한 번 그리 달라고 해서 김은호 김은호 화백헌티 부탁을 헌 거여. 김은호 화백이 논개 영정을 말하자면은 그리면서 춘향이 같이 똑같이 얼굴이 생기게 예쁘게 진짜로 예쁘게 그렸어요. 나도 지금 영정을 지금까지 뭐 많이 보고 그랬지만은 그렇게 예쁘게 그릴 수가 없어. 아조 섬세하니 예쁘게 그렸거든. 그래가지고 인제 전주에 있는 그 국회의원이 가지고 잘 간직했다가 서울로 가지고 올라가서 이승만 대통령한테 미인도를 바쳤어요. 그때는 각하라고 그랬거든.

“각하 미인도를 좋아하신데 이것이 저 논개의 영정인데 최초로 그린 것입니다. 그런게 간직하십쇼.”

좋아라고 받아 가지고 간직을 했었단 말여. 간직을 했는데 문제는 그 간직을 하고 있다가 이승만 대통령이 진주를 들어갔어. 들어갔는데 진주가 그 우리나라의 삼대 문화제 문화제가 있거든. 그것이 인제 개천문화제라고 하는 거이 그라고 신라문화제하고 백제문화제라고 하는 거 세 가지 문화제가 있는데 개천문화제가 그 진주에서 삼대 문화제라서 크게 열려. 게 거그 가서 인자 그 의기사에 가서 보니까 영정이 없고 쪼그만한 논개 위패만 있는 거여. 그러니까 이승만 대통령이

“이렇게 초라하니 의기사에다가 이 위패만 놓으먼 안 되겄고 내가 논개 영정이 있으니까 논개 영정을 줄 터니 갖다 모셔라.”

그래가지고 그 전라북도에 있는 국회의원한테 받은 그 영정을 갖다가 진주 의기사에다 모 모셔논 거여. 그건 인자 숨은 얘기란 말여 그게.

모심는 소리

자료코드 : 07_10_FOS_20100128_KEY_SJS_0001
조사장소 : 전북 장수군 계남면 화음리 969번지 계남면 문예복지관 경로당
조사일시 : 2010.1.28
조 사 자 : 권은영, 김성식
제 보 자 : 서중식, 남, 83세
구연상황 : 앞의 이야기 후 최장수를 중심으로 상여 소리와 모심는 소리에 대한 조사가
진행되었다. 최장수가 모심는 소리를 짤막하게 부르자 제보자도 자신이 알고
있는 사설을 꺼내 불렀다. 제보자와 최장수가 생각나는 대로 사설을 내어 부
르고 그에 대한 설명을 덧붙이면서 다음을 구연하였다.

능청능청 베랑 끝에
무정하다 울 오라비
나도 죽어 후생 가서
낭군보톰 셈길라네

[최장수가 설명하면서] 그것은 농창농창 다리를 건너가는데 다리가 농
창농창하다 이 말여. 그 난 다리를 건네다가 시누하고 올케하고 밥을 이
고 가다가 물에 빠져버렸어. 근데 자기 남편이 와서 건지는데 자기 마누
라부터 건지드라 이 말여. 그러니까 그 동생이 하는 말이

[최장수 노래]
나도 죽어 후 세상에
낭군님 한번 모실라네.

[노래를 멈추고] 이 이렇게 나가지. 그 뜻여, 내나.

(조사자 : 오라버니가 참 야속허구만, 지 마누라만 살리고.)

그러닌게 얘기도 있잖아. 그러닌게 노래는 거짓말이고 이얘기는 아 저,

(청중 : 왜 노래가, 얘기가 거짓말이지.) 그 틀림없는 얘기지. (청중 : 노래는 거짓말이 없어.)

(조사자 : 그럼 한번 또 받아주서요. 이렇게 또 한번 불르면 또 어떻게 해요?)

거 또 모심는 데는 그렇게 나오고 그것도 인자 모심는 데 한두 마디하고는 말진 않거든. (조사자 : 얼라당 팔라당 그거?) 아 뭐 논배미가 떠나가도록 한게, 한 나절이면 한 나절 술 한 잔 먹고.

　　　[최장수 노래] 병풍 치고 불 씬 방에

[노래가 막힌 듯이] 그 뭐야. 정든 님 손짓이
[노래를 다시 이어가며] 임의 손질 얼른 하네

　　　임의 손짓 얼른 하면
　　　유자 향내 진동하네

[노래를 멈추고 설명하며] 이거 인자 구성진 소리지. 장가가서 첫날밤에 병풍을 쳤잖아. 게 인자 뭣을 하든지 손짓이 얼른 하니까 유자 향내가 진동하드라 이 말여. [청중 중에 한 명에게] (조사자 : 또 어르신 생각나신 거 있나봐.) 저 양반 한 마디 해봐봐.

　　　[청중 노래] 일락서산 해 떨어지고
　　　월추야 동항에 달 돋아온다
　　　[최장수 노래] 머리도 길고 날씬한 처녀
　　　채전밭에 왕래하네　　　．
　　　어느야 누구 [노래가 막힌 듯 말로 설명하며] 누 간장을 녹일라고

저리나 곱게 생겼는가.
[서중식 노래] 물꼬는 철철 물 실어놓고
주인 양반 어디를 갔소
[최장수 노래] 우리 님은 황천에 가고
[노래가 막힌 듯] 무신 동창, 아니

(청중 : 잘못 받았어요.)

[서중식 노래] 오실 임은 오시지만은
칠성판에 실려서 오네

[서중식 노래를 멈추고 설명을 하며] 죽어서 온다 이 말여, 오기는 와
도. (조사자 : 아까 그 물꼬 철철 주인 양반 어디 갔소 그 다음 받는 말은,
받는 말을 어떻게 하죠?)

오실 임은 오시지만은 칠성판에 실려 오네.
(조사자 : 물꼬 철철 물 실어놓고 주인 양반 어디 갔소.)
(청중 : 첩네 집에 잠자러 갔네.)
보통 근게 그 뒷소리를 뭐라고 그냐.
오시기는 오시지만은 칠성판에 실려 오더라, 죽어서 오더라.

(조사자 : 주인네 양반 돌아가신 거예요?)
(청중 : 이 논배미 물 실어 놓고 첩네 집에 잠 자러 갔네 이렇게 나가야 혀.)
[최장수 설명] 근데 인자 그렇게도 나오겠지만은 황천에 가고 어린 동
자가 물꼬를 놓는다고 그랬어. 주인네 양반 물 실어놓고 어디 갔냐고 했
거든. 근게 그 다음에는 어린 동자가 와서 물꼬를 봐, 봐드라. 이 후창이
그렇게 돌아가야 맞지.
[서중식 설명] 인자 모를 숭구거나 논을 매거나 밭을 매거나 실력이 있

는 사람이 노래도 한 마디씩 하지 실력 없는 사람은 못 혀, 그렇게 자기
가 자기 작곡으로 하는 노래도 있고 안 그려, 그렇게 생각을 하면 돼.
　　[최장수 설명] 들어서, 다 인자 들어서 하는 소리니까.
　　(조사자 : 또 뭐가 있을까, 또 골골마다 연기나네.)
　　[최장수 설명] 아 해가 질 때는 인자 골골마다 연기가 나네.
　　[서중식 설명] 모 숭그는 노래도 여러 가지 있더라고.
　　[서중식 노래] 얼른 퍼뜩 심어 놓고
　　임의 방에 놀러가세

어랑 타령

자료코드 : 07_10_FOS_20100128_KEY_SJS_0002
조사장소 : 전북 장수군 계남면 화음리 969번지 계남면 문예복지관 경로당
조사일시 : 2010.1.28
조　사　자 : 권은영, 김성식
제　보　자 : 서중식, 남, 83세
구연상황 : 앞의 민요 후에 최장수가 양산도를 한 편 불러주자 제보자가 어랑 타령에 대
　　　　　한 말을 꺼내며 다음을 구연하였다.

　　　어랑 타령을 잘 하기는
　　　함경도 원산서 잘 하고
　　　세간살이를 잘 하기는
　　　본 마느래가 잘 하드라
　　　어랑 어랑

　　[노래를 멈추고는]
　　자기가 작사 작곡을 해가지고 부를 수도 있고

너영 나영

자료코드 : 07_10_FOS_20100128_KEY_SJS_0003
조사장소 : 전북 장수군 계남면 화음리 969번지 계남면 문예복지관 경로당
조사일시 : 2010.1.28
조 사 자 : 권은영, 김성식
제 보 자 : 서중식, 남, 83세
구연상황 : 앞의 민요 후에 바로 이어서 다음을 구연하였다.

꽃 중에 속에 속에는 나비 나비가 놀고요.
문벽사창 고운 방에는 신부 신랑이 논다.

도라지 타령

자료코드 : 07_10_FOS_20100128_KEY_SJS_0004
조사장소 : 전북 장수군 계남면 화음리 969번지 계남면 문예복지관 경로당
조사일시 : 2010.1.28
조 사 자 : 권은영, 김성식
제 보 자 : 서중식, 남, 83세
구연상황 : 앞의 민요 후에 도라지 타령도 한두 개가 아니라고 하며 다음을 구연하였다.

도라지 캐러 간다고 요리 핑계 조리 핑계 대더니
총각낭군 무덤에 삼오제 지내러 가누나

(조사자 : 뭐라고요? 이 핑계 저 핑계 대더니?)

총각 낭군 무덤에

(조사자 : 무덤?)

삼오제 지내러 갔어

밭매는 소리

자료코드 : 07_10_FOS_20100128_KEY_SJS_0005
조사장소 : 전북 장수군 계남면 화음리 969번지 계남면 문예복지관 경로당
조사일시 : 2010.1.28
조 사 자 : 권은영, 김성식
제 보 자 : 서중식, 남, 83세
구연상황 : 앞의 민요 후에 청춘가나 장타령 등 다른 민요 아시는 것이 있느냐고 질문을
하자 얘기 중에 다음을 구연하였다.

못 다 맬 밭 다 매랴니
저녁참이 늦어가네

(청중 : 좋다.)

[노래를 멈추고 설명을 하며] 못 다 맬 밭을 다 매려니 저녁 할 시간이
늦어. 그것도 부인네들이 인자 하는 노래고.

(조사자 : 곡조는 같으네, 모심는 소리하고?)

[최장수 설명] 여자들 밭매는 소리도 내나 그거나 그거나 같애.

발인 소리 / 상여 소리

자료코드 : 07_10_FOS_20100128_KEY_YMS_0001
조사장소 : 전북 장수군 계남면 화음리 969번지 계남면 문예복지관 경로당
조사일시 : 2010.1.28
조 사 자 : 권은영, 김성식
제 보 자 : 양만석, 남, 78세
구연상황 : 계남면 문예복지관에 1차 방문했을 때에 제보자를 만났으나 녹음 상황이 좋
지 않아 재방문하였다. 서중식, 최장수와의 면담을 마친 후 제보자를 면담하
였다. 제보자가 상여 소리를 할 때 보고 한다는 문서를 보여주었는데 회심곡
과 답산가 가사가 적혀 있었다. 상여 소리를 불러 달라고 요청하자 다음을 구
연하였다.

관하 담보

그러믄 인제 그런데 세 번을 해야.

관하 담보
관하 담보
서른 두명 유대군들
자리를 잡아
어깨에 매어주게
자리를 잡았으면 어허

그러면 인제 거기서 어화홍
이게 혼자는 못 하는겨, 앞에서 소리만
(조사자 : 어하는 어떻게 받아요?)

어허화 어화홍

(조사자 : 어허화 어화홍 그렇게 해요?)
응

운상 소리 / 상여 소리

자료코드 : 07_10_FOS_20100128_KEY_YMS_0002
조사장소 : 전북 장수군 계남면 화음리 969번지 계남면 문예복지관 경로당
조사일시 : 2010.1.28
조 사 자 : 권은영, 김성식
제 보 자 : 양만석, 남, 78세
구연상황 : 앞의 민요 후에 바로 다음을 구연하였다.

(조사자 : 그러면 인자 앞잽이가 이렇게 방울 흔들면서?)

근데 그라고 난 후에 그라고 나서 뭐라고 하냐

세상 천지 만물 중에
어화홍 어화홍
사람밖에 또 있는가
어화홍 어화홍
여보시오 시주님네
어화홍 어화홍
이 내 말을 들어보소
어화홍 어화홍
이 세상에 나온 사람
어화홍 어화홍
뉘 덕으로 나왔는가
어화홍 어화홍
석가여래 공덕으로
어화홍 어화홍
아버님전 뼈를 빌고

(조사자 : 그렇게 해서 이렇게 쭉 이걸 보고 이렇게 하셨어요?) 에. (조사자 : 실제 출상할 때, 이걸 이렇게 들고, 들고, 이걸?) 어, 이걸 다 외덜 못하니까. 여그 저그는 외는데

(조사자 : 여기에 없는 사설은, 여기에 없는 사설?) 없는 사설은 인제 맨들어 넣지. (조사자 : 그때 그때 맨들어서?) 맨들어 넣지.

(조사자 : 어떤 걸 하면, 한번 맨들어서 지금 한번 넣어 보세요.) 인제 노숙헐라고 할 적에 (조사자 : 노숙, 노제? 그땐 어떻게?) 그때도 인제

노자가 없으니 어이 할거나
어화홍 어화홍

　그라면 인자 노자를 걸어준다고 (조사자 : 노자, 아.) 그게 인제 사우믄 큰 사우가 걸었다든지 큰아들이 걸었다든지 큰상제가 걸었다든지 이름을 들먹거림서 (조사자 : 그러면 큰 사우가 오만 원을 걸었네, 한번 해 보세요.)

잘 모시라고 인제
큰 사위가 오백냥을 걸며
잘 모셔 달라 하네
어화홍 어화홍

　(조사자 : 그때 그때 만들어서.) 만들어서 (조사자 : 가파른 길 갈 때는 어떻게 가요, 어르신? 가파른 길, 이렇게 깔끄막?) 깔끄막, 그것도 다 여그 문서가 있어. (조사자 : 문서가 있어요? 깔끄막은 뭐라고 하면서 가야 돼요, 어르신?)

심산험로 길을 갈라니
어이 갈거 허나

　그믄 인자 노수도 걸어주고 그러는 거여. (조사자 : 그믄 어화홍 어화홍 해주고요?) (조사자 : 또 동네 사람들 잘 있으라고?) 동네 사람들, 그건 인사지, 아침 인사, 처음에, 부락에서 거시기 허믄

동네 양반들 잘 들으시오
(조사자 : 어화홍 어화홍)
어화홍 하는 거 그럼

갑니다 내가 가니
어화홍 어화홍
원통하지만은 어쩔 수 없네 에효
어화홍 어화홍

그렇게 하는 거여. 근데 그것을 깊은 물에 다리 놓아서 거시기 하고 막 이런 소리를

(조사자 : 무슨 공덕 해갖고)

헐벗은 이 옷을 줘서 뭐 활인공덕 했는가 막 이런 거 다 나오지. 이 여기 다 있어.

(조사자 : 다 여기 나오는 내용이네. 그렇게 쭉 가서 장지까지 가지요? 그 다음에는?)

그 다음에는 인제 없지.

(조사자 : 아까 묘 다질 때?)

이거 이거.

(조사자 : 어르신 근데 가다 중간에 쉬잖아요? 그럼 뭐라고 하면서 생여를 내려놔요?) 아 쉬어 가세 그러면 인제 (조사자 : 쉬어가세는 어떻게 한 번 해 주셔요. 쉬어갈 때,) 가다가 인제 쉬어갈 때는

(조사자 : 중간에 한 번 쉴 때 하는 소리 한번 해주셔요, 어르신.)

여기 있는데 시장한데 담배 피고, 뭐 신발 고쳐 신고 가세 인제 그러지.

(조사자 : 아, 그런 것도 있어요?) 그거 다 있어. (조사자 : 그 부분 어디?) 여쪽 일로 가면 있어.

달구질 소리 / 상여 소리

자료코드 : 07_10_FOS_20100128_KEY_YMS_0003

조사장소 : 전북 장수군 계남면 화음리 969번지 계남면 문예복지관 경로당
조사일시 : 2010.1.28
조 사 자 : 권은영, 김성식
제 보 자 : 양만석, 남, 78세
구연상황 : 앞의 민요 후에 바로 다음을 구연하였다.

(조사자 : 묘 다지면서, 그건 쫌 곡조가 다를 거 같으네.)

달구질? 달구질은 인제

(조사자 : 받는 소리 먼저 쫌 해 주셔요, 받는 소리.)

(조사자 : 우리 어르신 앞에서 메기면은 이렇게.)

거 뒤에서

어허 너야 달구야 그러지.
(조사자 : 어허 너야 달구야)
그렇게 허는 거야.
어허 너야 달구야
여그 찧고 저그 찧고
쿵쿵 찧어 보세
어허 너야 달구야

그렇게 허는 거여.

(조사자 : 어떻게 달궈요? 뭘로, 뭐가 있어요?)

그전에는 이렇게 돌로 돌로 가지고 이렇게 하는 것이 있어, 들어서.

(조사자 : 끈 여러 사람, 끈 달아서 들었다 놨다 그거, 집터 다질 때네?)

집터 다질 때게. 집터 다지고, 옛날에는 주춧돌 놀라고 다질 때게 인제.

(조사자 : 그믄 어떻게 해요, 노래 부르믄 어느 때 잡아 다니고 어느 때
내려놔요?)

이케 불끈 들었다가 들었다 노는데, 소리를 소리를 메기잖아 그러믄 어

헛 달구야 이렇게 하면서 놓지.

(조사자 : 어하 너야 달구야, 안 맞는디.)

쿵쿵 찐다가

(조사자 : 번쩍 들었다 쾅쾅 노세)

그렇게 해도 되고

(조사자 : 어화 너와 달구워 야, 그렇게 한번 몇 소절만, 요 달구는 소리.)

잘 안 비네.

(조사자 : 천하 명당이 여기로다.)

천하 명당이 여기로다 그러면 인제, 해봐

(조사자 : 해보세요, 다시.)

(조사자 : 한번만 해 주세요, 뒷소리 먼저.)

천하 명당이 여기로다

(조사자 : 어하 너야 달구야)

(조사자 : 뒷소리까지 한번 해보세요.)

어허야 달구야
(조사자 : 어허허 달구야)
주산이 높고 보니
어허야 달구야
뭐여, 잘 안 비여.

(조사자 : 주산이 높고 높아 만종을 울리까요, 암튼 예. 상여 내려 놀 때 내려 놀 때도 처음에 하던 소리와 똑같이 하나요?)

아녀.

(조사자 : 처음에 하던 소리 다시 한 번 좀 해주실래요? 처음에. 상여

들고 하는 소리, 들면서 유대군들 와서 자리 잡으라고.)

(조사자 : 처음에 핑경 이렇게 막 흔들어요, 어르신?)

이렇게 흔들어, 흔들믄 흔들믄 대매군들이 이렇게 쭉 들어설 거 아녀. 들어오면 서른 두명 유대군들 인제 그렇게 하면 다

(조사자 : 그때 어떻게 했어요? 세 번 하는 소리, 세 번 하는 소리.)

관하 담보

(조사자 : 관하 담보)

담보, 관에 알린다 이 말여.

관하 담보
관하 담보
관하 담보
그러면 인제 유대군들이 들어서거든, 들어서면은
서른 두명 유대군들
어허하 어화홍
어깨에 매어주게
어허하 어화홍

그렇게 하는 거야.

(조사자 : 그 다음에요.) (조사자 : 인제 장지, 내려 놀 때도 그렇게 하겠네. 관하 담보.) 아니 관하 담보가 아녀. 내려 놀 적에는 쉬자고 할 적에는 쉬자고 그러지.

(조사자 : 아니 다 왔을 때?) 다 왔을 때는 다 왔은게 내려 논다고. (조사자 : 아 그냥 그렇게 내려놓고) 응

모찌는 소리

자료코드 : 07_10_FOS_20100128_KEY_YMS_0004
조사장소 : 전북 장수군 계남면 화음리 969번지 계남면 문예복지관 경로당
조사일시 : 2010.1.28
조 사 자 : 권은영, 김성식
제 보 자 : 양만석, 남, 78세
구연상황 : 앞의 민요 후에 조사자들이 모찌는 소리를 청하자 다음을 구연하였다.

　(조사자 : 들어내세 들어내세 근가?)

　　그러제, 들어내세

　　들어내세 들어내

　　이 모판을 들어내

　　서마지기 논에다 빌려주게

　그렇게 하면 돼.
　(조사자 : 그렇게 해서 인제 모심는 날 모도 찌지요?) 아 아침에 찌지
인자, 거개가 아침으로 쪘어. (조사자 : 아침에 찌고 바로 인제 심고?) 음
　(조사자 : 그믄 찌는 날 심는 날이 한 날에 다 이루어지네요?)
　그러제.

모심는 소리

자료코드 : 07_10_FOS_20100128_KEY_YMS_0005
조사장소 : 전북 장수군 계남면 화음리 969번지 계남면 문예복지관 경로당
조사일시 : 2010.1.28
조 사 자 : 권은영, 김성식
제 보 자 : 양만석, 남, 78세
구연상황 : 앞의 민요 후에 다음을 구연하였다.

(조사자 : 모심는 소리도 지금 하신 청하고 같겄네?) 그렇제, 똑같애.
(조사자 : 메기는 사설만 다르고, 근게 말 섬기는 것만 다르고 곡조는 똑
같애요?) 똑같어.

(조사자 : 모 한번 심어보세요.) 머대 엠비씨서 와가지고 모심는 노래 해
가지고 일등상 탔고만. (조사자 : 엠비씨서 뭐 뭔 프로가 왔어요?) 복지회
관에 와가지고 그때 와가지고 나더러 노래를 하라고 그랴. 그서 모심구는
노래를 했드니 이불 하나 주더라고.
(조사자 : 그 일등상 받은 노래 좀 저희 좀 해주세요, 어르신.)

서마, 가만 그렇게 하먼 안 된다.
제일 첫 번에
모를 심세 줄잽이 줄을 잡고
농부님들 모를 심어
한두 줄을 심어
서마지기 논배미 다 되아가네
아서라 폴폴 심어놓고
장구배미 건너가세

그러믄 인제 모심는 사람들이 좋구나 하고 꽘을 지르고
(조사자 : 근데 그 지금 어르신이 상여 소리 하다가 모심는 소리 하니까
상여 소리 갖고 지금 모심는 거 같애요. 모심는 소리 곡조가 그렇게 안
할 거 같은데?)
그렇게 해야.
(조사자 : 서마지기 논 배미가 반달만치)
남았네
(조사자 : 아까는 상여 소리 갖고 모심었다니까.)
(조사자 : 모를 심세 거기 가요.)

(조사자 : 또 이게 높이 소리, 모심을 때 막 소리가 높드라고요?)

그러지, 소리를 크게 하믄

(조사자 : 또 뭔 소리가 있으까, 뭔 사설이 있지?)

(조사자 : 오동추야 달이 밝아 뭐 그런 건 없어요, 어르신?)

그런 건 보통 다 하는 거

(조사자 : 이 논배미 어서 심어 장잎이 훨훨 영화로세.)

> 모야 모야 노랑 모야
>
> 언제 커서 열매 열래
>
> 이달 크고 훗달 크면
>
> 열매 열제

그럼 인제 좋구나 허고 또 하고 또 하고 그런 거여.

(조사자 : 이달 크고 훗달 크면? 이 논배미 어서 심고?)

장구배미로 건너가세 (조사자 : 장구배미?)

그렇게도 하고 뭐 그것도 붙이기 대로 가.

(조사자 : 임아 임아 무슨 임아?)

그건 뭐 노래 여러 가지라, 그것도.

(조사자 : 오리락 내리락 뭐 그런 건 없어요, 어르신?)

그거 뭐 모 숭구는 노래도 여러 가지라.

내 한 곡조 부르고 또 좋구나 하믄 또 딴 곡조도 불르고.

(조사자 : 니가 무슨 반달이냐 우리 님이)

초승달이 반달이지 그런 소리도 하고.

(조사자 : 그거 한번 메겨보세요. 여기도 심고 저기도 심고 반달만큼 남
았구나 그렇던가요?) 그러지.

(조사자 : 왜 아까 물꼬야 그것도 있었잖아요? 철철)

그건 인제 물꼬

물꼬는 철철 물 넘겨놓고

쥔네 양반 어데를 갔소

저 산 너메 후처를 두고

낮에 가고 밤에도 가네

(조사자 : 좋구나 그러는 거예요.)

나의 집은 연당화요

후처 집은 꽃집인가

그렇게 하는 거여.

(조사자 : 나의 집은 무슨 집요?) 연당화 (조사자 : 연당화? 연당화고 후처집은?) (조사자 : 꽃집?) (조사자 : 후처집은 꽃집이고? 연당화가 좋아요, 꽃집이 좋아요?)

아 그게 연당화, 후처집인게 후처집인게 대개 꼬스러 댕기는 것이고 여그는 인제 본 거스긴게, 노래란 건 붙이기대로 가는 것여.

상여 소리

자료코드 : 07_10_FOS_20100128_KEY_CJS_0001

조사장소 : 전북 장수군 계남면 화음리 969번지 계남면 문예복지관 경로당

조사일시 : 2010.1.28

조 사 자 : 권은영, 김성식

제 보 자 : 최장수, 남, 79세

구연상황 : 앞의 이야기 후 제보자의 생애에 대해 질문하였다. 그 후 서중식에게서 설화 하나를 더 듣고는 상여 소리를 청하기 위해 장례 절차에 대해 질문하였다. 제보자와 서중식은 출상하기 전날 했던 '대올리기'에 대해 얘기해 주었고 상여 매는 사람을 '대매군'이라고 불렀다. 조사하는 곳의 옆방에서 노인회 회원들

을 위한 건강체조가 진행되고 있어서 다소 소란스러웠다.

　나는 이렇게 하거든. 우리 마을에는 종이 있어. 종을 흔들어. 그러면 대매군들이 모여들라 이거지. 인제 줄을 골라잡으라고 이걸 흔들면 출발을 알리는 거여. 인자 가자, 모여라. 그래 인자 모여서 들어서잖아, 상여줄을. (조사자 : 대개 열두 명인가요?) 응 (조사자 : 골라 서게, 골라 서게 그런 게 있어요?) 골라 서지, 골라 스면 아까 여 회장님 말대로

[노래로] 관하 에헤 관보
관하 에헤 관보
관하 에헤 관보
어로화 어화노
어이 가리 넘차 어화노

[노래를 잠시 멈추고 설명으로] 이렇게 인자 한 마디 하고 인자 거기서 갖은 소리를 다 하지. [옆방에서 소란스런 소리가 나자] 문을 닫아줘. 인자 그 거기서 그 재담좋은 사람들은 별 소리를 다 한다고. 이 문전을 떠나서 내가 가면 언제 오리. 에 또 성주님도 잘 있어요 조상님도 잘 계시오. 가오 가오 나는 가오 이 세상을 하직하고 영결종천 나는 간다. 영결종천 아조 인자 끝난 거지. (조사자 : 그걸 청으로 좀 몇 소절 한번 내보세요)

[노래로] 간다 간다 나는 간다
그럼 인자 뒷소리를 할 거 아녀.
[제보자 조사자 청중이 같이 뒷소리를 메기면서] 어화롱 어화농
이 세상을 하직을 하고
어화농 어화농
영결종천 나는 가네
어화홍 어화홍

어로 어화홍

어화홍 어화홍

[노래를 잠시 멈추고 설명을 하며] 그럼 인자 출발이 되는 거 아녀.

[서중식이 앞소리를 내며] 북망산천이 머다더니 건너 안산이 북망
일세

어화홍 어화홍

[제보자가 다시 앞소리를 내며] 바늘같이도 약한 몸이

어화홍 어화홍

산소같은 병이 들어서

어화홍 어화홍

약을 써도 효과가 없고

어화홍 어화홍

영결종천 나는 간다

어화홍 어화홍

어화롱 어화롱

어화홍 어화홍

[제보자와 서중식의 앞소리가 뒤섞이며] 일가친척도 많지만은

어화홍 어화홍

대신 갈 사람 누가 있나

어화홍 어화홍

친구분들도 많지만은

어화홍 어화홍

어느 친구가 동행할까

어화홍 어화홍

참혹하고도 참혹하네

어화홍 어화홍

모심는 소리

자료코드 : 07_10_FOS_20100128_KEY_CJS_0002
조사장소 : 전북 장수군 계남면 화음리 969번지 계남면 문예복지관 경로당
조사일시 : 2010.1.28
조 사 자 : 권은영, 김성식
제 보 자 : 최장수, 남, 79세
구연상황 : 앞의 이야기 후 묏자리를 다지는 '달구회소리'에 대해 설명을 해주었으나 곡
조를 붙여 노래로 부르지는 않았다. 모심는 소리를 청하자 다음을 구연하였
다.

서마지기 논배미가

반달만큼 남어있네

제가 무신 반달이냐

초생달이 반달일세

[노래를 잠시 멈추고 설명을 하며] 이게 후창여, 이게, 선창은. 이것도
선창 후창이 있어가지고 노래를 하는데 둘이서 인자 뜻이 맞으면 한 자리
대니면서 일을 많이 하고 그랬어야되야. 서로 주고받고 선창을 하고 후창
을 하고 서로 그렇게 하지.

(조사자 : 아까 하신 선창 후창이 딱 이렇게 암수가 맞네?) 그렇지, 맞지.

(조사자 : 사설로 말이 맞네.) 그라고 이 논배미 모를 심어 장잎이 훨훨
영화로다 이것이 나오거든. (조사자 : 그거 하나 해주셔요.)

[노래로] 이 논배미 모를 심어

장잎이 훨훨 영화로세

어린 동생 곱게 길러

갓을 쓰니 영화로세

[노래를 멈추고 설명으로] 선창이 인자 나왔으니까 장잎이 훨훨 영화로다.
후창은 어린 동생 곱게 길러서, 부모 없이 곱게 길렀다 이 말이지.
어린 동생 곱게 길러서 갓을 씨고 장개를 가잖아, 옛날에는.
갓을 씨니 영화로다.

양산도

자료코드 : 07_10_FOS_20100128_KEY_CJS_0003
조사장소 : 전북 장수군 계남면 화음리 969번지 계남면 문예복지관 경로당
조사일시 : 2010.1.28
조 사 자 : 권은영, 김성식
제 보 자 : 최장수, 남, 79세
구연상황 : 앞의 민요 후에 서중식이 모심는 소리를 이어서 불렀고, 제보자 또한 서중식
과 함께 모심는 소리를 여러 편 해 주었다. 논노동요에 관련해서 이런 저런
질문을 하다가 그냥 놀면서 흥풀이 하는 노래라고 하면서 다음을 구연하였다.

(조사자 : 한 마디 해주세요.)

양산도

[노래] 삼월에 방천 빨래 소리는 뚜드랑 퉁탕 나고

정든 임의 말소리 사부랑 살짜쿵 나네

에라 놀아라 아니 못 노리로구나

능지를 하여도 나는 못 노니로구나

얼씨구나 흥풀이하네

요전마을 유래

자료코드 : 07_10_ETC_20090504_LHY_PSS_0001
조사장소 : 전북 장수군 계남면 침곡리 1006-1번지 박수섭 자택
조사일시 : 2009.5.4
조 사 자 : 이화영
제 보 자 : 박수섭, 남, 67세
구연상황 : 계남면 호덕리의 지명이 원래 범 호자에서 좋을 호자로 바뀌었다는 이야기를
 하다가 조사자가 요전 마을의 유래를 물었더니 다음과 같이 구연하였다.

(조사자 : 마을, 여기 마을은 왜 이름이?) 아, 여기는, 여기는 저 요님금
요(堯) 자 밭 전(田)잔데, 요님금의 터전. 그럼 저 누가 그러지. 왜 요자를
붙였냐? 그 혹시 이 정전법을 썼냐? 뭐 그런 얘기도 한데, [제보자 웃음]
그건 아니고. 그 내 8대조 되시는 호가 강암인데, 그 강암공이 에 여기를
처음 여기 동네 터를 잡고, 혼자 와서 계신거야, 첨에. 혼자 와 살으시다
가, 사람들이 하나 둘 모여서 동네가 됐는데, 모두 인제 모여가지고,

"아 우리가 동네가 작지만, 동네 이름이 있어야할 기 아닌가. 이름 한
번 지어봐라."

그래서 인제 8대조 말씀이,

"조용하니 평화롭다. 그니까 요순시대 같으다. 그래서 요전이라고 하면
어떠냐?"

그러니 모두 좋다. 그래 이제 요전이 되고, 자기 호를 강암이라. 그 요님
금이 순행 돌던 도시의 이름 강구. 강구연월(康衢煙月). 그래서 강암(康庵)
이라고. 지방자 짓고, 또 어 [헛기침] 어 서당을, 어 모훈재(慕勳齋)라. 훈
을 생각한다. 어 훈은 요를 말하거든. 요님금의 큰 공. 게 요님금을 사모

한다. 그래서 모훈재라 이렇게 서당 이름을 짓고. 어 그런 거여. 그니까 동네 이름이 꽤 좋지.

요전마을 주변 불교 관련 지명

자료코드 : 07_10_ETC_20090512_KEY_PSS_0001
조사장소 : 전북 장수군 계남면 침곡리 1006-1번지 박수섭 자택
조사일시 : 2009.5.12
조 사 자 : 권은영, 이화영
제 보 자 : 박수섭, 남, 67세
구연상황 : 앞의 이야기가 끝나고 제보자는 선친과 마을에 대해 다소 길게 이야기하였다.
          그런 다음 마을에 있던 거대한 소나무에 대해 이야기 하다가 소나무가 있던
          불당골 얘기를 하며 다음과 같은 이야기를 구연하였다.

그 봐 봐요. 거가 인제 불당동거든. 그리고 그 밑에 오면 봉오리가 이
룽게 두 개가 있어. 큰 꼬깔봉 작은 꼬깔봉. (조사자 : 고깔봉.) 에. (조사
자 : 꼬깔?) 에. (조사자 : 그 절, 중들이 머리에.) 쓰는 거. (조사자 : 쓰는
꼬깔이요?) 에. 그리고 저 너머에 가면은 배낭곡. 배낭이 뭐냐면 바랑이여
바랑. (조사자 : 바랑?) 에. 바랑. (조사자 : 등에다 메는.) 등에다 메는 거.
짊어지는 거. (조사자 : 아, 그걸 배낭이라고 배낭곡?) 어. 근데 바랑 그러
지, 바랑. 쓰자면 인제 배낭이지만. (조사자 : 예. 등 배자에.) 주머니 낭자.
(조사자 : 주머니 낭자 써가지고.) 에 근데 우리말로 바랑 그러잖여. 그리
고 또 저 쪽 그로 올라가면 관음곡이여, 관음. (조사자 : 관음?) 에. 관음보
살. 관음곡. 근디 보통 여기서 가는골 그래. (조사자 : 가는골.) 에. 관음곡.
(조사자 : 말하기 좋게.) [앞 산을 가리키며] 여기 앞에 안 안산이 뭐냐면
향로봉. (조사자 : 향로?) 에. 향로봉. 그리고 고 산 너머가 비승고, 비승동.
(조사자 : 비승동이요?) 에 비승. (조사자 : 게 그 날아가는 승이요?) 아니

아니. 저 비할 비(比)자, 중 승(僧)자. 중이 비승이 있고, 뭐 대처승이 있고 뭐 그르지. (조사자 : 아, 그래요.) 에. 비승. 근데 비승골 그러는데, 그리고 이쪽 들이 에 요 동네 앞에 바로 들이 음 [생각이 잘 나지 않는 듯 뜸을 들이고는] 어 이런. 고 너머 들 들은, 잿들. 제사 지내는. 재 올리는. (조사자 : 재 올리는.) 예. 잿들이요. (조사자 : 그니깐 영 뭐 영산재, 스 스님들이 재 올린다는 그 잿들이요?) 에. 잿들. (조사자 : 그 다 그렇게 불교하고 관련 있네요.) 에에. 다 그려. 또 요 앞에가 뭐냐 저. 어 이런. (조사자 : 절이 큰 절이 있었나부네.) 근디 그 전하기로는 빈대 때문에 중이 못 살고, 다 쫓겨나서 절이 망했다 그래요. (조사자 : 벌레요? 빈대?) 에 빈대. [제보자, 조사자 웃음] (조사자 : 왜요?) 빈대가 심해서.

일제강점기 와룡리로 이름이 바뀐 비룡리

자료코드 : 07_10_ETC_20090512_KEY_PSS_0002
조사장소 : 전북 장수군 계남면 침곡리 1006-1번지 박수섭 자택
조사일시 : 2009.5.12
조 사 자 : 권은영, 이화영
제 보 자 : 박수섭, 남, 67세
구연상황 : 앞의 이야기가 끝나고 지명에 관한 얘기를 하다가 바로 다음과 같은 이야기
　　　　　를 구연하였다.

침곡이라고 한 것이 왜놈들이 만들어 논 거여. 본래는 자연부락 단위로만 있었지. 근데 묶어갖고. (조사자 : 행정부락.) 에. 왜놈들이 그렇게 만들어 논, 근게 못 마땅하지, 우리는. 그전 이름들이 자꾸 없어지고. (조사자 : 예. 침곡이라는 건 일부러 왜놈들이 만들어 논 거구만요.)

또 저 어 이름을 일부로 나쁜 이름으로 고쳐 또. 여기 천천 가면 신광사라고 오래 된 절이 있는데, 그 뒤 절이 산세가 나는 용처럼 생기 있게

생겼어요. (조사자 : 나는, 용이 날 날아요.) 용이 날아가는 것. 날아오르는 것 같이 산세가 좋아. 그가 비룡리요, 본래. 근데 왜놈들이 와룡리라고 고쳐갖고 (조사자 : 누워버렸네요.) 에. (조사자 : 용이 누워버렸네요.) 에. 지금 지금도 와룡리로 써먹고 있어. 해방 이후에 그것을 안 고쳐갖고. (조사자 : 원래 비룡인데.) 에. 지금도 와룡리라고 쓰고 있다니까. (조사자 : 와룡이면, 용이 죽었네.) [조사자 웃음] 에. 용이 자빠졌지. (조사자 : 그니깐요. 그런 것도 있네요.) 아이 고의적으로 그렇게 한다니까. 에. (조사자 : 기운을 떨어뜨릴려고.) 에. 그렇게 많이 했어요.

금계포란 형국의 내동 궁평들

자료코드 : 07_10_ETC_20100128_KEY_SJS_0001
조사장소 : 전북 장수군 계남면 화음리 969번지 계남면 문예복지관 경로당
조사일시 : 2010.1.28
조 사 자 : 권은영, 김성식
제 보 자 : 서중식, 남, 83세
구연상황 : 앞의 이야기 후에 서중식의 생애에 대해 듣고는 풍수에 관한 얘기를 꺼내자 제보자가 다음을 구연하였다.
줄 거 리 : 내동의 궁평들은 풍수지리적으로 볼 때 금닭이 알을 품고 있는 금계포란의 형국이다. 궁양리 궁평 마을에 모정을 지을 때, 서중식은 정자에 '금란정'이라 이름을 붙였는데, 이것은 금계포란에서 따온 이름이다.

각 부락마다 다 모정이 있겠지만은 내가 군에 들어가서 돈 이천만원을 얻어다가 우리 마을 모정을 좀 앞에 졌어, 딴 부락보담도. 그래가지고 우리 모정 그 간판을 뭘로 썼냐. 금계포란이라고 간판을 붙이났어, 금계포란, 에.

(청중 : 금계포란?) 응, 금닭이 알을 품고 있는 형국이다.

(조사자 : 아, 그 금자는 그, 비단 아니, 저 쇠 금 자 금계요?)

쇠 금 자. 그래가지고 인제 그 그렇게 인제 금란정이라고 인자 간판을 걸었는데 인자 지금 저 거시기도 알드만, 거기 고두영 씨도. 그 내동 금평터가, 말하자면 영계포란이다, 형용이 그렇게 생겼다. 닭이 알을 품고 있는 형용이다. 그래가지고 금란정 그 간판, 그 석자도 금란정이라고 붙여놨지.

(조사자 : 그믄 그 난자가 계란 란 자예요, 계란 할 때 란, 알 란 자예요? 그래서 금란정이예요?)

그렇지.

2. 계북면

■ 조사마을

전라북도 장수군 계북면 농소리 연동(蓮洞) 마을

조사일시 : 2009.5.19, 2010.1.22
조 사 자 : 권은영, 이화영

장수군 계북면 농소리 연동 마을

　연동 마을은 계북면의 소재지에서 약 2km 정도 떨어져 있는 마을이다. 장수향교의 어른들께 연동에 거주하고 있는 양기홍을 소개받았다. 2009년 5월 19일에 마을을 방문하여 호연정(豪蓮亭)이란 정자에서 양기홍과 면담을 하였다. 호연정은 2002년에 마을 앞에 세워진 정자인데, 이 때 녹음자료에는 바람소리가 크게 녹음되어 자료로서 사용할 수 없게 되었다. 양기홍은 제보자 서순영을 소개하였는데, 바쁜 농사철이어서 바로 면담할 수는 없었다. 그래서 비교적 농사일이 한가한 1월에 서순영을 만나 면담하였고, 서순영의 소개로 제보자 김분님과도 면담할 수 있었다.

연동 마을은 약 250년 전에 전주 이씨가 처음 입향하면서 마을이 형성된 것으로 전해진다. 마을의 동쪽에 있는 소나무 숲 줄기가 마을로 진입하는 길 양쪽으로 펼쳐져 있는 들판으로 뻗어내려, 산의 한 자락이 연꽃봉오리처럼 뭉쳐 머리를 담근 모습이라 하여 연화도수(蓮花倒水) 형국이라 하였다. 연동이라는 마을 이름도 연화도수에서 유래한 것이다. 마을의 뒤편으로는 구릉이 북풍을 막아주고 있는데, 그 형태가 마치 큰 소가 누워 있는 모습이어서 와우(蝸牛) 형국이라 하였다. 마을과 산이 이어지는 부분은 누운 소의 목에 해당하는 부분으로 이곳에 도로를 개설하거나 건물을 짓는 일은 소의 목을 끊거나 누른다고 하여 경계하고 있다. 마을의 집들은 대부분 남쪽을 향하여 있으며 마을 앞으로 흐르는 하천을 따라 길게 늘어서 있다. 이 하천이 폭우로 범람하여 마을이 수해를 입기도 하였다.

1970년대 중반까지 80여 호에 400여 명이 살았으며, 현재는 60호 정도의 가구에 150여 명의 주민이 살고 있다고 한다. 연동 마을은 특정한 성씨가 모여 살지는 않으며 여러 성씨가 모여 사는 마을이다.

주민들의 생업은 주로 벼농사였는데, 요즘은 비닐하우스에서 토마토 농사를 많이 한다. 23가구가 토마토 농사를 하는데, 장수에서 나오는 찰토마토는 거의 이곳에서 생산된다고 한다. 그 외에도 고추나 담배와 같은 밭작물들을 주로 생산한다.

연동 마을에서는 계북면 소재지에 있는 계북초등학교와 계북중학교로 학교를 다니며 고등학교는 장계면이나 안성면으로 진학한다고 하였다. 주민들 중에는 장계성당에 다니는 천주교 신자가 10여 명 있는데 장수군에서 천주교 신자가 가장 많은 마을로 알려져 있다. 마을 주민 중에는 농소 마을에 있는 교회에 다니는 기독교 신자도 있으며, 사월 초파일에는 농소의 대원사나 장계의 성관사에 가서 등을 켜는 불교 신자도 있다.

연동 마을은 20여 년 전까지만 하더라도 산신제를 모셨는데, 정월 초사흩날 지냈다. 마을 회의에서 제관을 정하면 제관이 된 사람은 한 달 전부터 몸과 마음을 깨끗이 하고 궂은 곳에는 가지 않았다. 정월 초사흩날 자정이 넘으면 산제당이 있는 산꼭대기에 올라가 제사를 지냈다. 산제당은 산의 9부 능선쯤에 있는데, 현재는 산제당이 있던 자리가 남아 있다. 산신제를 지낼 동안에는 개도 못 짖게 할 정도로 산신제를 엄숙하게 지냈다.

연동 마을에서는 산신제와 관련하여 전해오는 전설이 있다. 한번은 산신제에 부정이 타서 산짐승들이 가축뿐 아니라 사람까지 물고 가는 일이 생겼다. 그 일이 있은 후에는 더욱 지극 정성으로 산신제를 지냈고 그렇게 여러 해가 지나갔다. 어느 해인가는 마을 사람들이 산신제를 지내고 돌아왔는데, 산꼭대기에서 불이 하나 내려왔다. 그 불이 변하여 바위가 되었는데, 그 모습이 암수 호랑이와 같았다. 마을 사람들은 산신령이 그 바위로 화하였다고 믿었고 이 '호랑이 바위'가 산짐승으로부터 마을을 지켜준다고 생각했다. 이 호랑이 바위는 지금도 마을 앞에 모셔져 있다.

전라북도 장수군 계북면 매계리 매계(梅溪) 마을

조사일시 : 2009.3.3, 2009.3.7
조 사 자 : 임철호, 권은영, 이화영

2009년 3월 3일 계북면사무소에서 각 마을 노인회장들의 전화번호를 알아내고 연락을 하여 협조를 부탁하던 중 매계 마을의 유기동 노인회장이 조사자들의 부탁을 받아들였다. 계북면 어전리 어전 마을에서 한 차례의 면담 조사를 마치고 나서 어전 마을에서 멀지 않은 매계 마을회관을 방문하였다. 조사자 중 임철호와 이화영은 남자 어른들 방에서, 그리고 권은영은 여자 어른들 방에서 각각 면담하였다. 그러나 이날 조사는 여러 사람들이 모여 산만한 분위기에서 진행되는 바람에 녹음자료의 상태가 좋지 않아 채록할 수 있는 자료가 별로 없었다. 조사자들은 마을 주민들 중 주요 제보자를 선정하여 면담 약속을 다시 잡았고, 3월 7일 추가 조사차 마을을 다시 방문하였다.

매계 마을은 풍수지리적으로 볼 때 매화꽃이 땅에 떨어진 모양이라는 매화낙지(梅花落地)의 형국이라 하여 매골이나 매곡(梅谷)이라고도 했다. 1914년 후에 매계로 이름이 바뀌었다고 한다. 매계 마을은 밀양 변씨와 인동 장씨가 3백여 년 전에 정착하면서 마을이 형성되었다고도 하고 600년 전에 함창 김씨가 19대조부터 정착하여 살았다고 하기도 한다. 1960년대 말에는 60여 호에 400여 명이 넘는 주민이 살았는데, 지금은 많이 줄어들어 38호 70여 명의 주민이 살고 있다. 옛날에는 매계 마을을 양반 동네라고 하여 이 마을 사람들은 공동 부역을 하지 않고 다른 마을 사람들을 시켜 부역을 했다고 전해온다.

마을 북쪽 1.5km 지점에 있는 구추봉이 정북쪽에 있어 마을의 배산이

장수군 계북면 매계리 매계 마을

되고 이곳에서 네 개의 주능선이 내려와 마을의 좌우를 감싸고 있다. 마을 앞에서 보면 구추봉에서 비롯되어 나오는 네 갈래의 산등성의 모습이 매화꽃이 떨어지는 형국처럼 보인다고 한다. 마을 앞에는 농소천과 어전천이 합수하여 지나고 있다.

매계 마을에는 특별한 종교 시설이나 유적이 없다. 기독교 및 카톨릭 신자는 몇 되지 않고 마을 사람의 대부분이 정초나 4월 초파일에 근처 절을 찾는 정도로 불교를 믿는다고 한다.

설화의 경우 마을과 관련된 전설이나 민담은 들을 수 없었지만 이성계나 황희, 김덕령과 같은 인물들과 관련된 야담을 많이 수집할 수 있었다. 민요의 경우에는 주로 마을 아주머니들을 조사하였는데, 마을 아주머니 중에 민요를 가창할 수 있는 사람들이 많이 있어서 베틀가나 모심는 소리와 같은 노동요와 놀이요, 그 외 일정한 줄거리가 있는 사설민요까지 다양한 민요를 수집할 수 있었다.

전라북도 장수군 계북면 어전리 어전(於田) 마을

조사일시 : 2009.3.3, 2009.3.7
조 사 자 : 임철호, 권은영, 이화영

어전 마을은 계북면의 소재지이며 계북면에서 가장 큰 마을로 각 마을의 노인들이 많이 모이는 노인복지회관이 있는 곳이다. 조사자들은 제보자를 찾기 위해 계북면사무소에 연락하여 계북면 노인회 박영석 회장의 연락처를 알아냈고, 전화를 하여 협조를 부탁하였다. 계북면 노인복지회관에 방문하여 노인회원들과 면담을 한 뒤에 박영석 회장의 안내로 다시 어전 마을회관으로 이동하여 조사를 하였다.

계북면 어전 마을은 약 350년 전에 형성된 것으로 전해지고 있다. 조선조 현종 때 금계 한씨(錦溪 韓氏) 천석(天錫)이란 사람이 문성(文城) 마을

장수군 계북면 어전리 어전 마을

에 살고 있었는데, 그는 마지견(馬池見)이라는 중을 추운 겨울 동안 잘 보살펴 주고 보호해 주었다. 마지견은 이에 대한 보답으로 이듬해 봄에 묏자리와 집터를 잡아 주었는데, 당시에 이 집터에는 느릅나무 숲이 울창했다고 한다. 이에 느릅나무 유(楡) 자와 밭 전(田)자로 마을 이름을 지어 유전(楡田)이라 불러 왔다. 그 후 1914년 행정구역 개편 시에 '느릅밭'을 '늘밭'으로 부르게 되면서, 한자로 어전(於田)이 되었다고 한다. 어전마을은 동에서 서로 하천을 따라 길게 형성되어 있는데 그 길이는 약 800미터에 이른다. 마을이 길게 죽 늘어져 있어서 어전이라고 부른다는 말도 있다.

어전 마을은 금계 한씨의 동족마을이었다. 문충공(文忠公) 교(皦)의 후예이며 선무랑사옹원주부(宣務郎司饔院主簿) 벼슬을 지낸 한사우(韓思佑) 공이 17세기 중엽에 금산에서 이사와 살기 시작하면서 동족마을을 형성하였다. 해방 전만 하더라도 150여 호 가구 중에 금계 한씨를 제외한 다른 성씨는 거의 살지 않았다고 하는데 지금은 여러 성씨가 모여 산다. 어전마을은 1970년대 초반까지만 해도 150여 호에 700여 명의 주민이 살았으나 지금은 100여 호에 250명 정도가 살고 있었다. 인구의 대부분이 65세 이상의 노인들로, 부부가 함께 사는 가구는 3분의 1이 안 되며 독거노인이 많다.

어전 마을은 산으로 둘러싸여 있는 평지가 있고 그 평지 가운데로 하천이 흐르는데 그 하천을 따라 마을이 형성되어 있다. 하천의 이름은 어전천으로 그 주변에는 들판이 있어 이곳에서 벼농사를 한다. 벼농사 외에도 고랭지채소, 수박, 오미자 등의 밭작물과 사과를 재배하기도 한다. 예전에는 담배를 재배했지만 지금은 거의 하지 않는다고 한다.

계북면의 소재지로서 면사무소, 지서, 우체국, 보건지소 등이 있다. 교육기관으로는 1928년에 계북공립보통학교로 개교를 한 계북초등학교와 1977년에 개교를 한 계북중학교가 있다. 마을에 교회가 있어 마을 주민 중 10여 명이 이 교회에 다니고 있다. 정초나 사월 초파일에 장계면에 있는 절인 세심사나 성관사로 불공을 드리러 가는 마을 주민도 10여 명 된다. 그 외 마을에 특별한 종교적인 특징은 없다.

전라북도 장수군 계북면 임평리 내림(內林) 마을

조사일시 : 2009.3.14, 2010.1.21
조 사 자 : 임철호, 권은영, 이화영

2009년 3월 3일 계북면 소재지인 어전리의 노인복지회관을 방문하였다가 임평리 내림 마을에 거주하는 제보자 강효신을 만나게 되었다.

임평리는 내림과 백암 마을로 되어 있으며, 내림 마을은 다시 내림과 매자로 나눌 수 있다. 임평리 백암 마을에는 백암초등학교가 있었는데 폐교되었고, 현재는 수련원으로 활용되고 있다.

내림 마을은 계북면 소재지인 어전리에서 19번 국도를 타고 무주 방향으로 가다가 솔개재를 넘은 후 백암 방면에서 내림리 고개를 넘어 내려가면 된다. 산 고개를 굽이굽이 돌아가는 곳에 위치해 있는 마을이다.

솔개재는 달리 '솔고개(松峙)'나 '솔개고개'라고도 한다. 솔개 새가 숲속을 찾아드는 지형으로, 안숲이 내림(內林)이고 밖의 숲이 외림(外林)이라 하여, 마을 이름이 지어졌다고 한다.

내림 마을은 약 200년 전 진양 강씨(姜氏)가 처음 살기 시작했다고 한다. 1960년대 말에는 내림과 매자를 합하여 50여 호가 되었고 주민수가 300여 명이 되었으나 지금은 30여 호 60명이 살고 있다고 한다. 현재 제일 많은 성씨는 진주 강씨로 6집이 있다. 60여 년 전에는 평산 신씨가 많았는데, 마을에 사당이 있었고 평산 신씨들이 마을을 좌지우지 했었다. 지금은 다 나가고 두 집 정도 남아 있다. 이 외에 원주 원씨, 경주 이씨, 전주 이씨, 연안 이씨, 진주 정씨, 동래 정씨, 천안 전씨 등 서로 다른 성씨들이 모여 살고 있다. 내림 마을에는 원래 마을 앞에 숲이 있었는데 그 숲이 베어졌다. 또한 새마을운동을 할 때에 진안 동향면으로 통하는 큰길이 만들어졌는데, 이 길이 마을 안을 통과하게 되었다.

장수군 계북면 임평리 내림 마을

강효신, 남, 1927년생

주 소 지 : 장수군 계북면 임평리 164번지 내림 마을
제보일시 : 2009.3.14, 2010.1.21
조 사 자 : 권은영, 이화영

강효신(姜孝信)은 장수군 계북면 임평리 164번지 내림 마을에 거주하고 있다. 부모님은 충남 금산이 고향이고, 할아버지가 당시 금산 고을 원님이었다고 한다. 할아버지는 오행을 잘 알았고, 아픈 사람에게 화제(和劑)도 내릴 줄 알았다. 할아버지 생전에 강효신은 금산에 머무르며 할아버지께 공부를 배웠다. 7세에 할아버지가 작고하고, 농사짓던 인삼밭에 도둑이 들면서 가세가 기울어졌다. 할아버지 작고 후 강효신은 임평리 내림마을에서 거주하였다.

강효신은 3학년까지 계북국민학교를 다니다가 같이 다니던 사촌이 학교를 그만두면서 함께 그만두었다. 당시에 계북국민학교는 4학년 과정까지 밖에 없었는데, 강효신이 학교를 그만 두고 3년 후에 5, 6학년 과정이 생겼다고 한다.

강효신은 23세 때에 송복선(1934, 갑술생, 76세)과 혼인하여 3남 3녀를 두었으나, 아들 하나를 일찍 잃었다. 이렇게 내림 마을에 가정을 꾸렸지만, 강효신은 가정보다는 경문(經文)을 읽거나 명산을 답사하는 일에 더 관심이 많았다. 젊을 때에는 전국을 돌아다니며 지세와 산세를 살피러 다니느라 집에 있는 때보다는 없는 때가 더 많았다. 이리향제줄풍류 보유자

강낙승과 재종 간이어서 시조나 풍류를 배울 기회가 있었으나 아버지의 반대로 배울 수 없었다.

10세 안부터 할머니들에게『춘향전』,『장화홍련전』같은 고전소설을 많이 읽어 주었고, 성장한 후에는 여러 경문을 읽고 불경(佛書)도 여러 권 필사하였다. 서점에서『백발가』같은 책을 구해 읽기도 하고, 해인사에서 목판본을 얻어다 읽어『회심곡』을 암송하기도 했다.

강효신은 오행을 공부하여 택일을 하거나 묏자리를 잡아주기도 하고, 상여 소리를 잘 한다고 소문이 나서 타관까지 가서 상여 소리를 메겨 주기도 했다. 그러다 35년 전에 가지고 있던 책들을 다 다른 사람들에게 주고는 하던 일을 그만 두었다.

강효신은 장수문화원에서 발간한『장수의 무속과 점복』(장성렬 저, 2004)에 학습에 의한 법사로 소개되어 있다.

제공 자료 목록

07_10_FOT_20090314_KEY_KHS_0001 부모에게 죽임을 당한 여자 아기장수
07_10_FOT_20090314_KEY_KHS_0002 욕심 때문에 아버지 묏자리를 잘못 쓴 무학대사
07_10_FOT_20090314_KEY_KHS_0003 저승사자를 피해 수명을 이은 사람들
07_10_FOT_20100121_KEY_KHS_0001 아전들과 버릇을 고친 일곱 살 원님 이서구
07_10_FOT_20100121_KEY_KHS_0002 산 주령을 끊은 이여송
07_10_FOT_20100121_KEY_KHS_0003 천둥의 도움으로 부자된 선비
07_10_MPN_20090314_KEY_KHS_0001 도망혈에 묘를 썼다가 낭패스러웠던 강효신
07_10_MPN_20100121_KEY_KHS_0001 도깨비와 아장산
07_10_MPN_20100121_KEY_KHS_0002 저승에 다녀온 당숙모
07_10_ETC_20090314_KEY_KHS_0001 회심곡

김분님, 여, 1931년생

주 소 지 : 장수군 계북면 농소리 연동 마을
제보일시 : 2010.1.22
조 사 자 : 권은영, 이화영

김분님은 장수군 계남면 농소리 연동 마을에서, 딸 넷에 아들 둘이 있는 집의 셋째 딸로 태어났다. 위로 언니 둘이 있는데, 김분님이 태어나자 딸만 셋이 되었다 하여 아버지가 몹시 못마땅해 하셨다.

김분님은 열다섯 살에, 경상도에서 장수로 머슴을 살러 온 아저씨가 부르는 베틀노래를 듣고 배웠다. 학교는 다니지 못했지만 총기가 좋아서 두 번 정도 듣고는 바로 노래를 외울 수가 있었다.

열일곱 살에 진안군 동향면 대들 마을로 시집을 갔다. 딸 다섯에 아들 둘을 두었는데 딸들이 엄마의 민요를 좋아했다. 특히 넷째 딸은 엄마가 부르는 민요를 배우고 싶어 했다.

생업은 주로 농사를 지었고, 대들 마을에서 살았다고 하여 택호가 '대들댁'이다. 지금은 장수군 계북면 농소리 연동 마을에서 살고 있다.

제공 자료 목록

07_10_FOS_20100122_KEY_KBN_0001 베틀 노래

07_10_FOS_20100122_KEY_KBN_0002 네모 반듯 장판방에

07_10_MFS_20100122_KEY_KBN_0001 낙동강 칠백리다

박희목, 남, 1928년생

주 소 지 : 장수군 계북면 매계리 189-1번지 매계 마을

제보일시 : 2009.3.7

조 사 자 : 권은영, 이화영

박희목(朴喜穆)은 유학자인 아버지와 경주 이씨 어머니의 6남매 중, 위로 누님 두 분과 형님 한 분을 두고 넷째로 출생하였다. 아버지의 고향은 장수군 천천면 연평리 연화 마을이고, 박희목은 이곳에서 출생(연평리

1554번지)하고 성장하였다. 11살에 천천면 소재지에 있던 국민학교에 입학하여 16km 정도 되는 거리를 걸어 다니며 학교를 다녔고 17살에 졸업을 했다. 이때 식사를 제대로 못해 위장이 나빠져 지금도 고기를 먹을 수 없다고 한다. 국민학교 졸업 후에 혼인을 하고도 서당을 다녔지만, 생계 때문에 서당 공부를 오래 할 수는 없었다고 한다. 서당을 그만둔 후로는 여러 책을 독학하였다.

　박희목은 연평리에서 혼인을 하였고, 1952년생인 큰딸을 낳은 직후 매계 마을로 이사를 왔다. 다섯 명의 아들과 두 명의 딸을 두었다. 35세 때에는 면에서 첨사 일을 보다가, 톱밥 난로 위로 수류탄이 터져 죽을 뻔한 적도 있다. 당시 입고 있던 솜옷이 수류탄 파편을 막아주어 간신히 목숨을 건졌다. 그때 심하게 놀라 간이 나빠져서 이웃사람들이 모두 일찍 죽을 것이라고들 했다. 그때에는 환갑까지만 살기를 바랐다고 한다. 병원 치료를 받을 수 없어서 구렁이를 잡아먹고 한약을 스스로 조제해 먹으면서 병을 구완했다고 한다. 약을 조제하는 것은 책을 보고 독학으로 배웠다.

　장수 향교의 전교 직을 오래 맡아 했고 현재는 고문직을 맡고 있다. 『장수향교지』 편찬과 향교 건물 보수에 힘을 쏟았다고 한다. 개인적으로는 선영들 위패 모실 사당을 만들어 두었고, 열다섯에 시집와서 집안을 잘 건사했던 어머니를 기리는 비석 또한 세웠다고 한다.

　박희목이 해준 이야기는 문헌에서 본 내용들을 간추려서 구술한 것들이다. 조사자들에게 구술해 준 것은 주로 『한양가』에 있는 내용들이라고 하였다.

제공 자료 목록

07_10_FOT_20090307_KEY_PHM_0001 임진왜란을 평정시킨 위인들
07_10_FOT_20090307_KEY_PHM_0002 좌향을 잘못 앉힌 김덕령 장군의 할아버지 묘
07_10_FOT_20090307_KEY_PHM_0003 나옹선사가 알려준 황희 정승 부친의 묏자리
07_10_FOT_20090307_KEY_PHM_0004 황희 정승과 맹사성의 청렴결백
07_10_FOT_20090307_KEY_PHM_0005 명정이 날아간 자리에 쓴 정몽주의 묘
07_10_FOT_20090307_KEY_PHM_0006 함흥차사란 말의 유래
07_10_FOT_20090307_KEY_PHM_0007 이성계가 왕이 된 것을 예견한 무학대사
07_10_FOT_20090307_KEY_PHM_0008 못생긴 여자를 첩으로 들인 어사 박문수

서문정남, 여, 1935년생

주 소 지 : 장수군 계북면 어전리 561-3번지 어전 마을
제보일시 : 2009.3.3
조 사 자 : 임철호, 권은영, 이화영

서문정남의 본래 이름은 경남이고 정남은
주민등록상의 이름이다. 실제 태어난 해는
1935년생(돼지띠)이지만 주민등록에는 1936
년생으로 되어 있다. 서문정남(西門庭南)은
장계면 북실에서 1남 3녀 중 장녀로 태어났
다. 19세까지 그곳에서 성장했으며 학교는
다닌 적이 없다. 장계에서 태어나고 자랐기
때문에 어전마을에서의 택호가 '쟁계덕(장

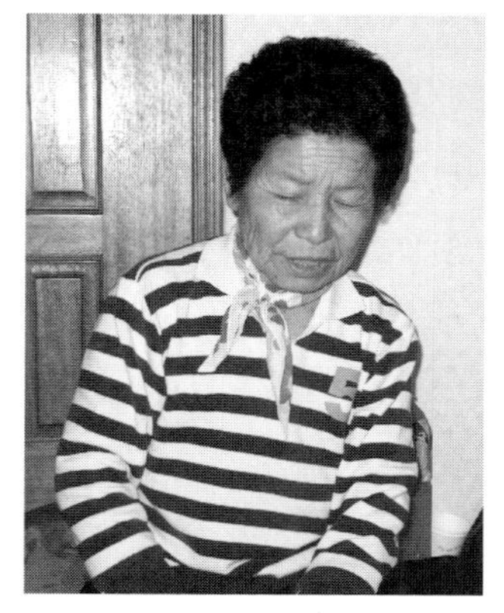

계댁)'이고, 백암에서 한동안 살았기 때문에 '백암덕'이라 부르는 사람도
있다고 한다.

19세에 계북면 어전리 문성마을에 살던 남편과 혼인하였다. 당시 친정
에 아들이 없어서 부모님은 남편을 데릴사위로 삼았으며 한집에서 함께
살았다. 이후 어머니가 남동생을 임신하고 비슷한 시기에 서문정남도 큰

아들을 임신하게 되었다. 얼마 후 어머니가 시름시름 앓자 점을 봤는데, 서문씨의 삼신과 정씨(남편의 성씨)의 삼신이 서로 싸운다는 점괘가 나왔다. 이 때문에 서문정남의 가족은 분가하여 살게 되었다. 서문정남의 남편은 가사를 돌보지 않고 화투만 치러 다녔다는데, 한번 나가면 보름이나 한 달씩 집에 들어오지 않았다고 한다. 이를 보다 못해 시아버지는 서문정남이 27세 되던 해, 남편이 돌아다니지 못하게 하려고 이들 가족을 '짚은골'로 이사시켰고 그곳에서 9년 동안 거주했다. '짚은골'은 산속 깊이 위치해 있다고 해서 붙여진 명칭으로(흰바우골, 백암) 7가구가 띄엄띄엄 떨어져 살고 있는 곳이었다. 그곳에서 화전을 일궈 보리, 고추, 담배 등을 농사지었고, 옥수수를 삶아 내다 팔기도 했다. 이사 후에도 남편은 노름을 그만두지 않았고, 서문정남이 생계를 책임지며 살았다. 남편과는 딸 2명, 아들 3명으로 오남매를 두었다. 막내(2009년 현재 43세)가 국민학교 다닐 때 짚은골에서 나와 현재 거주하는 어전리 어전마을로 이사하였다. 고생하는 어머니를 보다 못한 큰 아들의 권유로 이사를 했고, 이사 직후 큰 아들은 군대에 입대하였다. 제대 후 큰아들이 금산에서 대규모로 인삼 판매업을 하면서 가산을 많이 모았다.

남편은 66세 되던 해 암으로 작고했는데, 이때 서문정남의 나이는 60세였다. 남편이 작고한 뒤로는 대전에 거주하면서 금산에서 인삼 판매업을 하는 큰아들과 3년을 같이 살았다. 이후 김장철 쯤 되면 대전 큰아들의 집에 가서 겨울을 지내고, 양력 4월 봄이 되면 텃밭을 가꾸기 위해 어전마을(어전리 561-3번지)에 와서 지내고 있다고 한다.

서문정남이 구연해준 설화들은 자라면서 들은 것이라 하며, 주로 익살스러운 이야기들이다. 말을 천천히 하면서도 강약을 분명히 하고, 또 이야기 속 인물들의 행동을 시늉으로 보여주며 설화를 구연하기 때문에 청중들의 몰입도가 높았다. 짚은골에서 사람들과 교류가 없이 사느라 민요는 거의 배우지 못했다고 한다.

서순영, 남, 1942년생

주 소 지 : 장수군 계북면 농소리 226번지 연동 마을

제보일시 : 2010.1.22

조 사 자 : 권은영, 이화영

서순영은 경상남도 함양군에서 태어났다. 다섯 살 때 장수군 계북면 농소리 연동 마을로 이사 온 후로 쭉 연동 마을에서 거주하고 있다. 현재 사는 곳은 연동 마을 226번지이다.

경상북도 상주 출신 아내와 20살 때 혼인하였으며, 전북 김제에서 1년 정도 살다 온 것을 빼고는 연동 마을을 떠난 적이 없다. 생업으로는 농사를 짓고 있다. 벼농사를 많이 짓고 있으며 비닐하우스로 토마토를 재배하고 있다. 난방비가 많이 들기 때문에 겨울에는 비닐하우스 농사를 하지는 못한다. 벼와 토마토 외에도 야콘이나 고추 등 특용작물을 재배하고 있다.

서순영은 특정한 누구에게 민요를 배운 적이 없으며, 성장하면서 주변에서 들은 민요를 자연스럽게 익힌 것이라고 하였다. 그의 아내는 서순영이 민요를 부르는 것을 무척 좋아하였고, 이번 조사에 제보자 당사자보다 더 적극적인 모습을 보였다.

온화한 인상을 가진 서순영은 조사가 진행되는 동안 줄곧 편안한 미소를 띠고 있었다. 그가 조사 사이사이에 가볍게 농담을 하여 유쾌한 분위기에서 조사가 진행될 수 있었다. 특히 함께 민요를 제보해 주었던 김분님이 낯선 조사자들 때문에 불편해 하지 않도록 배려하는 모습을 보였다.

제공 자료 목록

07_10_FOT_20100122_KEY_SSY_0001 호랑이가 지켜봤다는 연동마을 신선제

07_10_FOS_20100122_KEY_SSY_0001 모심는 소리

07_10_MFS_20100122_KEY_SSY_0001 장기 타령

07_10_MFS_20100122_KEY_SSY_0002 강원도 아리랑

07_10_MFS_20100122_KEY_SSY_0003 노랫가락

최순련, 여, 1935년생

주 소 지 : 장수군 계북면 매계리 매계 마을

제보일시 : 2009.3.7

조 사 자 : 권은영, 이화영

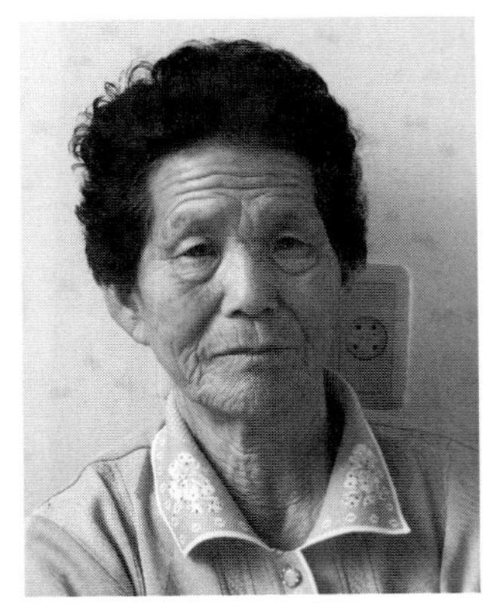

최순련은 5남매 중 막내로 장수군 천천면 춘송리 노루목(현재의 장양마을)에서 태어나고 성장했다. 학교는 다닌 적이 없다. 21살 가을에 노루목에서 혼례를 올리고 22살 정월에 신행을 왔다. 2살 연상이었던 남편이 계북면 매계리 매계 마을 사람이어서 결혼한 후로 쭉 매계 마을에서 살고 있다. 택호는 '고금댁'이다.

신행 후 한 달도 채 못 되어 남편은 군에 입대하였다가 4년 뒤에 제대하였다. 남편이 군에 있었기 때문에 첫아이를 26세에 출산하였고, 아들

셋과 딸 둘을 두었다. 현재 자녀들은 모두 결혼을 하였으며, 장수에 분가하여 살고 있는 막내아들을 제외하고 모두 외지에 거주하고 있다. 남편의 직업은 농부로 벼, 담배 등을 농사지었다. 2008년에 남편이 작고하였다.

조사자들은 제보자를 2009년 3월 3일과 7일, 2회 방문하였는데 첫 방문 시에는 청중들의 권유나 칭찬에도 불구하고 사양만 할 뿐 전혀 앞에 나서지 않았다. 그러나 2차 방문 시에는 흔쾌히 조사에 응해 주었다. 청중들에 의하면 최순련은 매계 마을의 '가수'로, 민요뿐 아니라 신식 노래(트로트)도 잘한다고 한다.

최순련은 곡조를 다양하게 부르지는 않지만, 많은 노랫말을 알고 있고, 그 노래가 불리는 상황과 노랫말의 의미에 대해 소상하게 설명하였다. '뛰고 놀 때 부르는 노래'까지 다 하자면 밤새도록도 부를 수 있지만 그럴 필요는 없다고 하며 본인의 생각에 중요하다고 생각되는 민요들 중심으로 불러 주었다. 기억력이 좋아서 민요 외에 민담도 여러 개 알고 있어 함께 채록할 수 있었다.

제공 자료 목록

07_10_FOT_20090307_KEY_CSY_0001 남의 복은 못 빼앗아 온다
07_10_FOT_20090307_KEY_CSY_0002 호랑이에게서 시아버지를 구한 며느리
07_10_FOT_20090307_KEY_CSY_0003 자기 아내도 몰라본 바보 신랑
07_10_FOS_20090307_KEY_CSY_0001 베짜는 소리
07_10_FOS_20090307_KEY_CSY_0002 앞집에 가 책력 보고
07_10_FOS_20090307_KEY_CSY_0003 노랑노랑 새삼베 치매
07_10_FOS_20090307_KEY_CSY_0004 창부 타령
07_10_FOS_20090307_KEY_CSY_0005 따끔따끔 오라바니
07_10_FOS_20090307_KEY_CSY_0006 서산 밑에 서도령아
07_10_FOS_20090307_KEY_CSY_0007 청춘가
07_10_FOS_20090307_KEY_CSY_0008 설기 설기 박설긴가
07_10_FOS_20090307_KEY_CSY_0009 높이 높이 높은 나무
07_10_FOS_20090307_KEY_CSY_0010 어넘기 남대문

부모에게 죽임을 당한 여자 아기장수

자료코드 : 07_10_FOT_20090314_KEY_KHS_0001
조사장소 : 전북 장수군 계북면 임평리 127-1번지 내림 마을회관
조사일시 : 2009.3.14
조 사 자 : 권은영
제 보 자 : 강효신, 남, 83세
구연상황 : 2009년 3월 3일 계북 면소재지인 어전리의 노인복지회관을 방문하여 강효신
을 처음 만난 후 재방문을 약속하였다. 3월 14일 조사자는 어전리 노인복지
회관에서 강효신을 만나 임평리 내림 마을회관으로 함께 이동하여, 마을 주민
들과 함께 강효신의 이야기를 들었다. 강효신은 책에 있는 좋은 얘기를 해 줘
야하는데 책을 다 다른 사람 줘 버려서 할 것이 없다며, 이야기하기를 주저했
다. 조사자가 책에 없는 얘기도 중요해서 이렇게 조사를 다닌다고 하면서 제
보자를 설득하자 다음의 이야기를 해 주었다.
줄 거 리 : 진안군 용담면에 있는 광산 김씨 집안에서 목싸리재라는 곳에 묘를 쓰는데,
그 자리가 집안에 장수가 날 만한 명당(明堂)이었다. 한 집에서 딸을 낳았는
데, 아이를 낳은 지 사흘 만에 애기 어머니가 보리방아를 도우러 집을 비우게
되었다. 얼마 후 집으로 돌아와 보니, 날개가 돋친 아이가 파리들을 군사로
삼고는 천장을 날아다니고 있었다. 이를 보고 겁이 난 아이 어머니는 시어른
들께 이 일을 얘기하여 집안을 보호하기 위해 아이를 죽이기로 하였다. 아이
를 다듬이돌로 이레를 눌러 죽이자, 그 앞 큰물에서 용마(龍馬)가 뛰쳐나와
몸부림을 치다 죽었다. 진안 용담에는 아이와 용마를 함께 묻어 둔 말무덤이
있다고 한다.

음. 여게가 광산 김씨들여. (조사자 : 광산 김씨요?) 예. 저 부남 가면은
용담, 그 동네가 뭐이냐? 저, 저 뭐라고 하냐? [골똘히 생각하다가 생각이
안 나는 듯 짧게 탄식] (조사자 : 진안요?) 저 용담면이여, 거그가. (조사
자 : 용담면요?)

진안 용담면인디, 거그를, 아 인자 이름도 잊어먹었네. 섬수부 자린디 거

그서 저 금산 넘어가는데 목싸리, 저 싸리재라고 있어, 목싸리재라고. (조사자 : 목싸리재요?) 큰목싸리재 너머가, 거그다 체규사리 우에다 묘를 썼어. (조사자 : 묘를 어디다 써요?) 체규사리. (청중 : 돌 우에다 썼다고, 돌 우에.) 큰 돌 우에. 그래 뒤로 넘어가믄 남장수(男將帥)를 낳고 앞으로 올라가믄 여장수(女將帥)를 낳아. 묘를 썼는데. 그 사람들이 거그다 왜정시대에 썼어. [생각났다는 듯이] 감동이, 감동이여, 감동리, 동네 이름이. (조사자 : 감동리?) 응, 동네 이름이 감동이여. 감동인데 그래가지고서 거기다 뫼를 써놓고서, 썼는데 뒤로 넘어가들 못해서 앞으로 올라갔어. (조사자 : 묘, 묘가요?) 암먼. 묘를 거그다 썼는데, 인제 앞으로 올라가서 묘를 썼어. 뒤로 못 넘어가고. 유골을 들고 오는 사람이 뒤로 넘어가야 되는 뒤로 못 넘어가서, 앞으로. 그래가지고 왜정시대 때 난바 딸을 났어. 났는디, 사흘 만인데 집이서 보리방애를 찧는다고서 해서 디딜방애라 보리방애를 찧는디 산모가 뭐이냐믄 그 방애를 씨를 여(넣어) 주러 갔어. (조사자 : 산모가?) 암먼. (조사자 : 씨를 여 주러 가요?) 유모 말이여. 가서 방애를 씨를 여 주다가서,

　“애기가 울긴디, 가봐라. 가봐라”

하닌게로, 쫓아오닌게 애 우는 소리는 안 나고 방으서 투덕거리는 소리는 나. (조사자 : 쑤석쑤석요?) 투덕투덕 해쌌는 소리, 뭔 소리를 끽끽 해쌈서. 어떻게 하믄, 뭐이냐, 방으로 하나 군사가 꽉 찼다가 뭐라고 하믄, 뭐이라 저 천납으로 쏵 올라붙고. (조사자 : 애기가?) 하, 파리가. 파리. (청중 : 파리가 군사로 돼 가지고.) 올라붙고, 그러믄 또 뭐라고 하믄 싹 내려와서 군사가 꽉 차고. (조사자 : 오. 파리가 군사가 돼 가지고?) (청중 : 그게 어머이 눈에는 군사로 보이는 거여.) 그래가지고서 꿈에도 뭐이냐믄은, 옷을, 넘을(남을) 비이지(보이지) 말고서나 옷을 갈아입히라고 그랬는데. (조사자 : 애기한테?) 암먼. 그래 생전에도 자꼬 그랬는데, 아, 이 여자가 겁이 나네. 겁이 나니게 와 가지고, 방애 찧는데 와서 시어머니한테 얘길 했어. 그래가지고서 와서 방애를 찌가지고 인자 가서 지침을(기침을) 함서

들어가인게 그때사 우는 거여. (조사자 : 애기가, 그때사 애기?) 어. (청중 : 애기가 날개가 돋치 갖고.) 손. 날개, 날개가 돋치 가지고 날개 밑이가 비늘이 쇠납대기 같이 꽉 붙어가지고. (조사자 : 딸을 낳는데?) 어. (조사자 : 그래갖고 날라 다니는데 파리가 군사가 돼 가지고?) (청중 : 응. 군사가 돼 가지고.) (조사자 : 위로 올라 붙었다 아래로 내려갔다 그러는 거예요?) 응. (조사자 : 그래서 어떻게 했대요?) 그래가지고서 뭐이냐믄은 시방도 시어른한티 애기를 하인게 그때는 일본놈들이 그걸 알믄은 팔 대꺼지, 뭐이냐믄은 멸종을 시켜 버려. (조사자 : 그 집안 사람을?) 암먼. 다 잡아다가 멸종을 시켰어. (조사자 : 그래가지고?) 그래가지고서 이놈을 쥑이는데 따듬독을(다듬이돌을) 눌르고 장정이 이레를 눌르고 있었어. (조사자 : 이레를?) 아먼, 양쪽에서 장정들이. (조사자 : 애기를 근게 놓고 따듬이돌을 놓고 이레를 눌르고 있었고만요?) (청중 : 쥑일라고.) (조사자 : 그래가지구요?) 그래가지고서 그놈 숨 떨어지고 나니게 뭐이 나오는고 하니 그 앞에 큰 물가에서 말이 나와가지고 막 소래기를(소리를) 지르고 헤매다 죽어버렸어. (조사자 : 말이?) 그래가지고 아하고(아이하고), (청중 : 그 사람이 타고 갈 말인데. 용마.) (조사자 : 아, 용말.) 그래가지고 그 딸하고, 딸 죽은 놈하고 말하고 한 디다(데다) 갖다 묻었어. (조사자 : 한 티다 갖다 묻었어요.) 아래 우로. 그 말무덤이 있고 거그 가먼은 말 나온 굴이 있어. 물하고 달라말라 달라말락 한디(닿을락 말락 닿을락 말락 한데) 거그다 독을(돌을) 넣으면 잊어버리고 독 들어가는 소리가 나와. (조사자 : 그 못이, 말이 나온 말 구멍이?) 음음. 체규사리 밑에가 있는데. (조사자 : 어디 산요?) 체규사리 밑이, 뭐냐, 물 있는 디 바우 체규사리 밑에가 있다고. (조사자 : 바우 체규사리 밑에.) (청중 : 바우등을 보고 체규사리라고 하는 거여.) (조사자 : 체규사리라고 하는 거예요.) 그래가지고 쥑이고 그 집안들이 망했어, 그만. (조사자 : 그 집안도 망했어요.) 그라고 몇 집 안 살아. (조사자 : 몇 집 안 살아요. 거기가 진안 용담?) 집산촌이(집성촌이), 집산촌이 돼 가지고 있었는디.

욕심 때문에 아버지 묏자리를 잘못 쓴 무학대사

자료코드 : 07_10_FOT_20090314_KEY_KHS_0002
조사장소 : 전북 장수군 계북면 임평리 127-1번지 내림 마을회관
조사일시 : 2009.3.14
조 사 자 : 권은영
제 보 자 : 강효신, 남, 83세
구연상황 : 앞의 이야기가 끝나고 조사자는 이러저러한 설화를 예를 들어 질문을 했다. 강효신은 오행 다루는 사람은 택일을 하거나 묏자리를 정할 때 실수를 해서는 안 되기 때문에 만날 책을 들여다보고 연구를 해야하므로, 아무 얘기나 함부로 하지 않는다고 하였다. 그래서 조사자가 무학대사나 나옹선사처럼 풍수 잘 보는 사람 이야기를 아시느냐고 묻자 다음의 이야기를 해 주었다.
줄 거 리 : 풍수지리를 잘 보기로 유명한 무학대사가 아버지의 묏자리를 찾게 되었다. 하지만 좋은 명당을 차지하고 싶은 욕심이 지나쳐서, 물이 많은 곳에 자기 아버지의 묘를 썼다. 그래서 다시 묘를 옮겼는데, 그 자리는 바로 시신이 도망을 친다는 도망혈이었다. 무학대사는 탄식을 하고 자기 제자에게 아버지의 묏자리를 잡아 이장하게 하였다.

　무학이가 그렇게 잘 알아도 멍청하기는 한이 없었어. (조사자 : 그게 뭔 말이에요?) 세상 것을 다 알아도 사램이 미련햐. (조사자 : 아, 그렇대요?) 그래가지고 무학이가 뭐이냐믄 어떻게 하는가니 딴 사람은 다 좋은 터를 잡아주고 묏자리고 집자리고 좋은 디를 다 잡아줬어. 그래도 자기 아버지는 물속에다가 옇었어(넣었어). (조사자 : 왜요? 어쩌다가요?) 잘 본다고 본 것이 욕심이 많아가지고 허궁뎅이를 자꼬 거는 거여. 자기 제자가 와서 고치 줬어. (조사자 : 그 무학대사 아버지 묏자리를요?) 그라믄. 잡아줬어. 파보니, 파봐라. 물이 그뜩 들었어. 그라인게 물이 출렁출렁햐. 그래가지고 뭐이냐믄은, 자기가 또 뭐이냐믄은 또 잡았어. 또 잡아서 썼는디 파 옮

길라고 가보인게 신체가(시체가) 없어. (조사자 : 아버지 시체가요?) 그럼. (조사자 : 왜요?) 도망을 가 뻐려. (조사자 : 시체가 도망을 가요? 어떻게 요?) (청중 : 도망 가는 자리도 있다대.) 도망혈이 있어. (조사자 : 도망혈이 있어요?) 암면. (조사자 : 묫자리에요?) 암면. 멀리 간 저 삼십 리까지 가. (조사자 : 아이, 가만히 누워 있는 시체가 왜 도망을 가지?) (청중 : 그런게, 그런게 요술이지.) (조사자 : 멀리 가믄 삼십 리까지 도망을 가요?) 가깝게 가는 것은 발로 해서, [손을 앞으로 내밀어 발을 디딛는 시늉을 하며] 요래 쪼께썩 띄는 거, 요게 십오(15) 보(步) 가고. (조사자 : 십오 보? 시체를 이렇게 뉘이잖아요?) 암면. (조사자 : 근데 어떻게 도망을 가요?) [손을 살짝 주먹 쥐어 보이며] 요런 굴로 다 나가, 요만한 굴이 있으면. (조사자 : 고만한 굴로.) 요로 싹 나가. 그럼, 그건 쇠(指南針) 안 놓으면 못 찾아. 쇠를 놔야 어디로 나갔다는 거를 알아. (조사자 : 그래요, 그래서 무학대사 처음에 가서 아버지 묘 쓴 자리는 보니까 물이 그득그득하고, 두번째 가서 봤더니 도망혈로 간 거예요? 아버지 묘가?) 어. 자기가 가서 놓고 보인 게 도망혈이여. 그래 가서 인게 바우 밑에 가서 있어 가지고 바우 밑에서 찾아왔잖아. (조사자 : 아버지 묘를?) 그래가지고, (조사자 : 아니, 아버지 저기를?) 나는 자식 노릇을 못 한다고 포기를 하고 제자를 보고서는 우리 성님이나(형님이나) 잘 되게 해주라고서는 그랬어. (조사자 : 우리 성님이 나 잘 되게 해주라고?) 그래가지고 자리 옳은 자리 잡았었어. (조사자 : 옳은 자리요?) 응. (조사자 : 무학대사가 그러면은, 저기 무학대사 자리, 묫자리 고쳐 준 제자가 누구래요, 어르신?) 응? (조사자 : 고쳐준 제자가 누구래요?) 제자들이 많은게 모르지. (조사자 : 아, 그건 모르고요?) 산서공부가 (산세공부가) 거그서 나왔어, 그 책에서, 다. (조사자 : 산서공부요?) 음. 왜 묫자리 보는 책이 있어. 산서공부가, 거그서 나왔어, 다. (조사자 : 무학대사한테서부터요?) 그럼.

저승사자를 피해 수명을 이은 사람들

자료코드 : 07_10_FOT_20090314_KEY_KHS_0003
조사장소 : 전북 장수군 계북면 임평리 127-1번지 내림 마을회관
조사일시 : 2009.3.14
조 사 자 : 권은영
제 보 자 : 강효신, 남, 83세
구연상황 : 앞의 이야기가 끝나고 묏자리를 봐주면서 경험했던 얘기들을 몇 개 더 해 주
        었다. 그런 후에 내림 마을 산신제에 대해 얘기하였다. 조사자가 저승사자 관
        련된 이야기 아는 것이 있는지 묻자 다음의 얘기를 해 주었다.
줄 거 리 : 풍수지리를 잘 보기로 유명한 무학대사가 아버지의 묏자리를 찾게 되었다. 하
        지만 좋은 명당을 차지하고 싶은 욕심이 지나쳐서, 물이 많은 곳에 자기 아버
        지의 묘를 썼다. 그래서 다시 묘를 옮겼는데, 그 자리는 바로 시신이 도망을
        친다는 도망혈이었다. 무학대사는 탄식을 하고 자기 제자에게 아버지의 묏자
        리를 잡아 이장하게 하였다.

삼천갑자가 뭘 했는가니 사자를 보내놔도 못 잡아와. (조사자 : 예, 누구
를요?) 삼천갑자 사는 사람을. (조사자 : 아 삼천갑자가요?) 삼천갑자 도선
이를 못 잡아와. 못 잡아오닌게 사자들이 숯을 씻겄어(씻었어), 숯얼. (조
사자 : 숯얼.) 아 숯얼 씻거닌게

"제에미, 삼천갑자 뭐이냐 삼천갑자도 못 잡아가는 것들이 이 숯 씻는
거를 알 거냐고." 말이여. (조사자 : 아, 숯을 씻어요?) [조사자 웃음] 암면.

"거 뭐 할라고 씻거?"

"백탄 맹글라고 씻는다."

어디로 들어가냐고냐면 수채구녁으로 들어가면 잡아온다고 그랬거든.
(조사자 : 삼천갑자를?) 암면. 삼천갑자를 잡아온다고. 그래, 담 너머로 뭐
이 있는가니 보인게 복송나무가 있어. (조사자 : 삼천갑자네 집에?) 암면.
복송나무가 여자로 변해가지고 들어오라고 그랴. 그리 들어가서 잡아가지
고 왔어. (조사자 : 왜 복송나무 그쪽으로는 들어갈 수가 있어요?) 복송나
무는 사를, 복송나무서 사를 부리는겨. (조사자 : 사를?) 암면. 사를, 요사

를 거그서 복송나무가. 복송나무는 여자로 변했다 남자로 변했다 뭐, 자꾸 변하는 기여. (조사자 : 아, 그러는 거예요?) 응. 그러닌게 복송나무를 꺾어다가 귀신을 띠는 거여, 원래, 띠는 것이. 진리를 내가 얘기를 해줘야겠네. 그렇게 띠는 기고, 밤나무는 뭘로 변핸가니 기치장목으로 변헌 거여, 창으로. (조사자 : 창?) 창. (조사자 : 이렇게 기치창?) 응. 그리고 탱자나무는 금사망(金絲網)으로 변헌 기여. (조사자 : 금사망? 금사망이 뭐예요?) 금사망은 철망 말여. (조사자 : 철망. 아, 그면은 복송나무는 여자로 변했다가 남자로 변했다가.) 암먼 변덕 많은 기 복송나무여. (조사자 : 복송나무고, 그 다음에.) 밤나무, 밤나무는 기치창검(旗幟槍劍). (조사자 : 기치창 그게 그 뭐지, 전쟁할 때 쓰는 거죠, 창이죠?) 암먼. 그전 옛날에 있을 때 창으로 찔르잖어. (조사자 : 그걸로 뵈는 거고, 탱자나무는 철망.) 철망으로 뵈고 (조사자 : 금사망.) 아 금사망, 그래 그라는 거여. (조사자 : 그래 그러는 거예요?) 그서 저승사자가 동방삭이를, 동방삭이가 저승사자를 어떻게 도망 댕겼대요? 동방삭이는 세 삼수도 못 잡아와. (조사자 : 세 삼수가 뭐예요?) 열번이고 백번이고 가야 실패하고 못 잡아와. 음, 마루에서 뭐이냐믄 잠을 자도 못 잡아와. (조사자 : 마루에서 잠을 자도?) 응, 대청으서. 들으갈 데가 없어서. (조사자 : 그럼 무슨 재주로 들어가지요?) 앞에 대문간에는 뭐이냐믄 청룡 백호가 응그리고 있어. 청룡 백호가 뭐이냐믄 쌉살개여. (조사자 : 삽살개.) 쌉살개, 청쌉사리하고 홍쌉사리하고 딱 응그리고 있고. (조사자 : 응그리고 있고.) 청룡백호가 응그리고 있고. 배깥에를 보면, 뭐이냐믄 드문드문 섰는 것은 기치장검이 서가지고, 탱자나무 울타리를 해놨은게 금사망 삥 돌리쳐놔 들으갈 데가 없어. (조사자 : 저승사자 들어갈 데가 없어요?) 암먼, 그래 수채구녁을 디다(들여다) 봐라 그랬어. (조사자 : 누가 수채구녁을 들여다 보라고 그랬어요?) 숯 씻는 사자들이. (조사자 : 아 숯 씻는 사자들이.) 그래 뭐이냐믄 수채구녁을 들여다 보인게로 각시가 손짓을 햐, 어서 들어오라고. 그래서 옷을 벗어서 떤지

놓고서 그리 들어가서 잡아왔다는 거여. (조사자 : 그래가지고 저승사자가 동방삭을 그렇게 잡아갔어요?) 아먼. [청중 웃음] (조사자 : 그믄 동방삭 잡으러간 저승사자하고 숯 씻는 저승사자가 다르고만요?) 아먼, 다르지. 역부로 그 뭐이냐믄 그릏게 빘어, 어떻게든지 비법을 찾을라고. (조사자 : 어, 저승사자가?) 암먼. (조사자 : 이 길을, 저승사자가 동방삭을 잡을라고 길을 가는데 냇가에 숯 씻는 저승사자가 있었어요?) 응.

　장승 사는 장승백이가 딱 백년밖이 못 살 챔인디 삼백년을 살았어. (조사자 : 장승백이가?) 암먼. 그라고 제주도 사는 고승백이가, 왜 그러는고 하니 삼십년을 살먼 죽을 챔인디 백살이 넘어가도 못 잡아와. (조사자 : 왜 그랬으까요?) 게 저녁에 꿈을 뀌인게로 수채구녁으로 들어오드리야. (조사자 : 누가요?) 사자가. (조사자 : 사자가.) 고승백이가 꿈을 꾸니까? 그래서 그래서 인제 그걸 알고 있는디, 장승백이 꿈이 그렇게 선명을 대서 잡으로 가봤어. 가보인게 못 들어가. 그래 수채구녁 있는 디를 가보인게로 각시가 어서 들어오라고 그랴. 옷을 번지, 거시겨갖고 사자 데리고서는 가가지고 잡아서 보냈어. 수채구녁으로 들어가갖고. (조사자 : 수채구녁으로.) 그건 책자에 있어, 그거. [조사자 웃음] (조사자 : 책자에.) 저승사자가 못 잡으러 가면 수채구녁으로 들어가가지고. 잡아왔다. 그래 복송나무가 그래서 주역에도 나와 있는겨. 귀신을 띠고 붙이는 건 복송나무라여. (조사자 : 주역에.) 주역에도 나와 있는거, 그래 주역이래야 귀신을 막는겨. (조사자 : 주역이래야 귀신을 막는.) 아, 주역 주역 팔괘를 읽으면은 귀신의 두골이 바싹 짜개진다는겨.

아전들의 버릇을 고친 일곱 살 원님 이서구

자료코드 : 07_10_FOT_20100121_KEY_KHS_0001
조사장소 : 전북 장수군 계북면 어전리 866-12번지 계북경로당

조사일시 : 2010.1.21

조 사 자 : 권은영, 이화영

제 보 자 : 강효신, 남, 83세

구연상황 : 보충조사를 위해 박영석 노인회장과 강효신 제보자에게 사전 전화 연락을 한 후 계북경로당을 방문하였다. 제보자의 주거지인 내림 마을에 대해 듣고 난 후 조사자가 이서구에 대해 아시느냐고 말을 꺼내자 다음을 구연해 주었다.

줄 거 리 : 이서구는 일곱 살 나이에 벌써 고을 원님이 될 정도로 신동이었다. 이서구가 어린 나이에 원님이 되자 고을 아전들이 이서구를 가소롭게 보고 함부로 대하였다. 이서구는 수숫대를 아전들에게 내어주며 그것을 부러뜨리지 말고 도포 속에 넣어보라고 명령했다. 긴 수숫대를 도포 속에 넣지 못해 아전들이 안절부절못하자, 일 년 자란 수숫대도 못 이기는 이들이 칠 년을 자란 자신을 희롱하느냐고 크게 호통을 치며 아전들을 혼내었다. 그 후로 아전들은 이서구가 큰 인물인 줄을 알고 함부로 대하지 않았다.

아 이서구 씨가 뭐이냐먼 저 진주에 가면은 뭘 했는가 하니, 글씨 써 논 거 가서 바우에 가서 그 글씨 써 논게 있어, 지금도. (조사자 : 아, 이서구씨가 써놓은 글씨가요? 그 양반이 대단 뭐 대단한 능력이 있었대요?) 아 일곱 살 먹은 양반이 뭐이냐먼 고을 원으로 들어갔어. 뭐. (조사자 : 고을 원으로, 일곱 살. 그래갖고요?) 아 째깐한 사람들이 거시기하닌게로 뭐이냐먼은 군 저 원을 하닌게 가숙살이 그 뭐이냐먼 모두 봤네, 이방들이. 가술리 봤어. (조사자 : 가술, 가소롭게 봤어요?) 아 그럼. 아이 철부지가 아녀. (조사자 : 일곱 살인게.)

하도 거시기하이 뭐인게 이서구 씨가 뭘 했는가 하니 전주 와가지고서 쑤시때기를 하나 끊어다 줌서 "느그 이거 도폭 속에다 이놈 쑤시 넣어 봐라." (조사자 : 아, 이방한테 시켰어요?) 암먼. 느그들 쑤셔 봐라 한게 들어갈 기여 그기? 이리 들으갈 뭐이냠 쑤시라 도폭 속으로는 여라고 하니(넣으라고 하니) 안 뿌질고. 들으가들 안허지. "아 당년에 큰 것도 못 이기는 못 엉는 놈들이 갖다가 나는 칠년을 컸는디 니 놈들이 나를 희롱하느냐."고 막 호령을 해버렸어. 그래서 큰 사람인 줄 알았댜.

산 주령을 끊은 이여송

자료코드 : 07_10_FOT_20100121_KEY_KHS_0002
조사장소 : 전북 장수군 계북면 임평리 164번지 내림 마을 강효신 자택
조사일시 : 2010.1.21
조 사 자 : 권은영, 이화영
제 보 자 : 강효신, 남, 83세
구연상황 : 앞의 이야기 후 다음을 구연하였다.
줄 거 리 : 이여송은 원래 조선 사람인데, 간첩이 되어 일본 사람들 편에 섰다. 조선에
　　　　　훌륭한 인재가 많은 것을 알고 인재가 나지 못하게 하기 위해 쇠말뚝을 박아
　　　　　산의 주령을 끊고 다녔다. 그러고 다니는데 한번은 쇠말뚝을 박자 산에서 피
　　　　　가 철철 흘렀다. 알고 보니 쇠말뚝을 박은 그 자리가 이여송 할아버지 묘소의
　　　　　뒤통수에 해당하는 부분이었다.

　　저 이오송이라고 옛날에 일본 사람들이 자손서 저 조선서 뭐이 나는가
인자들이 났었어, 인자. 인재가 나고 뭐이냐면 장수가 많이 나고. 그린게
뭘 하는가 산 주령을 끊고 쇠막대기를 갖다 뚜디려 박았어, 말짱. (조사
자 : 어, 일본 사람들이.) 어. 그거 못나게 할라고. (조사자 : 혹시 어르신
이여송이라고 왜?) 이 이여송이가 그라고 댕겼어. 그러고 댕겼어. (조사
자 : 이여송이가 그러고 댕겼대요?) 암면. 그런 사램이여 그게. (조사자 :
산 주령을 끊느라고.) 응. 아 그래서 산 주령을 말장 끊어가지고서는 한참
끊어 돌아가다본게 저그 할아버지 뒤꼭지를 끊었어. 이오송이가 저 한국
사램이여. (조사자 : 아, 원래는요?) 으 그런디 간첩으로 들으가서 뭐이냐
면 일본 놈들한테 가서 그라고 돌아댕겼어. (조사자 : 오, 그러고 다니는데
할아버지 뒤꼭지를 끊었다는?) 어 끊어 돌아가다 보인게 뒤꼭지 저으 할
아버지 뒤꼭지를 끊었어. (조사자 : 할아버지 묘요?) 어. (조사자 : 이여송은
한국 사람인 걸 자긴 몰랐어요?) 으. 그래가지고 어뚷게 됐는가 하니, 그
사램이 이 산 지도를 그리놓고, 지도를 가지고 끊었어. 그런게 피가 철철
나서 바라보인게 저 할아버지 뒤꼭지를 끊었어. (조사자 : 어디에서 피가

나요?) 산 주령으서. (조사자 : 산 주령 그 말뚝을 박았더니, 거기서 피가 철철 났고만요?)

아 옛날에는 뭐냐 말짱 모도 그란겨. 그래서 말목을 지금도 있어서. 빼고 모도 그라잖야, 말목을.

천동의 도움으로 부자된 선비

자료코드 : 07_10_FOT_20100121_KEY_KHS_0003
조사장소 : 전북 장수군 계북면 임평리 164번지 내림 마을 강효신 자택
조사일시 : 2010.1.21
조 사 자 : 권은영, 이화영
제 보 자 : 강효신, 남, 83세
구연상황 : 앞의 이야기 후 다음을 구연하였다.
줄 거 리 : 아내의 품팔이로 연명을 하던 가난한 선비가 있었다. 아내가 셋째 아이를 낳게 되었으나 먹을 것이 아무것도 없었다. 아내는 남의 논에 가서 벼이삭 세 개만 뽑아가져 오라고 하였으나, 선비는 남의 것을 가져오면 죄가 된다 하여 빈손으로 집에 돌아왔다. 아내가 아이를 낳았으나 여전히 먹을 것이 없었다. 양식을 구하러 가는 길에 보리가 많이 섞인 개똥을 발견하였는데, 그 개똥을 씻어 얻은 보리로 죽을 끓여 먹었다. 가난을 못 견디게 된 아내는 선비에게 낡은 패철을 하나 얻어다 주며 돈을 벌어오라고 하였다. 하는 수 없이 패철을 차고 길을 나선 선비는 초상이 난 어느 부잣집에 머무르게 되었다. 하루는 하늘에서 선비를 부르는 소리가 들리더니 하늘에서 온 아이인 천동이 선비의 소매 속으로 들어왔다. 천동은 선비더러 자기가 시키는 대로만 하라고 일렀다. 선비는 천동이 시키는 대로 부잣집에 연화도수 명당을 잡아주었다. 부잣집에서는 그에 대한 사례를 후하게하여 선비는 잘 살게 되었다. 선비가 묏자리를 잘 잡는다는 소문이 임금에게까지 퍼졌고, 나중에는 중국의 천자 귀에까지 들어갔다. 임금과 천자의 묏자리를 잡아준 이후로 큰 부자가 되었다. 올바르게 살아온 선비를 하늘이 알아보고는 천동을 시켜 보살펴 준 것이다.

옛날에 얘기를 한 마디 해야겠구마. 옛날에 정승들 집이서 뭘 했는가니 벼슬을 해가지고 살았어. 해가지고 참 글공부만 많이 했는데 이거 왕 대

강만 추려 가져왔는 거여, 내가. 글공부를 많이 했는디, 이 사램이 살기가 곤란혀. 지 아버지가 정승 벼실 하다가 죽어뻐리고 없고 하닝게로. 그래 뭐이냐먼은 참, 잘 사는 집이로 장개를 갔는디 거그도 망했어. 망해서 아무것도 없어. 그래 여자가 뭐이냐먼, 서방님은 공부나 하시오. 벌어 멕이는 건 내가 벌어 멕이리다고. 이 여자가 멀 하는가니 넘으 방애도 가서 찧어주고 넘으 밭도 매주고 예 벌어다가 자식들을 멕여 살려. 멕여 살려 쌌고 이라고 있는디, 아 셋째 자식을 날라고 함선 뭐이냐먼 어 셋째째 가지고서는 뭐라고 허는가니 암말도 안하고 있다가서, 아이 나가서 딴 사람은 그렇게 안 배웠어도 베실도 하고 돈도 벌어오고 하는디 돈이라도 벌어오쇼. 말도 안 혀. 그래 뭐이냐먼 셋째 아들을 낳는디 날라고 함서 먹을 것이 없으니 어떻게 하겄나 그 말이여. 그 애기를 날라고 함선 영감님 뭐이냐먼 여러 소리 말고 이 앞에 나가서 가을인디 볏모가지 세 개만 뽑아와갖고 오시오. 가서 볏모가지 붙이잡고 이렇게 하늘을 바라본 게 별이 뻔적뻔적햐. 눈을 끔적임선 뺴 농사 지어논 거 뺀다고 뭐라 한다고선 그냥 왔어. 그래 뽑아가지고 왔냐 하닌게 하늘이 눈을 끔적이고 뭐라고서 그냥 왔다고. 알았노라고. 그래가지고 이 양반이 애기를 낳어. 아들을 낳는디 내 놓고 났는디 가서 영감님 뭐이냐먼 아무거시 집이 가서 보리쌀이라도 좀 돌래서 가져오라고. 이 어린 것들 쥑이게 생겼응게 머이 해먹어야겄다고. 게 보리쌀 구한다고 가다가 보인게 불빛이 비치는디 보닌게로 개가 보리쌀을 먹고 소복하니 똥을 싸놨어. 그 놈을 갖다 물이다 씻겄어, 신랭이. 씻거가지고 죽을 끓이가지고 자기가 떠먹고 마느래를 줬어. 주고 와서 기다리고 있다가 가서 찾으닌게로 어찌 오셨냐고서 이만저만해서 왔다고서 어서 가서 아 에미 머나(먼저) 죽을 쒸주라 함서 보리쌀을 뭐이냐먼 한 되나 줘. 그 놈 가지와서 죽을 끓이주고 났는디, 또, 또 가보라고 그르드라. 내가 뭐이냐먼 일주일만 넘어가면 가서 일을 할틴게로 거그 가 뭣 좀 달라고 하라고 애들 땜에 안 되겄다고

(조사자 : 안사람한테요?)

그래 그 집이로 가서 우두거니 있은게 왜 왔냐고. 아이 가서 뭐이냐면 선품샀을 좀 내가지고 하라고 갖고오라고 해서 그래 왔노라고. 방애를 찌러 갈틴게 방애 찧는데 같이 가자 그 말이여. 그래 거가서 방애를 실어나 주고 나닌게로 딩기도(겨도) 따로 싸주고 몽근 딩기도. 그때는 그 개떡집 이라고 끓이 먹었어. 보리 껍데기로, 속껍데기로. 겉껍데기는 내비리고, 얼게미로 저 체로 얼게미로 쳐가지고.

(조사자 : 그걸 몽근?)

어, 그래 몽근 딩기로 거가지고. 에 손으로 비비서 개떡집이라고 해 먹 었어. 그래가지고 상추 조끔 옇고 끓이서 그래 먹었어. 일본 사람들한테 다 뺏기고 아무 것도 없지 인제. 그래가지고 멕이고 하는데, 인제 벌으 벌 러 댕김서 또 그랬어. 영감님도 인제 뭐이냐면 공부도 할 만치 하고 했응 게 나가보라 그 말이여. 당신보담 못 배운 사람도 지관질을 하네 뭔질을 하네 함서 돈도 벌어오고 하는데 나가 보라 그 말이여. 그런게 영감이 내 뭐이, 신랑이다 하는 말이 패철이 있어 뭐 있어. 내가 패철 하나 얻어다 줄게요. 가서 헌 패철을 하나 얻어다 줬어. 게 그 놈을 들고 나갔네. 나가 서 동구 밖에서 뭐이냐면 바라보고 있응게 부잣집에 사램이 왔다갔다 해 쌌고 난리가 났어. 그 둥구남이 들어가닝게로 뭐라고 하는가니 가서 있인 게로, 아 거 아무거시 장, 부잣집이 죽어서 영갬이 죽어서 막, 손님들이 양 뭐 떼로 몰리는디 왜 그라고 있는가. 동네 사람보고 얼른 가서 심바람 도 좀 허고 앉으라고. 그래 갔어, 이 사람도. 가서 우두거니 사람들 가 섰 으닌게로 왜 왔냐고 그러거던. 나도 여기 볼 일이 있어서 왔노라고. 상주 좀 만나게 해돌라고. 에, 패철주머니를 여그다 찼어, 보닌게. 응, 아이 뭐 이냐면 옷은 헌옷이라도 깨깟이 빨아서 입히고 도폭을 입고 왔는디 여으 다 찼네. 아 저 사람도 지, 지관인갑다고. 아 뭐이냐면은 이 사람들이 방 으다 갖다 앉힜는디 지관들이 와서 막 풍을 치고 난리여. 무신 자는 무슨 혈은 어따 써야 되고 어디는 어따 써야 되고 머 난리여. 이 놈 한 소리를 다 들어서 인제 혼차 머릿속에다 암기를 하고 있는디. 배같에를 나오닝게로 하늘이 하늘이고 땅이고 암것도 안 뵈고 깜깜허더랴 눈이. 깜깜한디 뭐라는가니 샌님 하고 불름서 도포 자락 소매, 소매 좀 추키들어 돌라고.

　(조사자 : 도포자락.)

　그래, 그래 뭐이냐먼은 소매를 팔을 들고서 이래 있으닌게로 요리 쏙 들어가뼈리거든.

　(조사자 : 뭐가 들어갔어요?) 뭐이 들어가드랴. 그래. (조사자 : 아무튼 뭣이가. 어어.) 응, 응, 그래 들어가서 이러고 눈을 뜨고 있응게 내가 뭐이냐먼 천동이요. (조사자 : 천동이?) 하늘서 내려온 천동이요. (조사자 : 아이, 어린애기가?) 으응, 어린애기가. 나 시기는 대로만 하면 사닝게 염려 마쇼. 아, 그래 그 놈을 이제 뭐이냐먼 리고 인제 또 들어, 들어갔더니 지관들을 다 돌리보내야. 저 양반이 말도 안 하고서 점잖하니 하고 앉아 있는 거 보닝게 아는 사람이라고 말이여. 딱 놔두고 다 보냈어. 그래가지고 오일 출상을 한디 오일 만에 인제 뭐이냐먼 재남선 가자고 그라드랴. 갔는디 이 밭이 아무 데에 있소. 꼬마가 뭐이냐먼 속에서 그러제. 내가 서라고 하면 서고 앉으라고 하먼 앉고 그러라고. 그래 그 사람이 뭐이냐먼 가서 한 군데 서더니 여 독담우락을 치우라고 하라고. (조사자 : 독담우락?) 담을 쌓는디 밭, 밭 가운디다 쌓는디 그 놈을 싹 치우랴. 여가 연화도수요. (조사자 : 연화도수.) 으, 연꽃이라 이 말이여. 게 묏자리를 잡아서 이제 뫼를 써주니 아 집이로 막 기냥 뭐 돈이네 쌀이네 막가네 이제, 부잣집이라. 에, 메칠을 있으니, 있은게 집이로 가라고 뭐이냐먼 옷을 한 벌 잘 해서 줘서 입고 음식을 해서 잘 줘서 먹고 인제 인제 종들을 줘서 말을 타고 인제 집이로 오닝게 대문밖으 와 바라보잉게 종놈들이 와더니 뭐이냐먼 샌님 왔다고 난리여. 그래 그것이 소문이 나가지고 그 전의 나라에서 왕까지 소리를 했어, 나라 왕이. (조사자 : 나라 왕이 불렀어요?) 아

면. 불러가지고 자리를 봐라 해가지고 참 자리를 봐주고. 거그 왕 자리를 보고 대국천자가 부를티메 대답하지 말고 다리가 아파 못 간다고 하라 고 말이여. 그람서 다리를 뻗으라고 그라드랴. 그래 쪽 뻗으닌게 장심 여그다 갖다 침을 꽉 놔뻐리드리야, 양쪽 다리다. (조사자 : 누가요?) 동자가. (조사자 : 동자가. 어.) 그래 나는 올라가닌게 올라갔다가 나중에 올팅게로 다리가 아파서 못 간다 그 말이야. 그 쩔룩거리고 하닌게로 뭐이냐 못 간다고 하닌게로 대국천자가 뭐이냐면 잡아들이라 하네. 잡아간다고 하인게 또 왔어, 야가. (조사자 : 천동이?) 아먼 천동이, 가자 그 말이여. 가서 못 가운데다가 뭐이냐면 못 가운데다가 모시라고 하라고 (조사자 : 연못 가운데다가요?) 아먼. 그래 거그를 거시기한디 파들어가인게 뭐이냐면 석관이 들었어, 속으가. (조사자 : 연못 속에?) 아, 거그다가 대국천자를 모셔줘가지고 그만 나라에서 멕여 살리기 시작했네. 그래 장자가 됐단 말이 있어. 그래, 마음을 옳게 써서 그렇게 됐다 이거여, 마음을, 맘을. 응. (조사자 : 그, 지, 지관, 샌님 이튼은 안 알려졌고만요?) 아, 이름이 뭐이냐 그 사람이 그 옛날에 자기 아버지가 우의정을 했다는겨. 그 집이서 그렇게 그렇게 없이 살았대야, 일찍이 저그 아버지가 죽어 버리서. (조사자 : 그런데 세상에 볏모가지도 안 뽑고 그래가지고.) 그래 맘을 옳게 쓴게 하늘이 굽어줬다 이 말여. 그래 천동이가 내려와서 그래 갈켜줬다는겨. (조사자 : 갖고 대국천자가 멕여 살렸다고?) 아, 대국 천자하고 한국 천자하고 인자 여기서 벌어 멕여 살렸지.

임진왜란을 평정시킨 위인들

자료코드 : 07_10_FOT_20090307_KEY_PHM_0001
조사장소 : 전북 장수군 계북면 매계리 189-1번지 매계 마을 박희목 자택
조사일시 : 2009.3.7

조 사 자 : 권은영, 이화영

제 보 자 : 박희목, 남, 82세

구연상황 : 2009년 3월 3일 매계 마을회관에 방문했을 때에 조사자 임철호, 권은영, 이
화영은 박희목 제보자를 만나 설화를 채록할 수 있었다. 그러나 당시 녹음본
의 상태가 좋지 않아 권은영, 이화영이 3월 7일 자택으로 다시 방문하였다.
사정을 얘기하고 재녹음을 요청하자 그때 함께 온 교수님도 잘 아는 것 같다
고 말을 꺼내며 흔쾌히 구연해 주었다.

줄 거 리 : 선조는 부통신사 김성일의 말만 믿고 군사를 양성하지 않았다가 무방비 상태
로 임진왜란을 맞게 되었다. 오성과 한음은 명에 원병을 청하러 떠났고, 천태
산 산신령의 도움으로 이여송 장군을 원병으로 끌어 오게 되었다. 한음과 유
성룡은 까다로운 요구들을 해결해 주고 이여송을 조선에 데려 왔으나 이여송
은 선조를 보고는 돌아가려 하였다. 이에 다시 한음이 재치를 발휘하여 이여
송은 전쟁에 참여하게 되었다. 이여송은 김덕령에게 소서행장을 물리치라는
영을 내렸고, 김덕령은 기녀 화월이의 도움으로 소서행장을 죽이게 되었다.
그 후 이여송과 김덕령이 풍신수길마저 죽여 전쟁이 끝이 났다. 이여송은 조
선에 큰 인물이 날 것을 염려하여 좋은 산마다 쇠말뚝을 박고 다녔는데, 삼신
산 산신령의 꾸짖음을 받고는 제 나라로 돌아갔다. 몇 년 후 다시 일본이 조
선에 앙갚음할 움직임이 보여 사명당이 통신사로 일본에 가게 되었다. 사명당
은 일본인들에게 초월적인 자신의 능력을 보여줌으로써 자신이 생불임을 증
명하였고, 조선을 넘보지 말 것을 경고하였다.

일본 사람은, 에, 우리나라 침범한 것이 에, 원체 많지. 지금 우리나라
가 외국으로부터 침범당한 것이, 에, 약 천 번, 구백 몇 십 번이라 그래
나와요. 그래 나오는디 거그서 한 칠십 프로가 일본 사람의 침략을 받았
지. 그래가지고시나 그 신라 때도 그 문무왕 때, 에, 하도 일본사람들이
그 귀찮게 하고 침범을 해쌌고 이라닌게는 문무왕이,

"이, 내가 죽어서 혼이라도 일본 놈을 막아야 되겠다. 근게 나를 죽으
면 동해바다에다 묻어다라."

그래가지고 동해바다에다 수장을 했어. 수장이라고 그라는 것이여, 그
걸 보고. 그래서 우리도 거그를 가 봤는디. 인제 그런 정도로 일본 사람들
이 괴롭혀. 그래서 그 천오백구십일년도에(1591년도에) 일본 사람들이 하

도 침략을 하닌게 선조대왕이 사신을 일본으로 보내야. 근디 그 정사신이 이 전라남도 사신은 황용길 선생. 그러고 부사가, 아, 안동, 경상남도 안동 사는 김성일이. 이래가지고시나 한 삼십 명이, 가가지고시나 아, 전부 다 그 일본 놈들 그 주위를 보고 이라는디, 그 풍신수길(豊臣秀吉)이가 쬐끄만하니 촐랑촐랑하니 심바람을(심부름을) 다 하드라고 이렇게 나와. 심지어 술 심바람, 밥 심바람을 하인들 시키는 것이 아니라 자기가 직접 갖다가 대접을 햐. 근디 황용길 선생이 봤실 적에는 그 에 눈구녁이 똑(꼭) 매 눈구녁으로 생겨가지고시나 그 해꼬지 할 눈구녁이여. 근디 김정, 김성일 선생이 보는 눈에는

'아이고 저런 것이 무신 우리나라를 침범하려.'

이렇게 생각을 했단 말야. 근게 정 에 통신사하고 부통신사하고는 의견이 달라. 근데 이제 몇 달간 에 거 거그서 답사를 하고 살펴보고 귀국을 했단 말야. 인제 귀국하기 전에도 율곡 선생이

"이, 십만 양병을 해얍니다."

선조대왕한티 이 고를 햐. 십만 에 병력을 길러얀다고 이렇게 하다가 아 율곡선생도 축출을 당햐. 이 평화시절에 뭔 놈의 군대를 거시기 하끄냐고. 게 그 사신들이 일본에서 와가지고시나 선조대왕한티 고하기를 황용길 선생은,

"양병을 하얍니다. 에. 우리나라도 군대를 양성을 해서 외국 침략을 막아야 합니다."

인제 부통신사 김성일이는

"아이고 그 그 풍신수길이 위인을 보인게 우리나라 침범 할 위인이 못된다고. 아 평화시절에 뭔 군대를 양성하끄냐고."

시나 이렇게 엇갈려 둘이. 근게 선조대왕이 이 황용길 선생을 애기를 무시해 삐리고 김성일 선생 그 말을 들어줬지. 그래가지고시나 군대양성을 안 해버렸어. 그래가지고시나 에 천오백구십이(1592)년에 일본놈들이

부산아그를 그대로 그냥 건너 왔잖어. 누구 하나 까땍도 안햐. 그래가지고 인제 그때사 선조대왕이 김성일이를 잡아서 참형을 해라 명령을 하지만은 이미 늦어 버렸단 말이야. 그런게 그 한 고향인인 유성룡 선생이 그 당시 영의정 있었어. 그래서 유성룡 선생이 이

"기왕의 일본놈들이 건니왔은게 이거 별 수가 없지 않냐고. 그 사람을 앞잽이 세워서 막으야 할 거 아니요. "

이래가지고 김성일이를 살려. 그래가지고시나 아 살리는디, 에 그 사람들이 와가지고시나 진주를 함락할라고를 할라고 하는디 김성일이가 아 거그서 그 은혜를 입흘라고(갚을라고) 죽자사자 싸웠다고 하는 이런 대목도 나와. (조사자 : 진주에서요?) 하. 진주에서. 그래가지고시나 아 인제 그 사람들도 오 말하자먼은 으 일본에서부텀 계획을 딱 세워가지고 왔어. 그래가지고 소서행정이라고 하는 사람은 평양에 주둔을 하고 인제 가도청정. 가도청정은 서울에 주둔하고, 인자 그 풍신수길이는 부산에를 인제 점령을 하고 이래가지고 우리나라를 꽉 에 점령을 해버렸지. 그래가지고시나 선조대왕이 신의주꺼지 피난을 갔잖야. 피난을 갔는디 인제 그 공신들이 또 많아. 그 애로가 많아.

그래가지고 우리나라가 다 일본놈들 손아귀에 싹 다 들어갔는데 천상 대국에 가가지고시나 대국 군대를 원병을 받아야. 원병을 받을라고 가야된디 가들 못햐. 일본놈들이 행여나 원병하러 가까니 질을 꽉 막고 있어. 그래가지고시나 아 한음선생하고, 내 책에는 김성일 선생인디, 김성일 선생은 거그를 가덜 안했어. 김성일 선생은 거길 가 보내덜 안햐. 선조대왕이. 그라고 갈 위인이 아니여. 그래서 어 오성대감하고 한음하고 둘이 간 성 발라. 이제 그 책에도 김성일이가 아니라고 또 한쪽에다 그래놨어. 그래가지고 오 중국을 대국을 가는디 이 사람들이 꽉꽉 막고 있으닌게 낮이는 산속이가 숨어 있다가 저녁의 캄캄한디 가. 그래가지고 얼매를 갔든지 압록강을 건네 가지고시나 요동 칠백리라고 했어. 요동 칠백리를 들어

가는디 가다가 밤에 길을 잃어버렸단 말여. 길을 잃어버려 가지고 둘이 까막 까만이하고 이리 가까 저리 가고 이라고 둘이 섰는 판인디 저 멀리서 불이 빤작빤작햐. 게서 어떻게 반갑던지 그 두 선생들이 거그만 바라보고 가지. 게 거글 가서 바라보고 보인게 그 높은 어더(언덕) 밑에다가 아 쪼그만한 오돌막집(오두막집) 하나를 지어가지고 불이 뺀혀(반해) 게 가서 주인을 찾으닌게 그 어떤 노파가 하나 나와. 늙은 할머니가 하나 나와. 게 나와서,

"우리가 시방 길을 가다가 길을 잃어서 어 불을 보고 왔노라고. 근디 그 그 우리가 배가 고프닌게 밥을 좀 해 줄 수 없냐고."
하인게,

"하이 들어오시라고. 그 어디서 어 오시는 선생님들이냐고." 시나 이릏게 물는단 말여. 그라닌게

"우리가. 아 조선이 지금 삼백년 역사가 곧 무너져. 그래서 어 대국으로 지금 원병차 가는 중이라고." 그란게 그 노파가 하는 이야기가,

"하하 조선은 조선 운수로 와 가지고 시방 난리가 났어. 그래서 그 평정하기가 어렵다고." 이런단 말여. 그래서

"그그그그 할머씨는 어떻게 되서 이런 디서(데서) 혼차(혼자) 이렇게 계시냐고." 하인게는

나는 천태산 날망서(꼭대기에서), 천태산이여. 천태산.

"천태산 날망으서 쪼그만한 오돌막집을 짓고 살다가 아 그 딸 하나를 데리고 둘이 살다가 딸이 뱅이(병이) 들어서 죽어서 혹시 영감이라도 하나 얻을까 하고시나 여그 와서 오돌막집 짓고 시방 이르케 하고 사는 판이라고."

그래서 참 나가드니만은 밥을 깨끗이 해가지고 와가지고 밥을 잘 먹었단 말여. 잘 먹고 인제 이러쿵저러쿵 이얘기를 허는디 에 "대국을 가면 어떻게 할라냐고" 물어.

“아 대국을 가서 어 군대를 그 원병을 청해야 되글거 아이냐고.” 하인게는

“내 말을 잘 들으라고. 조선 운수로 오 그래서 어 여간 장사 와가지고는 그 평정을 못 시켜. 그러닌게 내가 사진 하나를 줄티인게 꼭 이 장군을 돌라고 가서 어 하먼은 그것이 여간해서 못 줘. 그라닌게 아주 그 그 단단히 거시기 해야 되인 게 에 이 꼭 이 사진 이 그 장군을 돌라고 하라고.” 게 사진을 주 주는디,

“이 값이가 얼매나 되냐고” 하인게,

“으, 은전 삼 삼천냥이라고.” 햐. 게서 가주간 것이 전부 다 은전 삼천냥 빼끼(밖에) 없어. 게 삼천냥을 톡 털어줘. 주고는 인제 그 사진을 똘똘 몰아서 인제 에 짊어지고 잤단 말여. 자고 아침에 밥을 또 깨깟이(깨끗이) 해줘서 먹고

“잘들 가 다녀오라고.”

인사를 하고, 인제 인사를 하고 한참 가다가 [돌아보는 시늉을 하며] 돌아보인게 암껏도 없어. 하하. 천태산 산 이 산신령이여. (조사자 : 그 할머니가?) 응. 그래서 어 그 질로(길로) 오 그 질로 가는 인제 그 그 어떻게 되는가 싶어서 사진을 보인게 사진은 그대로 있단 말이여. (조사자 : 그림으로 이렇게?) 그림으로 그렇지. 돈도 있는가 하고 보인게는 돈도 그냥 그대로 있어 삼천냥이. (조사자 : 음. 시험했는가보네요?) 그래가지고 어 요 동 칠백리를 가 가지고시나 그 대목이 또 질어. 어디 그 그 누구에 가서 기다리구 있다가 그 천자를 항 함부로 못 만나거든. 그 만나는 과정도 참으로 어려웠어. 그래가서 만나가지고시나 아

“조선 삼백년이 역사가 무너지게 생겼다고.” 오 애원을 하인게

“흥, 조선의 그 나라 임금 운이 없어서 그려.” 마 이래 버린단말여.

“그래서 원 그 원병 못 줘.” 딱 거절을 햐. 그러니께 한음이 의관을 딱 벗어놓드니만은 그 이마빽이를(이마를) 방바닥으다 찌는디 피가 낭제를

하(낭자해)

　"하하, 조선의 선조대왕은 참말로 운이 좋은 왕이로구만. 저런 신하를 어 데리꼬 있다니. 나는 대국 천자를 해도 저런 신하를 못 뒀다고." 탄복을 햐. 그래 인제 그그그 어만 장군을 하나 줘. 그래서,

　"안됩니다." 그람선 그제사 인제 사진을 내놈선

　"이 장군을 돌라고." 허이구 깜짝 놀램선,

　"이 사진이 어디서 났냐고. 아이 우리 이여송(李如松) 에 장군인디, 이여송 장군은 지금 북벌을 치러 간지가 4년이여. 4년인디 거그 에 북벌 막어야지 안된다고." 시나 거절을 한단 말이여. 그라닌게는 또 막 이마빼기를 그 피가 낭제 한데를 또 찢어. 하하 이거 큰일났어. 그라닌게는 할 수 없이 나중에는 이여송 동생이 이여백이여. (조사자 : 이여백.) 이여백 장군을 준다고 햐.

　"이여송 장군은 북벌 치로 가가지고 안되고, 이여백 그 동생 장군을 주마고."

　안된다고 또 막 이마빽을 잡아 찢어. 그라닌게 허허 그람선 할 수 없이 이명백, 이여백 장군을 북벌을 보내고 이여송 장군을 오라고 햐.

　그래가지고시나 아 오는디, 오만오천오백명을(55,500명을) 거느리고 와. 중국 대국 그 군대를. 그래가지고 오는디 낙동강을 떡 건너더니마는 [생각하는 듯 잠시 뜸들이며] 황해수? [고개를 갸우뚱거리며] 황해수 뭔 물을 떠다가 점심을 하고. 간에, 용의 간을 내서 어 회를 해서 이래서 그 점심을 해오니라. 하 그거 참 어렵단 말여. 근게 인제 그때는 에 여럿이 그 마중을 갔어. (조사자 : 이여송 장군을?) 이여송 장군 인제 온다 소리를 듣고시나 마중을 나가. 근디 인자 그 유성룡 장군이랑 그때는 여럿이 가 있었어. 가서 인제 그 의논을 하는디, 아 그그그 낙동강 물이 내나 그 물줄긴게 낙동강 물 떠다가 하믄 된다고 바로 그 옆에 있신게 인제 그 물 떠다 하고, 게 간의 용을 하이그 어뜨케 햐. 근게 할 수 없이 그 한음 선생

이 바닷가에 가가지고시나, 강가에 가가지고시나 두 손으로 빌어. 아 빌으닌게는 는데없이(난데없이) 용이 날라와. 날라오드니만은 턱 자빠라진단 말여. 게 간을 내가지고시나 아 그 용을 바다에다 던진게 그냥 희쭈그나가버려. 용이 게 간을 보인게 간은 그대로 있단 말이여. 그래 인제 간을 인제 회를 해서 점심을 먹을라고 한디 갑자키

"에 내가 아무 젓가락 가지고는 못 먹어. 그런게 에 소양강 가양이(가의) 산죽대로 저범을(젓가락을) 해주야 밥을 먹는다."

그렇게 꽤 까다롭게 얘기를 해싸. 그 그라닌게 에 유성룡이라고 해놨어. 거기 책에는. 유성룡 선생이 갑자키 [데님 푸는 시늉을 하며] 데님을 풀드니만 데님 속에서 젓가락 두 개를 내놔. 하 그거 참. 아 그래서 딱 올리노닌게

"허허 어 일본, 이 조선 에 현인들 대단하다."

고 칭찬을 하고는 점심을 먹어. 그라고 와가지고는 에 인제 한양에를 왔어. 한양에를 와가지고시나 선조대왕을 오랴. 선조대왕을 오라고 하는디 와서 위를 쓱 보드니만은 하하, 도로 중국으로 갈라고 햐. 한음이 보인게 큰일 났어.

"얼굴을 보인게 왕갬이(왕감이) 아니여. 왕갬이 아니라서 그 왕 가지고는 평정을 못 시겨. 그래서 나는 도로 회군을 할란다."

큰일 났단 말여. 그런게 한음 선생이 선조대왕한티 가서 대성통곡을 하고 울어.

"그 왜 그라냐."

"큰일났심다."

"왜 그라냐."

"이여송 장군이 도로 회군을 할라고 합니다."

"목적이 머냐."

차마 그 왕 앞에서 왕 그 자격이 못 된다 소리를 못하고 거시키하고 있

은게 자꾸 잡혀. 할 수 없이 나중에는 그 얘기를 햐. 그 얘기를 하인게 아
역시 선조대왕도 능장(늘상) 코를 빠치고 있단 말이여. 게 둘이 궁리궁리
끝에 한음 선생이

"그 한 가지 수완이 있십니다."

"뭐냐. 뭐라도 시키먼 하마."

"저 오성 대감 있는 쪽이다 대고 크게 대성통곡을 하십시오."

근게 옛날에 우리가 들을 적에는 항아리를 놓고 항아리에 대고 대성통
곡을 하면 막 울리잖아.

"그렇게 하시오."

아 그라인게 선조대왕이 항아리다 대고 막 대성통곡을 한단 말이여. 크
게. 아 한음이 가만 보인게 어서 대성통곡을 하는디 아이 요건 큰 왕감이
여. 소리가. (조사자 : 소리가.)

"아이고 어디서 이렇게 소리가 나냐." 이러닌게 신하들 아이 그 그 도
도독이라 그래. 도둑. (조사자 : 도독.) 그래 이제 이여송 장군을, 어 장군
을 도독 장군이라고 이래.

"도독 장군이 에 회군을 한다고 해서 우리 이 대왕님께서 통곡하는 소
립니다."

"하하, 얼굴을 보인게 왕갬이 아니드니, 에 우는 소리를 보인게 왕갬이
로구나. 어라. 내가 다시 평정 시키주야게(시켜주겠다)"

그래 그래가지고 평정을 하기 시작햐. 그래가지고시나 깃대를 높이 세
우드니만은 거그 올라가가지고 천기를 봐. 천기를 보드니만 남쪽에 별이
하나 큰 놈이 있어. 게서 그먼 내려와 가지고시나

"저 남쪽에 에 어느 쪽에 그 큰 별이 있다. 가서 데꼬 오니라."

그기 김덕령이라. 그 김덕령이가 무등산 정기 타고 났어. 게서 인자 무
등 그 김덕령 났다고 하는 그 일화가 또 있어. 인제 그 얘기는 인제 안
할망정이란데도, 그래도 인제 김덕령이가 온단 말여. 오닌게는

"왜 나라가 이런디 가만히 있냐고." 시나 아 이람선

"좌우간 평양에 가가지고시나 소서행장을 죽이가지고 목을 잘라오니라."

그러닌게 김덕령 장군이 평양엘 가. 평양엘 가는디 김덕령 장군이, 이 김덕령 장군이 [확실치 않은 듯] 열여섯 살 때냐. 열여섯 살 때 평양 가서 어 그 태수 밑에 말하자먼 아까 얘기한 아전 노릇을 했어. 말하자면 요새로 말하면 에 군, 군에 과장급이나 됐어. 고렇게 가서 어 평양에 가서 있을 때가 있었어. 근디 그때에 에 화월이라고 하는 기생하고 오 화월이가 그때 열네 살 먹었든가. 그래가지고 거그서 어 애인을 삼아가지고 오 혼인을 약속을 둘이 허고 그라고 애인을 삼고 있었어. 그러다가 아 바로 온다고 오 어뜩게 와 가지고 거그를 [생각하는 듯] 팔년을 칠년을 못 갔다고 하드냐 팔년을 못 갔다고 하드냐 매처(미처) 못 갔어. 엽서 한 장도 못 보내고. 그래 가닌게는 찾아 가인게는 화월이 저 어머니가 나와. 나옴선 반가워함선

"응, 둘이 이 언약한 그 사랑을 어뜩게 하고 엽서 한 장도 없이 대처이라고 있다가 오냐고."

시나 함선 기냥 통곡을 햐.

"게 화월이는 어디 갔냐고."

하인게 [헛기침을 하며]

"화월이는 에 일본놈 장군이 이 데리다가 자기 첩으로 삼고 시방 꼼짝 못하게 들어 앉혔다고."

이란단 말여. 그래서 인제 그 화월이 저 어머니가 밥을 해줘서 밥을 잘 먹고 화월이 저 어머니가 한단 얘기가,

"내일 저녁에 내일 저녁에, 화월이 저 아부지 제산게 화월이가 와. 화월이가 오먼은 잘 만내보라고."

이런단 말여. 아 그런디 여간해서 그 졸개들이 막 오는 통에 만나들 못

햐. 게 그 이튿날 가마(가만) 보인게 화월이가 와. 오드니만은 아 고만 냉정하게 햐.

"뭐하러 왔냐고." 하, 그래 가만 김덕령이가 생각을 한게,

'하하, 소서행정을 죽이기 전에 너부텀 죽이야겠구나.'

마음을 먹어. 마음을 먹고시나 에 거그서 인제 저녁밥을 화월이 어머니가 줘서 먹고 그 이튿날까지도 인제 그 아침이 인나서 화월이가 그때사 들어와. 들어와 가지고시나

"어찌 이릏게 왔냐고." 인자 그때사 사유 사연을 물어. 물으인게 김덕령 장군이 그 사연을 쏵 다 얘기를 햐.

"내가 이만 저만하이 임무를 띠고 왔다." 근게 화월이가 짬짬하더니만은

"소서행정이 사흘을 자는디 첫날은 눈을 뜨고 자고, 고 이튿, 눈을 뜨고 자고, 고 이튿날은 에 눈을 깜고 잠선도 누가 꺼뜩만 하면 그냥 퍼뜩하고 사흘은 진짜로 잔다고."

[조사자 웃음] 이제 이릏게 이란단 말여. 그란게 그 어려운 거 아녀. 그럼선 아무 날은 에 소서행정이 자는 날이여. 그란게 아무 날. 에 그라고 소서행정이 누가 오께비(올까봐) 방아를, 방울을 사방에다 달아났다는 것이여. 그래가지고시나 방울만 딸망딸망허먼은 양 퍼뜩 인난다.

"그라닌게 내가 그 방울을 에 준비를 할 터인게 나 시긴대로 하라고."

그라고 몸땡이(몸뚱이) 비늘이 쏵 쪘어(꽉 꼈어) (조사자 : 소서행정이?) 비늘이 이 비늘이 찌(껴) 가지고 칼로 창으로 찔러야 안 들으가. 근게 가서 슬쩍 건들 적에 에 성질을 팍 내면 비늘이 솟는다는 것이여. 솟을 적에 찔러라. 그래서,

'하하 너부텀 죽일라고 했드니 너 땜에 이러고 있구나.'

인제 그때사 생각을 하고는 참 운궁시럽게 잘 거시기하고는 인제 그 화월이가 그 쫄개들 막 꽉 있어. 그래도 그냥 들어간다. 그런게 쫄개들 몰

르게 술을 막 독허게 해가지고 멕이고 이런 대목이 나오드라고. 게 인제 화월이가 갔어. 가 가지고시나 그 아주 자. 이튿날 이튼 이틀 잘 적으든가, 이제 오라고 해서 갔어. 가서 보인게 자는디 이 몸땡이가 거창햐. 근디 소서행정이 하나만 눈 것이 아니라 가짜 행, 에 소서를 양쪽으다 하나씩 눕혀놓고 자. 게 어떤 놈이 소서행정인지를 몰라. (조사자 : 몰라.) 게 인제 화월이가 다 얘기를 해줬어.

"어디 잔 것은 가짜고, 어디 잔 것이 진짠게 어디 잔 것도 가짜여. 그란게 어디 잔 것이 진짠게 고놈을 건들라고."

그란단 말여. 헤헤 게 인제 들어 가가지고시나, 참 근게 에 그라기전에 화월이가 들어감선 나옴선 해가지고시나 헝겊데기로 그 방울을 전부 다 전부 다 메꿔 뻐려. (조사자 : 아 소리 안 나게?) 소리 안나게. 인제 그렇게 나와 있어. 그래가지고시나 에 이제 들어가서 보인게 참 자는디 큰 깍지돌만헌 놈이 세 개가 들어눴는디 어떤 겐지를 몰라. 게 인제 화월이 시킨대로 그 놈을 가서 까딱헌게 퍼뜩하면서 비늘이 파짝 햐. 그때 그만 찔러버렸지. 그래가지고서 모가지를 끊었는데 모가지 끊은 몸땡이가 칼을 가지고 납뛰어(날뛰어). 모가지 끊은 몸땡이가. (조사자 : 모가지도 없이?) 에 모가지도 없이. 그래가지고시나 인제 그 화월이가 시긴대로 해서 모가지를 끊어가지고시나 가지고 인자 화월네 집이로 왔어. 화월네 집이로 오인게는 화월이도 따라와. 따라와 가지고시나

"너땜이 내가 큰 성공을 하고 간다. 근게 앞으로 오 너는 어 앞으로 나하고 살자고." 약속을 하인게 화월이가 한단 얘기가

"나를 죽이고 가쇼."

"왜 그러냐?"

"나를 안 죽이고 가믄 나를 죽이고 내 모가지를 끊어다가 울 어머니를 주쇼."

"왜 그러냐. 내가 만약에 에 여그서 살아가지고 나가면 일본 놈들한테

울 어머니꺼지 다 죽어. 그인게 내 모가지를 끊어다가 울 어머니를 주고 가면 우리 어머니는 사요."

"하하 그 말도 옳다구나."

게 할 수 없이 그 화월이 모가지도 끊어서 저 어머니한테 주고 주고 와. 그래가지고시나 에 가지고 오 이여송 장군한티 오인게는 치하가 대단햐.

"하이 소서행장 모가지를 끊어오다니."

그래가지고시나 아 아장을 시겨. 그므 말하자먼 에 이여송은 정장이고 전 장군이고, 고 다음의 장군이 이 에 말하자믄 김덕령 장군이여.

그래가지고시나 싸우고 돌아댕긴디 풍신수길이를 가서 잡는디 풍신수 길이란 놈이 요술을 햐. 가서 찌를라고 보면은 신하만 죽지 그놈은 까딱 없어. 하 그거. 아 그래서 이여송하고 김덕령 장군하고 아무리 가서 죽이 믄, 죽이 죽있는디 졸개가 떨어지지 그 놈은 쌩쌩햐. 그래서 그 날 저녁에 와가지고 이여송 장군이 한단 얘기가

"을진방으로 들어 가가지고 술방에서 너는 술방에서 찔러라. 응? 을진 방에서 나는 들어갈팅게 너는 술방에서 찔러라. 그 놈 술뱁이(술법이) 그 술뱁이다."

그래서 그 이튿날 싸우는디 참 을방에서 이여송이가 가인게 에 김덕령 장군이 술방에서 가가지고시나 찔르인게 아 이놈이

"하하 이 요법을 이거 어뜿게 알았냐고."

시나 탄복을 햐. 근게 그래가지고시나 거그서 어 죽있어. 죽이 가지고 시나 인제 서울을 점령한 가두청정(加藤淸正)을 죽일라고 하는디 흔적이 없어. (조사자 : 흔적이.) 일본으로 들어가버렀어. 인제 그때는 몰랐는디 책에는 에 일본에 가가지고시나 그 대접을 받고 이런 대멕이(대목이) 나오드라고. 그래가지고시나 인제 그 으 평정을 시겼지. 평정을, 그란게 평 정을 시기는 과정이 임진왜난에서부터 시작해가지고 정유재란까지 칠년

간이여. 에 임진왜난 하먼 임진왜난부터 정유재란까지 칠년간이라.

그 전투를 하고는 인제 평정을 시기 놓고는 이여송이가 한국에 인물이 나게 생겼으닌게 에 쇠말뚝을 쳐가지고 산마둥(산마다) 박고 돌아 댕겨. (조사자 : 산마둥?) 그 산마둥 명산마둥. (조사자 : 쇠말뚝을.) 아 응. 게 넉 달 넉 달을 그릏게 박고 돌아 댕겨. (조사자 : 이여송이가.) 응 하 이여송이가. 그래가지고시나 하루에 에 그 쫄개들하고 이여송이가 잔치를 하는디 어떤 초롭동이가(초립동이가) 말을 타고 그 앞으로 지냐. 감히 자기 군대들도 그 짓을 못한디 아 건방지단 말여. 근게 신하들 보고

"저놈 가서 죽이라."

따라가는디 다섯 발 앞에 가믄 빨리 가믄 한날 그 대통이라. 빨리 가믄 그대로 빨리 가고 찬찬히 가믄 또 찬찬히 고대로. [다리를 바꿔 앉으며] 그래가지고시나 강원도 삼신산에 가가지고 높은 그 바우 우에 떡 앉아가지고는

"이여송이를 본 나는 삼신산 신령이다."

(조사자 : 아 초립동이가요?) 에? (조사자 : 초립동이가?) 하.

"이여송이를 보내라." 그래 이여송이가 가인게는 에

"우리 조선을 평정해주, 주 줘서 어 니 목심만은 살리준다마는 에 너그 나라에 가서 천자나 셈기고(섬기고) 잘 있그라."

그래가지고시나 삼신 에 삼신산 에 뭐시나 그 신 산신령이 그 이여송을 보냈어. 음 그래가지고 이여송 사당이 평양에 있어. 그래서 우리 이 남한에는 그 위인들 위패를 모시놓고 우리들이 제사를 지내지마는 평양은 그 짓을 안햐. 응 시방 현재 안햐.

그래가지고시나 아 한 삼년 있다가 아 서산대사 서산대사가 경주 김씨여. 서산대사가. 그러고 서산대사하고 오 사명당, 사명당은 풍천 임씨여. 맡을 맽길 임자(任.) 풍천 임씨. 아 둘이 강원도 낙산사, 강원도 낙산사에서 어 높은 장대를 세워놓고 올라가서 천기를 보인게 아 남한에 살이 막

서런디 큰일 났어. 일본 놈들이 그 앙가품 앙가프를 할라고 군대 양성을
몽땅 해버렸단 말이여. 곧저 없이 쳐들어와. 그래서 새명댕이(사명당이)
선조대왕한티 상소를 했지.

"이 소승은 에 생불이올시다. 엊저녁에 에 낙산사에서 처 천기를 보인게
에 남쪽에 에 살이 막 서기를 한디 크일났심다. 일본놈이 곧 들어옵니다."

게 상소를 햐. 상소를 하인게 아 선조대왕이 크일났거등. 그린게로 그
만 불러들여. 게 가서

"니가 생불이냐?"

"예. 생불이올시다."

"그 어뚫게 했으면 평정을 시기겄냐."

"예. 저를 사신으로 보내 주십쇼."

그래가지고시나 그 졸개들 시기서 일본으로 사신을 보냐. 일본으로 사
신을 보내는디 일본 왕한티 가가지고

"나는 생불이요." 근게

"참말로 생빌이냐?(생불이냐?)"

"생빌이요."

"그라믄 내가 시키는 대로 할라냐."

"아 시키는 대로 하지."

하고. 게서 무신(무슨) 수가 있는고이는, 대장경이라고 했어. 대장경. (조
사자 : 대장경.) 대장경이 팔만대장경을 그 놈들이 그것을 베끼 가지고 와
가지고시나 가주가들(가져가들) 못하고 그놈을 병풍으로 해가지고시나 거
그다 싹 올리놨어. 그래가지고 고놈을 쭉 세워놨어. 세워놓고는

"큰 말 타고 달림서 그 놈을 다 외겄냐?"

"아 외지."

하고. 하 그래가지고시나 말끄지(말까지) 딱 갖다 놓고 병풍을 쪽 갖다 거
시기 해놨단 말이여. 게 말을 타고시나 쪽 기냥 감선

"외았냐?"

"아 외았심니다."

"외야바라(외워봐라)." 게 쪽 외는디 가운데 두 장이 빠져. 두 장이.

"거 왜 가운데 두 장이 빠지냐."

"아 안 비는(안 뵈는) 것을 어뚷게 외 외끼냐고."

게 가서 보인게 바람에 접칬어(겹쳤어), 그놈이. 그래서 못 욌어. 게 그 다음에는 무신 수가 있는고는 쇠방석을 맨들아 놓고

"바다에 가서 뛰고 돌아댕기겄냐."

아 게 쇠방석을 바다에다 띄움선 돌아댕기랴. 아 맘때로 돌아댕겨. 가 라앉도 않구요? 하. 안 가라앉고. 그런게 고 다음에는 무신 수가 있는고이 는 에 구리쇠로 집을 지어. 집을 지어 가지고시나 문을 빼쪽이 내놓고 거 그 들어가랴. 게 들어가라고 해놓고는 숯으로 꽉 재놓고 불무를 불어 제 끼니 그놈이 달아 가지고시나 발갈햐(발개). (조사자 : 예. 집이?) 쇠집이. 인제 죽었으리라 하고는 그 이튿날 아침에 문을 끌러보인게는

"야 이놈들아 불 좀 더 때지 그라냐."

금서(그러면서) 시염에(수염에) 고드름이 달렀고 바닥에는 눈이 서려. [조사자 웃음] 게 바닥에다가 눈 설(雪) 떡 써놓고 베랑박에다(벽에다) 얼 음 빙(氷)자를 떡 써났어. 하하 그거 참. 인자 그 다음에는 무신 수가 있는 고이는, 쇠로 가지고 말을 맨들아. 소를 가지고 맬을(말을) 맨들아 발가랗 게 달콰가지고(달궈가지고) 거그 올라가서 타고 댕기랴.

하던 중에 젤로(제일로) 에롭다고(어렵다고) 해났어. 하던 중에 젤 어려 워. 게서 두 손을 모으고 오 천신한티 빌어. 천신한테 빌으닌게 느닷없이 구름이 백락거치(벼락같이) 막 모야듬선 쏘내기가 쏟아지는디 몇날 비, 몇 날이 쏟아지든지 일본이 바다가 되게 생깄어. 근게 나중으는 일본 왕이

"하이고 시긴 대로 할티인게 제발 좀 비 좀 못 오게 해달라고."

"꼭 시긴 대로 할라느냐."

“하지.”

하고,

“우리 조선은 빨리 나믄 삼 년 만에 나 같은 사램이 나고, 늦게 나믄 오 년 만에 하나씩 난다. [헛기침을 하며] 그라믄 느들 일 년에 인피(人皮) 삼백 장을 말려서 보내라. 그것도 죽은 놈 인피는 안된다.”

(조사자 : 인피가 뭐예요?) 사람 (조사자 : 껍데기?) 가죽. 그런게 사람을 죽이 가지고 껍데기를 벳겨서 말려서 보내란 애기여 삼백 장을. [제보자 웃음]

“그렇게 하겠습니다.”

아이 그렇게 하고 보인게 일본 놈 종자를 말리게 생겼어. 그런게 또 애원을 햐.

“하이 그 어뚱게 좀 개볍게 좀 해달라고.”

“그리여. 그라믄 좋은 수가 있다. 구리쇠 삼천근하고, 옛날에는 에 우리들이 애기들이 아프먼은 에 약이 없으인게 그 주사, 빨간한(빨간) 거. 고 놈을 멕여. 영사하고 주사하고. 고 죽 그것을 멕있어(먹였어). (조사자 : 그 부적 쓸 때 쓰는 그 빨간 거지요?) 그렇지. 그것이 이 에려서(어려서), 우리가 에려서 아들 키울 적에도 그것을 멕이, 꼭 (조사자 : 약으로?) 상비를 해놓고 멕있어. 인제 그것얼 삼십 근을 공출을 해라. 아 이라고 보인게 일본이 또 쇠라고는 암껏도 없게 생겼고, 또 그 주사가 그것이 암껏도 없게 생겼어. 근게 나중에는 또 애원을 햐.

“또 어뚱게 좀 개붑게(가볍게) 해달라고.”

“에. 그라믄 내가 부산에 가서 거처하고 있다. 그란게 부산에 삼백 명을 보내서 나 있는 데로 호위를 해다라.”

그래서 말은 부산에 그 으 일본 놈들 호위집이 있다고는 한디 나는 몰라 가 봤는가 안 가봐 몰라. 인제 예 임진왜난이 인제 그릏게 해서 어 평정이 됐어.

좌향을 잘못 앉힌 김덕령 장군의 할아버지 묘

자료코드 : 07_10_FOT_20090307_KEY_PHM_0002
조사장소 : 전북 장수군 계북면 매계리 189-1번지 매계 마을 박희목 자택
조사일시 : 2009.3.7
조 사 자 : 권은영, 이화영
제 보 자 : 박희목, 남, 82세

구연상황 : 앞 이야기 구연 도중 김덕령 장군의 일화가 또 있다는 말을 듣고, 그 이야기
가 무엇인지 해 달라고 요청하자 다음의 이야기를 구연해 주었다.

줄 거 리 : 가난하게 살던 김덕령의 아버지는 묏자리를 보러 다니던 중국 사람들의 밥을
해 주게 되었다. 하루는 몰래 그 사람들의 뒤를 쫓아가 명당을 하나 알아내고
는 그 자리에 자기 아버지의 묘를 쓰게 되었다. 그 묏자리는 십만 대군을 이
끌만한 장군이 나오는 자리였다. 그러나 묘를 쓸 때 좌향을 잘못 앉혔기 때문
에 김덕령은 영화를 보지 못하고 요절했다고 한다.

내가 보는 책에 시방 이렇게 나와 있어. 김덕령 장군 저 아부지가 무등
사, 무등산 밑에 오막살이를 짓고 살아. 할 수 없이 그렇게 이제 옛날에는
없이 사는 사람들은 으리 그거 방 한 칸하고 정제 한 칸 하고 해서이? 그
냥 이렇게 불쌍하게 사는 데가 많았거든. 근디 인자 김덕령 저 아부지도
인자 그렇게 불쌍하게 사는데, 인자 하루는 어찌 어디 사람인지도 몰르고
그냥 즈그들끼리 말을 지지고 해쌈선 와가지고시나 아 손으로 갈키고(가
리키고) 그래쌈선 에 방을 자기들을 빌리 주고, 자기들은 정제 가서 그 절
을 하라고시나 이렇게 해쌈선 은전을 줘 은전. 은전을 많이 줌선 이놈 가
지고 쌀 팔아다가 아 먹어감선 우리 밥도 해주고 좀 해달라고 부탁을 햐.

"그렇겄다고."

"그래 그러라고."

아 은전을 그때 은전을 주인게 약간 고마와. 근데 인제 이 사람들이 에
낮이로는 방이서 눕고 이라다가 저녁으로는 꼭 나가. [고개를 갸우뚱하며]
이상하다 싶어서 하루저녁에는 따라가 봤어. 따라가 보인게, 산 어디 산
등천에(등성에) 가가지고시나 한 서넛이 서 가지고시나 꼭 양 뭘 가르치

게쌌고 막 이래쌌고 서서 서성거려.

'하하, 저거 명당인가보다.'

싶어서 앞에 얼릉 왔지. 오인게는 와. 오더니마는 그 이튿날 아침에 또 은전을 또 줘. 또 줌선

"아부정께는 우리가 또 와. 오인게 그때도 이와 같이 밥 좀 해달라고."

당부를 햐. 그래고 그냥 간단 말야. 그래서 김덕령 저 아부지가,

'하하, 여기 명당자린가부다.'

자기 아부지를 얼른 갔다 써 부렀어, 거그다가. 자기 아부지를 얼른 갔다 써 부리고시나 메칠 뒤에 이제 참 와. 그 사람들이. 그 사람들이 오는디 유골을 싸가지고 왔어. 유골을 싸가지고 왔어. 그래서 가서 보인게 묘를 썼거든. 깜짝 놀람선,

"아이고, 이거 우짠 일이냐고."

와가지고

"이거 누가 묘를 썼다고." 시나 자기들끼리 막 구새구새해싸. 그래 이 사람들이 물어. 근게 인제 김덕령 저 아부지가

"그 저 내가 진작에 봐 놨던 디고, 해서 내가 썼니라고."

"하이그, 명당자리를 잡아줄 터인게 우리를 달라고."

그래서 중국 사람들이 한단 얘기가, 아 십만 대군을 거느릴 장군이 나와, 그 자리가. 근디 조선 사람 가지고는 십만 대군을 맨들들 못 햐. 게 대국 사람이래야 십만 대군을 맨들아. 그 그런 자린디 하 이거 큰일 났단 말여. 안 줘. 게 나중으는 하다하다 안 되인게는,

"그라믄 좌행이(坐向)이 잘 못 됐으닌게 좌행이라도 고치 줄 거냐고."

한 게 그것도 안 들어. 그라고시나 그냥 할 수 없이 그 사람들이 그만 들어가 버렸단 말여. [웃음] 일화가 저 이렇게 나와. 그래서 인제 에 좌행을 잘 못 안쳐서 그 김덕령 장군이 큰 행세를 못하고 시물 아홉 살에 죽었잖아.

나옹선사가 알려준 황희 정승 부친의 묏자리

자료코드 : 07_10_FOT_20090307_KEY_PHM_0003
조사장소 : 전북 장수군 계북면 매계리 189-1번지 매계 마을 박희목 자택
조사일시 : 2009.3.7
조 사 자 : 권은영, 이화영
제 보 자 : 박희목, 남, 82세

구연상황 : 김덕령 장군 할아버지의 묏자리에 대한 일화를 구연한 후, 조사자가 지난 번 방문 때에 들었던 박문수 이야기와 황희 정승 이야기 등을 다시 듣고 싶다고 청하자 다음 이야기를 구연해 주었다.

줄 거 리 : 남원 광한루는 황희 정승 아버지 집터 중 행랑터였다고 한다. 황희 정승의 아버지는 봉변을 당해 다 죽게 된 초립동이를 우연히 구해주게 되었는데, 그가 무학대사의 스승인 나옹선사였다. 나옹선사는 이에 대한 감사의 뜻으로 황희 정승 아버지의 묏자리를 잡아 주었고, 황희 정승 아버지는 사후에 그곳에 묻혔다. 나옹선사가 잡아준 그 묏자리가 현재 남원시 대강면의 어느 산꼭대기에 있다고 한다.

황희 정승이 에 시방 에 그 태생지가 경기도로 나와. 그 호적 그 복사 한 것도 시방 나한티 있고 그런디, 사실은 에 이 장수 황씨거등. (조사자 : 장수 황씨예요?) 장수 황씨지. (조사자 : 본이?) 아 본이 장수 황씨여. 장수 황씨고 저 장수를 가면 황정들이 있어. 황정골이라고도 하고 황정들 이라고도 하고 그랴. (조사자 : 아 거기 지명이요?) 하. 그러고 인제 그 어떤 때 신문에 보면 장수에서 출생한 것이 분명하다고 인제 이렇게 나온 디도 있어. 근디 이제 그 숙종대왕 때이 명을 해서 황희 정승을 모시는 사당을 장수에다 지었거든. 그래서 숙종 대왕이 그 명을 해서 지었어. 그래서 그 시방 그 들은 이얘기여. 이건 책에도 없는 얘기여. 황희 정승 저 아부지 때에 그 남원 광한루 터가 황희 정승 저 아부지 때에 그 행랑터였었다. (조사자 : 행랑?) 행랑. 그란게 부자로 살았던 모냥이라. 그 하루 아침에 그 밥을 먹고 나가인게는 어디 걸망한 사램이 말 꼬랭이에다가 쬐그만한 초립댕이 모가지를 홀까 가지고시나 말을 쫓아. 그란게 그 바로 죽

을 거 아닌게베. (조사자 : 초립동이가요?) 응. 그런게 가마 보인게 그 짓을 하는디 그 끌끼(끌려) 가는 사램은 다 죽었어. 게 쫓아가가지고

"이게 어짠 일이냐고." 시나 고함을 지름선 그릏게 하인게 서.

"이거 어짠 왜 이러냐고." 이라닌게,

"하이 요놈이 맹당(명당) 자리 하나 잡아준다고 삼년 전에, 절 짓는다고 돈 삼천 냥을 가져가 가지고시나 아 삼년 되드락꺼지 못자리도 안 잡아주고 그런다고."

"하 그거 참. 그라믄 삼천 냥을 주면 지금이라도 풀어줄라냐." 하인게

"하, 돈만 줌서야 풀어 주야지."

하고. 그런게 황회 정승 저 아부지가 돈 삼천 냥을 주고, 그 다 죽어가는 송장을 집이로 업고 가. (조사자 : 살렸고만요.) 응. 거그다 거시나 구하를(구완을) 한단 말여. 아 그래 그게 나옹선사여. 무학대사 스승이여. (조사자 : 그 초립동이가요?) 하먼. 나옹선사. 그 나옹선산디, 아 그 참 오래 구완을 하닌게 살아. 그래서

"왜 못자리를 잡아준다고 약속을 하고 돈을 가져 갔으면 잡아주지, 왜 이릏게 약속을 어겼냐고." 이라닌게

"잡는 중입니다. 시방 잡는 중입니다." 그랴. 그럼선 한단 얘기가

"쪼끔 더 우선 하면 선생님하고 한번 가 봅시다."

그래 인제 구완을 해가지고시나 날 좋은 날을 택하 가지고 인자 그 둘이 가. 둘이 가는디, 남원 대강면이라고 있어. 남원 대강면이 순창하고 경계여. 게 그리 가는디 에 남원서도 멀어. 거글 내가 갔다 왔어. 높은 산 날망으로 올라가. 산 날망으로 올라가드니만은 [무릎을 치는 시늉을 하며] 물팍을(무릎을) 침선,

"여기 선생님 자립니다."

내처 여기를 와도 섬진강 물이 멀리서 빤작빤작하니 비야(뵈야) 된디 그것이 안 뵀어 내처. 흐리 가지고(흐려 가지고). 근디 그 날 가닌게 비어.

(조사자 : 날씨가 좋았어요?) 응. 거 왜 그러냐. 거가 홍국단풍이라고 해가
지고시나 기러기가 날라 가는 자리여. 근게 기러기가 날라 가먼 물이 비
야 되거든. 물에 가서 앉아야 된게. 그래서

"이 선생님 자립니다."

그래서 인제 그 황희 정승 저 아부지를 거그다 모시났댜. 모시고 (조사
자 : 묘를 거기다 쓴 거예요?) 하. 거그다 인제 모심선,

"여가 파가 단파가 먹어서, 파가 단파가 먹어서 뱁이 좀 귀하다고."

그인게 그 배위부는 그 저 순창에 가믄 그 와 와우(臥牛)자리가 있신게
거그다가 와호(臥虎). 와우가 아니라 와호. 범에 앉은 자리, 이가 있으닌게
거그다 갖다가 쓰자고 그랬다고 그래서 그렇게 썼다고 그런 얘기를 하는
디, 그 광한루 후문에 가면 그 황희 정승들 그 비석이 시방도 섰다고 그
러냐인디 비석은 나는 못 봤어. 그래 거기에 그 유명한 학자들이 모두 애
기하는 얘기라. (조사자 : 아, 근데 책에는 없지만 그런 이야기가 있어요?)
하. (조사자 : 단파가 있다는 건?) 단파라고 하는 것은, 에 [방바닥의 한 곳
을 짚었다가 쭉 앞으로 밀며] 묘를 여그다 쓰면 여그가 삐쭉허니 이릏게
나간단 얘기여. 파가. 꼴째기(골짜기) 쪽 나갔단 얘기여. 묘 앞이. (조사
자 : 묘 앞에 꼴째기가 쭉 나가 있어요?) 응. 쭉 나가면 그것이 단파라고
햐. 그것이 안 좋아. (조사자 : 그것이 안 좋아요?) 응. 묘를 거시그 하면,
앞에 물이 어드로(어디로) 옆으로 좀 나가서, 그 파라고 그랴. 그걸 보고.
(조사자 : 아 물결, 물결?) 물 빠져나간 데를 파라고 그랴. 들어오는 데를
득수구(得水口)라고 하고. (조사자 : 득수구.) 예. 그래서 그 그랬다고 그런
설이 있어. 근디 그 정확한 얘기라.

황희 정승과 맹사성의 청렴결백

자료코드 : 07_10_FOT_20090307_KEY_PHM_0004
조사장소 : 전북 장수군 계북면 매계리 189-1번지 매계 마을 박희목 자택
조사일시 : 2009.3.7
조 사 자 : 권은영, 이화영
제 보 자 : 박희목, 남, 82세
구연상황 : 황희 정승 일화에 이어 고려 충신 이야기를 하시며, 맹사성의 일화를 구연해
　　　　　주었다.
줄 거 리 : 황희는 조선 태종 때 양녕대군의 세자 폐위를 반대하다가 태종의 미움을 받
　　　　　아 장수로 귀양을 왔었다. 그러나 세종이 즉위하자 다시 관직에 불려나가 오
　　　　　랫동안 정승을 지냈다. 황희 정승은 워낙 청렴하여 어쩌다 생긴 계란 하나도
　　　　　함부로 먹지 않고 그대로 두어서 계란에 뼈가 생길 지경에 이르게 되었다. 황
　　　　　희 정승과 같이 청백한 사람으로는 맹사성이 있다. 하루는 맹사성의 집에 손
　　　　　님이 오자 그의 아내는 좋은 쌀을 빌려 와 밥을 지었다. 이 밥을 본 맹사성은
　　　　　아내를 꾸짖고 상을 받지 않았다. 또 손님이 있는 동안 비가 왔는데 맹사성의
　　　　　집은 비가 새서 물이 흐를 지경이었다. 이처럼 청백한 맹사성은 외출을 할 때
　　　　　에도 말을 타지 않고 자기가 먹이던 소를 타고 다녔다고 한다.

　황희 정승이, 고려 때 어른이여, 고려 말. (조사자 : 고려 말?) 하 고려
말에 에 정승을 했어. 고려 베실을(벼슬을) 했어. 베실 정승하기 전에. 베
실을 해가지고시나 이성계가 회군을 해서 어 그 나라를 세울 적에 두문동
으로 들어갔어. 두문동, 그 두문동 얘기 들었지? (조사자 : 두문동 얘기가
뭐예요, 어르신?) 아. 하하 에 고려 충신들. 고려 때 베실했던 사램들이 이
이성계가 조선을 개국하고 나인게 에 그 사램들이 말하자면 데모를 햐.
이성계한티로 안 들으와. 왜 이군불사(二君不事라)라 그러는 것이여. 이군
불사 사램이 임군을 둘을 섬기들 못 한다, 그런 뜻이그든. 그래가지고시
나 아 두문동으로 들어갔지. 두문동. 그래가지고시나 그 두문동 칠십명이
라고 그라지. 칠십명 들어갔어. 그래가지고 이성계가 정치를 못하게 생겼
은게 거기서 상의를 했어.

　“황희 정승 니가 젤 젊으닌게 니가 가 거시기 해줘라.”

그래가지고시나 아 나와서, 인제 그때는 인제 그 벨 베실도 안 높으고 그려. (조사자 : 음. 황희 정승이?) 하. 있다가 아 태종 때이, 태종 때에 에 태종대왕의 아들이 삼 형젠디 이 큰 아들이 그 양녕대군이고, 두째가 효령대군, 세째가 충녕대군 안 그려. 근디 그 양녕대군 큰 아들이 원체 못된 짓을 많이 허고 댕겼잖아. 근게 세잔데 에 세자를 폐하기가 어렵던 모양이라. 근게 태종대왱이 폐할라고 하인게는 황희 정승이 썩 나서 가지고시나 항의를 햐. 왕한티.

"양녕대군을 세자로 그래 두야 된다고."

항의를 햐. 그라인게 그만 귀양살이를 보냐. 게 장수로 구양을(귀양을) 왔어. 장수. (조사자 : 아, 황희 정승이 장수로 귀양을 왔어요?) 하. 그래가지고 황희 정승이, 이 세종대왕이 한티 왕위를 물려줌선 에

"황희 정승을 불러들이라. 그만한 사람이 읎다."

그래가지고 세종대왕이 불러들여가지고 영의정을 오래 했지. 영의정을, 영의정을 24년인가 했어. 음.

그래서 인자 그때이 황희 정승만 그런 것이 아이라 그 맹사성. 맹사성. 맹사성하고 같이 거시기 하는디, 맹사성도 참 청백햐. 맹사성이 말허자면 에 병조판서. 병조판서라먼 요새 에 말하자먼 에 국방부 장관이여. 그라고 있는디도, 그라고 있는디 고 밑이 이 육군참모총장 쯤 되는 어 그 베실하고 있는 사램이 뭘 상의할 일이 있어서 어 황희, 그 저 맹사성 집이를 찾아가. 맹사성 집이를 찾아가는디 어느 마을에 산다고 하는디 아무리 거가서 찾을라 해도 맹사성 집을 찾들 못햐. 게 계속 서성거리고 돌아댕기는디 어떤 영갬이 오드니마는 [헛기침을 하고]

"아 혹시 아무 거시이 장관 아이냐고."

"그 누구냐고." 그라인게

"아 거 어 그 정승께서 어 누가 올티인게 나가보라고 해서 나왔십니다."

“아 그러냐고.”

게 들어감선 보인게 아 오들막집이여. 하 그거 참. 게 깜짝 놀래서 들어가서 방으서, 방으서 들어가있는디 게 마누래가 밥을 해와. 밥을 해오는디 맹사성이 이릏게 보드니만,

“이 쌀 어디서 났냐고.” 이란단 말여. 게 자기 마느래가

“아 이거 귀한 손님이 오셔서 이웃집이서 쌀 취해 가지고 왔십니다.”

당장으 밥 맛, 저 그때만 해도 정부에서 주는 쌀, 그놈으로 해 오라. [밀쳐내는 시늉을 하며] 마 물리쳐 버려. 하 그러인게 손님이 보더니이 그 미안해서 죽을라고 할 꺼 아니여. [조사자 웃음] 그러인게 할 수 없이 상을 물려. 물려가지고 다시 이 이제 그 정부에서 주는 쌀 그 놈을 해 밥을 해가지고 오다 본 게 시간이 걸릴 꺼 아닌개비. 구름이 쩌가지고 비가 와. 비가 오인게 비가, 물이 흘러 집이. [조사자 웃음] 아 그러인게는 마느래가 있다가

“아이 그 비가 해서 어뜩 할끄냐고.”

“허허 우리나라는 우리만도 못한 사램이 꽉 찼다.”

이 이럼선 그냥 웃음 웃어감선 자셔. 게서 그런 그 일화가 나와. 그래서 그 말하자면 그 육군참모총장 겉은 사램이 이 집이를 가서 보인겐 그 널룬 집에 큰 집에 집이 쭙다가서 집을 또 지어. 당장으 그걸 보고는

“집을 짓지 말어라.”

이만 명령을 해가지고 안 지었다고 그런 일화가 있거든. (조사자 : 자기 집에 가보면?) 하. 그런게 맹사성이 뭐 말도 안 타고 댕기고 똑(꼭) 자기가 멕이든 소. (조사자 : 소?) 소 타고 댕겨. [조사자 웃음] 그래 맹 고부리여. 맹 고부리. 허리가 꼬부러져서 맹 고부리라고 그랴. 음. 그렇게 소탈하게 에 청백리로 살았어. (조사자 : 청백리로 살았어요. 근) 황희 정승도 시상 없어도(세상 없어도) 넘의 것이라고는 뭐 요만치도 안 거시가고 자기 이 정부에서 거 옛날 그 요새로 말하면 월급인디, 월급 타가지고 가면

누구 누구 줄 디를(데를) 딱딱 정해가지고 있어.

음. 계란도 유골이란 말이 거그서 나와. (조사자 : 계란도 유골이요?) 계란도 유골. 어짜다가 계란이 한 줄 들어 왔드리야. 그래서 인제 그 놈을 삶아 먹을라고 삶아 보인게 뼁아리가(병아리가) 생겼어. (조사자 : 계란 속에?) [조사자 웃음] 그래서 계란도 유골이여. [웃음] 게 거기서 생긴 말이여 그게. (조사자 : 예. 어르신은 이런 얘기를 많이 알고 계시네요.)

명정이 날아간 자리에 쓴 정몽주의 묘

자료코드 : 07_10_FOT_20090307_KEY_PHM_0005
조사장소 : 전북 장수군 계북면 매계리 189-1번지 매계 마을 박희목 자택
조사일시 : 2009.3.7
조 사 자 : 권은영, 이화영
제 보 자 : 박희목, 남, 82세
구연상황 : 앞의 이야기를 마치고 제보자는 지금까지의 것들은 모두 쓸데없는 이야기들
　　　　　이라고 하였다. 그러면서 책을 읽다가 중요하다고 생각되는 내용을 필사해 놓
　　　　　은 자료들을 꺼내어 조사자들에게 보여주었다. 그 자료를 본 후 조사자가 혹
　　　　　함흥차사에 관한 이야기를 아느냐고 묻자, 그것은 이성계 이야기라며 그전에
　　　　　정몽주 이야기를 먼저 해야 한다고 하면서 다음 이야기를 시작했다.
줄 거 리 : 고려 충신 정몽주가 죽어, 그의 상여를 운구하는 중간에 경기도 어름에서 쉬
　　　　　게 되었다. 다시 출발하려고 상여를 들었으나 상여가 땅에서 떨어지질 않았
　　　　　다. 그때 갑작스런 바람에 명정이 날아가 어느 곳에 걸쳤다. 명정이 멈춘 자
　　　　　리를 보니, 그 자리가 명당이어서 그곳에 정몽주의 시신을 앉혔다.

(조사자 : 어르신 아까 이성계도 나오고 태종도 나오고 했는데 어르신 함흥차사 이런 이야기도….) 에? (조사자 : 함흥차사 이런 이야기도 아시겠네요.) [본인이 직접 쓴 여러 가지 문서를 정리하며] 함흥차사? (조사자 : 예.) 아 함흥차사는 이성계가 하는 얘기지. 글고. [계속 정리하시며] 그러인게 그것도 에 인자 들었실 테지만은 [문서들을 덮으며] 에 시방 그 함

홍차사 얘기하기 전에 고려 충신 에 정몽, 정몽준이 정 (조사자 : 정몽주 요?) 에? (조사자 : 정몽주?) 정몽주. 정몽주지? 정몽주지? (조사자 : 예.) 정 몽주가 그 훌륭한 참 고려 충신 아니여. 그래가지고 정몽주도 오 태종 때 그 때는 인제 방원이여 이름이 방원이. (조사자 : 예. 방원.) 방원이가 정몽 주도 죽있는디 정몽주가 경상도 사람인디 경상도로 운구를 생여를(상여 를) 해가지고 운구를 하는디 오다가 경기도 [생각이 나지 않는 듯 고심하 며] 경기도 아따 그 어디가 이 다 잊어먹었다. 어디 또랑가엘(도랑가엘) 와가지고 쉬가지고 있어. (조사자 : 생여가요?) 아 오다가 쉬어. 오다가 쉬 는데 인제 올라고 생여를 들으니게 생여가 떨어지들 안햐. 아무리 들어도 떨어지들 안햐. 게 쪼꼼 있으인게 회오리바램이 불드니만은 명전(명정), 명전이 [날라가는 시늉을 하며] 쉭 날라 가가지고시나 산이로 가서 걸쳐. (조사자 : 명정이?) 아. 그 앞에 그그 (조사자 : 예.) 써 붙이는 거. 그 명전 이라고 그 관을 넣으면 그 우에다 까는 것이 있어. (조사자 : 베요? 까는 베?) 응. 아이 거기다 글씨를 써. 아 이제 여자 같으먼은 베실이(벼슬이) 없으믄 에 "유일 김해 김씨 지구" 이래가지고 하고 남자들 같으면 베실이 있으믄 베실이 있으믄 "정승 어 아무것이 이 지구" 이래서 글씨를 써가지 고 우에다 깔아. 인제 그것이 날라 가가지고시나 그거 인제 앞에 기막이 로 앞에 들고 가거든. 그놈이 날라 가가지고 걸쳐. 게 가서 보인게 거가 명댕이여(명당이여). 그래서 인제 그리 갈라고 하닌게는 들려. 게 거그다 써가지고 시방 묘가 거가 묻어 두구 있지.

함흥차사란 말의 유래

자료코드 : 07_10_FOT_20090307_KEY_PHM_0006
조사장소 : 전북 장수군 계북면 매계리 189-1번지 매계 마을 박희목 자택
조사일시 : 2009.3.7

조 사 자 : 권은영, 이화영
제 보 자 : 박희목, 남, 82세
구연상황 : 앞의 이야기에 바로 이어 다음을 이야기해 주었다.
줄 거 리 : 태종 이방원이 이성계의 계비 강씨의 소생들을 모두 죽이고 왕권을 차지하자
이성계는 옥새를 가지고 함흥으로 가버렸다. 그리고는 방원에 대한 증오로 함
흥에 오는 차사(差使)들을 모두 죽여 버렸다. 그러자 태종은 평상시 이성계와
친분이 두터웠던 박순을 함흥차사로 보냈고, 박순은 기지를 발휘하여 한양으
로 돌아오도록 이성계를 설득하였다. 아버지를 마중하려고 준비하는 태종에
게 하륜은 큰 기둥을 가진 집을 지으라고 충언하였고, 태종은 이 말을 따라
집을 지었다. 아버지를 마중하는 날, 이 집의 기둥 뒤에 숨어 아버지가 쏜 화
살을 피하는 바람에 태종은 목숨을 보존할 수 있었다.

그러고 인제 그 조선을 개국하는 디는 에 정도전이도 욕 봤지마는 그
말허자믄 그 방원이 역할이 젤로 컸지. 그 방원이 그 말허자믄 그 이성계
본 마느래가 한씨여. 한씨고 오 그러고 인제 한씨가 죽고 나서 그 후처가
된 것이 강씨 아녀. 강씨가 편헬 강(康)자 강씨여. 게 거기서 그 아들을 둘
낳잖아. 그 방석이 하고 또 뭐시냐. 둘 낳는디 정도전이한티 해가지고 아
들이 그 큰 아들이 본처 아들이 그리 많은디도 후처에서 난 그 쪼깐한 거
한티 세 세자를 책봉했잖아. 세자를 책봉해가지고시나 그 그 방원이가 그
으 죽있잖아, 모도. (조사자 : 왕자의 난.) 아. (조사자 : 예.) 방자 그 주 죽
이비렀어. 죽이 가지고시나 그 딸도 하나 있는디 그 딸꺼지 다 죽있지. 그
래 가지고시나 할 수 없이 그 이태조가 으 그 그 [생각이 잘 나지 않는
듯] 하망, 하, 하믕 함흥 함흥이야 함흥. 함흥으로 할 수 없이, 극게 그 옥
새(玉璽), 옥새라고 하는 것은 나라 임금이 가지고 있는 그 인(印) 그놈이
젤 큰 행세를 햐. 그놈을 가지고 그냥 가버렀어. (조사자 : 가지고 가버렀
어요.) 응. 그래가지고시나 그 으 말허자면 에 방원이도 바로 지가 왕을
하는 것이 아니라 바로 저 우에, 에 정종을 성을(형을) 왕을 세웠잖아. 왕
을 세워가지고 이년간 그냥 허세레비(허수아비) 노릇 하다가 그러고 인자
할 수 없이 방원이가 인자 왕을 으 받은 거시 인제 태종대왕 그랴. 태종

대왕. 근게 인제 태종대왕이 이 자기 아부지한티는 조심을 할라고 그릏게 연구를 햐. 게 인제 사람을 으 보냐. 가 데꼬 오라고. 데꼬 오라고 보내먼은 간 사람마둥(사람마다) 죽여. 간 사람마둥 죽여. 그러인게 나중으는 가장 친절한 에 박 박 뭐시여. 박 뭐시를 그 박뭐시가 에 바둑도 잘 뒤고 그 이성계 에 하고 잘 놀았어. 근게 거그를 보냐. 보낼라고 허인게는 소 새끼 따린(딸린) 소를, 새끼를 띠놓고(떼놓고) 보냐. 몰코(몰고) 가. 게 몰코 가서 갖다 메여 놓인게 이 큰 소가 울어싼단 말여. 게 이제 들어 가가지고시나 인사를 하구 이제 바둑도 뒤고 노는디 소가 울어싸.

"거 저게 뭔 소가 저릏게 우냐." 헌게,

"아 그 그 사람도 제 새끼를 이뻐 하지만은 그 짐승이라서 그 제 새끼 태에비 나서 저릏게 우느니라고."

인제 그 얘기는 왕하고 태종대왕하고 인제 부자간 인게 인제 그 뜻을 해서 그 얘기를 한기라. 그 인제 그 이성 에 이성계가 거기서 어 계도를 했다고 하는 말도 있고. 인제또 저 무핵이를(무학이를) 보냈단 말도 있고 이런디, 그래서 인제 그 으 오는 도중에

"오 아 그람(그럼) 아무 때 가마."

근디 태종대욍이 그냥 마중을 갈라고랴. 마중을 갈라고 하는디 그으 하륜. 하륜. (조사자 : 하륜요? 아 예.) 응 하륜 [직위가 생각나지 않는 듯] 정승이

"그냥 가먼 안된다고. 아무 디다가(데다가) 집을 지얍니다."

"집을 뭐 다러(뭐 하러) 지꺼냐?(짓느냐?)"

"아뇨. 집을 집니다. 집을 지는디 지둥 하나는 크게 지어얍니다."

게 지둥 하나를 크게 세워가지고 집을 져. 게 인제 거그서 태종대욍이 마중을 보고 거그서 에 오는 판이라. 게 오는디 그 이성계가 활이 백발백 중이라. (조사자 : 그렇죠.) 예. 그런게 태종대욍이 보믄 에 자기 아부지가 죽이까니(죽일까봐), 게 인제 하륜이 그릏게 꾀를 낸 기라. 게 참 마중을

나갔단 말여. 마중을 나가서 하인디 아 이성계가 오 막 오드니만 활을 질러. 근게 그만 태종대왱이 그 참 지둥나무 뒤로 바짝 댄게 [조사자 웃음] 와서 지둥나무가 확 백혀 삐려(박혀 버려), 화살이. [조사자 웃음] 아 그래서 인제 에 할 수 없이 와가지고 에 인자 그 태종대왕을 으 해꼬지를 안 하고 인제 태종대왕 인제 저저 태종대왕도 저그 아버지를 잘 섬기고 인제 그라다가 그냥 죽었지. 인제 그 일화가 많아. 많은디 대충 그릏게 된 기라. 그래서 함흥차사는 그래서 그려. 보내면 다 죽여. (조사자 : 예. 함흥에 갔다 하면 죽여서요?) 응.

이성계가 왕이 될 것을 예견한 무학대사

자료코드 : 07_10_FOT_20090307_KEY_PHM_0007
조사장소 : 전북 장수군 계북면 매계리 189-1번지 매계 마을 박희목 자택
조사일시 : 2009.3.7
조 사 자 : 권은영, 이화영
제 보 자 : 박희목, 남, 82세
구연상황 : 이성계 이야기가 나온 김에 처음 방문하여 들었던 이성계 파자점 이야기를
          해달라고 조사자가 청하자, 제보자는 이야기에 두서가 없다고 하면서 곧 이어
          다음 이야기를 구연해 주었다.
줄 거 리 : 고려 말 이성계는 왕의 명령으로, 군사를 이끌고 요동을 정벌하는 길에 나섰
          다. 그러나 여름철에 전쟁을 하는 것은 여러 모로 불리하다고 판단하여 왕의
          명령을 어기고 위화도에서 회군을 하였다. 이성계는 우연히 무학대사를 만나
          파자점을 보게 되었는데, 이성계가 왕이 될 것이라는 점괘가 나왔다. 그래서
          이성계가 다시 꿈 이야기를 하자 무학대사는 그 또한 왕이 될 꿈이 분명하다
          고 해몽하였다.

게 고려왕 때에 에 근게 고려왕 때고 그 청나라, 청나라에서 우리나라를 많이 쳐왔잖아. 근게 그 인조대왕 때냐. 선조대왕 때냐. 아 그 왕 아들이 둘이나, 서이나 서이? 그 청나라로 *끄껴*(끌려) 가가지고 안 그랬어. 그

래서 거그 가서 죽은 사람들도 있고 그려. 근게 인제 그걸 치로 보내는디 여름이란 말여. 여름에 아 비가 망땅(몽땅) 오면은 강이 어뚷게 건너갈 수 있는가. 그라고 여름에 에 모두 병도 잘 걸리고 오 또 더워서 전쟁도 잘 못하고 이런 때 가 전쟁을 하라고 보낸단 말여. 근게 가다가 강가에 가 가지고시나 인자 그 거그서 조정하는 사램이 있어. 조정을 해가지고 인제 회군을 하는디 에 인제 그 정도전이가 주로 역할을 했지, 정도전이가 서출이라. 아 양반 축에 가들 못햐. 정승을 해도. 근게 서출이라고 하는 것은 자기 할머니가 소생, 그 소첩 엄만데도 서출을 쳐버려, 옛날에는. 그래 가지고시나 인제 그 내직을 못하고 늘 외직으로만 늘 돌아 댕겨. (조사자 : 음. 고려 때요?) 그렇지. 그러고 아까 얘기 한 그, 으 대국가서 오행공부를 할 적에 나옹선사가 가서 오행공부를 하는디 무학대사도 거 가서 따라서 오행공부를 할 적에 나옹선사 제자로 들어가 버렸어. (조사자 : 정도전이요?) 대국가서. 나옹, 그 무학대사. 근게 무학대사도 한국에 와가지고 나옹선사 제자로 할라고 보인게 친구들이 모두 비평을 해싸. 저 서출을 갖다가 나옹선사 제자를 할라고 한다고시나. 그래가지고 인제 무학대사도 말하자면 한쌈에 못 들고 요리조리 피해 댕겨. 근디 이제 무학대사가 파자 점을 잘햐. 에 글씨를 짚으믄 에 뭣이 되겄다고. 오 인자 거시기하고, 꿈 얘기를 하면 또 꿈 해몽을 잘햐. 그래서 어 그 얘기를 듣고 이성계가 아 찾아갔어. 찾아가 가지고시나 어 보인게는 어떤 시시, 아주 어설픈 사램이 이 그 점을 보러와. 게 가마 보인게 물을 문자가 있는디 물을 문(問자)를 떡 짚어. 아 그러인게 무학대사가

"허허, 이리 가도 걸인, 저리 가도 걸인, 평생 얻어 먹겄다고."

뭐 이릏게 평을 한단 말여. 하 그거 참. 이 사람이 간 뒤에 가마히 이성계가 있다가 인제

"뭐하러 왔냐고." 물으인게

"나도 점 좀 보러 왔다고." 게 그 글씨를 또 펴논다 말이여. 게 또 이성

계도 그 자를 짚어. 물을 문자를 물을 문자인게

"허허, 이리 봐도 임군이고(임금이고), 저리 봐도 임군이고 왕, 왕 될 팔자라고." 아 이릏게 평을, 똑같은 자라도 게 파자를 햐. 음. 인제 거그서 꿈 얘기를 햐. 또 꿈 얘기를.

"꿈에 쎄까래를(서까래를) 세 개를 짊어지고 왔는데 게 무신 꿈이요." 하인게 [손으로 세 개의 서까래를 그리는 시늉을 하며] 아 셔까래 있으면 임금 왕(王자)란 말이여. 게 또 임금 왕자가 분명하다고시나. 그릏게 평을 햐. 그래서 거그서 무학대사를 동생을 삼아 버렸어.

못생긴 여자를 첩으로 들인 어사 박문수

자료코드 : 07_10_FOT_20090307_KEY_PHM_0008
조사장소 : 전북 장수군 계북면 매계리 189-1번지 매계 마을 박희목 자택
조사일시 : 2009.3.7
조 사 자 : 권은영, 이화영
제 보 자 : 박희목, 남, 82세
구연상황 : 이야기에 이어서 지난 번 구연해주셨던 어사 박문수 이야기를 해달라고 요청
하자 바로 구연해 주었다.
줄 거 리 : 문수가 어사가 되기 전, 인물이 좋고 재주가 뛰어난 홍일점이란 기녀와 교제
하였다. 그러다 홍일점이 잔치에 불려간 사이, 소박을 맞아 이웃에 살고 있던
못생긴 홍씨 여인과 관계를 맺었다. 박문수는 그곳을 떠나 과거에 급제하였고,
몇 년 후 어사가 되어 자신이 살던 곳에 돌아오게 되었다. 박문수는 홍일점을
먼저 찾아 갔지만, 홍일점은 폐의 차림의 박문수를 문전박대 하였다. 그 다음
으로 박문수는 못생긴 홍씨 여인을 찾아갔는데 그녀는 폐의 차림의 박문수를
환대하였다. 박문수는 홍씨 여인의 환대에 감동하였고, 또 자신의 과거 급제가
홍씨 여인의 치성 덕분인 것을 알고는 그 홍씨 여인을 첩으로 맞아 들였다.

박문수 어사가 조선조 통틀어놓고, 그 민의(民意)를 살피고 왠(온) 사람 중에서는 가장 으뜸이다 이래 나와. 누구든지 조선조 때는 베실을(벼슬을)

할라고 보먼은 자기 가정을 우선 일으켜 세우고, 자기가 그 입신을 할라고 시나 아 베실을 하고 이라는데, 박문수만은 그 태수나, 옛날에 그 군수나 현감이 태수라고 그랴. 이 사람의 비리, 누구 없는 사람들 마누라나 뺏어 가지고 안 데꼬 사는가, 또 혹은 그 사람들 재산을 착취해가지고 안 사는 가. 옛날에 그 태수쯤 되먼은, 그 잘난 사람은 마누라를 몇씩 데꼬 있었거 든. 그런게 그 없는 사람이 예쁜 마누라 데꼬 살면 뺏아, 권력으로. 이런 못된 행위를 했단게. 이제 암행어사가 주로 서민들을 위한 암행어사여. 근 게 그 그때도 보면 책을 보면은, 그 암행어사가 지방 지방이 내보내는데 어떤 암행어사는 한 달에도 암행어사 출도를 몇 번씩 붙여. 근디 이 박문 수 어사는 일 년이면 불과 몇 번 출도를 안 붙여. 가서 샅샅이 살펴가지고 그 베실아치들이 잘하믄 칭찬을 해주고, 잘 못하믄은 그놈을 끝까지 파 파. 파가지고시나 아 그란게 그라다 보므인게는 암행어사도 죽을 고삐를(고비 를) 여러 번 넘겨. 암행어사라고 보믄 폐의(敝衣), 그 저 떨어진 옷을 우에 다 걸치고 댕겨. 인제 마패 마패는 인제 속으다 차고 댕기고. 근게 그 죽을 고삐를 많이 넘기드라고 보인게. 근디 그 사람이 인제 그 여기서 큰 대목 잠깐 얘기를 하자보면 사천 사람이여. 경상도 사천 출생이라. 사천 출생인 데 공부를 하는데, 외갓집이 외삼춘이 유복자 하나를 두고시나 돌아가싰 어, 외삼춘이. 그니가 외숙모가, 외숙모가 유복자 아들을 하나 나놓고 길 러. 근게 인제 아들이 칠팔 칠팔살 먹었던 모냥이라. 게 인제 공부를 함선 가를(그 애를) 공부를 시기가면서 인제 그 외갓집이도 지키주기 위한, 인제 옛날은 많이 그 과부가 있음 많이 지키주고 그랬어. 근게 인제 행랑처에 방을 하나 거처해 가지고시나 아 있어. 그래 인제 그렇게 하고 있는데, 이 제 거그도 공부하는 친구들이 있신게 공부하는 친구들하고 어울려 가지고 인제 시도 짓고 인자 같이 놀고, 때로는 인제 그 기상집이(기생집에) 가서 술도 한잔씩 먹고 이랴. 근디 인제 그 아주 특출한 홍일점이라고 하는 그 기생이 하나 있었디야. 인물도 잘나고 시도 잘 하고 몸집도 쏙 빠지고, 아주 참 뭐 에 사교도 아주 참 기가 맥히게 잘했, 잘했드리야. 근디 박문수 어사가, 박문수 어사도 인물이 잘났던 모냥이라. 이 홍일점이를 사랑하게 되야. 그래서 인제 심심해서 간간히 거 가서 인제 자기, 그게 책에를 보면 자기 외삼춘댁 한티 사정사정해가지고 돈 몇 푼씩 이제 타가지고 거그를 나댕겨. [웃음] 이제 그런 대목꺼지 나와. 그래가지고시나 인제 그 늘 거그를 댕기는디, 인제 그 자기 외갓집 이웃집에 아주 쬐그만한 그 방 한칸가지고, 그 모녀 어, 그 저 어마니는 거그도 홍씨여. 홍씨 딸이 하나 있는디 아주 둘이 못 살아. 근디 그 넘에 그 방애나 찌주고, 넘에 빨래나 해주고, 그 이래가지고 그 은근이 둘이 먹고 살아. 근디 그 처녀가 시무살(스무살) 열일곱살 먹어서 시집을 갔다가 하룻저녁에 그 날 저녁에 소박 맞아서 와. 근디 얼굴이 빡빡 얽은 디다가 그냥 코는 나발코라고 했고 [조사자 웃음] 뭐 입은 툭 불거지고 아주 ○○○○했다고 이런 대목이 나와. 아 그란디 인제 간간이 보면은 들짱날짱햐. 그래서 인제 그그 박문수 어사가 인자 하룻저녁 그런게 인자 그때만해도 박문수 어사도 인제 에 이십 전인게, 그 참 한참 사춘기 아녀. (조사자 : 어사 되기 전이고만요?) 되기 전이지 아먼. 아 인제 그래서 어 또 하룻저녁에 홍일점이네 집이를 가. 가서 보인게 그 라닌게 기생이다 보자닌게 어디 잔칫집만 있으면 불리 댕겨. 가서 보인게 문을 잠과놓고 아무도 없어. 그래서 그냥 냉냉하니 해가지고 와가지고 달밤에 인제 마루에 이렇게 떡 걸치고 있는디, 아 스쩍 지난데 보인게 그 처녀가 들어가. 그 어뜩 생각한게,

'하하, 저 처녀는 평생 에 남자 꼴을 못 볼 거 아이냐.'

이런 생객이(생각이) 퍼뜩 들어서 손짓을 [손짓을 하며] 이라닌게는 양쪽 따라 들어와. [웃음] 아 그래서 어 인제 방으로 꺼들이닌게는 들어와. 인제 그래서 거그서 인자 참 사랑을 베풀었던 모냥이라. 그래가지고시나 인제 거그서 계속 있는디 아 심심하면 와서 문을 딱딱 뚜드러. [웃음] 게 인제 이제 홍일점이네 집이도 댕기고 인제 그렇게 거그서 있다가 인제 과

거를 보러 가게 되야, 몇 년 지내서. 그래서 인제 그 큰 애기한테서도 인제 얘기를 하고 그라고 인자 홍일점이네 집에 가서도

"내가 아무 때 과거를 보러 간다."

인제 이라고 인사를 하고는 서울로 가. 가가지고시나 과거를 봤는디 뭐 장원급제를 해 삐렀어. 장원급제 해가지고시나 그 홍문관에서 근무를 하게 되야. 그래 거기서 삼년간 에 근무를 하다가 경상도 암행어사를 맡아가지고 나와. 게 암행어사를, 경상도 암행어사를 맡아가지고 나오는디 경상도 와가지고 인제 그 무조건 그 암행어사의 목적은 그 관리들 비리, 이걸 캐고 댕겨. 근게 바로 가서 비리를 캐는 것이 아니라 그 수소문 하고 댕겨. 에 그 사람이 그 어떻게 너무 그 못된 짓을 하는가 안 하는가 전부 수소문을 싹 다 인제 그 하고, 돌아 댕기고 인제 마지막에 메칠 돼서 홍일점이네 집을 들어가. 이제 암행어사는 에 그 패비라고(폐의라고) 해가지고시나 헌 옷을 우에다가 걸치고 댕겨. 마패를 속으다 차고. 그래갖고 관복도 입고 인자 그라고 댕겨. 그라고 인제 홍일점이네 집을 앞에 들어 갔드리야. 게 홍일점이네 집을 어섭게 하고 들어가인게는 그냥 아 방에 들어도 못하게 그냥 문전박대를 햐. 그래 방에 들어가도 못하고 그냥 나왔어. 나와 가지고시나 인제 그 쬐만한 집이 고리 찾아 가인게는

"아이고, 이렇게 오셨냐고." 함선 양 깜짝 붙잡고 막 낙루(落淚)를 햐. 반가와서.

"하이 들어가시자고." 그래 인제 쪼그만한 방에 들어가서 앉았으닌게,

"아 내가 저 품 팔아서 쌀이랑 갖다가 모두 준비해 놨심니다. 그란게 빨리 밥 해줄티인게 밥 자시라고"

그래 나가드니만 밥을 해다가 갖다 차려두어. 채려줘. 그라임서 또 뭣을 거시기 하드니만은 보따리 꺼내드니 옷을 한 벌 해가지고 놨어.

"거 빨리 저 밥 자시고 이 옷을 입으시라고."

그라고 인자 물을, 나가드니만 물을 한 그릇 떠다 딱 숭냉을(숭늉을) 떠다

들이놓드니만 또 나가. 하 그. 게 가만히 들은 게 밥은서 먹음선 보인게 뭐이 저 모퉁이서 뭐이 투닥탁 투닥 해싸.

'하이구 왜 이란고. 뭐이 뭔 소린고.' [혀를 차며] 밥만 먹고 있어. 후작거리고 있은게 들어와.

"그 뭣을 그리 후닥탁 거리냐고." 시나 이라닌게는 눈물을 흘리쌈선,

"다 소용이 없심니다."

"뭣이 소용이 없냐." 눈물을 흘리쌈선,

"소용이 없심니다." 게 자꾸 인제,

"무신 소용, 뭐시 소, 그기 뭔 소리냐고" 물으닌게는 할 수 없이 이얘기를 햐.

"서방님이 과거 보러 가신 동안에 바로 진주 목사나 되게 해달라고 단을 모아놓고 빌었는디 다 그것 씰 데 없는 일입니다." 박어사가 거그서 탄복을 햐.

"아하, 내가 과거 한 것이 니 댁이로구나(덕이로구나)."

그래서 그 여자를 첩으로 데리꼬 살았다고 그런 일화가 있어. 그래 인자 홍일점이는 그 소문을 듣고 진주 난강에(남강에) 목을(몸을) 던졌다고 이런 얘기가 나와.

사돈집에 가서 실수한 남자

자료코드 : 07_10_FOT_20090303_KEY_SJN_0001
조사장소 : 전북 장수군 계북면 어전리 970번지 어전 마을회관
조사일시 : 2009.3.3
조 사 자 : 임철호, 권은영, 이화영
제 보 자 : 서문정남, 여, 75세
구연상황 : 계북면 노인복지회관에서 만난 계북면 노인회 송영석 회장의 안내로 어전마을 회관을 방문했다. 처음에는 남녀 모두 한 방에 자리하고 있었으나, 조사가

진행되자 임철호 교수를 제외한 남자 어른들이 모두 나가고 아주머니들만 이
야기를 듣게 되었다. 청중 중의 여러 사람이 밭에서 이야기 하는 것을 들었는
데 배꼽을 잡고 웃었다고 하며 서문정남에게 이야기 할 것을 권하였다. 서문
정남은 쑥스러워 하면서도 일단 자신이 양변기를 처음 사용했을 때 실수했던
실수담을 짧게 말하였다. 그 다음 조사자와 청중들이 이야기를 해달라고 조르
자 이야기 듣고서 흉보지 말라고 하며 이야기를 시작했다.

줄 거 리 : 한 남자가 시집간 딸의 집에 놀러 가서 술대접을 받았는데 안주로 나온 깍두
기를 맛있게 먹었다. 한 밤중에 갑자기 깍두기가 먹고 싶은 생각이 나서 독에
손을 넣어 두 손으로 깍두기를 퍼내려다 사돈어른 머리에 대고 독을 깨뜨렸
다. 그 사람이 다른 동네로 시집 간 다른 딸의 집에 놀러 가서 또 술대접을
받았다. 술이 심하게 취한 남자는 옷을 홀라당 벗고 화장실에 가려고 했는데
하필 들어간 곳이 안사돈이 거처하는 안방이었다. 딸, 손자와 함께 잠을 자던
안사돈은 방바닥을 더듬다 옷을 벗은 남자의 불알을 만지게 되었다. 안사돈은
손자가 변비에 걸려서 항문이 빠져나와 곪았다고 생각하고, 자신이 만진 것이
손자의 항문이라고 착각하였다. 딸을 시켜 아카시아 나무 가시를 꺾어온 안사
돈은 그 가시로 그 남자의 불알을 찔렀다. 놀란 남자는 안사돈의 치마를 둘러
입고 도망을 갔다.

　　요쪽 산 너메서(너머에서) [손을 넘기며] 이렇게 올라가면 저 산 너메가
동네가 있어요. 그래갖고 요쪽 동네 아가씨가 저 너메 총각한테 장가, 아
니 시집을 갔어. 그랬는데, 사우 왔다고 막, 그때는 이렇게 사기로 똥그란
니(동그랗게) 해놓고 빼쪽하니(뾰족하게) 해놓고, [손으로 술병 입구처럼
둥그렇게 만들며] 여가(여기가) 나발같이 해놓고 [따르는 시늉을 하며] 요
렇게 붓어 먹거든. 그런 술병에도 있고 또 장도 담아서 주둥이가 [두 손
으로 원을 만들어 보이며]이런 것도 있고 그란다. [청중 : 엥병이라고 허
던가, 그런 걸보고?] [제보자 : 술을 줘서 먹어본게] 그 뭐여? 쪼각지여 뭐
여, 왜? [청중 : 김칫국이라고 허지] [청중 : 똑딱지] 똑딱지 나물, 요렇게
요렇게 동강동강 썰어서 만들지. [조사자 : 똑딱지 나물?] [청중 : 깍두기
보고 그라는구만] 깍두기, 깍두기, 그거를 가만히 본게, 내서 주먹으로 내
서 접시다(접시에) 담고 여러 가지 반찬을 해서 놨는데 다른 건 다 맛이

없고 그것만 맛있더리야. 그래서 밥상을 내갔는데, 하도 삼삼하니 맛있어서 그놈을 가질러 갔어. [조사자 : 똑딱지를 가질러?] [청중 : 깍두기를 가질러 갔구만] 응, 여름이었던가, [가볍게 웃으며] 이 멍청한 넴이(놈이) 한 손으로 내야 된데 많이 낼라고 두 손을 넣어갖고 [청중들 중에서 웃음이 터져 나옴. 제보자 손을 끄집어내는 시늉을 냄] 안 나와. [제보자 웃음] (조사자 : 독아지에서(독에서) 손이 안 나와요?) 두 개를 너서, 잔뜩 들고는 아무리 뻥뻥이를 돌아도 [청중 중에서 폭소] 안 나와서, 열두 바쿠를(바퀴를) 돌아도 안 나와서, 그때는 정제문이(부엌문이) 이렇게 열고 닫고, 이렇게 쌍바라진데, 이놈을 해갖고 배깥으로(바깥으로) 나가서 본게, 그 마룽(마루), 그 전에는 [팔을 휘돌리며] 요렇게 마룽, 요리 부엌 들오는 데가 있고, 이렇게 해갖고 마룽이 있는데 여가 샛문이 있어. 샛문이 열리고, 여름인게, 여럿이 막 식구들이 자드라네. [두 손을 모아 독에 넣은 시늉을 하며] 이놈을 들고는 뻥뻥이를 모다 내갖고 거기다 깨지면 내먹을라고. [제보자 웃으며, 청중과 조사자 폭소] [강한 어조로] 팍 내부쳤드니 쟁인(장인) 영감 대가리다 막 내부쳤디야. [청중과 제보자 폭소] 아이고 그래 갖고는 그 며느리가 우리 아버지는 그렇게 해야 뭐가 안 좋아서, 그래야 좋다고 해서 그랬다고, 아이고 막 미안하다고 죄송하다고 빌어서 넘어갔는데,

또 그 사람이 또 딸이 저쪽 너메가 살던가벼. 또 그 집이를 갔드리야. (조사자 : 다른 딸네 집이를?) 음. 큰딸네 집이를 들러서 그런 환경 겪고 (경험 하고) 또 메칠(며칠) 후에 또 저 너메 갔디야. 또 술을 그냥 그롷게 맛있는 거를 줬드라네. 그놈을. (조사자 : 안사돈이에요, 바깥사돈이에요?) 아니, 남자. (조사자 : 남자가.) 그놈을 실컷 먹고 홀라당 벗고 화장실을 간다고 가갖고는 사둔 안방으로 들어갔어. [청중과 제보자 폭소] 인제 정신이 없어서, 처음에 밤에 나오면 사랑을 몰라본게. 그때는 사랑에서 잤는데, 아무리 사둔이라도 안방으로 더듬더듬 문 열고 가서 드러눴은게로(드

러누워 있으니까) [새우잠 자는 시늉을 하며] 요롷게 접치고 드러누운게로, 술도 쳤지(취했지). [주먹을 내밀며] 이만한 것이, 할매가, 사둔이 손자하고 자는데, 그 손잔 줄 알고 더듬더듬 한게, 여가 뭐이(무엇이). [제보자와 청중 폭소] 그래서 또 그 옆에 딸이 자는데, 막둥이 딸이 자는데,

"야야(애야), 야야, 인나그라(일어나거라) 야야." 하고 깨운게 뽈딱 인나드리야.

"아이고, 뭣이가, [제보자 가볍게 웃으며] 뭣이가 똥구녁이 곪았는가, [제보자와 청중 웃음] 뭣이 빠져갖고 있다. 저 뒤안에 가서 아까시 까시(아카시아 가시) 따오니라(따오너라)."

그런게 예 하고 가서 아까시 나무를 따다가 (청중 : 그걸 땄구만?) [청중과 조사자 폭소] 호롱불을 써서(켜서) 옆에다 놓고, 벌그러니(벌겋게) 막 이롷게 나왔드라네. [청중들 웃음을 주체 못함.] 근게 꼬추는 어디로 가고 불알만, [청중들 웃음을 주체 못함, 제보자 웃음] 그 놈을 [강하게 발음하며] 뚝 딴게 [강하게 발음하며] 에쿠야, 인나갖고, 뽈떡 인났는데 덜렁덜렁하니 꾀를 벗었드래(벌거벗었드래). 근디 할매가 꼬장중우만(속바지만) 입고, 그때는 열두폭 치매여(치마여). 그놈을 벗어서 훌떡 던져 논 놈을 [허리에 치마 두르는 시늉을 하며] 이놈을 입고는 막 쫓아 간게,

"[할머니 말투를 흉내내며] 아이고, 그거 내 치매, 내 치매!" [제보자, 청중, 조사자 폭소]

그래갖고 그 질로(길로) 가갖고 또 그집이도 (청중 : 또 그랬구만.) 음 며느리가 변명을 하드리야, 또, 그런 얘기를 들어봤어요. [제보자, 청중 웃음]

내 불알 같은 것 사시오

자료코드 : 07_10_FOT_20090303_KEY_SJN_0002
조사장소 : 전북 장수군 계북면 어전리 970번지 어전 마을회관

조사일시 : 2009.3.3

조 사 자 : 임철호, 권은영, 이화영

제 보 자 : 서문정남, 여, 75세

구연상황 : 앞의 이야기가 끝나고 잠깐 숨을 돌렸다. 조사자와 청중들이 다른 이야기를
해달라고 청하였고 제보자가 다시 이야기를 시작했다.

줄 거 리 : 산중에 한 부부가 살고 있었는데 남편이 어리석은 사람이었다. 어느 날 호두
나무에서 호두를 많이 수확한 부부는 그 호두를 장에 내다 팔기로 했다. 호두
를 짊어지고 장에 나가는 남편에게 아내는 그 물건의 이름이 '추자(호두)'라
고 알려주었고, 남편은 이름을 잊지 않으려고 입으로 되뇌며 걸었다. 길을 가
는 도중 남편은 돌다리를 건너게 되었는데, 다리를 건너다 그만 물건의 이름
을 잊어버렸다. 이름을 찾아내려고 돌다리를 왔다 갔다 하는 사이 옷을 다 적
신 남편은 아랫도리를 홀딱 다 벗고 다시 물을 왔다 갔다 했다. 그러다가 문
득 자신의 불알을 보니 마치 호두의 모양과 비슷하게 생겼음을 알게 되었다.
그래서 내 불알 같은 것을 사라고 소리를 치니까 사람들이 모두 구경나왔고,
사람들의 놀림거리만 되었다.

또 옛날 사람인데 옛날 두 내우가 또 산중에서 살던가벼. 추자를(호두
를), 나무를 많이 심었는가 있었는가는 모르는데, 추자를 땄는데 몇 가마
니를 땄디야. (조사자 : 추자를?) 응. 그래갖고 산중인게 누가 장사꾼도 안
오고, 지금은 뭐, 어디든지 가믄, 짊어지고 갖고 가지만은, 지고 가서 팔
아야 되야. 그서 인제,

"추자를 한번 팔아와 보시오."

한게로 그란다고 그러디야. 추자를 [강하게 발음하며] 잔뜩 짊어지고 이
게 이름이 뭐냐고 하드리야. 추자라고. (조사자 : 누가 물어봐요?) 감서나
(가면서),

"추자, 추자, 추자, 추자…."

하고 가라고 그랬디야. (조사자 : 추자, 추자 하면서요?) 응. 그래서 인제
추자, 추자, 추자, 추자 하고 가다가 다리를 건네 갔어. 아 잊어 먹었네.
독다리라서(돌다리라서), 이렇게. (조사자 : 독다리라서?) 옛날에는 이렇게
건네 지르는(건너 지르는) 다리가 없잖야. 물 건널라면 이렇게 독으로 다

리를 놓지. 아, 추자, 추자 하다가 다리를 갈란게 무겁기는 하고 빠질감이 (빠질까봐) 소리도 안하고 건네 가서 본게 잊어 먹었어. (청중 : 어찌야꼬!) 아이 그래서 그냥 꾀를 벗고, 홀라당 벗고 아무리 알로 우로(아래로 위로}) 참, 처음에는 안 벗고 아무리 알로 우로 댕겨도 그 이름을 못 찾겠더리야. 그래갖고는 옷을 다 적셨어, 인자. 그것도 멍청해서 그걸 짊어지고. 인제 옷이 다 젖은게 웃더리만(윗도리만) 입고 아랫더리는(아랫도리는) 홀라당 벗고는 알로 왔다 우로 왔다(아래로 왔다 위로 왔다) 하다가 본게 [아래를 바라보며 웃음을 머금은 목소리로] 지 껏이(제 것이), [청중들 중에서 폭소] 지 껏이 [제보자 두 주먹을 꼭 쥐어 앞으로 내어 보이며] 두 개 다 이라고(이러고) 있거든. [청중, 제보자, 조사자 폭소]

"어차, 옳지. 옳지 알았다. [장사꾼 말투로 소리를 치며] 오골쪼골 내 붕알 같은 거 사시오! [청중, 제보자, 조사자 폭소] 오골쪼골 내 붕알 같은 거 사시오!"

옷도 안 입고. 아, 이게 무슨 소린고 싶어서 여자, 남자, 아들(아이들) 전부 다 나오더라네. 그래 인제 사라고 함서 덜푸덕 내리놓고, 오골쪼골 내, 인제 사라 소리도 안하고,

"내 붕알 같은 거 사시오. 사시오

한게 쏵 다 집어 가뻐리더라네. 돈도 못 받고. [청중, 제보자 폭소] 내가 간단하니….

방귀 잘 뀌어서 부자된 며느리

자료코드 : 07_10_FOT_20090303_KEY_SJN_0003
조사장소 : 전북 장수군 계북면 어전리 970번지 어전 마을회관
조사일시 : 2009.3.3
조 사 자 : 임철호, 권은영, 이화영

제 보 자 : 서문정남, 여, 75세

구연상황 : 앞의 이야기가 끝나고 이야기를 더 해달라고 청하자 제보자는 많이 했으니 이제 그만하겠다고 하였다. 그러자 청중들 중 한 명이 이야기는 한 번에 세 자리씩 하는 것이라 하며 이야기 하기를 재촉했다. 임철호 교수가 제보자에게 바보 신랑 이야기도 많이 아실 것 같다고 말을 건네자 제보자가 이야기를 시작했다.

줄 거 리 : 홀시아버지가 며느리를 보았는데, 새색시의 얼굴색이 나날이 노랗게 변해갔다. 며느리가 방귀를 참아 그리 된 줄을 알게 된 시아버지는 며느리더러 방귀를 뀌어도 좋다고 허락하였다. 그러나 며느리 방귀의 위력을 보고 난 후 시아버지는 이대로 두면 큰일이 나겠다는 생각이 들어 며느리를 친정으로 데리고 갔다. 가는 도중 시아버지는 며느리 방귀 덕에 아무도 따먹지 못했던 돌배나무의 돌배를 따먹고 유기(鍮器) 장수와 내기를 하여 유기도 얻게 되었다. 며느리 방귀가 유용한 줄을 알고 시아버지는 며느리를 도로 집으로 데리고 갔다. 내기에서 진 유기장수가 방귀 잘 뀌는 며느리에 대한 소문을 내서 꽹과리를 잘 치는 꽹과리잽이가 찾아와 며느리와 내기를 하게 되었다. 꽹과리잽이의 꽹과리 솜씨보다 며느리 방귀가 더 뛰어난 것을 보고 나라에서 돈을 많이 주었고, 유기장수와의 내기에서 얻은 유기를 팔아 방귀 잘 뀌는 며느리의 가족은 부자가 되었다.

바보가 아니라 누가 바본지 몰라, 이거는. (조사자 : 누가 바본지 몰르는 얘기예요?) 응. 그때는 이렇게 꼴짝으서(골짜기에서) 이렇게 많이 살았어. 산꼴짝 저그, 또 고 너메(너머에) 가면 저그 요렇게, 동서남북으로 이렇게 살았는데. [청중 중 한 명을 보고 웃으며] 왜 웃어? (청중 : 나 안 웃었고만.) 또 인제 그 동네로 시집을 갔디야, 큰 애기가. 이제 시아버지, 호로시아버지가(홀시아버지가) 살고 신랑하고 각시하고 서이 사는데, 밥을 채리다 주면 꼭 그라고 물팍을 [다리를 한쪽으로 모아 앉으며] 요롱게 꿇고 앉았드리야. 옛날에는 그랬잖아. 그래 갖고 시아버지가 쳐다본게 얼굴이 노랗더리야. [가볍게 웃으며]

"야야(애야), 너 얼굴이 왜 그러냐?" 바짝 똥구먹을 막고, [청중들 웃기 시작함.]

"아니요. 괜찮아요."

아이, 그 후끄니(후에) 와 또 채려와 보면또 그렇게 꼭 막고는, 밥 먹더라 그전에는 앉았었다대. (조사자 : 아, 며느리가?) 응, 아니 그전에 어른들은 그랬다고 안 혀(해). 그래서 인자 더 점점 더 노래지네.

"너 왜 그라냐? 대처(대체) 어디가 어째서 그러냐?" 근게로, 인제 급하던가,

"아버님, 똥을(방귀를) 못 뀌어서 그래요." [청중, 조사자 웃음]

"그라면 똥을 뀌어라."

"똥 뀌면 우리 집 날라가요." [제보자, 청중, 조사자 웃음] 그러니까,

"그래, 집이서는(집에서는) 시집오기 전에는 어떻게 했냐?"

"저 들판에 가서 누었, 뀌었지요."

"어쨌든 뀌어라. 집이 날라가든 어쨌든 뀌야 니가(네가) 살겄냐."

"그라면은 아버님 상지동(상기둥) 잡고 [제보자 웃음] 신랑은 부석짝(아궁이)에 앉았고⋯."

그라고는 똥을 그냥 [강하게 발음하며] 팡 뀌고, 그라면 신랑이 부석짝으로 쏙 들어갔다 [청중 웃음] 굴뚝으로 쏙 나오고, 또 굴뚝에다가 갖다 똥을 [강하게 발음하며] 팡 뀌면은 부석짝으로 쏙 나와, 새카마니(새카맣게) 해갖고 쏙 나오고. [제보자 웃음] 아이고, 시아버지가 생각한게 이거 뒀다가는 큰일 나겄더라네.

"너 하고는 도저히 못 산게, 가자."

인제 영감이 데려다 줘. 저 혼자 안 보내고. 깔크막을(비탈길을) 죽어라고 올라가는데, 그 날막(꼭대기), 높은 날막에가 뭔 나무 하나가 있더라네.

"야야, 얼른얼른 오니라(오너라)." 며느리가 더 못 가더리야. 그래 갖고 시아버지가,

"여기 나무가 있은게 부지런 부지런 오니라"

해서 막 네 발로 기다가 걸어가다 해갖고는 거(거기) 가서 벌렁 그냥 드러

눴었디야, 대근해서(고단해서). 시아버지도 드러눴고 며느리는 저쪽에 가 드러눴고. [위쪽을 바라보는 시늉을 하며] 이놈의 막 배가 주렁주렁 하더라네. (조사자 : 아, 나무에?) 독배가(돌배가). 요롷게 잡고 딸 데가 없어, 너무 커갖고.

"아이구, 저놈 하나 따먹으믄 좋겄다." 시아버지가 인나서(일어나서)

"저거 하나 따 먹으믄 좋겄다."

[상냥한 목소리를 흉내내며] "아버님, 제가 따드릴까요?"

"니가 어떻게 따냐?"

"아버님, 저(저기) 가 있어요. 그믄 내가 따 드리께요."

[두 손으로 방바닥을 짚고 고개를 숙이면서] 그냥 똥구녁을 들고 그냥 체 면상을 하고는 막 [방귀 소리를 흉내내서] 빠다다다다다다 다다다다 다다다다 [청중들 폭소] 배가 막 [손으로 뭔가 떨어지는 모습을 흉내내며] 우두두두두두두두 우두두두두두두두 [청중들 폭소] 두 방을 쐈는디 막 우두두두두두두두 떨어져서 그놈을 줏어 모아놓고 인제 배도 고프고 목도 말르고 더웁고 한게 막, 그놈을 막 몇 개(몇 개) 막 바솨(바숴) 먹었디야. 바솨 먹었디야, 둘이. 그걸 하고 있는 중인데 저 너메 삐탈(비탈)서 또 어떤 사람이 짐을 지고 올라오더리야. 하, 그래, 후유 하고 올라와서 이렇게 바라본게, 쳐다본게 나토롬한 영갬이 또 올라오더리야. 그라더니 거기다 딱 지게에다 받쳐놓고,

"대처 이 배를 어떻게 땄는가요? 어떻게 이렇게 따 먹었는가요? 어디서 갖고 왔는가요?" 왜 그걸 물냐고(묻느냐고)

"하도 몇이(몇이) 여그를 날마동 내가 넘어 댕긴데 바라만 보지 따먹었던 못해봤어요, 전전버텀(전전부터)."

그라, 그 시아버지가, 그때는 유기(鍮器)가 비쌌어, 유기라고. (조사자 : 놋 그릇?) 잉, 놋그릇. 놋그릇 장시여(장사여). 그래갖고는

"며늘아, 따줘라."

한게로, 다 저리 가리야. 다 따주면은 놋그륵을 주고 못 따주면은 그 영갬이 돈을 주리라고 그랬어. 자신 있은게. [강조하여 발음하며] 그래갖고는 그냥 대가리를 [방바닥을 가리키며] 여그다 처박고 [제보자 웃음] 인자 딴 데는 없고, 저쪽으로 가서 막 그냥 따발총맹이(따발총같이) 막 쏴댄게 [제보자 웃음] 막 왕창 떨어져 뻐리더리야. 아, 그이가 놀래뿌려(놀래버려). 꼼짝없이 유기그륵을 뺏기갖고는. 데리고 갈란게 그것이 아까와. 팔면 돈이 많이 나오는데.

"야야, 이거 갖고 집으로 도로 가자."

그라고 인제 영갬이 그놈을 인제 짊어지고, 그 이는 그냥 가뻐리고(가버리고). 짊어지고 인자 집이를 왔는데 그 남자가 소문을 내갖고, 똥 잘 뀐다고 아주 소문이 자자햐, 온 데가. 그래서 말하자면 서울 겉은데(같은데), 우리 한국에서 젤로 깽맥이(꽹과리) 잘 치는 사람이,

"내가 가서 져뤄봐서(겨뤄봐서) 이기고 온다."

고 하고는 왔어. [제보자 웃음] 아 그래갖고, 인제 시작을 딱 둘이 세워놓고 하는데, 꽹맥이를 타닥 타닥 타닥 함선(하면서) 뚜드린게, 뽕 인제, 꽹맥이,

[꽹과리 치는 시늉을 하며 덩덕궁이로] "깨갱 깨갱 깽-깨깽" 하면,

[덩덕궁이로] "뽕찌 뽕찌 뽕-찌뽕" [제보자, 청중, 조사자 폭소]

아, 이놈의 깽맥이가 만날 쳐도 팔이 나중에는 시어. 아 근게 막 자주 막 친게로,

[휘모리로] "뽕찌뽕 뽕찌뽕, 뽕 뽕 뽕찌뽕, 뽕찌뽕 뽕찌뽕"

막 궁뎅이를 내흔들고 막 [제보자 웃음] 뽕찌뽕을 한게, 아이 그래 늘어지게 하먼은 늘어진 대로,

[꽹과리 치는 시늉을 하며 느린 덩덕궁이로] "구갱갱-매 깬-쓰깬"

[느린 덩덕궁이로] "뽕 뽕 뽕-찌뽕" [제보자 웃음]

[꽹과리 치는 시늉을 하며 느린 덩덕궁이로] "구갱갱-매 깬-쓰깬"

[느린 덩덕궁이로] "뽕 뽕 뽕–찌뽕"

[빠른 덩덕궁이로] "구갱갱매 갠쓰갠"

[빠른 덩덕궁이로] "뽕찌뽕 뽕찌뽕" [제보자, 청중, 조사자 폭소]

"뽕찌뽕 뽕찌뽕, 뽕 뽕 뽕찌뽕, 뽕찌뽕 뽕찌뽕"

아이고 이놈 팔이 아파서 못햐. [제보자, 청중 웃음] (청중 : 장구잽이 졌네.) 꽹맥이쟁이가 졌어. 그래서 나라에서 돈을 많이 주고, 유기 팔고 그래갖고 큰 부자로 살드래요. (청중 : 아따, 얘기 푸짐하다.) [청중, 조사자 박수]

호랑이가 지켜봤다는 연동마을 산신제

자료코드 : 07_10_FOT_20100122_KEY_SSY_0001
조사장소 : 전북 장수군 계북면 농소리 226번지 연동 마을 서순영 자택
조사일시 : 2010.1.22
조 사 자 : 권은영, 이화영
제 보 자 : 서순영, 남, 68세
구연상황 : 앞의 노래를 듣고 제보자의 생애와 연동마을에 대한 정보를 들었다. 제보자가
           연동마을에 대해 대략적으로 얘기를 하다가 다음을 구연하였다.
줄 거 리 : 장수군 농소리 연동마을은 예전에 산신제를 잘 모셨다. 정월 초사흗날 산신제
           를 모셨는데, 제관은 한 달 전부터 금기를 엄격하게 지켰다. 정월 초사흗날
           밤 1시 경에 산신제를 지내러 산으로 올라가는데, 그러면 호랑이가 지켜서 있
           다가 산신제가 끝날 때까지 있다가 가고는 했다. 산신제를 지내는 동안에 마
           을사람들도 자지 않고 불을 다 켜놓고 있는데, 그 엄숙함 때문에 개들도 짖지
           않았다.

한 한 달 전부턴 그런 것을 일절 금하고 집에서만 있음선 깨끗허니 이 룽게 생활을 해야 돼요. (조사자 : 정초예요?) 그룿지 (조사자 : 초삳날?) (제보자 : 초삳날이지, 초삳날.) 초삳날 지냈었어. 그러믄 그날 저녁에는 개가, 옛날에는 개가 많이 믹였잖아, 개를. 그날 저녁에는 개도 안 짖어요.

집집마다 불을 다 키놓고 불 다 키놓고 인제 뭐 제는 안 지내도 거기에다 인자 정성을 다 쏟아야, 집에 있는 사람들도 이 동네사람은 거의가 다 인자 거가 인자 그 부락이 잘 되게 해돌라는 이런 뜻으로 그라믄 거 옛날에는 뭐 거 제 지내러 올라가믄은 새복에 올라가니까 호랭이가 거그 떡 앉았다고 그랴. (조사자 : 여그 호랭이 있었겠네요, 진짜로?) 그라믄 제 다 지내고 가드락 거기서 보고 있대야. 그라믄 바람이 그렇게 불고 그래도 촛불을 켜노믄, 촛불이 한나 꺼지도 안하고. (조사자 : 산신님인감만?) 예, 예. 그런게 그랬었디야, 진짜로. 그랬는데, 그 양반은 인제 죽은 지 얼마 안 됐네, 그 양반은. 그 양반이 맡아 놓고 그걸 했거든.

남의 복은 못 빼앗아 온다

자료코드 : 07_10_FOT_20090307_KEY_CSY_0001
조사장소 : 전북 장수군 계북면 매계리 216번지 매계 마을회관
조사일시 : 2009.3.7
조 사 자 : 권은영, 이화영
제 보 자 : 최순련, 여, 75세
구연상황 : 혼자서만 연거푸 노래를 부른 후에 제보자가 이제 자신은 그만하겠다며 김남
          수더러 노래를 부르라고 권하였다. 심한 목감기에 걸린 김남수 또한 사양하여,
          조사자는 최순련의 생애에 관해 질문하였다. 생애에 관한 얘기를 듣다가 제보
          자와 청중들이 젊은 시절에 삼 삼던 얘기가 나왔다. 그 얘기 끝에 최순련은 삼
          을 삼다가 집에 찾아온 친정아버지에게 밥도 안 해준 딸 이야기를 얼핏 비쳤
          다. 그러자 청중 중에 한 명이 그것도 해보라며 권하여 이야기를 시작했다.
줄 거 리 : 가난해서 죽만 먹던 친정아버지가 밥 대접을 받고 싶어서 부자로 잘 사는 딸
          의 집을 찾아갔다. 마침 딸이 삼 일을 하느라 아버지에게 당장 밥을 지어드릴
          수가 없어서 엊저녁 먹었던 잣죽을 대접하였다. 밥을 먹고 싶었던 아버지는
          죽을 대접하는 딸이 괘씸하다는 생각이 들었다. 아버지는 집안에서 키우는 개
          복으로 딸의 집이 잘 사는 줄을 알고, 딸의 복을 가져갈 셈으로 개를 잡아 끓
          여달라고 했다. 개를 잡아 끓이는데 국물 위로 목화솜 덩어리 같은 것이 동동

떴다. 딸은 그걸 홀딱 건져먹고 아버지에게 나머지를 가져다주었다. 복건더기를 딸이 이미 건져 먹은 것을 알게 된 아버지는 딸의 복을 가져올 수 없다고 하였다.

옛날에 딸네 집에를 오랜만에 저그 아버지가 가니까,

"아이고, 아버지 왔는데 진지를 뻗쳐놔서 밥을 못해주었다."고 딸이 부자로 잘 사는데 그라드리야. 그래서 그냥 뻥해, 하도 못살아서 친정에 딸이 잘 산게 밥이나 한 그릇 좀 텁텁하게 얻어 먹을랑가 하고 갔더니, 베를 날아(낳아) 인자 그놈으로. 그라니라고,

"아이고 아버지가 왔는디 진지를 뻗쳐놔 밥을 못해드리겠네요" 그라믄서 식모보고,

"우리 아버지 엊저녁에 죽 끓여먹은 것 좀 채리주라(차려주라)."

고 그라드리야. 아 그래서 하도 없이 살아서 배를 곯다가 친정에, 저 딸네 잘 사는데 밥을 한 끄니(끼니) 얻어 먹으러 간데 엊저녁 먹던 죽을 채리주라고 한게 분이 나서 죽겄드리야. 그래서 그건 이애기여(이야기야), 노래가 아녀. 그래서 방에 가서, 방으로 가자 해서 방에가 앉았는디 죽을 좀 한 그륵 채려다 주드라네. 그래서,

"나 죽은 안 먹을란다." 그라,

"아버지 쪼께(조금) 있음 따신 밥 하니 잡솨요."

했는디, 대체 저놈의 죽이 무신 죽이가디 날 죽을 먹으라 그란고, 죽에 질린 사람을 또 죽을 먹으란다 싶어서 손꾸락으로(손가락으로) 요렇게 쪼께 찍어 먹어본게 그렇게 꼬숩고(고소하고) 맛있드리야. 잣죽이라서. 그랬든데 죽에 질려갖고는 딸네 집에 간게 죽을 채리준게 분이 나지. 부애가(부아가) 나. 그래서.

'이놈의 집구석이 당최 하는 행동을 보면 부자로 살던 안하겠는데 어째서 이렇게 잘 사는고.'

싶어서, 그 영갬이 뭘 좀 보든게벼(보는가봐), 그래도. 방에 앉아 가만히

본게 마당에 개가 한 마리 돌아다니, 참 개가 복이 많아갖고 그 개 복으로 먹고 살드리야. [청중 폭소] 딸네가. 사우도(사위도) 복 없겄고, 자기 딸도 복이 없는디, 개 복으로 먹고 살드리야. 그래서,

'에라, 망할 것, 내가 오늘 죽을 끓이준, 저 찬 죽을 쥐서 갈랬더니(가려고 했더니), 여그서 자고 개 저놈을 잡아서 돌래야겄다(달라고 해야겠다).' 그러드리야. 저녁에,

"야야(얘야)."

"예."

"너그 마당에 개 저놈 나 니얼(내일) 잡아줄 수 없냐?" 그런게,

"잡아 드려야죠. 왜 못 잡아요." 그라드리야. 그래서

"잡은디, 잡거들락은 고기를 삶아갖고 맛도 보지 말고 나를 한 그륵 떠다주고 너그 먹어라." 그란게,

"그래요."

그라드리야. 그래서 인자 개를 잡았디야. 개를 잡았드니, 개를 잡아서 솥에다 안쳐서 막 부글부글부글 끓는디 미영꾸리(목화꾸리) 요만한 것이 그냥 동동동, 복덩이디야, 그게. 그게 떠서 딸이 그놈을 홀딱 건지먹고(건져먹고) 즈그(저희) 아버지를 퍼다 줬디야. 그랬더니 복 건디기가(건더기가) 없거덩. 그란게,

"야야, 너 이거 간 보고 떠왔냐?" 그란게

"아니요. 하도 뭣이 동동 떠서 내가 건지먹고 떠왔어요." 그라드리야. 그란게

"할 수 없구나. 니(네) 복 니가 가지야지. 내가 그 복을 좀 가져갈랬더니 못 가져가겄다." 그라드리야.

(조사자 : 그럼, 그 동동 떴던 게?) 떤 게 복덩거리드리야. 그란게 고만 딸이 먹어 뻐렸어. 간도 보지 말고 저거 아버지가 떠다 돌랬는디. (조사자 : 미영끙더리가 그게 뭐를 미영끙더리라고 해요, 어머니? 미영끙더리?)

옛날에 미영 잣으면 붕울붕울하니, 미영송이 같은 게, 목화솜 농사짓잖아. 그런 것이 동동 뜨더리야, 우에가. (조사자 : 목화솜, 붕울붕울한 게 있길 래, 그걸 후딱 건져서 먹었구만.) 건져 먹어 뻐렸디야. 그걸 먹지 말랬는 디. (제보자 : 그걸 즈 아부지가 먹었으면, 즈 아부지가 잘 살건디.) 그것이 복덩어리. 복등거리. (청중 : 그게 넘의 복은 못 가져온다 그말이여, 딸 복 인게.)

호랑이에게서 시아버지를 구한 며느리

자료코드 : 07_10_FOT_20090307_KEY_CSY_0002
조사장소 : 전북 장수군 계북면 매계리 216번지 매계 마을회관
조사일시 : 2009.3.7
조 사 자 : 권은영, 이화영
제 보 자 : 최순련, 여, 75세
구연상황 : 앞의 민담을 듣고 청중들은 최순련이 매계 마을의 명가수라고 하며 매우 재
미있어 했다. 조사자가 그렇게 재밌는 이야기를 하나 더 해 달라고 청하자,
청중들도 다음 이야기를 기다리는 눈치였다. 최순련은 곧바로 다음 이야기를
해 주었다.
줄 거 리 : 외출했던 시아버지가 귀가하길 기다리던 며느리가 아이를 업고 동구 밖으로
마중을 나갔다. 재를 하나 넘어 마중을 가다 보니, 술 취해 잠든 시아버지를
깨워 잡아먹으려고 호랑이가 꼬리에 물을 축여 시아버지의 얼굴에 적시고 있
었다. 호랑이가 물을 축이러 간 사이 며느리는 업고 왔던 아이를 내려놓고 시
아버지를 등에 업고 집으로 돌아왔다. 이런 일을 마을에서 알게 되어, 마을
사람들이 꽹과리와 징을 치며 호랑이 있는 곳으로 몰려갔다. 호랑이는 며느리
의 소행을 기특하게 여겨 아이를 잡아먹지 않았고, 아이는 무사히 집으로 돌
아왔다.

옛날에 시아바니가(시아버지가) 술을 한잔 건출하니 먹고, 옛날에는 걸
어댕겼잖아, 차가 없으니께. 저런 재를 하나 넘어온게 장산가 뭘 하러 댕
겼는개비여. 그런게 며느리가 아를 해서 업고(아이를 업고) 시아바니 오는

가 마줌을(마중을) 나갔어. 지끔은 마줌 나간 걸 몰른데 어른들 오는가 동구 밖에 마줌을 나가. 요런 재를 하나 넘어가니까 영감이 술이 한잔 취했으니까 호랭이가 꼬랭이에다 물을 축이다가 할아버지다 자꼬(자꾸) 찌끄리드리아(끼얹더래). 술 깨면 잡아먹을라고. 술 깨야 잡아먹거던. 술을 깨라고 자꾸 물을 꼬리다 칭어다(축여서) 붓고 붓고 해서 그걸 바라보고 있다가 호랭이 깨고랑에(개도랑에) 물 질러(길러) 간 연에(후에), 꼬리다 물 질러 간 연에 자기 아(아이) 업은 것을 거그다(거기에) 내리놓고 시아바니를 업고 와 버렸디아. 업고 와 버린게로 신랭이(신랑이) 아 어쩠냐고(아이 어디 있느냐고) 하더리아. 애기가 어쩠가디 안 비냐고(뵈느냐고) 그라더리아. 아 그래서, 그래 이만저만 해, 저그 이만저만 해 그런 이약을(이야기를) 했어.

"그래 산신이 아버지 술 깰라고 자꼬 꼬리로 물을 축여다 아버지게다 찌끄려쌌걸래 우리 아무거시를(아무것을) 거기다 내리주고 아버님을 업고 왔다."

고 한게 자꼬 마느래한테다 절을 하더리아, 남편이. (조사자 : 남편이?) 음. 자꼬 절을 해서 이웃 사람들이 어짜다가(어쩌다가) 가서 뜰킨게(들키니까)

"왜 무신(무슨) 뜻으로 이렇게 절을 하냐?"한게

"나도 못할 일을 우리 마느래가 해서 어뚷게 흥감(興感)하든지 내가 이렇게 절을 한다."

고 그라드리아. 그란게 고만 동네사람들이 이장 반장, 다 동네 사람들이 다 모이갖고 징 꽹맥이를 뚜디리고(두드리고) 거그를 간게 산신은 없고, 저 그란게 징 꽹맥이 소리가 나믄은 산신은 어디로 멀리 간다는 거거던. (조사자 : 아, 그런 말이 있구만요?) 응. 그래서 꽹맥이 징을 뚜디리고 호식(虎食)하러 간 사람 찾으로 간다고 그잖아. 그란게로 어디로 가버리고 없고. 양심이 옳잖아. 애기를 두고 부모를 모시고 갔은게 그 참 기특한 일이지. 그라니게 그러다 저러다 보면 시간이 안 가겄어. 산신이 애기를 폭

싸갖고 데꼬(데리고) 자서 애기가 땀이 호목하게(흠빡하게) 흘러갖고 가만히 그대로 있드리야. (조사자 : 안 잡아먹고?) 안 잡아먹고. 부모를 모시고. 그라겄는가? 근게 부모한테 잘하믄 손해 안본다 그 뜻이여. 그게 이애기여. 그게 이애긴게 그러지 그렇게 하겄어?

자기 아내도 몰라본 바보 신랑

자료코드 : 07_10_FOT_20090307_KEY_CSY_0003
조사장소 : 전북 장수군 계북면 매계리 216번지 매계 마을회관
조사일시 : 2009.3.7
조 사 자 : 권은영, 이화영
제 보 자 : 최순련, 여, 75세
구연상황 : 효부 이야기인 앞의 민담을 듣고 효자 이야기는 없느냐고 조사자가 질문하자 제보자는 잘 모른다는 듯이 대답하였다. 그럼 바보 신랑에 관한 얘기는 아느냐고 질문하자 제보자는 다시 김남수더러 이야기를 하라고 권하며 김남수 앞으로 녹음기를 돌려놓았다. 김남수가 민요를 불러준 후 조사자가 최순련에게 다시 이야기를 청하자 다음의 이야기를 해 주었다.
줄 거 리 : 혼례 후 아직 신행을 하지 않은 바보 신랑이 처가에 이바지 음식을 가져가게 되었다. 길을 가는 중에 바보 신랑은 자기 아내를 만났지만 알아보지 못했고, 아내에게 자기 처가가 어디 있는지를 물었다. 아내가 바보신랑에게 자기 집 개를 따라 가면 된다고 말해주자 바보신랑은 개가 다니는 길로만 따라가 처가에 도착했다. 마침 장인은 지붕을 고치고 장모는 뒷간에 앉아 있었다. 이런 상황에도 아랑곳하지 않고 바보 신랑은 장인과 장모 앞에 음식을 펼쳐 놓으며 어머니가 겸양의 말로 전하라던 말을 그대로 따라 했다. 그러고는 음식을 도로 싸 가지고 자기의 집으로 돌아갔다.

옛날 옛날에 아들을 하나 낳았는데 날(나) 같이 멍청하던개비여. 그런디 각시는, 그래도 그 신랑이 복이 있던가 좋은 집으로 장개를(장가를) 갔어. 그랬는디 그전에는 나 맹이로(나처럼) 해를 묵혀. 해를 묵히면은, 가을 돌아오믄은 총각 집에서 큰애기 집으로 이바지를 해서 보내야. 그란게로

저그 어매가(저희 엄마가) 이바지를 해서 보내면서,

"가서, 뭐 먹을 거는 없고 귀경이나(구경이나), 맛이나 보고 귀경이나 하래라." 그랬드리야. 그란게

"그라면, 그 집을 어떻게 찾아가?" 그라드리야. 그란게,

"물어서 물어서 가면 된다."

그라면서 인자 냇물을 건너간게 냇물에 빨래를 빨고 앉았는게 즈그 각신데, 즈그 각시도 몰라갖고, [제보자, 청중 웃음] (조사자 : 신랑이?) 반편인 게. (조사자 : 그래갖고?) 몰라갖고는,

"어제 아래(접때) 마당으다 바뿌잽히고('병풍 치고'라는 뜻으로 생각됨) 대사 친 집이 어딘가요?"

그란게, [청중, 조사자 웃음] (조사자 : 그래 갖고요?) 즈그 개가 와서 그 빨래한 데 앉았든 기여. 그란게, 신랑은 본게 긴디(맞는데) 신랑은 저를 몰르잖아. 그란게,

"저 개만 따라가요."

그란게 개가 담우락(담) 구녁으로(구멍으로) 가면 담무락 구녁으로 가고 [청중 웃음] 홀타리(울타리) 밑구녁으로 가면 홀타리 밑구녁으로 따라가고, 그래갖고 따라간게, 장모는 통시에(뒷간에) 앉아 똥을 누고 오줌을 누고, 쟁인은 지붕에 올라가 지붕 이어, 짚으로. (조사자 : 지붕을?) 응, 지붕으로. 그란게 그놈 이바지를 짊어지고 지붕으로 올라가갖고. [청중 웃음] (조사자 : 장인이 지붕 위에 있은게?)

"맛이나 보고 빛이나 보래요." 하면서 끌러 놓드리야.

"아, 이 사람 좀, 방으로 가져가세." 그란게로,

"아니요. 맛이나 보고 빛이나 보고 오랬어요." [청중 웃음] 도로 짊어지고 내려간게, 장모가 화장실에 소변을 하고 앉았은게, 거 가 화장문 앞에 내놓고

"맛이나 보고 빛이나 보래요."하면서, [청중 웃음]

"아이고, 이 사람 방으로 가세. 방으로 가세." 한게로,

"아니요. 맛이나 보고 빚이나 보랬어요."

그람선(그러면서) 도로 또 짊어지고는, 개 가는 구녁으로. [제보자, 청중 웃음] (조사자 : 개 가는 구녁으로?) 음. 개 홀타리 밑으로 들어가면 홀타리 밑으로 가고, 수채구녁으로 가면 수채구녁으로 가고 따라서 간게, 개가 또 저 즈 마느래(마누라) 있는 데로 찾아 가드리야. 그런게 즈그 신랑인데, 무신(무슨) 지랄로 저걸 또 짊어지고 나오는고 해서, [제보자, 청중, 조사자 웃음]

"그 집에 아무도 없던가요?" 그란게,

"지붕에서 저런 거 짊 이고, 그 집 아줌마는 통시에 앉아 똥 누고." 그라드리야. [청중 웃음] 그래서 그놈을 도로 짊어지고 오던 질로(길로) 도로 가더리야. (조사자 : 그래갖고요?) 그래 각시가 복통이 나서,

"아 왜 그래, 음식을 해 왔으면 여기서 먹고 자고 니얼(내일) 가지 왜 가냐?" 고 그란게 막,

"우리 어매가 맛이나 뵈고 꼴이나 뵈고 오랬다."고 도로 짊어지고 가. [제보자, 청중, 조사자 폭소] (조사자 : 그래갖고 가 버렸고만?) 즈그 각시도 몰르고.

도망혈에 묘를 썼다가 낭패스러웠던 강효신

자료코드 : 07_10_MPN_20090314_KEY_KHS_0001
조사장소 : 전북 장수군 계북면 임평리 127-1번지 내림 마을회관
조사일시 : 2009.3.14
조 사 자 : 권은영
제 보 자 : 강효신, 남, 83세
구연상황 : 앞의 이야기가 끝나고 무학대사 이야기를 하나 더 해 달라고 청하자 그냥 그
렇다는 얘기지 더는 없다고 했다. 그래서 조사자가 도망혈이란 얘기는 처음
들어봤다고 말을 꺼내자 제보자는 다음과 같이 자신이 직접 경험했던 이야기
를 전해 주었다.
줄 거 리 : 강효신은 고종사촌을 위해 묏자리를 하나 잡아 주었는데, 고종사촌이 자손을
갖고 싶어 하여 남의 묘 영역 안에 몰래 밀장(密葬)을 하도록 하였다. 그런데
이장을 하기 위해 묘를 파봤더니, 시신을 묻었었다는 표시만 있을 뿐 시신이
없어졌다. 깜짝 놀라 다시 따져 보니 그 자리가 바로 도망혈이었다. 강효신은
다시 지남철을 놓고 줄을 띄워 시신을 찾았더니, 본래 묻혀 있던 자리에서 열
두 보 떨어진 곳에서 시신을 발견할 수 있었다.

(조사자 : 뭐지, 도망혈이 있다는 소리는 처음 들어봤어요.) (청중 : 도망
혈이 있디야. 도망혈이 있어. 아, 여그도 있어, 여그도.) (조사자 : 여기 어
디요?) 나부텀도 뭐이냐먼은, 아들 날라고 밀장(密葬)을 해놨어. (조사자 :
밀장?) 응. 뫼를 봉분을 안 쓰고 몰르게, 넘의(남의) 벌 안에다 갖다가, 갖
다가 해반디, 파들어간게 하나도 없어. (조사자 : 묘가요? 저기 시신이요?)
어. 시신이 없어. 그래 쇠를 놓고 보인게 도망혈이여. 델러(데릴러) 와서,
가서 보인게. 한참 정신을 채리고 보닌게로 살(煞)이 딱 들어와. (조사자 :
살?) 인제 고리(그리) 실을 띄워가지고, 줄을 딱 띄워놓고 발로 밟아 들어
가잖여. 소복하니 거기 가서 있어. (조사자 : 그서 얼마나 도망갔어요, 그

시신이?) 발로 열두 발 들어간게 딱 되어 보인게. (조사자 : 열두 발.) 그래 책자 본게 열두 발이 딱 맞아. (조사자 : [놀라며] 그래요? 신기하다.) 그래 나가는겨. (조사자 : 그서 어르신이 어떤 집에서 묏자리를 써 달라고 해서 묏자리를 봐주셨는데?) 아, 내 고종사춘들이 그랬어, 직접. (조사자 : 고종 사촌요?) 어. (조사자 : 근데 나중에 밀장을 해가지고, 나중에 옮기는 거예 요? 밀장을 한 다음에 나중에 이장(移葬)을 해요?) 아들 볼라고 음, 아들 볼라고서는 그 근처에 사는 사람들 뙨디, 벌 안에, 벌 안에다가 갖다 쓰먼 은 맞아 죽어. (조사자 : 벌 안에가 뭐예요?) 이 뫼, 뫼 쓴 안에. 아예, 뭐냐 믄, 이 안에 여그다가 갖다 쓰먼은 맞아 죽어. 도둑, 그냥 뭐, 반 쥑이는 기여, 기양. 손해 가선 다 물어주야 되고. (조사자 : 그래야 되고요?) 그 잘 못해노면은 그 집, 먼이(먼저) 쓴 사람들은 손(孫)이 죽고 앓고, 난리가 나. (조사자 : 아, 그러니까 맞아 죽게 생겼다고 하는구만요?) 그럼. (조사자 : 그런데요?) 그런게 손을 보라고, 거그다 쓰먼은 손을 볼란다 해가지고서 갖다 몰리(몰래) 썼어. 뭐이냐믄, 메느리(며느리) 둘을 봤는디 메느리 둘이 자식을 안나인게로. 그래가지고 오래 되도 안 했는디, 파니게 없어, 숯만 나오고. (조사자 : 숯만 나오고.) 아래 우다(위에다), 그러게 밀장하는 것은 숯을, 이 나무 태운 숯, 불 피우는 숯, 이놈을 갖다 아래 우다 수북허니 너놔(넣어놔). (조사자 : 신호를, 아니 표시해 놓는 거죠?) 암먼. 속으다 놓 고 뗏장 싹 입히노먼은 천년이라도 숯은 가만히 있어. (조사자 : 그대로 있으니까.) 천년이라도. (조사자 : 갖고 그렇게 표시를 해놨는데?) 해놓고 아무리 근처를 다 파도 없어. 그래가지고 왔었어. (조사자 : 그래가지고 어 르신….) 자기 할아버지 묀디. (조사자 : 그서 어르신을 모시러 왔구만요?) 아이, 내하고 고종사춘 간인게 나한티 와서,

　"나 좀 살리주게."

해서, 가서 보닌게로 없어. 정신이 캄캄햐, 나도. (조사자 : 그러죠.) [조사 자 웃음] 그래, 정신을 차려가지고 보인게로, 여하튼 맞을까 안 맞는가 한

번 보자. 보기나 해보자고 청구앵이맹인게(정확한 뜻을 모름). 줄을 띠워 가지고서는 거그 가서 얼매, 쬐께 파들어간게 나와, 소복하니. (조사자 : 딱 열두 발 가 가지고?) 아. 그런게 그걸 보고는, 여그서 이렇게 [손바닥을 펴놓고] 쇠를 놓고 어느 방(方)으로 갔다는 것이 방우가(방위가) 나오믄은 수백 리라도 고대루만(그대로만) 가야 되야. 사램이 걸어서, 물이고 산이고 돌아가들 못햐. (조사자 : 음, 그냥 고대로 물이고 산이고 곧장 가야되는구만요?) 곧장 가는겨. 그래야 찾는겨. 그게 도망혈여.

도깨비와 아장산

자료코드 : 07_10_MPN_20100121_KEY_KHS_0001
조사장소 : 전북 장수군 계북면 어전리 866-12번지 계북경로당
조사일시 : 2010.1.21
조 사 자 : 권은영, 이화영
제 보 자 : 강효신, 남, 83세
구연상황 : 앞의 이야기 후 제보자는 회심곡 사설에 대해 설명해 주고, 자신의 생애에 대해 이야기하였다. 얘기 중에 도깨비에 홀렸던 제보자의 친구에 대해 말하다가 다음을 구연하였다.
줄 거 리 : 옛날에는 궂은 날이면 도깨비불을 볼 수 있었다. 먼 데서 보면 도깨비의 그림자가 왔다갔다 하는데 윗도리만 있고 아랫도리는 보이지 않았다. 헛것이 보여서 그런 것이다. 어린아이들이 죽으면 갖다 묻는 곳을 아장산이라고 하는데 주변이 고요하고 괴괴하면 아장산에서 어린애의 우는 소리가 들렸다고 한다. 그것도 헛소리가 들리는 것이다.

(조사자 : 도깨비가 어떻게 생겼다고, 봤대요?)

(청중 : 도깨비가 어디가 있어, 도깨비가.)

(조사자 : 봤다고 안 그래요?)

이게 그전에 불을 써가지고 날이 궂을라믄 쭉 댕겨.

(조사자 : 도깨비가?)

돌아댕기는디 불만 뵈지 사람은 안 뵈는거.

(조사자 : 사람은 안 뵈이고?)

그리고 먼 세 바라보면 그림자가 왔다갔다햐.

근데 아랫도리는 없어.

(조사자 : 아랫도리가 없어요? 다리가 없어요?)

아먼, 윗도리만 있고 그려, 헛것이 뵈이서 그려.

옛날에는 그런 기 많았어.

(조사자 : 그런 게 많았어요? 또 뭐가 있었대요?)

아 그리고 지금도 그려, 지금도. 날 많이 궂으면은 궂을 때 뭐이냐먼 조용허니 그 아장산에,

옛날에 아 죽어서 모도 많이 갖다 묻은 데.

(조사자 : 아장산이 뭐예요?)

어린애들 죽어서 묻은 데.

(조사자 : 아 그걸 아장산이라고 그래요?)

으슥한데 가면은 조용히 혼자 있으믄 애 우는 소리가 났어.

(청중 : 바람이 헤헤 불믄 그란디야.)

그래 나는겨.

(조사자 : 아장산에, 애 우는 소리가 나요?)

음. 게 나는겨. 그런게 혼차 괴괴하니 하면 헛소리가 자꾸 들리는 거여. 그렇다는 것만 알면 되야.

저승에 다녀온 당숙모

자료코드 : 07_10_MPN_20100121_KEY_KHS_0002
조사장소 : 전북 장수군 계북면 임평리 164번지 내림 마을 강효신 자택
조사일시 : 2010.1.21

조 사 자 : 권은영, 이화영
제 보 자 : 강효신, 남, 83세
구연상황 : 앞의 이야기 후 조사자가 회심곡의 사설 중 궁금한 내용을 묻자 제보자는 이
　　　　　를 상세히 설명하였고, 그 외에도 자신이 지관 일을 하면서 경험했던 다양한
　　　　　얘기를 해 주었다. 계북경로당에서 제공하는 점심을 먹은 후 강효신 자택으로
　　　　　이동하였다. 제보자는 상여 소리와 회다지소리의 사설들을 풍부하게 구송해
　　　　　주었으나 이를 민요로 가창하지는 않았다. 장례에 대한 얘기를 하다가 제보자
　　　　　는 다음의 이야기를 구연하였다.
줄 거 리 : 당숙모가 돌아가셔서 장례를 치르는 중이었다. 발인제를 하고는 상여가 장지
　　　　　로 떠나려고 하는데 상여 속의 관이 벌어지면서 딱 하고 큰 소리가 났다. 상
　　　　　여꾼들이 놀라 달아나고 상주들도 놀라서 떨고 있었다. 상여를 떠들고 보니
　　　　　죽은 줄 알았던 당숙모가 숨을 쉬고 있었다. 방으로 업고 들어와 생쌀을 여러
　　　　　차례 씹어 먹이자 당숙모의 숨통이 완전히 트였다. 깨어난 당숙모가 말하기를
　　　　　저승에 갔더니 집안의 할아버지가 뒤돌아보지 말고 어서 돌아가라며 꾸짖기
　　　　　에 돌아왔다고 하였다. 그 후로 당숙모는 17년을 더 살았고, 자신이 죽을 날
　　　　　을 미리 알고 바로 그날 돌아가셨다고 한다.

　(조사자 : 당숙모, 당숙모 얘기요. 저승길에 당숙모가 갔다가 살아, 살아
오셨다고?)

　음. 우리 당숙모가 저 금산 살았어, 금산. (조사자 : 금산.)

　음. 거 충냄이여 지금. 그전에는 전라북도여, 전 금산이. 그린데 아프다
고 해서 갔는데 게 뭐이냐 갔다 와 보인게로 안 죽게 생겼어. 에 왔더니
어 메칠 있은게 죽었다고 전화가 왔어.

　여 전보가 왔어. 지금인게 전화지. 그때는 전보가 우체국서 가지고 왔
어. 받아서 써 가지고. 써 와서. 그래 갔잖여. 가서 내가 가서 인제 입관을
시기고 모두 했는데. 생여를(상여를) 미고 나갈라고 사흘 삼흘 만에 나갈
라고서는 발인제를 했어 인제. 하고서는 떠날라고 하는디 짝 꾸는 거여.

　(조사자 : 짝 꾸는 게 뭐여요?)

　생여서 뭐이냐면 짝 그냥 딱 소리가 나 그만. 그래 보닌게로 널이 벌어
져. 널이. 그 옆으 묶었던 것이 터져가지고 여 널이 벌어지는. 그런게 노

놀래서 모다 벗어 내비리고 그냥 막 다 도망가뻐리네. 상주들도 무서워서 도망가는 거여.

(조사자 : 글쵸. 놀래쬬.)

"야들아."

내가 있다 가서. 나는 그때 인제 한참 때여. 한 삼십 살 됐은게 인제 한참 때지. 군에, 군에 갔다 와서. 에 뭐이냐면.

"왜 도망을 가냐. 이리 와. 이거 추켜들어." 떠 떠 일어내켜 보고서는

"관이 갈라졌다. 얼름얼름 와."

벌벌벌벌 떰선,

"아, 떨지마."

이리 벳겨 놓고서는 보닌게로 배가 불룩불룩 햐.

(조사자 : 허, 숨을 쉬니라고?)

음, 인내켜 세워 거시기해가지고서 업히라. 둘이 떠밀고 내가 업고서는 방으로 들어가서 썩썩 밀고서는 뉘이 놓고서는,

"쌀 좀 갈아와. 그라고 입이로 깨물어."

쌀을, 마른 쌀을 입으로 깨물으라고 그랬어. 아들 입으로, 자식 춤은(침은) 먹어도 괜찮은겨. 춤 멕일라고 그라닌게 깨물으라고. 깨물어서 수저다 해가지고 멕인게, 깔딱 넘어가고 깔딱 넘어가고.

(조사자 : 아들이 이릏게 씹어서 이릏게 수저에다 하니까 먹이니까, 생쌀을요?)

아 깨물어가지고는 멕인게 꿀떡 넘어 가고 넘어 가고. 한참 있더니 댓마디 튀는 소리를 햐. 불에다가 대나무를 여먼 딱딱 꾸거든. 탁 꾸는 거여. 그라더니 숨이 툭 터져 뻐리는 거여. 제대로.

(조사자 : 아 그런 소리가 나면서.)

아 숨이 트더니 후유 깨를 한 댓 번 찾드라고.

(조사자 : 휴, 하면서요?) 아먼. (조사자 : 그 숨통이 막혔다가 이게 터진

거예요?)

암. 그러더니 인자 눈을 뜨고서는 뚤레뚤레뚤레 하더니 날 바라보고,
"조카님 오셨는가." 그라네.
"예, 당숙모. 꿈나라에 갔다 오셨어요?"
내가 그런게
"음."
그래 미음을 인제 이놈을 생쌀물을 반 술잔을 멕였어. 그리가지고 인자
나중으 쌀 삶으라 그랬그든. 끓이가지고 오라고. 끓이가지고 와서 인제
그놈을 자꾸 떠멕여주고 했더니 인제 기운이 돌아온게 인제 인나 앉잖아.
그래서 인자 그때 안 인나 앉아서 죽었던 옷을 인자 싹 벗기서 개서 딱
여놓고, (조사자 : 수의를 입고 있었는데?)

어. 인제 개놓고서는 당신 옷 입혔잖아. 긍게 인제 당숙모여도 부모거
든. 내가 막 입혔어, 나하고 막 달라들어서. 뭐 어려울 것이 없거든. 부몬
게. 당숙몬게. 내가 종가집 당숙, 뭐이냐먼 내가 종가집인게 인제. 장조카
가 입힌 은택이라 그런게로. 인제 우리 작은아버지들도 함부로 나한티 말
을 말 못햐 인제. 장손이라서 그러닌게. 언제더니 뭔 소리를 할라믄 작은
아버지도 조카님이라고 그러지. (조사자 : 예, 장조카는?)

함부로 말을 못하거든. 옛날에는 그렇게 구식에 따라서 양반 상놈을 찾
았어. 그렇게 해가지고 막 했어.

(조사자 : 당숙모가 몇 살 때 그러셨어요?) 우리 당숙모가 그 때 몇 살
인가니 어 마흔. 마흔 일곱인가 여덟인가 됐지.

(조사자 : 근데 왜 갑자기 돌아가셨대요?) 아니 쪼끔 고생을 했지.

(조사자 : 아, 편찮 원래 편찮으셨는데?)

그래가지고 십칠 년을 더 살고 죽었어. 당신 죽을 날짜까지 다 알았어,
그 양반.

(조사자 : 어뚷게요?) 싹 다 알고, 언지 가먼 간다는 거 얘기를 해서 알

지. 딱 고 시간에 갔어, 고시간에 갔어.

(조사자 : 그믄 그 분이 저, 저 뭐 어찌?) 저승에 갔다 온기나 한가지지.

(조사자 : 뭐 꿈나라, 그서 저승 갔다 온 얘기를 허셔요?) 아먼.

(조사자 : 뭐라고 허셔요?) 그 얘기를 쭉 햐. 집안 할아버지가 "이놈아 여기가 어디라고 오느냐."고 뭐라고드랴.

(조사자 : 아, 그 저 꿈에서.) 아 꿈에.

(조사자 : 집안 할아버지를 만났고만요?)

아 뭐이냐먼 할아버지가 막 주렁막대기를 뚜드림선

"여가 어디라고선 와가지고 그냐. 뒤돌아보지 말고 가라."고

(조사자 : 오. 갖고 저승 구경도 안하고 오셨대요?)

그래가지고 뭐이냐먼은 그대로 뭐 쫒겨오는 와가지고 보닌게로 막 동네 사램들이 다 모이가지고 난리를 치드라고 허는 얘기를 쭉 허는.

(조사자 : 그 할머니가 그런 얘기를 하셔요?) 어.

(조사자 : 누구 따라 가셨대요? 누구 따라서?)

아 뭐이냐먼 뭐 여자들은 여자들은 뭐이냐먼 여자들이 와서 데리 가는 겨.

(조사자 : 여자들은 또 여자들이 와서 데려가요? 그럼 남자는 남자들이 데리 가고.)

(조사자 : 그믄 저승사자가 여자도 있어요?)

암먼. 여자도 있지. 이 여자들이 데리 가는 겨. 내나야 여자들은 죽으먼 친정 혼령이 데리가, 와서.

(조사자 : 친정 혼령이 데려, 와서 데려.)

그런게 육례를 갖촸나 안 갖촸나 그라지.

(조사자 : 육례요?)

어. 거 사모 쓰고 그 전에 예 지내는 게 그래서 지내는겨. 쪽도리 쓰고 사모관대 쓰고, 오리 놓고 닭 놓고, 그래 모두 예를 지냈잖야. 지금 뭐이

나면 저 드레스 입고 모두 거시기 하잖야. 그기 육례 갖추는 거여. 그래가지고 사모관대 쓰고서는 폐백도 허고 그라지. 그기여. 그걸 안하면 총각 몽달이여. 백 살을 먹어 죽어도 장개를 안가고 오다가다 만내가지고 살면. 여자도 뭐이냐면 백 살을 먹어도 여자 노릇을 못하고 뭐이냐면 부사귀로 그냥 죽는 거여, 부사.

(조사자 : 부사귀가 뭐예요?)

부사라는 것은 거시기럴 시집을 제대로 못 가고 죽은 사람을 부사,

(조사자 : 처녀 귀신이요?) 어, 처녀 귀신을 부사라고 그래.

(조사자 : 그걸 부사귀라 그러고만요.) 음음. 총각은 몽달이라 그라고.

(조사자 : 그래갖고 죽은 혼령을 여자는 또 여, 친정 혼령이 와서 뎃고 가요?)

암먼. 친정이서만 데리고 가는 겨. 시가에서 데리고 가는 게 아니고. 그래가지고 그래 가면은 삼년도막을 뭐이냐면은 새각시 노릇을 햐. 그릏게 하는 거여. 여 시집오듯기 그 숭을(흉내를) 내는 거여. 혼령들도.

(조사자 : 혼령들도?) 어. 그렇게 한다는겨. (조사자 : 오, 삼년동안 새각시 노릇을 해요?) 음.

(조사자 : 그런 다음에요? 삼년이 지나면 어뚷게 되는 거예요?)

그러고 나면 인제 뭐이냐면 한 가지지 뭐. (조사자 : 한가지가 되고, 혼령들도.) 음음. 그런게 죄를 짓지 마라 하는 소리가 그 소리여. 지옥을 간다 뭘 간다. 죄를 짓고 가면은 죽어서 구렝이도 안 되리라 하잖야. 욕을 하면은.

(조사자 : 음, 죄를 지면은 구렝이도 안 되리라?)

구렝이를 뭐이냐면은 땅속으 들으가서 신체를(시체를) 감고 있는 사램이 있어. 뱀이.

(조사자 : 뱀이요?) 암먼. (조사자 : 세상에. 왜요?)

그런게 죄를 짓지 말라 그러지.

(조사자 : 아, 그면 죄를 지으면 구렁이가 신체를. 그래 뭐이냐면 감아. 그 향불을 안 피우면 나가들 안혀. 향불을 피워놔야 나가지.)

(조사자 : 너무 신기하다.)

기자치성으로 얻은 서문정남의 남동생

자료코드 : 07_10_MPN_20090307_KEY_SJN_0001
조사장소 : 전북 장수군 계북면 어전리 970번지 어전 마을회관
조사일시 : 2009.3.7
조 사 자 : 권은영, 이화영
제 보 자 : 서문정남, 여, 75세

구연상황 : 2009년 3월3일 조사에서 서문정남은 앞에 수록한 얘기 외에 아내를 걸고 내기를 한 남편에 관한 민담을 하나 더 해 주었다. 그러나 이야기가 제대로 완결되지 않아서 재방문 했지만, 그 민담은 잊어버린 부분이 많아서 제대로 들을 수가 없었다. 대신 제보자의 생애를 조사하는 과정에서 다음의 이야기를 들을 수 있었다.

줄 거 리 : 서문정남의 어머니는 두 딸을 낳은 뒤 한참이 지나도록 임신이 되지 않았다. 아들을 낳고자 했던 어머니는 어느 날 꿈을 꾸었는데, 하얀 할아버지가 나타나서 장안산 어느 곳에 가서 치성을 올리라고 알려주었다. 꿈에서 일러준 대로 치성을 드린 뒤, 어머니는 새파란 차돌 두 개를 얻어서 간직하는 태몽을 꾸었다. 태몽 직후 임신이 되어 아이를 낳았는데 딸을 낳았다. 그러나 꿈속에서 차돌 두 개를 봤기 때문에 실망하지 않고 다음 아이를 기다렸다. 어머니는 곧바로 또 임신을 하였는데, 그 후 비슷한 시기에 제보자 서문정남 또한 임신이 되었다. 그런데 임신한 어머니가 시름시름 앓게 되었고, 점을 보았더니 서문씨의 삼신과 정씨(제보자 남편의 성씨)의 삼신이 싸우기 때문이라는 점괘가 나왔다. 이 때문에 제보자는 친정집에서 분가를 하게 되었고, 분가 이후 어머니는 다시 건강해져서 무사히 남동생을 낳았다.

시집갈 때가 되어 간게, 인자 시집을 보낸게 데릴사우를(데릴사위를) 했어, 아들 삼아 할라고. (조사자 : 아, 아들 삼아 하실라고?) 응, 그랬는데 우리 친정어머니가 그래도 서운해서 공을 드렸어(드렸어). (조사자 : 공은

어떻게 드리는 거예요?) 저 백운산, 백운산이 아니라 장안산, 장계 산게, 장안산 날뺑이까지(날망까지) 짚을 두 단을, 한단은 싹 추리갖고(추려갖고) 왜 볏짚, 추리갖고 여그따가(여기에다가) [허리 뒤에 매는 시늉을 하며] 크게 하나 짊어지고 하나는 이고 [머리에 이었다가 하나를 끄집어 내는 시늉을 내며] 빼서 딱 놓고, 인제 볏짚인게 진(긴) 놈으로 했지. 이만하면 또 한걸음 딱 걸고(걷고) 또 저그다 놓고 두 걸음 걸고 그릏게 밤새도록 가믄은 새복이(새벽이) 되야. (조사자 : 그믄은 지푸락을 하나는 등에 지고.) 응, 모질라니까. (조사자 : 하나는 머리다 이고서 이거 하나 놓고 딱 고만큼만 한 걸음 걷고? 세상에.) 산나락짚 질어요(길어요). 그래갖고 정신 없이 빼놓고 그냥 자꾸 인제 가는 거여. 빨리 가야 공을 들이지. (조사자 : 그믄 그 지푸락만 짚고 가는 거예요? 밟고?) 응, 밟고, 졸졸 그냥. 인제 쟁계서(장계에서) 컸고 우리 어머니가, 그란게 그 소로(小路)를 잘 알아. 나물도 캐러 댕기고 한게. 그래서 인제 고놈을 놓고는, 딱 놓고는 [일어서서 머리에서 짚을 빼어 발밑에 놓고 한 걸음 걷는 시늉을 내면서] 요 깃놈은(여기의 것은) 요롷게 똑 요렇게, 딱 끄터리, 또 거기다 이렇게 놓고 딱 끄터리, [제자리로 돌아와 앉으며] 그래서 인제 모지래서 등허리서 인제 빼갖고 또 그렇게 하고. 그래갖고 들 수가, 맘에 든 데로 찾아가서 공을 드렸어. (조사자 : 그러면 덕유산 어디를 가면은.) 덕유산이 아니고 장안산. (조사자 : 장안산 어디를 가면 그렇게.) 저 계남. (조사자 : 아니, 계남에 있는 장안산에 가면은 아들 낳게 해주는 것이 있어요?) [청중 웃음] 인제 꿈에, 꿈에 어딜 가서 공을 드리라고 어떤 하얀 할아버지가, 그라면 아들 하나 볼 것이다 그러드리야. (조사자 : 어머니 꿈속에?) 응, 우리 어머니. (조사자 : 그러니까 친정어머니 꿈속에?) 응, 응. 그래서 그걸 명심을 하고 무선(무서운) 것도 없고 나는 아들 하나만 나믄 최고다 하고 인제 그렇게 하고 가는기야. (조사자 : 거기 장안산까지?) 응, 그 자리를. (조사자 : 그 자리로? 그 할아버지가 알려준?) 알려준 자리. (조사자 : 세상에. 그래갖고 가셨대요?) 그래갖고는 한 걸음 한 걸음 그래 거까지 간게로 새복(새벽) 세 시드라네. (조사자 : 그래갖고요?) 그래서 인제 초, 소지, 쌀, 스뎅 그륵에다(스테인리스 그릇에다) 쌀 딱 덮어갖고 그놈 또 허리다 매고, 그 무겁지도 안하겠어요? (조사자 : 쌀하고 종이하고 초하고?) 종발에다 쌀하고 초하고 그래갖고 인자 거그를 갔어. 그러자 공을 드리고 꿈을 뀐게 하늘에서, 싹 빨래를 개울가서, 그전에 냇물에 가서 빨래를 했거든. 산골물 이런 데서. 거그를 가서 빨래를 한게 물이 뺄로(빨리) 간디 빨래를 한게 뭐이 그냥 [강하게 발음하며] 탁 떨어지드리야, 요 물로. 두개가. (조사자 : 꿈속에서?) 응, 꿈속에서. 아 그래서 그게 뭔가 하고 이렇게 건져갖고 본게 새파란 차돌이고. (조사자 : 차돌.) 또 요렇게 들고 본게 그것도 차돌이고 똑같은 것이 두 개가 있드리야. (조사자 : 새파란 차돌 두 개가?) 응. 그래갖고는 그놈을 지고 고만 꿈을 깼디야. 깼는데, 인제 그때부터 얼매 안가서 애기를 배서 났어. (조사자 : 어, 태몽이네요, 그른?) 그래갖고 딸을 또 낳어. (조사자 : 아들일 거라고 생각했는데?) 그래갖고 인자 딸이서이여. 어휴, 인제 두 갠게 설마 하나가 또 있겄지. (조사자 : 아,) 어머니 생각에 차돌 두 개 중에서. 그래 인자 그놈을 잘 싸서 농안에다 뒀다가 애기 낳고 본게 딸이거든. 인제 뒤로는 꼭 낳을 것이다. 하고는 인제 또 그 독을(돌을), 애기 낳고 인제 얼매 안간게로 세 살인가 두 살 먹어서 터를 팔더리야. 우리 어머니는 다섯 살 먹어야 터를 팔아. 헌데 그냥 바로 바로 이어서 그만. 그래 난게로 아들을 났어. (조사자 : 어렵게 보신 아들이네.) 그래서 우리는, 그란데 인제 애기를, 막둥이 애기를 가졌는데 아퍼. (조사자 : 어머니가요?) 아니, 이, 우리 어머니가. (조사자 : 예. 친정어머니가?) 그라고 나는 또 우리 큰 아가 뱄어, 거그서. (조사자 : 같이 배셨어요?) [조사자 웃음] 우리 어머니는 후년, 아니 올 시월달에 낳고 나는 후년 삼월에 낳아, 또. 이렇게 됐어. 한데 시름시름 아프고 밥도 잘 안먹고, 한게 그전에는 이렇게 점을 좋아했거든. 그래서 한동네 단골 할매가 있어.

거 가서 본게 정, 우라 양반이 정씨거든. 정씨하고 서문씨하고 싸운디야. (조사자 : 정씨하고 서문씨가 싸운데요?) 응. 내가 서문가 아녀? 정씨하고 서문씨하고 삼신들이 싸운게, (조사자 : 삼신끼리?) 응. 조상끼리도 싸우고. 일이 커. 그래서 집을 그냥 당장에 우리 친정에서 지었어, 내집을. (조사자 : 따로?) 응, 따로. 친정이 부자여, 그때. 그라고 산판(山坂)에, 그 산판에 가갖고 제재간(製材間) 가서 네 각구로(네 각(角)으로) 이렇게 해갖고 집을 좋게 지었어. (조사자 : 어디다가요? 어머니 집을?) 그란게로 장계다가, 내집을. (조사자 : 처음에 그니까 한 집에서 살았는데 어머니하고 친정어머니가 두 분 다 애기를 가졌는데 친정어머니가 자꾸 아픈게 점을 봤더니 싸운다고 그래서 집을 또 따로 분가를 하셨고만요?) 아이 천신만신 아들인가 딸인가 하나 또 볼 챔인디(볼 참인데) 우리 어머니가 가만 두겄어, 아버지도 그렇고. 그래갖고 제재간에 가서 나무 좋은 놈 사다가 집을 참 좋게 지줬어. (조사자 : 장계에다가?) 음. 쪼께 떨어져서. (조사자 : 거기도 북실에다가요, 어머니?) 그래서 인제 집을 졌는데 벼락같이 졌지. 흙집으로 진게. 그래서 인자 마룽도(마루도) 안 놓고 이사부텀 갔지. 살면서 마룽도 놓고, 인자 그래서 집을 아래채도 인제 짓고, 살면서. 전부 아부지가 해줬어. 그라고 뭐, 장독이니 살림살이 솥단지니 쏵- 한살림 내줬어. 되배도(도배도) 하고, 그때는 되배를 피종이, (청중 : 딱지 종이.) 딱지 종이(닥지 종이) 그런 걸로 이렇게 발라서 참 그렇게 해줬어. (조사자 : 그걸 피종이라고 그래요?) (청중 : 딱지 종이를 피종이.) (청중 : 문종이여, 그게.) (조사자 : 그게 문종이에요?) (청중 : 그런 게 있어. 문종이가 그런 게 있어.) 그게 벽지 종이여, 말하자믄. (조사자 : 벽지 종이?) 옛날에는. 벽지, 돈 없는 사람은 그냥 흙집으로 살아. (조사자 : 도배도 안하고?) 그래갖고 추석 돌아오면 쏵 칠을 해야. 흙칠, 빨간 흙칠, 더러워진게. 그래갖고 부뚜막도 막 흙칠해서 깨끗이 하고. (조사자 : 추석 돌아오믄?) 음. 그라믄 설 쇠고 또 추석 되가면 그라고, [청중들에게 동의를 구하며] 이렇게 사는 사람 있

어요? 그렇게 했어요? (청중 : 옛날에는 그랬어. 다 그랬어, 옛날에는.) 그
래도 우리 친정 아버지는 그렇게 해갖고 되배 싹 하고 쏵 농꺼정 싹 해서
고리(그리) 보냈어. 애기 배갖고 고리 갔지. (조사자 : 예. 분가를 하셨고만
요. 그 뒤로 친정어머니가 안 아팠어요, 어머니?) 그라고는 안 아퍼, 진짜
여. (조사자 : 신기하다.) 신기햐. 그 질로(길로) 밥먹고 얼굴이 낫아진, 낫
어. (조사자 : 그 전에는 진지도, 밥도 못 잡샀구만요, 친정 어머니가?) 밥
도 못 먹어, 시름시름 아픈게. 그래서, 그란게 봄인가 언제 점을 한게 그
려. 인자 설 쇠고 시월에 낫는데, 음력으로. 아 그래갖고, 참 나왔는데, 얼
매 안가서 어머니가 밥도 먹고 꿈자리도 안 시끄럽고. (조사자 : 그전에
꿈자리가 시끄러웠대요?) 음, 꿈자리가 그렇게, 인제 거까지는 모른데 꿈
자리가 시끄러웠다고, 인제 거그 가서 인제 애기를 낳어.

베틀 노래

자료코드 : 07_10_FOS_20100122_KEY_KBN_0001
조사장소 : 전북 장수군 계북면 농소리 226번지 연동 마을 서순영 자택
조사일시 : 2010.1.22
조 사 자 : 권은영, 이화영
제 보 자 : 김분님, 여, 79세
구연상황 : 계북면 연동 마을 서순영의 아내가 소개하였다. 숨이 차서 자신이 없다고 사
양하다가 서순영이 먼저 강원도 아리랑을 부르자 조금 있다가 다음을 구연하
였다. 제보자가 열네다섯 살에 경상도 출신의 한 남자 어른이 큰집 사랑에서
부르는 소리를 듣고 혼자서 연습하며 배웠다고 한다.

하늘이라 선녀님네
귀와(귀양) 땅에 내려와서
이산 저산 낭기를 비어
걸고 보니 베틀이네
베틀 다리는 사형제요
이 내 몸 다리는 단 형제라

[잠깐 노래를 멈추고] 이거 쉬어감서 해야지 부지런히는 못햐.

안즐개라 앉은 양은
우리나라 상감님네
용상 우에 앉은 듯이
부테라고 둘른 양은
만첩청산을 썩 들어서서
허리 안개이 둘른 듯이

[잠깐 노래를 멈추고] 시방 사람들 이런 거 거시기하게 들을란가 몰라

    말코라고 감은 양은
    권물 죽은 멥새던가
    공단에 비단을 감았구나

[잠깐 노래를 멈추고 기침을 하고는]

    얼급칠급 치는 바디
    조명상의 참빗이요

[잠깐 노래를 멈추고] 이기 이기 베틀 거시기를 얼름얼름 잊어버려 이렇게

    쳇발이라 버툰 양은
    빛 좋다 저 무지기(무지개)
    행하수를 꽂았구나
    들랑날랑 드나드는 북은
    서울 명당 짚은 골에
    새끼를 달고나 드나든다
    잉앳대라 삼형제는
    사시사철 바쁠 적에
    대국 사신을 들어가고

[잠깐 노래를 멈추고] 그거 또 잊어버리는 거봐
(조사자 : 눌굿대는? 눌굿대는 없어요, 어머니?)
가만 있어 봐요.
(청중 : 벼걸인가 본데.)
벼, 아니 거시기 그 잉앳대 뒤에 그거 뭐여.

(청중 : 벼걸이)

        벼걸이라 지렁지는

        이내 몸이 괴로워서

        요리 되작 저리 되작

        철기신짝 우는 소리

        청천 하늘에 기러기 떴네

        [잠시 멈칫 하고는 고쳐 주며] 용두마리 우는 소리

        청천 하늘에 기러기 떴네.

        그렇게 해야는디 잘 못 했네.

        도투마리 넘어지는 소리

        오뉴월 급한 비에

        벼락 치는 소리로다

        철기신짝 노는 양은

        우리나라 상감님네

        구름 속에 왕래한 듯

        뱁댕이라 떨어지는 양은

        구시월 시광풍에

        나뭇잎 떨어지는 양이로세.

네모 반듯 장판방에

자료코드 : 07_10_FOS_20100122_KEY_KBN_0002
조사장소 : 전북 장수군 계북면 농소리 226번지 연동 마을 서순영 자택
조사일시 : 2010.1.22
조 사 자 : 권은영, 이화영
제 보 자 : 김분님, 여, 79세

구연상황 : 서순영이 노랫가락을 하나 부르고는 제보자에게 민요를 권하자 짧게 하나 하
　　　　겠다며 다음을 구연하였다.

　　　네모 반듯 장판방에

　　　비단요를 주욱 피고

　　　너도 눕고 나도 눕고

　　　너도 방실 나도 방실

　[노래를 끝내며] 짤막하니 해버려야지

모심는 소리

자료코드 : 07_10_FOS_20100122_KEY_SSY_0001

조사장소 : 전북 장수군 계북면 농소리 226번지 연동 마을 서순영 자택

조사일시 : 2010.1.22

조 사 자 : 권은영, 이화영

제 보 자 : 서순영, 남, 68세

구연상황 : 김분님이 짤막한 민요를 하나 부르고 나서 조사자가 하나 더 청하자 힘들어
　　　　서 못 한다고 사양을 하며 제보자에게 모심는 소리를 청하자 다음을 구연하
　　　　였다.

　　　오늘 해도 다 되었는지

　　　골골마다 연기가 나네

　[노래를 멈추고 설명] 인제 딴 사람이 받으면

　　　우리 님은 어데를 가고

　　　연기 낼 줄 모르시나

　[노래를 끝내며 설명] 인제 이 모심그면서 하는 기여

베짜는 소리

자료코드 : 07_10_FOS_20090307_KEY_CSY_0001
조사장소 : 전북 장수군 계북면 매계리 216번지 매계 마을회관
조사일시 : 2009.3.7
조 사 자 : 권은영, 이화영
제 보 자 : 최순련, 여, 75세
구연상황 : 3월 3일 마을회관에 방문했을 때 7일 재방문할 것을 제보자들과 약속하였다. 방문 전날 매계 마을 유기동 노인회장에게 전화를 하여 1차 방문 시 민요를 불러주었던 김남수, 안삼순 제보자와 마을 주민들이 '가수'라고 추어주던 최순련을 마을회관에 모셔 달라고 부탁하였다. 조사자들이 마을회관에 도착했을 때 제보자 최순련은 다른 세 명의 아주머니들과 도라지 껍질을 벗기고 있었다. 조사자들은 함께 도라지 껍질을 벗기며 최순련에게 민요를 불러 달라고 청했다. 1차 방문 때에 노래를 못한다고 한사코 거절했던 최순련은 2차 방문에서는 베틀가를 가볍게 연습하더니 녹음을 허락하고 다시 베틀가를 불러 주었다.

오늘날이 하 심심해서
벼틀연장이나(베틀연장이나) 창겨보까(챙겨볼까)
벼틀다리는 사형지고(사형제고)
잉앳대(잉앗대)는 삼형지라(삼형제라)
눌굿대(눌림대)는 독신이요
벼걸이라(비경이라) 하는 것은
삼형제가 분명하고
용두마리는(용두머리는) 성제로다(형제로다)
철낄신은(끌신은) 독신이요
도투마리라 하는 것은
억마 군사(억만 군사)를 거느리고
엎치락뒤치락 잘도 간다
부테라고(부티라고) 하는 것은

총각 죽은 넋이던가

큰애기 허리만 감고 돌고

물코라고(말코라고) 하는 것은

처녀 죽은 넋이던가

비단 공단만 감고 돌고

쳇발이라(최활이라) 하는 것은

상놈 죽은 넋이던가

가양의(가의) 질뱎이(길밖에) 못 간다네

북이라고 하는 것은

짚은(깊은) 산골 기러기 죽은 넋이던가

황금을 입에 물고

이 구녁(구멍) 저 구녁 드나들고

바디집이라(바디라) 하는 것은

기상의(기생의) 죽은 넋이던가

소리 명창은 잘도 한다

앞집에 가 책력 보고

자료코드 : 07_10_FOS_20090307_KEY_CSY_0002
조사장소 : 전북 장수군 계북면 매계리 216번지 매계 마을회관
조사일시 : 2009.3.7
조 사 자 : 권은영, 이화영
제 보 자 : 최순련, 여, 75세
구연상황 : 베틀가를 부르고 나자 젊은 시절 기억이 환기된 청중들이 마을에서 함께 춤
추고 노래 부르며 놀았던 에피소드들을 얘기하였다. 조사자들이 사간 음료를
마시며 최순련의 시어머니가 최순련을 선 보고 간 이야기와 자신이 21살에
혼인하여 22살에 신행을 갔다는 이야기를 하였다. 드나드는 사람들이 있어서

조사가 잠깐 중단되었고, 곧 최순련이 다음의 민요를 기억해 내고 들려주었다.

앞집이(앞집에) 가 책력 보고

뒷집이 가 구합(궁합) 보고

구합에도 못 갈 장가

지가 씌워 가는 장가

어느 누구가 말릴소냐

찹쌀로는 열에 닷말

맵쌀로는 열에 닷말

마흔닷말 술을 내어

청주병에 댓잎 꼽고

약주병에 솔잎 꼽고

청실홍실 띄워놓고

세시에나 든다더니

점심시도 아니 든네.

정제 아야 종아들아

대문밖에 나가봐라

대문밖으 썩 나서니

피랭이(패랭이) 쓴 놈이 건들건들

한 손으로 받은 부고(訃告)

두 손으로 피어 보니

새 신부(新夫) 죽었다 부고 왔네

타기 싫은 흰 덩 타고

하기 싫은 소복 하고

한 모랭이 썩 돌아간게

여수(여우) 새끼가 질 건너네

두 모랭이 썩 돌아간게
까막 깐치가 진동하네
첫대문을 열뜨리니
꽃쟁이들은 꽃을 짓고
두째대문 열고 보니
널쟁이들은 널을 짜고
○○○를 바삐 올라
밀창문을 열고 보니
분통 겉은 손질일랑
가슴 우에 서리 놓고
삼단 겉은 머릴락은
머리 우에 서리 놓고
자는 듯이 가고 없네
초상치는 삼일 만에
꽃방석을 내리핌서
아버님도 여게 앉소
어머님도 여게 앉소
손우 시숙도 여게 앉소
손우 동시도 여게 앉소
손우 동세 아기 도령 놓거들랑
요 내 앞으로 전장하소
그라기사 하지만은
무슨 재미로 살라든가
재미로사 살겄소만은
법으 따라서 살아줘요

노랑노랑 새 삼베 치매 / 모심는 소리

자료코드 : 07_10_FOS_20090307_KEY_CSY_0003
조사장소 : 전북 장수군 계북면 매계리 216번지 매계 마을회관
조사일시 : 2009.3.7
조 사 자 : 권은영, 이화영
제 보 자 : 최순련, 여, 75세
구연상황 : 앞의 노래가 끝나고 분위기가 잡힌 김에 노래를 하나 더 해 달라고 하자, 이것
은 모심을 때 부르는 노래라며 제보자는 민요의 가사 내용을 먼저 쭉 설명해
준 뒤 민요를 불러 주었다. 노래 가사 속 화자는 할머니와 사별한 할아버지로,
할머니가 죽은 뒤 할아버지의 저녁밥을 딸이 짓는데, 서 말의 밀가루로 수제
비를 떠서 건더기는 모두 사위만 주고, 자신은 국물만 주었다는 내용이다.

노랑노랑 새 삼베 치매

주름주름 사향내 나네

동해 동창 돋는 해야

서해 서산 그란잖네(가라앉았네)

우리 할멈 어데를 가고

저녁 할 줄 모르는가

저녁 동자 딸애 동자 맽겨 논게(맡겨 놓으니까)

밀가루 서 말 뜬 수지비(수제비)

사우 상에 다 오르고

멀국(국물) 썩이 주니 나네

영감이 할머니 죽고 혼자 모를 심금서 슬퍼서 인자 부르는 노래라

창부 타령

자료코드 : 07_10_FOS_20090307_KEY_CSY_0004
조사장소 : 전북 장수군 계북면 매계리 216번지 매계 마을회관

조사일시 : 2009.3.7

조 사 자 : 권은영, 이화영

제 보 자 : 최순련, 여, 75세

구연상황 : 앞의 노래가 끝난 후에 제보자에게 물레질이나 삼 삼을 때 부르는 노래가 없
느냐고 질문을 하자 다들 모른다는 반응을 보였다. 조사자가 그럼 화전놀이
갈 때 부르던 노래가 많다던데 어떻게 하는 것이냐고 질문하였다. 그러자 곧
바로 최순련이 다음 민요를 불러 주고는 이 민요는 장구 치면서 뛰고 놀 때
신명에 겨워서 부르는 노래라고 일러 주었다.

시골 사는 봄나비는

경성 장안으 꽃을 들고

꽃 꺾으러 후여 들다

왕거무(왕거미) 줄에 가 걸렸구나

죽고야 사는 것은

왕거무 처분에 매였구나

얼씨구나 좋다 정말로 좋네

요렇게 좋을 줄은 나 몰랐네

따끔따끔 오라바니

자료코드 : 07_10_FOS_20090307_KEY_CSY_0005

조사장소 : 전북 장수군 계북면 매계리 216번지 매계 마을회관

조사일시 : 2009.3.7

조 사 자 : 권은영, 이화영

제 보 자 : 최순련, 여, 75세

구연상황 : 앞의 노래가 끝난 후에 뛰고 놀 때 부르는 노래에 또 뭐가 있느냐고 질문하
자 최순련이 요상스러운 것은 많아도 잘 안 나온다고 하며 그만하자고 하였
다. 조사자가 요상스러운 것이 어떤 것이냐고 다시 질문하자 '기구한 것'이라
고 일러주었다. 조사자가 '기구한 것' 하나 불러달라고 청하자 제보자는 다음
의 민요를 불러 주며 이것이 '연애 거는 노래'라고 설명하였다.

따끔따끔 오라바니(오라버니)

댕기 한 감 떠다주소

울 오래비 떠다준 댕기

우리 어머니 호령 댕기

우리 올키(올케) 눈물 댕기

요 내 나는 사랑댕기

성 안에서 널 뜁다가(뛰다가)

성 밖에다 잃었구나

군아 군아 서당꾼아

주운 당기를(댕기를) 나를 다라

소문 없이 줏은 댕기

소문 없이 너를 주랴

오동나무 장롱 짜서

니 옷 옇고(넣고) 내 옷 옇고

진(긴) 베개를 마주 비고(베고)

그때 되면은 너를 주마

서산 밑에 서도령아

자료코드 : 07_10_FOS_20090307_KEY_CSY_0006

조사장소 : 전북 장수군 계북면 매계리 216번지 매계 마을회관

조사일시 : 2009.3.7

조 사 자 : 권은영, 이화영

제 보 자 : 최순련, 여, 75세

구연상황 : 앞의 민요가 끝난 후에 정말 그런 노래를 부르면서 처녀에게 연애를 거느냐
고 질문하자 옛날에는 총각들이 처녀 물건을 주우면 돌려주지 않고 짓궂게
굴었다고 하였다. 조사자가 그럼 나물 뜯으러 갈 때는 어떤 노래를 부르냐고

질문하자 청중들 중 한 명이 노래 가사를 띄엄띄엄 읊어주며 불러 보라고 재촉했다. 최순련은 많이 했다며 사양을 하다가 다음의 민요를 불러주었고, 이 민요 또한 화전놀이에서 뛰고 놀 때 부르는 노래라고 설명하였다.

서산 밑에 서도령아
남산 밑에 남도령아
다른 나무는 다 비어도(베어도)
오죽설댈랑은 비지마라
올 키워 내년 키워
낙숫대를(낚싯대를) 히여갖고(하여갖고)
옥단춘향을 낚을란다
낚는다믄 상사로다
못 낚는다믄 상사열녀
열녀 상사 고리를 매자
그 고리 풀리드락(풀릴 때까지) 놀아보자

청춘가

자료코드 : 07_10_FOS_20090307_KEY_CSY_0007
조사장소 : 전북 장수군 계북면 매계리 216번지 매계 마을회관
조사일시 : 2009.3.7
조 사 자 : 권은영, 이화영
제 보 자 : 최순련, 여, 75세
구연상황 : 조사자가 뛰고 놀 때 부르는 노래에는 또 어떤 것이 있느냐고 질문하자 최순
　　　　　련은 바로 짧게 민요 하나를 불러 주며, 연애 거는 노래라며 설명하였다. 청
　　　　　중 중에 한 명이 이런 노래를 해도 되느냐고 조사자에게 질문하기에 좋다고
　　　　　답하였더니 그 청중은 최순련에게 다시 노래를 재촉하였다. 이제 그만 하겠다
　　　　　던 최순련은 조사자와 청중의 청을 받아들여 다시 민요를 불러 주었다.

울 너메 담 너메

깔 비는(꼴 베는) 총각아

눈치나 있거든

떡 받아 잡수소

그 연애 거는 거여, 연애 거는 거. [청중, 조사자 웃음]

(청중 : 이런 노래 해도 되야?)

(조사자 : 좋아요, 좋아요.)

(청중 : 그럼 막 겁나(많아), 이 집이. 보따리가 하나여.)

(조사자 : 좋아요, 좋아요.)

(청중 : 해봐, 다. 보따리가 하나여.)

인자 그런 거는 고만 햐, 인자.

(청중 : 아이, 해봐. [음료수를 권하며] 자, 요거 둘러 마시고.)

안 먹어, 안 먹어.

(청중 : 그러면 해봐.)

(조사자 : 그런 것도 중요해요. 뛰고 놀 때 뭐 부르고 놀았어요? 가사가 많잖아요, 그거, 어머니.)

(청중 : 겁나, 가사가 무지하게 많아.)

(조사자 : 방금 부르신 거는 가사가 겁나잖아요? 에이, 숨기지 마시고.)

세월아 봄철아

오고 가지를 말어라

아까운 내 청춘 좋다

다 늙어 간구나

세월 가는 것은

안 원통 하는데

이십세기 나 늙는 건

원통하구나

그 놈서(놀면서) 하는 거라. 장구 치고 노면서.

설기 설기 박설긴가

자료코드 : 07_10_FOS_20090307_KEY_CSY_0008

조사장소 : 전북 장수군 계북면 매계리 216번지 매계 마을회관

조사일시 : 2009.3.7

조 사 자 : 권은영, 이화영

제 보 자 : 최순련, 여, 75세

구연상황 : 조사를 하면서 함께 껍질을 까던 도라지를 치우고 자리를 정돈한 뒤, 청중들
이 김남수에게 민요 부를 것을 권했다. 김남수가 민요를 불러준 뒤에 다시 최
순련이 다음 민요를 불러 주었다.

설기설기 박설긴가(백설긴가)

네모 반듯 장판방에

어리나 살짝 되비하고(도배하고)

임은 앉아 붓대질하고

나는 앉아서 침자리 하고(바느질 하고)

임으야 물팍(무릎) 썩 당겨 비고(베고)

임도나 쌍긋 나도 쌍긋

우리 본처가 보았으믄

일척 간장이 다 녹겄네

높이 높이 높은 나무

자료코드 : 07_10_FOS_20090307_KEY_CSY_0009
조사장소 : 전북 장수군 계북면 매계리 216번지 매계 마을회관
조사일시 : 2009.3.7
조 사 자 : 권은영, 이화영
제 보 자 : 최순련, 여, 75세
구연상황 : 비닐하우스 문을 닫으러 가야 한다는 김남수에게 조사자가 민요 하나 더 해
　　　　　주시라고 청하자 민요를 불러 주었다. 노래를 끝낸 김남수에게 조사자가 진주
　　　　　낭군 민요를 아느냐고 묻자 김남수는 알았는데 잊어버렸다고 하였다. 청중들
　　　　　도 진주낭군 노래를 들은 적이 있는데 완벽하게 기억하지는 못하였다. 진주낭
　　　　　군 가사를 짚어보는 사이 최순련이 다음 민요를 기억해냈고, 가사를 한번 쭉
　　　　　읊어주었다. 그리고 그 내용을 설명해 주었는데, 곡조를 붙여 노래로 부르려
　　　　　니까 잘 안 된다며 녹음을 하지 말라고 했다. 이 민요를 두 번 불렀는데 처음
　　　　　부른 것과 두 번째 부른 것이 약간 달라 두 가지를 모두 옮겨 적었다.

1)
높인 높인 높인 나무

시누 [녹음을 하지 말라며] 하지마. (조사자 : 안 할게요.)

　　시누 올키 군집 짓다
　　빠졌구나 빠졌구나
　　대동강 물에가 빠졌구나
　　우리 오빠 거동 보소
　　성일락은(형일랑은) 건져놓고
　　요 내 나는 안 건지네
　　삼단 겉은 이 내 머리
　　버들채로 다 갬겼네(감겼네)
　　분통 같은 이 내 얼굴
　　붕어 밥으로 다 띧기네,

붕어, 고기가 다 뜯어 먹는다 그 말여.

(조사자 : 아이고, 어찌까?)

나도 죽어 후성에(후생에) 가서
낭군부텀 셈길라요(섬길래요)

떠날라 감선(떠내려 가면서) 노래 부르는 거라

2)
높인 높인 높인 나무
시누 올케 군집 짓다
빠졌구나 빠졌구나
대동강 물에가 빠졌구나
거동 보소 거동 보소
우리 오빠 거동 보소
성일락은 건져놓고
요 내 나는 안 건지네
삼단 겉은 머릴락은
버들채로 다 갬기고
분통 겉은 요 내 얼굴
붕어 밥으로 다 띧깄네

어녕기 남대문

자료코드 : 07_10_FOS_20090307_KEY_CSY_0010
조사장소 : 전북 장수군 계북면 매계리 216번지 매계 마을회관
조사일시 : 2009.3.7

조 사 자 : 권은영, 이화영
제 보 자 : 최순련, 여, 75세
구연상황 : 김남수가 비닐하우스를 닫으러 자리를 뜨고, 오후가 저물어가자 다른 청중
들도 왔다 갔다 하여 주변이 소란스러워졌다. 조사자는 최순련에게 마지막
으로 놀이를 하면서 부르는 노래에는 어떤 것이 있느냐고 질문을 하였다. 제
보자는 놀이하는 방법을 설명해 주고 이와 함께 놀이할 때 부르는 노래를
불러 주었다.

옛날에는 마당으서 달구잽이를(닭잡기를) 하고 막 이렇게 손 붙잡고 왜
강강술래 하듯기 막 그라고 놀았거든. 그라면 그기 노래라. 양쪽에 편을
짜가지고 저짝에서는 이짝으로(저쪽에서는 이쪽으로),

어넝기 남대문
남대문이 잼겼담선(잠겼다면서)
은을 주려 돈을 주려
은도 돈도 내사 싫다
바늘귀 한 쌈 뀌어보자(꿰어보자)

둘이가 양쪽에서 손을 [앞에 마주 선 사람과 두 손을 올려 마주 잡은
모습을 시늉하며] 이렇게 붙잡고 있으면 줄줄줄줄줄줄줄줄 이리 가. 그라
면 또 이렇게 하나를 막 꽉 가돠 뻐려(가둬 버려). 그른 거 함서나 노래
불르는 거여, 그거는.

낙동강 칠백리다 / 청춘가

자료코드 : 07_10_MFS_20100122_KEY_KBN_0001

조사장소 : 전북 장수군 계북면 농소리 226번지 연동 마을 서순영 자택

조사일시 : 2010.1.22

조 사 자 : 권은영, 이화영

제 보 자 : 김분님, 여, 79세

구연상황 : 서순영이 모심는 소리를 불러주자 제보자가 노래 가사를 자세히 설명해 주었다. 청중들이 제보자에게 청춘가를 권하자 다음을 구연하였다.

낙동강 칠백리다

철골을 놓고서

마산포 기차가

왕래를 한구나

장기 타령

자료코드 : 07_10_MFS_20100122_KEY_SSY_0001

조사장소 : 전북 장수군 계북면 농소리 226번지 연동 마을 서순영 자택

조사일시 : 2010.1.22

조 사 자 : 권은영, 이화영

제 보 자 : 서순영, 남, 68세

구연상황 : 연동 마을의 양기홍에게 소개를 받아 사전에 약속을 하고 자택에 방문하였다. 고향과 나이 등을 묻고 민요를 청하자 잠깐 머뭇거리다가 다음을 구연하였다. 누구한테 특별히 배운 적 없이 알게 된 민요라고 한다. 제보자는 이 민요가 장기 두는 자리에서 불렸을 것이라고 추정하였다.

에-
상투배기 두 노인네
대강 뚱땅 뚱땅 뚱땅
장기만 둔다네
장이야 군이야
장 받아라
포가 떠면 차 떨어진다
얼씨구나 두어라 장기
애통장군이 아니시냐
엣다 멍군을 받아라

[잠깐 노래를 멈추고] 아니다
(조사자 : 그 편하게 하셔요. 그리고 짚어서 하셔요.)

문명세계 밝은 날에
긴 담뱃대 떼뜨려 물고
에헤
장기판 수 한 수에
세월이 간다.

[노래를 끝내면서] 이렇게 하는 긴데

강원도 아리랑

자료코드 : 07_10_MFS_20100122_KEY_SSY_0002
조사장소 : 전북 장수군 계북면 농소리 226번지 연동 마을 서순영 자택
조사일시 : 2010.1.22

조 사 자 : 권은영, 이화영
제 보 자 : 서순영, 남, 68세
구연상황 : 마을에 모심는 소리를 잘 하는 김분님 아주머니가 계시다고 하여 그 분을 모
      시러 간 사이 조사자들은 장계면 금덕리 침동 마을의 김세태를 만났다. 다시
      서순영의 자택으로 돌아와 서순영과 김분님을 만났는데, 김분님이 준비를 하
      는 동안 서순영이 다음을 구연하였다.

만나 보세 만나 보세 또 만나 보세

아주까리 정자로 만나 보세

총각아 총각아 유별난 총각

말 많은 내 집에 뭣 하러 왔소

울 넘어 담 넘어 자네 집에

술독이 좋아서 낫 갈러 왔네

낫 갈러 왔으면 낫이나 갈지

남의 손목 잡고서 왜 발발 떨어

노랫가락

자료코드 : 07_10_MFS_20100122_KEY_SSY_0003
조사장소 : 전북 장수군 계북면 농소리 226번지 연동 마을 서순영 자택
조사일시 : 2010.1.22
조 사 자 : 권은영, 이화영
제 보 자 : 서순영, 남, 68세
구연상황 : 김분님이 베틀노래를 하고 난 후 제보자가 청춘가나 노랫가락을 하나 더 하
      라고 권했다. 김분님이 숨이 차서 힘들다고 하여 조사자와 청중들이 제보자에
      게 민요를 청하자 다음을 구연하였다.

말은 가자 네 굽을 놓고

님은 날 잡고 낙루를 하네

님아 날 잡지 말고
지는 저 해를 잡아매고
지는 저 해는 서산을 넘고
나의 갈 길은 천리나 만리

회심곡

자료코드 : 07_10_ETC_20090314_KEY_KHS_0001
조사장소 : 전북 장수군 계북면 임평리 127-1번지 내림 마을회관
조사일시 : 2009.3.14
조 사 자 : 권은영
제 보 자 : 강효신, 남, 83세
구연상황 : 2009년 3월 3일 계북 면소재지인 어전리의 노인복지회관을 방문하여 강효신
을 처음 만난 후 재방문을 약속하였다. 3월 14일 조사자는 어전리 노인복지
회관에서 강효신을 만나 임평리 내림 마을회관으로 함께 이동하여, 마을 주민
들과 함께 강효신의 이야기를 들었다. 회심곡에 곡을 붙여 불러달라고 청하자
회심곡은 그냥 책 읽듯이 말로 하는 것이라며 다음과 같이 구연하였다.

세상천지 만물 중에

사람밖에 또 있던가

여보시오 시주(施主)님네

이내 말씀 들어 보소

이 세상으 나온 사람

뉘 덕으로 나왔으며

석가여래 공덕으로

아버님전 뼈를 빌고

어머님전 살을 빌고

칠성님전 멱을(명을) 빌고

제석님전 복을 빌어

이내 일신 모양 될 때

한두 살에 철을 몰라

부모님 은공 알을소냐

삼사삭을 다달아도

어이없고 애닯고나

부모 은공 어이 하리

연연약질 이내 몸에

갈 길이 막연하니

살아날 길 창창하다

어화 청춘 소년들아

백발 보고 웃지 말고

백발 노인 괄세 말고

오는 청춘 질겨 가며(즐겨 가며)

만인역덕 하여 가며

부모에게 효도하고

동구간에(동기간에) 우애하며

형제간에 화목하면

동네방네 귀인 되야

만중생을 우러 보게

충성하고 살아보세

함선 나가는 거여, 회심곡은, 인자. 그래 나가는 거여. (조사자 : 그게 끝이에요?) 고래(그렇게) 나가는 게 회심곡으로 나가는 기여. (조사자 : 예, 회심곡으로. 인제 나가는겨.)

한두 살에 철을 몰라, [틀렸다는 듯이 급히 고치며]

일이 삭에는 일이 실어

인자, 인자 나가는겨.

(일이 삭에는) 일이 실어

삼사 삭을 다다르니

연연약질 이내 몸은

기진맥진 할까부다

오륙 순을, 오륙순 삭 다다르니

사지 두통 제기는고

골절마동 신고로다

칠팔순을 당도하니

앞남산은 높아지고

뒷동산은 낮아진다

구십삭을 당도한들

어머님의 공구함을

누가 다시 알으리요

맹물에서 물내 나고

물내 나니 팔진인들 가미되리

십 삭을 뱃을 내서

이내 인생 탄생하니 [목을 가다듬고]

마른 자리, 산모 저, 유아 뉘고

진 자리 산모 누어

동지섣달 길고 긴 밤

행이나(행여나) 추워할까

행이나 배고플까

행이나 뜨거울까

천상에서 나려왔나

땅에서 솟았느냐

강풍이 불었으니

바람에 싸여왔냐
오뉴월 폭양시에
그늘 아래 놀다왔냐
춘삼월 호시절에
꽃송이으 놀다왔냐
한두살에 철을 몰라
부모은공 어이하리
곱게 곱게 자라나서
이 나라에 충신 되어
나라에는 충성하고
부모에게는 효도하고
동기간에 우애하고
형제간에는 화목하며
만인에게 적석하야(적선하여)
적석역덕 많이 하면
자손홍성 하여가면
부귀강령 누리가면서
인간에 적덕하야
효자 충신 열녀 될 것이다

이래 나감선, 자 인제 들으가니게 잘 들어.

실낱 같은 약한 몸이
태산 같은 병이 드니
부르느니 어머니요
찾는 것이 냉수로다

인삼녹용 어데 있고

불사약이 어데 있어

소징장이(소경장이) 구변으로

달래볼 수 영영 없고

이수변의 위용으로

막아볼 수 없고, 정녕 없고

인삼녹용 약을 쓴들

약 효력이 있을소냐

자, 약탕관을 열어놓고

불사약을 달이는들

효력인들 있을소냐

명산명천 들어가서

산제 불공 하자하고

상탕에 메를 짓고

중탕에 모욕하고(목욕하고)

하탕에 수족 씻고 [헛기침]

향로향탕 불 갖추고

촛대 한 쌍 불 밝히고

주과포를 차려놓고

분향재배 하오실 때

비나니다 비나니다

하나님전 비나이다

칠성님전 발원하고

제석님전 발원, 공양한들

감응이나 갈소냐

신사당에 사배하고

구사당에 하직하고

영결종천 나는 간다

실낱 같이 약한 몸이

태산 같은 병이 들어

이 세상을 가자 하니

원통하여 어찌 갈꼬

소리 치어 울어본들

어느 누가 대답하며

어느 누가 원통할까

가는 중생 불쌍하고

죽는 중생 원통하다

원통한들 소양 있나(소용 있나)

허리끈을 졸라매어

논밭 사서 농사 지어

어린 자석 배불리 멕여 가며

곱게 곱게 기르랐더니

연연약질 이내 몸은

할 수 없이 나는 가네 [헛기침]

맹호 겉이 용한 사자

일직사자 앞을 스고(서고)

월직사자 뒤에 서요

쇠사실을(쇠사슬을) 빗겨 차고

살대 같이 굽은 길로

화살같이 달려가서

닫은 문을 냅다 열고

우레 겉이 소리 하며

어서 가자 빨리 가자

뉘 영이라 거역하며

뉘 분부라 자만하리

살대 같이 달라들어

실낱 같이 약한 몸을

팔뚝 겉은 쇠사슬로

결박하야 끌어내니

원통하기 없고

엄중하기 한이 없다

여보시오 사자님네

이내 말씀 들어보소

신발 신고 같이 가자

먹을 것이나 먹고 같이 가자

애를 녹듯 사정한들

어느 사자 들을소냐

들은 치도(체도) 아니 하네

할 수 없이 내려, 나는 가네

자, 시왕문전 다다르니

국역사택 높은 집은

반공중에 솟아있고

자, 문 지키는 귀졸들은

살대 겉이 달라들어

인정 달라 재촉하니

혈신단신 이내 몸이

무엇으로 주고 가리

시용왕전 들어가야

복지하고 애걸하고

꿇어앉아 보니

엄숙하기 한이 없네

자, 무생, [헛기침] 어명통치 하는 말이

네 이놈들 들어봐라

무생(무슨) 짓을 많이 했냐

나라에다 충성하며

부모에다 효도하며

동기간에 우애하며

형제간에 화목하여

배 골은 사람, 배고픈 사람 밥을 주어

기식공덕 하였느냐

헐벗은 이 옷을 주어

구난공덕 하였느냐

목마른 이 물을 주어

급수공덕 하였느냐

네 죄목이 지중하니

네 죄목을 어찌 하리

죄지경중 다사릴제

남자죄인 불러들여

어명통치 하는 말이

네 이놈들 들어봐라

나라에다 충성하며

부모에다 효도하며

늙은이를 공경하며

안 듣는 디 욕을 하며

마주 앉아 웃음 웃고

군말하기 일을 삼고

착한 사람은 [헛기침] 오해 하고

네 죄목이 지중하니

네 죄목을 어찌 하리

남자 죄인 불러들여

어명통치 군령할 때

네 이놈 들어봐라

적선역덕 한다드니

무신 적덕 하였는고

자, 창어사, 착한 사람 무함하고(모함하고)

배부른 이는 밥을 주고

배고픈 이는 밥을 주잖애 벌을 줘

안 할 짓만 자꼬 하고 돌아댕기면서

약을 지러 가면, 뭐이냐면 어만 데로 알켜주니

네 죄목이 뭐이냐면, 불초하기 한이 없어

너는 화탕지옥밲이 갈 데가 없다 이거여

착한 사람 불러들여

어명통치 하는 말이 [청중 중에 한명이 문을 닫고 나가는 소리]

이리 와서 대접하여

중창에다 올리시며

중생공덕 하랴느냐

인간 되어 가랴느냐

선관도사 되어 가랴느냐

선경으로 가랴느냐

만인적덕 하랴느냐

인정 있고 후덕하야

적선역덕 잘했으니

너는 다시 인도환생 가거라, 하고 내보내는 거여, 그리고

남자 죄인 처리한 후

여자 죄인 불러들여

어명통치 하는 말이

너 이년들 들어봐라

친부모와 시부모께

지성효도 하였느냐

늙은이를 공경하며

시동생을 위로하며

본처본부 소박하며

애무하게(애매하게), 애무하게 한 일 없고

무리하게 한 일 없냐

복지하고 애기하니

화탕지옥 잡아 옇서(넣어서)

발설지옥 잡아 옇라(넣어라)

착한 부인 불러들여

위로하고 대접하며

중창에다 올리시며

네 소원이 무엇인고

소원대로 일러주마

남자 되어 가랴느냐

여자 되어 가랴느냐

장생불사 하랴느냐

선녀 되어 가랴느냐

공주 되어 가랴느냐
백마 군주 장자 되어
장생불사를 하랴느냐
부자되어 나가랴느냐
공주가 되어 나가라느냐
바른 대로 아뢰어라
이 부인은 선심하니
왕생극락 영접하라
그래가지고 인자, 제일전 진광대왕
제이전 초강대왕
제삼전 송지대왕
제사전 오관대왕
제오전 염라대왕
제육전 평성대왕
제칠전 태산대왕
제팔, 제구전 도시대왕
제십전 전륜대왕
열시왕의 부린 사자
일직사자 월직사자
우레 같이 소리하며
앞서거니 뒤에 서니, 뒤서거니
차례대로 처결하여
불의행사 많이 한 이
지옥에다 잡아 옇고
착한 일을 많이 한 사람
왕생극락 영접하고

인도환생 시켜주고

　그게 인자 회심곡은 끝이여, 인자 거기서 뒷 잔소리가 나가지, 인자. (조사자 : 잔소리?) 인자 잡소리가 나가는 거여. (조사자 : 어떤 잔소리가 나가요?) (청중 : 목마르시겠네) 아 인제 뭐, 오래 되서 잃어버렸어. 많이 잊어먹었어, 지금. 인자 거기서 인자 잡소리가 나가는 기 뭐이냔고 하니 자탄이 나가. (조사자 : 자탄요?) 암먼, 요, [청중 한 명이 수도물을 틀어 물소리가 크게 남]

　　슬프고도 슬프고나
　　백발노인이 돼 슬프고나

　(조사자 : 잠시만요, 어르신. 물소리 저기 하니까 잠깐만요.) (청중 : 목이 마르시겠어.) (조사자 : 근데 왜 차가 빵빵거리지.) (청중 : ○○○네들이 그러는 거 아녀.)

　　[제보자 물을 마시고] 백발노인이 서럽구나

　(조사자 : 그 부분 처음부터 해 주서요.)

　　슬프고도 슬프고나
　　백발노인이 슬프고나
　　어화 청춘 소년들아
　　백발노인 괄세 마라
　　오는 백발 누가 막아
　　삼달, 삼단 겉이 길던 머리
　　불한당이 쳐 갔나베
　　볼테기에 있던 살은

마구할미 꾸어가고
자, 앵두겉이 밝던 눈이
절벽강산, 반 장님이 웬말이며

[틀렸다는 듯이]

샛별같이 밝던 눈이
반 장님이 웬말이며
앵두같이 밝던 귀가
절벽강산 되었구나
밥 먹을 지 보래기는
아래턱은 코를 잡고, 차고
무슨 설움 쌓였가디
콧물조차 그리, 눈물조차 흔한가
[수정해 주며] 콧물 눈물 흔한가
떡가리 치랴는가
쳇머리는 왜 흔들어
장갱이를(정강이를) 걷고 보면
수양버들 늘어지고
등짐장사 하랴는가
작대기는, 지팡이는 왜 짚었어
묵묵무언 앉았으니
부처님이 되랴는가
한심하고 절통하다
어제 어제 곱던 얼굴
검버섯이 피었으니

인간세상 하직이다
서럽고도 서럽고나

곱고 젊을 때는 사람도 끓더니 늙으면 사람도 안 끓는겨. 그래서 하는 소리여, 그게. (조사자 : 그게 자탄하는 소리?) 그게 자탄 소리여. 회심곡 후렴여, 그게 다. 회심곡 전편을 다 할라면은 벱이(법이) 이려. 그런데 반 절도 더 잃어먹었어, 지금 내가. 잃어버렸어, 못햐.

3. 번암면

전라북도 장수군 번암면 노단리 원노단(元魯壇) 마을

조사일시 : 2009.2.17

조 사 자 : 권은영, 이화영

장수군 번암면 노단리 원노단 마을

    번암면사무소에 들렀다가 그 옆에 바로 원노단 할머니 경로당이 있기에 방문하게 되었다.

    노단리는 원노단, 하노단, 신기, 시동강, 두견으로 되어 있다. 번암면 소재지로서 파출소·우체국 등의 공공기관과 번암중학교·번암초등학교 등의 교육 기관, 농협·신협 등의 금융기관, 그리고 주유소·식당·방앗간 등 각종 상점이 늘어서 있다.

노단리는 홍성 장씨가 370여년 전 입향하여 이룬 장씨 집성촌이었으나 지금은 여러 성씨가 모여 살고 있다. 현재 120여 가구에 290여 명의 인구가 살고 있다. 번암면에서 가장 큰 마을이다.

노단리(魯壇里)의 주산은 대성산(大聖山)으로, 대성(大聖)은 대성현인 공자를 가리키는 말이며 노(魯)자는 공자가 태어나 자란 노나라를 일컫는 말이다. 노단리란 지명은 이곳이 공자가 태어난 마을과 비슷하다고 여겨 지어진 명칭이다.

노단리 1123-1번지에는 전라북도 문화재 자료 제32호인 어서각(御書閣)이 있다. 1763년에 영조가 추담 장현경에게 시 한 수를 친필로 하사하였는데, 추담은 이 어서를 가지고 낙향하여 노단리에 어서각을 세우고 이곳에 어필을 보관하였다.

노단리 1095-1번지에는 1856(조선 철종 7)에 건축된 조선 후기의 양반 가옥이 전라북도 민속문화재 제21호로 지정되어 보존되고 있다. 현재 현 장수군수인 장재영씨가 거주하고 있다.

번암면 소재지로서 상가가 발달되어 있으나 농촌 인구가 감소하고 교통이 발달함에 따라 상권이 약화되는 추세이다.

전라북도 장수군 번암면 논곡리 논곡(論谷) 마을

조사일시 : 2009.2.17, 2009.4.12
조 사 자 : 권은영

번암면사무소에서 확보한 각 마을의 노인회 회장들에게 연락을 하던 중 논곡 마을 노인회장 장갑엽과 통화를 하게 되었다. 본 조사의 취지를 설명하였더니 장갑엽이 면담을 수락하였고 조사자는 논곡 마을회관을 방문하였다. 마을회관에 모여 있던 마을 주민들로부터 대략의 이야기를 들은 뒤에 장갑엽의 안내로 권학동의 자택을 방문하여 설화와 민요를 조사하였다.

　논곡 마을은 논실이라고도 불리는데 지명 유래에 대해서는 몇 가지의 설이 있다. 풍수설로 볼 때 마을을 둘러싼 지형이 성인이 제자들을 모아놓고 강론하는 형국이어서 논실이라 부른다고도 하며, 들이 넓고 비옥하여 농사짓기 좋은 곳이라는 의미의 농실이 와전되어 논실이 되었다고도 한다. 마을이 형성된 시기는 알 수 없고 신(申)씨와 박(朴)씨가 처음 입향했다고 전해진다. 그 후 약 370여 년 전에 홍성 장(張)씨가 정착하여 집성촌을 이루었고 지금은 홍성 장씨, 진주 소씨, 함양 오씨, 안동 권씨 등 총 60여 가구에 140여 명이 살고 있다. 주민들은 논곡 마을이 귀(貴)가 많이 나는 마을임을 강조했는데, 이 말은 공직자가 많이 나는 마을이라는 뜻이다. 현재의 장수 군수인 장재영도 이곳이 고향 마을이라고 한다.

　논곡 마을은 번암 소재지에서 19번 국도를 따라 남원 쪽을 향해 가다가 하노단 마을을 지나 신원마을 주변 동산치 삼거리에서 동쪽으로 요천

장수군 번암면 논곡리 논곡 마을

을 건너면 그곳에 위치해 있다. 마을 뒤쪽으로는 송동과 등동이 솟아 있고 앞에는 대성산이 둘러 펼쳐져 있다. 그 사이로 요천이 북쪽에서 발원하여 남쪽으로 흐르고 있으며, 마을 앞에는 넓은 들이 조성되어 있다. 여느 마을들과 마찬가지로, 1970년대부터 지붕을 개량하고 마을 안길을 포장하였다. 1992년에는 마을회관이 준공되었고, 1997년에는 진입교량인 논곡교가 확장되고 마을 진입로가 아스팔트로 포장되었다.

논곡 마을은 풍수지리적으로 볼 때 와우혈(臥牛血), 즉 누워 있는 소의 형국이라 한다. 이와 관련하여 구유 모양의 소(沼)인 구시소, 소의 먹이인 꼴과 관련된 깔봉, 통샘, 되내기샘 등의 지명이 있으며, 구시소에 수량이 많으면 마을이 부유해지고 수량이 줄면 마을이 가난해진다는 말도 전해진다. 80여 년 전에는 마을 앞에 숲이 있었는데 이 숲을 베어버린 것도 와우혈의 형국과 관련이 있다. 지금은 경지정리로 없어졌지만 소의 고삐에 해당하는 길이 있었다고 한다. 풍수지리를 볼 줄 아는 어떤 이가 마을의 지세를 살펴보고는 고삐가 숲에 감겨서 소가 풀을 뜯으러 가지 못하니 소가 배가 고프다며, 지세가 이렇기 때문에 마을이 가난할 수밖에 없다고 하였다. 이 말을 들은 마을 사람들이 그 숲을 베어 버렸고, 그 뒤로 마을이 번창 했다고 한다.

마을 입구에는 370여 년 된 커다란 느티나무가 두 주 서 있는데 보호수로 지정되어 있다. 이 나무는 강산(薑山) 이서구가 전라감사로 있을 때 이 앞을 지나다가 마을의 형세를 보고는 마을 앞에 내다보이는 험한 바위를 가리면 마을에 화가 생기지 않고 더욱 길해진다고 하여 이 나무들을 심도록 했다고 한다. 또한 논곡 마을 앞을 흐르는 요천에는 두꺼비 모양의 두꺼비 바위가 있는데, 지금은 논곡교의 교각에 가려져 잘 보이지 않는다. 이 두꺼비 바위에 관련된 전설이 『장수군지』 등에 기록되어 전해지고 있다.

전라북도 장수군 번암면 논곡리 성암(星嵓) 마을

조사일시 : 2009.4.12
조 사 자 : 권은영

　　2009년 4월에 들어서면서 농촌의 일손이 바빠지게 되어 마을회관에 사람들이 모이지 않게 되었다. 그래서 연로한 주민들이 많이 모이는 마을회관을 방문하여 제보자를 찾아내던 방법을 바꾸어 장수의 구비문학 관련 참고문헌에 이미 설화나 민요를 제보한 적이 있는 제보자들에게 개별적으로 연락을 취하였다. 이렇게 하여 제보자 정순생과 연락이 닿아 제보자의 자택이 있는 성암 마을을 방문하였다.

　　성암 마을은 본래 복성리와 주암리라는 두 개의 마을이었으나 이 두 마을이 하나의 행정리로 합해지게 된 것이다. 마을 명칭은 복성리(福星里)의 성(星)자와 주암리(舟嵓里)의 암(嵓)자를 각각 가져와 성암이 되었다. 이 마을은 500여 년 전 장수 황씨가 처음으로 터를 잡았다고 전해지며,

장수군 번암면 논곡리 성암 마을

각기 다른 성씨가 모여 살아 왔다. 지금은 50여 호의 90여 명이 살고 있다고 한다. 성암 마을은 번암면에서 가장 깊은 오지로 해발 500m가 넘는 산촌이다. 동쪽에는 시루봉과 아막성이, 서쪽에는 옥녀봉과 복재가, 남쪽에는 중뫼와 배바우가 서 있고, 북쪽은 뒷재가 남원시 아영면과 경계를 이루고 있어 사방이 산으로 둘러싸여 있다. 마을 안에도 평지가 별로 없어 집들이 산비탈에 놓여 있는 모습이다. 버스조차 들어오지 못하는 오지 마을이었으나 번암-아영간 도로가 복성리의 뒤쪽으로 개설되어 마을을 출입하는 교통망이 훨씬 편리해졌다.

1968년에 복성리와 주암리 사이에 성암 분교가 설립되어 18회까지 100여 명의 졸업생을 배출하였는데 지금은 번암초등학교로 통합되었다. 성암 분교 건물은 1995년 개축하여 독거노인과 지체장애자들을 보호하는 '만나의 집'이라는 복지시설로 사용되고 있다. 성암 마을은 2003년에 문화관광부 지정 문화역사 마을 만들기 사업에 선정되었고, 같은 해 농림부로부터 녹색농촌 체험마을로 지정되기도 하였다. 성암 마을 주민들은 주로 농업에 종사하며 산나물을 채취하거나 곶감을 만들어 팔기도 한다. 이곳 산나물과 곶감은 맛이 좋기로 소문이 나서 서울 등지에서 주문이 들어온다고 한다. 근래에는 축산업이 활발해져서 장수 한우의 주생산지가 되고 있다.

성암 마을 중 복성리는 원래 복곡 마을이었는데, 북두칠성이 비추어 전란 시에도 전쟁의 피해가 미치지 않는 피란처라 하여 마을 이름이 복성리로 바뀌었다고 한다. 이 마을 사람들은 북두칠성의 보호 때문에 일제강점기나 한국전쟁 시기에도 큰 변고 없이 지낼 수 있었다고 말한다. 이 마을 명칭과 관련하여 쌀가루로 집의 벽을 발라 식량을 비축하였다가 전쟁 시에 이를 뜯어 백성들을 구한 변도탄이라는 기인에 관한 전설이 전해지고 있다. 주암리에는 배 모양처럼 생긴 바위가 있는데 주암이란 마을 이름도 이 배바위로부터 생겨난 것이다. 바위에서 뱃머리처럼 생긴 부분이 향하는 쪽은 번성하고 그 반대쪽은 쇠퇴한다고 믿어왔는데 홍수 때문에 물에 떠내려 오는 바위를 보고 한 부인이 소리치자 뱃머리 반대 부분이 마을을 향한 채로 바위가 멈추어서 그 뒤로 마을이 가난해졌다고 하는 전설이 채록된 바 있다.

▌제보자

권학동, 남, 1919년생

주 소 지 : 장수군 번암면 논곡리 논곡 마을
제보일시 : 2009.2.17, 2009.4.12
조 사 자 : 권은영

　　권학동(權鶴東)은 장수군 번암면 논곡리 논곡 마을에서 출생하여 이곳에서 성장하였다. 25살에 결혼하여 4남 1녀를 두었고, 아내는 20년 전에 작고했다고 한다. 택호는 '원주 어르신'이다.

　　한국전쟁 당시 권학동은 나이가 33세였는데 보급대로 강원도 인제에 가게 되었다. 그런데 보급대 중에서 나이에 상관없이 얼굴만 보고 젊어 보이는 사람을 군인으로 차출하는 바람에 군대 갈 나이도 지났지만 군대 생활을 했다. 그곳에 계속 있으면 목숨이 위태로울 것 같아, 꾀를 내어 군대에서 나와 석 달 만에 고향으로 돌아왔다.

　　권학동은 논곡 마을에서 주로 농사를 지으며 살았고 약 10년간은 경상남도 함양과 논곡 마을을 오고 가며 살았다고 한다. 11월에서 2월까지 겨울철에는 함양군의 지리산 자락에서 약초를 캤다. 장날이 되면 마천면 땅골 장터에 나와 재담을 하고 노래를 불러가며 약장사를 했다고 한다. 그리고 3월부터는 논곡으로 돌아와 다시 농사를 짓고는 했다.

　　권학동은 학교에 가본 적도 없고, 한문공부를 한 적도 없지만 한 번 들은 것은 잊지 않을 만큼 총명했다고 한다. 그 총명함 덕분에 군대에 있을 때에는 50명의 사람들을 관리하는 일을 맡았다. 조사자가 계북면 노인복지회관에 방문했을 때 그곳에 있던 노인들 중 여러 사람은 권학동을 보고 천재라고 평하기도 했다. 판소리 명창 강도근이 남원국악원에 있을 적에는 판소리를 배우러 다니기도 했지만, 강습비가 너무 비싸서 배우다가 말았다고 한다.

권학동은 총기가 좋고 언변이 좋아서, 만담가인 장소팔의 재담도 부족하게 느꼈다고 한다. 그의 재주를 아는 지인이 재사(才師)라는 호를 지어주기도 했다. 조사자에게 해 준 이야기들은 어디서 배운 것도 없이 얻어들은 것이라 했다.

제공 자료 목록

07_10_FOT_20090217_KEY_KHD_0001 황소를 웃겨 죽음을 면한 권삼득
07_10_FOT_20090217_KEY_KHD_0002 손자의 수명을 늘려준 율곡 선생
07_10_FOT_20090217_KEY_KHD_0003 불행이 겹친 여인
07_10_FOT_20090412_KEY_KHD_0001 양심이 바른 사람에게만 찾아 들어오는 복
07_10_MPN_20090217_KEY_KHD_0001 신이하게 해결된 일제강점기의 살인사건
07_10_ETC_20090217_KEY_KHD_0001 사람이 죽은 후 환생하는 과정
07_10_ETC_20090217_KEY_KHD_0002 약장수 재담과 태평가
07_10_ETC_20090217_KEY_KHD_0003 부부 간에 정을 부추기는 재담 소리
07_10_ETC_20090412_KEY_KHD_0001 염불로 하는 재담

소정숙, 여, 1938년생

주 소 지 : 장수군 번암면 노단리 원노단 마을
제보일시 : 2009.2.17
조 사 자 : 권은영

소정숙은 원래 남원 산동면 중절 출생인데, 혼인을 하면서 장구군 번암면 노단리에서 살게 되었다. 시아버지는 한문 공부를 많이 한 학자인데, 전설은 옛날부터 흘러나온

이야기라고 하면서 소정숙에게 들려주었다고 한다. 소정숙은 학교를 다닌 적이 없다고 한다. 현재 원노당 노인회의 여자 노인회장을 맡고 있다.

제공 자료 목록
07_10_FOT_20090217_KEY_SJS_0001 수숫대가 붉어진 이유
07_10_FOS_20090217_KEY_SJS_0001 불무불무 불무야

정순생, 남, 1945년생

주 소 지 : 장수군 번암면 논곡리 65번지 성암 마을
제보일시 : 2009.4.12
조 사 자 : 권은영

정순생(鄭淳生)은 복성리에서 태어나서 이곳에서 계속 살았다. 복성리는 주암리와 묶여 현재 행정리로는 성암 마을이라 불린다. 현재 거주지는 장수군 번암면 논곡리 65번지이다. 실제 태어난 해는 1945년인데 서류상에는 1949년생으로 되어 있다.

9남매 중 장남으로, 집안이 가난해서 초등교육조차 받지 못했다. 22세에 혼인하여 2남 1녀를 두었고, 29살 경부터 약 15년간 마을 이장을 하였다. 정순생이 이장을 할 때는 70년대 박정희 정부가 한창 새마을사업을 할 때였다고 한다.

정순생은 25·6세부터 독학으로 사주학을 공부했는데, 사주학을 공부할 때는 산에 들어가 기도를 올리기도 했다. 4·50대에는 사주보는 일을 주로 했으며, 이때가 자신의 전성기로, 일이 잘 되어 많이 바빴다고 한다. 50세 이후에는 풍수학을 공부했는데, 『명당요결』과 같은 책을 공부하기도

하고, 장수·남원 등지의 산을 돌아다니면서 경험으로 풍수지리에 관한 지식을 쌓기도 했다. 풍수학을 공부한 이유는 풍수지리가 한 집안과 개인의 화복(禍福)에 중요한 것이라고 생각했고, 또 자신의 조상을 잘 모셔서 후대의 자손들이 잘 되었으면 하는 바람이 있었기 때문이라고 한다.

현재 직업은 지관이며, 자급자족할 목적으로 농사도 짓고 산나물을 채취하거나 곶감을 만들기도 한다. 정순생은 선친이 살던 집에서 아내와 단둘이 살고 있다. 타지에서 살고 있는 자녀들은 옛집이 낡았다고 새로 짓기를 권하지만, 정순생은 "밤중에 비단옷 입고 다녀야 소용없다"고 생각하여 낡은 집에서 그대로 살기로 했다고 한다. 지금도 저녁에 1시간 정도 사주학에 대한 책을 읽고 있으며, 사주를 받아둔 사람들이 그 사주대로 살고 있는지를 확인해가면서 사주학 공부를 계속하고 있다.

제공 자료 목록
07_10_FOT_20090412_KEY_JSS_0001 변도탄과 성암 마을 유래
07_10_FOT_20090412_KEY_JSS_0002 한양을 도읍으로 삼은 이성계
07_10_FOT_20090412_KEY_JSS_0003 비둘기가 보살펴 준 도선국사
07_10_FOT_20090412_KEY_JSS_0004 친자감응
07_10_FOT_20090412_KEY_JSS_0005 명당자리를 가로챈 남사고의 딸
07_10_FOT_20090412_KEY_JSS_0006 복수를 위해 태어난 삼형제
07_10_FOT_20090412_KEY_JSS_0007 수명을 바꾼 동박삭
07_10_FOT_20090412_KEY_JSS_0008 바구니 속 물건을 알아맞힌 이율곡의 지혜
07_10_FOT_20090412_KEY_JSS_0009 밤나무 덕에 호식을 면한 이율곡
07_10_FOT_20090412_KEY_JSS_0010 어사 박문수의 말장난
07_10_FOT_20090412_KEY_JSS_0011 머슴의 분복만을 타고난 소경

황소를 웃겨 죽음을 면한 권삼득

자료코드 : 07_10_FOT_20090217_KEY_KHD_0001
조사장소 : 전북 장수군 번암면 논곡리 814번지 논곡마을 권학동 자택
조사일시 : 2009.2.17
조 사 자 : 권은영
제 보 자 : 권학동, 남, 91세
구연상황 : 앞의 이야기가 끝나자마자 바로 연이어 이야기를 시작했다. 이 이야기를 어디
서 들으셨느냐는 질문에 권씨 집안 이야기라서 알고 있다고 하였다.
줄 거 리 : 판소리 명창 권삼득이 왕의 총애를 입어, 왕과 대신들 앞에서 소리를 하게 되
었다. 권삼득이 소리를 하다가 담 너머에서 구경하던 대신들의 부인을 보고
는, 그녀들을 담장의 꽃으로 비유하는 가사를 지어 즉흥적으로 판소리를 불렀
다. 이를 들은 대신들이 권삼득의 행실을 괘씸하게 여겨 그를 죽이려 하였다.
권삼득은 보름의 말미를 주면 황소를 한번 웃겨 보고 죽고 싶다고 왕께 간청
하였고, 왕은 이를 수락하였다. 권삼득은 소변통에 담갔다가 말리기를 여러
번 반복하여 부채에 진한 지린내가 배도록 준비하였다. 그러고는 약속한 날,
왕의 앞에서 소리를 하면서 지린내 나는 부채를 황소의 코앞에 대고 살살 부
치자, 황소는 지린내를 피하느라 고개를 하늘로 쳐들고는 번뜻 웃는 모습을
보였다. 이를 본 왕은 권삼득의 재주가 죽이기에는 너무 아깝다고 하며 죽음
을 면해주고, 오히려 권삼득에게 상을 내리었다.

또 인제 이 노래라 허는 것은, 역시 노래도 전부가 사람 일생 살아나오
는 데 따른 거, 그것이 노래로 나와져. (청중 : 그러죠, 아먼. 그래요.) 노래
로 나온디, 아, 노래를 원청 잘해갖고 그 나라에서 이름난 사람은 말하자
믄 문화재라고 하지, 그걸. 문화재라고 허는디, 인자 그 노래도 그래가지
고 이름을 낸 사람이 있고. 우리 권가에도 권삼득이란 한아버지가(할아버
지가) 있었는디, 옛날에 시방 그 산소가 완주군 덕진(전북 완주군 용진면
구월리 부근 권삼득 명창 추정묘가 있음.), 그 한아버지 산소가 있는디,

세상 사램이 다, 죽은 지가 50년이 되얐거나 100년이 되얐거나 전부, 그 사람은 죽었는디 노래는 시방 나오는 거이(것이) 그거는 녹음을 해놔갖고 그 사램이 나오지, 죽은 지가 몇(몇) 십년 전 사람들이 모다 노래를 하고 있거든. 그건 녹음을 해논게 인자 그걸로 히여(해). 그런디 유감시럽게도 우리 권삼득 한아버지는 이 녹음이 없는 세상이라 죽으면 죽은 걸로 그 소리가 끝났지 그걸 뿐(본) 받아 놓덜 못했어. 그래서 그 한아버지만 녹음 에 노래가 없지. 근디 그 한아버지는 원청 나라에서 차차하게(자자하게) 권삼득 한아버지가 노래를 잘 허니게로(하니까) 나라에서 직접 어가(御街) 에 왱이(왕이) 노래를 들어 보겠다고 해가지고 요샛날 말로 같으면 장관, 그때는, 요새 장관을 그때는 대갬이라고(대감이라고) 했단 말여. 대감들이 이제 권삼득을 불러다가 노래를 왕 앞에 직접 시겨본디, 이 노래가, 권삼 득 노래가 원청 뜻이 높으니게로 그 거시기를 적어. 노래대로 싹 문필자 (文筆者)들이 적는단 말이지. 두고 볼라고, 그 노래를 읽어 볼라고. 그런 디, 한정(閑情)을 노래를 하다가 보니게로 무신 소리를 했는고이는 요샛날 말로 장관님들 마느래, 옛날로 말허먼 대감님들 마느래, 거 가서 노래를 들을 수가 없인게 궁궐밖에 담우락 너메서 고개만 들고 요리 가만-히 모 다 넘어다 본디, 아, 권삼득 한아버지가 흘끗 체다본게(쳐다본게) 사람들 이 부인네들이 노래를 들어보니게 그놈을 또 얼릉 또 노래가 나오는디,

　"꽃은 곱다만은 가지 높아 못 끊겄다.

　가지 높아 못 끊은 꽃은 그 꽃 이름 짓고 가오.

　그 꽃 이름은 아마도 담장화라 불러도라."

이랬드만, 아 고것이 죄가 되야 가지고 소위 대감님들 마느래를 한 꽃에 다 비유해 가지고, 그 담우락에 핀 꽃에 불과하다는 담장화. [웃음] 이러 니 이제 죽게 되얐단 말여. 노래만 잘했으믄 노래만 허고 갔으면 됐지, 대 감님들 부인네들을 희롱했다는 걸로 인제 사형에 몰렸어. 사형에 몰리믄 그냥 죽이는 것이 아니고 징역을 살 대로 살려 가지고 징역이 끝이 나면

인자 그때 사약을 멕여서 죽인단 말이라. 근디 권삼득 한아버지가 간청을 했어. 뭘 했는고이는,

“내가 죽을 죄로서 죽기는 죽으려니와, 큰 황소를 한 번 윗겨보고(웃겨보고) 죽겄다.”고.

(조사자 : 황소를요?) [조사자 웃음] 아, 큰 황소. 황소라믄 웃음을, 황소를 한 번 웃음을 한데, 웃는데 그런 재주를 뵈여 주고 죽는다고 그런게 대감님들이 그것을 왕한테로 상신(上申) 하닌게로 왕이 가만히 생각해 본게 노래를 그 사람이 잘했으면 잘했제,

“그 미련한 황소를 니가 어떻게 웃겨. 그 청을 들어줘라. 윗긴가 보자. 그러면 황소를 언제 윗길 거이냐?”

허인게로 권삼득께서,

“보름만 말무해(말미해) 주면 내가 들어가서 아무날 소를 윗기겄다.”고 한게로, 그럼 그렇게 약속이 되았는디, 권삼득 한아버지가 어찌한 꾀를 내는고이는 시방도 그러지만은 옛날에도 노래 허는 사람이 부채는 다 들어, 부채. 부채를 요놈, 소매통(오줌통)으다 폭 담과놓고(담귀놓고) 볕에다가 바싹 말리고, 또 다 모르먼은(마르면은) 또 소매통에다 폭 담그고, 거듭 담과놨다가 몰려놨다가(말려놨다가), 담과놨다가 몰려놨다가, 부채에 기양(그냥) 아조(아주) 지린내를 팍 올려가지고는 바싹 몰려가지고 그날 거그 들어가서, 소를 윗긴단게 큰 황소를 몰아다 매놓고, 대감들 모다 나와 있고 그런디, 아, 소를 윗긴디 권삼득이가 그 노래가 뭐인고는,

“사람도 충(蟲)이요, 짐승도 충이요. 한 가지다 충….”

벌거지(벌레) 충, 충.

“충이러니와, 살 때가 있고 죽을 때가 있는 거인디 너도 나 죽은 것을 한심허게 생각헐 것이다. 니가 나를 살릴 수도 있고, 니가 나를 죽일 수도 있다.”

험선(하면서), [웃으며] 황소 코에다 대고 부채를 살살살살살살살 부친게,

[기침] 이 황소가 그 모진 지린내를 맡으면 고개를 들고 버뜻 웃그던. [조사자 웃음] 고개를 들고 버뜻 황소가 웃으니게로 물팍을(무릎을) 탁 [무릎을 치며] 침서(치면서), 왕께서,

"참 재주도 묘헌 재주로 재주로세. 저런 재주를 가진 이를 죽여서는 안 된다." 하닌게,

"평상(평생) 먹을 녹을 내려라."

평상 먹을 돈을 줘라 그랬어. 저런 인물을 죽여서는 안 된다고. 그런디 그런 재주를 가진 양반이 이 세상에 소멸해버렸어. 아까 그대로 녹음허기 그 전 세상이라서.

손자의 수명을 늘려준 율곡 선생

자료코드 : 07_10_FOT_20090217_KEY_KHD_0002
조사장소 : 전북 장수군 번암면 논곡리 814번지 논곡마을 권학동 자택
조사일시 : 2009.2.17
조 사 자 : 권은영
제 보 자 : 권학동, 남, 91세
구연상황 : 제보자가 33살 무렵에 한국전쟁이 있었는데, 강원도 인제에 보급대로 갔었다고 한다. 그 이야기를 한참 들려주고 나서는 조사자의 고향을 물었다. 조사자가 임실이라고 대답하자 바로 다음의 이야기를 들려주었다.
줄 거 리 : 율곡 선생에게는 남편을 잃은 며느리가 한 명 있었다. 그녀는 어린 아들 하나만을 의지한 채 살고 있었는데, 이 아들을 시아버지인 율곡 선생이 홀대하였다. 이 때문에 속이 상한 며느리는 그 이유를 물었다. 율곡 선생은 그 물음에, 그 아이가 열두 살에는 죽을 것이니 아예 정을 붙이지 않기 위해서라고 답하였다. 이에 깜짝 놀란 며느리는 아들의 수명을 연장시켜 달라고 간청하였다. 고심 끝에 율곡 선생은 저승사자에게 밥을 대접하여 손자의 수명을 연장시키는 법을 알려 주었다. 며느리는 율곡 선생이 일러준 말대로 실행하였고, 아이는 스물두 살까지 생존하여 대를 이을 수 있었다. 하지만 율곡 선생의 수명 중 십년을 떼어 아이의 수명을 연장하였기 때문에 율곡 선생은 임진왜란을

방비하지 못하고 죽게 되었다고 한다.

사람이 무전여행, 돈 없이 돌아댕긴 사람 치고는 입을 요상시럽게 놀려야 묵을 꺼이(먹을 것이) 들어와. [조사자 웃음] 돈을 주고 사먹어야 된데 돈은 없은게 밤에는 뉘 사랑방에 가서 자면 그 사람들 정신을 빼 뻐리야(빼 버려야) 되거든, 무신 소리를 허든. (조사자 : 사랑방에서는 어떤 얘기 주로 하세요? 사랑방에서는 뭐 하셨어요?) 사랑방에서는? 아 그때는 되나 케나 노래하지 뭐. [조사자 웃음] (조사자 : 그 옛날 얘기 같은 건 안 해주세요?) 옛날 얘기는 많이 허고. (조사자 : 기억나는 거 하나 해 주세요.) 옛날 얘기를 하나 허자먼 [거실 옆 주방에서 함께 사는 따님이 큰 소리로 전화를 받기 시작함.] 아주 우리나라의 큰 인물 율곡 선생이 있어, 율곡선생. 근디 율곡 선생이 어디 갔다가 집이를 들어오시믄 손자가 마당에서 놀다가 떠벅떠벅 걸어와서 하나씨(할아버지) 하고 [옷자락을 붙잡는 시늉을 하며] 두루매기를 요리(요렇게) 잡으믄 아 보듬고 사랑으로 들어가믄 얼매나 좋을까마는 그 메느리가(며느리가) 가만히 보인게 확 뿌려뻐리고 (뿌리치고) 걍 사랑으로 들어간단 말이여 아 긍게 하나씨 두루매기 검치 잡았다가(겹쳐 잡았다가) 아 머시마는 마당에 나자빠져서 울고 허인게, 그 어머니가 의가 상해 죽겄어. 아 답썩 보듬고 사랑으로 들어가서 예뻐 보먼 좋은 일이겠는디 그런게, 인제 화가 나서 죽겄고, 또 아들 없는 손자란 말이지, 그 며느리가 과부라. 나는 저걸 키워갖고 살 요량을 하고 있는디 아버님은 손자를 저렇게 함부로 허인게 못 씨겄거든(못 쓰겠거든). 참다가 못해서 사랑에 나와 가지고 사랑문을 열어놓고 마루에가 퍼 앉아서 대성통곡을 허고 울었어.

대체 아버님은 어찌서 그러냐고. 아 지애비(지아비) 없는 저 자식을 나는 키워가지고 영화를 볼라고 헌디, 아버님은 손자를 갖다 그렇게 함부로 허니 씨겄냐고 허인게, 깜짝 놀랠 소리럴 허네, 율곡선생이.

"아, 한애비가(할애비가) 손자 안 예뻐본 사람이 어디가 있느냐. [권학
동 따님 전화벨 소리와 전화받는 소리] 그런디 그 뭐 열두 살 먹어서 죽
을 것을 내가 거그다가 정을 붙어 놓았다가 열두 살 먹어서 죽으믄 내 속
이 얼마나 상하겄냐. 그래서 함부로 그 정을 안 붙일라고 내가 그런 거이
다(것이다)."

아 요런게 메느리가 가만히 생각해 본게로 큰일났거든. (청중 : 그러지
요, 아먼.) 또 달라 들었어. 어째서 열두 살 먹어서 죽을 중은 암선 살릴
중은 모르냐고. 열두 살 먹어서 안 죽게 헐 중은 왜 모르냐고 졸라 제긴
게, 얼른 말 안 혀 율곡 선생이. 왜 근고이는(그러는 고는), 글(그걸) 대답
을 헐 수가 없어. 나는 죽어도 임진왜난을 막고 죽어야 되거든. 내가 늙은
영갬일망정(영감일 망정) 젊은 사람들 꾀를 다 내주어가지고 임진왜난을
막아야 되는게로, 임진왜란을 지내간 뒤에, 천운을 본게 임진왜난은 꼭
들어오게 되야갖고 있고 허는디 그때끄장 내가 살아야 임진왜난에 일본
놈들이 나와서 우리 국민을 말굽으로 안 뽧게(밟게) 되야갖고 있고 해서
그것만 믿고, 인제 손자게 그런디 눈에 띄덜 안혀. 아 그런디 명을 잇어
돌라고(이어 달라고) 허인게, 가만히 생각해 본게 큰일이 났단 말여. 저것
을 명을 잇어 줄라믄 딴 데(다른 데) 가서는 손을 못 대고 내 나일(나이를)
떼 보태야 된단 말여. 그리서 말을 못허고 있는디, 아 어떻게 며느리가 울
고 난리를 낸 바람에,

"아이고, 그렇다믄 밥 석 상 해서, 이 옆 상거름(마을의 위쪽 부분)에다
갖다 채려놓고 닭 울림 새끄장(닭 울릴 때까지) 기다리고 앉았어 봐라. 사
자 서이(셋이) 올라올 거이다, 한밤중 되믄. 올라오믄 둘은 지내가게 냅두
고 마지막 올라가는 사자보고 이 밥 자시고 가라고 복작('간절하게'라는
뜻인 것 같으나 정확히 알 수 없음.) 붙들고 사정을 해봐라."

아 게 밥 석 상을 해가지고 이고 나가서 집 앞 상거름 게다 채려놓고
닭 울림 새끄장 기다린게 과연 율곡 선생이 헌데로 사자 서이 올라와. 올

라온디 둘은 보내라고 했인게 두말없이 둘은 가게 냅두고, 셋째 사자 마지막 그이를 붙잡고 이 밥 자시고 가라고 하도 빌어 싸인게, 앞에 둘 너머 간 이가 돌아다보고는,

"아이, 어서 오라고. 왜 거가 있냐고? 거 율곡이란 놈이 시긴(시킨) 짓이라고." [조사자 웃음]

알아, 율곡이 꾀로 그래놓은 중을 알아.

"아, 어쩌겠냐고. 이 정성에 또 이러인게, 묵고(먹고) 가자고."

그런게, 그럼 그 후를 어쩔라냔게,

"아, 어디 딴 데가 손 대겄냐고, 지그(저의) 하나씨(할아버지) 나이를 좀 띠서 여기다가 좀 보태주믄 안 되겄냐고."

"그러믄 그러자고."

도로 와갖고 서이 그 밥을 먹고 간디, 그거 환하니 알고 있지, 집이서, 율곡 선생은 사랑서.

'인제 나는 임진왜란 맥기는(막기는) 틀렸고.'

크게 한탄하고 있는게 메느리 들어오는 신소리가 나. 그래,

"나 한 말이 벌 말이드냐? 소용 없드냐?"

허인게로, 차마 그 소리럴 못허고 대답 없이 들어갔는디, 거기서 나이를 십년을 뺏겨 삐렸어(뺏겨 버렸어). 십년을 뺏겨 삐린게로 열두 살이 스물두 살이 되았단 말여. 스물두 살에 손은 퍼줬어, 일찍 혼인을 해서. 그서 대를 이섰는디(이었는디) 그런 일만 없었으면 율곡 선생이 임진왜난은 못 들어오게 막았거든. 그런디 그런 대인은 손자보담도 전 국민, 우리나라 국민을 아까와가지고(아껴 가지고) 그걸 못 들어오게 하는 디만 정신이 씨였지.

불행이 겹친 여인

자료코드 : 07_10_FOT_20090217_KEY_KHD_0003
조사장소 : 전북 장수군 번암면 논곡리 814번지 논곡마을 권학동 자택
조사일시 : 2009.2.17
조 사 자 : 권은영
제 보 자 : 권학동, 남, 91세
구연상황 : 앞의 재담 소리를 듣고 나서 제보자는 생애에 대해 간단히 이야기 해주고, 다
음을 구연해 주었다.
줄 거 리 : 어느 나그네가 해가 저물어 묵을 곳을 찾다가 산골짜기 외딴집을 발견해 주
인을 찾았다. 한 여인이 있었는데, 그녀는 시아버지 상(喪) 중이며, 남편이 장
을 보러 가서 돌아오지 않았으니 나그네에게 함께 찾으러 가자고 말했다. 고
개를 넘어 간 두 사람은 이미 죽어 호랑이에게 먹히고 있는 그녀의 남편을
발견하였고 그 시신을 찾아 돌아왔다. 다음날 그 여인의 시아버지와 남편의
장사를 치러준 나그네가 다시 길을 떠나려고 하자 여인은 자신의 집에서 함
께 살자며 나그네를 붙잡았다. 나그네는 그녀의 청을 뿌리치고 길을 떠나는
데, 얼마 지나지 않아 그 여인은 집에 불이 나서 그만 타죽고 말았다.

사람이 없이 살믄 근본 먹을 걸 찾아서 돌아댕기기를 많이 헌디, 옛날
에 한 사람은 돌아댕기다가 잠자리를 못 구해가지고 어느 산 속에서 내려
온 게 산골짜기에 집이 한 채 있는디, 불이 빤하이(반하게) 씨었어. 게 들
어가서 하룻밤 날 새드락 지달라가지고(기다려가지고) 가겄다고 허인게,
그 여자가 나와가지고 우리 시아바이가 돌아가싰는디 배깥 양반은 출상
(出喪)의 뭐 반찬마라도 사러 가더이 그저 안 온다고 둘이 나가보자고. 아
고거를(거기를) 들어가가지고 그 여자가 자기 시아바이는 방에 죽어있고
자기 남편은 장보러가서 안 왔고 출상 헐란게. 따라가자고 헌데 안 따라
갈 수가 있는가. 아 산에 한쪽 고개를 넘어서 거그 가인게로 그 상주(喪
主)가 장에 가서 뭐 쪼께 사갖고 오다가 호랭이를 만나가지고 싸우다 싸
우다 호랭이한테 져가지고 호랭이가 뜯어 먹고 있어. 근디 여자가 눈에다
가 불을 씨고(키고) 막 호랭이에다 횃불을 들이대고 헌게 호랭이가 쪼치

(좋이) 물러 앉았는디, 아 여자가 이런단 말이지.

"이 신체를(시체를) 업을라요, 뒤에서 호랭이를 쫓을라요?" [제보자, 조사자 웃음]

아 가만히 생각해본게 뒤에서 호랭이는 못 쫓겄단 말이지, 차라리 신체를 업고 가야지.

"아 신체는 내가 업으마허고."

그래가지고 신체를 업고 뒤에서 여자는 막 횃불을 휘이 젖음서 호랭이를 못 따라오게. 아 그래가지고는 와가지고 여자가.

"이왕 왔은게 초상을 쳐주고 가시오."

그럭저럭 인제 날이 새가지고, 그런 놈의 초상 뭐 얼매나 거시건가? 본래 그 호랭이 잡혀 묵은(먹은) 그 남자의 지게가 있인게로 져다가 묻고 져다가 묻고. 꽹이(괭이) 들고와서 둘이 파묻어 버리고 내려와서 인제 밤에 잠도 못자고 그 이튿날 초상꺼장 둘을 쳐주고 인제 간다고 나신게, 여자가 사정을 혀.

"내 신세를 좀 보라고. 요 모냥이 되았다고. 요 모냥이 되았으니 이 꼴짜기엔 나 먹을 것은 밭이고 논이고 있는 것이 그놈만 가꾸면 나는 먹고 산게 당신 헹펜이(형편이) 어쩐가 몰라도 나하고 여기서 같이 살자고." 그런게 그 소리고 저리고 끝까이(끝까지) 듣기도 안허고,

"아이, 당신 일끄장(일까지) 내가 어떻게 헐 수가 있냐고. 나는 간다고."

달음박질 쫓아오다가 요래 내려와서 뭔 소리가 나걸래 요리 돌아본게 아 여자가 짚단망을 너메(너머에) 올라앉아서 잘 가라고 헌디, 집이 불이 확 돌아 뿌렸는디,

'아이 저래서는 안된디.'

해가지고 보인, 이제 가도 안 허고 가만히 보인게 언제 말릴 수가 없어. 거끄장(거기까지) 가기 전에 집이 주저앉게 되았어. 죽게 생겼지. 팍 짜부라지고 여자가 거기서 타 죽어 뿌렸어. 그런 수도 있어. 인자 그런데 그

남자가 말만 들어 줬으면 죽던 안 헐 여잔디.

양심이 바른 사람에게만 찾아 들어오는 복

자료코드 : 07_10_FOT_20090412_KEY_KHD_0001
조사장소 : 전북 장수군 번암면 논곡리 814번지 논곡마을 권학동 자택
조사일시 : 2009.4.12
조 사 자 : 권은영
제 보 자 : 권학동, 남, 91세
구연상황 : 앞의 재담 소리 후 제보자는 생애에 대해 간단히 이야기 하고는 다음을 구연
해 주었다.
줄 거 리 : 복은 임자가 없는 것으로 양심이 바른 사람에게 찾아 들어오는데, 그 사람의
양심을 시험하기 위해 잠깐 사람으로 나타난다. 걸승으로 변한 복이 한 집을
찾아가 곡성이 낭자한 연유를 묻자 가난에서 근심이 나온 것이라는 주인의
답변을 들었다. 걸승은 주인에게 좋은 집터를 알려주고는 사라져 버렸고, 그
주인은 그곳에 집을 지어 살기 시작한 후 점차 부자가 되었다. 이렇게 복을
받기 위해서는 무엇보다도 올바른 양심을 가져야 한다.

내가 복을 받을라고 헌 것이 아이라 자연적으로 그 복(福)이 나한테로
따라 들어오게 되는 거인디, 내 맴이 옳고 내 근본이 옳은 짓만 꼭 허게
되면 옹색헌 다이(데에) 가 살고 있을망정 그 븍이 어찌 따라 들어오냐 허
면, 이 븍이라 허는 것은 임자가 없어. 공중에 떠 댕긴 거이 븍이라. 공중
에 떠 댕기는 거이 븍인디, 그 후헌 둘또 없이 하나뿍이 안되는 그 양심
가의 문제를 그 븍이 찾아 들어 온단 말여. 챛아 들어온 디 그 복이 거
그거서는(거기서는) 양심을 한번 더 보기 위해서 잠꽌 사람으로 뵈어 주
어. 찾아 와가지고. 뵈어 줌선,

"아 소승은 걸승으로 댁 문전을 당도허니 곡성이 낭자해여 무슨 연고
가 계십니까?"

"아 먹을 것이 없고 자식들은 많고, 먹을 거이 없고 헌 게 자연 근심이

나오는 거이라고.”

그런 게 그 분이 말해기를

“뵉이라 허는 것은 임자가 없는 거이니 소승의 뒤를 따라 오먼은 집터 하나를 잡아 줄 터이니 그리 알고 부자로 지내. 날 따라 오시오.”

그래서 인제 그 소승을 따라 가는디, 이 모롱이를 돌아가고 저 모롱이를 넘어가서 한 곳을 당도터니

“이 명당을 아시오? 이 명당은 조선 천지 제일가는 명당이니 이 명당에다 집을 짓고 대강 살게 되먼은 차차 부자가 되고, 오색급제 진사가 될 터이니 그리 알고 잘 지내시오.”

그러고 깜짝 없어져뿌려. 영 없어져 버려. 그래서 그때야 도승인 줄 짐작허고 무수히 공중을 사례해서 인사를 절을 너덧 번 허고 그래가지고 그 자리다가 터를 잡아서 있든 집을 뜯어다가 대강 짓고 살아도 자꾸 살림살이가 불어 나가. 그래서 일왈(一曰) 조건이 내 양심이 좋아야 되야. 불량한 사람은 자꾸 액이 따라 들어와. 그런게 맑은 물이 내려가는 데는 그 물도 깨끗허고, 우에서 뭐 거시기갖고 구정헌 것이 떠내려 오먼 그 물조차 기양 탁허단 말여. 그서 사람은 언제든지 맴이 후해야 돼. (조사자 : 네. 맘이 후해야 돼요.)

수숫대가 붉어진 이유

자료코드 : 07_10_FOT_20090217_KEY_SJS_0001
조사장소 : 전북 장수군 번암면 노단리 1191-3번지 원노단 마을회관
조사일시 : 2009.2.17
조 사 자 : 권은영
제 보 자 : 소정숙, 여, 72세
구연상황 : 번암면 자치센터에 들렀다가 그 옆에 바로 원노단 할머니 경로당이 있기에
　　　　　방문하였다. 조사자가 취지를 설명하자 여자 노인회장인 소정숙이 다음의 이

야기를 들려주었다.

줄 거 리 : 산골짝에서 오누이와 함께 사는 어머니가 품을 팔고 품삯으로 호박떡을 갖고 집으로 돌아오고 있었다. 오는 길에 호랑이를 만났는데, 호랑이가 처음에는 떡만 빼앗아 먹더니 나중에는 어머니까지 잡아먹고 말았다. 오누이까지 잡아 먹을 작정으로 오누이의 집을 찾아온 호랑이는 아이들에게 문을 열라며 어머니 흉내를 냈지만, 오누이는 밖에 있는 것이 호랑이인 줄 알고 우물 옆 나무 위로 올라갔다. 호랑이가 오누이를 잡으려고 안달하는 순간 오누이는 하늘에 살려달라고 기도를 하여 하늘에서 동아줄이 내려왔다. 그 동아줄을 잡고 오누 이가 하늘로 올라가는 것을 보고 호랑이도 그 모습을 흉내 내여 하늘에 기도 를 했다. 하늘에서 줄이 또 하나 내려왔는데, 그것은 헌 동아줄이었다. 헌 동 아줄을 타고 하늘로 올라가던 중 줄이 끊어져 호랑이는 수수밭에 떨어져 죽 었고, 호랑이의 핏자국 때문에 그 뒤부터 수숫대가 붉어졌다고 한다.

옛날에, 옛날에 아주 산골에서 아주 가난하게 산 사람이 있었대요. 가 난하게 산 사람이 있었는데, 그 산골짝으서 동네를 갈라믄 고개를 하나 넘어야 간다는 거여. 그래가꼬 인자 그 시한에 동지섣달에 누가 인자 베 를 매러 오라 히가지고 그 할매가 베를 잘 맨디 잘 헌게 헌디, 그 집이 가서 베를 매고 온디 인자 애기들이 남매가 있어. 그 사람들이 산골짜기 서 산 할매 애기들이 남매가 있었는데, 남매가 만날 즈그 어매가 넘의 일 허러 댕기고 늦게 댕기고 그런 게 마중을 나왔는디, 생전 안 오드리야. 근 디 그 할머니는 베를 매고 인자 그 집이서 호박떡을 해갖고 줘서 그 놈을 애기들 줄라고 이고 오는데, 인자 그 재를 인자 비는 부실부실 오고 재를 넘을라고 재를 넘은게 큰 호랭이가 하나 나타나드라네. 그래가꼬 막 할매 가 무서서 벌벌 떰선 막,

"나 잡아먹지 말라."

그런 게로 호랭이가 뭐라 그러고 논게 거짓말인가 참말인가는 모르는데,

"호박떡 하나 주면 안 잡아먹는다."

고 옛날에 말이 있어. 그런게 그 할매가 호박떡을 그 새끼들 줄란 놈을 떤지 주면은(던져 주면은) 재가 솔찬히 멀었든가 호박떡 그 놈을 다 줘도

호랭이가 안 가고 있고, 앞에 와서 막 앉아서 막 응등거리고 그런게,

"나를 어쩔라고 그러냐?"

고 그 호랭이 보고 그런게

이렇게 잡아 먹는다고 발로 그러드래야. 그리서 인자 놀래갖고

"나를 잡아먹을라면 우리 애기들이 산꼴짜기 둘이 있인게, 응, 우리 애기들은 손대지 말라."

고 그런게로 호랭이가 고개를 끈떡거리드래. 그래갖고 그 할매가 인자 그 호랭이가 잡아묵었어. 잡아묵어가꼬 인자 그 애기들 집을 알아갖고 갔어 인자 그기를 호랭이가. 할매 옷을 입고, 할매 옷 저 바지 치매 저고리를 다 입고 애기들이 지다르다가(기다리다가) 즈그 어매가 안 온게 지쳐갖고 호롱불 하나 써놓고(켜놓고) 있었는디,

"아가야 아가야 문 열어라. 엄마 왔다."

그런게, 그 가이나가, 딸이 엄마소리 아니다고 그른게 동지섣달 설한풍에 베를 매서 목이 쉬아서 그런다고 그랬디야. 그리고 문을 열라 그런게 머이마가 있다가 그르믄 문 틈으로 엄마 손을 한번 보자고 그런게, 인자 호랭이가 인자 발 디밀고 이러고 막 있은 게 무서 갖고 뒷문으로 나가갖고 그 뒷문 옆에가 시앰이(우물이) 있고 그러는데, 시암 있는 그 나무 우로(위로) 올라가버렸어, 그 두 남매가. 나무로 올라갔는디 호랭이가 인자 문을 띠갖고(떼어 갖고) 본게 애기들이 없고, 그 달밤에 시암, 시암에가 애기들 그림자가 두 개가 있은 게 호랭이가 발로 이렇게 건디림선(건드리면서),

"조리로 건질그나, 함박으로 건질그나."

그리쌌드래. 호랭이가 밑에서 막. 그리갖고 인자 애기들이 그랬대.

"하나님, 하나님 우리를 살릴라면, 새 동아줄을 내라주고 죽을라면은, 죽일라면 헌 동애줄을 내라주라."

고 인제 두 남매가 인자 그 호랭이는 밑에서 자꾸 발로 긁어쌌디, 즈그

어매 옷을 입고 긁어싸는데, 인자 그렇게 기도를 했어, 애기들 둘이. 그래 갖고 인자 기도를 헐 때 말하자면 줄이 하나 내려왔어. 인자 함박같이 해 갖고 줄이 내려왔대요. 내려왔는디 그 놈을 타고 인자 올라가서 인자 하늘나라로 갔는디, 호랭이가 쳐다본 게 애기들이 없고, 아무것도 없은게 즈 호랭이도 그렸대 역시.

"나를 살릴라먼 새 동애줄을 내라주고, 죽일라먼 헌 동애줄을 너매 주라."

고 그란게로 동애줄을 내라줬는디 중간만치 갔다 호랭이가 떨어져 죽어 버렸다는 거여. 그리갖고 인자 그 수싯대기(수숫대) 있는 데가 죽어가꼬 그 수싯대기 피가 호랭이 피다는 거여. 옛날에. 그런 전설이 있어 전설이. 그 전설이 얘기여. (조사자 : 아 그 전설 얘기예요?) 응. 이거는 전설이 얘 기여.

변도탄과 성암 마을 유래

자료코드 : 07_10_FOT_20090412_KEY_JSS_0001

조사장소 : 전북 장수군 번암면 논곡리 65번지 성암 마을 정순생 자택

조사일시 : 2009.4.12

조 사 자 : 권은영

제 보 자 : 정순생, 남, 65세

구연상황 : 장수문화원에서 발행한 『장수의 마을과 지명 유래 (상)』을 검토하던 중 성암 마을에 전래되는 전설이 있음을 확인하고 제보자 정순생에게 전화를 하였다. 제보자가 면담 요청을 흔쾌히 수락하여 자택으로 방문하였다. 인사를 한 뒤 전설을 이야기해 달라고 요청하자 다음과 같이 구연하였다.

줄 거 리 : 동학난이 있을 즈음에 변도탄이란 인물이 복곡 마을에 들어왔는데, 쌀가루로 벽을 발라 집을 지었다. 동학난이 일어나서 피난을 하는 동안 먹을 것이 없어지자 쌀가루 벽을 뜯어 먹으며 연명할 수 있었다. 변도탄이 복곡 마을에 머무르는 동안 북두칠성이 마을을 비추었다고 하여 마을 이름이 복성리로 바뀌었

고, 이 마을 출신 사람들은 북두칠성의 도움으로 재앙 없이 평탄하게 살았다
고 한다. 복성리와 아랫마을 주암리 사이에 분교가 생기면서 두 마을을 합해
성암 마을이라 부르기 시작했다.

　아까 그 우리도 인자 그 변도탄이라는 그 성인은 인자 전해들은 이야
기지 보던 못했잖아요, 전해들은 이야기라. 근데 아까 그 그 얘기 듣고 싶
다고 그 얘기 했잖아요. 그래 인자 내가, 우리가 듣기로는 그분이 그 옛날
에 그 우리 그 농민 그 동학난이 농민 데모썼죠. 동학난 때에 변도탄이라
는 성인이 우리, 이 우리 마을에 와서 피난을 했다고 그려, 피난을. 피난
을 허는데 인자 그때에, 그때 당시에 피난을 허면서 옛날에는 전부다 이
런 뭐 흙집이지 흙집. 근데 흙. 그래서 인자 그 벽을 쌀가루로 벽을, 벽으
로 해가지고 쌀가루로 벽을 발라가지고 인자 그때에 인자 그 벽을 발라가
지고 피난헌 동안에 벽을, 쌀가루가 벽이니까 벽을 뜯어가지고 연명을 했
다고 그려. 연명을 허면서 그 때에 인자 그 변도탄이라는 성인이 우리 마
을을 피난할 때에 북극성이라는 별이 우리 마을을 비쳤다고, 비쳤다는 것
이여. 그런게 변도탄이라는 성인이 우리 마을을 피난허기 이전에는 복곡
마을이었었는데, 복곡. (조사자 : 복곡이요?) 어, 복곡, 복 복(福)자 골착 곡
(谷)자, 복곡 마을이었었는디 그 성인이 피란헐 때에 북두 그 칠성 별이
그 우리 마을을 비춰줬대. 그래서 그 후로 말하자면 별 성(星)자로 넣어가
지고 복, 그래서 복성리라고 이름이 돼 있어요, 복성리. (조사자 : 그래서
복성리요, 별 성자 써가지고.) 어, 복성리. 그래서 인자 그 이후에 우리 마
을 이 사람들이 그 일정 시대나 육이오를 거치면서 큰 변고가 없다고 그
려. 인자 이 마을 출신들이 나가서 큰 사고도 없고, 이를테면은. 그때 인
자 그 별빛의 영향으로 인해서 사고도 없고 비교적 평탄하게 살아나왔다
고 그려. 그래서 인자 그래 가지고 인자 거 복성리로 쭉 불려오다가, 불려
오다가 육십오 년도에 우리 이 이 밑에가 또 마을이 하나 있어요. 주암(舟
巖)이라고. (조사자 : 주암요? 주암.) 주암, 배바우라고 그러지. 그런디, 근

디 인자 거기에 그 마을 허고 여 우리는 복성리 마을 허고 중간에 인자 분교가 들어섰어요, 분교. 분교가 들어스면서 육십오 년도에 주암이란 암자하고 우리 인자 복성리란 성자하고 따가지고 성암 마을로 개명을 헌 것이라. (조사자 : 아, 그믄 이 마을 전체를 이렇게, 아랫마을하고 윗마을 묶어가지고?) 그렇지, 성암 마을. 그래 원래는 복성린디. 우리 마을 만으로 복성린디 분교가 들어서면서 주암자 따고 성암, 복성 성자 따고 해가지고 성암 마을로 이름이 붙여진 것이라. 그래 그 후로 인자 지금 현재 성암 마을로 쓰고 있죠. (조사자 : 아 그렇네요.)

한양을 도읍으로 삼은 이성계

자료코드 : 07_10_FOT_20090412_KEY_JSS_0002
조사장소 : 전북 장수군 번암면 논곡리 65번지 성암 마을 정순생 자택
조사일시 : 2009.4.12
조 사 자 : 권은영
제 보 자 : 정순생, 남, 65세
구연상황 : 앞의 이야기 뒤에 제보자의 생애에 대한 이야기를 듣고, 사주학의 원리에 대해 간단히 설명을 들었다. 그런 후에 풍수지리와 관련된 인물에 대해 질문하자 다음과 같은 이야기를 구연하였다.
줄 거 리 : 이성계가 무학도사를 시켜 도읍지를 물색하던 중 계룡산에 오게 되었다. 그곳에서 국수 파는 젊은 부인을 만났는데, 계룡산은 정씨 터이고 배나무 밭에서 십리 떨어져 있는 곳에 이씨 터가 있으니 그곳에 도읍을 정하라고 일러 주고는 사라졌다. 그래서 이씨 터를 찾아 궁궐을 짓는데, 기둥이 자꾸 무너지는 것이었다. 하루는 무학대사가 길을 가는데 논을 갈던 노인이 무학이보다 못한 놈이라며 황소를 꾸짖기에 그 연유를 물었다. 노인이 말하기를, 궁궐을 짓는 터가 봉황의 형국이기 때문에 날개 부분을 먼저 누른 후 건물을 지어야 기둥이 무너지지 않는다고 하였다. 한편으로는, 한양에 궁궐을 짓는데 호랑이가 나타나 지어놓은 건물을 자꾸 무너뜨리자 이성계가 몸소 나서 호랑이를 쫓아 버렸다는 이야기도 있다.

근데 원래 이성계 이성계 그 양반이 그 원래는 함홍, 개성 이북 출신이
잖아. 원래는 자기 할아버지, 이자춘씨라고 이성계 아버지는 전주 사람이
고, 전주 이씨. 그러고 인자 이성계 그 양반은 함홍 출신이란 말여, 함홍.
평안도 함홍인가? (조사자 : 함경도인가요? 잘 모르겠네요.) 함경도 함홍이
지? 응. 그래서 인자 거 함홍, 개성에 이미 거 도읍지로서는 운기가 지난
거이라. 거 왜냐먼 거 지운이, 기운이 말하자면 서서히 쇠퇴하는 기간이
라 . 그래서 다시 그때 인자 도선국사를 시켜서 도선. 그때 그 이태조 그
양반이 있을 때가 도, 아 무학도사지, 무학도사. 무학도사를 시켜가지고
이를테면 인자 거 충청도 계룡산에다가 한양터를 정하게 풍수 일행을 그
충청도 계룡산으로 내려 보냈어. 무학도사가, 참 저저 이성계 그 양반이.
그래서 그래서 인자 거 저 무학도사 그 일행이 충청도 계룡산을 들어가서
보니깐 완전히 거 우리나라의 지금 현재 수도터로 아주 길지, 대길지(大吉
地)라. 천하명당 대길이라. 그래서 인자 그때 당시에 인자 거 한양 서울터
를 터전을 잡기 위해서 공사를 허는 중인데, 허는 중인데 허는 중 그 무
렵에 이성계 그 양반이 그 양반이 인자 거 저 충청도 아까 거 계룡산 한
양터 닦은 데를 견학하기 위해서 내려오신 거이라. 현지를 보기 위해서.
현지를 보기 위해서 내려 와서, 내려오다 보니까 해가 약간 저물어져. 그
러다 보니깐 출출할 거 아니요. 그런데 보니깐 딱 이런 거 젊은 부인이
국수를 팔고 있더란, 국수. 국수한 그릇을 먹고 나니까 그 부인이 뭐라고
한고 하이는, 아이 인자 거 거 이 양반이 이성계 그 양반인지를 모르지,
얘기를 안 하니까. 그래 인자 어디 가시는 손님이냐고 그러니깐 인자 거
한양터를, 명당터를 잡기 위해서 계룡산 거 인자 현재 그 말하자면 그 현
지답사를 왔다고 그러니깐 그 부인이 뭐라고 하는고이는

"여그는 이씨 터가 아니고, 이씨 터가 아니고 여기는 정씨 터요."

그러더래, 정씨. 거 (조사자 : 국수 파는?) 아줌마가. 부인이. 게 인자 거
정씨라는 것만, 정씨라는 이유는 뭐이냐면은 그 계룡산이란 건 닭, 닭 계

자를 써서 계룡산이잖아요. 닭 계자를 써서 계룡산. 그러면은 이 우리가 나라 정(鄭)자를 나라 정자를 쓰면 밑에 달구 유(酉)자가 들어가, 그죠? [방바닥에 나라 정자를 손으로 쓰면서] 이렇게 이렇게 해가지고 이렇게 이러 달구 유자가 들어가죠? 근게 인자 이얘기는 뭐이냐면은 계룡산에는 정씨, 정씨터라는 이얘기는 뭐이냐면은 그 나라 정자 밑에 달구 유자가 들어가기 때문에 아까 계룡산은 닭 계자, 그래서 계룡산이잖아요, 이? 그래서 여기는 이씨터가 아니라고 이씨는 오얏 리자 오얏 리자 이씨지. 그런게

"여기는 이씨터가 아니고 정씨터기 때문에 정씨가 터를 잡아야지 이씨터는 아니요"

그러드래요. 그래서 이성계 그 양반이

"그러면 이씨터는 어디가 기요?"

그런게 거그는 현재 수도 서울, 거기 가가지고 거기 한양이지. 거기를 가가지고 가가지고 일단은 가가지고 가다가 보면은, 가다가 보면은 하양 국기가 하양 국기가, 국기가 이렇게 나부낄 것이라고 나부껴. (조사자 : 그러니까 깃발이요?) 어, 깃발이. 나불 것인데 그것이 서쪽으로 아까 그거이, 깃발이. 바람이 동쪽에서 서쪽으로 불 것이니깐 깃발이 서쪽 나부낀 대로 조금 가라. 가다가 보면은 배나무 밭이 있다, 배. 배 있잖, 배나무 밭이. 거기가 바로 이씨터라고. 그러는 거요. 그래서 인자

"그래요."

해놓고 이렇게 딱 돌아보니깐 그 부인이 간 곳이 없더라는 거이라, 간 곳이. 그래서 그 부인이 이를테면 산신령이라. 어, 산신령, 신. 말하자면 산신이 와서 그렇게 귀띔을 알려준 것이라. 그래서 그 일행이 아 이성계 그 양반이

'아 여기는 이씨터가 아니구나.'

허고는 계룡산은 거그서 다 철수를 했다. 철수를 허고 인자 그 아닌게 아

니라 그 얘기대로 한양을 가서 허니까 그렇게 아까 깃발이 서쪽으로 나부끼더라는 거여, 나부껴. 그래서 거기에서 약간 가니까 아닌가 배나무 밭이 있더랴, 배나무. 아 그래서

'과연 여가 이씨터구나.'

그래서 인자 거기서 인자 조금 해가 저물어서 머무리끼리니깐, 머뭇거리니깐 그 어떤 노인이, 그 얘기 들어봤죠? 논을 갈다가 무학도사 뭐,

"이놈의 소야. 무학도사, 무학도사만도 못한 놈의 소"

라고 헌다고. 그 얘기 들어봤어요? (조사자 : 아니, 잘 못 들어봤어요. 자세히는 못 들어봤어요.) 그래서 인자 그 저 거기서 거 인자 배나무밭 거기서 십리를 가면은 지금 현재 인자 왕십리라고. 거 옛날에 거, 왕십리가 한양 옛날 조선시대에 거가 말허자믄, 거가 정 혈지, 그 지금 말하자면 청와대라고 헐까. 그런 왕씨 터대(왕조의 터를 말하는 것 같음.). 자리잡은 데가. (조사자 : 왕십리가요?) 어, 왕십리. 그래서 내나 그래서, 그래서 십리를 가서 거그서 터를 잡아야 헌다 혀서 그 배나무밭에서 십리 가가지고 한양터를 잡아라 해서 인자 그것이 거 왕십리란 이름이 붙여져서 지금까지 왕십리라고 부른디야. (조사자 : 그믄 그 배나무밭에서 십리를 가가지고 터를 잡았구만요.) 어. 그래서 서울에 이씨들이, 이것이 이씨 오백년이 요 나왔잖아요. (조사자 : 그믄 아까 그 저기 소더러 무학이만도 못한 놈이라는 그 이야기는 뭐예요?) 그거는 인자 내나 그것이 인자 거 거 궁궐을 짓는데 인자 거 서울, 그런게 인자 한양터를 여그 계룡산은 버리고 서울은 지금 현재 한양터에다 궁궐을 짓는데, 짓는데 자꾸 무너지더라는 거여. (조사자 : 궁궐이요?) 궁궐이, 주춧돌 세우고 기둥을 세우면 무너지고 무너지고, 그래서 인자 그래 그래 무너지고 그런 중에 그 무학도사가 어디를 걸어가는데, 걸어가는데 어떤 노인이 황소를 가지고 논을 갈더래, 논을. 논을, 논을 감선, 논을 갈면서 인자 그 무학도사가 걸어가는데 황소를 보고

"야이, 멍청한 황소. 저 그 저 응 무학도사만도 못한 황소야, 이놈아 왜

이리 가냐?"

고 그러더라는, 그래서 무학도사가 그 소릴 듣고, 아 이 인자 거 저 영감님 보고, 논 가는 영감님 보고

"그 말이 무슨 뜻이요?"

하고 물으니깐 물으니까 인자 그 저저 논가는 노인이 서울은 그 하 말하, 궁궐을 짓는 그 위치의 자리가 학의 터라서, (조사자 : 학?) 봉황, 봉황. (조사자 : 봉황이요?)의 터라서, 인자 그 이야기가 여러 가지더라고. 봉황의 터라서 날개를 먼저 눌려야 날개를 먼저 눌려야 이 일어나들 못하는데, 날개를 안 눌리고 어깨 쪽을, 다리 쪽을 눌린게 날개를 텀선 넘어갈 것 아니냐. (조사자 : 궁궐이 무너지고 무너지고 하는 거예요?) 응 무너지고. 아 그런 얘기가 있고, 또 또 뭐이냐면은 그 궁궐을 짓기만, 막 아까 이얘기 대로 자꾸 무너져서, 게 우리나라는 그려서 그 우리나라 지도를 보면은 범의 상으로 해서, 호랑이. 호랑이 상으로 이렇게 딱 돼 있죠, 지도가. 그래서 우리나라 호가 그래서 인자 그 저 산신이 내나 호, 그래서 그 호랑이가 산신이라, 산신. 그래서 그 인자 우리 그 그 궁궐터가 아까 그 이야기를, 인자 자꾸 넘어가고 넘어가고 그래서, 그 인자 이성계 그 양반이 이 활을 잘 쐈다고 그러죠, 활을. 한참 활 쏠 때는 빨랫줄에 참새 일곱 마리도 그냥 한, 한방으로 이렇게 다 날려버렸다고 그러죠. 그래서 인자 이성계 그 양반이 그 그 이얘기를 듣고는 본인이 한 번

"내가 거 인자 거 그 야방에, 밤에 내가 거 가서 지키고 있을 것이다."

하고 와서 인자 (조사자 : 궁궐 짓는 데요?) 아먼. 그래서 인자 밑에 비서들 전령들 쫙 보초를 세워놓고 보초를 세워놓고 거 인자 야방을 허고 있는데 한 열두시가 넘으니까 아닌게 아니라 인자 막 그 호랑이가 울면서 막 어흥어흥 허니깐 그 주변에 그 그 전령들은 다 그냥 놀래자빠져 버리고 놀래 자빠져 버린데 보니깐 그 인자 거 저 범이 오더니 거 주, 기둥 세워 논 걸 이렇게, 몸을 흔들흔들 허더라는 거여, 이. 그러자 인자 그랬

지, 인자 이성계 그 양반이 그만치 대단, 이성계 그 양반은 한참 전쟁헐 때는 호랭이도 그냥 육박전으로 넹겨뜨렸다고(넘어뜨렸다고) 그려. 그래 갖고 근데 인자 그 와가지고 이성계 그 양반이 하도, 그런게 인자 그 양반은 벌써 왕이 될 양반인게 그만침 대담했지. 그래서 호랑이도 그 말하자면 이 성계 그 양반을 못 이기고 도로 되돌아갔다는 거이라 (조사자 : 아, 거기서 호, 호랑이를 혼을 낸 거예요, 이성계?) 응, 근게 인자 어떤 기에 의해서 (조사자 : 예, 기운에 의해서.) 기운에 의해서 인자, 그래서 호랑이도 그냥 되돌아 가갖고 나서 거 그대로 아까 궁궐을 세웠다고 그려, 이. (조사자 : 아 신기하다.) [조사자 웃음]

그래서 이성계 그 양반이 그 저 이렇게 돌아가시 가지고 거 저 경기도 어디냐, 거기다 묘를 써 놨는데 써 놨는데 자기가 죽은, 본인이 죽으면서 자기 묘에는 벌초도 허지 말고 저 함흥 가가지고 함흥 갈대밭, 함흥에는 갈대가 많다는 거이라. 거기에서 갈대로 갖다가 갈대 거 이렇게 떼지, 잔디. 갈대로 갖다가 묘 봉문이라고 그려, 이렇게 짓는 걸. 봉문을(봉분을) 지어달라고 그랬다는 것이라. 그래서 그래서 그 갈대를 갖다가 봉문을 지어줬는디 지금 벌초를 안 한디야. 그래도 지금 그거는 벌초를 안 해도 더 이상도 안자라고 더 이하도 안자라고. (조사자 : 풀이요?) 어. 도라지꽃만 좀 나고 그 갈대가 이를테면은 거 더 이상도 안 자라고 더 이하도 안 크고 벌초를 안 하고 그대로 둬도 그렇다고 그러더라고.

비둘기가 보살펴 준 도선국사

자료코드 : 07_10_FOT_20090412_KEY_JSS_0003
조사장소 : 전북 장수군 번암면 논곡리 65번지 성암 마을 정순생 자택
조사일시 : 2009.4.12
조 사 자 : 권은영

제 보 자 : 정순생, 남, 65세
구연상황 : 앞의 이야기 후에 산세와 명혈에 대한 설명을 길게 해 주었다. 풍수지리와 관
         련된 인물의 일화를 해달라고 요청하자 다음의 이야기를 구연하였다.
줄 거 리 : 도선의 어머니가 처녀 시절에 개울에 갔는데 오이꼭지 하나가 물길을 거슬러
         떠 오는 것이었다. 오이꼭지를 건져먹고 임신이 된 도선의 어머니는 아이를
         낳았는데 그가 바로 도선이었다. 처녀가 낳은 아기라 하여 뒷동산에 버려진
         도선은 비둘기들의 젖을 먹고 살 수 있었다. 이런 연유로 해서 도선의 고향
         마을은 비둘기 구(鳩)자를 쓰는 구림 마을이 되었다.

거, 아 저 저 도선국사 그 양반은 출신지가 저기라고 그러대, 영암. 전
라남도 영암. (조사자 : 아, 영암이시구나.) 전라남도 영암 구림 마을이라
고 그려, 구림 마을. 그래서 인자 그건 뭐냐먼 비둘기 구(鳩)자, 마을 리
(里)자, 구림 마, 그래서 그 양반이 어머니가 그 양반 어머니가 그, 게 처
녀 시절에, 처녀 시절에 이렇게 인자 개울에 가서 개울에 가서 뭐 채소를
씻는데 오이꼭지가 오이꼭지가, 이게 물이 이렇게 흘러가잖아요. 그런데
오이꼭지가 그 흘러간 물에서 이리 흘러간 것이 아니고 오이꼭지가 여기
서 역수로 해서 올라오더라는 거야. (조사자 : 거꾸로요?) 응, 그 오이꼭지
가. 그래서 하도 미묘해서 그 오이꼭지를 먹었다는 것이라. 먹고 나서 임
신이 됐대요. (조사자 : 어 그냥 오이꼭지만 먹었는데요?) 네. 근게 지금
상식으로는 이해가 안 가지.

그래 낳는 것이, 낳는 사람이 내나 도, 그 도선. (조사자 : 도선대사.) 그
렇지 대사라고 해야지. 아 그래서 그때 당시만 해도 처, 시집도 안간 처녀
가 애기를 낳았으니깐 살 수가 없잖아요. 그래서 그 집안에서 부모들이
애기를 그 뒷동산에다 갖다 포대기다 싸가지고 이렇게, 지금 말하자면 버
린 거이지, 이. 아 그런디 그때 이 그 비딜기(비둘기), 비딜기가, 비딜기가
그 말하자먼 비딜기가 젖을 줬다는 거이라, 젖을. (조사자 : 애기한테요?)
애기한테. 애기한테 인자 그 그 인자 비들기가 젖을 줘가지고 그 살아났
디야. 그래서 그래서 인자 그 마을이 그래서 비둘기 구자 구림 마을이라

고 해서 인자 그래서 도선이 그 양반이 인자 여덟 살 때 그 저 저 그 뭐이냐먼은 스님, 중들은 출가라고 그러지. 절, 절로 입적을 했다고 그러거든. 출가를 해서 그렇게 인자 아까 그런 쪽으로 도사가 됐다는 얘기지.

친자감응

자료코드 : 07_10_FOT_20090412_KEY_JSS_0004
조사장소 : 전북 장수군 번암면 논곡리 65번지 성암 마을 정순생 자택
조사일시 : 2009.4.12
조 사 자 : 권은영
제 보 자 : 정순생, 남, 65세
구연상황 : 앞의 이야기 후에 여러 설화들을 예로 들었더니 제보자가 다음의 이야기를
        구연하였다.
줄 거 리 : 어느 도학자가 인왕산에서 내려오는 중에 해골 하나를 발견하고는 해골의 눈
        에 바늘을 꽂아놓고 산을 내려왔다. 한양을 돌아다니다가 갑자기 집주인의 눈
        이 멀었다고 소동이 일어난 집을 찾아갔다. 도학자가 그 집의 내력을 알아보
        니, 집주인은 아주 어려서 큰집에 양자로 보내져 큰아버지를 친아버지로 알고
        자랐고, 그 해골은 바로 집주인의 친아버지였던 것이다. 도학자가 해골의 눈
        에서 바늘을 빼자 집주인은 씻은 듯이 눈이 나았다. 도학자는 전후 상황을 설
        명하여 아버지와 아들의 기운이 연결되어 있음을 설명하였고, 집주인은 친아
        버지의 해골을 큰아버지의 묘 옆에 잘 안장하였다.

그래서 인자 그 아까 풍수지리 도로 그런 쪽 이얘기인디, 어느 거 선비가 선비가, 인왕산 그 청와대 뒤 인왕산이라고 하죠. 인자 청와대야 인자 근년에 생겼지만 인왕산은 뭐 옛날 아주 산 생겼을 때부터 있었던 산인 게. 그 어느 도학자가 아까 그 인왕산에 그 산구경을 쭉 갔다가 내려오니깐 그 사람의 그 해, 두상이 있더라는 거여, 두상. (조사자 : 사람 해골이요?) 어. 해골이. 두상이. 그래서 그 두상에다가 바늘을 한번, 그 두상의 눈에다가 바늘을 이렇게 꼽아, 꼽아 놔봤더라는 거여, 바늘을. 바늘을 꼽

고, 바늘을 꼽고 인자 거기서 구경을, 인자 그 인자 그 산책을 했다가 허고 인자 이렇게 인자 서울 장안을 한양 장안을 내려오니깐 어느 집에서 그냥 막 갑자기 자기 안식구가 눈이 멀, 저 거 저 그 집 대주가 눈이 멀었다고, 갑자기 눈이 멀었다고 그냥 소동이 나더라는 거이라, 소동이. 그래서 그래서 인자 그 도사, 도학자가 그 인자 그 집엘 가가지고 어찌 그러냐고 그러니깐

"아이, 괜찮았는데 몇 시간 전까지도 괜찮았는데 갑자기 그렇게 눈이 그렇게 아파가지고 지금 이렇게 정신을 못차린다고"

그래서 이 사람이, 아, 그러면은 그 아까 자기가, 그 그 생각이 나더라는 얘기라요. 그래서 그러면은 그

"당신들 부모님은 어디 계시냐?"

그러니깐 그 자기 그 부모님이 얼마, 아주 그 한 예를 들어서 한 20년 전에 돌아가셔가지고 경기도 양평 어디다가 묘를 썼다고 그러더라. 그러면은 그것이 분명히 자기 부모는 거기다 묘를 썼다는데 해골허고는 연관이 없잖아요, 해골 두상하고는. 그래서 인자 그러면은 구체적으로, 그러면은 더 설명을 해주시오. 그러면은 그 묘, 거 양평에다 묘를 쓴 부모가 허고 어떻게 연관이 있소 하고 물으니깐 어려서 어려서 자기 큰집이 큰아부지가 아들이 없어서 양자를 간 거이라, 큰 아버지한테로. (조사자 : 그 대주가요? 그 눈 아픈 대주가?) 어. 어. 그러니깐 인자 그 두상, 해골은 실지 그 친아부지고, 그 인자 큰 아버지 밑에서 자랐기 때문에 큰 아버지 뱍에 몰라. (조사자 : 그래서 양평에 있는 것은 자기의 큰아버지고, 양자로 간 아버지.) 그렇지, 아부지지. 어. 그래서 아 이것이, 그래서 이것이 아 그 양자로 간 아버지이기 때문에 아버지고 여그는 친아버지이기 때문에 그런 부분이 있다는 자기 생각만 하고는 그리하고 나와서 거기 가가지고 바늘을 뺏다는 거이라. 바늘을 빼고 내려오니깐 갑자기 눈이 낫아 버렸다고, 응 그냥 뭐 그냥 씻은 듯이 낫아져 버렸다고 막 그러더라. 그래서 그 도

학자가 이거는 인자 거그한테 얘기를 해준 거여. 이러고 저러고서 인자 자기가 했던 얘기를 죽 설명을 허면서

"거기에 있는 두상이 당신 아버지요. 그러닌게 그 양반 두상을 잘 모시라고"

그니 인자 같이 가가지고 그 두상을 모셔가지고 자기 큰 아버지 옆에다가 잘 그 자리를 해서 만들어줬다는 것이라. 그래서 그것이 그래서 그것이 친자감응이라. 친자감응(親子感應). 아부지와 아들은 같은 혈통이라고 그려. 그래서 동기감응(同氣感應)이라고 그려, 그죠. 같은 아버지와 아들은, 그려서 그잖아요. 저건 똑 즈그 아버지 닮았다고 보통. 그래서 아버지와 아들은 친자감응이라고려. 그래서 아버지 묘를 잘 써줘야 그 아들이 그지의 기운을 받아서 발전을 헌다, 응. (조사자 : 그런 얘기가 있구만요.)

명당자리를 가로챈 남사고의 딸

자료코드 : 07_10_FOT_20090412_KEY_JSS_0005
조사장소 : 전북 장수군 번암면 논곡리 65번지 성암 마을 정순생 자택
조사일시 : 2009.4.12
조 사 자 : 권은영
제 보 자 : 정순생, 남, 65세
구연상황 : 앞의 이야기 후에 바로 다음의 이야기를 구연하였다.
줄 거 리 : 남사고가 자기 부모의 묘를 쓰기 위해 묏자리를 잡아 놓았는데, 시집을 간 그
         의 딸이 그 자리를 탐냈다. 남사고의 딸은 남몰래 그 묏자리에 물을 길어다
         부었고 묏자리에 물이 홍건한 것을 본 남사고는 다른 곳에 부모의 묘를 썼다.
         이렇게 딸에게 명당자리를 뺏기는 바람에 남사고의 집안은 퇴색하고 딸의 시
         가는 번성했다고 한다.

그 남사고란 얘기 있잖아요, 남사고. 남사고, 그란 양반이 딸이 있었는데 딸이, 남사고 그 양반이 딸이 있었는데 아까 인자 그런 얘기라. 그 남

사고 그 양반이 부모를 다른 데다 또 잘 모시기 위해서 묫자리를 잡아놨는디, 잡아놨는디 딸이 와서 보니깐 아주 명당이라 그 말이라, 말하자믄. (조사자 : 딸이 그 자리를 보니까요?) 어. 그래서 그래서 그래서 인자 그 딸이 밤에 남사고 그 양반 몰래 묘 잡아논 거그다 갖다 밤에다 막 갖다 물을 갖다가 그냥 이어다 거그다 붓었다는 거여, 물을. [조사자 웃음] 그 이튿날 보닌게 물이 축축하거던. 게 가장 물을 꺼려하거든. (조사자 : 아, 물이 제일로 안 좋구만요?) 아믄. 왜 그냐면 인자 그 물이 있으면 땅 지기(地氣) 기운이 땅 지기가 물이 있으면 습하기 때민에 올라오지를 못하잖아요. 그래서 그래서 여거 그 저 남사고 그 양반이 묘를 쓸라고 본게로 땅이 젖어있어. 그래서 그 자리다 묘를 안 쓰고 다른 데로 썼는디 그 뒤에 아까 그 딸이 자기 시부모를 이를테면 인자 자기 친가 쪽, 시부모 쪽이야 자기 아들들이 잘 될 거 아니요 (조사자 : 아, 시집을 갔으니까 자기 아들들 잘 되라구요?) 아믄, 그럼. 그래갖고는 자기 시부모를 거기다 썼다는 거이라. 그래서 그런게 남사고 이쪽 집안은 말하자믄 퇴색해 가고 이쪽 집안은 번성을 했다고 그려. 그래서 남사고 그 집안이 그 뒤에 아무리 명인이 했지만은 손이 이렇게 무해져 버렸다는 것이라.

복수를 위해 태어난 삼형제

자료코드 : 07_10_FOT_20090412_KEY_JSS_0006
조사장소 : 전북 장수군 번암면 논곡리 65번지 성암 마을 정순생 자택
조사일시 : 2009.4.12
조 사 자 : 권은영
제 보 자 : 정순생, 남, 65세
구연상황 : 앞 이야기 후에 다시 이야기를 청하자 바로 다음의 이야기를 구연하였다.
줄 거 리 : 어느 도사가 중국에 갔다가 조선으로 돌아오는 중에 세 명의 산적을 만나 이들을 물리쳤다. 조선에 돌아온 이 도사는 아들 삼형제를 낳았고, 삼형제는 동

시에 과거에 급제를 하였으나 아버지인 도사는 전혀 기뻐하지 않았다. 유가(遊街)를 마친 삼형제가 집으로 돌아왔는데, 첫째 아들부터 셋째 아들까지 대문을 넘자마자 차례로 피를 토하고 죽고 말았다. 아버지인 도사는 슬퍼하기는 커녕 죽은 삼형제의 목을 뒷산 소나무에 매달게 하였다. 삼형제의 시신 옆에서 슬퍼하며 울던 어머니는 이들이 복수를 위해 자신의 아들로 태어났음을 알고는 도사에게 이 사실을 말했다. 도사는 아내에게 이들이 자신에게 죽음을 당한 산적들이며, 자신의 아들로 태어나 죽음으로써 복수를 하려했다는 사실을 아내에게 알려주었다.

내가 들은 얘기로 그 저 어느 도사가, 도사가 그 옛날에 중국을 갔다가 중국을 갔다가 인자 우리 조선으로 되돌아오는데 오는데 산적이, 인자 그 도둑이지, 산적이 서이 딱 나타나 가지고 나타나 가지고 인자 거 뭐이냐 믄은 인자 그 죽일라고 한 것이지, 이를테면. 그래서 그 도사가 그 산적을 오히려 서이를 물리쳤다는 거이라, 오히려 이. 허고 와서 그러고 인자 우리 조선에 와가지고 아들 서이를 낳는디 아들 서이를, 이 삼형제가 승승장부를(승승장구를) 해가지고 승승장부를 해서 서이 삼형제가 똑같이 과거에 급제를 했어. 과거에 급제를 해가지고 인자 옛날에는 과거에 급제를 해갖고 고향에를 돌아오면 막 피리 나발을 불고, 그런 거 나오죠, 암먼. 말하자면 환영식이지. 그런데 삼형제가 똑같이 인자 과거에 급제해 말을 타고 마을 입구를 들어오는데, 근게 인자 막 피리를 불고 인자 들어오는데 자기 아부지는 내다보질 안 해요, 이를테면. (조사자 : 왜요? 그냥 원래 그렇게 보는 거 아니에요?) 내다보지를 안 해. 안 허고 인자 사랑방에서 그냥 혼자, 내다보질 안 허고 사랑방에 인자 서 사랑방에서 그냥 거 저 거 저 거 앉아가지고 나오지도 안 허고 있는데 자기 어머니는 아들이 그렇게 반갑잖아요. 그런게, 그런데 거 인자 큰아들, 그 다음 아들, 셋째 이렇게 쭉 들어올 거 아뇨. 근디 이 큰아들이 거 인자 거 거 대문이지, 인자 이. 대문을 들어서 싹 들어스면서 피를 토하고 죽어. 그러고 둘째 놈도 딱 들어오면서 또 거기서 딱 죽고 셋째도 딱 그 대문에 들어서면서, 고런 식으로 삼형제가 똑같이 죽어버린 거야. (조사자 : 한자리에서요?) 에. 근게 그때에야 인자 자기 아버지가 나오면서

"느그 이놈들 그럴 줄 알았다."

허고는, 게 즈그 엄마가 막 울 거 아니요. 근게 울지 말라고 하면서 인자 그 저 하인들을 시켜가지고 이놈들을 그 끈으로 목을 묶어가지고 뒷동산에 소나무다가 다 다 달아매라고. (조사자 : 자기 아들들을 죽은 것을요?) 인자 거 하인들이, 하인들이 인자 그 목을 끈으로 묶어가지고 소나무다 갖다 매논, 매 매달아 놓은 것이라. 매달아 놓는데 즈그 엄마는 그 아들이 그러니까 오죽 슬플 거 아뇨. 근게 인자 밤이 돼 가지고 막 즈그 엄마가 그 아들이 그러고 있은게 막 인자 누구누구 이름을 부르면서 인자 막 가서 운 것이라. 울다가, 울다가 갑자기 울다가 울음이 그쳤어, 엄마가. 울음이 그치니깐 막내아들이, 막내아들이 즈그 형, 형 형 하고 부르더래요. (조사자 : 죽었는데요?) 아 인자 그렇게, 저기로 들린 것이지. (조사자 : 헛게 들린 거예요?) 어. 근게 인자 저그 형이 왜 그러냐 그런게, 왜 그러냐 그러니깐 그 막내란 놈이

"이 연놈들을 어떻게 그냥 어떻게 보 갚음을 허면 되겠냐고." 그런게 그 저 그 저 저그 형이

"아 이 정도 되면 됐은게 인자 그만두라고, 그만 두자고."

그 소리를 들은게 즈그 엄마가 소름이. 그잖아요, 이? (조사자 : 예, 깜짝 놀라죠.) 아면, 아면, 깜짝 놀래가지고 인자 와가지고 자기 그 사랑방에 자기 남편에 그 얘기를 허니까 그 남편이 그걸 알고 있는 거예요. 왜냐면은 중국에서 갔다 오면서 우리 조선에 올 때 그 산적들을 서이를 그 이렇게 인자 이. 헌디 그 웬수가 태어났다는 것이라. (조사자 : 자식으로.) 어. 자식으로. 그래서 그, 그 웬수를 갚기 위해서 그놈들이 태어난 거를 그 도사는 알아. (조사자 : 알고 있었구만요.) 어. 알고 있었기 때문에 그런 일이 있었다 그런 얘기가 있어.

수명을 바꾼 동방삭

자료코드 : 07_10_FOT_20090412_KEY_JSS_0007
조사장소 : 전북 장수군 번암면 논곡리 65번지 성암 마을 정순생 자택
조사일시 : 2009.4.12
조 사 자 : 권은영
제 보 자 : 정순생, 남, 65세
구연상황 : 앞의 이야기 후 생애에 대해 몇 가지 얘기를 들은 후에 다시 이야기를 청했
더니 다음을 구연해 주었다.
줄 거 리 : 동방삭은 원래 수명이 삼십년이었는데, 수명이 다 되어 저승사자를 따라 저승
에 가게 되었다. 저승사자가 쉬는 사이 동방삭은 삼십년의 열 십(十)자 위에
점을 찍어 일천 천(千)으로 만들어서 자신의 수명을 삼천년으로 고쳤다. 저승
사자들은 동방삭을 잘못 데려왔다고 생각하여 다시 이승으로 돌려보냈고, 동
방삭은 삼천년을 살게 되었다.

그거는 저 저기 그 이, 이얘기 있잖아요. 삼천갑자 동방석이. (조사자 :
동방삭이 어떻게 했는데요?) 거 원래 이를테면 삼천갑자가 말하자면 삼십
년만 살게 되어 있는데, 삼십년 (조사자 : 동방삭이요?) 에. 삼십년만, 석
삼자잖아요. 석 삼자 밑에 열 십자가 붙, 열 십자가 붙지. 삼십인게. 근게
인자 말하자면 삼십년을 살게 돼 있는데 아까 그 저승사자가 델러 와가지
고 그 저승을 갔었다는 것이라. (조사자 : 동방삭이요?) 어. 얘기 들었어요?
(조사자 : 아니요, 동방삭 얘기, 동방삭 이름만 들어봤는데 자세한 이야기
는 못 들어봤어요.) 인자 거 저승사자한테 불려갖고 갔었는데, 갔었는데
잠깐 쉬는 시간이 있었다고 그려. 쉬는 시간, 거그 이. 저승사자한테 가가
지고, 근데 그 순간에 이 동방삭이가 말하자면 삼자 밑에다가 열 십자 위
에다가 이렇게 천(千)자 점을 점을 [조사자 웃음] 삼을 살짝 점을 하나 찍
었더라는구만. (조사자 : 이렇게요?) 어. 근게 삼천이 되잖아요. 근게 저승
사자들이

"아, 이거 잘못 데리꼬 왔다고. 삼천년을 살게 되어 있는데 이, 우리가
잘못 봤다고"

그래갖고 도로 너는 도로 이승으로 나가라 해가지고 삼천년을 살았다고 그래요. (조사자 : 그래 삼천년을 살았데요?)

바구니 속 물건을 알아맞힌 이율곡의 지혜

자료코드 : 07_10_FOT_20090412_KEY_JSS_0008

조사장소 : 전북 장수군 번암면 논곡리 65번지 성암 마을 정순생 자택

조사일시 : 2009.4.12

조 사 자 : 권은영

제 보 자 : 정순생, 남, 65세

구연상황 : 앞의 이야기 후 바로 다음의 이야기를 구연해 주었다.

줄 거 리 : 할머니가 바구니를 이고 가는데, 이걸 본 사람이 율곡 선생에게 바구니 속의 물건을 알아맞혀보라고 했다. 율곡 선생은 할머니가 바구니를 이고 서쪽으로 갔기 때문에, 서녘 서(西)자가 들어 있는 밤(栗)이라 했다. 그러자 바구니 안에 밤이 몇 개가 들었느냐고 다시 물었다. 율곡은 까치가 팔팔하며 날아갔기 때문에 밤이 예순네 개가 들어 있다고 대답했다. 바구니를 열어 확인해 보니 율곡의 말 그대로였다.

아이 저 이율곡 선생이 그 하루는 자기 비서들을 데리고 길을 주욱 가는데 어느 노인이, 이 얘기 들었어요? (조사자 : 아니요.) 어느 노인이 바구리를 이렇게 이고 오더라는 거이라, 바구리를. 그러니까 그 비서가 아까 그 이율곡 그 양반 보고

"저 할머니가 이고 가는, 이고 가는 바구니에 뭣이 들었겠소?"

허니깐, 뭣이 들었겠소 허니깐 거 인자 거 이율곡 선생이

"저 안에는 밤이 들었다."

그려, 밤. (조사자 : 알밤?) 알밤. 그래서

"안 보고 어떻게 알밤이 든 지를 아요?"

그러니깐 그 양반이 이 바구니를 이고 서쪽으로 가더라는 거여, 서쪽.

(조사자 : 할머니가요?) 어, 서쪽. 서쪽으로. 에, 말하자면, 에 뭐이냐, 서녘 서(西)자 밑에 뭐이 붙어야 밤 율(栗)자가 되지? (조사자 : 나무 목, 예.) 어, 그래서 그 바구니를 이기미고 서쪽으로 가기 때문에 말하자면, 알밤이 들었다 그런 얘기라. [조사자 웃음] 밤 율자.

"그러면은 저 안에 그믄 밤이 몇 톨이 들었겠소?

허고, (조사자 : 물어봤대요?) 이 얘기 잘 들어. 또 나중에 가서 거 가서 써 먹어.

"거그 거 밤이 그믄 몇 톨이 들었소?"

허니까

"열여덟 개가 들었다."

(조사자 : 열여덟 개요?) 어. [틀렸다는 듯이 고쳐주며] 아, 열여덟 개가, 말허자면 예순, 예순네 개가 들었다. 예순네 개. (조사자 : 예순네 개요?) 어. 그래서 그래서 그건 어떻게,

"그러면 예순네 개가 든 줄을 어떻게 아요?"

그러니깐 깐치가, 깐치가 요 요 나무를 물고 이렇게 나무를 물고 이렇게 깐치가 날라가니까 쭉지를 팔팔하고 날라갈 거 아뇨. (조사자 : 팔팔하구요?) 어 게 팔팔은 육십사, [조사자 웃음] 예순네 개. 그래서 그럼 바구니를 한번 내려서 세 봅시다, 꼭 예순네 개가 들었다는 거야. 그래서 이율곡 선생이 그만큼 도사셨다는 얘기지.

밤나무 덕에 호식을 면한 이율곡

자료코드 : 07_10_FOT_20090412_KEY_JSS_0009
조사장소 : 전북 장수군 번암면 논곡리 65번지 성암 마을 정순생 자택
조사일시 : 2009.4.12
조 사 자 : 권은영

제 보 자 : 정순생, 남, 65세
구연상황 : 앞의 이야기 후 바로 다음의 이야기를 구연해 주었다.
줄 거 리 : 한 도사가 다섯 살 된 율곡의 관상을 보더니 호식할 팔자라고 하였다. 이 얘
기를 들은 신사임당은 도사를 찾아가 호식 피할 방법을 물었다. 도사는 집 주
변에 밤나무 삼천 주를 심으라고 대답했고 신사임당은 그 말대로 밤나무 삼
천 주를 심었다. 율곡을 잡아먹으러 오던 호랑이는 집 주변에 널리 밤 가시
때문에 율곡을 잡아먹지 못하고 그대로 돌아갔고 율곡은 호식을 면할 수 있
었다.

신사임당이 젊, 이율곡이 다섯 살 때인가 인자 그 인자 거 신사임당이
집에가 있는디 어느 도사가. 아, 그것이 아니고 어느 날 거 인자 어느 도
사가 이율곡 선생 관상을 딱 보더니 보니깐 사람은 잘 생겼는디 호식헐
팔자라, 호식. 호랑이가 물어갈 상이다 그 말이여. (조사자 : 이율곡 선생
얼굴이요?) 에, 얼굴이. 그래서 거 인자 거 이율곡이 인게 어렸을 때 그러
니깐 이율곡 선생이 그 얘기를 듣고 자기 엄마한테 가서 그 얘기를 헌 것
이라. "어느 양반이 지나가면서 나보고 호식할 사람이라고 헌다고"

그러니깐 그 신사임당 그 양반이 그 얘기를 듣고는 그 그 도사한테로
막 달려 가가지고 사정을 헌 거여. 우리 애가 어떻게 해서 그러냐 그러니
깐,

"그러면은 어떻게 해야 그걸 비방을 허겠소?"
헌게

"천상 아들을 살리는 방법은 당신네 집 주변에다가 밤나무 삼천 주를
심으라고."

밤나무 삼천 주. 그래서 신사임당 그런 어머니 정성이라면 삼천 주이라
오천 주를 심지. 자식이라면, 이. 그래서 밤나무 삼천 주를 심었다는 거여.
심고 나서 밤이 연 그 시기에 호랭이가 인자 호식을 허기위해서 이율곡
그 양반을, 말하자면 들러 온, 왔는데 밤나무 삼천 주가 밤 까시가 많다보
니까 밤 까시가 많다보니까 밤 까시를 피해서 오다보니까 그 호식시간이

넘어버렸어. 그래서 그 호랑이가 거 시간이 넘어버린게 그냥 되돌아갔다
는 것이라. (조사자 : 그래서 못 잡아먹고 갔고만요.) 어.

어사 박문수의 말장난

자료코드 : 07_10_FOT_20090412_KEY_JSS_0010
조사장소 : 전북 장수군 번암면 논곡리 65번지 성암 마을 정순생 자택
조사일시 : 2009.4.12
조 사 자 : 권은영
제 보 자 : 정순생, 남, 65세
구연상황 : 앞의 이야기 후 바로 다음의 이야기를 구연해 주었다.
줄 거 리 : 어사 박문수가 어느 마을을 지나는데 해가 저물었다. 하룻밤 자고 가려고 서
          당에 들어갔는데, 훈장이 내다보지를 않는 것이었다. 괘씸한 마음이 든 박문
          수는 선생은 내다보지 않고 제자들은 겨우 열여덟 명이라는 말을 선생은 내
          불알이요, 제자는 제에미 십팔이라며 훈장을 조롱했다.

  원래 박문수가 무식이라는디, 무식 이. (조사자 : 무식이 뭔 말이에요?)
글공부가 없었다는데. (조사자 : 박문수가 글공부가 없었대요?) 예, 없었다
는데 인자 거 저 뭐이냐먼은 없었다는데, 그 신의 글로 신의, 자기의 그
선조의 신. (조사자 : 신, 조상.) 응. 조상의 신의 글로 그렇게 풀어먹었다
고 그려. (조사자 : 아, 조상이 그러면은 율곡, 아니 저기 어사 박문수를 도
와준 거예요?) 그렇지 이. (조사자 : 어떻게 그렇게 도와줬대요?) 그러니까
인자 신기로 그랬다 그려. 근게 박문수 그 양반이 어느 마을을 가가지고
해가 저물었는디 해가 저물었는디 갈 데는 없고 그래서 옛날에 한문공부
갈친 데를 서당이라고 그랬어 서당, 이. 인자 서당에를, 인자 이렇게 서당
에를 서, 서당에를 인자 이렇게 서당에를 좀 자고 갈라고 들어가니까 선
생이 내다보지도 않더라는 거야. 거 얘기 들어봤어요? (조사자 : 아니요,
훈장, 훈장님이요?) 훈장이. (조사자 : 아니, 못 들어봤어요.) 어. 그래서 그

인자 박문수가 그래서 선생은 내 불알이요 어. [조사자 웃음] 제자는 제에미 십팔이라. [조사자 웃음] 선생은 내다 보도 안 허고 제자는 제우 십팔명밖에 안 되는데. (조사자 : 아, 그걸 그렇게 말로 한거예요?) 어. 근게 선생은 내 불알(不謁)이고 제자는 제에미 십팔(十八)이라고.

머슴의 분복만을 타고난 소경

자료코드 : 07_10_FOT_20090412_KEY_JSS_0011
조사장소 : 전북 장수군 번암면 논곡리 65번지 성암 마을 정순생 자택
조사일시 : 2009.4.12
조 사 자 : 권은영
제 보 자 : 정순생, 남, 65세
구연상황 : 앞의 이야기 후 바로 다음의 이야기를 구연해 주었다.
줄 거 리 : 머슴살이를 하는 소경이란 사람이 우연히 관상을 잘 보는 뼈다귀를 얻게 되었다. 소경은 그 뼈다귀의 덕으로 유명한 관상쟁이가 되었지만 부자가 될 수는 없었다. 이상하게도 그 뼈다귀는 복채를 많이 받을 수 있는 부잣집에서는 관상을 보지 않았기 때문이다. 관상을 보면서 떠돌던 소경이 어느 집 사랑방에서 잠을 자게 되었는데, 그 집 머슴이 뼈다귀를 발견하고는 불에 태워 버렸다. 더 이상 관상을 볼 수 없게 된 소경은 다시 머슴이 되었는데, 이것은 소경이 머슴이 될 수밖에 없는 분복을 타고 났기 때문이라고 한다.

소경이라는 사람이 있어, 소경이. (조사자 : 소경이요?) 에. 소경이란 사람이 (조사자 : 이름이 소경이에요?) 에. 이름이 소경이란 사람이 그 어느 부잣집에서 남의 집을 살아. (조사자 : 머슴을 사는 거예요?) 응, 머슴. 머슴을 사는데, 머슴을 사는데, 새벽에 일어나서 일어나서 인자 옛날에 머슴을 살게 되면 새벽에 일어나 소죽을 끓어야 돼, 소죽 이. 새벽에 일어났는데 이렇게 벽에 옷이 걸렸는데 옷에서 뭐이 삑삑삑 소리가 나더라는 거이라. (조사자 : 옷에요?) 에. 사랑방인게 막 여러 손님들이 와서 자잖아. 그래 이거이 뭔가 하고 보니깐, 옛날에 한복이라. 한복이먼 동전이 있어,

동정. 그 안에서 뭐이 삑삑 소리가 나더랴. 그걸 이렇게 이렇게 뭐인가 이렇게 본게로 사람 삑다군디 삑이, 뼈, 삑다구, 뼈여. 뼈가 그래 거기서 삑삑삑 소리가 나더라는 거여. (조사자 : 사람 뼈에서요?) 어. 그거를 이거이 뭔 소린가 하고 가만히 귀에다 들으니깐 그거 사람 관상을 봐주더라는 거이라, 그것이. (조사자 : 사람 삑다구가요?) [조사자 웃음] 어. 그래서 근데 인자 그걸 가지고 인자 그날 저녁에 가만히 귀에다 이놈을 자기만 듣는 거, 자기만. 거기 사랑에 온 사람들 관상을 전부다 이것이 막 그대로 인자 때리더라는 거이라. (조사자 : 사람 삑다구가요?) 그래갖고 그 사람이 관상쟁이가 돼 버렸어. 그래갖고 아주 막 이름이 나버린 거여. (조사자 : 소경이란 사람이?) 아모. 뭐 그냥 그 저 고놈만 귀에다 대면 그냥 막 어디 가든지 그냥 관상이 막 그대로 그냥. 그런디 복채를 많이 받을 사람한테는 그이 안 되야. 부잣집이나 이런 집에는. 그건 뭐이냐면 그 사람이 머슴 살 복만 타고 났는디 더 이상 돈을 못 받는 것이라. 부잣집만 가면 이거 안 나와. (조사자 : 안 나오고.) 어. 그래서 그래갖고 인자 그러고 관상을 보러 댕김서 댕긴데 댕기다가 어느 인자 사랑방에서 잠, 뭐 그러고 댕기면 사랑방에서 자잖아요. 사랑방에서 자는데 늦잠이 들어 부렸어. 근게 또 그 집 머슴이 또 그걸 본게 [제보자 웃음] 뭐 삑삑 소리가 나니깐 이거이 뭐인가 본게 그거 송장 삑다구거던. 근게 그 집 머슴이 그걸 갖다가 부엌에다 넣어 버린 거라, 그거는. (조사자 : 아, 재수없다고?) 아먼, 재수 없다고. 그런게 그 질로 소경이라는 사람이 뭐냐, 그, 그, 생활을 못해버리고 도로 머슴살이를 했다는 것이라. 아, 그래서 다 타고난 분복대로 사는 것이라, 응, 다. (조사자 : 행운이 와도 타고난 복이 딱 머슴살이 복이기 때문에.) 아먼, 그렇지 그러게 인자 그 사람도 그렇게 관, 옛날에 뭐 지금도 마찬가지지만 돈 많은 부잣집 같은 관상 같은 것 잘 봐주믄 복채도 많이씩 받았을 거 아녀. 게 고런 데서는 안나와 이것이. (조사자 : 고런 데서는 안 나오고.)

신이하게 해결된 일제강점기의 살인사건

자료코드 : 07_10_MPN_20090217_KEY_KHD_0001

조사장소 : 전북 장수군 번암면 논곡리 814번지 논곡마을 권학동 자택

조사일시 : 2009.2.17

조 사 자 : 권은영

제 보 자 : 권학동, 남, 91세

구연상황 : 앞의 이야기가 재미 있다는 조사자의 말에 곧 이어 바로 다음 이야기를 해
주었다.

줄 거 리 : 일제강점기에 어느 소장수가 무덤의 봉분에 돈전대를 끌러놓고 똥을 누는데
족제비 한 마리가 전대를 물고는 봉분 속으로 들어가 버렸다. 봉분을 파서 전
대를 찾을 심산으로 근처 주막을 찾아간 소장수는 연장을 거저 빌려달라고
하기가 미안하여 술을 시켜 마시기로 했다. 주모가 마루에서 두부를 썰다 잠
깐 자리를 비운 사이에 고양이가 나타나 도마를 뒤엎자 소장수는 두부 썰던
칼을 고양이에게 집어 던졌는데, 그만 술장수의 남편이 칼에 맞아 죽고 말았
다. 살인사건이 나자 주재소의 경찰들이 경위를 조사했고, 소장수는 자초지종
을 상세히 말하였다. 이 말을 들은 주재소 소장은 사실여부를 확인하기 위해
그 묘를 파보았는데 족제비는 없고 전대만 시신의 목에 감겨 있었다. 시신을
가만히 살피던 경찰은 그 시신이 머리에 대못이 박혀 살해된 것임을 발견하
고는 누구의 묘인지를 조사하였다. 조사 결과 그 묘는 소장수가 들렀던 주막
여주인 남편의 묘였고, 칼을 맞아 죽은 남자는 본래 주막 여주인의 정부였으
며, 주막 여주인과 정부가 그녀의 남편을 살해한 것으로 밝혀졌다.

사람 사는 데 믿을 수 없는 이얘기를 하나 하지. 참 이건 믿을 수 없는
이얘기라. 그려서는 안 되는디, 이건 실화라. 분명히 그런 일이 있어. 소
장사가 옛날에는 광목으로 허리끈을 해가지고 전대를 맹글어 가지고는(만
들어 가지고는) 요리 돈 뭉탱이를(뭉텅이를) 넣어가지고 요리 놓고 해갖고
전대 속에 돈이 담뿍 들어 가갖고, [손으로 허리 주위를 빙 두르며] 이거

허리끈 삼아서 이리 쫌매고(잡아매고) 댕겨. 소장사가 옛날엔 그랬어. 아, 그날도 소장사가 산을 넘어서 가믄 그 너메 큰 동네가 있은게, 그 소 사러 갈람선 그 산 넘어가 가지고 제우(겨우) 질가에(길가에) 평평헌 데 내려 선게 묘세(墓所) 한 본상이 있는디, 묘세다가(묘소에다가) 돈 전대를 끌러서 묘뚱(封墳)에다가 딱 얹어놓고 질(길) 밑에서 똥을 눔서 가만히 쳐다보인게, 아이 노런 쪽제비가 한 마리 오더니마는 돈 전대를 물고 묘에 봉분으로 쏙 들어가 버린단 말이여. 아이 큰일 났어. 소가 몇 마리 값 되는 돈 전대를 물고 묘뚱으로 들어갔는디, 아 와서 보인게 쪽제비가 들랑날랑한, 왜 봉분 위에가 가서 구녁이 요만한 놈이 있어. [청중 웃음] 아 맨손으로 어떻게 헐 수 가 없고, 우선 독을(돌을) 보듬아다가 그 구녁에다가 탕탕 때려 박고, 큰 동네 가서 꽹이(괭이) 연장 산태미로(삼태기를) 얻어 와야 파제치고 돈을 낸게. 근게 때려 박아 놓고 내려와서 남모른 집이 가서 무단히 꽹이 산태미를 받을 수가 있는가. 술집이 가서 우선이 술 한 잔 사가지고 먹고 그 사실 이약을(이야기를) 해서 꽹이를 얻을 예산허고, 도란게(달라고 하니까), 아 마루에다가 술상을 갖다가 놓고 그 주모가 도메를(도마를) 마루 끝에다 갖다 놓고는 뚜부(두부) 한 모를 송당송당 허이 썰어 넣고는 칼 거그(거기) 놔두고 정지로(부엌으로) 들어간단 말이여. 아 그걸 보고는, 이 사람 거그 살 사람도 아니고, 꽹이 산태미를 맨 낯짝으로 도라고(달라고) 할 수가 없어서 우선에 말 붙일라고 그 술을 산 거이라. 아이 막 뚜부 한 샷을(한 조각을 말하는 것 같으나 정확하지 않음.) 요리 찍을라고 헌게 난데없이 구앵이가(고양이가) 와가지고는 뚜부 또매를(도마를) 탁 뚤방에다가(토방에다가) 억실러(엎질러) 버리는디, 어찌 급해서 그 옆에 있는 칼로 탁 구앵이를 때린단것이 구앵이는 안 맞고 도망가 베리고 정지서(부엌에서) 그 술장사 남편이 나오다가 이 목에가 탁 찝혀 가지고(꼽혀 가지고), [조사자 놀람] 칼이 찝혀가지고, 집시랑(뜻이 정확하지 않음.) 끝에 그 낙수처에 가서 남자가 그만 그렇고로 다 죽어버렸어. 아이,

무단히 가가지고 인제 거기 가서 또 살인끄장 냈네. 이래 놓인게 동네가 난리가 나가지고 구장 반장 다 쫓아와가지고 이것이 웬 일이냐고 헌데, 마침 그 주재소 가 몰려, 요샛날 허면 파출소, 주재소에 경찰이 건네와가지고 웬 놈이냐고 인제 죄로 다스릴라고 허고, 거그서 사실 응급 조사만 해가지고 인제 가서 벌을 줄 판인디, 이 사람이 그 사실대로 이야그를 했어. 그 돈을 묘똥 우에다가 끌러놓고, 뒤 보인게 쪽제비가 물고 들어가버려서, 그이(그리) 꽹이 산태미 얻으러 왔는디, 마침 뚜부를 한 모 썰어 주어서 그 놈을 찍어 먹을라고 헌디 구앵이가 와서 뚜부 도매를 엎었기(엎었기) 때문에 그 칼을 떤진단(던진다는) 것이 구앵이는 안 맞고 이 주인이 그래서 죽는 거이라고 그런게. 그 때 왜정때 주재소 소쟁이라믄(소장이라면) 대단한 사람이고만 그때는. "그러믄 니 말이 옳는가 묘보톰(묘부터) 파보자."

아, 그래가지고 구장 반장 경찰 해가지고 올라갔어. 올라가서 산에 가서 보인게 독을 대처 때려 박아놨어. 아, 묘를 파보인게 쪽제비가 없어. 쪽제비가 없는디, 이상하게도 그 돈 전대를 신체(시체) 목에다가 착 감아 놨어. [조사자 놀람] 하, 그래서 경찰이 가만히 생각해 본게 이것을 어떻게 해석을 해야되느냐. 그 돈 전대는 끌러서 소장사를 주고 가만히 구뎅이를(구덩이를) 요리 경찰이 들어가 보고 앉았는디, 그새 파묻은 지가 여러 날이 되아 가지고, 여러 달이 되아 가지고 살이 썩어서, 가만히 들여다 보고 있은게, 아이, 상투 끄터리에서 쇠꼭대기가 요만한 것이 내다 보인디, 그 경찰이 요리 쇠꼭대기를 요리 잡아 댕겨본게, 아 대체 못을 상투에다 때려 박아 뻐렸어. [조사자 놀람] 그래서 죽었어, 그 사램이. 그나 인자 자는 사람을 대체 못을 요그다 [머리 정수리를 가리키며] 대고 탁 쌔려(때려) 박은 게 안 죽을 재주가 있는가. 그렇게 죽었단 말여.

"가자. 이 동네 가서 이 묘세(묘소) 누(누구) 묘센가 조사를 해보자."

그래 동네 와가지고 그 묘소를 조사를 해본게, 내나야 그 술장사 여자의 전남편이라. 전남편인디, 그러믄 이 사람은 웬 사람이냐고 한게, 이 죽은, 현재 이 죽은 사람은 웬 사람이냔게. 아 동네 사람들이 인자 남녀부인네들 모다 나서가지고

"아, 고생도 안한(아프지도 않은) 양반이 뜻밖에 밤에 그렇게 죽어 버린 게로 젊은 사람이 혼차(혼자) 살겠소. 어떻게 젊은 사람이 혼차 술장사 허겠소. 그래서 이 동네 그 홀애비 하나가 있는디 그 사람하고 같이 살다가 이 변을 당하는 거이라고."

그려. 그리서 다만 죄는 그 여자 게가 있단 말여, 그 술장사 여자 게가 있단 말여. 인제 주리를 튼디, 칠거지악. 칠거지액이 여러 가지로 단 것이라, 그것이. 말이 칠거지악이라고 허지만 열개도 더 넘게 그거이 당한 거이. 못쓸 년이라고. 동네 사람들은 젊은 사람이 술장사 허다 혼채 못 사인 게로 한 동네 홀애비가 따라 사는 줄로만 그렇게 인정을 했거든. 그런디 그 조사를 해본게로 그 남자, 본 남편을 죽이고, 숨은 남편을 꼬들여 갖고 (꼬드겨 갖고) 버젓허니 사는 죄가 발견되아 가지고, 그래가지고 살인자는 사(死)라. 그때는 살인을 낸 사람은 그 사람도 죽여비려. 그래가지고 그 죽였는디, 그 여자를 죽였는디, 그거이 뭐인고이는 이 선남자 선심(善男子 善心)이면 선자손(善子孫) 두고 악자 악덕(惡者 惡德)이면 악자손(惡子孫) 두니라 허는 말을 아까 내가 했는디, 평산에(평생에) 선한 것만 허면 평생에 선한 것만 한다고 해가지고 당장에 부자 되는 건 지(제) 운수에 있는 거이지만은 그리 악한 건 따라 들어오들 안혀. 그러지마는 악헌 일만 뽄(본) 받아서 하게 되면 저 뿐만 아니라 그 아들도 또 악한 놈을 낳고 악한 놈을 낳고 그려. 그리서 사람은 악보담 선을 가져라 했거든. (청중 : 음. 좋은 말씀이죠, 아먼.) (조사자 : 그러면 그 술장사 여자가 남편을 [정수리를 가리키며] 여기다 못으로 박아가지고 죽인 거죠?) (청중 : 그러지.) [웃으며] 아, 뺵다구(뼈다귀), 두골 뼉다구 그냥 당장 [못 치는 시늉을 하며] 탁 치면 쑥 들어가지. (조사자 : 세상에.)

불무불무 불무야

자료코드 : 07_10_FOS_20090217_KEY_SJS_0001

조사장소 : 전북 장수군 번암면 노단리 1191-3번지 원노단 마을회관

조사일시 : 2009.2.17

조 사 자 : 권은영

제 보 자 : 소정숙, 여, 72세

구연상황 : 남자들한테 가야 얘기를 많이 들을 수 있다고 하여 어머니들한테서만 들을 수 있는 것들이 있어서 그걸 조사하러 왔다고 답하였다. 그러고는 아이들 키울 때는 어떤 노래 부르셨냐고 질문하자 바빠서 노래 부를 새가 없었다는 대답을 들었다. 그러자 소정숙이 자기 어머니한테 들었다며 다음의 노래를 불러주었다.

불무불무 불무야

어디 갔다가 인제 와

맹경 갔다가 인제 와

[잠깐 더듬으며] 또 뭐여?

담우락 밑에 수달피

얼음 구녁에 쥐애기

잘도 잔다

불무불무 태불무

경상도 태불무

그렇게 허드라고, 우리 어머니가.

사람이 죽은 후 환생하는 과정

자료코드 : 07_10_ETC_20090217_KEY_KHD_0001
조사장소 : 전북 장수군 번암면 논곡리 814번지 논곡마을 권학동 자택
조사일시 : 2009.2.17
조 사 자 : 권은영
제 보 자 : 권학동, 남, 91세
구연상황 : 논곡 마을회관을 방문하여 이 조사의 취지를 설명하였더니, 마침 외출하고 돌
          아온 노인회장 장갑엽이 조사자를 권학동에게 안내하였다. 권학동이 고령으
          로 귀가 어두워져 장갑엽이 조사자 대신 의사를 전달했고, 이야기해 줄 것을
          권했다. 한참 잠잠히 있던 제보자는 다음과 같이 이야기를 시작했다.
줄 거 리 : 사람이 죽으면 그 영혼은 황릉묘 아황녀의 영에게 가게 된다. 거기에서 살아
          생전의 공과 죄를 가려, 공이 많으면 인증서를 받아 풀려나게 된다. 영혼은
          인증서를 가지고 염라국에 들어가는데, 이때 저승사자를 위해 차려놓은 사자
          상 위의 돈을 주고 가야 무난히 염라대왕을 만날 수 있다. 아황녀에게 받은
          인증서를 본 염라대왕은 영혼이 원하는 곳으로 인도환생(人道還生)을 시켜
          준다.

  불설천지팔양묘2)에 이르기를, 선남자 선심(善男子 善心)이면 선자손(善
子孫) 두고 악자 악덕(惡者 惡德)이면 악자손(惡子孫) 두느니라 했거늘, 사
람도 처마 끝에 떨어진 물방울이 낙수처(落水處에)에 보면 언제건 그 구
녁을 쑤시거든. 딴 데로 안 떨어져. 그러닌게 그 행실에 따라서 제 운수가
거기에 달려갖고 있어. 내 행실이 고우믄 내 일생에 별 악헌 일이 없고,
내 행실이 근본 불량하면 나도 모르게 그와 같은 그 액이 언제건 내 뒤을
꼬리를 물고 들어. 그런 것이라서 사람의 일생을 살아나가는 데 에로운
(어려운) 것이 아까 그대로 선남자 선심이면 선자손 둘 것이요, 악자 악덕

---

2) '불설천지팔양경(佛說天地八陽經)'의 잘못

이넘 악자손 두니라 허는 것이 거기에 나오는 것인디, 사람이 백년을 못 살고 불과 팔, 칠 팔십에 죽으먼은 죽은 걸로 끝이 나는 것이 아니고, 어 드로(어디로) 가느냐 하먼은 그 영혼이 황릉묘 아황녀 영(靈)으로 가게 되 먼은 황릉묘 아황녀 영에를 가서 보먼은 어떤 일이 나는고니 나도 모르 게, 나는 일생에 살다가 죽어서 귀신이 여그를 들어왔지만은 거그를 가서 보니게, 내 일생 살아나오는 그 일기쟁이(일기장이) 거가 있어. 하루하루 내가 씰 짓 못씰 짓(쓸 짓 못쓸 짓) 해놔 온 것이 거 뚜렷이 다 나와 갖고 있단 말여, 거가. 그러닌게 거그서 근본 못쓸 짓을 많이 허는 사람은, 그 래도 거그도 법을 갖추는 것이 공과 죄를 대속(代贖)히어. 이 사램이 일생 삼선(살면서) 공은 얼매나 많으며 죄는 얼매나 많는가. 그래가지고 공과 죄를 대속해서 공이 많으믄 거기서 풀려나가지고 이제 인정서('인증서'의 잘못)를 받아가지고 염라국으로 들어간다고. 인정서를 받아가지고 염라국 에 들어가게 되먼은, 그렇다고 혀서 염라국에를 바로 들어간 것이 아니라, 가는 도중에 양쪽에서 채사관3)들이 서가지고 염라국 들어가기 전에 인정 ('인증'의 잘못)을 달라. 인정을 줘야 들어가는 거여. 그러믄 그 인정이 뭐 이냐 하먼은, 사램이 죽으먼 지붕에 옷 던지고, 사자밥에다가 문전에 놓 고 거기서 곡허고 헐때 그 돈을 [옷을 툭툭 치며] 사자상에다 많이 논 것 이 그 영혼을 잘 모시고 가라는 뜻이라, 그 돈 논 것이. 그런게 그 돈을 갖고 가가지고 돈 쓸 때가 그 염라국 들어가는 데 채사관들이 손 벌린데 그거 그 돈을 여그다 나놔주고(나누어 주고), 인자 그러고 염라국에를 들 어가먼 염라국에서는 염라대왕이 별 조사가 없어. 왜 조사가 없는고이는, 아까 저 황릉묘 아황녀 영에서 그 모든 걸 조사받고 그 인정서를 갖고 들 어왔기 땀에(때문에) 그 놈을 보면 다 안단 말이어. 이 사람이 어떤 사람 이고나 해가지고, 아이 별 못헌 일 안허고 사는대로 조심써서 사는 사람

---

3) 차사관(差使官)의 잘못

은 다시,

"네 소원이 뭐이냐? 너 인도환생(人道還生)을 태어 나가는 데는 네 소원대로 해주마."

그래가지고 저 맘에 든 것을 불러 주면 그리 보내 준 것이고, 인제 사램이 일생 끝이 그렇게 나는 것이 있는디 그것은 아죠(아주) 뜻이 깊은 소리고, 이 세상에서 그런 소리 헌 사램이 벨로(별로) 없지. 인제 그런 것이 있고.

약장수 재담과 태평가

자료코드 : 07_10_ETC_20090217_KEY_KHD_0002
조사장소 : 전북 장수군 번암면 논곡리 814번지 논곡마을 권학동 자택
조사일시 : 2009.2.17
조 사 자 : 권은영
제 보 자 : 권학동, 남, 91세
구연상황 : 앞의 이야기가 끝나고 장갑엽이 제보자에게 옛날 노래를 불러주라고 하자 늙
        어서 못 한다며 한참 말이 없었다. 조사자가 그럼 다른 얘기 하나 더 해달라
        고 하자 다시 이야기를 꺼냈다.

암껏도(아무것도) 아닌 소리라도 또 하나, 더? (조사자 : 예.) (청중 : 예, 왜 암껏도 아녀라.)

사램이 일생 살아나가는데 근심 없는 사람이 어디가 있으리오, 허인게 이 근심이란 건 사람 정신을 깨우쳐 주는 거이란 말이여. 그런게 근심 가운데 좋은 수가 나오고. 그래서, 아 인제, 이 몸이 아프먼은 사람이 원정은(원칙은) 점쟁이를 찾아가거든. 몸이 아프믄 점쟁이를 찾아가면 점쟁이는 틀림없이 점만 해 준 것이 아니라 아무 날짝에(날짜에) 손을 내가 가서 비벼주마 허고 그까지능(거기까지는) 나와진단 말이지. 그 점쟁이가 손끄

장(손까지) 날을 딱 받아 아무 날 저녁에 내가 가서 비손 해 주마 하고. 하, 그래가지고 그 점쟁이가 그날 밤에 와서 손을 비벼준 것을 보먼은 환장하이 손을 비벼주지.

[박자를 맞춰 노래하듯이]

방에 가서 빌고
성주님전 빌고
조상님전 빌고
삼시랑에 빌고
정제 가서 빌고
부엌에다 빌고
사랑에다 빌고
보뜽에다(들보를 말하는 것 같으나 분명치 않음.) 빌고
장꽝에다(장독대에다) 빌고
마구에다 빌고
두지에다(뒤주에다) 빌고
마당 가운데 빌고
물박개(물바가지를 말하는 것 같으나 분명치 않음.) 째-

[조사자, 청중 웃음]

해노면은 당장에 대개 낫는가 모양이지. 그러제마는 그것이 아니고 [배를 탁탁 치며] 뱃속에 들어있는 병 뿌렁구를(뿌리를) 손 비벼갖고는 못 낫는 법. 뱃속에 병 뿌렁구가 두렷이 들어 앉았는디 그걸 손을 비벼가지고는 낫덜 못헌거이고 약을 다슬라가지고(다스려가지고) 그 병 뿌렁구를 없애야 되는 것인디, 그럴라면은 그 액이 어디가 있나 허면은 그 사람 몸에 그 병을 진단을 허는디,

[박자를 맞춰 노래하듯이]

　머리 나면 두창(頭瘡)

　귀에 나면 귀창

　목에 나면 나령

　눈에 나면 안질(眼疾)

　코에 나면 오비창

　입에 나면 구항

　낯에 나면 면종(面腫)

　젖에 나면 유종(乳腫)

　손바닥에 사두창(蛇頭瘡)

　저드랑(겨드랑) 밑에 정감

　뱃속에 내종

　등에 나면 등창

　똥꼬녁에 치질

　붕알이끈 산질

　자지에 임질(淋疾)

　물팍머리 엿머리

　발뒤꿈치 마목

　이런데 저런데

　보르믄(바르면) 낫고

　안 보르면 안 낫고

　안 먹으면 안 낫아. [조사자, 청중 폭소]

　내가 지리산 밑에 산내면이 있는데 남원군 산내면이 있는디 남원군 산내면에서는 거끄쟁이(거기까지가) 남원군이고 거 산내면 지내면 고 안에는 함양군 마천면이거든, 고 안으로는. 함양군 마천면인디 거그 땅골장터가 있어. 땅골장터 거그서 그전에 벨놈의(별놈의) 짓 다허고 댕길 적에 고런 소리 허고, [조사자 웃음] 땅골 장날. 그런 소리 허고 막 약 거시거든 그 산중에서 암껏도 모른 이들이 기양 막 약을, 행에나(행여나) 떨어질감이(떨어질까 봐) 자꾸 그런디, 나는 그러믄 그 약을 어디서 나왔냐믄, 결국 사람이 꾀를 내면 안 되는 일이 없어. 거그 그 약방에 찾아가 가지고 양약 장사보고 내가 오늘 장에 이 팔 물견(물건)이 이것인게 못 판다 하면 도로 반납허고 판 놈은 와서 돈을 갖다가 들일터인게 약을 거그서 얻어. [조사자, 청중 웃음] 그렇게 해갖고 그런 짓도 해봤고. (조사자 : 그럼 재담을 하시는 거예요, 어르신?) 어? (조사자 : 재담을 장터에서 하신 거예요?) 어? (조사자 : 재담.) 재담? (조사자 : 예, 그런 말.) 그거이 재담이라. [조사자, 청중 웃음] (조사자 : 재밌어요. 재담 하나 더 해 주세요.) 그러믄 인제. (청중 : [녹음기를 가리키며] 여기 다 담아졌어요.) 거그서는 이러지. 인제 그렇게 재담을 해놓고, 재담 끝에는 그때는 노래가 꼭 해야 되야. 재담 끝에는 노래도 꼭 해야 되야. (청중 : 암면, 그렇지, 암면.)

[태평가 곡조로]

짜증을 내어서 무얼 허나
성화를 받쳐서 무얼 허나
속상헌 일도 하도 많으니
놀기도 허면서 살어 가세
니나노
늴리리야 늴리리야 니나노
얼싸 좋아 얼씨구나 좋네
범나비는 이리 저리 펄펄
꽃을 찾어 날아든다.

부부 간에 정을 부추기는 재담 소리

자료코드 : 07_10_ETC_20090217_KEY_KHD_0003
조사장소 : 전북 장수군 번암면 논곡리 814번지 논곡마을 권학동 자택
조사일시 : 2009.2.17
조 사 자 : 권은영
제 보 자 : 권학동, 남, 91세
구연상황 : 앞의 이야기가 끝나고 나서 조사자가 재미있다고 하자, 장갑엽이 한 자리 더
　　　　　해 주라고 권했다. 지금까지 아까워서 좋은 얘기는 안 해주었다면서 제보자가
　　　　　참으로 처음 듣는 소리 하나 해 주겠다며 다음의 재담을 들려주었다.

인제 참으로 첨(처음) 듣는 소리 하나 해야겄고만. [청중 웃음]

[리듬을 타며 빠른 말투로]

마음도 천리면 기척도 천리요

기척도 천리면 마음도 천리라 했거늘

달뜨는 밤 꽃 지는 저녁

잘마부는 소리(뜻을 모름) 처량한 황혼에 만학천봉 굽이굽이 백발

안개를 타고

구름 속에서 만나이오리다.

오 낭자, 낭자여 잘 있으소.

거짓말, 새빨간 거짓말,

당신은 천하에 왼갖 꽃

꽃동산에 호랑나비가 아닙니까?

달뜨는 밤 꽃 지는 저녁

잘마부 소리 처량한 황혼 가운데에

만학천공 굽이굽이 맑은 안개 속에서

같이 만나서 삽시다.

[조사자, 청중 웃음]

(조사자 : 그거는 뭐 할 때 그렇게 하시는 거예요?) 부부간에 삼선(살면서) 처음에 만나가지고 정이 서툴하게 되면 그런 소릴 해갖고 정을 올리는 거이. [조사자, 청중 웃음]

염불로 하는 재담

자료코드 : 07_10_ETC_20090412_KEY_KHD_0001
조사장소 : 전북 장수군 번암면 논곡리 814번지 논곡마을 권학동 자택
조사일시 : 2009.4.12
조 사 자 : 권은영
제 보 자 : 권학동, 남, 91세
구연상황 : 2009년 2월 17일 조사 후에 곧 다시 제보자를 만나고자 했으나 제보자가 노환으로 병원에 입원하게 되어 재조사가 쉽지 않았다. 가족들과 여러 차례 연락을 취하다가 제보자가 자택에서 요양 중이라는 얘기를 듣고 문병을 겸하여 제보자를 찾아갔다. 기억이 잘 안 나는 듯 제보자는 1차 조사 때 구술했던 얘기들을 주로 해 주다가 다음을 구연해 주었다.

사람이 요 한 귀(句)는 알아야 되는 것이 불설천지팔양경에 이르기를 선남자 선심이면 선자손 둘 것이요, 악자 악덕이면 악자손 두니라 이러했는디, 거기에 인제 불설(佛說)이기 땜에 염불로 들어가는디 그 염불이라는 것은,

[염불을 하듯이 곡조를 붙여서]

  천우천응 악퇴산
  오악산신 조과호
  염정누곡 정소운
  명당고고 득실인
  수리수리 마수리

사바하 사바하

용수보살 약창해

석가모니 대여래

수리수리 마수리 사바하

천조 운날 부처님 홍장군

오방만래 사장악전

내구칙욕 팔오십오

염사염도 시구상천래

구천내공장군

수명장수 만복장안

만대유전 백대천석

앞으로 봐도 만석꾼

뒤로 봐도 만석꾼

수이산천 만장봉에

청산녹수가 내린 듯이

소원성취 속히 하게 하여 주옵소서

[조사자 웃음] 그렇게 비는 거이고

4. 산서면

전라북도 장수군 산서면 이룡리 이룡(二龍) 마을

조사일시 : 2009.1.20, 2009.1.29, 2009.8.16
조 사 자 : 권은영, 이화영

제보자 물색을 위해 사전 조사를 하던 중 면사무소에서 김진식 전 산서면장을 소개 받았다. 김진식을 면담하기 위해 2009년 1월 20일 이룡마을회관에 방문하였고 이때에 한병원 이장을 만나 조사 협조를 부탁하였다. 한병원 이장의 소개로 1월 29일 제보자들을 만나 민요와 설화를 녹취하였다. 그 후 8월 16일 추가 조사를 실시하였다.

이룡 마을은 1972년에는 오룡과 약촌 두 개의 행정마을로 분리되었다가, 1981년부터 오룡과 약촌은 다시 이룡 마을로 통합되었다. 행정리인

장수군 산서면 이룡리 이룡 마을

이룡 마을은 오룡, 강촌(강변뜸), 약촌(약방뜸), 용평(황사고미), 들뜸(들가운데)으로 다시 구분되는데 이중 오룡이 가장 크다. 풍수지리적으로 볼 때 마을의 형국이 오룡쟁주(五龍爭珠), 즉 다섯 마리의 용이 여의주 하나를 놓고 다투는 형상을 취하고 있기 때문에 마을 이름이 오룡이 되었다고 한다. 그런데 경지정리를 하다가 오룡 중에 셋이 훼손되었고 현재는 청룡 모퉁이와 황사고미(黃巳顧尾)만이 남아 있어서 이룡 마을이 되었다. 주민들은 마을 명칭으로 이룡과 오룡을 혼용하고 있다.

이룡 마을은 여러 성씨들이 모여 사는 마을로 흥덕 장씨가 처음 들어온 것으로 알려져 있다. 마을 대대로 한 성씨가 다섯 호 이상을 이룬 적이 없다고 전해지는데, 마을 주민들은 그 이유를 풍수지리상 오룡쟁주의 형국을 하고 있어서 하나의 성씨가 득세하지 않기 때문이라고 보고 있다. 사람이 많이 살 때는 이룡 마을 전체에 128호가 되었는데 현재는 80여 호가 된다고 한다. 마을 노인들이 젊었을 때만해도 마을에 서당이 2~3개가 있었고 초등학교 대신 서당에 다니는 사람도 많았지만, 훈장들이 연로하여 돌아가시면서 서당도 자연스레 없어졌다고 한다. 산서면 소재지에 2개의 교회와 원불교 교당이 있는데 마을 주민들 중 몇몇이 여기에 다닌다고 한다.

장수군 면적의 70% 이상이 산지여서 농지비율이 적고 농지 중에서도 논의 비율이 적은 데 비해 산서면은 지세가 평탄하고 토지가 비옥하여 장수군 내에서도 곡창지대에 속한다. 그 중에서 이룡리는 밭보다는 논의 비율이 월등히 높아 논농사를 주로 하고 특산물은 별로 없다. 행정구역상으로 장수군으로 되어 있으나, 예전에는 장을 볼 때 오수장(임실군)을 주로 많이 갔으며 남원장을 보기도 했다고 한다.

이룡 마을은 설날이 되면 마을 주민들 전체가 모여 공동으로 세배를 하는 풍습을 지금까지도 유지하고 있다. 마을 주민들은 유교적인 덕목을 숭상하여 효와 어른에 대한 공경을 강조하였다. 여성 노인들은 그렇지 않았지만 남성 노인들은 구비 설화를 허황된 이야기라 생각하고 있었으며, 이 때문에 지명 유래를 제외하고는 설화의 전승 여부를 확인할 수가 없었다. 그래서 이룡 마을에서는 설화보다는 민요를 더 많이 녹취할 수 있었다.

송순례, 여, 1931년생

주 소 지 : 장수군 산서면 이룡리 92번지 이룡 마을
제보일시 : 2009.1.29, 2009.8.16
조 사 자 : 권은영, 이화영

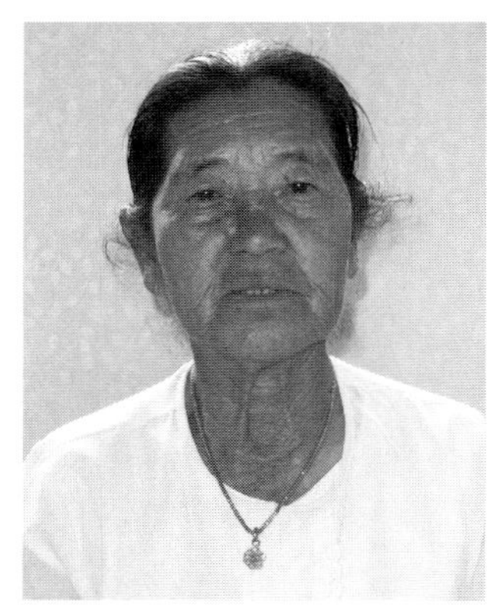

송순례(宋順禮) 전라북도 장수군 산서면 오성리 강치 마을에서 태어났다. 강정 마을과 개치 마을을 통합하여 현재 강치라고 부르는데 송순례는 개치 마을에서 출생했다. 친정이 개치 마을이어서 택호가 개치댁이다. 16살에 이룡마을로 시집온 뒤로 쭉 이곳에서 살았다. 현재 거주지는 장수군 산서면 이룡리 92번지 이룡 마을이다. 학교는 다닌 적이 없다.

남편은 벼농사를 지었고, 5남 4녀의 자식을 낳아 길렀다. 남편의 나이 55세 때 작고하였다. 송순례는 산서면소재지에 있는 원불교에 50여 년째 다니고 있는데, 총기가 좋고 말에 조리가 있는데 비해 사람들 앞에 나서지는 않는 것 같았다. 이룡 마을의 노인회장을 5년째 맡고 있다.

제공 자료 목록
07_10_FOS_20090129_KEY_SSR_0001 불무야 불무야
07_10_FOS_20090129_KEY_SSR_0002 달깡 달깡
07_10_FOS_20090129_KEY_SSR_0003 떵그 떵그 떡살인가
07_10_FOS_20090129_KEY_SSR_0004 어머님 아버님 얼마나 애를 썼싸세요
07_10_FOS_20090129_KEY_SSR_0005 늙은이 신세 타령
07_10_MFS_20090129_KEY_SSR_0001 이서방 찬가

육윤이, 여, 1935년생

주 소 지 : 장수군 산서면 이룡리 이룡 마을
제보일시 : 2009.1.29
조 사 자 : 권은영, 이화영

　육윤이는 장수군 산서면 마하리 원흥 마을에서 태어나서 18세까지 그곳에서 성장했다. 위로 태어난 형제들이 자꾸 죽어 출생신고를 늦게 하는 바람에 서류상으로는 1940년 생으로 되어 있다. 아버지는 엄한 분이었는데, 딸은 남의 집 귀신 될 사람이라 하여 가정교육을 특히 엄하게 가르쳤다고 한다. 25살 차이가 나는 큰오빠의 보살핌을 많이 받았으며 큰 오빠는 어린 제보자에게도 꼭 '하게'를 하는 점잖은 사람이었다.

　18세 되던 해 육윤이는 혼인 준비를 미처 할 새도 없이 혼인을 하였다. 친정인 원흥 마을에 저녁마다 빨치산이 내려오는 바람에 육윤이와 동갑인 7명의 처녀가 동짓달 한 달 동안 모두 시집을 가게 되었다. 남편은 제보자보다 6살 위였는데, 시댁이 가난하여 11명의 식구가 곁방살이를 했으며 잠자리조차 변변하지 않을 만큼 집이 좁았다. 육윤이가 시집간 때는 한국전쟁이 끝난 직후로, 시집을 간지 한 달 만에 수류탄이 잘못 터져서 시아버지가 돌아가셨다. 시어머니는 시아버지가 돌아가자 큰아들 내외를 분가시켰고, 남편은 곧 군대에 입대하여 7년 동안 군대생활을 하였다. 육윤이는 세 명의 시누이와 시어머니와 함께 살았는데 '시아비 잡아먹은 년'이라고 구박을 당하면서 호된 시집살이를 하였다. 육윤이는 시아버지의 죽음은 자기 탓이 아니라, 그때 집을 옮기면서 대주가 한 달밖에 못 산다는 오구삼살방으로 이사를 했기 때문이라고 했다. 혼인한지 8년 만에 분가하였으며, 생계를 위해 안 해본 일이 없었다. 한때는 사카린을 이고 다니며 팔았는데, 사카린 값으로는 감자를 받았다고 했다.

18세에 혼인한 뒤로 줄곧 육윤이는 산서면 이룡리 이룡 마을에서 살고 있다. 원홍 마을에서 시집을 왔다고 해서 택호가 '원홍이덕'이다. 시집살이를 워낙 호되게 해서 가슴에 쌓인 한도 많지만 총명하고 적극적인 성격을 갖고 있다. 자녀들은 모두 출가하여 잘 살고 있고 노후 또한 평안하다고 한다. 민요도 잘 하고 입담이 좋은 덕에 마을 할머니들 사이에서 인기가 좋다.

제공 자료 목록

07_10_FOT_20090129_KEY_YYI_0001 매미와 서생원

07_10_MPN_20090129_KEY_YYI_0001 사람을 도와주는 호랑이

07_10_FOS_20090129_KEY_YYI_0001 진주낭군

07_10_FOS_20090129_KEY_YYI_0002 네모 빤듯 뚜부몬가

07_10_FOS_20090129_KEY_YYI_0003 방귀 타령

07_10_FOS_20090129_KEY_YYI_0004 딸 키워 나 주신 장모

07_10_FOS_20090129_KEY_YYI_0005 천하에 보화는 내 아들

07_10_FOS_20090129_KEY_YYI_0006 강원도라 금강산은

정분이, 여, 1933년생

주 소 지 : 장수군 산서면 이룡리 94번지 이룡 마을
제보일시 : 2009.8.16
조 사 자 : 권은영, 이화영

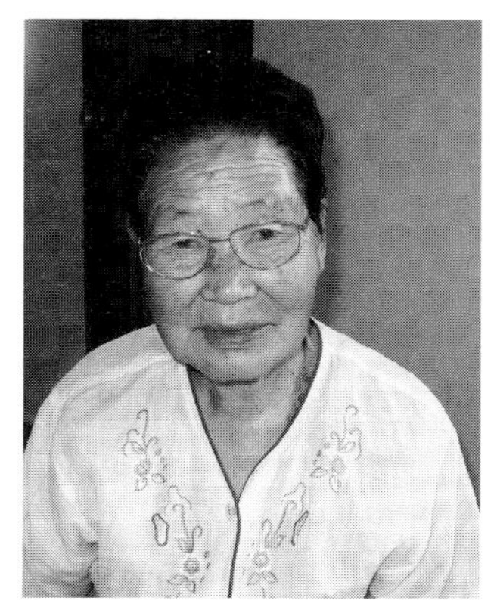

정분이는 전라북도 장수군 산서면 건지리 참밭(진전) 마을에서 나고 자랐다. 17살에 이룡 마을로 시집 와서 이곳에서 쭉 살았다. 현재 거주지는 장수군 산서면 이룡리 94번지이다. 17세에 혼인하여 3남 1녀의 자녀를

두었고 남편은 농사를 지었다고 한다. 지금은 남편과 사별하고 혼자 살고 있다. 일을 남자처럼 잘했었는데 4년 전에 일을 하다가 허리를 다쳐 지금은 걷는 것조차 힘들 만큼 거동이 매우 불편하다.

제공 자료 목록
07_10_FOS_20090816_KEY_JBI_0001 베짜는 소리
07_10_FOS_20090816_KEY_JBI_0002 시집가는 삼일 만에
07_10_FOS_20090816_KEY_JBI_0003 장가가는 삼일 만에

진정섭, 남, 1934년생

주 소 지 : 장수군 산서면 이룡리 이룡 마을
제보일시 : 2009.1.29, 2009.8.16
조 사 자 : 권은영, 이화영

진정섭(陳正燮)은 지금 사는 마을에서 멀지 않은 전라북도 임실군 지사면 영천리에서 태어났고 15세에 장수군 산서면 이룡리 이룡 마을로 이사 왔다. 학교는 다니지 못했고 23세까지 서당을 다녔다. 할아버지 대부터 아버지 대까지 한약방을 했고, 진정섭도 가족들이 먹을 약은 스스로 짓는다고 한다. 24세에 산서면 신창리에 살던 19세의 아내와 혼인하여 4형제를 두었다. 가족들은 이룡리에서 농사를 짓고 진정섭은 건설 노동일을 다녔다고 한다. 지금은 아내와 둘이 농사를 지으며 살고 있다.

제공 자료 목록
07_10_FOS_20090129_KEY_JJS_0001 모심는 소리
07_10_FOS_20090129_KEY_JJS_0002 상여 소리

07_10_FOS_20090816_KEY_JJS_0001 세 살 먹어서 모친을 잃고
07_10_FOS_20090816_KEY_JJS_0002 지충개야 지충개야
07_10_FOS_20090816_KEY_JJS_0003 오동추야 달 밝은디

민요 제보자 진정섭 김영기 방세혁 임화중(왼쪽부터)

매미와 서생원

자료코드 : 07_10_FOT_20090129_KEY_YYI_0001
조사장소 : 전북 장수군 산서면 이룡리 161-4번지 이룡 마을회관
조사일시 : 2009.1.29
조 사 자 : 권은영, 이화영
제 보 자 : 육윤이, 여, 75세
구연상황 : 앞에 민요가 끝나자 청중들 사이에서 참 잘한다는 칭찬이 나왔다. 제보자가
즐거워하며 자신이 해준 얘기에 친구가 재밌어 하더라는 말을 꺼냈다. 조사자
가 그 얘기가 뭐냐며 해달라고 청하자 다음과 같이 구연하였다.
줄 거 리 : 여름에 노래만 부르던 매미는 겨울이 되자 먹을 것이 없어서 쥐에게로 이곡
을 내려 갔다. 처음에 매미가 서생이라 하대하며 자신을 부르자 나오지 않았
던 쥐는 나중에 매미가 서생원이라 높여 부르자 그때서야 집 밖으로 나왔다.
매미에게 이곡을 얻으러 왔다는 말을 들은 쥐는 날마다 놀기만 하는 매미에
게 이곡을 내 줄 수 없다고 했다. 그럼 광에 걸린 수수라도 꾸어 달라고 매미
가 부탁하자 쥐는 거칠어서 자신도 못 먹는 것을 남에게 주면 벌을 받는다고
핑계를 대며 그마저도 거절했다.

　매미가, 아 여름에는 노래만 부르고 있다가 인자 겨울이 돌아오니 먹을
것이 없지. 그려 쥐는 인자 먹을 것이 많은게 쥐한테로 잇국(利穀)을 내려
갔어. (조사자 : 어디를 가요?) 쥐한테로. (조사자 : 아 먹을 것이 많은게?)
매미가 쥐한테로 잇국을 내러가서 잇국을 얻으러 왔다고 헌게, 쥐가 대처
첨에는 지가 양반이라고

　"서생."

　그런게 안 나와. 나중에는 인자 매미가 배는 고프고 별 수 없은게 내가
양반도 필요없다 싶어서

　"서새왼(서생원)."

그런게 메밀 껍데기로 관을 씨고(쓰고) 나락 껍데기로 까신을(갖신을)
신고, 저그 저 보리 꺼끄락으로(꺼끄러기로)로 저릅(겨릅) 막대기를 허고
"뉘시오."

그러고 나오드리야. [조사자 청중 웃음] 그런게 인자 매미가 잇국을 얻
으러 왔다고 헌게 그건 안 되지. 날마둥(날마다) 노래만 부른 사람을 잇국
을 쥐갖고 어떻게 받아. 못 받은게 안 되지. 그런게로 절대로 안 된다고
헌게, 아 인자 씨 헐라고 그랬든가 광에다 쑤시를(수수를) 한 모가지 딱
걸어놨드리야. 그런게로 저놈이라도 도라고 그런게,

"나는 참깨로 게피(去皮)를 해서 먹어도 배가 부릇 허니 안 좋은디 그
떫은 놈의 쑤시를 어떻게 먹어야고, 나 못 먹을 거 주면은 벌 받는다고
그것도 안 주드리야. [제보자 조사자 청중 웃음] (조사자 : 어머니 이곡이
곡식을 이곡이라고 그래요?) 예, 곡식을 얻어 간 것을 잇국이제. 나중에
저그 저 이자를 쳐서 갚는 게 잇국이야, 우리 조선말로. 옛날에부터 없는
사람은 있는 사람한테 잇국을 내다 먹어. 그거 빚 얻어다 먹는 거 잇국이
라고 해. 그래서 잇국을 내다 먹고 인자 주고 그랬거든. 그런게 한마디로
없는 사람 때민에 있는 사람이 더 부자가 되얐어. 왜냐면은 그 가만히 곡
석을 묵훠봤자(묵혀봤자) 뭔 필요가 있어. 글치만은 한 가마니 주면은 닷
말이 붙어. 닷말씩을 받았어, 장리로. (청중 : 장리로 받았지.) (조사자 : 그
게 쥐이야기고만요? 서생, 서생 그래가지고.) 서생, 그런게 안 나와. 인자
서새완, 그런게 나오지. (청중 : 근게 우댄게 나왔지.) 하 우댄게 나오지.
(청중 : 그 말이 맞아. 쥐는 긁어서 먹은게로 참깨도 게피를 해 먹는다 그
랬거든.) 꼭 게피를 해서 처먹어 자껏. 껍데기를 까놔요, 참깨도. 참깨를
게피를 해서 먹어도 배가 더부룩 헌디 그 떫은 쑤시를 어떻게 먹어야고,
벌 받는다고 안 주더리야.

사람을 도와주는 호랑이

자료코드 : 07_10_MPN_20090129_KEY_YYI_0001
조사장소 : 전북 장수군 산서면 이룡리 161-4번지 이룡 마을회관
조사일시 : 2009.1.29
조 사 자 : 권은영, 이화영
제 보 자 : 육윤이, 여, 75세
구연상황 : 앞의 민요 후에 제보자는 이룡 마을에 대해 한참을 자랑하였다. 그러다 제보
자와 따로 떨어져 있던 할머니들 몇이서 하는 호랑이 얘기를 듣고는 다음을
구연해 주었다.
줄 거 리 : 육윤이의 친정할머니는 처녀 적에 나물을 뜯으러 갔다가 바위 밑에서 호랑이
새끼들을 보았다. 어미를 동정하며 호랑이 새끼들을 귀여워하고 있었는데, 갑
자기 어미 호랑이가 나타나는 바람에 바구니마저 팽개치고는 집으로 도망쳐
왔다. 다음날 아침 싸리문을 열어보니 자신이 던져놓고 온 나물 바구니가 얌
전히 놓여 있었다. 호랑이가 자기 새끼들을 귀여워하는 사람의 마음을 알고는
바구니를 가져다 놓은 것이었다. 육윤이의 친정아버지도 호랑이의 덕을 본 경
험이 있다. 할아버지가 편찮으시자 친정아버지는 밤중에 약을 지으러 달랑고
개를 넘어가는데 호랑이가 나타났다. 친정아버지는 약을 잘 지어올 수 있게
도와 달라고 호랑이에게 간절히 기도를 했다. 호랑이는 눈에 불을 밝혀 길을
인도해주었고 그 덕으로 친정아버지는 약방에 무사히 다녀올 수 있었다. 친정
아버지는 호랑이의 은공을 갚기 위해 집에서 키우던 개를 데려다 달랑고개에
묶어놨는데, 호랑이는 친정아버지의 정성을 알고는 개를 잡아먹지 않고 그대
로 두고 갔다고 한다.

　우리 할머니는, 우리 할머니, 친정할머니는 그 원행이(원홍) 저그 저 황
새골이라고 하는 데가 큰 산이 있어요. (조사자 : 황새굴요?) 이 이, 산이
있어. 산에로 인자 너물을 뜯으로 갔더니 양, 너물이 하도 좋드리야. 그래
서 그놈을 다 뜯어서 올라간디, 옛날에는 바구리(바구니), 요만이나 한 바
구리로 하나를 인자 뜯었는디 올라간게 바우가 막 이렇게 큰 놈이 있는디

바우가 요롷게 있는디 그 밑에 새끼를 오몰허니 낳놨드래. (조사자 : 호랭이가요?) 호랭이가. 그리서 그걸 보고

"아이고, 예쁘기도 허다. 이렇게 예쁜 새끼를 많이 낳놓고 세상에 먹어야 젖을 주어서 새끼를 키울턴디, 뭣얼 먹고 산신님이 이 새끼를 키우꼬."

그러고 군담을 했대요. 그랬더니 바우에가 올라 앉았다.

"어흥."

그래갖고 놀래갖고는 그냥 바구리도 집어 내비리고 양 죽게 집이를 와부렀대. 그 이튿날 아칙에(아침에) 싸리문을 딱 연게 바구리를 그 싸리문 악에다(밖에다) 딱 갖다 놨드리야. (조사자 : 호랭이가요?) (청중 : 호랭이가.) 그러지. 그건 전설이 아니고 우리 할머니가 그랬은게 그거 진실이여. 근디 그 무건 놈의 바구리는 어떻게 물고 왔는가 싸리문 악으다 갔다 놨드리야. 고마와갖고. 이렇게 예쁜 새끼를 먹어야 젖을 내서 줄 턴디 뭣얼 먹고 이 새끼를 키우꼬 그러고 군담을 허고 그렀더니 (조사자 : 그 마음을 알구만.) 그러고 예쁘다고 그렀더니, 아 어흥 해서 기양 어떻게 놀래서 바구리도 집어 내비리고 안 갖고 왔더니, 아 싸리문을 연게 그 이튿날 아칙에 싸리문 악에 갖다 놨드라요. (조사자 : 신기하다. 세상에.) 그 거짓말 맹이지. (청중 : 옛날에는 그런 짐승이 많아. 옛날에는 산신님이 그렇게 저그를 도와 주먼은 뎁세(도리어) 불을 뒤에서 환허니 써(켜) 줬대.) (조사자 : 눈, 눈에서 불을?) 불을 훤허니 써 줬대. (청중 : 먼한 질에(먼 길에) 갔다 와도 그런다고 그려.) 우리 친정아버지가 그 그 저 원행이서(원흥에서) 오성리 갈라먼은 그 고개를 넘어 가거든, 달랑고개. 거그를 넘어서, 우리 할아버지가 겁나게 아파서 거그를 인자 약을 지러 밤에 갔더리야. 밤에 간디 그 호랭이가 이 나시더랴. 그래서

'산신님 내가 우리 아버님이 아파서 시방 약을 지로 가는 딘디 기냥 너무 무서서 어뚷게 갈까 몰라요. 산신님 저 좀 도와주세요.'

그러고 갔대. (조사자 : 기도를 한 거예요?) 응. 그러고 갔더니 아 불을

뒤에서 휜허니 써 준게 양 질이(길이) 빤하니 글더리야. 그리갖고는 인제 약을 지어갖고 왔대. 올 때꺼지 집에 싸리문 밖꺼지 그릏게 데리다 주더리야. 그래서 개가 중개나 되얐는디 그 개를

"가자. 너 따라 가야혀. 인공을(은공을) 갚아야제."

그래서 인자 그 산신님 처음에 만난 자리, 그 달랑고개라고 있어, 거그. 원, 저그 저 원행이서 오성리 갈라믄 그 달랑고개 있어. (청중 : 그려 알아.) 거그다 딱 갖다놨더니 아침에 간게 세상으 그대로 있더리야. (조사자 : 안 잡아먹고?) 안 잡아먹고. 일부러 인제 마음이 고마와갖고 도로 안 잡아먹고 간 거여.

불무야 불무야 / 아이 어르는 소리

자료코드 : 07_10_FOS_20090129_KEY_SSR_0001
조사장소 : 전북 장수군 산서면 이룡리 161-4번지 이룡 마을회관
조사일시 : 2009.8.16
조 사 자 : 권은영, 이화영
제 보 자 : 송순례, 여, 79세
구연상황 : 2009년 1월 29일 이룡 마을회관에 방문하여 민요를 조사했는데 그때 제보자
　　　　　육윤이가 적극적인 모습을 보여주자 송순례는 겸양하는 태도를 보여 자세히
　　　　　면담하지 못했다. 재조사를 위해 송순례에게 전화를 걸어 면담을 요청하자 선
　　　　　선히 수락하였다. 조사의 취지를 설명하자 흔쾌히 다음을 구연하였다.

　그 전에는 애기도 어울름선 [설명을 그치고는 노래하며]

　　불무야 불두야
　　불무 딱딱 잘헌다
　　경상도는 괘불무
　　전라도는 말불무
　　불무 딱딱 잘헌다
　　아따 그 불무 잘헌다

　[노래를 마치고 설명하며] 이렇게 애기를 이렇게 인자 불무 시킴선 그려

달깡 달깡 / 아이 어르는 소리

자료코드 : 07_10_FOS_20090129_KEY_SSR_0002
조사장소 : 전북 장수군 산서면 이룡리 161-4번지 이룡 마을회관

조사일시 : 2009.8.16

조 사 자 : 권은영, 이화영

제 보 자 : 송순례, 여, 79세

구연상황 : 앞의 민요가 끝나자 바로 다음을 구연하였다.

> 달깡 달깡
>
> 서울 가서 밤 한 톨이 줏어다가
>
> 시금창에 묻어놨더니
>
> 시앙쥐가 다 까먹고
>
> 쬐께 남았는디
>
> 너하고 나하고 딱 갈라먹자이

떵그 떵그 떡살인가

자료코드 : 07_10_FOS_20090129_KEY_SSR_0003

조사장소 : 전북 장수군 산서면 이룡리 161-4번지 이룡 마을회관

조사일시 : 2009.8.16

조 사 자 : 권은영, 이화영

제 보 자 : 송순례, 여, 79세

구연상황 : 앞의 민요가 끝나자 아이 어르는 노래도 여러 가지라면서 다음을 구연하였다.

> 떵그 떵그 떡살인가
>
> 청산 보안에는 대추씬가
>
> 얼음 구녁에 수달핀가
>
> 어째 이렇게도 예쁜가

어머님 아버님 얼마나 애를 썼싸세요

자료코드 : 07_10_FOS_20090129_KEY_SSR_0004
조사장소 : 전북 장수군 산서면 이룡리 161-4번지 이룡 마을회관
조사일시 : 2009.8.16
조 사 자 : 권은영, 이화영
제 보 자 : 송순례, 여, 79세
구연상황 : 아기를 재울 때는 이런 노래를 부른다면서 자장가를 짧게 부르고는 바로 이
어 다음을 구연하였다. 이 노래는 특별한 기능이 없이 사람들이 모여 앉아 놀
면서 부르는 민요라 한다. 마을회관의 창을 열어놓고 면담을 하는데 바람이
많이 불어 바람소리가 녹음되었다.

어머님 아버님 얼마나 애를 썼싸세요

신랑 신부가 백년언약을 걸고요

삼대 조생이(조상이) 춤을 추요

아들딸을 줄줄이 데꼬요

천석만석을 안고요

부모에게는 효도하고

동구간에 우애하고

나라에는 충신하고

얼씨구나 좋네 정말로 좋아

이렇게 존 일을 내 몰랐네

늙은이 신세 타령

자료코드 : 07_10_FOS_20090129_KEY_SSR_0005
조사장소 : 전북 장수군 산서면 이룡리 161-4번지 이룡 마을회관
조사일시 : 2009.8.16
조 사 자 : 권은영, 이화영

제 보 자 : 송순례, 여, 79세
구연상황 : 앞 민요의 가사를 설명하고는 다음을 구연하였다.

칠십 평생 넘어가고
팔십 평생이 돌아왔네
삼대같이 좋은 머리
불한당이 다 쳐가고
새별같이 밝은 눈이
반장님이 되었는가
박속같은 요 내 잇속
아구탱이 되았는가
청명하는 요 내 귀가
마구봉챙이 되았는가

[가사를 설명하며] 귀가 늙으면 귀가 먹잖아 그런게로

폴이라고 걷고 보니
능수버들은 능늘어지고
다리라고 걷고 보니
칼날같이도 서 있는가
제지같은 이내 뭠이 곱사님이 웬말인가
구석구석이 웃는 모습
수근수근 하는 소리
한심하기도 하려니와
이팔청춘 소년들아
백발 보고서 웃지마라
우리도 청춘이더니

백발 뵈기가 어이 쉽네

노세 좋구나 젊어서 놀아

늙어지면 아니나 놀지도 못하겠네

한심도 하면서 놀아볼까

슬픔도 하면서 놀아볼까

놀기도 하면서 놀아보세

진주낭군

자료코드 : 07_10_FOS_20090129_KEY_YYI_0001
조사장소 : 전북 장수군 산서면 이룡리 161-4번지 이룡 마을회관
조사일시 : 2009.1.29
조 사 자 : 권은영, 이화영
제 보 자 : 육윤이, 여, 75세
구연상황 : 2009년 1월 20일 이룡 마을회관에 방문하여 김진식 전 면장과 한병원 이장을 만나 조사 협조를 부탁했다. 마을 주민이 공동으로 세배하는 1월 29일에 방문하는 것이 좋겠다는 한병원 이장의 말에 따라 29일 이룡 마을회관을 재방문하였다. 조사자들은 마을 주민들과 함께 공동 세배에 참여하고 나서 점심 식사가 준비되는 동안 마을회관의 할머니방에 모여 있던 할머니들께 설화나 민요를 청했다. 여러 할머니들 중 제보자 육윤이가 나서며 적극적인 모습을 보여주었다. 육윤이는 콩나물이 자라기는 쉬운데 싹 트기가 제일 어려운 것이라며, 시작하기가 어렵다고 하면서 다음을 구연해 주었다.

울도 담도 없는 집이

시집 삼년을 살고 나니

시어머니 하시는 말씀

야야 아가 며늘 아가

진주낭군이 오신다니

진주 난강으로(남강으로) 빨래 가라

진주 난강으로 빨래를 가니

돌도 좋고 물도 좋아

도드랑 통탕 빨래를 하니

어디선지 발자욱 소리

얼그덕 덜그덕 들려오네

옆 눈으로 살펴보니

용과 같은 갓을 씨고(쓰고)

하늘같은 말을 타고

못 본 듯이 지나가네

검은 빨래는 검게나 빨고

흰 빨래는 희게 빨아

집이라고 들어가니

사랑방은 분주하다

시어머니 하시는 말씀

야야 아가 며늘 아가

진주 낭군이 오셨으니

사랑방으로 나려가라

사랑방으로 나려가니

오색가지 술을 놓고

계상(階上)의 첩을 옆에다 끼고

흥청망청 하는구나

그 꼴 보는 며느리는

안방으로 들어와서

아홉 장에 편지를 씨고(쓰고)

석자 세치 명지수건(명주수건)

목을 잘라서 죽는구나

진주 낭군이 이 말을 듣고

버선발로 달려와서

사랑 사랑 내 사랑아

그에 어이나 죽었는가

계상의 정은 석 달이요

본댁의 정은 백년인데

그에 어이나 죽었는가

잠이 들었이면 일어나고

죽었이면은 한양 가세

사랑 사랑이 내 사랑아

계상의 첩이 썩 나서서

얼씨구나 잘 죽었네

절씨구나 잘 죽었네

얼씨구 절씨구나 잘 죽었네.

네모 빤듯 뚜부몬가 / 아기 어르는 소리

자료코드 : 07_10_FOS_20090129_KEY_YYI_0002
조사장소 : 전북 장수군 산서면 이룡리 161-4번지 이룡 마을회관
조사일시 : 2009.1.29
조 사 자 : 권은영, 이화영
제 보 자 : 육윤이, 여, 75세
구연상황 : 농협조합장의 방문으로 조사가 잠시 중단되었다. 할머니들의 젊은 시절 애기
　　　　　로 자연스럽게 조사가 다시 시작되었고, 아기 키울 때 부르던 노래를 청하자
　　　　　다음을 구연해 주었다.

네모 빤듯 뚜부몬가

하게연굴 알뱀인가

청산부안에 대추씬가

애명어사 유세퇴인가

방귀 타령

자료코드 : 07_10_FOS_20090129_KEY_YYI_0003
조사장소 : 전북 장수군 산서면 이룡리 161-4번지 이룡 마을회관
조사일시 : 2009.1.29
조 사 자 : 권은영, 이화영
제 보 자 : 육윤이, 여, 75세
구연상황 : 앞의 민요 후에 한참동안 육윤이의 생애 이야기를 듣고 마을회관에서 준비한
　　　　　 점심을 함께 먹었다. 제보자는 반주로 술을 몇 잔 하였다. 점심상이 치워지고
　　　　　 다시 할머니방으로 옮겨 앉았다. 청중들이 노래를 한 자리 해보라고 권하자
　　　　　 다음을 구연하였다.

방구 타령이 나온다

방구 타령이 나온다

시아바니 방구는 호령 방구요

시어머니 방구는 잔소리 방구

시누에 방구는 간살 방구요

서방님 방구는 사랑 방구

메느리 방구는 걱정 방구

북한놈의 방구는 앙칼 방구요

미국놈의 방구는 원자탄 방구

한국군의 방구는 통일 방구

이 주의 저 주의가 다 좋다 히여도

민주주의가 제일 좋고

이 새 저 새가 다 좋다 히여도

먹세판이 제일 좋고

이 방 저 방이 다 좋다 히여도

서방님 안방이 제일 좋네

딸 키워 나 주신 장모

자료코드 : 07_10_FOS_20090129_KEY_YYI_0004

조사장소 : 전북 장수군 산서면 이룡리 161-4번지 이룡 마을회관

조사일시 : 2009.1.29

조 사 자 : 권은영, 이화영

제 보 자 : 육윤이, 여, 75세

구연상황 : 앞의 민요 후에 전부터 제보자의 노래를 들어왔던 청중들이 다음의 노래를
　　　　　요청하자 바로 불러주었다.

딸 키워 나 주신 장모

이 술 한 잔 받으시오

이 술일랑 자네가 들고

내 딸일랑 데려다가

잘 헌 점은 칭찬하고

못 헌 점은 용서하소

부모게는 효도하고

가장으게는 열녀하고

형제간에 우애하면

집안간에 화목하여

오손도손해 잘 살아 가소

천하에 보화는 내 아들

자료코드 : 07_10_FOS_20090129_KEY_YYI_0005
조사장소 : 전북 장수군 산서면 이룡리 161-4번지 이룡 마을회관
조사일시 : 2009.1.29
조 사 자 : 권은영, 이화영
제 보 자 : 육윤이, 여, 75세
구연상황 : 앞의 민요 후에 전부터 제보자의 노래를 들어왔던 청중들이 아는 노래 다 털
　　　　　어놓으라고 하며 노래를 요청하자 다음을 불러주었다. 원래는 "천하의 보화
　　　　　는 내 영감 / 나라의 충신은 내 아들"이란 가사로 불러야 하는데 남편과 사이
　　　　　가 좋지 않아서 그렇게 부르기는 싫다면서 다음과 같이 불러주었다.

　　천하에 보화는 내 아들

　　집안에 화초는 내 메느리

　　요지가지는 내 손자

　　천하에 일색은 내 딸인데

　　진사 급제가 내 사우

강원도라 금강산은 / 창부 타령

자료코드 : 07_10_FOS_20090129_KEY_YYI_0006
조사장소 : 전북 장수군 산서면 이룡리 161-4번지 이룡 마을회관
조사일시 : 2009.1.29
조 사 자 : 권은영, 이화영
제 보 자 : 육윤이, 여, 75세
구연상황 : 앞의 민요 후에 바로 다음을 이어서 불러주었다.

　　강원도라 금강산은

　　돌아갈수록 경치 좋고

　　너와 나와 단 둘이는

살아 갈수록 정이 든다

얼씨구 좋아 절씨구 좋아

요렇게 좋다가는 또 딸 난다

베짜는 소리

자료코드 : 07_10_FOS_20090816_KEY_JBI_0001
조사장소 : 전북 장수군 산서면 이룡리 161-4번지 이룡 마을회관
조사일시 : 2009.8.16
조 사 자 : 권은영, 이화영
제 보 자 : 정분이, 여, 77세
구연상황 : 미리 전화를 하여 약속을 한 송순례와 마을회관에서 면담을 하고 있었는데,
이때 마을 할머니 3명이 마을회관에 놀러 나왔다. 송순례는 노래 잘하는 사람
이 왔다며 정분이에게 이번 조사의 취지를 설명했고 정분이는 별로 큰 반응
없이 다음을 구연해 주었다.

오늘도 하 심심하여

사랑방에 베틀이나 놓아볼까

베틀다리는 사형제요

요 내 다리는 형제로다

그 우에라 앉은 자리

마포 자리로 앉았구나

허리띠라 허는 것은

허리 안개를 둘렀네요

물코라고 허는 것은

비단 공단을 안고나 돌고

뷕이라고 허는 것은

새끼를 다리고 서울 두만강 깊은 골에 드나시면

체바늘이라 허는 것은

신작로 복판에 보초꾼이요

부디집이라 허는 것은

영화 있게도 잘도나 치네

잉앳대는 삼형제요

눌림대는 독신이라

실갬이(실감개) 둥굴빵굴

무정세월 번개나 친 듯이 잘도나 궁구네(뒹구네)

용두마리라 허는 것은

한강수 짚은 물 낙숫댄가

도투마리라 허는 것은

백마군사를 거느리고

차질개라 허는 것은

처녀 뒤꿈치 다 닳아진다

시집가는 삼일 만에

자료코드 : 07_10_FOS_20090816_KEY_JBI_0002
조사장소 : 전북 장수군 산서면 이룡리 161-4번지 이룡 마을회관
조사일시 : 2009.8.16
조 사 자 : 권은영, 이화영
제 보 자 : 정분이, 여, 77세
구연상황 : 베짜는 소리 가사에 대해 설명해주고는 조금 생각하다가 다음을 구연하였다.

시집을 갔네 시집을 갔네

시집가는 삼일 만에

서방님이 병이 들어

달비 팔아 비네 팔아

약 한 첩을 해여다가

문턱 밑에 걸어놓고

앉아 종신 서서 종신

석 달 열흘 매일 종신

모진 놈의 잠이 들어

임 간 줄을 몰랐구나

뒷동산에 고목나무

잎이나 피면은 오실란가

마당 가운데 국화꽃이

잎이나 피면은 오실란가

병풍 너메 길 잃은 장닭

꾀께나 허면은 오실란가

가고 가고 아여 갔네

내년 요때 춘삼월이나 만나볼까

장가 가는 삼일 만에

자료코드 : 07_10_FOS_20090816_KEY_JBI_0003

조사장소 : 전북 장수군 산서면 이룡리 161-4번지 이룡 마을회관

조사일시 : 2009.8.16

조 사 자 : 권은영, 이화영

제 보 자 : 정분이, 여, 77세

구연상황 : 앞의 민요 가사에 대해 설명해주고는 알고 있는 민요가 하나 더 있다고 하였
다. 조사자가 마저 해달라고 요청을 하자 다음을 구연하였다.

장개를 갔네 장개를 갔네

장가 가는 삼일 만에
신부 죽었다는 부고가 왔네
신발 벗어 손에 들고
한 모랭이 돌아가니
까막 깐치가 진동하야
한 모랭이 돌아가니
여시 새끼가 진동하고
한 모랭이 돌아가니
쟁인 장모 우는 소리
이 내 가슴이 맥힌구나
한 모랭이 돌아가서
삼문 밖에 들어시니
쟁인 장모 허신 말씀
어서 오소 내 딸 죽고 내 사우야
울고나 갈 길을 어찌 오리
들어오소 들어오소
방문 앞에 들어서서
문만 빵긋 열쳐 보니
삼단겉은 땋은 머리
산발 나게 비고 누워
일어나소 일어나소
무슨 잼이 그리 많아
임 온 줄도 모르고 잠만 잔가

모심는 소리

자료코드 : 07_10_FOS_20090129_KEY_JJS_0001
조사장소 : 전북 장수군 산서면 이룡리 161-4번지 이룡 마을회관
조사일시 : 2009.1.29
조 사 자 : 권은영, 이화영
제 보 자 : 진정섭, 남, 76세(앞소리) / 임화중·김영기·방세혁(뒷소리)
구연상황 : 2009년 1월 20일 이룡 마을회관에 방문하여 김진식 전 면장과 한병원 이장을 만나 조사 협조를 부탁했다. 마을 주민이 공동으로 세배하는 1월 29일에 방문하는 것이 좋겠다는 한병원 이장의 말에 따라 29일 이룡 마을회관을 재방문하였다. 조사자들도 마을 주민들과 함께 공동 세배에 참여하였고 점심식사가 준비되는 동안 마을회관의 할머니 방에서 육윤이, 송순례 등을 면담하였다. 점심을 먹은 후 마을회관 방 한 칸에서 제보자와 조사자만 따로 앉아 조사를 실시했다. 조사자가 모심는 소리를 청하자 임화중이 "이 논배미 모를 심어 장잎에 훨훨 영화로구나" 하며 소리를 내놓았고 김영기와 방세혁이 "어 잘혀"하고 추임새를 붙였다. 이에 대해 진정접이 논매는 소리와 혼동하여 한참 제보자들 간에 언쟁이 있었으나 곧 정리가 되었고, 제보자들은 다음과 같이 모심는 소리를 구연해 주었다.

산중에 귀물은 멀구나(머루나) 다래

볼 때도 안 가서 영화로구나

어 잘 혀.

오늘 갈지 내일 갈지 모르는 세상

내 가심은(가슴은) 호박 넝출 담 넘어가네

어허, 잘 헌다

오동추야 달도나 밝고

임의 생객이(생각이) 저절로 나네

좋구나, 잘 혀.

청치마 밑에 소주병 달고

오동나무숲으로 임 마중가세

잘 혀

얼라당 팔라당 홍갑사 댕기
곤때도 안 가서 날받이 왔네
좋구나
이야 농부들 말 좀 들으라
서마지기 논바미(논배미) 반달만치 남았네
잘한다
가네 가네 나도나 가네
임을 따라서 나도나 가네
좋구나
네가 무슨 반달이더냐
초승달이 반달이라네
잘한다 얼씨고
노세 놀아 저 젊어 놀아
늙고야 병들면 못 노나니
좋다
못 다 맬 밭 다 맬라다가
금부채를 잃어버렸네
잘 한다
저 산 너머에 소첩을 두고
밤길 걷기가 난감허네
좋구나
금부챌랑 내 찾아주께
내 품안에서 잠들어가거라
잘 헌다
일락서산 해 넘어가고
월출야동령에 달 솟아오네

잘 헌다
골골마다 석양빛이 두르고
집집마다 저녁 연기 솟는다
잘 했습니다

상여 소리

자료코드 : 07_10_FOS_20090129_KEY_JJS_0002
조사장소 : 전북 장수군 산서면 이룡리 161-4번지 이룡 마을회관
조사일시 : 2009.1.29
조 사 자 : 권은영, 이화영
제 보 자 : 진정섭, 남, 76세(앞소리) / 임화중·김영기·방세혁(뒷소리)
구연상황 : 앞의 모심는 소리가 끝나고 임화중이 바로 상여 소리에 관한 얘기를 꺼내면
       서, 자신은 가락은 아는데 메기는 것은 잘 못한다고 하였다. 그리하여 다음
       과 같이 상여 소리의 시작 부분은 임화중이 꺼냈고, 진정섭은 메기는 소리를
       하였다.

관아 헤- 헤- 헤- 에-휘 남모(나무)
고나 헤- 헤-으 남모
어하 어하 어 허 어하 어이 갈거나 어하
웬일인가 웬일인가 명정으 공포가 웬말인가 어이 갈거나 어하
어하 어하 어 허 어하 어이 갈거나 어하
황천길이 멀다더니 대문 밖이 황천이로다 어이 갈거나 어하
어하 어하 어 허 어하 어이 갈거나 어하
하직이요 하직이요 동네 양반들 하직이요 어이 갈거나 어하
어하 어하 어 허 어하 어이 갈거나 어하

세 살 먹어서 모친을 잃고

자료코드 : 07_10_FOS_20090816_KEY_JJS_0001
조사장소 : 전북 장수군 산서면 이룡리 90-1번지 이룡 마을 진정섭 자택
조사일시 : 2009.8.16
조 사 자 : 권은영, 이화영
제 보 자 : 진정섭, 남, 76세
구연상황 : 보충 조사를 하기 위해 2009년 8월 16일 진정섭 자택에 방문하였다. 진정섭
은 자신의 생애와 이룡 마을에 대해 대략을 말한 후 효자 왕상과 맹종에 관
해 얘기해 주었다. 그런 후에 다음을 구연하였다.

세 살 먹어서 모친을 잃고

다섯 살 먹어서 부친 잃어

삼오시오 열다섯 살에

결혼이라고 맺었더니

이구나 십팔 열야닯에

가장을 잃고서 술장사야

들고나 보니 술잔이 되고

메고나 보니 북과 장구

그 장구 처다가 열채 잃어

열채 찾기가 나 난감허네

지충개야 지충개야

자료코드 : 07_10_FOS_20090816_KEY_JJS_0002
조사장소 : 전북 장수군 산서면 이룡리 90-1번지 이룡 마을 진정섭 자택
조사일시 : 2009.8.16
조 사 자 : 권은영, 이화영
제 보 자 : 진정섭, 남, 76세

지충개야 지충개야
마당 같은 지충개야
송잎 같은 우리나 부모
저와 같은 나를 두고
연지나 분통 어디다 두고
황천물로 세수를 하오
아장아장 걸는(걷는) 자식
명을 줄거나 복을 줄까
명도나 싫고 복도나 싫고
전에 먹던 젖 좀 주소

[가사가 생각이 안 나 잠시 지체하다가]

산이나 높아 못 오시면
비향선을(비행선을) 타고서 오시겄나
물이나 깊어 못 오신다면
연락선 타고서 오시겄나
요 앞에 고목나무

[잘못 불렀다는 듯이 고쳐 부르며]

백년 된 고목나무
꽃이나 피먼은 오실라요
얼씨구나 좋네 정말로 한심시럽다
아니나 노지는 못하겠네

오동추야 달 밝은디

자료코드 : 07_10_FOS_20090816_KEY_JJS_0003
조사장소 : 전북 장수군 산서면 이룡리 90-1번지 이룡 마을 진정섭 자택
조사일시 : 2009.8.16
조 사 자 : 권은영, 이화영
제 보 자 : 진정섭, 남, 76세
구연상황 : 앞의 민요를 부른 후 제보자는 가사에 나오는 지충개가 약초 이름이라고 알
　　　　　 려 주었다. 그런 후에 다음을 구연하였다.

오동추야 달 밝은디

처녀 둘이 도망가네

석자 수건 목에다 걸고

총각 둘이 뒤 따라 간다

호박꽃도 꽃이라고

오는 나비를 괄세를 하고

저것들도 인생이라고

가시는 총각을 반대를 허네

이서방 찬가

자료코드 : 07_10_MFS_20090129_KEY_SSR_0001
조사장소 : 전북 장수군 산서면 이룡리 161-4번지 이룡 마을회관
조사일시 : 2009.1.29
조 사 자 : 권은영, 이화영
제 보 자 : 송순례, 여, 79세
구연상황 : 이룡 마을 주민들이 공동으로 세배하는 2009년 1월 29일에 이룡 마을회관을 방
문하였다. 남자 어른들의 민요를 녹취하기로 미리 약속을 했기 때문이다. 조사자
들은 마을 주민들과 함께 공동 세배에 참여하고 나서 점심식사가 준비되는 동안
마을회관 할머니방에 모여 있던 할머니들께 설화나 민요를 청했다. 조사자들의
요청에 육윤이가 진주낭군, 매미와 서생원을 구연한 뒤 잠깐 담소하였다. 여자
노인회장인 송순례에게 민요나 설화를 해 달라고 요청하자 어릴 때 부르던 찬가
라며 다음을 구연하였다. 구연이 끝난 뒤에 이것이 이서방 찬가라고 알려주었다.

대동강변 부벽루 산보하는

이수일과 심순애는 양인이로다

○○○○ 하는 것도 오날뿐이요

부모형제 ○○○○ 금일뿐이라

수일이가 학교를 마칠 때까지

어찌 하야 심순애야 못 참았드냐

남편이 부족해서 없지요마는

여자께는 절개가 제일이고요

남자의 의기상을 떨차버리고

방기없다 타지 마라 신식 자동차

할 일 없이 내려간다 부벽루 아래

할 일 없이 내려간다 부벽루 아래

5. 장계면

전라북도 장수군 장계면 금덕리 침동(砧洞) 마을

조사일시 : 2009.4.7, 2009.4.21, 2010.1.21, 2010.1.22
조 사 자 : 권은영, 이화영

장수군 장계면 금덕리 침동 마을

금덕리(錦德里)는 위동, 침동, 호덕 세 마을로 되어 있다. 위동 밀양 손씨 터, 침동은 동래 정씨 터, 호덕은 연안 이씨 터로 알려져 있다. 호덕은 호랑이가 마을의 자리를 안내하였다고 하여 붙은 명칭이다. 위동에는 전라북도축산진흥연구소 장수지소와 장계농공단지가 있다. 현재 금덕리 전체 가구는 백사십 호 정도 된다.

금덕리의 아름다운 경치가 다음의 금덕팔경(錦德八景)으로 전해진다.

일경 선봉명월(仙峰明月) : 선봉산에서 달이 뜨는 광경

이경 나치조운(羅峙朝雲) : 집재 산마루에 떠있는 아침구름

삼경 저정모연(楮井暮煙) : 닥밭샘에 피어오르는 저녁연기

사경 오류명앵(五柳鳴鶯) : 오류숲에서 우는 꾀소리 소리

오경 사거비연(士居飛燕) : 사락정에 살면서 날아다니는 제비

육경 구로미주(九老美酒) : 아홉 노인이 술을 마시는 구로리 주막의 좋은 술맛

칠경 여담청풍(女潭淸風) : 각시소에서 부는 맑은 바람

팔경 양아기암(兩娥奇巖) : 기묘한 모습을 하고 있는 두 개의 바위

금덕리 침동 마을은 장계면 소재지인 장계리로부터 약 1.5km 떨어진 곳에 위치해 있다. 장계리에서 국도 19호선 길을 따라 무주 방향으로 가다 보면 오른쪽에 있는 마을이다.

조사자들은 제보자를 찾기 위해 장계면사무소에 들러 마을회관과 각 마을 노인회장의 연락처를 얻었다. 국도 19호선에서 가까이에 있는 마을의 노인회장들을 중심으로 전화를 하다가 침동 마을의 이현두 노인회장과 통화를 하게 되었다. 마침 집에 있었던 이현두 회장은 조사자들의 마을 방문을 허락하였고 조사자들은 바로 마을회관을 찾아갔다. 마을회관에는 여성 노인들이 많이 있었고 이들이 청중 역할을 하였다.

침동 마을은 마을에 연자방아가 있다고 하여 '방아골'이라 불렸으며, 이를 한자로 옮기면 침동(砧洞)이 된다. 침동 마을은 동래 정씨의 집성촌이다. 침동 마을이 동래 정씨의 삶터가 된 것과 관련한 설화가 있다. 선교랑의 부인인 숙부인 손씨는 남편과 사별한 뒤 어린 아들들을 데리고 친정 마을인 위동에서 살게 되었다. 그러던 중 친정아버지가 돌아가셨는데, 오빠들이 잡아둔 묏자리가 탐이 났다. 손씨 여인은 밤새도록 묏자리 구덩이에 물을 길어 부었고, 오빠들은 그곳에 묘 쓰기를 포기하였다. 손씨 여인은 그 묏자리를 자기에게 달라고 간청하여 사후에 손씨 여인이 그 자리에

묻히게 되었다. 이후 손씨의 아들들인 동래 정씨들의 후손들이 침동 마을에서 번성하였다.

침동 마을뿐 아니라 금덕리 전체에 동래 정씨들이 오륙십 호정도 살았다고 한다. 현재에도 침동 마을에는 동래 정씨가 열다섯 호 정도 살고 있다. 동래 정씨 다음으로 많은 성씨는 연안 이씨로 많이 살았을 때는 2-30호 정도 살았다. 현재 침동 마을의 가구수는 30호 정도로 다른 농촌 마을과 마찬가지로 혼자 사는 1인 가구가 많고 노인부부만 사는 집은 4호 정도 된다.

주요 산업은 농업으로 주로 벼농사를 하며, 밭작물로는 고추와 콩을 많이 한다. 한우를 키우는 집도 한 가구 있다. 종교로는 최근에 기독교 신자가 늘어나, 꾸준히 교회를 다니는 사람이 10여 명 정도 된다. 장계리에 3개의 교회가 있어서 그곳으로 다닌다. 장계면 소재지인 장계리에 초, 중, 고등학교가 있어서 학교는 장계리로 다녔으며 시장을 보는 일도 장계장으로 간다.

김세태, 남, 1925년생

주 소 지 : 장수군 장계면 금덕리 418번지 침동 마을
제보일시 : 2010.1.22
조 사 자 : 권은영

　김세태(金世泰)는 진안 마령에서 태어났고, 남원 운봉에서 성장하였다. 25세에 번암면에 사는 아내와 혼인을 하면서 이곳 침동 마을에서 살게 되었다. 81세 된 아내와 단 둘이 살고 있으며, 현재 거주지는 장수군 장계면 금덕리 418번지이다.

　김세태는 젊었을 때부터 담배도 안 피우고 술도 먹지 않았으며 아픈 곳이 없이 건강하게 지낸 편이다. 지금까지 병원을 간 적이 단 한 번뿐이라고 한다. 요즘은 나이가 많아져서 어지럼증이 생겼다. 지금도 직접 농사를 지을 정도로 정정하다. 치아가 많이 빠져서 발음이 많이 새는 편이다.

　젊은 시절에는 산에 나무하러 다니며 청춘가를 많이 불렀다. 모심는 노래도 많이 불렀는데, 그때 아주머니들도 모심는 노래를 많이 부르고 잘 불렀다고 한다.

제공 자료 목록
07_10_FOS_20100122_KEY_KST_0001 모심는 소리

이현두, 남, 1933년생

주 소 지 : 장수군 장계면 금덕리 429-1번지 침동 마을
제보일시 : 2009.4.7, 2009.4.21, 2010.1.21
조 사 자 : 권은영

　이현두(李鉉斗)는 연안 이씨로, 침동 마을에서 태어나 지금까지 이곳에서 살고 있다. 현재 거주지는 장수군 장계면 금덕리 429-1번지이다. 10세에 아버지가 돌아가시자 가족들이 모두 연안 이씨의 집성촌이었던 호덕 마을로 이사를 가서 2년간 살다가 갑작스럽게 집에 화재가 나는 바람에 도로 침동 마을로 왔다고 한다. 집안 형편은 머슴을 두집 두고 농사를 4·50 마지기 정도 지을 정도였다고 한다.

　이현두는 3남2녀의 형제들 중 손위 누님을 제외하고는 장남으로 4대 종손이라 한다. 어릴 적부터 할머니께 사랑을 많이 받았고, 옛날이야기도 많이 들었다고 한다. 할머니께서는 제보자를 애지중지 하면서도 바르게 키우기 위해 교훈적인 내용의 이야기를 많이 해주셨다고 한다. 서당에는 다닌 적이 없고, 학력은 중학교 졸업이다. 침동 마을이 장계 면소재지와 가까워서 면소재지에 있는 장계중학교를 다녔다.

　23세에 혼인하여 슬하에 3남 3녀를 두었고 2009년이 결혼한 지 54년째 되는 해이다. 현재는 아내와 단 둘이 살고 있다. 이현두의 자택은 지은 지 몇 년 안 된 단층 양옥으로 넓고 정갈했다. 아들 딸 내외와 손자들까지 모두 모이면 스무 명도 넘기 때문에 집을 넓게 지었다고 한다. 이현두는 유교에 충실하고 다른 종교는 없으며 그의 아내는 교회의 집사이다.

　이현두의 집 앞에는 청심정이라는 정자가 있고, 그 앞에는 청심정의 유래와 소용처를 적은청심정기라는 글이 돌에 새겨져 있다. 이 청심정의 현

판은 전라북도에서 주관하는 서예전에서 여러 차례 입선한 이력이 있는 이현두의 큰아들이 썼으며, 청심전기는 이현두가 지었다고 한다. 이현두는 현재 침동 마을 노인회장이며, 대곡리 선곡교회에서 초등학생들에게 사자소학 등 한문을 가르치면서도 농사일을 계속 하고 있다. 인자하고 자상한 말과 행동에서 그의 어진 성품과 평안한 노년의 삶을 엿볼 수 있었다.

제공 자료 목록
07_10_FOT_20090407_KEY_LHD_0001 호덕 마을의 생성 유래
07_10_FOT_20090407_KEY_LHD_0002 위동 마을에 터를 잡은 동래 정씨
07_10_FOT_20090407_KEY_LHD_0003 상가 승무 노인곡
07_10_FOT_20090407_KEY_LHD_0004 여자 뱃사공에게 놀림 당한 봉이 김선달
07_10_FOT_20090421_KEY_LHD_0001 팥죽장수 할머니와 이리
07_10_FOT_20090421_KEY_LHD_0002 소금장수와 굶주린 나그네의 복수
07_10_FOT_20090421_KEY_LHD_0003 석왕사 유래담
07_10_FOT_20100121_KEY_LHD_0001 운수대통하여 출세한 사람
07_10_FOT_20100121_KEY_LHD_0002 덕유산 산신의 승낙을 받은 이성계
07_10_FOT_20100121_KEY_LHD_0003 운수가 좋아 부자된 가짜 지관
07_10_FOT_20100121_KEY_LHD_0004 귀신도 공대한 어린 율곡
07_10_MPN_20090407_KEY_LHD_0001 호랑이가 젖을 먹은 아이
07_10_ETC_20090407_KEY_LHD_0001 금덕팔경

호덕 마을의 생성 유래

자료코드 : 07_10_FOT_20090407_KEY_LHD_0001
조사장소 : 전북 장수군 장계면 금덕리 450-2번지 침동 마을회관
조사일시 : 2009.4.7
조 사 자 : 권은영
제 보 자 : 이현두, 남, 77세
구연상황 : 앞의 이야기 끝에 제보자는 젖이 불은 어미돼지가 쥐에게 젖을 먹이는 것을
보았다는 본인의 체험담을 해 주었다. 그러고는 제보자와 할머니들이 가축을
키우면서 경험했던 이야기들을 주고받았다. 조사자가 제보자에게 알고 있는
전설이 없느냐고 질문을 하자 다음과 같은 이야기를 구술해 주었다.
줄 거 리 : 제보자 이현두의 6대조 할아버지가 한양으로 과거시험을 보러 가는 중 불당
재 부근을 지나다가 날이 저물었다. 인가를 찾던 중에 호랑이를 만났는데, 그
호랑이는 사람을 해치려는 기색이 없이 오히려 따라오라는 듯이 꼬리를 쳤다.
이에 호랑이를 따라가 보니 화려한 기와집이 나타났고, 그는 그 기와집에서
잠을 청했다. 다음날 자고 일어나 보니 그곳은 기와집이 아니라 우거진 덤불
속이었고, 이곳에 터를 잡아 마을을 이룬 것이 현재의 호덕 마을이다. 호덕
마을은 호랑이가 덕을 베풀었다는 뜻을 가지고 있다.

아 옛날 게 우리, 우리 중시조시지. 나로 해서 6대조 할아버지가 경상
도 진주에서 편모를 모시고 여그 월강리 그 진말이라는 데로 이사를 와갖
고 거기서 살다가. 그래 모친이 돌아가시니까 그 안에다가 인자 모셔놓고
는 또 이리 이사를 오는데, 거그 계실 적에 한양으로 과거시험을 보러 다
니다가 여기를 지나는데 저물었어. 그러니까 거 옛날에는 걸어서 몇 십리
씩 몇 백리씩 한양까지 걸어 다녔으니까 여기를 가다가. (조사자 : 여기
여기, 여기가 어디를?) 여기 저 호덕 뒤에 불당재. (조사자 : 아, 불당재.)
불당재 여그를 지내가다가 날이 저물어서 인가도 없고 사방 어디를 찾아

다니다보니까 어디 그 어이서(어디서) 불빛이 훤히 이 비춰서 아 가보니까, 아 호랭이가 이라고 앉았드라는 거여. [청중 : 웃음] 호랭이가. 그래서 하이고 이거 흠칫하니 겁이 나지. 그란디 느낌이, 그런가하면 느낌이 호랭이가 해칠락하는 느낌이 아니라 꼬랭이를 이릏게 에 저 치면서 말하자믄 안내를 하는 그런 형식이드라거든. 그래서 인자 그 호랑이를 인자 따라서 갔어. 가니까 어느 골짜기로 어드로 어드로 해서 가니까 어디 가서 저 겹겹 기와집이 이릏게 보인데 불이 빤히 씨여 있고 그런데 안내를 해주고 거기서 인자 들으 갔지. 들으 가서 인자 방에 들으, 들으 가고는 인자 호랑이도 없고 몰르지. 자고 아침에 인나서 보니까 이런 덤불 밑에서 잤더란 얘기지. (조사자 : 기와집이었는데요?) 기와집이었는데 저녁에는 화려한 기와집이었는데 (청중 : 꿈이구만 꿈.) 호랑이가 안내해줘서 거그와서 그 기와집에서 잤는데 자고 아침에 눈을 떠보니까 호랑이도 간데없고, 기와집도 간데없고 우커 우거진 덤불 속에서 잤더라거든. (청중 : ○○에서 주무셨는가베.) 아니 그게 아니고, 여기 지금 저 승원이 집 뒤에 그 안에 집터. 그 터랴. 그 터를 그 양반이 터를 잡았댜. 아 그래서,

'아 이것은 예사로운 일이 아니다. 이건 틀림없이 그 산신령이 나에게 터를 점지해 주신 거다.'

이렇게 인자 해명을 그렇게 하고 거그따가 인자 표시를 해놓고 덤불을 쳐서 이렇게 해서 잘 표시를 해놓고 과거를 보고 와갖고 집에가 살다가 다시 거그를 찾아와서 거그를 개척을 하고 터를 잡아서 그게 범덕골여, 호덕(虎德)이여. 그래서 범호자 (청중 : 호덕.) 큰덕자 호덕이라. (조사자 : 아. 그 마을을 그리 그래서 그렇게 호덕으로.) 호덕의 유래가 그래서 생긴 거여. 우리 6대조부님이 잡아서. (청중 : 그러믄 저 터가 이씨 터네, 호덕이?) 그러믄. 그 소리 인자 들었가디? 못 들어가디? (청중 : 이.) 위동은 손씨 터, 침동은 정씨 터, (청중 : 아이가.) 호덕은 연안 이씨 터. 그랴. 위동은 저 밀양 손씨 터여 손씨들 터고, 여 침동은 이 동래 정씨 터고, 호덕은

연안 이씨 터고 이렇게 터가 세 동네 토줏대감이 따로 있어, 이렇게. (조사자 : 그먼 그 어르신 그 그 중시조 분이 그래서 호덕이 마을이 유래가 그렇게 된 거예요?) 호덕이 유래가 그래서 형성된 거여. 범호, 게 호덕이 범 호자 큰 덕자거던. 이 큰 덕자는 이것이 덕 덕자 아녀? 덕이라 덕이란 건 뭐여. (조사자 : 호랭이 덕.) 덕은 여 베푼 것이 덕 아녀. 호랭이가 베풀어서 마을을 안내해줬다, 베푼 덕으로 이 마을 터를 잡았다 그래서 범 호자 큰 덕자 호덕이라고 이름을 짓고 거기서 터를 지면서 살았어. 유래. (조사자 : 그러니까 어르신이 주무신 그 자리가 호덕 마을?) 호덕 그 젤로 중앙에 그 집터여. 그 그 터가 그랴. (조사자 : 와. 신기하다.)

위동 마을에 터를 잡은 동래 정씨

자료코드 : 07_10_FOT_20090407_KEY_LHD_0002
조사장소 : 전북 장수군 장계면 금덕리 450-2번지 침동 마을회관
조사일시 : 2009.4.7
조 사 자 : 권은영
제 보 자 : 이현두, 남, 77세
구연상황 : 앞의 이야기 중에 나왔던 동래 정씨 터와 밀양 손씨 터에 대한 질문을 했더니, 제보자는 인근에 있는 위동 마을에 동래 정씨들이 터를 잡게 된 이야기를 바로 해주었다.
줄 거 리 : 위동 마을은 동래 정씨에게 시집간 손씨 여인이 터를 잡은 곳이다. 선교랑의 부인인 숙부인 손씨는 남편과 사별한 뒤 어린 아들들을 데리고 친정 마을인 위동에 살게 되었다. 그러던 중 친정아버지가 돌아가셨는데, 오빠들이 잡아둔 묏자리가 탐이 난 손씨 여인은 밤새도록 묏자리 구덩이에 물을 길어 부었다. 다음날 물이 가득한 구덩이를 보고 오빠들은 그곳에 묘 쓰기를 포기하였고, 손씨 여인은 그 묏자리를 자기에게 달라고 간청하였다. 그리하여 그곳에 손씨 여인이 묻히게 되고, 손씨의 아들들인 동래 정씨들의 후손들이 이후 위동 마을에서 번성하였다.

위동. (조사자 : 위동은 왜 또?) 위동은 밀양 손씨 터여. 손씨. 손씬데 그 여기 손씨 할마니가 동래 정씨 중시조여. 에 저 선교랑(宣教郎) 부인 숙부인인데 밀양 손씨. 그 양반이 여 위동이 친정이고 저 임실로 시집을 갔는데 상부(喪夫)를 당했어. (조사자 : 상부가 뭐예요?) 상부가 남편이 돌아가신 거. (조사자 : 아, 그걸 상부라 그러는구나.) 상처는 (조사자 : 아내가 죽는 것이.) 아내가 죽는 것이 상처고 상부는 남편이 앞에 죽는 것을 상부라고 그랴. 상부를 당했는데 아들이 에린(어린) 아들 둘만 데리꼬 거기를 살다가 외로와서 못 살었어. 게서 위동 친정으로 온 거여. 친정 동네 옆에 와서 사는데 친정아버지가 돌아가셨어. 친정아버지가 돌아가셔서 요 안에 인자 도돈산 옆구리여 말하자면, 요기따가(여기다가) 터를 잡아서 이자(이제) 장례를 지낼라고, 그때 장례를 지낼라면 인자 막 미리서 총강(塚腔) 굴을, 구뎅이를(구덩이를) 파놓고 회를 갖다가 이룽게 하고, 이룽게 하고 묘를 썼거등. 인자 부자 사람들 뭐 벼슬도 하고 한 이들은. 그래 인자 그릏게 할라고 자리를 잡아놨는데 이 할머니가 야심이 생깄어. 그 자리가 욕심이 나. 내가 그 자리를 차지해서 내가 그 자리를 들어 가야겄어. 그러닝게 어뜯게 하먼 일명 여자들은 그 딸내미는 딸은 도독놈이라고 말이 그려. (조사자 : 자기 아버지 못자리에다가요?) 못자리를(묏자리를), 하면 욕심이 났어. (청중 : 그랬다고 그랬어.) (청중 : 저녁 내내.) 그래서 밤새드락 동이다가 물을 넣어서 그 자리다 갖다 붓은 거여. 밤이 새드락 붓은 거여. [조사자 웃음] 그래 아침에 상제가 와서 보니까 물이 그득해 있거던. 하하 이거 못 쓰겄다. (청중 : 게서 안 썼고만.) 응. (청중 : 그랬댜.) (청중 : 참말로?) 그래서 보니, (청중 : 참말로.) 버릴라고 하니까,

"아 그 오빠, 오라버니 그 버릴라면 기왕에 난 아직 자식들도 미거하고 불쌍한게 (청중 : 그래도 말이여.) 저나 주이쇼."

그래. 아 버리는 거 기양(그냥) 그래라. 그래서 인자 친정오빠한테 자기 자리로 얻었어. 그래서 인자 그 자리를 얻어갖고 그 자리를 인제 표를 해.

식표를 해놓고 아들이 장차 크니까 에 그, 그 그 거그따 인자 아들이 커서 성장하니까,

"나는 거기따 써다라."

그인게 거그따 인자 묘를 쓰고 요 친동(친정) 동네에다가 터를 잡아서 그 아들 형제가 자감 참봉이지 아마 하나가. 그 참봉 지낸 그 분이 인제 터를 잡았서 여그 했다 해서 여기가 동래 정씨. (청중 : 그래 잘됐어요, 그래 성씨들이?) (조사자 : 그면은?) 세 손씨들은 여그 버리 저 계북, 왜 저 수태네가 살던 그 안에 꼴짜기. (청중 : 거기.) 여그는 에 옥녀직금인데(玉女織錦)인데, 거기는 연화도수(蓮花到水), 연꽃이 인자 물을 머금는 에 이런, (청중 : 성님들 사는 동네.) 형식이라고.

상가승무노인곡

자료코드 : 07_10_FOT_20090407_KEY_LHD_0003
조사장소 : 전북 장수군 장계면 금덕리 450-2번지 침동 마을회관
조사일시 : 2009.4.7
조 사 자 : 권은영
제 보 자 : 이현두, 남, 77세
구연상황 : 앞의 이야기가 끝나고 제보자의 생애에 대한 내용을 들었다. 그런 다음 다른 옛날이야기를 청하자 다음과 같은 이야기를 들려주었다.
줄 거 리 : 조선 시대 임금 숙종이 민복을 하고 남산골 쪽으로 민생을 살피러 나갔다가, 술상을 차려놓고 울고 있는 할머니 앞에서 한 중이 춤을 추고 있는 기이한 장면을 목격하였다. 주인을 찾으니 한 상주(喪主)가 나왔고 숙종은 그 연유를 물었다. 상주는 아버지 상 중에 어머니의 환갑을 맞았는데 가산이 없어 아내가 머리카락을 팔아 환갑상을 차려놓고 어머니 앞에서 춤을 추었고, 어머니는 그 모습에 감읍하여 울고 있는 것이라고 말했다. 이 말을 들은 숙종은 상주에게 곧 별과가 있을 것이니 꼭 응시하라고 당부하고는 궁으로 돌아가 별과를 열었다. 시제는 '상가승무노인곡'이었고, 그 상주는 별과를 통해 등용되어 잘 살았다고 한다.

상가승무노인곡(喪家僧舞老人哭). 그 인자 옛날 숙종 때. 숙종 임금이 19대 임금이지? 우리나라. 그 임금님이 그 민가를 두루 살피고 이라는데 인자 그 과거 때 [청중들끼리 얘기 중] 이 무렵 되면은 인자 그 수행원 없이 단독으로 평장(平裝)을 하고는, 이라고는 저 그 남산골, 선비들이 옛날 남산골에 가난한 선비들이 남산골에서 많이 모여 살았대. 그 남산골에 대한 얘기가 많아. 화제가 남산골이여. 남산골의 인자 어느 모퉁이를 참 야삼경에 밤중에 요새 한 시 두 시 무렵에 조용히 지내가니까 어느 인자 오막살이집이만, 다른 데는 캄캄하이 다 불이 꺼졌는데 오막살이집만 불이 이릏게 켜져 갖고 있어. 참 기이하다. (청중 : 가만있어. 얘기 도중에 선생님 밥 어떻게 했어, 점심?) (조사자 : 먹고 왔어요.) (청중 : 인사가 늦었어.) [조사자 웃음] 그래서 가만히 인자 그 싸립문, 싸립문이라고 알아? (조사자 : 예예. 싸리나무로.) 싸리나무로 얽어서 이릏게 하는 거. 싸리문을 틈으로 이릏게 보니까 불빛이 있는데 이뚷게 보니까 아이고 아이고 하고 우는 소리가 나는디, 또 이뚷게 들으면 에화라 노화라 하고 또 노랫소리가 나고, 아 두 가지가 섞어서 나온단 말여, 그 음팡 저그 문. 그래서 하도 기이해서 사립문을 살짝이 밀치고는 가만가만 들으가서 들으니까 분명 할머니가 울고, 여자 소리가 우는 소리가 나는데 남자가 기화자 좋구나 하고 무릎을 침서나 노랠 부르고 그러더란 말이여. 참 희기할 일이다. (조사자 : 이상하다.) 그래서 인자 나와 갖고 정식으로 주인을 찾고 그러니까 안에서 건을 쓴 상주가 나와. 아참 그 그 전이다 인자. 그 전에 게 하도 기이해서 문틈으로 이릏게 드다봤어. 문틈으로 드다보니까 조그만한 술상을 하나 채리(차려) 놓고 머리가 하얀 할마니가 앉아서 울고 앉았고, 머리를 홀딱 깎은 중이 너불너불 춤을 춰쌌고, 그런가하면 (청중 : 시어마니 환갑잔치.) 상주들 입은 뭐 건을 건을 쓰고 앉아서 노래를 상다리를 뚜드림선 노래를 불르고 그려. (조사자 : 상주가요?) 상주가. 그래서 하도 희한해서 인자 주인을 찾고 들으가서 연유를 물으니까 상주는 인자 아버지

상을 당해서, 옛날에는 상을 당하면은 밖에도 나가도 못하고 활동도 안하고 돈벌이도 안하고 가만히 앉아서 근신만 하고 이룿게 삼년을 지냈다거든. 심한 사람은 인자 묘 옆에 가서 시모도(시묘도) 살고. 시묘를 가서. 그래서 아버님 돌아가시고 그 별로 벌이도 없고 근디 오늘이 저 할머니, 어머니 환갑입니다. 게서 환갑을 돌아오고 이뚷게 할 수가 없어서 어머니한테 조출한 환갑상이라도 하나 차려 드리얄 텐데 해서 저그 내자가, 안식구가 머리를 팔아갖고 머리를 깎아서 팔아갖고 장을 봐다가 조출하게 환갑상을 채리서 어머니를 드리고 저는 축하하기 위해서 노래를 부르고, 안식구는 춤을 추고. (조사자 : 머리 깎은 게 중이 아니라.) 중이 아니라 마누래야. (조사자 : 마누래였어요.) 그러니까 인자 어머니는 감읍(感泣)해서 이리 울고 계셨다고. 아 그러냐고. (청중 : 그전에는 머리 팔았어.) 아 듣자하니. (청중 : 많이 팔았잖아.) 임금이 인자,

"듣자하니 아마 별과가 뭐 얼마 후에 아마 있을 모냥이드라고. 긍게 그 별과에 한번 응시를 한번 해보시죠."

"기회가 닿드면 한번, 글은 배운 글이요, 한번 그래볼 의향도 있습니다."

"꼭 한번, 그 그 과장에 한번 나와서 과거에 한번 응시해보라고."
하고 인제 왔단 말이여. 와서 인자 그 이튿날 방을 부쳤어. 별과. 과 과거를 본다고 인자. 별과랑은 인자 임금이 필요할 적에 수시로 인자 보는 별과. 게 과제가 상가승무노인곡이여. (조사자 : 상가승무?) 상가승무. [바닥에 한자를 하나하나 써 보이며] 인자 초상 상자이, 노래 가자, 중 승자, 춤출 무자, (조사자 : 노인곡.) 그른게 인자 늙을 노자, 인, 울 곡자. (조사자 : 예. 상가승무노인곡.) 노인곡. 그 시제가 그룿게 나왔으니 여기에 대해서 설명하라 헌 게, 아 그거 뭐 자기가 겪은 일 배면이 잘 얘기했겄어. 그렇게 해서 그 사람을 등용하기 위해서 말하자면 그렇게 한 거지. (조사자 : 시제를 그렇게 냈고만요.) 시제를 그렇게 냈지. 그래갖고 참 잘 누리

고 살았다고. 모 중시조의 그 유래가 그랬다고 그런 얘기가 있드만. (조사자 : 아, 그게 그것도 누구 중시조 얘기예요?) 그렇지. 그것도 누구 중시조. 누군가는 드러나진 안했지만은 중시조 얘기지. (조사자 : 숙종대왕 때, 참. 그런 얘기는 어디서 들으셨어요 어르신?) 옛날 그 뭐 선비급에 가는 어른들 새이서(새에서) 어깨너머로 들었지. (조사자 : 그냥. 어른들이 이냥 저냥으로 하시는 말씀?) 어깨너머로 들었는디 그 다행히도 총기가 조께 있어갖고 그거 안 잊어버리고 이렇게 이런 데서 얘기를 할 수 있게 되서 다행이지. (조사자 : 아이고 그 기억을 다하세요.)

여자 뱃사공에게 놀림 당한 봉이 김선달

자료코드 : 07_10_FOT_20090407_KEY_LHD_0004
조사장소 : 전북 장수군 장계면 금덕리 450-2번지 침동 마을회관
조사일시 : 2009.4.7
조 사 자 : 권은영
제 보 자 : 이현두, 남, 77세
구연상황 : 앞의 이야기가 끝나고, 제보자와 할머니들이 잠깐 농담을 주고 받았다. 어른들께 들은 얘기를 하나 더 해주시라고 청하자 제보자는 짧은 얘기 하나 더 하겠다며 다음의 이야기를 들려주었다.
줄 거 리 : 봉이 김선달이 대동강을 건너려고 배를 탔는데 그 뱃사공이 여자였다. 장난기가 발동한 김선달은 자신이 그녀의 배를 탔으니 그녀가 자신의 마누라라고 농을 쳤다. 그녀는 어찌할 바를 모르다가, 김선달이 배에서 내리려고 하자 김선달더러 아들놈 잘 가라고 인사를 했다. 자신의 배 속에서 나왔으니 자신의 아들이라는 것이었다. 이처럼 꾀 많은 김선달도 여자 뱃사공의 꾀에 놀림을 당하기도 하였다.

김선달이 얘기 있지, 왜? 김선달이 얘기, 거 우스운 얘기 하나, 간단한 얘기 하나 하게. (청중 : 봉이 김선달.) 김선달이가 대동강을 건너가는데, 배를 타고 보니게 여자드라네, 사공이. (조사자 : 사공이?) 이. 게서,

“여보, 당신이 내 마누라요.”

“아, 어째서 내가 당신 마느래요?” [제보자 웃음]

“내가 당신 배를 탔으니 마느라 아뇨?” [조사자, 청중 폭소]

아, 이놈의 여자 뱃사공이 옴도 뛰도 못하게, 하 꼼짝도 못 하겠거든. 그래서 얼굴이 푸르락 검으락 붉그락 부애가 나서 똑 죽겠는데 어떻게 해 볼 도리는 없고, 이쪽 강변에다 대 주고는 사공이 하는 말이,

“내 아들놈 잘 가거라.” [조사자, 청중 폭소]

“아 어째 내가 남의 아들이요?”

“아 내 뱃속에서 나왔은게 내 아들 아니냐.”

그랬다는 얘기가 있어. 그래서 김선달이가 한번 졌대야. (조사자 : 한번 졌어요?) 김선달이가 농담해서 한번을 져 본 일이 없는디, 뭣을 하든지, 대동강까지 팔아먹은 사람 아녀, 그 사램이? 그런디 그래서 여자 뱃사공 한티 한번 졌다고 한다고 그런 얘기가 있드라고.

팥죽장수 할머니와 이리

자료코드 : 07_10_FOT_20090421_KEY_LHD_0001

조사장소 : 전북 장수군 장계면 금덕리 429-1번지 침동 마을 이현두 자택

조사일시 : 2009.4.21

조 사 자 : 권은영, 이화영

제 보 자 : 이현두, 남, 77세

구연상황 : 2009년 4월 7일 제보자로부터 여러 설화를 듣고, 차후에 다시 한 번 만나줄 것을 부탁했다. 농사철이 시작되어 약속을 잡기가 쉽지 않았으나, 4월 21일 제보자가 잠시 짬을 내어 조사자들이 자택을 방문하였다. 간단한 인사가 오간 후에 제보자는 미리 생각해 둔 듯 다음 이야기를 구술하였다.

줄 거 리 : 옛날 산골에 팥죽장사 할머니가 혼자 살고 있었는데, 이리 한 마리가 할머니의 팥죽을 늘 뺏어 먹었다. 하루는 팥죽만으로 성이 안 찬 이리가 할머니마저 잡아먹겠다고 하자, 할머니는 외상값을 갚고 올테니 그때 잡아먹으라고 했다.

외상값을 다 갚은 할머니는 팥죽이나 먹고 죽으려고 팥죽을 쑤어 식히고 있었다. 그때 계란, 게, 고양이, 개가 차례차례 나타나 할머니에게 팥죽을 얻어먹고는 할머니가 안 잡아먹히게 도와주겠다고 각자 자리를 잡고 이리를 기다리고 있었다. 곧 이리가 나타났고 할머니는 이리더러 불이나 켜고는 잡아먹으라고 했다. 이리가 불을 켜려고 화덕 가까이에 가자 계란이 툭 튀어서 이리의 눈을 쳤고, 눈을 씻으러 물통에 가자 게가 이리를 물고, 그때 선반위에 고양이가 이리의 목덜미를 물고 놓지 않았다. 이리가 도망을 가려고 나서자 헛간 모퉁이에 있던 개가 뛰어나와 이리를 물어 죽였다. 이리가 죽자 팥죽 장사 할머니는 행복하게 잘 살았다.

옛날에 어느 산골에 참 혼자 외딴집에 사는 그 할머니가 하나 있었는데, 마음은 착한데 가난햐. 그래서 혼자 살면서 팥죽 장사를 햐. 팥죽을 인자 팥 한 되 팔고 콩 한 되 팔고 해가지고 팥죽을 쑤어가지고 인자 고개 넘어 인자 장터가에 가서 앉아서 팥죽을 팔고 그러고는 인제 호구지책을 그렇게 따지는 거여, 그걸로. 돈도 벌리도 않고 제우(겨우) 먹고 살아. 아 그러는데 심술 고약한 이리가, 이리라고 그 늑대같이 생긴 짐승 있잖 햐. 이리가 고 안에 골짜기에 사는데 아 팥죽을 이고 가면은 팥죽을 늘 뺏아 먹어. 가면 팥죽을 한 그릇씩 주고 개평으로 주고 가고 그러니까 팥죽이 축이 나니까 돈이 더 안 벌리지. 그런 차에 인자 하루는 갔더니,

"팥죽으로 양이 안 차니 할마니를 내가 잡아 먹어야겄다."

"그려. 그 내가 잡아먹는 것은 내가 뭐 자식이 있냐, 남편이 있냐. 걸릴 것도 없고 오늘 죽어도 뭐 남을 여한도 없다. 그래 죽는 것은 내가 뭐 그릏게 두려워하진 않는데, 나 한 가지 걸리는 것이 있다."

"뭐냐?"

"내가 이 팥죽을 쑤기 위해서 재료를 구입한 데가 있다. 외상으로 구입했다. 쌀도 외상, 팥도 외상, 이 요새 인자 조미료 설탕도 외상, 뭐 다 심지어 소금까지 다 외상인디, 이 외상값을 내가 빚을 지고 죽을 수는 없다."

아 얼매나 선량한 할마니여. 죽는디 뭐 빚이 그거이 뭐 그거 대수여.
[제보자, 조사자 웃음]

"게서 나는 이것을 갚고 죽어야겄으니까 이 팥죽을 가서 팔고, 그 돈으
로 빚을 전부 외상값을 갚고 오걸락은 날 잡아 먹으라. "

"그 언제, 그때가 언제냐?"

"내 오늘만 갔다 오먼은 내일도 좋고 모레도 좋고, 니가 날을 받아라.
내가 죽어주마."

그인게

"그러믄 내일 저녁에 가마."

그래서 인자 할마니가 그렇게 약속을 하고는 팥죽을 팔아서 외상값을
싹 갚고, 또 팥죽을 쪼끔 팥죽거릴 사갖고 왔어. 와갖고는 팥죽이나 끓이
서 조큼 실컷 먹어보고 죽으야겄다고 인자 그 이튿날 저녁에 팥죽을 끓이
놓고 인자. [휴대전화 진동, 이야기 잠시 중단] 밭에서 독촉 전화 왔다.
[조사자 웃음] 아닌데. [전화 통화중] 예. 응. 왜, 이장? 집에 있는데. 응.
왜 누가 왔어? 어, 언제쯤 작업 개시를 하겄디야? 18일 날까지, 가만있어.
나 여기 손님하고 얘기 중인게, 나중에 저녁에나 아침에나 얘기하면 안
되까? 이, 그라세. 어, 어 어. [전화를 끊으며] 우리 동네 이장. 여기 회관
보일라 관계 때문에. [다시 이야기 시작] 게서 할머니가 청산을 하고 인자
팥죽을 끓여 놓고 먹을라고 인자 뜨거워서 퍼다 놓고 식혀서 먹을라고 이
라고 앉았는디, 아 어디서 계란이 하나가 또골또골 둥글어 나오더니,

"할머니, 할머니."

"왜?"

그 부황스런(허황스런) 얘기지. 계란이 얘기를 하고, 계란이 팥죽을 먹
고 했다는 얘기, 호랭이가 담배 피겄다는 얘기보다 더 부항한 얘기지. [조
사자 웃음] 그 인제 그 거품 많은 이야기가 옛날이야기거든? 그서.

"그래 그르 그름 어떻게 니가 나를 못 잡아먹게 하겄냐?"

하이 어뚷게든지 할 테니까 팥죽만 한 그릇 돌래야. 그래서 인자 팥죽을 한 그륵을 떠서 인자 줬더니 계란이 팥죽을 한 그릇 먹고, 화덕이라고 있어. 화덕이라고 하는 것이 이 불 재료, 불집이여. 옛날에는 성냥이 없고, 이 라이타도 없고, 이래서 불 재료를 항상 저 화독이라고 하는 독에다가 재를 거기따 넣고 그놈을 얹고 불 둥거지를 넣어서 늘 놓으면은 연기가 모락모락 나면서 나무 뚱거리를 넣노면은 거가 불이 댕겨갖고 있어. 안 꺼지고. 그런가하면 그 재가 참 뭐 그 도로 산화되고 산화되고 이게 삭아가지고 그 재를 가지고 잿물. 빨래하는 데도 쓰고 지금 잿물이나 양잿물이나 같은 비누와 같은 이런 저 용재로도 쓰고 이릏게 하면서 이중으로 효과를 해서 잿독을 이릏게 묻어 놓고, 거그따 불, 독을 묻어 논 게 화독이라. 고리 쏙 들어가드라 그 말이여. [조사자 웃음] 게 인자 그 화독을 그래 몇 대를 물리감서 그 불씨를 안 꺼치고 유지를 해 내려왔다가는 그런 얘기도 있고 그래. 에 그리 쏙 들어가드라 그 말여. 그래. 그런가 이제 팥죽을 또 인제 먹을라고 또 하닌게 어디서 또 게. 바닷가에 그 게. 엉금엉금 게. 게가 이릏게 엉금엉금 나오면서

"할머니, 할머니. 내가 팥죽 한 그릇만 주면은 못 잡아먹게 하지." [조사자 웃음]

"그래."

그래 또 팥죽을 한 그륵을 또 떠서 줬다. 줬더니 게가 맛 맛있게 팥죽을 먹고는 저 물통. 물동 속에 물통으로 들어가드라 그 말이여. 그랴. 그래 인제 또 팥죽을 먹을라고 또 하니까, 어디서 고양이가 한 마리 야옹 하고시나 홀짝 날아오더니,

"할머니, 할머니. 팥죽 한 그륵만 주면은 못 잡아먹게 하지." [조사자 웃음]

"그래. 너도 한 그릇 먹어."

또 가지고 할머니가 후한 한 그륵을 팥죽을 후하게 한 그릇 떠 줬지.

그래가지고 그 놈을 또 싹 먹더니만은 저 선반 우로 홀짝 올올라가. (조사자 : 선반으로.) 그래. 그래 저 인자 다 왔나 싶어서 인자 또 팥죽을 먹을라고 하니까 개가 한 마리 어디서 공공공 하고 쫓아오더니만은,

"할머니, 할머니. 팥죽 한 그륵만 주면은 못 잡아먹게 하지." [조사자 웃음]

"그래."

그래 또 할머니가 팥죽을 한 그륵 해서 또 줬다. 개는 먹더니 개는 인자 저 헛간에 모퉁이 가서 딱 사리고 드러누워. 그래. 아 인자 팥죽을 한 그릇 먹었다. 먹고 있으니까 인자, 불도 안 키고 캄캄하니 이 그런데서 인자 먹고 있으니까 참 그 이리란 놈이 이히히 하고시나 이렇게 나타난 거여. 톡톡톡 털고는 인자 잡아먹을라고. 그래.

"거 할머니, 그 팥죽이나 한 그릇 먹었냐?"

"오냐. 팥죽 한 그릇 먹었다. 근디 인제 기왕에 나 잡아먹을라믄 불이라도 박게(밝게) 키놓고 잡아먹으라. 내 니 그 잡아멕히는 니 얼굴이라도 좀 봐야겠다." [조사자 웃음]

그래. 그러니게

"그러겄다."

그러면서 인자 불을 킬라고 인자 화덕에 가서 불똥 지그놈을 갖다가 불 킬라고 가서 이렇게 하니까,

"빵!"

함서 인자 계란이 그 속에가 있다가 불에 가서 이렇게 들어앉았다가 톡 튀는 것이지. [조사자 웃음] 톡 튀어서 팡 하고 튀면서 아 그마 이리 눈으로 톡 눈을. (조사자 : 맞았어요?) 때 때렸단 말이지 그놈이 인자. 그닌게 눈이 아파서 막 잿더미조차 뭐야 눈이 따가워서 죽겄어. 그러니까 인자 이미 정신이 없어 인자 그 물통에 가서 씻을라고 물을 이렇게[물을 담아 눈에 가져가는 시늉을 하며] 하니까 게가 이놈이 막 이놈이 막 막 묻고

(물고) 찢고 안 노네. [조사자 웃음]

　"아이고, 이리 죽는다!"

하고는 고함을 지르고 막 호를 뛰고 날, 날뛰고 있는데, 아 선반에서 고양이가 홀쩍 뛰는디 목덜미를 물고 막 안 놓고 막 묻고 물고 흔들어. 야단이여. 그래서 이리가 인자 도망을 가 갈라고 막 도망 나가니까, 개가 막 그 모퉁이서 뛰어나와갖고는 이리 뒷다리를 물어갖고 질근질근 해갖고 막 잡아서 죽여 버렸드리야. 에 그래서 할머니는 그 개하고 뒷정리 싹하고, 개하고 인제 참 평온하게 선량한 할머니가 팥죽 장사 계속 하면서 개하고 둘이 식구 삼아서 행복하게 잘 살았드란 옛날 부항한 얘기. [제보자, 조사자 웃음] (조사자 : 재밌어요.)

소금장수와 굶주린 나그네의 복수

자료코드 : 07_10_FOT_20090421_KEY_LHD_0002
조사장소 : 전북 장수군 장계면 금덕리 429-1번지 침동 마을 이현두 자택
조사일시 : 2009.4.21
조 사 자 : 권은영, 이화영
제 보 자 : 이현두, 남, 77세
구연상황 : 앞의 이야기를 마치고 연이어 다음 이야기를 들려주었다.
줄 거 리 : 옛날 소금장수가 옹달샘 가에서 밥을 짓고 있는데 굶주린 나그네가 밥을 나
　　　　　눠달라고 간청했다. 소금장수는 자기 혼자 먹을 것도 부족하다며 나그네의 청
　　　　　을 무시했고, 나그네는 원통한 마음에 자신이 옹달샘에 빠져 죽어 뱀으로 환
　　　　　생하여 소금장수에게 복수를 하겠다고 하였다. 다음해 그 옹달샘을 지나던 소
　　　　　금장수는 독사로 환생한 나그네에게 물려 죽게 되었고, 멧돼지로 환생해 뱀에
　　　　　게 복수를 하겠다고 유언했다. 멧돼지로 환생한 소금장수는 뱀을 찾아다녀 결
　　　　　국 죽게 하였고, 뱀은 다시 포수로 환생하였다. 포수가 다시 멧돼지를 찾아
　　　　　총을 겨누며 복수를 하려는 순간 한 노인이 나타나 복수를 포기하고 극락으
　　　　　로 갈 것을 권했다. 한참을 생각하던 포수는 총을 분질러 복수를 포기하였고,
　　　　　노인이 인도하는 극락으로 가서 잘 살았다.

옛날에 또 그런 얘기가 있어. 그 옛날 소금장수. 소금장수가 옛날에는 지금 교통수단이 없고 수송수단이 없을 적에는 육태(陸駄)를 지게로 졌다고. 옥구. 군산 알지? (조사자 : 예.) 군산까지 가서 여그 산릉 사람이 젤로 가까운 데가 군산이라. 군산 가서 에 삼천뽀스도(무슨 뜻인지 모름) 여그까지 소금장사를 하고 그랬대. 지게다 짊어지고 다니면서 [옆구리에 묶는 시늉을 하며] 예 지게 목다리다가 단지를 이릏게 매달아서 거그따가 쌀 짊어지고 다님서 씻쳐서 거기서 밥 끓이 먹고 때 되믄. 그라면서 또 가고. 가다가 또 정자나무 밑에서 자고. 그라믄서 방방곡곡을 뉘비고 다니면서 소금을 파는 거여. 그 소금장수가 어느 길가에 그 옹단샘가에서 인자 참 물을 질어다가 이케 밥을 잠깐 지서 밥을 해서 먹는 먹는 거여. 근디 거기서 한 지내가던 나그네가 배가 고파 죽겄는디 기진맥진해 죽겄어. 그인게

"그 밥 자시고 한 숟갈만 나 좀 남겨 주시믄 내가 허기를 면하고 죽기를 면하겄습니다."

그러닌게,

"아, 나 먹기도 나쁜디 어뜿게 그럴 수가 있냐."

(조사자 : 소금장수가?) 그리도 소금장수가 싹 다 먹어 버렀단 말여. 게 이 사람이 인자,

"아, 그름 그 누룽지라도 그냥 한 술만 좀 요기하게 해주시면 참 고맙겄습니다."

"아, 나 먹을 것도 작은디 누룽지는 왠."

그러면서 누룽지까지 싹싹 긁어서 싹 다 홀짝 마시 버리고 싸 짊어지고 떠났단 말여. (조사자 : 인심 박허네, 그 소금장수는.) [제보자 통화 후 조사자들끼리 대화] 그러면서 인자 지게 보따리다 싸서 짊어지고 인자 인난단 말여. 어뜿게 이 사람이 괘씸하고 서럽고 원망스럽고 밉고 이러드니,

"에, 내가 이 옹당 샘물에서 빠져 죽을란다. 죽어가지고 뱀이 돼갖고,

독사가 돼갖고 다음에 니가 여기를 와서 밥을 해먹을 때는 낼름 너를 물어 죽이겄다."

그러니 그러니까 이 사람은 뒤도 안 돌아보고 너 뭐라 고냐 하고 인자 지나 가버렸지. 그럼 인자 부애가 난게 에 섭섭해서 한 소리런 하고 인자 지나갔는디, 지나서 일 년이 지나서 또 고 이듬해 도 봄에 따땃한 요맘때가 됐는데, 또 거기 와서 인자 밥을 해서 참 먹을라고 밥 그리고 막 갖고 오니까, 아 그그 샘 둥천에서 막 독사가 막 [혀를 날름거리는 뱀의 흉내를 내며] 이런 놈이 큰 놈이 막 쎄를(혀를) 내블내블내블 하면서, 독사가 또 말을 하는 거여.

"너 잘 있었냐? 내가 너 작년 요 때 여기서 굶어 죽은 내 귀신이 독사가 돼서 너한티 앙갚음을 할라고 이렇게 지금 기다리고 있었니라. 너 잘 왔다."

확 달라 들어서 그만 물어서 죽여 벼렸단 말여. 소금장수는 하도 괘씸해서

"오냐. 나는 죽어서 멧돼지가 돼가지고 산에 있는 뱀이라고 생긴 뱀은 전부 내가 다 잡아먹을, 그렇게 나는 복수를 할란다."

(조사자 : 소금장수가 죽어서요?) 소금장수가 그러면서 죽었어. 죽어서 인자 소금장수가 인자 참 멧돼지가 된 거여. 멧돼지가 돼갖고는 거그를 산사를 헤매다가 거그를 왔어. 거그를 와서 그 뱀이 있을 거 아녀.

"너 잘 있었냐? 내가 죽은 소금장수 영혼이 내가 멧돼지가 돼가지고 너를 잡아먹을라고 왔다."

"아, 나 잡아먹으라. 나는 잡아먹으믄 내가 포수로 태어나가지고 산에 있는 멧돼지라고 생긴 멧돼지는 전부 다 사살을 할란다."

그려. 그러거니 말거니, 오야 잡아 먹어버렸단 말여. 그래 인자 죽었어. 뱀이 죽으면서 하니까 아 사람이 태어나갖고 포수로 됐어. 그래서 포수가 돼갖고는 참 총을 고누고 거그를 찾아다니니까 아 그 돼지가 거가 있단

말여. 게 그놈을 쏠라고 막 고누고 있은게,

  "잠깐만, 잠깐만."

그리서 어이서 허연 노인이 이릏게 나타나더니,

  "적 대 적, 극 대 극이다. 니가 또 그라믄 저 놈이 또 너를 앙갚음하고, 그 놈이 또 그라고, 요샛말로 악순환이 계속 된다. 그러니까 니가 양보하고 총을 버리고 저 꽃밭으로 들어오너라. 그리먼은 거기가 바로 니가 바라는 극락이니라."

  예수교 기독교에서 얘기하는 것은 천당이라고 그라지. 불가에서 얘기하는 건 극락이라고 그랴. (조사자 : 극락이라고 그래요?) 극락이라고. 극락이니라. 그래. 게 고개를 자웃이(갸웃이) 처박고 생각을 해 본 게 과연 그렇거든. 내가 이래 쏴서 죽이믄은 멧돼지는 또 더 나보다 강적으로 또 태어나서 나한티 이릏게 되먼은 역시 악순환이 되풀이 될 것이다. 그러니 내가 이 말을 듣고 저 극락으로 가는 것이 오히려 참 낫지 않겄냐. 그러겄다. 그래서 돌아서 총을 확 뿐지러서(분질러서) 버리고 그 꽃밭 속으로 들으가서 극락으로 가서 잘 살았더라고. [제보자, 조사자 웃음] 항상 선량하게 선의적으로 사는 것만이 삶의 기본이다. 또 우리가 이승에서 사는 일이, 육신의 세계보다 영혼의 세계라고 그러지 않혀? 그럼 이자, 극락이든 천당이든 영혼의 세계거든. 영원히 사는 영혼의 세계, 괴롬도 없고 걱정도 없고 적도 없고 악도 없고 선만 존재하는 그런 곳에서 살게 된다. 게서 우리는 선량하게 살아야 된다. 적선지가는 필유여경(積善之家는 必有餘慶)이라. 선량하게 선을 쌓고 사는 집안에는 항상 경사스러운 일만 남아 있느니라. 반대로 불선지가는 필유여앙(不善之家는 必有餘殃)이라. (조사자 : 여앙?) 여양, 여앙. (조사자 : 재앙, 재앙이라, 예.) 재앙이라는 앙자. 이, 그래서 선을 베풀지 못하고 사는 집안에는 항상 재앙만이 또 남아 있는 것이다. 사자소학에도 그런 말이 나와. (조사자 : 예, 사자소학에 나오는 말이구만요, 그게?)

석왕사 유래담

자료코드 : 07_10_FOT_20090421_KEY_LHD_0003
조사장소 : 전북 장수군 장계면 금덕리 429-1번지 침동 마을 이현두 자택
조사일시 : 2009.4.21
조 사 자 : 권은영, 이화영
제 보 자 : 이현두, 남, 77세
구연상황 : 교훈을 전하기 위해 제보자에게 옛날이야기를 들려주었다는 제보자의 할머니
에 대한 내용과 제보자의 가족들에 대한 대화를 한참 나누었다. 제보자에게
다시 이야기를 청했더니, 제보자는 조사자더러 다른 데서 들은 얘기를 한번
해 보라고 해서 이성계, 김덕령의 설화를 꺼냈다. 그랬더니 제보자가 다음의
이야기를 들려주었다.
줄 거 리 : 왕이 되기 전 이성계는 자신이 무너진 집에서 세 개의 서까래를 지고 나오는
꿈을 꾸었다. 꿈을 이상하게 여긴 이성계는 한 토굴 속에서 도를 닦던 한 스
님에게 해몽을 들었는데, 스님이 그 꿈이 임금이 될 꿈이라고 하였다. 이후
왕이 된 이성계는 그 스님이 머물던 토굴 자리에 절을 세웠고 석왕사라 이름
지었다.

　꿈을 꿈을 꿨더니, 꿈을 꿨더니 꿈에서 무너진 집속에서 서까래 세 개
를 짊어지고 나온 꿈을 꿨다. (조사자 : 누가요? 이성계?) 이성계가. 그래
서 그 토굴 속에, 에 그 스님이 하나가 토굴 속에서 도를 닦고 있는데 그
스님한테 가서 해몽을 하는데, 이 등, 이렇게 등에다가 서까래 셋을 이렇
게 짊어지고 나온께 이게 임금 왕자다. 그래서 임금이 될 꿈이다, 이렇게
해명을 해서 뒤에 임금이 되고 나서 그 그 토굴 그 자리다가 석왕사(釋王
寺), 해석이라고 해석이라고 하는 석자하고 임금 왕자하고, 석왕사라고 하
는 절을 지어줬어. (조사자 : 석왕사.) 석왕사, 하믄. 해석이라고 석자하고
(조사자 : 예, 해석할 때 석자.) 임금 왕자하고 그래서 절 사자, 그래서 임
금으로 꿈을 해석해줬다 해갖고시나 석왕사라고 지었다고 그런 얘기. (조
사자 : 석왕사 유래가 그렇고만요?) 그래서 석왕사여, 석왕사가.

운수대통하여 출세한 사람

자료코드 : 07_10_FOT_20100121_KEY_LHD_0001
조사장소 : 전북 장수군 장계면 금덕리 450-2번지 침동 마을회관
조사일시 : 2010.1.21
조 사 자 : 권은영, 이화영
제 보 자 : 이현두, 남, 77세

구연상황 : 보충조사를 위해 사전 연락 후 제보자를 방문하였다. 제보자는 마을회관에서
조사자들을 기다리고 있었고 인사 후 자리가 정리되자 미리 준비해 둔 다음
의 이야기를 구연하였다.

줄 거 리 : 향교 고지기의 아들인 만복이는 유생들의 잔심부름을 해주면서 어깨 너머로
공부를 하여 학문이 높아져 있었다. 과거를 볼 시기가 되자 유생들이 길을 떠
나게 되었고 만복이도 유생들을 따라 나섰다. 여행길에서 쉬던 중에 만복이
일행은 어느 대갓집 규수의 일행과 만나게 되었다. 만복이의 동행을 내심 못
마땅하게 여기던 유생들은 만복이가 곤란한 지경에 처하도록 그 대가집 규수
의 옥지환을 받아오라는 명령을 내렸다. 만복이는 하는 수 없이 규수를 찾아
가 지환을 달라고 부탁을 하였다. 지난 밤 귀공자를 만날 꿈을 꾸었던 규수는
만복이가 그 귀공자임을 알고 흔쾌히 지환을 빼 주었고, 음식도 나누어 주어
곤란한 처지에 있는 만복이를 도왔다. 한양에 도착한 유생들은 만복이가 봉변
을 당하도록 통행이 금지된 야심한 시각에 심부름을 보냈다. 밤길을 다니다가
순라군에게 쫓기게 된 만복이는 어느 집 수챗구멍으로 피신을 하였다. 그 시
각에 그 집 주인이자 과거 시험의 시험관인 정승이 잠깐 꿈을 꾸었는데, 자기
집 수챗구멍에서 용이 꿈틀대는 꿈이었다. 정승은 수챗구멍으로 피신한 만복
이를 보고 범상치 않은 인물임을 알고는 만복이에 대해 묻다가 만복이가 자
신의 손녀딸의 반지를 가지고 있음을 알게 되었다. 자신과 만복이가 각별한
인연임을 알게 된 정승은 만복이에게 과거 시험에 대한 상세한 정보를 일러
주었다. 정승의 도움으로 과거에서 장원급제를 한 만복이는 정승의 손녀딸과
혼인하여 부귀영화를 누리고 잘 살았다.

옛날에 그 서당, 서당이라고는 인자 아시지? 요새로 말하믄 교육기관이
여 학교여. 학교도 요새 인자 초등학교가 있고, 중등 고등학교 대학, 대학
원 뭐 요새는 인자 뭐 또 로스쿨인가 뭐 그런 법학전문대학도 있고 이렇
듯이 인자 옛날에도 다소 저기가 있어. 인자 최고 학부가 성균관이고 인

자 어 그랬는데, 그 각 향리에 지방 마을에 인자 그 동단위로 거게 인자 초급반 이런 서당이 있는가 하면은, 인자 중급반은 인자 이 면 단위서 인자 몇 군데 이릏게 있고, 그 담에 인자 아주 고등부. 고등부는 거길랑은 요새 고시학원과 같은 그런 말하자믄 격의 그 수준이여. 그런게 거그서는 누가요는 요새 고시 공부하는 사람들, 요새로 말하믄. 옛날로 말하믄 인자 과거에 응시할, 과거시험에 대비한 그런 정도 수준인 사람들, 요새로 말하믄 인자 그 뭐 사서삼경, 그 뭐 논어 뭐 이런 것을 주로 공부하는 서당이는 말하자믄 인자 그이 군 단위면 군 단위 이런 정도 그 구역에 지역 사회에 인자 하나씩 이릏게 있었는데, 인자 내가 얘기하고자 하는 데는 그 고등부, 말하자믄 고시학원 격의 그 서당에 있는 어느 고을에 운수 좋은 사람. 내 가명을 그 복이 많은게 그 사람 이름을 가명을 만복이라고 정하드라고. 만복이. 그 만복이 얘기를 하께. 게 서당이 하나 있었는데, 그 서당에는 요새 인자 학교로 말하믄 인자 그 관리인이 있듯이 서당에 고지기라고 그랴, 고지기. 그것은 그 그긋을 꼭 맡아서 고지 먹었다고 그르지 않아. 그 고지 먹은 거 의무적으로 꼭 해야 하는 기거든. 고지기는 책임을 지고 그걸 해야되야. 게 서당 관리에 인자 나무도 해다가 서당에 불도 따시게 때서 주고, 청소도 하고, 인자 그 도난 방지라든지 이런 것도 하고, 인자 그 그 뭐 서당에서 가끔 인자 물 필요하믄 물 겉은 것도 인자 음료수 겉은 것도 대비해야 되고, 뭐 제반의 이 그 관리 업무를 담당한 고지긴데 불행스럽게도 그릏게 애쓰는 사람을 대우를 안 해줘. 천민으로 취급을 햐. 고지기 하면은 쌍놈이라. 그기 양반들 인자 공부하는 인자 그 도련님들 모두 공부하는데 그 수발들고 그라는 사람의 아들이 만복이라. 그러니까 인자 그 바깥에 큰일은 아버지가 나무 해다가 불 때고 이라는 일을 하는가 하면은, 내부적으로 인자 청소하고 닦고 인자 도련님들 공부 하는데 먹 갈아 당해고 이런 것은 인자 만복이가 했다 그 말이여, 서당 안에서. [주먹으로 손바닥을 치며] 그면서 이 만복이가 아주 다재다능하고 천재여, 머리가. 게서 그새에 다른 사람 공부를 이렇게 막 전문적으로 하는데 이 사람은 심부름 하면서 물 떠오니라면 물 떠오고, 뭐 담뱃불 붙여오라면 붙여오고 뭐든 심부름 다 해가면서 틈틈이 어깨너머로 배운 것이 상당한 수준의 지식을 쌓게 됐어 이 사램이. 게서 참 그 양반가에 자식들 곁으먼은 인자 과거를 응시해 볼 만한 이런 자신이 있을 정도로 어참 학문을 통달을 했는데, 불행스럽게도 천민의 자식이 돼놔서 과거 급제를 할 수가 있는가, 축에 끼들 못해. 그니까 인자 날마다 그 지성을 다해서 그 도련님들 수발을 다 하면서 도련님들하고 친한 거여. 인제 그 정을 쌓고 이렇게 정을 주고 이제 저그 아버지 때부터 막 이렇게 해가지고는 참 어뚫게 했든지 지체는 천민이고 하지만은 그 뭐여 인정상 떼지 못할 이런 참 인과를 맺은 거여. 게 인자 과거 시험을 보러 갈 시기가 됐는데 인자 그 자기 아버지가 인자 그 만복이 저그 아버지가 메칠 전부터 인자 와서 막 무릎을 꿇고 도련님들한테 사정을 하는겨.

"내 자식 놈도 그 좀 같이 축에 끼어서 하다못해 참 뭐 시골 진사라도 하나 어디 운수 닿으면 될 수 있겠그즘 축에 좀 끼워서 같이 좀 가주시라고."

메칠 전부터 애원을 햐. 그러닌게 그동안에 참 지내오던 것이 서로 직분은 참 천지차이지만은

인정상으로는 형제와도 같고, 또 이러닌게 그 떠들 못햐.

"아 그람 보내라. 우리 심부름도 시기고 겸해서 말구중도(말구종도) 들고 뭐 겸사해서 이렇게 해서 데리고 갈틴게 그럼 보내라."

그래 인제 양 좋아 죽겄어. 좋아 죽겄냐 만복이한테

"너 이만저만해 도련님들한테 이런 승낙을 얻었으니 얼매나 다행스럽고 영광스러운 이게 운수냐. 열심히 참 니 마음적으로라도 그동안에 해온 공부라도 또 복습도 하고 이렇게 해가지고 같이 가서 하다못해 진사 참봉이라도 하나 했으먼은 이 애비의 한이 풀리겄다."

이렇게 하닌게 아 이놈도 역시 그러고 이런 그 참 자신감도 있고. 그래 인자 모두 뭐 부잣집 자식들은 말을 타고 막 말이다가 바리바리해서 먹을 것도 싣고, 뭐 의복 겉은 것도 한양을 갈라면은 머니까 이렇게 대비를 했는데, 이 사램은 뭐 간단햐, 인자 그 짚시기 멫 컬이 등에다 들메고 옷가지 두어 가지 넣고, 이 뭐야 찰밥댕이 멫 덩이 싸서 이렇게 넣어서 얼매고 인자. 그 사람들 말 타고 가메 타고 막 그렇게 가는디 이 사람은 걸어서 졸랑졸랑 따라간단 말여. 그 인자 참 저그들끼리 농담도 하고 이래 쌌는데 이 사람은 말벗도 안 되지. 게임이 안 되지 쉽게 얘기하믄 그 대화의 상대로 쳐주들 안하니까. 게 인자 그 심부름 뭐 필요하다믄 어디 가서 물 들어오라믄 물도 들어오고, 뭐 말먹이 좀 뭐 타서 멕이라믄 멕이고, 뭐 이런 짓을 하면서 그럭저럭 메칠을 가는데, 어느 인제 한 고개, 옛날에 가믄 인자 구 한길이라고 있어. 지금으로 말하믄 옛날로 하믄 지금으로 하믄 고속도로 격이라. 그것은 길도 넓고 폭도 되도록이면 인자 고바위도 없고 이러지만은 그 지적도에 질이 있어, 지금 지적도에도. 그 질을 인자 따라서 인자 갔단 말여. 가믄 인자 물도 건너가고 근게 지금은 다리가 있어 이러지만은 [바지를 걷어 올리는 시늉을 하며] 다리를 빼서 걷어 가면은 도련님들 업어서 건네고 인자 이러면서 건너가고 고개를 넘고 그란다. 인자 메칠 가다 본게 인자 한 정자나무 밑에 척 보니까 어 뭐 사람들이 많이 모여서 쉬고 있어.

"야 우리도 저기서 좀 쉬어가지고 가자. 만복아 여기서 쉬어갖고 가자."

게 가서 인제 이쪽에 정자나무 이쪽에 앉았는데, 요쪽에 모도 앉아 있는 사람들은 일행이 참 예쁘고 참 아주 그 정승 대가집 그 타입의 그 규수 큰애기 낭자가 있고, 거그 인제 수중 든 사람들 하인들 막 일행들이 막 있어. 그른게 그 큰 애기를 중심으로 해서 말하자믄 어디를 가는 그 행차길이여. 아 그려, 인제 큰 애기, 총각놈들은 처녀를 보닌게 또 호기심도 있고, 게서 사실은 못내 이놈을 데리고 가면서 심부름도 시키고 이용은 하는데, 만복이가 동행하는 것이 언짢야, 상댕히 불안햐. 왜, 이놈이 학문이 뛰어나기 때문에 저그들이 치일 것 같은게 시기심도 있고 투기도 있고 이것을 될 수 있으면 가다 어느 기회에 이것을 떼내 버리고 도태를 시키고 갔으면 하는 것이 인자 이 사람들 머릿속에 그것이 있는 거여. 그러자 마침 됐어.

"야 만복아, 너 저기 저 저 낭자의 손에 손가락에 끼고 있는 옥지환을 한 짝 어 아쉬아오니라. 오겄냐."

(청중 : 도둑질 하라고.)

어 그러니 이거 참 막막한 일이, 가가서 어디 가서 감히 가서 말을 붙일 수도 없는데, 그런 청탁을 부탁을 그것을 말하자면 명령 비슷하게 이룽게 한단 말여. 그 인자 그것은 의도는 뭐냐 하면 가다 저놈 봉변을 당해서 저놈 맞아죽든지, 크게 봉변을 당해서 이놈이 낭패를 맨들기 그런 계략으로 인자 이 시켰어. 게 만복이가 가만히 생각해본게 어쨌든 용기를 내고 자신을 냈어. 인제 사램이 인물도 잘 생겼든게벼, 만복이가. 기골이 장대하고 아주 늠름하니 대장부로 생겼든게벼.

"갔다 오지요."

가서 인자 턱 절을 하면서

"이거 참 남녀가 유별인데 이거 무례한 청탁이 있어서 에 이렇게 실례를 범합니다."

그리고 참 정중하게 인사를 하닌게, 아 어째 품위가 보통은 아니거든? 그 인자 그 처녀가

"아 괜찮습니다. 이 무슨 청탁이신지 말씀을 해보시지요."

"아 다름이 아니라 낭자의 손가락에 끼고 있는 그 지환을 한 짝을 제게 주실 수가 없겄냐."고.

그려. 아 그네.

"아 그거 어려운 일 아니, 아니죠."

아 가락지를 쑥 빼서 줘. 오 근게 인자 받아서 끼고 짰단 말여. 인자 이 처녀는 누군고는, 서울 장안에 아주 유명한 정승의 손자딸이여. 손자딸인데 인자 과년한데 에 아직까지 인자 그 배우자를 지금 물색 중인데, 하루 저녁에 꿈을 꾸니까 그 정자나무 밑에서 아주 귀공자를 만내는 그럼 꿈을 꿨단 말여. 그래서 인자 집안이 모두 소뎅이가 나게, 내가 저 외갓집에를 좀 다녀와야겄는데, 이 예를 들면 인자 광주나 어디쯤 인자 외가가 있었던게벼. 가야한데 음식을 좀 장만하고 이렇게 행차 채비를 좀 준비 해 달라고. 그러닌게 뭐 아 지금 뭐 대갓집 딸이고 뭐 풍부하게 부자로 살고 하인들 막 이 버글거린닌게 이 막 음식을 장만해갖고 싸서 이렇게 태이서 가마 태이서 인자 하인들하고 뭐 종들 보내서 싸서 이렇게 보내서 거그 와서 지금 쉬고, 소 내심으로는 처녀가 꿈에

'요 자리서 내가 그 귀공자를 만냈는데'

하고 기다리고 있는 참이다 그말이여. 아 그러니 오죽 잘 됐어. [청중 웃음] 보닌게 꿈에 본 그 사램이여. 인상착의나 모든 것이 늠름하고 씩씩해 보이고 아주 대장부고. 그러니 아주 잘 됐지 그래 쑥 빼 준기라. 거 이놈도 받아서 손가락에 끼면서도 놀랬지. 천만에 말씀이거든, 이것은 참 뭐 어뜿게 상상도 못한 일이고, 사실 그거 거부 안 당한 것만 하드래도 저는 천행인디 또 근단 말여. 하 이놈이

"아이고 고맙습니다."

자 거 왔어.

"빼왔습니다."

하 이 사람들이 낙심천만이고 [조사자 웃음] 대단히 놀랬단 말여. 이놈 맞아죽으라고 보낸 것이 옥지환을 떡 앗아갖고 끼고 왔으니 이런 낭패가 있나.

"그래. 그러면 너 한 텍 해야 할 거 아니냐. 한 텍 내라. 음 그런 좋은

영광을 받았으니 한 텍 할 만하니 한 텍 내라.”

그러니 맨주먹 쥐고 저 털멕 털먹신 멫 짝 짊어지고 온 놈이 뭘로 내야. 아 이 이거 이놈이 또 꾀가 났단 말이지.

‘에이 낭자를 찾아갈 수백이 없다.’

낭자한테 가서

“이만저만하고 이런 일을 이룬데 대해서 한 턱을 하라고 이렇게 동료들이 청을 하니 이거 불가피 어뚷게 할 도리가 없다.” 근게

“하 그러냐고. 그렇겄다.”고

“하 야들아 저 음식 차려라.”

인자 음식 저 외갓집이 간다고 많이 장만해 갖고 온 음식 있잖아. 그놈을 정자나무 밑이다 채려놓고 저 초청을 해서 모였단 말여. 하 이놈들이 음식을 먹음서도 배도 아프고 불안하고, 인제 1차 작전이 실패로 돌아갔다 그말이여 이놈을 죽일라 하는데. 게 인제 잘 먹고 편히 잘 쉬고 이놈은 속으로 좋아 죽겄고, 자신감이 생겼단 말여 인자이. 나는 천민의 자식으로서 참 이거 어뚷게 비두발괄해 갖고 여그도 따라와서 이렇게 끼었는데 차중에다 이런 대 참 좋은 일을 이루었으니 이제 자신감도 생기고, 뭔가 너그 못지 않다하는 자신감 같은 거 너그하고 내가 그 대등하지 못할 여건이 안 된다. 너하고 대등할 만한 여건을 내가 형성을 한 거다. 어 이런 자신감 같은 것도 생기고 좋아 죽겄지. 게 인자 간단 말야. 하 인자 처녀는 처녀들끼리 인자 볼 일 다 봤은게 떠나야할 거 아녀. 이거 하인들 거느리고.

“야, 가자. 외갓집이 갈라고 음식 해온 거 여기서 다 떨어졌으니, 맨손으로 외가에 못 가고 돌아 설 수백이 없다. 가자.”

인자 이렇게 하고는 가고, 인자 인자 만복이 일행도 인자 가고. 아 게 인자 그 부잣집 도령들이 만복이 이놈을 어뚷게든지 도태를 시켜버리야 하겄는데 가다 무신 기회가 없어. 그러다 저러다 참 메칠 건너서 간 것이

그만 한양에 도달을 했네. 도달해서 인자 그 뭐 숙소를 요새로 말하믄 인자 호텔급이겠지이. 옛날 인자 여인숙이라 해도. 그런 디다 딱 자리를 정해놓고 앉아서 인자 놀고 얘길 하다 있는데, 밤이 으식하니 인제 밤중이 됐단 말이여. 밤중이 됐는데 에 꾀를 낸 겨.

"야, 만복아"

[잠시 잠깐 밖에 온 손님을 두고 좌중간에 이야기가 있었음]

(청중 : 얘기하다 다 잊어버리겠네.) [청중 웃음]

"야 만복아, 우리가 이거 밤은 야심하고 궁금하니 뭐 야식거리를 어디 가서 구해오니라."

[회관에 마을 어른이 찾아와 인사 나눔]

지금 통행금지 시간 여러분 모르지, 말만 들었지? 6·25 후에 여그여그 실시가 됐던 통행금지 시간이 있어. 밤 12시가 넘으면은 통행을 일반인은 통행을 금지를 시켜. 게 거그도 게 옛날 이조시대도 옛날 인자 그 조선시대도 그 제도가 있었단 말이여. 삼경, 삼경이면 지금으로 말하면 인자 오밤 1시. 삼경이 지나면은 통행을 금지를 햐. 게 삼경을 지나서 출행을 출입을 하는 자는 무조건 도둑놈 취급을 하는 거여. 무조건 도둑놈 취급을 해서 인자 잡아다가 엄벌에 처하는 거라. 게 그것이 인자 순라군이라고 있어, 순라군이 뭐냐 하믄 순찰대. 요새로 말하믄 인자 순찰대가 인제 장안 인자 그 시내를 좌우로 샅샅이 이렇게 순행을 도는 거여, 순찰을 하는 거여. 그 순라군한티 걸리면 인자 죽는 거여. 근게 이놈들이 그것을 꾀를 낸기라. 착안을 한 겨. 밤중이 넘어서 인자 그 삼경이 지나서 순라군이 순찰을 돌 그 시간에 이놈을 내보낸 거여, 야식거리를 사오라고. 이놈 그놈들한테 잡아갖고 인자 저런 인자 좆아버리라고. 거 이미 나가서 텁석텁석 어떤 막 걸어가니 어라 쉬~ 하고는 막 순라군이 몰려온다 말여. 하 이자 하늘이 노란데 어디 갈 데가 있나 드문드문한데 움쑥하니 어디 구녕이 패인 데가 있어. 그리 그냥 사정없이 쑥 들어가서 보닌게 수채구녁이여. 마당 물 이렇게 씻어서 내리가는 그 구녁인데 인제 그리 다급해서 그리 들어갔단 말여. 근게 순라군들은 인자 지나서 건너가 버렸어. 그 집이 누 집이냐 하면은 내일 대과 과시 시험 본 시험관 정승집이여. 그 집이 정승집 수채구녁으로 들어갔단 말이여.

(청중 : 잘 들어갔네.) (청중 : 잘 들어 갔고만.)

헤 인자 들어갔는데 그 정승이 인자 밤은 깊어지고 우둥자둥간에 잠은 안 자고 내일 인자 그 대과 시험 보는데 어떻게 해야할 거 뭐 이런 거 대충 생각하고 우둥자둥 비몽사몽간에 얼핏 꿈을 꿨는데, 꿈에 자기 집 그 수채에서 용이 꿈틀꿈틀하는 그런 형상을 꿈을 꿨단 말여. 아 그래 퍼뜩 깨고 나서 보니 실은 이것이 이상한 예사 꿈이 아니거던. 이거 기이한 꿈이고 '야 이거 무신 운수가 도달한 꿈이다.'

게 인자 가서 "거기 누구 있나? 누구 있나?" 그라닌게

"예." 아 대답이 안 나와.

"이리 나오너라."

이놈이 인자 죽어났다 싶으지. 아 넘에 수채구녁으로 들어가서 도둑질 하러 들어간 놈 취급을 당할텐냐 죽은 거 아녀.

인자 "죽을죄를 졌습니다. 불가피 이만저만하고 으 이렇게 사정이 있어서 피치 못 할 사정이 있어서 나왔다가 순라군한테 에 참 쫓겨서 이리 들어왔으니 저그 무신 별 다른 생각을 가지고 도둑질할 생각 갖고 온 것은 아닙니다만은 제가 피신하다 보니 입장이 이렇게 됐습니다."

하고 죽을 죄를 졌다고 인자 빌어.

"아니다, 아니다. 이 이리 와봐라."

게 인제 데리고 사랑방에 들으갔어. 사랑방에다 앉혀놓고 보닌게 인제 영감은 이 꿈은 있지 이놈 보닌게 또 범상하게 생겼단 말이여, 사람도 생김새가. 그도 인자 언행 언례가 아 말하는 것도 아주 조리 있게 잘 하고 그러드라 그 말이여. 게 인자 죽 어찌된 경우냐 얘기를 하는데,

"게 오늘 그게 어디로 어떻게 해서 어떻게 과거 길에 온 얘기라도 좀
해봐라."

그인게 추욱 얘기를 한 것이 그 정자나무 밑에서 처녀 그 그 낭자한테 그
옥지환 한 짝을 앗았다고 하는 그 얘기도 했단 말여.

"그게 그 옥지환은 어디 있냐." 그래.

"여기 있습니다."

아이구야 자기 손자딸 가락지단 말여.

(청중 : 땡 잡았네. 잘 찾아갔네.) [좌중 웃음]

게 인자 그 참 격이 잘 들어맞은 거 아녀, 이 사람 운수가 척척 들어맞
는 거 아니냔 말여.

글안해도 지금 과거 때가 되면은 인제 그 여울 때 된 딸들, 손자딸들
그 낭자 그 가진 사람들은 서로 인자 거게 뭐여 급제한 사람들을 노리고,
그놈 챌라고 뭐 그 아주 궁리고 경쟁이 아주 대단하단 말여. 그 그런 판
국이다 이 사람은 인자 시험장에그 과거 시험장 시험관이고, 자기 딸 있
고 손자딸 있고, 보닌게 손자 딸 사윗감으로 적격자단 말여. 이놈의 꿈을
인자 용을 용꿈을 꾼데다가 그놈이 그놈이고, 저그 손자딸하고 이런 인연
이 있고 하닌게 이건 뭐 그대로 그만 부합이 돼 버린 거이지. 그랴 그랴
[청중의 말과 겹쳐서 안 들림] 게서 인자 영감이 인자 앉아서 그래

"그 과거를 더러 본 경험이 있느냐." 하닌게

"처음이다."

"그러믄 니가 아무리 학문이 높아도 요령을 없으 요령이 있으야 되고,
그 대충 그 공부하는 질속이 있어야 된다."

게 인자 이러이러한 것을 대충 얘기를 해주지, 인자 그 출제경향이지
요새 말하믄. 출제경향이고 뭐 반 문제를 내일 시제를 내주다 준다 해도
과언 아닐 정도로 자상하게 지도를 해줬다 그 말이여. 그러닌게 이놈이
공부는 했지만은 머릿속으로 거다 정리를 한 거여, 이렇게 이렇게 이게

정리를 해서 대비를 하닌게 그거 뭐 오직 잘 됐든가. 아 이튿날 과거 과장에 거기서 자고 나가서 과거에 보러 나갔는데, 이 사램 인자 총각들이 도령들은 좋아 죽겄지. 이놈 순라군들한테 인자 붙들려서 인자 영원히 도태가 돼서 끝난 걸로 안심 탁하고 인자 과거장에 들으갔단 말여. 들으갔더니 둘레둘레 본게 그 아 만복이가 저쪽에 앉았거든. 사램이 그 위축이라는 게 있잖아. 그 상대가 참 만만하면은 모든 것이 제대로 실력 발휘도 되고 그러지만은 위축이 되면은 알았던 것도 잊어버리고, 그만 오갈이 들어갖고 못 봐 시험을. 이놈들이 그 지경이 돼 버렸단 말여 과거가. 만복이 저놈이 없어야 만만하게 될긴데 벌써 상대가 다 자신이 있어서 과장에 나왔는데 벌써 만복이 이이가 저그는 만복이를 도저히 따를 수가 없을 정도로 이런 정도로 그 강적인데 그놈부터 없어져야 다른 사람하고 대결이 되는데 얘기가 되지만은, 만복이부터 그마 여그 나와 있으니 저놈이 무슨 대운이 띠서 순라군한테 붙들려가서 맞아죽지도 않고, 어떻게 해서 이 과거장에 뻣뻣하니 갖고 번들번들 나왔으니 인자 죽을 지경이다 그 말이여. 하니까 인자 과제를 보니 이놈들은 시험도 제대로 못 봤지. 못 보고 인자 이놈들은 뭐 잘한 뇜이 뭐 어 참봉 나부랭이 뭐 종사랑이니 뭔사랑이니 뭐 이런 거 몇 자락 하고는 그냥 대부분 그냥 내리가 버렸지. 게 인자 이놈 인자 과거 시험 봐서 인자 장원급제를 한 겨. 이건 틀림없이 따 논 당상이지 뭐. 공부 잘했겄다, 학문 두두룩히 익히 논 데다가 시험 요령 다 알려줬지 뭐 일사천리지. 그래서 인제 시험 잘 보고 장원급제해서 이놈은 인자 정승집으로 데릿고 간 거 아녀. 가가지고 인자 참 거그서 대뜸 그만 날 받아갖고 그만 결혼식을 거행한 거여.

　결혼식을 해가지고 전부 해서 인자 짐 싸고 막 바리바리 싣고 각시 데리고 널리리 쿵쿵 찾고 시골을 인자 귀향을 해서 잘 그 서민 중에서 용이 나갖고 개천에서 용이 나갖고 그래, 부귀영화를 누리고 잘 살았다는 그 대통한 만복이 이야기지. [웃음]

덕유산 산신의 승낙을 받은 이성계

자료코드 : 07_10_FOT_20100121_KEY_LHD_0002
조사장소 : 전북 장수군 장계면 금덕리 450-2번지 침동 마을회관
조사일시 : 2010.1.21
조 사 자 : 권은영, 이화영
제 보 자 : 이현두, 남, 77세

구연상황 : 앞의 이야기 후 금덕팔경과 석왕사 유래에 대해 다시 한번 말해주었다. 그런 후에 다음을 구연하였다.

줄 거 리 : 이성계가 새 왕조를 세우기 위해 팔도명산을 찾아다니며 백일기도를 드리다가 덕유산에 왔다. 덕유산에는 조리를 만들어 파는 사람이 있었는데 그 사람이 하루는 꿈을 꾸었다. 꿈에 나타난 덕유산 산신은 이성계의 백일기도를 받아들이려고 했으나 이성계 허리에 차고 있는 고리가 개가죽이기 때문에 부정을 타서 기도를 받아들일 수 없다고 말하였다. 꿈에서 깬 조리장수는 이 말을 이성계에게 전했다. 이성계는 자신이 왕조를 세울 준비를 하고 있다는 말이 새어나갈까 두려워 조리장수를 죽였고, 나중에 덕유산 산신에게도 승낙을 받았다. 하지만 지리산 산신에게는 승낙을 받지 못했던 이성계는 임금이 된 후 지리산을 전라도로 귀양을 보냈다.

이성계가 팔도명산을 찾아 댕김선 백일기도를 드렸댜. 백일기도를, 드렀는데, 그 조리를 만드는 사램이 이 덕유산에 와서 산신제를 지내고 나오니까, 조리를 만드는 그 한 노인이 조리를 만들고 있더라는겨.

(조사자 : 쌀 이렇게 이는 조리?)

이 조리. 그것이 인자 여그 저 산죽이 많아 여 덕유산에. 그래서 그것을 이렇게 그 제자리 가서 인자 쪄가지고 이렇게 해서 해서 짊어지고 이리 나오고 장딴지다 밥 끓이서 이리 먹어 가믄서 거기서 기거를 하고 그릏게 해갖고 한 짐 되면 지고 나오고 인자 그릏게 했던게벼. 그른디 그 비밀리에 비밀리에 그 산신제를 산제를 기도를 허고 모시는데, 그 거기서 기도를 하고 꿈을 꾸닌게 그 이성계가 그 산신이 그 산신이

"아 이렇게 저 아무개가 와서 기도를 정성으로 이렇게 하니 나는 수락을 한다."

그런 말을 하드라는 거여.

(조사자 : 덕유산 산신이?)

덕유산 산신이. 게 그 소리를 그 거시기가 조리장사가 들었어. 조리장사가. 그래서 기도를 올리고 나오면서 그 조리장사를 죽이버리고 나왔댜.

(조사자 : 아, 그 산신 목소리를? 에 목소리를 들어서 이것이 이 말이 비밀이)

백일기도를 백일동안 비밀리에 기도를 할라고 했는데, 덕유산에서 그것이 누설이 되겠단 말여. 그 사람이 들어서. 다른 산신이 다 이릏게 호응을 해왔는데, 지리산 산신만은 부정을 부정을 했댜. [다른 것이 생각난 듯] 아 그거 그냥 죽인 것이 아니라, 여기서 승낙을 할라고 봤는데 부정 했다. 부정 부정 부정이 하더라.그 사람 그 그 행색이.

(조사자 : 조리 장수가?)

이 조리 장사 행색이 이 그 저 이성계 행색이 부정한 것이 있더라. 왜 냐 그 저 뭐여 그 산신이 그릏게 얘기 하더라는겨. 대화를 하더라는겨. 산 신끼리 대화를 하더라는겨. 그 그 사램이 차고 이성계가 차고 있는 허리 띠에 차고 있는 열쇠고리가 개가죽 고리더라. 게서 부정해서 나가 승낙을 안했다.

(조사자 : 덕유산 산신이?)

산신이. 부정을 해서 저 승낙을 안했다. 이릏게 얘기를 하더라는겨.

(조사자 : 어, 산신이.)

게 그 소리를 누가 들었는고는 이 조리장사가 들었어. 게 나온게 조리장사가 있어 그 내리와 그서 이성계가. 그런게 조리장사가 불러갖고

“당신 그 허리띠, 그 열쇠고리가 뭐 뭐요.” 그런게

“아이 내 개가죽이요.”

그래 꿈 얘기를 해준겨.

(조사자 : 아, 조리장사가, 이성계한테.)

조리장사가 꿈 얘기를 해준기라.

"내가 꿈을 꾼 게 산신이 나타나서 이 수락을 해 줄라고 기도를 받아들일라고 했는데,

보닌게 개가죽 열쇠고리를 차고 있어서 부정해서 응낙을 안했다고 하더라. 그러니 그것만 바꽈차고 기도를 하면은 기도를 받아들일 것이다."

이렇게 얘기를 해준거 산신, 그 조리장사가. 그러닌게 이 사람이 죽이비렸어 그 사람을. 이것이 알 거 아녀, 그 소리가 유포가 되게 생겼으닌게 백일 채와서 기도를 해야 된데, 그 안에 유포가 되비릴까 싶어서 옛날에 역적으로 몰리면 잡아다 죽였잖야. 그러기 때문에 이 그마 그

(청중 : 고맙게 생각안하고이)

조리장사를 죽이버린겨. 그런게 인자 도대처 앞뒤가 안 맞는 얘기지. 조리장사는 죽어버렸는데 이성계 자기 입으로 얘기를 하기 전에는 그 얘기가 안 나올긴데, 그런 전설이 유포된 것도 기이한 일이지. 그래서 다 돌아다니다가 저 승낙을 했는데, 지리산 산신은 승낙을 안했어.

(조사자 : 왜 안했대요?)

모르지. 인제 왜 안했는고. 뭐 안했어. 너는 뭐 그 자격이 없다드니 뭐 뭣이 했다드니 안 해서 임금이 되고 나서 지리산을 전라도로 귀양을 보낸겨. 게 지금 전라도하고 전라남도 전라남북도하고, 경상도하고 이 어우름이 있거든 그 지리산이. 그란 것을 옛날에는 경상도 지리산이라고 그랬는데, 지명을 바꿔서 전라도 지리산으로 귀양을 보내버렸어 이성계가. 산을.

(조사자 : 미워 가지고?)

미워 가지고. 게 옛날에 임금은 그렇게 그 세도가 당당했다고. 말로다는 산도 귀양을 보내야.

운수가 좋아 부자된 가짜 지관

자료코드 : 07_10_FOT_20100121_KEY_LHD_0003
조사장소 : 전북 장수군 장계면 금덕리 450-2번지 침동 마을회관
조사일시 : 2010.1.21
조 사 자 : 권은영, 이화영
제 보 자 : 이현두, 남, 77세

구연상황 : 앞의 이야기 후 제보자가 그전에 들려준 얘기들을 상기시키자 청중들에게는
이 얘기를 해준 적이 있다면서 다음을 구연하였다.

줄 거 리 : 가난하게 살고 있는 노부부가 있었는데, 할머니는 돈을 벌어오지 못 한다며
할아버지를 타박하였다. 할아버지는 골이 나서 할머니에게 패철을 하나 구해
오면 지관일을 하겠다고 하자 할머니는 낡은 패철을 하나 구해다 주었다. 그
패철을 차고 집을 나온 할아버지는 어느 부잣집 사랑채에 머물게 되었는데,
그 집 주인이 풍수지리를 좋아하여 그 집에는 많은 지관들이 머물고 있었다.
지관들은 저마다 풍수지리에 관한 지식을 뽐내는데 할아버지는 아무것도 아
는 것이 없어 아무 말 없이 조용히 있었다. 그 모습을 지켜보던 집주인은 할
아버지가 풍수지리에 대한 지식이 높은데도 불구하고 다른 사람들의 얘기가
맞지 않자 아무 말 않고 있다고 생각했다. 다음날 집주인은 다른 지관들을 다
돌려보내고는 할아버지에게는 더 머물러 있으라고 청하였다. 풍수지리에 대
해 아는 것이 없이 대접을 받고 있는 상황이 불안하여 잠이 오지 않자 할아
버지는 집안을 배회하고 있었는데, 광 속에서 누군가 사람 소리가 들렸다. 그
사람은 혼인한 지 일곱 달 만에 아이를 출산하여 부정하다는 죄로 광에 갇혀
있던 그 집의 맏며느리였다. 맏며느리는 할아버지가 지관인 것을 알고는 자기
시아버지에게 인정받을 수 있는 답변을 일러 주었다. 다음날 집주인이 묏자리
잡아놓은 곳을 데려가자, 그 집 며느리가 일러준 대로 이곳은 자좌오행으로
써야 한다고 대답했다. 그 대답이 만족스러웠던 집주인이 다시 선산으로 데려
가자 할아버지는 또 다시 며느리가 일러준 대로 복호명당이 참좋다고 하면서
이곳에 묘를 쓰면 일곱 달 만에 아들을 낳게 되는데 집안에 그런 사람이 있
느냐고 다그쳤다. 이 말을 들은 집주인은 맏며느리가 부정한 것이 아니라 복
호명당 때문에 일곱 달 만에 아이를 낳았다고 생각하고는 자신이 잘못했다며
며느리에게 용서를 구했다. 할아버지에게는 많은 사례금을 받고는 집으로 돌
아와 부자로 잘 살았다.

　　　근데 그 운수 좋은 사람이여, 운수 좋은 사람. 그 사람은. 근디 옛날에

그 어느 시골에

　(청중 : 아이 그게 들으갖고 있간디.)

　가난하게 사는 그 노부부가 살고 있었는디, 앞집에 노부부는 영감이 풍수지리를 햐, 지관.

　그 쇠 갖고 댕김서, 이 산세 봐주고 묏자리 봐주고 하는. 그걸 해갖고 돈을 잘 벌어서 돈 잘 쓰고 잘 사는데, 뒷집에 노부부는 영감님이 그것을 못 햐. 무식해서 배운 게 없어서. 그러닌게 할마니한테 늘 지다바리를 하는 거여. [청중 웃음]

　"앞집에 아무거시 양반은 이릏게 지관질을 하고, 유식해서 이릏게 돈도 잘 벌어서 편안히 잘 살고 호의호식하고, 할마이도 호강하고 이릏게 잘 사는데, 당신은 도대체 그 나이 되더락 뭣을 했길래 배우도 못하고 이래 갖고 지관질도 못 하냐고"

　아 그래 그 소리도 한두 번이지, 자꾸 여러 번 할마니가 끄니 때마다 보리밥 먹을라면 생각나고, 죽 먹을라면 그 얘기하고 하닌게, [웃음] 여 영감도 조꼼 쫌 골이 났다 하까 뭔가 좀 분발심이 좀 생겼다 그 말이여.

　그래서 "아, 그러믄 어디 가서 패철이나 하나 구해 와봐."

　패철이라고 쇠, 그거 나침반 그거 놓고, 방우(방위) 보는 거. 그래서 앞집에 할마니한테서 할마니가 찾아가갖고는 인자 얘기를 한겨.

　"하, 대처 집이 양반은 이릏게 해서 돈도 잘 벌고 이라고 지관질 하는디, 우리집 영감은 쑥맥이라서 그것도 못하고, 하도 내가 보거리를 채우고 그랬드니 패철을 하나 구해오라고 하네."

　"그려? 아 우리 영감 쓰던 거, 저 못쓴 거 저거 하나 있어."

　그람선 [청중 웃음] 그것을 내온게, 인제 녹이 박박 슨 거 쓰도 못할 거 인자 그것을 주머니서 갖다 준단 말여. 그래 인제 이놈을 갖다 영감을 준 거여.

　"아 패철 구해 왔은게 나가라."고.

아 인제 내모는 거여. 패철까지 준비해서 돈 벌어오라고 쫓으니 영감이 배겨 닐 재주가 있는가. [청중 웃음] 패철 구해오라고는 인자 공갈로 한긴 디. 하 그래서 인자 짊어지고 패철을 그놈을 차고 정처 없이 좌우간 나갔 다. 어디. [웃음] 참 이 거리 저 마을로 인자 그 뭐 저 김삿갓이맹이로이. 그 인자 아 어디만큼 어디. 인자 봄날이라 따땃한 봄날여. 게서 어느 동네 문 앞에를 떡 당도한게, 참 이런 큰 멧벌이 있는데,

“아따 여그 복호명당이라더니, 참 좋다.”

이래쌈선 꼬마댕이들이 막 재주를 넘고 둥글고 그 짠디밭에서 이래 놀드 란 말여. 거 복호가 뭔지도 모르지. 게 묏자리를 보고

‘아 복호, 복호란 것도 있구나.’

그래 생각을 해. 게 한 고개를 넘어간 게 그 인자 날이 엥가니 석양이 됐는디, 잠자리를 구해야겄어. 게서 그 고개 날망이서 이렇게 내려다보닌 게 젤로 지붕날망이 크고 부잣집 겉이 생긴 집이 있드랴. 게서 인자 그리 살살 찾아갔더니, 사랑방에 과객이 꽉 찼드라네. [웃음] 과객이라는 건 인 자 지나다님선 그 얻어먹고 이제 풍수지리도 해주고. 뭐이 얘기도 해주고, 옛날에 뭐 그 문자깨나 배왔으면 인자 그런 것도 어뚷게 대신 해서 써주 기도 하고, 뭐 애기들 이름도 지어주고 말하자먼 택일도 해주고, 그 뭐여 그 궁합도 봐주고 인자 그 그런 그러게 해서 인자

그러고로 대니는 사람들이 그 과객 노릇 하는기라. 그 사람들이 인자 그 사랑, 게 옛날엔 인자 부잣집이 사랑방에는 그 과객이, 식객이 몇 명씩 은 안 떨어지는겨. 먹고 메칠 쉬어서 가면, 또 다른 사람이 오고 오고. 이 룽게 해서 인자 과객을 치러내는 저 집이 있어. 밥술이나 먹고 인자 사대 부집에는. 게 인제 고런 집이를 마침 들어간겨. 내려다 본 게 짐작은 여그 도 있어서 이 본게, 지붕딸막이 큼직하니, 어 그러닌게

‘저그 가면 뭐 재워주겄다’ 싶어 간게 마침 잘 간기라. 사랑방에 들으 간게 “사랑으로 드시오.”

해서 가본게는 마 갓쟁이들 뭐 깨나깨나 사람들이 꽉 돌아가 있어. 게 본
게 뭐 인제 얘기들 해쌌고, 저녁이 인자 돼서 밥을 얻어먹고 인자 있으닌
게는, 그 풍수 얘길 하는겨. 말하자먼 그 사람들이 전부 풍수들이여. 근데
이 영감이 자기 그 묏자리를 잡아놨는데, 인자 지망을 해놨는데, 그 자리
를 나는 그 영감은 꼭 자좌로 써야 되겄는데, 풍수들은 인자 뭔 좌를 쓴
다, 뭔 좌를 쓴다 뭐 각각이 다 자기 그 명분을 내세울라고 그 논리를 펴
쌌거든. 그러믄 인자 그 중에서 인제 그 맘에 그 영감 맘에 든 사람이 인
자 스카웃 되는기라. (조사자 : 아, 주인 영감 맘에 드는?)

　주인 영감 맘에 드는 의 의론이 인자 그 맘에 든 사람이 인자 그 그 풍
수가 스카웃 돼갖고 그 집이 인자 말허자믄 산세 보러 다니고 뭐 하고 이
릏게 해서 일 봐주고 돈을 벌어 먹는기라. 그에 그 경쟁이 붙어갖고 그
집이 가서 그릏게 모두 늘어붙어 있어. 아 저녁이 돼서 모두 아 이러고
저러고 뭔 얘기를 해쌌는데, 아 뭘 알아야 얘기를 하지. [청중 웃음] 그래
니까 말 안하고 있으면 왜 중은 간다고 하는 얘기가 있잖여. 그러닌게 뭔
소리 섣불리 잘못 꺼냈다가는 밑천이 들어나게 생겼인게, 말 안하고 있으
면 중간은 가겄다 싶어서 암말 안하고 이라고 저녁내 들어앉아서 막 얘기
만 듣고 앉았는데, 인자 이튿날 게 인자 대처 인자 그 주인 영감이 생각
할 적에 가만히 인자 보닌게, 다른 사람은 다 얘기를 해쌌는데, 하나는 그
릏게 꿰다 논 보릿자루맹이 참, 무피무 묵묵부답을 하고 그라고 앉았거든.

　'참 이상하다. 저 사람이 필경이 뭣이 있기는 있는디.' 싶어서

　그 사람 옷 있는 디를 가만히 이릏게 들여다 본게 아 그 패철이 있단
말여.

　'옳거니 [손바닥을 치며] 이늠이 풍수는 풍순디 저 사람들 하는 말이
의론이 전부가 이 사람 맘에 안 맞은게 이거 얘기를 차라리 안 하고 있는
기구나.'

　이릏게 넹겨 짚었단 말여. 그거 운수 아닌가. 게 이튿날 인자 이 다른

풍수들은 인자 여비 노잣냥씩 처부쳐서 다 보내고, 아 이 사람도 노자를 줄까 한게 이거 근데 재수가 없어서 인자 그것도 빠졌네. 돈도 안 주네. 노자도. 다른 사람 다 줘서 보내는디. 참 그 밥만 얻어먹고 앉았으니,

"아이 노인장은 여기 좀 당분간 계시쇼. 더 쉬어 가이쇼."

그런단 말이여. 아 이거 땀날 일이지. 뭘 알아야. [청중 웃음] 아 그래서 인자 밤중에 자다가 잠도 안 오고, 불안하고 그거 그럴 거 아녀. 초조하고 혼자 있으니. 게서 인자 달 훤히 밝은데 달밤에 참 문을 열고 돌아다니기에 인자 바람을 쐬고 살살 이라고 댕긴게, 아 광 있는데 어디서 똑똑똑똑 소리를 남서나

"여보쇼, 여보쇼." 부른단 말여.

(조사자 : 광에서요?)

광에서. 광. 그래서 깜짝 놀랬지. 무슨 일이고.

"뭐 나 귀신은 아니고 사람인게 이리 좀 와 보쇼."

게 인자 이 그게 누구냐 하믄 이 집 맏메느리여. 그 집 맏메느린디, 시집 온 지 일곱달 만에 아들을 낳았어. 그러니까 부정 아닌가. [청중 웃음] 아 부정인게 그래갖고 고마 양반가에서 이런 불측한 일이 있냐 싶어서 광에다 가돠 논기라. 가돠 놓고 머리를 산발을 해서 이래 놓고 밥만 쪼깨씩 줘. 게 인자 그 알아. 이 메느리가 자기 시아버지가 풍수를 좋아하고 자기 묏자리는 자좌오행이 좋다고 그릏게 고집을 하고 그른 것을 인자 그른 걸 다 알아. 알고 자기 선조 그 뫼가 그 복호명당이 있다는 것도 알아, 이 며느리가. 며느리가 옛날에는 여자들도 유식하지 않았어, 대갓집에서 시집가면. 게 알고 있어. 게서 틀림없이 그 집에서 어버부리고 있는 영감은 풍수여. 이 메느리가. 게서 불른겨. 불러갖고시나다가 그른게 깜짝 놀래지. 그래갖고 있인게.

"놀랠 것 없소. 내가 이 집 맏며느리요. 맏며느린데 시집 온 지 내가 일곱달 만에 애기를 배갖고 와서 아들을 낳았소. 이래 갖고 내가 그 죄닦음

하니라고 이렇게 갇히갖고 고생을 하니 당신도 좋고, 나도 좋고 좋은 수
가 있어. 그런게 내 말 꼭 들어."

"허 얘기해 보라."고.

"내일 우리 아버님이 틀림없이 선산 구경을 가자고 헐 테니, 그 자리를
데릿고 갈껴. 우리 아버님 신의지 잡아 논 데를. 다른 사람 별 소릴 다해
도 우리 아버님이 자좌오행이다 쓴다고 고집을 한게, 이 자리는 누가 뭐
라 해도 자좌오행이래야 된다고 한마디 하고, 그라믄은 또 다음에 데릿고
갈껴. 데릿고 가먼 그 복호명당을 데릿고 갈 테닌게 무릎을 탁 침선, 참
복호명당 좋구나. 복호명당에 칠색에 생남을 해야 운을 제대로 받는긴데
당신 집에 칠색에 생남한 사람 있어, 없어?"

(조사자 : 아, 칠삭에 생남한다고?)

에. 호랭이가 일곱달 만에 새끼를 난댜.

그런게 호랭이 명당에다 뫼를 쓰면 자손이 일곱달 만에 애기를 낳아.

"그런게 당신이 고렇게 고렇게만 하먼은 당신은 당신 좋고 나 좋고, 당
신 팔자 고치고 나 팔자 고친게 고롷게 꼭 햐."

아 이거 귀가 버쩍 띄네. 어떻게 할 도리가 없어서 지금 뭐 아는 것은
없지, 패철은 하나 마느래한테 기 안 깨일라고 얻어오라 한게 마느래가
또 얻어다 줬지, 거이 쇠를 놓고 보니 까막눈이 쇠를 알아. 어찌야. 하 이
거 그런데다 아 이렇게 메느리가 일러주니 뭐 아는 길 찾아가기 아녀. 하
이래서 인자 잠이 잘 와. 푹 자고 나니. 아침에 막 다른 사람 그저 그 앞
날은 그냥 합동으로 밥을 그냥 그럭저럭 주더니, 막 진수성찬이네 아침에.
거 진짜 저 풍수다고 대접하니라고. 게 걸게 먹고 [헛기침소리 흉내를 내
며]

"아 지관어른 우리 저 산세 구경을 갑시다."

"하, 가지."

아는 질 찾아가듯기 오직 좋은가.

"아, 갑시다."

가서 본게

"이 자리가 내 명당인데 여그를 어뚷게 쓰먼 좋겄소."

"아 이거 벨 소리 다 할 테지만은, 이거 어쨌든 자좌오행이라 여그는 맞는 거요."

하하 이거 영감이 궁뎅이를 딱 침선,

'옳거니, 풍수 만냈구나.'

그 다음에 인자 자기 선산 자랑한다고 인자 그 복호명당에 데릿고 갔어. 데릿고 가서 이거

"복호명당 좋다더니 진짜 좋구나. 이 복호에 묘 쓰먼은 칠색에 생남하는긴데 당신 집에 칠색에 생남한 일 있어, 없어?"

눈을, 큰 소리를 탕 침서, "있어? 없어?" 하고 막 반말을 내갈기니게 아 영감이 그만 깜짝 놀랬지. 게서 운수가 대통했어. [청중 박수] 그래갖고 집이 와서 그냥 몽땅 돈 주고 짊어 주고, 막 역군 치어서 지어서 그래 내려 보내고 메느리,

"야야, 내가 큰 죄를 졌다. 이러니 어짜겄냐. 이릏게 하고 그런게 우리 선영 명산 명당 운 받아서 이 귀공자를 낳았으니 얼매나 좋은 일이냐."

이릏게 해서 하늘겉이 메느리 떠받치고 잘 살고, 이 사람은 돈 벌어 갖고 와서 앞집이 코가 납작하게 부자로 잘 살았다는 얘기. 운수 좋은 사람.

귀신도 공대한 어린 율곡

자료코드 : 07_10_FOT_20100121_KEY_LHD_0004
조사장소 : 전북 장수군 장계면 금덕리 450-2번지 침동 마을회관
조사일시 : 2010.1.21
조 사 자 : 권은영, 이화영

제 보 자 : 이현두, 남, 77세

구연상황 : 앞의 이야기 후 잠깐 사람들이 드나들었고 조사자가 여러 이야기를 예를 들
며 기억을 들추자 제보자는 맹종과 왕상의 효에 관한 문헌의 얘기와 송천리
효부에 대한 얘기를 했다. 그후 제보자가 초등학교 시절에 담임선생님이 해주
셨다고 하며 다음을 구연하였다.

줄 거 리 : 율곡 선생이 나이가 어렸을 때 서당을 다니는데 하루는 비가 오고 천둥이 치
며 날씨가 궂었다. 나이 어린 율곡 선생이 밤에 서당을 가야하는데 날씨마저
궂자 서당 가기를 꺼려했다. 어머니 신사임당은 혼을 내어 율곡을 서당으로
보내고는 걱정이 되어 그 뒤를 따라갔다. 가는 중간에 초분 여러 개가 있었는
데, 번개가 치고 천둥이 치자 율곡이 깜짝 놀라 그 초분들 중 하나로 들어갔
다. 신사임당이 그 모습을 지켜보고 있었는데, 다른 초분의 귀신이 율곡이 들
어간 초분의 귀신에게 자신의 제삿날이니 술 한잔 마시러 가자고 불렀다. 그
러자 율곡이 들어간 초분의 귀신이 오늘은 자신의 거처에 큰 손님이 오셔서
같이 갈 수가 없다고 하였다. 귀신들 간의 대화를 들은 신사임당은 귀신들마
저 자신의 아들을 공대하는 것을 듣고 율곡이 장래에 큰 인물이 될 것을 알
았다.

신사임당 신사임당 그 어려서 쪼그만해서 서당을 다니는디 그 큰 재
고개를 넘어서 그 서당엘 갔었댜. 일곱 살 먹어서 째깐해서, 그런데 하루
는 막 비가 겁나게 오고 천둥을 치고, 막 비가 따라지고 캄캄한 야밤인디
그 때 인자 밤에 서당엘 가는디 에린 맘에 안 갈라고 할 거 아녀. 비도
떨어지지 번개는 치지, 무섭고 거게 산중 고갯길을 해서 이릏게 가는디
긍게 안 갈라 하는게, 막 혼을 내서 보냈다고. 보내놓고도 불안하단 말여.
그러닌게 도롱이를 해서 입고 삿갓을 쓰고 살살 갔어. 따라서 발 한발 발
한발 따라가니까, 초변이라고 하는 거 알아?

(조사자 : 아, 초분?) 초분. 이 초분. (조사자 : 사람 죽으면?)

으 사람 죽으먼은 거시기다 널을 그냥 관을 놓고 꺼적으로 이릏게 둘
러서 덮어 놨다가 육탈이 되면 매장을 하는 게 초분이라고 그래.

(조사자 : 초분이고만요? 그게 초분.)

그 그 가먼은 그 초분 있는 공동묘지 그거를 통과를 햐. 그 그거를 지

내서 가닌게 더 무서워서 안 갈라 근단 말야. 아 근디 발 한발 발 한발 따라간게, 길을 가다가 그 초분 속으로 꺼젝이속으로 그마, 이 꺼젝이 넘 했는데로 그리 그만 이렇게 들어가드리야. (조사자 : 아, 율곡 선생이?)

하, 율곡 선생이. 그래서 인자 어머니가 걱정이지. 그래서 가만히 앉아서 왜 그라는고 싶어 보닌게, 조꼼 있으닌게 그 저쪽 초변에서 귀신이 부르드라네.

"아무개, 아무개" 부르고,

부르면서,

"아 오늘 저녁에 내 제산데, 나랑 같이 가서 [청중 웃음] 술 한 잔 하러 가세."

그러드랴. 그라닌게 그 율곡 선생 들으간 초변에서,

"아, 그 말씀은 고마운데, 내가 오늘 저녁에 참 그 큰 손님이 오셔서 내가 못 가겄네."

그러드랴. 아, 게 인제 천둥 번개가 버쩍버쩍 친게, 무서워서 인제 그리 들어간겨 말하자먼. 에린 생각에 버쩍허고 막 우락딱딱딱 하고 막 이렇게 벼락을 치닌게, 어디 그 갈 데도 없고 하닌게 접이 난게 그만 그 영때기 속으로 이렇게 들어갔는데, 영때기 속에서 귀신이 그렇게 얘기를 하드랴.

"참, 어데 참 큰 손님이 오셔갖고 불가피 내가 못 가게 생겼으니, 참 미안하지만 고맙지만은 미안하네." 그러드랴.

아 그래, 이 어머니가 들으닌게, 내 자식이 필경 큰 사램이 되겄구나. 그 신까지 귀신까지 이렇게 알아봐주니, 틀림없이 훌륭한 사람이 되겄다. 이렇게 했다고 한다고 그런 얘기가 있대. (조사자 : 아, 신기하다.) [청중 웃음]

호랑이가 젖을 먹인 아이

자료코드 : 07_10_MPN_20090407_KEY_LHD_0001
조사장소 : 전북 장수군 장계면 금덕리 450-2번지 침동 마을회관
조사일시 : 2009.4.7
조 사 자 : 권은영
제 보 자 : 이현두, 남, 77세
구연상황 : 앞의 이야기가 끝난 후 침동의 마을 이름을 설명해주고, 제보자의 나이·주
소지 등을 물었다. 제보자가 질문에 대답하는 중에 마을 할머니들이 오셨고,
제보자가 조사자를 소개하였다. 조사자가 할머니들에게 설화나 민요를 해달
라고 요청하자, 제보자가 '구수한' 이야기를 잘 한다고 하며 제보자를 독려
하였다. 제보자는 장수에서 실제로 있었던 이야기라며 다음의 이야기를 들
려주었다.
줄 거 리 : 오동리의 한 젖먹이 아이가 석양 무렵 물을 이러 나오는 엄마를 따라 나왔다
가 사라졌다. 마을 사람들이 아이를 찾아다니다가 우거진 갈대숲에서 울고 있
는 아이를 발견했는데, 아이는 엄마 품에 안겨 막 젖을 먹고 난 것처럼 땀으
로 몸이 촉촉이 젖어 있었다. 그걸 보고 사람들은 새끼를 낳은 지 얼마 되지
않은 어미 호랑이가 새끼를 잃고는 젖이 불어서 고통스러워 하다가, 젖먹이
아이를 데려다가 자기 젖을 빨게 한 것이라고 추측했다. 호랑이의 젖을 먹은
아이는 성장하는 동안 신체적으로나 정신적으로 아무런 문제없이 잘 자랐다.

이 애기가 세 살, 세 서너살 먹어서 걸어다닐 만, 걸어다니고 인자 이
비실비실 잡아주기도 하고 이런 정도 애긴디, 그런 애기 (청중 : 아니, 애
가 컸디야. 애가 컸는디 저녁 물 이러 가는디, 물 이러 오는디 졸랑.) 젖
먹있던 애기여. 저. (청중 : 졸랑졸랑 따라와 갖고 뭐.) 졸랑졸랑 따라온 것
도 아니고 젖을 먹는 애기여. 젖을 먹는 애긴디, 석양에 해가 설풋하니 석
양에 인자 물을 이고 샘에 그 공동샘에 가서 인자 물을 이고 이릏게(이렇
게) 오는데 애기가 따라 나왔는디, 금방 이릏게 기나오기도 하고 따라, 엄

마를 따라오잖아. 골목길에 흔히 나와서 그 달기똥도 줏어 먹고 그릏게 컸거등. 아 그러고 나와 있는디, 금방 물을 여다 집에다 놓고 애기를 데리러 나와 본 게 애기가 없는 거여. 그러니까 이상한 얘기들이 인제 떠돌아. 그러니까 어떤 노인이 본 게 어떤 뭐 다홍치마를 입은 처녀가 거그를 지내가더라. 하는 얘기, 지내가면서 그 애기가 없어졌다. 게 이런 얘기도 있고 그래서 인자 혹시 호식을 해갔다. 호랑이가 애기를 업어갔다. 그런 얘기도 있고 그래갖고 인제 그 그런 것을 상상을 하고는 그 외 인제 그 외진 골짝을 동구인(洞口人) 전부가 다 나서서 찾아갔다는 거여. (조사자 : 예.) 찾아가니까 애기가 갈대숲이 이릏게 우겨져 있는데 그 속에서 애기가 서서 울고 있는데, 금방 가보니까 애기게서 김이 모락모락 나고 엄마 품에서 앵겨서 젖을 먹던 그런 흔적이 있드라 이거여. (조사자 : 애기가요?) 애기가. 애기에가. 그래서 이 호랑이가 호랑이 젖을 멕였다. 그렇게 상상을 햐. 왜냐. 호랑이는 새끼를 나면은, 이 맹수들은 제대로 낳는 대로 다 크는 게 아니여. 우리 짐승들은 나면 낳는 대로 제대로 다 크지만 호랑이는 이 상당히 크드락 돌 우에만 디디야지 토땅을 디디면은 말코라고 하는 병이 걸려가지고 다 죽어버려. (조사자 : 토땅이 뭐예요?) 토땅이 (청중 : 암.) [손을 비비며] 흙. (조사자 : 토땅.) 흙을. 그믄 어디를 디뎌야 돼요? 그른게 인자 (청중 : 독. 독.) 채기 위에 돌. 바위 이런 데로만 기댕기고 이래야 된디 (조사자 : 호랑이가요?) 그래 인자 호랑이가 즈 새끼가 낳다가 죽어버리먼은 젖을 빨리던 젖이 벅차해 갖고 못 견뎌. (조사자 : 호랑이도.) 호랑이도 마찬가지 사람도 마찬가지고 짐승도 다 마찬가지여. 마찬가진데, 추상을 그릏게(그렇게) 하드라고. 상상을. 그래서 그 호랑이가 새끼가 죽고 젖 먹던 새끼가 죽고 없으니까 젖이 벅차해서 못 견뎌서 애기를 데려다가 자기 젖을 빨려서 그 환(화)을 면했다. 면할라고 데리고 갔었다. 그래서 사람들이 찾아오니까 호랑이가 무서워서 도망, 젖을 멕이고 품고 있다 도망가 버렸다. 게 애기가 김이 모락모락 나게 그 금방 젖먹던 엄마 품에서 떨어진 그런 흔적이 그 촉감으로 느껴지더라. 그래서 애기를 업어 왔는디 (조사자 : 신기하다.) 그 애기가 성장하는 데나 뭐 정신적으로나 아무런 이상이 없이 컸다. (청중 : 그 사람이 오동리 양상으로 이사가고 없어.)

육해성이 큰딸이여. (조사자 : 그게 그 오동리믄 여기 여기요?) 여기 아먼. 여기 오동리지. (조사자 : 와 신기하다.) 거기서 그런 애기가 있었다고 애기가 들었는디 우리도 뭐 실지로는 그 목격을 안했으니까 모르지.

모심는 소리

자료코드 : 07_10_FOS_20100122_KEY_KST_0001
조사장소 : 전북 장수군 장계면 금덕리 450-2번지 침동 마을회관
조사일시 : 2010.1.22
조 사 자 : 권은영
제 보 자 : 김세태, 남, 85세
구연상황 : 침동 마을 이현두 노인회장의 소개로 제보자를 만났다. 제보자는 고향과 나이
　　　　　등 몇 가지를 이야기 해 준 뒤 다음을 구연하였다.

　　　노랑 치매 새 삼베 치매
　　　주름주름 잡아서 향내 나네

　　　이팔 청춘 소년들아
　　　백발 보고 관계 마라

　　　이 논바미 모를 심어
　　　장잎이 훨훨 영화로구나

금덕팔경

자료코드 : 07_10_ETC_20090407_KEY_LHD_0001
조사장소 : 전북 장수군 장계면 금덕리 450-2번지 침동 마을회관
조사일시 : 2009.4.7
조 사 자 : 권은영
제 보 자 : 이현두, 남, 77세
구연상황 : 장계면 각 노인회장들에게 전화를 하여 면담을 요청하던 중에 제보자가 흔쾌
히 면담을 수락하였다. 이에 바로 제보자를 방문하여 방문 목적을 다시 설명
하자 금덕리에서 전해지는 금덕팔경에 대해 구술해 주었다.

금덕팔경이라고 하는 거나 여기 왔던 저그로 한번 적어갈라면 적어가
고. (조사자 : 예. 그믄 그걸 말씀으로 해주셔요. 금덕팔경, 어떤 건지요.)
금덕팔경, 제 일경이 선봉명월. 선봉이라고 있어, 선봉. 선봉이라고 있는
그 산에서 그 명월, 달이 뜨는 그 광경, 그게 장관이다. 그게 제 일경이고,
제 이경은 나치조운. (조사자 : 나체조운?) 나치조운. 집재의 아침구름, 집
재 그 산마루에 아침구름 (조사자 : 아침 조, 아침 구름.) 그라고 인자 저
정모연(楮井暮煙), 저정모연이라는 것은 딱저 자 밭전 자거던. 딱밭 밑이
가 샘이 있어. (조사자 : 딱밭요?) 딱밭(닥밭), 딱(닥). 저 한지 만드는 딱,
(조사자 : 아! 한지 만드는 딱,) 그것을 재, 옛날에는 그것을 인자 기업적으
로 재배를 해, 딱을, 밭에다가. (조사자 : 닥나무를요?) 닥나무를, 아면, 그
래서 그 딱밭이 있어. 딱밭이 있으믄 딱을 수확을 하면은 그게 인자 농가
소득이지, 그게. 그래서 딱밭이 있는데, 딱밭 밑이가 샘이 있다고, 지금
호덕샘이 그게 저정이여, 저정. 딱밭샘이라. 딱밭 밑에 저정모연. (제보
자 : 웃당 시암이?) 호덕. (청중 : 근게.) 저정모연, 저녁연기 (조사자 : 모

현,) 모연. 저정, 딱밭샘에 피어오르는 저녁연기, 저정모연. 삼경이지, 그
가? (조사자 : 예.) 인자 사경은 오류명앵(五柳鳴鶯). 오류명앵이라고 저, 쪽
가면 오류숲이라고 있어. 오류나무숲. (조사자 : 오류?) 응, 오류. (조사
자 : 오류?) 명앵 (조사자 : 명앵요?) 명앵. 거기서 꾀꼬리 우는 소리. 꾀꼬
리 앵자. (조사자 : 그럼 오류가 버드나무예요?) 그렇지. 일종의 버드나무
일종의 종류지. (조사자 : 그게 한 다섯, 몇 그루가 이렇게?) 아 군락을 이
루고 있어, 숲이여, 숲. 그래서 그 오류명앵. (제보자 : 그 오류숲이라 그렇
게 불르잖아.) (조사자 : 아, 거기 이름이요?) 인제 제 오경은 에, 사거비연.
사거비연이라고 요 올라오자면 도로가에 조그만 돈 데가 보이는디 거기
에 사락정이락 허는 정자가 있었다고. 그 정자에서 선비들이 앉아서 시도
짓고, 참 소일하는 그런 덴디, 거기 오류, 사거비연, 거기에 제비가 날아
들어. 그 정자에 제비집을 지놓고 제비가 새끼를 까고 날아드는 그 광경.
(조사자 : 사겹희연요?) 사거비연. (조사자 : 비, 아, 난다고요?) 비, 비연,
날 비자 제비 연자. (조사자 : 제비가 날아다닌다.) 제비가 날아다니는 그
광경, 사거비연. 그라고는 인자 저그 구로미주(九老美酒). (조사자 : 구로미
주?) 구로미주. 아홉 구자, 늙을 로자. 아홉 노인이 항상 그 주막에 앉았
어. 주막에는 항상 아홉 노인이, 아홉 이상의 노인이 말하자믄, 앉아있는
노인이라 해서 구로리 주막, 구로리 주막 그래, 거기 미주. 아름다울 미자,
술 주자. 구로리 주막의 그 술맛이 그렇게 일품이다. 그래서 인자 그것도
일경이고, 그 다음에 고 밑에 내려가면 여담청풍. (조사자 : 여담청풍?) 여
담청풍. 여담청풍이라고 인자 각시쏘라고 그라지. 쏘, 쏘에서 부는 바람.
그 다음 인자 양아기암. 바우가 두 개가 이렇게, 아주 묘한 바우가 있었
대. 그래서 기암이여. 기이한 바위라. (조사자 : 양아는 그럼 뭐예요?) 양아
가 두개 있는, 양쪽에 인자. 거기 새카만 바위. 아홉개? (조사자 : 여덟개
요,) 여덟개. 그럼 나치조운할 때 나치가 집재를 나치라고 그래요? 음, 그
렇지. 나치라고 이 비단 나자 써. (조사자 : 아, 비단 나.) 비단 나자 쓰고

재 치자 쓰고. 메산 변에 올라가고 내리가고 한 자가 재 치자거든. 나치 조운. (조사자 : 그럼 그 사거비연할 때 사거는 뭘 말하는 거예요, 어르신?) 사거, 그 사락정을 얘기하는 거, 사락정의 사는 그 소리여. 살 거자, 사락정에 산다. (조사자 : 아, 사락정에.) 사락정에 사는 제비의 날라다니는 광경, 그런 뜻이지. (조사자 : 거자가 이게 산다 이런 뜻이구만요.) 살 거자 그 뜻이지, 아먼. (조사자 : 그 각시소가, 여담청풍, 각시소가?) 쏘가 있었대. 그 예전에 그렇게 깊은 쏘가 있었다고 했는디, 그거 인자 메워지고 없고, 전설만 전해져 있지. 거기 인자 냇가에 물만 흐르고 그르지, 쏘는 없어졌고. 그르믄 지금 아홉개 다, 팔경 다 됐지? (조사자 : 예. 예. 양 아기암까지요.)

6. 장수읍

전라북도 장수군 장수읍 장수리 북동(北洞) 마을

조사일시 : 2009.5.4, 2009.5.19, 2009.6.10
조 사 자 : 권은영, 이화영

　장수읍 장수리는 장수군의 군소재지로서 교촌, 남동, 북동, 준비, 중동, 하비 마을로 되어 있다. 북동 마을은 장수리 면적의 반을 차지하는 큰 마을로 장수리의 마을 중에서 인구가 제일 많다. 19번 국도가 통과하는 위치에 있어서 차량 통행이 많고, 장수군의 번화가에 해당한다. 도로를 중심으로 상점이 늘어서 있으며, 생업으로서 상점을 운영하는 주민들이 많다.

장수읍 장수리 전경(장수군청 제공)

김순홍, 남, 1944년생

주 소 지 : 장수읍 장수리 북동 마을 470-25번지
제보일시 : 2009.5.4, 2009.5.19, 2009.6.10
조 사 자 : 권은영, 이화영

　김순홍(金順洪)은 광산 김씨로, 장수군 장수읍 선창리 음선 마을에서 출생하였고, 장수읍 장수리 하비 마을에서 성장하였다. 현재는 장수읍 장수리 북동 마을 470-25번지에 거주하고 있다.

　7대조 할아버지 대부터 장수에 살았으며, 아버지는 한학을 하였다. 할아버지까지 죽독자로 대가 이어지는, 손이 귀한 집안이었다. 위로 두 형이 있었으나 어려서 죽는 바람에 김순홍이 종손이 되었다. 김순홍은 어려서 장수의 무당 모두에게 어머니라고 불렀는데, 짧은 명을 길게 하기 위해서 무당에게 김순홍을 양자로 팔았기 때문이었다. 김순홍을 살려야 대가 끊어지지 않는다는 점쟁이의 말 때문에 집안 어른들은 밖에도 못 나가게 하면서까지 김순홍을 각별하게 보호하였다. 이런 이유로 동생들과 달리 자신은 학교를 제대로 다니지 못했다고 한다. 대신 어른들께 여러 이야기를 들을 기회가 많았고, 기억력이 좋아서 그 때 들었던 이야기들을 잘 기억하고 있다가 이를 토대로 장수의 역사나 구전 등을 탐구하기도 했다고 한다.

　집안의 종손이어서 군대 생활을 제외하고는 외지로 나가 있을 수가 없었다. 1965년에 베트남전에 참전해서 19개월 동안 베트남에서 지내다가

한국에 돌아와 전역하였다.

　현재 김순홍은 장수의 각 기관에서 모르는 사람이 없을 정도로 다방면으로 활동하고 있다. 새마을지도자 장수군 협의회장과 사무국장을 지냈고, 장수문화원과 의암주논개선양회에 관여했다. 장수사진동우회의 회장으로 장수의 문화유적을 주제로 전시회를 하였고, 장수의 야생화를 주제로 전시회를 구상하고 있다. 현재 장수군 애향교육진흥재단 사무국장 직을 맡고 있고, 대한민국베트남참전유공전우회 장수군 지회장이며, (재)전북내사랑꿈나무 장수군지부장이기도 하다.

제공 자료 목록

07_10_FOT_20090504_LHY_KSH_0001 관복이 한 벌뿐이었던 황희 정승
07_10_FOT_20090504_LHY_KSH_0002 지혜로운 농부와 황희 정승
07_10_FOT_20090504_LHY_KSH_0003 공작의 먹이를 알아맞힌 황희 정승의 지혜
07_10_FOT_20090504_LHY_KSH_0004 황희 정승 관련 장수의 지명
07_10_FOT_20090504_LHY_KSH_0005 황산대첩과 용계 마을의 지명 유래
07_10_FOT_20090504_LHY_KSH_0006 이성계와 뜬봉샘
07_10_FOT_20090504_LHY_KSH_0007 무등산 정기를 타고난 김덕령
07_10_FOT_20090504_LHY_KSH_0008 스스로 죽음을 선택한 김덕령
07_10_FOT_20090519_KEY_KSH_0001 조종면 현감을 따라 죽은 통인 백씨와 타루비
07_10_FOT_20090610_KEY_KSH_0001 구락 마을 지명 유래
07_10_FOT_20090610_KEY_KSH_0002 비범한 아전과 지명 유래
07_10_FOT_20090610_KEY_KSH_0003 힘센 장사여서 죽임을 당한 사람
07_10_FOT_20090610_KEY_KSH_0004 황희 정승 어머니가 기자 치성을 드린 노하리숲
07_10_MPN_20090519_KEY_KSH_0001 일제강점기 논개 생향비를 지킨 사람들
07_10_ETC_20090519_KEY_KSH_0001 장수 삼절
07_10_ETC_20090519_KEY_KSH_0002 장수의 이덕 백장 선생과 황희 정승

관복이 한 벌뿐이었던 황희 정승

자료코드 : 07_10_FOT_20090504_LHY_KSH_0001
조사장소 : 전북 장수군 장수읍 장수리 176-7번지 장수군 애향교육진흥재단 사무실
조사일시 : 2009.5.4
조 사 자 : 이화영
제 보 자 : 김순홍, 남, 66세
구연상황 : 장수군 계남면의 박수섭이 김순홍을 소개해 주어 김순홍의 사무실을 방문했
　　　　　다. 일의 취지를 말하자, 김순홍은 어떤 이야기를 듣고 왔는지를 물었다. 박수
　　　　　섭에게 들은 이야기를 대략 전하자 김순홍은 역사는 구전을 기록함으로써 역
　　　　　사화 되는 것 아니냐며 이야기의 운을 떼었다. 장수의 역사와 향토문화를 이
　　　　　야기하다가 황희와 관련된 비화가 참 많다고 하며 다음을 구연하였다.
줄 거 리 : 청백리로 유명한 황희는 정승으로 있을 때조차도 관복이 한 벌밖에 없었다.
　　　　　하루는 관복이 비에 젖어 말리고 있는데 갑작스레 임금이 황희를 찾았다. 황
　　　　　희는 젖은 관복을 입고 입궐을 했고 왕은 젖은 옷을 입은 연유를 물었다. 황
　　　　　희는 자초지종을 설명하였고 왕은 황희의 청렴함을 확인했다.

　　황방촌 선생이 청백리로 유명헌 분 아닙니까? 청백리로 유명허고, 그
분이 청백리 중에서도 바른 말을 잘했고, 또 자기가 인제 떳떳허니까, 떳
떳허니까 바른 말을 잘한 거 아닙니까? 그래서 황희 정승이 현직에 계실
때에는 관복이 한 벌 있었대요. 그러믄 정승꺼지 헌 분이 관복이 한 벌이
다믄은 말도 안 되잖아요. 관복이 한 벌인데, 긍게 그때만 해도 그랬든 모
양이여. 조선조 때만 해도. 나라에서 녹봉을, 그그 저 그 녹을 줘도 지금
처럼 월급을 줘도, 사실은 콩 몇 되, 쌀 몇 되, 이릏게 가지고 겨우 끼니
여일 정도로만 줬고, 나머지는 전부 여그서 청탁이네, 뇌물이네 이런 것
들이 들어와서 부자로 살았던 거예요, 사실은. 근데 황희 정승은 정부에
서 준 것만 가지고 살라니까 힘들죠. 그래서 관복이 한 벌 있었대요. 그러

믄 예를 들어서 관복을 비에 젖는다거나 하면은, 그 부인이 밤에 세탁을 해가지고, 밤에 이불 밑에다 깔고 잤대요. 그래서 말려가지고 입고 나갔대요. 그래서 한번은 그, 글고 황희정승이 사는 집은 비가 샜대요. 초가지붕인데, 오막살이. 그래가지고 비만 오면은 함지박. 옛날에는 나무로 판 함지박 겉은 거 뱆에(밖에) 더 있습니까. 옹기나 함지박. 이걸 구석구석에 갖다 났대요. 빗물이 떨어지게. 근데 한번은 인제 그 조정에서 그 이렇게 집으로 오는 길에 비가 오니까 관복을 다 버렸을 거 아닙니까? 그게 그 관복을 버리니까 말려야 할 거 아녜요. 그 인제 부인이 세탁을 해가지고 이제 이렇게 이불 밑에 깔고 이렇게 났는데, 이렇게 인제 사실은 그 어뚷게 보면 속옷, 그 지금처럼 내의가 있습니까, 뭐 잠옷이 있습니까. 그냥 이렇게 명주로 만든 그걸 속에 걸치는 그거만 하고 이불로 추우니까 둘러 쓰고 있는데, 조정에서 부른 거예요. 가질 못하는 겁니다. 근데 젖은 옷을 입고 갔대요. 임금이

"왜 당신 그 정승이 돼가지고 왜 젖은 옷을 입고 오냐?"

"사실은 내가 옷이 한 벌인데, 이걸 비를 맞아서 말리는 과정에 임금이 불러서 왔다."

그걸 참말인가, 거짓인가 확인까지 했답니다, 임금이. 가서 보니까 비가 오니까 이렇게 막 샜다. 그래서 유일허게 청백리 중에 한 분 아닙니까? 그러고 그러다 보니까 큰 소리를 치는 거예요. 자기는 떳떳허니까. 죄가 없으니까. 이른(이런) 과거에 청백리들을 놓고 보면은 사실은 그 바른 말 잘했고, 뭐 이런 분들이 아닙니까.

지혜로운 농부와 황희 정승

자료코드 : 07_10_FOT_20090504_LHY_KSH_0002
조사장소 : 전북 장수군 장수읍 장수리 176-7번지 장수군 애향교육진흥재단 사무실

조사일시 : 2009.5.4
조 사 자 : 이화영
제 보 자 : 김순홍, 남, 66세
구연상황 : 앞의 이야기에 이어 다음을 구연하였다.
줄 거 리 : 황희가 논둑길을 가고 있는데 한 농부가 두 마리의 소로 논을 갈고 있었다.
황희는 농부에게 어떤 소가 더 나은지를 물었고 농부는 황희의 귀에 대고 검
정소가 더 낫다고 속삭여 말하였다. 황희가 농부에게 귓속말을 하는 이유를
묻자 농부는 동물도 말귀를 알아듣는데 함부로 비교하여 평가하면 화가 나지
않겠느냐고 말했다. 농부의 말에 깨달은 바가 컸던 황희 정승은 이후로 의견
이 다른 여러 사람의 입장까지도 두루 살폈다고 한다.

그리고 인제 그 양반이 비화를 보면은 인제 여러 가지가 있는 중에서,
음 그, 이렇게 성을 벗어나서 이렇게 그 이렇게 농로를 가고 있는데, 지금
은 농로지만 옛날은 논둑길 좁은 길을 가고 있는데 강원도에는 소를 두
마리를 가지고 농사를 졌답니다. 지금도 그 얼마 전에만 해도 경운기나
이게 지금도 강원도는 비탈밭이라서 소로 밭을 갈아요, 소로. 경운기가
사용을 못 헌 곳이 많습니다. 강원도는. 이렇게 비탈길이라 밭을 갈 때.
근데 그 전에는 소를 두 마리를 가지고 논을 갈았대요. 지금도 그런 데가
있답니다. 이 두 마리를 가지고 논을 가는데 황희 정승이 지나가면서 이
렇게 보니까 궁금헌 거야. 근게 농부를 불러서,

"여보세요, 여보세요. 그 두 마리 중에 어떤 놈이 힘이 좋고, 말을 잘
듣습니까?"

물으니까 농부가 말을 안 해요.

그러더니 한 바쿠 딱 돌고 나와서 소를 세워놓고 살쩍이 귀에다 대고,
귀에다 대고 살쩍이,

"저 저 꺼멍소가 말을 잘 듣습니다."

살짝 얘기를 한 거예요. 그리서

"왜 큰 소리로 얘기를 안 허고 그러냐고."

그랬더니,

"소도 말귀를 알아듣는데, 어느 놈이 일을 잘 한다고 허면, 일 잘 못 헌다는 놈이 화가 날 거 아닙니까."

그래서 거기서 황희 정승이 깨달음이 뭐냐면은, 이 동물도 사람도 똑같다. 그 깨달음을 가지고. 이제 황희 정승의 비화를 보면은 먼 얘기가 있나 먼은, 예를 들어서 A란 사람하고 B라는 사람하고 쌈이 붙었어요. 싸왔는데 옛날에는 지금 겉으면 인제 그 뭐 왜 법에 호소도 허고 그러지만은 옛날엔 잘하면 인제 포청에 가서 호소하고 그랬는데 주로 인제 그 황방촌한테 인제 그 판가름 해 달라고 많이 왔대요. 그러믄 그 분은 판가름이 뭐냐면은, A란 사람하고 B라는 사람하고 쌈이 쌈을 쌈을 했어요. 그믄 둘이 이렇게 한 거를 그릏게 얘기를 할 거 아닙니까. 뭐 땜에 싸왔는지. 내가 잘했다, 그러면은 가만히 듣고 있다,

"당신 말이 맞다."

또 이 사람이

"이 사람 말이 맞다."

그믄 둘이

"똑같이 왜 맞다고 그럽니까."

그러믄은 그 거기서 판결을 내리는 거예요.

"당신 주장이 옳기 때문에 싸운 거 아니냐. 당신도 당신 주장이 옳으니까 싸운 거다. 그러믄 다시 입장을 바꿔 놓고 생각을 해봐라. 상대방 입장도 생각해야지, 왜 자기 주장만 허냐."

그래서 인제 판가름을 내줬다. 이제 그런 것들이 뭐이냐면은, 그 농부가 그 소를 몰고 경운을 헐 때 어 그 때 저 그런 것들을 많이 듣고는 했다 그러는데.

공작의 먹이를 알아맞힌 황희 정승의 지혜

자료코드 : 07_10_FOT_20090504_LHY_KSH_0003
조사장소 : 전북 장수군 장수읍 장수리 176-7번지 장수군 애향교육진흥재단 사무실
조사일시 : 2009.5.4
조 사 자 : 이화영
제 보 자 : 김순홍, 남, 66세
구연상황 : 앞의 이야기에 이어 다음을 구연하였다.
줄 거 리 : 황희가 장수에서 귀양을 살고 있을 때, 조선의 인재들을 시험하기 위해 중국
에서 공작새 한 쌍을 보내왔다. 당시 조선에는 공작의 사육법을 아는 사람이
없었고, 먹이를 먹지 않는 공작이 굶어죽을 것을 염려한 조선 대신들은 황희
에게 사람을 보내어 공작의 먹이가 무엇인지를 물었다. 황희는 공작에게 낫거
미를 먹이라고 답하였고, 이 말대로 공작에게 낫거미를 먹여 공작을 살렸다고
한다.

　　인제 그 장수에서 내가 어렸을 때 들은 걸 보면은 인제 이 양반이 귀양
왔을 때에 에 그 비화가 있는데, 할머니가, 황방촌 부인이 아주 무식했대
요. 어 귀도 꽉 먹고, (조사자 : 부인이요?) 부인이. 이제 그게 그 확실헌
건 몰라도 이제 그 비환데, 에 나는 그것이 이해를 헌 게 뭐냐면은, 사실
은 부인이 좀 똑똑허고 배왔다면은 황방촌이 청백리가 될 수가 없어요.
그러죠? 오늘날 노무현이가 왜 저렇게 됐습니까. 권양숙이 때문에 그렇게
된 거예요. 그러죠? 부인이 욕심을 내니까. 그 남편을 베린 거 아닙니까?
그럼 황방촌도 부인이 아예 사회를 모르고 남편이 허자는 대로 허니까 황
희 정승이 청백리로서 허고 싶은 대로 살았어요. 어 그건 근데 그래서 인
제 그 부인이 귀가 먹고, 아주 그 무식했대요. 근데 그러나 남편 하나만은
공양을 잘했다, 공양을. 근데 인자 한번은 그 대국이면 옛날에 중국 아닙
니까. 대국에서 그 공작새를 보냈답니다. 조선 정부에, 조정에 공작새. 그
러믄 공작새를 보낼 때 한 쌍을 보낼 때 왜 보냈냐면은, 조선에 인재가
있는가 없는가 시험해고 싶어 보낸 거예요. 그때는 조선에 공작이라는 게
없었답니다, 공작새가. 그르니까 사육법을 모르는 거예요. 그믄 대국에서

공작새를 보냈을 때 잘 키워야만이 대국에 이쁨을 받는 거 아닙니까. 그때만 해도 대국에서 죽으라면 죽으라는 시늉까지 했었으니까, 적은 나라니까. 근데 공작이를 아무리 먹이를 좋은 걸 줘도 안 먹는 거예요. 공작이를. 그른게 조정에서 그 황방촌이 인제 귀양을 장수로 와 있는 동안에 이제 그 대신들이 회의를 하는 거야.

"큰일 났다. 공작이 죽으면 안 된다. 그러믄 황희는 알고 있을 것이다."
그러자 말을 달려서 여기를 와서 물으니까, 낫거미란 얘기를 허드래요. 낫거미, 낫거미 그러드래요. 그게 낫거미가 뭔 줄 압니까? 거미 중에서, 거미 종류가 수십 가지 종류 아닙니까? 그 중에서 흙벽에, 옛날에 우리가 이렇게 살 집을 짓고 살 때, 흙벽으로 많이 했죠. 음. 흙벽으로 뭐 양쪽 붙이고 안에는 그 뭐 그 문종이 피지라고 그래서 문종이 만들고 나서 찌 거기로 만든 그걸로 붙이고 이렇게 했는데, 그 밖에 보면은 흙벽으로 이렇게 벽을 해놨을 때, 똥고로맣게 하얗게 집을 짓고 사는 거미가 있어요. 그게 거 꼭 누르면 거미가 탁 나옵니다. 이렇게 그 흙벽에 하얗게, 똥고로맣게 집을 짓고 그 안에가 거미가 들어 있어요. 그게 낫거밉니다. (조사자 : 이렇게 누에고치 같이 뭐 이렇게 이런 거요? 하얀 거?) 그게 아니고 그냥 납작하게 하얗게 이렇게 약간에 뽈록허게 그 속에 거미가 들어가 있어요. 그래 인제 거기서 통로만 내놓고 먹이 물어다가 그 안에서 먹고 살아요. 근데 그걸 꼭 눌르면 거미가 싹 나옵니다. 눌르니까. 그게 낫거미라는 거예요.

"근게 낫거미를 먹여라. 그러믄 산다."
그래서 가서 낫거미를 먹이니까 공작새가 살드래요. 그래서 그런 위험헌 걸 넘겼다. 뭐 이런 얘기가 있는데.

황희 정승 관련 장수의 지명

자료코드 : 07_10_FOT_20090504_LHY_KSH_0004
조사장소 : 전북 장수군 장수읍 장수리 176-7번지 장수군 애향교육진흥재단 사무실
조사일시 : 2009.5.4
조 사 자 : 이화영
제 보 자 : 김순홍, 남, 66세
구연상황 : 앞의 이야기에 이어 다음을 구연하였다.
줄 거 리 : 장수읍 덕산리에는 황희 정승의 아버지가 장수 현감을 할 적에 황희 정승을
목욕시켰다고 전해지는 용소가 있는데, 사람들은 그 용소에서 정승이 나왔다
고 하여 정승탕이라고 부른다. 장수읍 동촌리에는 황희 정승이 글을 읽은 곳
이라 해서 황정골이라 이름 붙여진 곳도 있다.

또 하나 비화는 인제 그 우리 장수에 그 지금 용림제를 맡고 있는 거기 지금 물가둠이 다 됐습니다. 용림제라고 덕산 용쏘가(용소가) 있어요. 게 인제 우리가 어 덕산 용쏘가 장수 팔경에 하나에 들어가는데, 이 웃 용쏘가 있고 아랫 용쏘가 있고. 옛날에는 대부분 시골에 가면 계곡 큰 데는 용이 살았다고 해서 용쏘란 얘기가 많이 있잖아요. 인제 덕산이라는 것은 큰 덕(德)자 뫼 산(山)자를 쓰는데, 덕산에 용쏘가 있어요. 그 두 개가 있습니다. 아랫 용쏘는 크고 웃 용쏘가 있고 그러는데, 옛날에는 실 꾸러미로 하나를 집어넣어도 땅에 안 닿대요. 실 꾸러미가 뭐냐면은, 명주로 명주실을 만들 실 꾸러미 있잖아요. 물레에 돌려가지고. 이 그렇게 깊었고 물이 돌고 그랬는데. 지금은 인제 그 여기, 저기 뭐입니까. 동화땜에 그 보조 역할을 하는 용림제라고 해서 땜을 막았어요, 그 우로. 그 우리가 반대도 했습니다만은 인제 장수로 물이 넘어오고 그래서 인제 반대를 안했는데, 그 용쏘가 음 정승탕이라고도 합니다. 그 용쏘를. (조사자 : 정승탕이요?) 정승탕. 그 뭔 얘기냐면은, 황희 정승 아버지가 그 황희 정승 어렸을 때, 현감을 헐 때, 말에 태우고 와서 모욕을(목욕을) 시켰다. 그래서 그 거가 그래서 정승이 나왔다 해서 이제 정승탕이라고도 하는 비화가 있고

장수에는 저쪽 동촌이라는 마을 뒤에 가도 황정뜰이라는, 황정골이라는 애기도 있습니다. 그래서 황희 정승이 인제 가서 뭐, 예를 들어서 움막 겉이 새막처럼 이렇게 짓고 책을 본 데도 뭐 황정골 뭐 이런 얘기들이 있는데, 그래서 인제 황희 정승이 사실은 장수가 귀양지이고 또 구전에 의하면은 자기 아버지가 현감을 헐 때 여기서 잉태를 했고.

황산대첩과 용계 마을의 지명 유래

자료코드 : 07_10_FOT_20090504_LHY_KSH_0005
조사장소 : 전북 장수군 장수읍 장수리 176-7번지 장수군 애향교육진흥재단 사무실
조사일시 : 2009.5.4
조 사 자 : 이화영
제 보 자 : 김순홍, 남, 66세
구연상황 : 장수의 이덕, 삼절, 오의에 관한 이야기를 하고 난 후 다음의 이야기를 구연
하였다.
줄 거 리 : 왜장 아지발도가 조선을 침략하려고 하자 그의 누나는 준비를 철저히 할 것
을 당부했다. 아지발도는 요망스럽다며 누나를 죽이는데, 그 누나는 황산모퉁
이를 조심하라는 유언을 남겼다. 이성계가 이지란과 함께 왜구를 치려고 준비
하던 중 현몽을 꾸었는데 새벽닭이 울 때 황산모퉁이에서 왜구를 공격하라는
것이었다. 이성계는 지금의 장수읍 용계리 용계 마을에다 진을 치고는 새벽
출정을 위해 준비하고 있는데 초저녁에 갑자기 닭이 울었다. 닭 울음소리를
계시로 생각한 이성계가 군사를 이끌고 황산모퉁이를 가보니 때마침 아지발
도의 군대가 그곳을 지나고 있었다. 이성계는 아지발도가 온 몸을 구리로 싸
고 있어 혀 밑만이 급소인 것을 알고는 이지란에게 활을 쏘아 투구를 맞히도
록 하였다. 투구가 벗겨진 아지발도가 입을 벌리자 이성계가 다시 활을 쏘아
아지발도의 혀 밑을 맞혀 죽였다. 황산대첩에서 큰 승리를 거둔 이성계는 닭
이 울어 계시를 해 준 곳에서 용, 즉 왕이 났다고 하여 그곳을 용계라고 이름
지었으며 그곳이 지금의 장수군 장수읍 용계리 용계 마을이다. 그런데 일제강
점기에 일제는 문화 말살의 차원에서 용계(龍鷄)의 계자를 시내 계(溪)자로
바꾸었다고 한다.

이성계가 왕이 되기 전에 어 퉁두란, 이지란이죠. 퉁두란 거란족의 추장이 그 이성계의 성을 받아서 이지란으로 개명, 개성을 해가지고 이성계에 친동생 친형제처럼 지낸 게 퉁두, 이 이지란 아닙니까? 근게 그때 이성계가 함흥 출신이죠. 근데 사실은 전주 이씹니다 그분이. 근데 이성계가 그 왕이 되기까지는 그 퉁두란이, 이지란이의 그 힘을 굉장히 많이 받았어요. 힘이 장사고, 그래서 수하에 두고 항상 장군으로 썼는데, 그 아지발도라는 얘기 들었습니까? (조사자 : 아니요.) 어 아지발도가 그 역사에 가냘프게 나올 겁니다. 이성계가 왕이 되기 전입니다. 그 장군으로 있을 때. 아지발도가 일본에서 조선을 치러 들어왔어요. 근데 그 때가 아지발도가 열일곱 살 땝니다. 열일곱 살 땐데, 조선을 치러 들어 올라고 꿈을 키우고 그랬는데, 아지발도 온 몸이 비늘이 두꺼워져가지고 웬만한 화살을 맞아야 튄대요. 어, 게 옛날에 장군들은 그런 사람이 많았어요. 지금 그 이달에 그 장군으로 했든 그 김덕령 장군도 사실은 그런 비화가 있습니다. 김덕령 장군 얘기도 하면 한 시간은 내가 걸려요. 근데, (조사자 : 해주셔도 돼요. 시간 많은데.) 근데 그 이성계가 그 아지발도가 조선을 치러 들어온다는 정보를 듣고, 근데 아지발도는 어떠한 인물이냐면은, 열일곱 살 때 세상을 호령헌 그 일본에 장수썼대요. 근데 온 몸이 구리로 돼 있고, 혀 밑에만 급소가 살아있었대요. 혀 밑에만. 근데 아지발도 누나가 아지발도가 인제 조선을 칠라고 이릏게 막 장병을 모집허고 허니까, 아지발도 누나가 기인이었대요, 기인.

"조선이란 나라는, 우리는 섬나라고 조선은 대국이다, 성인도 많고. 이 조선을 치러 들어갈 때는 너는 아직 준비가 덜 됐다."
그르니까 요망한 계집이 대장부 가는 길에, 어 방해를 헌다고 해서 단칼에 죽였어. (조사자 : 누나를요?) 누나를. 그러니까 누나가 죽으면서 뭐라고냐믄,

"황산모퉁이를 조심해라."

그러고 죽었어요. 거기가 어디냐믄 운봉 황산모통입니다. 거가 바람이 쎄요. 그리고 바위가 비가 오면 붉은색이 납니다. 근데 그 아지발도가 조선에 들어와서 그렇게 남문을 거쳐가지고 운봉을 거쳐서 경상도로 갈라고 그러는데, 그글 알았어요. 첩보를 알고. 긍게 아지발도 누나는 미리 그걸 안 거죠. 그믄 이성계는 어떠한 작전을 세웠냐. 호호백발 노인한테 닳아진 쇠 지팽이를 준 겁니다. 닳아진, 아주 닳아빠진 쇠 지팽이를 주면서,

"이 금방을 왔다 갔다 하면은, 왜병이 지나가면서 물을 거다. 황산모통이가 어디냐고 물을 거다. 그러믄은 이 나이가 먹도록 이 지팽이가 닳도록 조선팔도를 다 다녔어도 황산모통이란 얘기는 들어보질 못했다."

그렇게 인제 그 속임수를 쓴 거예요. 인제 거까지는 작전이고. 이성계가 아지발도를 치러 들어올 때 어디로 들어오냐면 장수 서구리재를 넘어 들어왔습니다. (조사자 : 무슨 재요?) 그 지명이 서구리재예요. (조사자 : 서구리요?) 에. 그건 뭐냐면, 서울재란 얘깁니다. 게 옛날에 장수 현청에서 세금을 받든, 과거를 보러 가든, 전주를 가든 서울을 갈라면 그 고개를 넘어가면 빨라요. 바로 진안이 나옵니다. 그쪽에 가면은. 백운면 나와요. 게 우리는 서울재라고, 서구리재라 그래요. 거기를 전주로 해서 넘어 와가지고 이 용계라는 마을이 있습니다, 지금. 근데 그 용 용(龍)자 닭 계(鷄)자를 이성계가 그 지명을 저줬는데, [손뼉을 치며] 왜정 때 어 용 용(龍)자 시내 계(溪)자로 [손뼉을 치며] 바꾼 겁니다. 너무 전통이 좋으니까. 지명이 좋으니까. 게 인제 우리가 그 그걸 바로 잡을라고 지금 노력을 허고 있는데, 그 용계라는 마을에 입구 가다보면 지금도 약간에 당산 비슷하게 소나무가 좀 서 있고, 묘도 있고 그래요. 거기다가 이성계가 진을 치고 있었습니다. 근데 이성계가 그 진을 치고 있을 때, 선몽을(현몽을) 어뚷게 했냐면은, 에 그런 사람들은 그 그 게 현인들이 어럼풋이(어렴풋이) 뭣을 지시를 내린대요, 옛날에는. 근데 새벽닭이 우는 시각에 거기를 가면은, 운봉 황산모통이를 가면 아지발도를 만나게 돼 있었어요. 새벽닭이면은

그때만 해도 한 새벽 세 시쯤 됩니다. 세 시, 네 시. 그래 인제 그런데 그 롷게 계획을 세우고 미리 진을 치고, 장졸들을 좀 편허게 쉬게 만들어서 거그를 넘어, 이 번암에서 고리 고개만 넘어가면 바로 기예요. 옛날에는 길이 있었잖이, 산으로 넘어서 그냥 가는 거지. 뭐 나뭇길 뭐 이릏게, 이 룷게 해가지고. 그런데 어렴풋이 잠이 들었는데 초저녁 닭이 울은 겁니다. 게 옛날에는 어른들이 보면은, 초저녁 닭이 울먼은요, 집에 재수 없고 귀 신 들어온다 그래서 그 닭을 잡아가지고 방 문턱에다 도끼로 모가지를 첬 어요. 나도 봤어요. 그래가지고 그 피를 이케 뿌렸습니다. 그래서 초저녁 닭이 울먼은 재수가 없다 그래가지고 그 닭을 잡아다가 도끼로 목을 첬어 요. 게 그 피를 뿌렸습니다. 근데 이성계가 이릏게 초저녁에 누워있는데 초저녁 닭이 운 거예요.

'이상하다.'

긍게 그릏게 큰 일을 헌 사람들은 뭣인가 다르잖아요. 그래서 척후병을 내 보낸 겁니다. 발 빠른 척후병. 옛날에는 발 빠른 척후병들이 얼마나 빨 랐습니까. 지금 마라톤이 문제가 아녔었대요, 막. [조사자 웃음] 아닌 게 아니라, 미리 그르니까 아지발도가 자기 누나의 계시를 듣고 뭣인가는 생 각을 얻는 거예요. 자기 누나가 기인인 줄 알지만, 화가 나 죽었지만.

'황산모퉁이?'

그른게 그 시각에 빨리 지나가기 위해서 미리 서두렀든 거지. 응. 그 위험 을 빨리 벗어날라고. 근데 계시가 새벽이 아니고 초저녁에 계시가 내린 거여. 닭이 운 거예요. 그래서 부랴부랴 군사를 몰고 거 가서 보니까 아닌 게 아니고. 그래서 퉁두란이 보고, 이지란,

"너는 활로 그 아지발도의 투구를 벗겨라. 활을 쏴서. 그믄 입을 벌릴 거다. 그를 때(그럴 때) 나는 활로 혀 밑을 급소를 맞춰서 죽이마."

그릏게 작전을 세우고 그 죽인 거예요. 아지발도 거그서 죽었습니다. 그 때 만일에 아지발도를 치지를 못 했다면은 조선이 그냥 초토화 되죠. 그

믄 이성계가 임금이 못 됩니다. (조사자 : 이성계가 임금이 되기 전에요?)
예. 그래서 그 인제 그른(그런) 얘기가, 그건 분명히 황산모퉁이 아지발도
지나간 건 나옵니다, 역사에. 이 이성계가 서구리재를 넘어서 그리 간 거
나옵니다. 근데 그 거가 거가 지나가는 길목이 뭐이냐면은, 진을 쳤던 마
을은 이성계가 닭이 미리 울어서 임금이 됐다. 그믄 닭 계자, 용이란 것은
용하고 봉황은 임금을 표시헌 겁니다. 그러죠? 음. 그래서 그 용이 닭이
울어서 용이 (조사자 : 됐다.) 됐다. 응. 닭이 울어서 내가 임금이 됐다. 그
래서 그 마을을 용 용(龍)자 닭 계(鷄)자로 해가지고 용계라는 지명을 져
주고 갔는데, 왜정 때 문화 말살, 정신 말살 차원에서 시내 계(溪)자로 바
꾼 겁니다.

이성계와 뜬봉샘

자료코드 : 07_10_FOT_20090504_LHY_KSH_0006
조사장소 : 전북 장수군 장수읍 장수리 176-7번지 장수군 애향교육진흥재단 사무실
조사일시 : 2009.5.4
조 사 자 : 이화영
제 보 자 : 김순홍, 남, 66세
구연상황 : 앞 이야기에 바로 이어 다음을 구연하였다.
줄 거 리 : 장수읍 수분리에 있는 신무산은 명산으로, 이곳에서 이성계가 천일기도를 드
리고 있었다. 마지막 하루를 남겨놓고 이성계가 말을 타고 산중턱을 지나가는
데, 쌍무지개가 뜨고 봉황이 날아가면서 하늘을 열라는 계시를 받았다. 봉황
이 날아간 곳을 쫓아가 보니 옹달샘이 하나 있었고 이성계는 이 물로 제물을
만들어 그곳에서 하늘에 기도했다. 이후로 사람들은 봉황이 떠올랐다고 하여
그 샘을 뜬봉샘이라 불렀다.

근데 에 거기에 에 보면 거그서 용계 마을에서 어 황산모퉁이를 가자
면은 수분령이라는 데가 나옵니다. 물 수(水)자 나눌 분(分)자 수분령. 수

분고개. 거가 해발 한 백오십삼인가? 그렇게 돼요. 근데 왜 수분령이냐면은, 옛날에 거가 주막이 있었어요, 그 고개에. 지금은 인제 그 뭐 관광차들이 댕기고 그러니까 뭐 음식점도 있고 막 그 뭐 이 파는 것도 있고 그러는데, 지금은 그 많이 그 그 형을, 그 토지를 많이 바꿔가지고 막 채우고 그랬는데 그 전에는 주막이 하나 있었어요. 우리도 알아요. 게 주막에 초가집인데, 저 쪽 남쪽으로 떨어지는 물은 섬진강으로 흘러갔고, 지금도 그쪽으로 내려가면 섬진강 상류입니다, 거그가. 이쪽으로 내려가면 금강이에요. 그래서 어 그 물 수(水)자 나눌 분(分)자 수분입니다, 마을이. 그리고 그 마을을 안으로 깊이 들어 가면은 물뿌랭이 마을이라는 데가 있습니다. 게 지금은 인제 행정적으로나 이렇게 그런 이름은 안 나오는데, 이제 우리가 인제 발굴해가지고 인제 표기를 허고 그러는데, 옛날 어른들은 거 그서

"어디서 시집왔어?"

"물뿌렁구 마을에서."

그랬다고. [조사자 웃음]

근데 그것을 지금 그 금강을 보호, 살리자고 보호허는 그 뭐 군산에 가먼 그런 물사랑운동 모임 겉은 게 있습니다. 거기서도 그 그 내용을 팜프렛으로 만든 게 있어요. 그래서 그 마을이 물뿌랭이 마을. 근데 이제 이성계가 거그를 지나가면서 거그를 거쳐 갔는데 거그 샘이 장군샘이라고 이쪽에 그 식당이 두 개가 있는데, 저 쪽 안쪽에 있는 식당 옆에 샘이 아주 좋은 샘이 있었어요. 인제 그것은 인제 메꿔졌고, 오 이렇게 그 생수를 달아온 물이 아주 물이 좋은 물이 거가 있고. 게 인제 수분리를 지나서 거기로 갔는데 그 수분이 뒤에가 무슨 산이냐면 신무산이 있습니다. 귀신 신(神)자, 춤출 무(舞)자 신무산. 근데 신무산에서 이성계가 기도를 천일기도를 드린 게 나옵니다. 구전에 의하면은, 명산이기 때문에. 근데 그 기도를 드리고 마지막 하루를 남겨 논 날, 말을 타고 산 중턱을 지나가는데

일곱 쌍무지개가 뜨면서 봉황이 날랐어요, 황이, 그 봉황새가. 게 거그를 가보니까 날르면, 날르는데 뭐라고냐면은,

"하늘을 열어라."

뭐 이런 식으로 어떤 계시를 줬습니다. 근게 임금이 된다는 계시예요. 게 가서 본 게 옹달샘이 있어요. 거게 비봉천입니다. 한자로 말하면은 날비(飛)자, 새 봉(鳳) 자, 비봉천이에요. 근데 우리는 인제 한글로 뜬봉샘이라 그러죠. 뜬봉샘. 그래서 인제 그 행자부에서도 가끔 오고, 전국적으로 그걸 많이 옵니다. 왜냐믄 금강, 섬진강 상류라 그래가지고 거그서 인제 물이 졸졸졸졸졸 내롸가지고, 물은 많질 않아요. 가서 옹달샘인데 지금 거그서 조금 내롸가지고 이렇게 막 양쪽으로 흘러가는데, 섬진강 금강 상류다. 게 인제 그것을 이성계가 천일기도를 드리기 드리고 하루를 남겨놨는데, 이 무지개가 뜨면서 밝은 낮에 무지개가 뜨면서 봉황이 날르면서 하늘이 열린다. 하늘을 열어라 뭐 해가지고 가서 본 게 샘이 있었다. 그래서 그 물을 떠가지고 제물을 만들어서 밥을 짓고 제물을 만들고 거그서 기도를 허고 갔습니다. 그 산이 신무산 뜬봉샘입니다. 게 이성계가 아지발도를 친 얘기하고 그것하고 비화가 그렇게 같이 그렇게 내려오고 있어요.

무등산 정기를 타고난 김덕령

자료코드 : 07_10_FOT_20090504_LHY_KSH_0007
조사장소 : 전북 장수군 장수읍 장수리 176-7번지 장수군 애향교육진흥재단 사무실
조사일시 : 2009.5.4
조 사 자 : 이화영
제 보 자 : 김순홍, 남, 66세
구연상황 : 앞의 이야기 후 자신의 생애에 대해 말해 준 뒤 장수지역의 지명과 합미성에 대해 한참 얘기해 주었다. 조사자가 이전에 들었던 김덕령 장군에 관한 이야

기와 명당자리 이야기를 꺼내자 나옹대사의 이야기를 하다가 이어서 다음과
같이 김덕령 이야기를 구연하였다.

줄 거 리 : 나옹대사가 하늘의 별을 살피다가 큰 인물이 날 조짐을 보고는 무등산에 와
　　　　서 명당자리를 찾았다. 나옹대사는 계란을 묻어 시험함으로써 명당자리임을
　　　　확인하려 했으나, 그 일을 맡은 김덕령의 아버지는 삶은 계란을 묻어 나옹대
　　　　사를 속이고 그 자리에 자기의 부모를 안장했다. 나중에 이 일을 안 나옹대사
　　　　가 좌향을 바꾸라고 조언했지만 듣지 않았다. 무등산의 정기를 타고난 김덕령
　　　　은 혈기가 왕성하여 무등산을 주름잡고 다녔다. 하루는 어느 집에서 갑옷을
　　　　짓고 있던 처녀 하나를 겁탈했는데, 그 처녀가 이것이 운명이라며 갑옷을 김
　　　　덕령에게 던지자 그 옷이 살가죽처럼 몸에 붙어버렸다고 한다.

　근데 이제 그 나옹대사 얘기가 왜 이렇게 길게 허냐면은, 인제 여기서
끝인데, 중국서 별을 보고 무등산을 쫓아 온 겁니다. 별을 보고, 큰 인물
이 날 별을 보고 무등산을 쫓아 온 거예요. 그 때 무등산에서 김덕령이
아버지가 숯을 꾸고 있었어요. (조사자 : 숯이요?) 숯. 무등산에서. 얼마나
옛날에 첩첩산중이었습니까. 숯을 꾸고 있었어요. 숯을 꾸고 있는데, 어떤
스님이 하나 오더니 닭알을, 계란을 하나 준 거예요. 내일,
　“오늘 밤에 이제 몇 시 경에, 이 계란을 어디다 좀 묻어라.”
근게 김덕령 아버지가 가만히 생각하니까, 희한하거든. 이 계란을 살짝
익혔대요. 살짝 익혔대. 게 묻어놓는데, 스님이 이렇게 보니까, 새벽이 되
니까 장닭이 나와서 홰를 치고 울어야 되는데, 나오더니 그냥 팍 쓰러진
거야. 계란을 삶아서 노니까. 게 세 번을 연거퍼 그렇게 씨름을 허더니,
　“지금도 내가 깨우치들 못했다. 헛것 봤다.”
그러고 갔어요.
　김덕령이 아버지가 계란을 익혀가지고 줬기 때문에 그런 문제가 생긴
거야. 게 그 뒤로 그 나옹대사 가고 나니까 김덕령 아버지가 자기 선대를
거기다 모신 거야. 게 3년 후에 와서 봤어요. 그드니
　“임자가 따로 있긴 있다. 내 것이 아니구나. 그러나 좌향이 틀렸다. 이

좌향을 좀 바꿔라.”

그 김덕령이 아버지가 말을 안 들었어요. 우리 한국 사람은 의심 많이 허잖아요.

‘어 저거 배 아프니까 어 해꼬지 허기 위해서 좌향을 바꾸라고 근다.’

안 바꿨어요. 거그서 김덕령이가 태어나긴 했는데 그렇게 됐다 그러는데, 그러고 나서 비가 엄청나게 많이 오는데, 아주 그 기인에 가까운 처자 하나가, 결혼 안 한 처자 하나가 비를 피해서 무등산으로 와가지고 그 숯구뎅이로 온 거예요. 그 김덕령이 아버지를 만난 거예요. 그래서 결혼해가지고 난 게 김덕령이라. 게 그 처자가 보니까 숯가마에 이렇게 그 부뚜막마. 옛날엔 우리 부뚜막 돌로 이렇게 만들었잖아요. 그 이렇게 [크게 원을 그리며] 큰 돌로 이렇게 해놨는데, 숯구뎅이 앞에 그게 전부 금이드래요. 그 처자가 보니까. 이제 그런 얘기도 있습니다.

그래 김덕령이가 태어났는데, 좌우간 열 살이 넘으니까 막 기가 나가지고, 기가 나가지고 막 무등산을 막 밤이면 날라 다니고. 기가 나가지고. 게 그 정기를 받고 태어났으니까. 근데 한번은 이렇게 막 높은 무등산을 막. 옛날에는 그 축지법이란 게 있었어요. 분명히 있었답니다. 이 산을 주름잡아서 이렇게 가는 거. 여기도 그런 사람이 있었어요. 이 후손들이 살고 있는데, 뭐 저녁에 놀다가도 나 전주, 그때만 해도 완산,

“나 완산 시장 좀 갔다 오께.”

그러면 그 이튿날 밤에 온대요. 갔다 왔다고. 여그서 얼마나 멉니까, 걸어서. 그므 누구누구 만났다 물으면 다 안대요.

“아 그 만났다고.”

결국 그 사람은 역적으로 몰려서 죽었는데, 그 얘기하면 또 길고.

게 인제 무등산에 김덕령이가 인제 그러고 있는데, 하룻저녁에는 막 도는데 초가집에서 불빛이 보이드래요. 게 이렇게 문 문 창호지를 이렇게 떠들러 보니까, 아주 이쁜 여자가 바느질을 허고 있어요, 바느질을. 게 젊

은 혈기에 덮친 거야. 이 여자가

"너는 운명이 이것이다."

하고 던진 것이, 갑옷이야. 인제 몸에 와서 붙어 버린 거지. 근데 그게 왜 냐면은, 그 여자가 인제 김덕령이를 위해서 갑옷을 만들고 있었는데, 그 갑옷은 뭐이냐면은, 이제 사람 몸에 붙어 버린 거지 인제, 옷이 아니고.

"근데 하루저녁만 더 참지 그랬냐. 운명이 이것이다."

이제 그른 그 비화가 있어요.

스스로 죽음을 선택한 김덕령

자료코드 : 07_10_FOT_20090504_LHY_KSH_0008
조사장소 : 전북 장수군 장수읍 장수리 176-7번지 장수군 애향교육진흥재단 사무실
조사일시 : 2009.5.4
조 사 자 : 이화영
제 보 자 : 김순홍, 남, 66세
구연상황 : 앞 이야기에 바로 이어 다음을 구연하였다. 본문에서 제보자가 얘기하는 충신 비는 김덕령 은륜비를 말하는 것으로 보인다. 이 비는 현재 광주광역시 북구 금곡동에 위치한 충장사에 있다고 한다.
줄 거 리 : 임진왜란 때 의병을 일으켜 전승을 거두던 김덕령은 시기하는 무리들에 의해 역적으로 몰리게 되었다. 그를 잡으려는 관군들에게 김덕령은 자신이 자결할 테니 충신비를 세우라고 요구했다. 조정에서 세운 충신비를 확인한 김덕령은 겨릅대로 급소를 찔러 자결하였다. 가느다란 겨릅대로도 쉽게 죽음을 맞는 김 덕령을 우습게 여겨 충신비를 넘어뜨리자 김덕령이 눈을 부릅뜨며 다시 살아 났고, 비석은 다시 세워졌다고 한다.

근데 김덕령이가 죽은 건 뭐냐면은, 사실은 그 임진왜란 때 그 육지에 서 의병을 뭐 오천 명 이상을 모아가지고 뭐 김천일 장군이랑 고리 다 한 거 아닙니까? 근데 조정에서 이순신 장군도 몇 번을 불려 갔습니까, 큰 당파 싸움 때문에. 이순신이가 저렇게 승승장구 허는데, 전쟁 끝나면은

임금 너는 간다. 손, 그 때만 해도 선조죠? 선조대왕 당신은 물 건너간다. 저거 잡아 죽여얀다. 어 왜놈들은 그 난린데도. 게 결국은 가서 감옥에 있다가 백의종군 헌 거 아닙니까. 김덕령이도 마찬가지예요. 그 이십대에 그렇게 막 힘이 세고, 간 데마다 이기고 다 허니까 조정에서 계속 역적이다고 고발을 헌 거여. 역적이다고. 그런데 결국 김덕령이를 잡진 못했어요, 조정에서. 원체 심이 좋고 막 그러니까. 아무리 가서 포졸도 관군이 가도 잡질 못한 거야. 그다 결국은

"내 운명이 여기 까진데, 만고충신 김덕령이라고 비를 세워라. 나는 역적이 아니다. 게 만고충신 김덕령이라고 비를 세워라. 나는 역적이 아니다. 억울허다. 그럼 내가 죽으마."

게 조정에서 비를 세웠어요. 세우니까 제럽 가져와라. 제럽대기(겨릅대), 제럽대기 뭔 줄 압니까? (조사자 : 대패?) 삼 만들 때 껍질 벗긴 거 있어요, 삼. (조사자 : 삼이요?) 삼 몰라요? (조사자 : 아, 그 삼베 만드는.) 삼베 만드는, 삼베 만드는 나무가 삼나뭅니다, 그게. 그래가지고 쭉쭉 뻗어나가는데, 그걸 쏋아서 껍질을 벳기믄은 안에 나무는요, 바람 불어도 날라가요. 그것 보고 제, 제럽이라고 합니다. 제럽. (조사자 : 제럽이요?) 응 제럽. 그렇게 나무가 가벼워요, 잘 부러지고. 그걸 갖고라 그런 거야. 갖다가 자기 여길 때린 거야. 세 번 때리니까 죽은 거야. 급소야 급소. 그런게 쓰러지니까 이것이 무슨 충신이야 하고 매, 그 비석을 넘어뜨렸어요. 그니까 또 일어 난거야. 눈을 부릅뜨고.

"내가 왜 역적이냐."

세 번을 그런 거야. 그래 결국은 그 비 있습니다, 가면은 지금. 거 충렬사에 가면 있어요. 그래서 김덕령이가 죽고 나서 그 왜적들이 힘을 더 폈다. 게 인제 광주 무등산하고 김덕령이하고는 인제 그런 비화가 있는데, 아마 어느 책자에 본 게 이달에 그 명장이라고 나오든가, 뭐 성인이라고 나오든, 김덕령 이번에 추천 했드라고요. (조사자 : 5월이요?) 응. 스물여덟

살에 죽었습니다, 김덕령이가. 그것도 선조대왕 때, 선조, 대왕도 아냐 그
건. 허새비지(허수아비지). [조사자 웃음] 간신들의 그 당파싸움에 몰려가
지고 우리가 죽인 거예요, 조정에서. 이순신이 잽혀가듯이 계속. 그릏게.
그 이 사람은 잽히질 않지. 내가 왜 잽혀. 역적이 아닌데. 그러니까 일부
로 죽인 거라. 자기가 죽은 거여. 절대 뭐 칼로 그 사형시킨 게, 자기가
죽은 거여.

조종면 현감을 따라 죽은 통인 백씨와 타루비

자료코드 : 07_10_FOT_20090519_KEY_KSH_0001
조사장소 : 전북 장수군 장수읍 장수리 176-7번지 장수군 애향교육진흥재단 사무실
조사일시 : 2009.5.19
조 사 자 : 권은영, 이화영
제 보 자 : 김순홍, 남, 66세
구연상황 : 앞 이야기 후 다음의 이야기를 해주었다.
줄 거 리 : 장수 현감 조종면이 전주를 가기 위해 내를 건너가는데, 갑작스레 산꿩이 날
        아가자 말이 놀라 날뛰는 바람에 말과 함께 소에 빠져 죽었다. 이때 조종면
        현감을 수행하던 통인 백씨는 현감을 잘 수행하지 못했다는 자책으로 손가락
        에 피를 내어 사건의 정황을 그려놓고, 현감을 따라 물에 빠져 죽었다. 이 통
        인 백씨를 기리기 위해 정주석 현감이 타루비를 세웠다.

　　그때. 그때 당시 장수 현감 조종면 현감이 그때는 인제 뭐 도로가 없
고 글쵸? 우리 한국의 도로는 신작로라 그랬어요. 왜정 때 만든 도로가
있지, 그 전에는 전부 이릏게 오솔길로 이릏게 있었는데, 에 거기가 지금
그 장수천이 흘러가는 곳입니다. 근데 그때는 막 그 쏘가 있었대요. (조
사자 : 소?) 소(沼), 물이 많은. 그래서 인제 그 전주, 그러니까 그때만 해
도 관찰사죠 이. 응. 현감이 전주 관찰사에 소속이니까 거그를 가기 위해
서 말을 타고 그 내를 건너가는데, (조사자 : 장수천을요?) 응. 긍게 거그

는 인제 거기는 지금 현재 에 천천천이라고 봐야죠. 응. 거기를 건너가는데, 옛날에는 이 이 그 다리가 물이 많은 데는 나무로 다리를 놓든지, 그래 장마 지면 떠내려가면 다시 놓고 그랬든지, 그렇지 않으면은 큰 바위나 큰 돌을 갖다놓고 징검다리를 놓고 살았지 않습니까, 옛날에는, 그 저 고서에 보면은. 근데 인제 그 그른 식으로 다리를 이케 건너가는데, 마부, 마분데 지금 겉으면 인제 그 군수 기사라고 봐야 되겠죠 이. [조사자 웃음] 그죠? 어 근데 우리는 보통 통인이라 그러는데, (조사자 : 아, 통인.) 통인 겉으면 비서를 얘기헙니다. 그러죠? 어 비서격, 뭐 이릏게 허는데, 인제 우리는 백씨 통인이라 그럽니다. 통인 백씨라 그래요. 근데 인제 그 마부가 현감에 말고삐를 붙두, 잡고 그 내를 건너가는데, 인제 막 숲이 우거지고 그랬겄죠. 근데 산꿩이 이릏게 놀래서 날렀어요. 소리를 내고 날으니까 말이 놀래가지고 뛰면서 같이 현감하고 말하고 그 쏘에 빠져 죽었어요. 그러믄 통인 백씨가 그때는 인제 마부가 그걸 구할 수가 없죠. 물이 깊으니까. 그러니까 땅을 치고 울었어요. 그러겄죠. 자기가 모시던 현감이 죽었으니까. 자기는 죄인이니까. 땅을 치고 통곡을 허고 울다가, 무슨 생각을 했나면은

'나도 죽어야겄다.'

근데 그냥 죽으면 안되잖아요. 그러니까 손가락을 깨물어서 이 꿩이 날라가는 걸 그리고, 그 말하고 뭐 현감하고 빠져 죽은 걸 그려놓고, 이 타루란 글씨를 써놓고 인제 빠져 죽었대요. 근데 그 그 지금 타루비도 에 그 옆에 보면은 바위에 이릏게 새겨져 있습니다. 조종면 현감. 그 저기가 글이 새겨져 있어요. (조사자 : 조종면 현감이요.) 근데 그 그그 타루비도 사실은 정주석 현감이 그때 타루비를 만든 겁니다.

구락 마을 지명 유래

자료코드 : 07_10_FOT_20090610_KEY_KSH_0001
조사장소 : 전북 장수군 장수읍 장수리 176-7번지 장수군 애향교육진흥재단 사무실
조사일시 : 2009.6.10
조 사 자 : 권은영, 이화영
제 보 자 : 김순홍, 남, 66세
구연상황 : 5월 19일 면담 시 다시 한번 만날 것을 약속하였고, 6월 10일 김순홍을 재방
문하였다. 조사자가 효자나 열부에 관한 이야기를 요청하자 다음의 이야기를
해주었다.
줄 거 리 : 장수 현감 임옥산은 효자로 유명하여 산서면 오산리에는 임옥산 효자비가 있
다. 어머니가 병이 들어 위중해지자 임옥산은 자기 허벅지살을 떼어 고아 드
리기도 하고, 손가락의 피를 내어 먹이기도 하며 노모를 구완하였다. 어느 겨
울날 노모는 비둘기가 먹고 싶다고 하였고, 임옥산은 비둘기를 구할 생각에
고심을 하며 한 마을을 지나고 있었다. 그때 갑자기 비둘기 한 마리가 도포자
락으로 날아 들어왔고 임옥산은 그 비둘기를 잡아서 어머니께 드릴 수 있었
다. 그때부터 임옥산의 도포자락에 비둘기가 날아 들어온 그 마을은 비둘기
구자, 떨어질 락 자를 쓰는 구락 마을이 되었다. 그런데 일제강점기 행정지명
개편에 의해 비둘기 구자는 아홉 구자로 바뀌어 사용되고 있다.

    그 장수 현감을 지내신 임옥산이라는 그 현감이 있었습니다. 이 분이
지금 에 효자로서는 지금 쭉 추앙을 받는 분인데요. 지금도 산서 오산리
가면은 임효자비가 있습니다. 임옥산 효자비가 있습니다. (조사자 : 산서면
오산리요?) 근데 이 분이 인제 그 옛날에 과거에 급제를 하고 임금한테
    "나는 향리에 가서 현감을 허게 해주시오."
그랬어요. 향리. (조사자 : 향리?) 고향. (조사자 : 고향. 마을?) 응. 향리. 거
    "왜 그러냐?"
그랬더니,
    "노부모가 계십니다."
그랬어요.
    "그믄 좋다. 넌 효자다."

　그래서 장수 현감을 했습니다. 장수 현감을 했는데, 그 노모께서 굉장히 아픈 거예요. 옛날엔 아프면 뭐 병원도 없고 그랬잖아요. 그러니까 인제 단방약 아니면 한약으로 처리허는데 중병은 뭐 그 힘들잖아요. (조사자 : 그렇죠.) 근데 백약이 무효라고 아무리 좋은 약을 해드려도, 현감 정도 되니까 뭐 좋은 약 많이 해드렸겠지요. 근데 인제 그 안 드니까 이분이 자기 허벅지 살을 도려가지고 이렇게 고와서 드린 거예요. 심지어는 뭐 손구락을 깨물어서 피를 다 넣어 드리갖고. 근데 하루는 눈이 이렇게 왔는데, 겨울인데,

　"내가 비둘기가 먹고 싶다."
그랬어요. (조사자 : 어머니가?) 에. 근디 지금은 비둘기가 많잖아요. 뭐 밭에 가도 비둘기, 산비둘기 땜에 농사 못 짓습니다. 콩 심으면 다 빼먹고. 옥수수 심으면 다 빼먹고. 근디 옛날에는 비둘기가 귀했던 모양이에요. 그래 인제 고민을 허고 산서에서 장수현까지 얼마나 멉니까. 이렇게 막 꾸불꾸불 산길을 겨울에 옛날에 물론 인제 말을 타고 뭐 그 마부가 고삐를 잡고 다니긴 했겠습니다만은, 게 인제 고민을 허고 현에 등청을 했다가 인제 퇴청을 헌 거예요. 매일 가서 부모를 봐야 되니까, 병간호를 해야 되니까.

　이 구락리라는 마을이 있습니다, 지금. (조사자 : 산서예요?) 아니요. 여기 장수에. 구락리라는 마을이 있어요. 비둘기 구 자, 떨어질 락 잡니다, 그 마을 이름이. 근데 왜정 때 아홉 구 자로 바꿨습니다. 어. 그건 그 전통 말살, 문화 말살 뭐 이런 정신 말살, 응? 그거였어. 왜정 때, 비둘기 구(鳩)자, 떨어질 락(落)잔데, 아홉 구(九)자로 바꿨습니다. 근데 이제 마을이라 그래야 몇 집 만 이렇게 살았겠죠. 근데 거그를 이렇게 지나가는데 도포자락으로 비둘기가 들어 온 거예요. 옛날에 도포자락 하면 이렇게 막 이렇게 크지 않습니까. 도포자락이 주머니 노릇 했습니다. 가방 노릇도 했구요. 그 안에 뭐 어 동전도 좀 집어 놓고, 뭐 여러 가지 어 문방사우에

서 벼루만 빼놓고는 다 집어넣고 뭐 다니고 그랬으니까. 커 가지고 도포.
도포자락으로 비둘기가 들어온 거예요, 날라서, 겨울에. 그린게 인제 너무
효자, 옛날에는 효자들한테는 그 하늘에서 그렇게 뭐 이릏게 점지를 했다
그래요. 그래서 인제 그 비둘기를 잡아서 그 가서 인제 해 드려서 어머니
병이 어느 정도는 나아서 활동하시다 돌아가셨다 해가지고, 그 마을을 비
둘기 구(鳩)자, 떨어질 락(落)자, 비둘기가 떨어진 마을이다 했는데, 왜정
때 지금 그 마을이 상당히 큰 마을입니다. 한 60호, 한때는 80세대 정도
살았는데, 지금은 한 60세대, 60가구 정도 사는데, 왜정 때 인제 아홉 구
자로 바꾼 거지요. 그래서 인제 그 임효자비가 사실은 그, 그런 것들이 인
제 우리 젊은이들에 대한 조상 숭배, 부모에 대한 효도, 이른게 이제 근본
이 되죠. 그래서 산서 오산리 가면은 임옥산 효자비가 분명히 있습니다.
(조사자 : 임옥산 효자비요?) 예.

비범한 아전과 지명 유래

자료코드 : 07_10_FOT_20090610_KEY_KSH_0002
조사장소 : 전북 장수군 장수읍 장수리 176-7번지 장수군 애향교육진흥재단 사무실
조사일시 : 2009.6.10
조 사 자 : 권은영, 이화영
제 보 자 : 김순홍, 남, 66세
구연상황 : 앞 이야기가 끝나고 지난 면담 시에 해주었던 지명 유래를 다시 한번 구술하
　　　　　　였다. 그러고는 장수의 도깨비 축제와 도깨비에 관해 간단히 얘기하고 다음의
　　　　　　이야기를 구연하였다.
줄 거 리 : 장수현의 아전 중에 비범한 능력을 가진 한 사람이 있었는데, 돌아가신 아버
　　　　　　지의 머리를 명당자리에 몰래 밀장하였다. 이 아전은 밤이 깊어지면 요술을
　　　　　　부려 두산리의 말봉, 안장봉, 투구봉에 가서 군장을 갖추고 모래로 군사를 만
　　　　　　들어 습진번덕에서 군사훈련을 하였다. 아전의 이러한 행적이 동료에게 발각
　　　　　　되어 장수 현감까지 알게 되었는데, 아전 아버지의 머리가 묻힌 곳을 파 보니

황소가 막 일어서려고 하다가 세상의 기운을 맞아 사라져 버렸다. 그 명당자
리는 불에 태워졌고 비범한 아전 또한 죽임을 당했다고 한다.

　그랬고, 그래서 장수현에 아전 급이 약간 기인에 가까운 아전 급이 있
었대요. 게 자기 부모가, 아버지가 돌아가시니까, 옛날에는 그 중인 이하
는 아전 이하는 상놈이라 그래가지고 묘도 함부로 못 썼습니다. 그랬죠.
어 아버지가 돌아가시니까 이 앞에 그 남산, 이 우리가 남산이라고 주로
그러는데, (조사자 : 그 밥산을요?) 응. 그게 논개사당 그 혈 보면, 남산 오
백오(505) 해발 오백오. 거기에 보면 우리 초등학교 이렇게 보면은 소나
무가 이렇게 굽은 소나무가 아조 좋은 게 있었는데 지금은 없어졌습니다.
그 밑에에 에 명당자리가 있었대요. 그러니까 자기 아버지가 돌아가시니
까 두상만 갖다가, 옛날에는 뭐 다 못 허고 그냥 두상만 옮기고 그런 경
우가 있었대요. (조사자 : 두상이 뭐예요?) 머리. (조사자 : 에, 머리만요?)
근데 인제 거기다가 명당에다가 파고 아버지를 밀장을 헌 거예요. 밀장이
란 얘기는 뭐냐믄 묘를 쓰지를 못 허고 평지를 만든 겁니다 이렇게. (조사
자 : 봉분을 안 만들고요?) 에, 밀장. 그래 밀장을 해 놓고 어느 시기가 되
니까, 밤에 한 열시쯤 가서 절을 세 번 허고, 저 쪽에 가면 두산리라는 마
을이 나옵니다. (조사자 : 두산리?) 두산. 말 두(斗) 자, 묏 산(山)자, 두산.
그래서 옛날 어른들은 말뫼 말뫼 그랬그든요. (조사자 : 말뫼.) 응. 말뫼란
건 묏산 뫼산 말산이단 얘긴데, 이 두, 말 두자가요, 장군 두자로도 되고,
어. 말로도, 되를 허는 말로도 표현이 됩니다. (조사자 : 그 이렇게 쌀 되
는 거.) 어 홉 되 말 그러잖아요. 어. 그러면 옛날에도, 남원도 되를 썼지
말을 안 썼습니다. 그 말을 쓰는 지역이 특별히 있었어요. 근데 장수는 쩍
은 고을이지만 말을 썼습니다. (조사자 : 이렇게 쓰는 이거요?) 에. 말을
썼습니다. 근데 그 두산리가 지금 있습니다, 그 마을이. 거가 지금 장수군
에서 곡문(곡물)이 제일 많이 나오는 그 마을입니다, 지금. 두산리가 곡문

이 제일 많이 나옵니다. 근데 그 두산리 마을이 보면은 에 말봉이 있습니다, 산이. 분명히 있습니다. 말봉이 있고, 안장봉이 있습니다. (조사자 : 어, 그거는 동물 말이네요?) 안장. 말 안장. 응. 말한테 채우는 안장봉, 그 다음에 투구봉이 있습니다. 그리고 모래봉이 있습니다. (조사자 : 모래요?) 에. 모래. 그러고 장군샘이 있습니다, 거가. 근데 거그는 전부 다 산들이 웬만하면 마사토로 돼 있습니다. 이 흙 중에서도 마사토란 얘기는, 말 마 자를 씁니다. 모래 사자, 음. 그래서 좀 큰. 있잖아요 이게, 옛날에 그 저 화분 흙 없을 때 요놈 쳐가지고 화분도 만들고 그랬죠. 이렇게 큰 흙. (조 사자 : 알갱이가요?) 아 이. 큰 거 어. 그걸 마사토라 고러는데, 그게 말 마 자를 씁니다, 그 모래 사자하고. 그 근방 산이 전부 마사토가 많습니다. 그리 마사토는 왜 말마 자를 쓰냐면은 말이 뛰기 제일 좋은 디가 마사토 랍니다, 마사토. 그래서 지금 우리 장수에 이쪽에 지금 그 저 그 천천 내 리가다 보면은 그 이쪽에 승마장 있고, 국제 승마장도 우리 장수군에서 져 놨습니다만은 거기 그도 한 5키로 이상을 전부 마사톤데, 이 좀 확장 을 해가지고 좀 떼를 좀 입혔죠. 말도 좀 타고 다니고 막 그러라고 지금 허고 있는데. 장수는 마사토가 많은 곳이 많습니다. 게 인제 거기에 그런 지명들이 산들이 지금 있습니다, 분명히. 있는데 그 너메 가면은 시침번 덕이라고 있습니다, 시침. 그리고 (조사자 : 두산리 너머에요?) 시침이란 얘기는 뭐냐면은 어머니들이 옷을 질때, 가봉 허기, 가봉이란 그 가봉도 일본말인데, 가봉허기 전에 그 기본을 만들 때 우리가 이 시침을 허잖아 요. 드문드문 꾸매가지고 형체를 만들 때, 그것 보고도 어머니들이 시침 이라 그랬습니다. 이 기초란 기초를 만든단 얘기죠. 그거 그 그 들 이름이 시침도 되지만 습진도 됩니다. (조사자 : 습진?) 습진은 연습헐 때 쓸 습 (習)자에다가, 나갈 진(進)자. 연습해서 나간단 얘기여. 근게 군사 훈련하 고 연견이(연결이) 많이 됩니다.

그리고 그 쪽에 보면은 왜정 때에 훈련소 건물이 분명히 있었습니다.

(조사자 : 일정 때요?) 일정 때, 훈련소 건물. (조사자 : 두산리에?) 어 아 그 저 그그 습진뻔덕이라는 그 그 두산리 밑에 그 번덕 옆에 거가. 지금은 인제 60년대 어 에, 70년대 초냐? 그 이주민들을 데다 농원 마을을 만들어가지고 전부 전답을 만들고 해선 지금 살고 있습니다만은, 그 그 왜정 때에 에 그 건물이 훈련소 그 건물이 제가 살던 집에 에 건물을 뜯어 보니까 소화 45년도에 거그서 갖고 온 걸로 돼 있어요. 상량문을 보니까. 게 제가 이쪽에 지금 덕산장 자리 그 여관 터에 그 제가 그 한 한 이백 평이 넘은 턴데, 한때는 거기서 여관도 좀 했어요, 한옥. 게 몸체를 수리 헐라고 뜯어보니까 소화 45년도에 이건(移建) 헌 걸로 돼 있더라고. (조사자 : 그 여관 건물이요?) 에. 그 목재가. 근디 그거 제가 초등학교 다닐 때도 그 건물을 봤습니다. 그 부속 건물이 남아 있었어요. (조사자 : 훈련소에 부속 건물이요?) 에. 이 왜정 때 훈련소 부속 건물. 그래서 쭉 그 쭉 가는 길에 바닥에 자갈을 깔고, 옆에 양 옆에 전나무를 쭉, 일본 아이들이 전나무나 주목 모과 이부끼(왜향나무) 이걸 굉장히 좋아하거든요. (조사자 : 이부끼가 뭐예요?) 이부끼라는 것은 그 전나무 비슷허게 봉을 이릏게 이릏게 칭칭이 만든 거 있잖아요. 향나무처럼 생겨 가지고. 가이스까라고 도 허고 뭐, 일본서 건너 온 건데. 게 일본 아이들이 전나무를 굉장히 좋아해요. 왜 저희 초등학교 다닐 때 여그 그 거그서 그 작은 나무도 막 여럿이 떼메(떠메) 오기도 허고 그랬거든요. 전나무가 잘 안 큽니다. 땅이 그 토박했거든요.

　그 인제 그 지명 얘기를 내 허는 이유는 뭐냐면은, 이 아전이 어느 시기가 되니까 한 열시쯤, 살쩍이 빠져 나가는 거예요. 그래서 자기 아버지 이 두상을 시신을 묻어 논 그 밀장 헌 자리 거기서 절을 세 번 허고, 넘어가서 두산리 가가지고 말봉에 가서 말 끌고, 안장봉에 가서 안장 채우고, 투구봉에 가서 투구 쓰고, 응. 장군샘에서 물 한 컵 탁 마시고, 벌컥 부어 먹고는 모래봉에 가서 모래를 한 오지랖 싸는 거예요. 그래서 아까 애기했던 습진번덕 거 가서 주문을 외면서 모래를 뿌리니까 전부 군사가 되드래요. (조사자 : 모래가?) 에. 그래서 그 습진. 그래서 습진번덕이라고도 하는데, 밤새도록 군사 훈련을 허고, 새벽닭이 울 무렵 되니까 새벽닭이 울먼은 이 요술이 풀리잖아요, 귀신도 가버리고. 다시 제자리다 탁탁 탁 놓고 말 갖다 매고, 다 근게 다 없어지고 인제 와서 자는 거야. 게 동료가 보니까 수상해. 한 두 번이 아니니까. 게 따라가 보니까 그 짓을 허고 있는 거예요. 그냥 뭐 막 흙탕이 되고 막, 그서 현감한테 고자질 헌 겁니다. (조사자 : 장수 현감한테요?) 에. 동료가. 에 이 전설에 불과허지만은 지명들이 있으니까. 이 현감이, 그때만 해도 사실은 그 상놈은 묘도 제대로 못 쓴 거 아닙니까, 명당도 그고. 상, 그 천민들 집에서 그 그 힘센 사람 나오면 역적 나온다 다 죽였습니다. 장수도 그런 그 확실히 후손이 살고 있어요. 근데 현감이 놀래가지고 그 여럿이 데리고 가서 파보니까 시커먼 황소가, 검은 황소가 무릎을 꿇고 막 일어나는 찰나예요. 에 그놈이 나와 버렸으면 인제 난리가 나는 건데. (조사자 : 어디서요? 어디를 파 본 거?) 그 그 그 묘 파니까, 그기를. (조사자 : 아, 그 아버지 밀장한 자리를?) 그래서 파니까 막 황소가 이릏게 막 일어설라는 찰나. 근데 인제 세상 바람이 들어가니까 싹 사라진 거여. 그래서 숯을 갖다가 막 이릏게 놓고 불을 질렀답니다. 숯으로 떠버릴라고. (조사자 : 아, 그 자리를.) 명당을 태와버릴라고. (조사자 : 태워 버릴려고?) 응.

　게 인제 우리 그 선대 어른들 말씀 들으면 얼마 전까지도 그 파면 숯이 나온다 그랬거든요. (조사자 : 그 지역. 그.) 응. 그 지역에서. 그러고 인제 그 아전도 인제 결국은 죽었겠죠. 사형을 시켰겠죠. 그래서 인제 그 지명들이 그릏게 그 전설적으로 나오는 유래들이 있습니다. 그러믄 거기에 그 왜정 때 훈련소로 썼어, 터로 썼었다 그 건물 있었다, 분명히 그런 연습도 헐 수 있는 자리. 그러고 그 두산리란 마을 그 쪽에 가면은 전부 산들이 그런 지명이 다 있어요.

힘센 장사여서 죽임을 당한 사람

자료코드 : 07_10_FOT_20090610_KEY_KSH_0003
조사장소 : 전북 장수군 장수읍 장수리 176-7번지 장수군 애향교육진흥재단 사무실
조사일시 : 2009.6.10
조 사 자 : 권은영, 이화영
제 보 자 : 김순홍, 남, 66세
구연상황 : 앞 이야기가 끝나고 바로 다음의 이야기를 구연하였다.
줄 거 리 : 장수에 힘이 센 장사가 살고 있었는데 축지법과 같은 도술도 할 줄 알았다.
현청에서 그를 위험하게 여겨 잡으려고 하였으나 쉽사리 잡히지 않았다. 그
장사는 도망을 다니다가 후처의 방에서 잠을 잤는데 후처의 고자질로 그만
잡히고 말았다. 장사를 사형시킬 때 얼굴에 종이를 발라 죽이는 도모지(塗貌
紙)를 시행했는데, 보통 사람의 경우 한두 장만 있으면 되는 종이가 한권이나
필요했다. 그가 죽은 뒤 그가 살던 집에는 억울함을 호소하는 그의 혼령이 자
주 나타났고, 그의 집안은 멸족이 되다시피 했다고 한다.

옛날에는 힘이 센 사람이 나오는 집은 멸종을 시켰습니다. 그 집안을
막 삼대까지 이렇게 멸, 가족꺼지 다 죽였습니다. (조사자 : 상놈인데, 힘
이 센 사람이 나오면요?) 역적이 나온다 그래가지고. 장수에도 지금 그 어
른들 말씀이 들으면은 그 후손이 살고 있어요. (조사자 : 여기 장수에요,
지금?) 네. 살고 있는데, 어 근데 성씨도 내가 누구라고 얘기를 안 하겠습
니다. 왜냐면 바로, 바로 압니다. 근데 그 집, 그 손들은 참 못 살았어요.
그 그 직계손들은. 그 나머지 손들은 잘 삽니다. 근디 그 직계손들은 못
살았어요. (조사자 : 방계 쪽은 잘 사는데, 직계들은 잘 못사는?) 에, 근데
인제 힘이 장산 사람이 있는데, 그 도술도 좀 약간 했대요, 잡술을. 그르
믄 사랑방에서 놀다가

"나 전주 뭐 저 그 그 완산 시장 좀 갔다 오께."

밤에, 갔다가 온대요. 그러면은 누구누구 만났다. 그 그 다음에 만나 물
어부면 분명히 봤다 그런대요. 근게 축지법을 썼다 그러는 것은 인제 걸
음이 빨랐단 얘긴데, 사실은 축지라는 것은 혈맥을 땡겨가지고 이렇게 나

른다 그러는데, 인제 우리가 뭐 상상입니다만은 어떻게 보면 인제 빨리 달렸단 얘기도 되고, 뭐 그르지 않습니까? 멀리도 뛰고 막. 힘이 장산데, 그 초저녁 밥을 먹고 나면은 막 힘이 넘쳐 가지고 삼 칸. 옛날에는 삼 칸 집들이 많았습니다, 초가집이. 부엌 하나, 방 두 개, 어. 부엌 하나하고 방 두 개 아니면 부엌 하나, 방 하나. 그럼 이렇게 훅훅 막 뛰어 넘고. (조사자 : 집을요?) 예. 심이 막 혈기가 왕성해가지고. 그런데 현청에서 그 사람을 잡아 죽일라니 잡아 죽일 수가 없는 거예요. 잡들 못해. 잡들 못해. 그래 인제 그 지금 구락리 쪽 아까 구락리란 마을에 얘기 했죠. 그 앞뜰에 논들이 많습니다. 그게 장비석거리라고 있습니다. 옛날 장씨 성을 가진 사람의 비석이 있었어요. 거기서 인제 그 그분이 인제 그 도 도망 다니다가 거그서 인제 그 일부로 잽힌 건데, 밧줄로 엔간히 묶으면 그 다 터지니까. 그래서 그 그 사람을 잡아다가 현청에서 사형을 시킬라 그러는데 옛날에는 사형을 문종이로 했습니다. 응. 근게 약한 사람은 한 두 장정도 물을 묻히갖고 얼굴에 탁 붙이면 죽어요. (조사자 : 숨을 못 쉬어서요?) 에. 탁 붙으니까. 근디 이 사람은 막 한 여나므 장 해도 훅 부니까 날라 가드래요. 게 창호지 한 장, 한 장이면 지금 뭐 뭐 한 스무 장 됩니까. 한 장? 하 한 권. (조사자 : 한 권.) 응. 그 문종이 한 권. 옛날에 딱으로(닥으로) 만든 문종이, 고놈을 물에다 묻히갖고 탁 붙이니까 죽드래요. 근데 계속 그 자기 집에 나타나가지고 막 울고, 그 집안들이 뭐 멸족을 허다시피 했다 고러는데, 거 어른들은 알아요, 분명히.

 (조사자 : 아, 그러면 그 사람이 죽었는데, 그게 혼이 자꾸 이렇게 나.) 억울해가지고. (조사자 : 억울해가지고.) 근데 에 그것도 역시 이런 말씀드린다고 오해는 허지 마세요. 그 본처가 있고 후처가 있었는데, 피신 다니다가 후처 방에서 잔 거예요. 후처가 고자질 했어요, 상금을 타기 위해서. 그래가지고 인제 도망다니다 했는디, 사실은 그 그 옛날에는 힘센 사람, 조선조 때만 해도 그 양반 집이 아닌 평민 집안이나 뭐 상놈 집안이나 이

른데서, 옛날에 조선조 때만 해도 이 사람을 오등급, 육등급 나눴지 않습니까. 힘세고 뭐 특이헌 사람이 나오면은 뭐 역적 나왔다고 해서 죽이고. 뭐 그 아무 이유도 없이 인제 그런, 분명 그거 있습니다, 그게 근거가. 옛날 어른들, 옛날 아니라 그 그 지금 한 구십 대 된 어른들

"응, 나도 얘기 들었어."

근다고. 그 후손이 살아요 지금. (조사자 : 후손이라고 전해져요?) 우리 그 저 그 우리 회원인데, 그 베트남 회원인데 살아요. (조사자 : 그면 성씨가 특이해요?) 아니요. 성씨를 제가 말씀 안 드리께요. 성씨를 들으면 장수 노인들은 다 알아요. 누(뉘) 집이라 그러니까 괜히 기분 나쁘니까.

황희 정승 어머니가 기자 치성을 드린 노하리숲

자료코드 : 07_10_FOT_20090610_KEY_KSH_0004
조사장소 : 전북 장수군 장수읍 장수리 176-7번지 장수군 애향교육진흥재단 사무실
조사일시 : 2009.6.10
조 사 자 : 권은영, 이화영
제 보 자 : 김순홍, 남, 66세
구연상황 : 앞 이야기가 끝나고 합미성에 대해 얘기해 주었다. 조사자가 장안산이나 팔공산에서 기자 치성했다는 이야기를 들었다고 하자 다음의 이야기를 해 주었다.
줄 거 리 : 황희 정승의 아버지인 군서공이 고려 말기에 장수 현감을 지냈는데, 이때 장수에서 황희 정승이 태어난 것으로 전해지고 있다. 황희 정승의 어머니는 현재 장수읍 노하리 봉강 마을에서 아들을 낳게 해달라고 치성을 드리며 나무를 심었는데, 이 나무들이 울창해져 노하리숲이 조성되었다고 전해진다. 노하리는 원래 해오라기 로(鷺)자에 아래 하(下)자였으나 일제강점기에 길 로(路)자에 아래 하(下)자로 바뀌었다고 한다.

그것도 이제 구전에 불과한 건데, 사실은 그 그 고려 때 고려 말기 때에 군서공이 황희 정승의 아버집니다. (조사자 : 군서공?) 에. 군서공. 근데 그것도 구전인데, 군서공이 장수 현감을 지냈습니다. 그래서 장수 현터에

서 황희 정승을 난 걸로 우리가 지금 얘길 헙니다, 태어난 걸로. 근데 군서공께서 장수 현감, 옛날에는 현감으로 한번 내려오면요, 평생을 보낸 사람도 있었어요. 현감 자리가. 저 조정에서 보내지만은 오래 있었든 경우도 있고, 또 중앙에 그 줄이 좀 단 사람은 빨리 올라가고. 이제 그런 경운데, 군서공께서 장수 현감으로 부임해 오셨는데, 에 황희 정승의 어머니가 아들을 낳게 해달라고 치성을 드린 곳이 노하리 숲으로 나옵니다. (조사자 : 노하리 숲?) 에. 노하리 숲이, 노하리 그 그쪽에 옛날에는 봉강이라고도 했답니다. 봉강. 새 봉(鳳)자 내려앉을 강(降)자 봉강이라고 했는데, 지금은 왜정 전에는 음. 해오리 로(鷺)자에다가 아래 하(下)자. 해오리 해오라기. (조사자 : 새요?) 해오라기 새가 내려앉는 마을이다 그래서 지금 노하리라고 했는데, 왜정 때 길 로(路)자, 아래 하(下)자로 바꽜습니다, 에. 그 마을을. 근데 그 마을 주변에 지금도 봉강이라는 마을이 있습니다, 봉강. 그래서 그 봉황이 내려앉은 형이다 그래가지고 이제 봉강이라고 그러는데, 그 앞에 노하 숲이 있습니다. 숲이 있는데 그 숲에 에 그 연도는 아마 아 몇 백년 되겠지요. 나무들을 보면은. 근데 나무 숫자가 아주 희귀헌 것들이 많습니다. 게 인제 노하리 숲에 숲이 만들어지게 된 동기가 구전에 의하면은, 그쪽에 인제 봉강이라는 명당, 그리고 그서 황희 정승 어머니가 그 아들을 낳게 해달라고 치성을 드렸든 곳이다. 그래서 나무도 심고 했던 것이 오늘날 노하리 숲이다. 뭐 이릏게도 나오는데 사실은 황희 정승에 그 저기를 보면은 파주가 고향으로 나온 거 아닙니까? 근데 남원 사람들은 남원이 또 황희 정승의 고향이라고 헙니다. 이쪽 남원 사람들이. 왜냐면 남원에 황희 정승에 에 오대조부모 산소가 저쪽에 순창하고 남원하고 경계든가요? 그 쪽 경계가 있습니다 묘가.

일제강점기 논개 생향비를 지킨 사람들

자료코드 : 07_10_MPN_20090519_KEY_KSH_0001
조사장소 : 전북 장수군 장수읍 장수리 176-7번지 장수군 애향교육진흥재단 사무실
조사일시 : 2009.5.19
조 사 자 : 권은영, 이화영
제 보 자 : 김순홍, 남, 66세
구연상황 : 지난 5월 4일 면담 후, 다시 전화 연락 하여 약속을 하고 재방문 하였다. 제
보자의 생애에 관해 이야기 하다가 제보자가 다음의 이야기를 해주었다.
줄 거 리 : 장수에는 논개생향비가 있어 장수가 논개의 고향이라는 증거가 되고 있다. 일
제강점기에 주재소 형사가 장수의 보통학교 학생들을 동원해서 그 비석을 파
괴하려고 했다. 보통학교 학생들은 형사가 자리를 뜨자 비석을 옮겨 땅에 파
묻어 숨겼고, 이로써 논개생향비를 지켜냈다. 해방 후에 비석을 파내어 지금
의 남동 마을회관 옆에 세워 두었는데, 나중에 논개 사당이 건립되면서 이곳
으로 옮겨져 현재 사당 경내에 위치해 있다.

아 지금부터 이백팔십 년 전 정주석 현감이 장수 현감을 헐 때, 의암
주논개님이 왜 장수 출신이라고 주장을 허고 근기가 드느냐. 그 의암 그
저 논개생장향수명비라는 게 있습니다. (조사자 : 생장향수명비요?) 에. 논
개. 논개생장향수명비. 그건 뭐냐면, 논개가 그. [노크 소리가 나고 우편집
배원이 방문함.] 논개가 장수가 고향이다는 비를 정주석 현감이 지금부터
한 이백칠팔십 년 전에 장수 현감을 헐 때 세운 수명비가 있어요. (조사
자 : 정주 현감이요?) 에. 그 현감이 그 세운 빈데, 그 비로 인해서 확실허
게 논개님이 장수 출신이다는 것이 근거죠. 음. (조사자 : 그 비가 지금 온
전하게 있나요?) 그러죠. 그 비가 어디 있었냐면은, 이쪽에 이쪽 이쪽에
인제 그 장수 들어오시다보면 이렇게 사거리 있죠? (조사자 : 예.) 천천서
천천으로 오셨죠. (조사자 : 아니요. 저희는 저기로 왔어요. 그 장계에서.)

(조사자 : 계남. 계남 지나서.) (조사자 : 계남. 계남 지나서 왔어요.) 음. 아 고속도로로 오셨구나. (조사자 : 예에.) 저그 저그 저 그 저 장수 IC. (조사자 : 예에.) 아니 근데 이쪽에 가면은 사거리가 있는데, 그 쩐에는 전부가 논있었대요. 그렇겄죠이. (조사자 : 사거리 저쪽 그.) 근데 왜냐면은 그쪽을 보고 관뒤뜰이라고 해요. 관 뒤. 관이란 것은 현청. 그게 군청이 관이고, 관 뒤 그 현청에 그 관 뒤에 있다 그래서 관뒤뜰인데, 그 관뒤뜰 길옆에 가서 그 수명비를 세워 놨었어요. 그런데 왜정 때, 그 왜정 때 일본에서 인제 일본 본국에서 지령이 내려오기를 조선에 문화 말살을 그때부터 시작 헌 거 아닙니까. 정신 문화 말살? 그래서 지명을 바꾸고 뭐 예를 들어서 문화재 정신적인 지주가 되는 문화재를 파괴허고 그러던 일을 왜정 때도 엄청나게 했습니다. 정유재란 때도 했지만은, 그 때 일본 본국에서 그 왜군 그 그 근게 주재소 형사한테 그 비를 파괴시켜라. 그른 지령이 내려왔어요. 근데 그 비를 파괴를 시킬라고 했는데, 그때 당시에 거기를 참여했던 그 학생들이 그때 당시 보통학교 6학년인데, 지금 몇 살이냐면은, 아, 음. (조사자 : 그 때 한 삼십 년 댄 가요?) 지금 그러니까 칠십한 칠 세 정도. (조사자 : 예. 생존해 계시겠네요.) 에. 칠십칠팔 세 정도 되는 분들이 인제 초등학교 6학년인데, 인제 그 사람들을 불러다가 메도 갖다놓고, 돌 깨는 메. 뭐 삽이랑 연장을 갖다 놨을 거 아닙니까. 그래서

 "이걸 깨서 묻어라."

했는데, 겨울인데 막 진태 알죠. 눈 올 때 진태. 진태가 오고 막 바람이 불고 섰을 수가 없으니까, 그 왜 그그 저 그 주재소 형사가

 "야, 니들이 빨리 치우고 들으가."

하고 들으갔대요. (조사자 : 들어가 버렸어요.) 음. 들어갔는데 어 그 때 주재소가 어디냐면은 이 앞에 지금 그 1938년도에 에 건립한 비, 그 지금 경찰서장이 살고 있는 관사가 있습니다. 우리 그 장수군에 근대 문화로 우리가 지정을 해 놨는데, 그 주재, 그 저 근대 문화로. 거가 지금 주재소

가 1938년도에 건립 헌 걸로 돼 있습니다. 거가 주재소썼었어요. 근게 주재소 가깝죠. 거기하고. 근게 이 분, 이 분들이 그때만 해도 인제 초등학교 6학년이지만은, 그래도 쪼금 나이들이 들고 옛날에는 그럴 거 아닙니까. (조사자 : 예. 그러겠네요. 늦게 학교를.) 어른이 막. 쉬염이(수염이) 나고 뭐 어른이지요. 그런 게 애국심이 있는 거예요. 이런 훌륭한 비를 깨면 안 되지 않느냐. 형사는 갔으니까, 왜병은 갔으니까, 우리가 운반을 허자 해가지고 여기서 약 한 2키로? 오. 그 그 무건 비를 어뚷게 옮겼는지는 모르겠어요. 2키로 정도를 옮겨가지고 길 옆에다 몰르게 파 파고 묻었어요. 해방 되고 나서, 몇 년 후에 그걸 찾자 비를. 그래가지고 이쪽에 올라오다 보면은 거기서 인제 올라 온 길에 그 비를 모셔뒀었어요. 재각꺼지 있고. 비각(碑閣)꺼지 있고. 그러다가 다시 한번 이 남산 쪽에 지금 남동 회관 옆에. (조사자 : 남동 회관 옆에.) 응. 남동 회관 옆에다가 그 비각까지 모셔 뒀었습니다.

그랬다가 1975년도에 의암사 논, 그 저 논개 사당을 건립을 했어요. 전 그 최성섭 국회의원, 문공분과 위원인데 인제 서둘 앞장 서가지고 인제 그때는 우리가 전부 삽으로 했습니다. 뭐 포크레인도 없고, 삽으로 이릏게 그 터를 딲고 그랬는데. 그 뒤에 나무도 전부 우리 국내 장수에서 자생하는 에 나무를 심자 해가지고, 헌수운동을 해서 전부 나무를 심어놨습니다. 사당 주변에. 근디 이제 그 사당 그를 옮길 때, 지금 현재 논개 사당 경내에 그 수명비가 재각 그, 비각까지 같이 모셔놨습니다.

장수 삼절

자료코드 : 07_10_ETC_20090519_KEY_KSH_0001
조사장소 : 전북 장수군 장수읍 장수리 176-7번지 장수군 애향교육진흥재단 사무실
조사일시 : 2009.5.19
조 사 자 : 권은영, 이화영
제 보 자 : 김순홍, 남, 66세
구연상황 : 앞 이야기 후 다음의 이야기를 해주었다.
줄 거 리 : 주논개는 본디 장수 사람으로, 남편인 최경회 장군이 진주성 싸움에서 전사하
자 관기로 위장하여 왜장들의 승전연에 참석하였다. 논개는 반지를 낀 손으로
왜장을 끌어안은 채 진주 남강으로 투신함으로써 남편과 나라에 대한 절의를
지켰다. 정유재란 때에 왜병들이 쳐들어와 가는 곳마다 향교를 불태웠다. 장
수 향교 또한 불태워질 위기에 처했는데, 당시 장수 향교의 노복인 정경손은
목숨을 걸고 왜병에 항거하여 향교 건물을 지켜냈다. 또한 조종면 현감을 수
행하다 그가 용소에 빠져죽자 현감을 따라 죽은 통인 백씨 또한 절의를 지킨
인물이라 할 수 있다. 장수에서는 주논개, 정경손, 통인 백씨 이 세 사람을 장
수 삼절로 삼고 이들을 기리고 있다.

최경회 장군이 북쪽에다 대고 임금 있는 데다 대고 북방 사배. 네 번
절을 허고 투신자살했습니다. 음. 전쟁에 졌고, 진중을 뺏겼으니까 명분이
없잖아요. 그런게 이제 그것을 알고 논개님이 진주성 싸움에도 논개님이
앞장서서 뭐 치마로 돌도 나르고, 물도 끓여서 막 왜병에 붓고 뭐 그냥
치료도 허고, 그 부녀자를 동원해서 이렇게 인제 같이 협력해서 전투를
치뤘는데, 논개님은 살았어요. 아녀자니까. 그러면은 남편에 원한도 갚아
얄 거 아닙니까. 첫째는 남편의 원한. 두 번째는 구국의 원한. 그래서 어
그 칠월칠석날 그 왜병들이 승전연(勝戰宴)을 여는 거 아닙니까 진주 남
강에서. 승전연을 여는데, 논개님이 그 자리를 들으갈 수가 없습니다. 그

때 당시 왜병들이 생각할 때는 진주성 사람들이 백성들이 사실은 장졸들보다 우리 조선에 장졸들보다 더 무서운 거예요. 그러죠? 더 무서웠던 거예요. 그러니까 일반 사람은 그 자리 들어가질 못 합니다. 승전연을 베풀 때. 단 관기만 들어갈 수 있습니다. 관기. 관기는 관에서 활용허는 기생이니까. 관기만 들어가는 거예요. 그래서 논개님이 거기를 어떻게 들으갔냐, 도저히 안 되니까 관기로 등재를 허고 들어간 거야. 그래서 열 손가락에 가락지를 끼고. 그건 겉으로 봤을 때는 모냥을 내기 위해서 가지만 했지만은, 심이 약하니까.

'누구라도 뿔들고 내가 투신을 해야겠다. 어. 원한을 갚아야 되겠다.'

그럼 뭐 가락지를 꼈을 때 손에 안 빠진 거 아닙니까. 그때 당시 제일 그 중에서 어 기골이 장대허고 또 벼슬도 그 왜장으로써 벼슬도 높은 뭐 그 모곡촌육조 우리나라 말로. 게야무로 로쿠스케를 유인을 헌 겁니다. 그 의암 바위로. 그 의암 바위가 진주 남강에 의암 바위 있습니다. 의암 바위로 유인헐 때, 논개님이 얼굴이 이뻤대요. 게 왜장들이 술이 거나하게 남자는 술이 체면은 으 치마만 둘러도 전부 뭐 여자가 이쁘게 보인다 그럽디다. 저도 그러 그럴 때가 있었어요. 젊었을 때. 근게 그른 이쁜 여자가 화장을 허고 옷을 잘 입고 얼마나 교태를 부렸겠습니까. 겉으로라도. 근게 게야무로 로쿠스케가 인제 간 거예요. 그래서 논개님이 끌어안고 거기서 투신을 헌 겁니다.

그러면은 우리 삼절 놓고 봤을 때 인제 그거서 논개님이고 그 다음에 인제 정충복. 그 저 장수 향교를 지킨, 지금 그 어 보물 27호로 돼 있는 우리 장수 향교가 정유재란 때 전부 다 불탄 거 아닙니까. 그것은 뭐 잘 아시다시피 정유재란은 우리 저 조선에 그 문화재를 훔쳐가는, 도공들을 데리고 가고, 또 나아가서 대륙을 진출허 저거 중국 그 때 당시 인제 그 대륙을 점령허기 위해서 치기 위해서 조선을 다리로 생각허고, 헐라면 조선을 지배를 해얄 거 아닙니까. 그러면 조선 사람들은 그 뭐입니까. 그 정신이 지금 그 조선시대 때 제일로 강하게 국교로 했던 그 유교. 유교사상. 삼강오륜이니 이런 유교사상이 투철헌 거 아닙니까. 거기에 제일 근본인 전국에 있는 향교를 싹 불태워라. 그런 지령을 받은 거 아닙니까. 게 장수 향교를 불태울라 그럴 때, 정충복이라는 정충복. 그래서 인제 그 비석도 보면은 호 성, 성인이라 고랬어. 호성 정 호 여 충복. 게서 충성 충(忠)자 종 복(僕)자를 써놨습니다. 비석에도. 게서 인제 우리도 오 좀 젊었을 때, 어렸을 때는 그 유림 어른들한테 그런 얘기를 했어요.

"종 복자 빼자."

(조사자 : 왜 종 복(僕)자냐.) 응. 근데 어른들이 그 유교사상. 그리서 종 은 종있었다. (조사자 : 신분 때문에.) 응. 신분 땜에. 근게 향 지금 겉으면 향교를 관리허고 청소허고 뭐 이렇게 지킴이 노릇을 했든 분이 인제 그 때 당시 종인데, 선비들은 다 도망을 갔는데, (조사자 : 관노네요, 그러면?) 향교를 지키는 응. 관노라고 봐야 되겠죠. 향교도 그 전에 현청이나 마찬 가지썼으니까. 다 선비들은 도망을 간 피난을 갔는데, 혼자 향교를 지킨 거 아닙니까. 거기에다 아까 말씀을 드렸든 타루비에 통인 백씨도 사실은 어떻게 보면 관놉니다. (조사자 : 그렇죠.) 응? (조사자 : 예에.) 논개님도 관기죠. 기록상. 어? (조사자 : 예에.) 우리가 모시는 삼절에 세 분이 전부 다 천민 출신입니다. 그러믄 조선 이래로 우리가 살고 있는 이 시대에서 천민들을 그 지역에서 삼절로 절의로 모신다는 것은 장수밖에 없다. 대단 한 겁니다. 그래서 우리는 삼절로서 모시고 자랑을 헙니다.

장수의 이덕 백장 선생과 황희 정승

자료코드 : 07_10_ETC_20090519_KEY_KSH_0002
조사장소 : 전북 장수군 장수읍 장수리 176-7번지 장수군 애향교육진흥재단 사무실
조사일시 : 2009.5.19

조 사 자 : 권은영, 이화영
제 보 자 : 김순홍, 남, 66세
구연상황 : 앞 이야기 후 다음의 이야기를 해주었다. 이야기 구연 중에 제보자는 전화가
        걸려와 잠시 통화를 하였고, 전화 내용은 삭제하였다.
줄 거 리 : 장수에서는 백장 선생과 황희 정승을 이덕(二德)으로 삼아 기리고 있다. 백장
        선생은 고려가 망하고 조선이 건국되자 두 임금을 섬길 수 없다 하여 은둔하
        였다가 장수로 유배되어 살았던 고려수절신이다. 황희 또한 고려가 망하자 두
        문동 72현과 함께 은거하고 있었으나 두문동 72현이 백성을 구할 인물로 황
        희를 추대하여 세상에 내보냈다고 한다.

인제 그 제일 이덕 중에 한 분은 에 그 수원 백씨. 그 시조는 아닙니다.
중간 시존데, 백장, 그 수절신(守節臣) 백장 선생. 그 분이 고려, 고려 말
때 해미 땅, 충청도 해미 땅으로 귀양을 가셨다가 어 다시 인제 장수, 장
계 지금 현재는 장계면 월강리로 인제 귀양을 가셨는데, 거그 월강 서원
이 있습니다. 그래가지고 인제 위패를 모시고 우리가 유림에서 일 년에
한번씩 제사를 모시는데, 게 그분도 사실은 수절신이란 얘기는 뭐냐면은
충신은 두 임금을 안 섬긴단 얘기 아닙니까. 그래가지고 인제 그 귀양을
오신 분이 있고, 그 분하고 장수로 귀양을 오셔가지고 가끔 인제 그 조선
백성들을 걱정허고 조선을 걱정했든, 뭐 국운을 걱정허고 했든 인제 황희
정승도 사실은 세자 책봉으로 귀양 온 거 아닙니까. [제보자의 휴대전화
가 걸려 옴. 전화 내용은 삭제함.] 황희정승도 이십 육년간을 우의정, 좌
의정, 영의정을 허셨는데 그 동안 18년을 영의정을 헌 분 아닙니까. 그리
서 두문동 칠십이현 중에 이현이 계셨는데, 응. 근데 이성계, 이태조가 가
서 같이 일 좀 허자고 해도 반대를 했고, 심지어는 그러다 보니까 두문동
그 계곡을 전부 인분으로 그냥 갖다 응 사람을 못 살게도 찌트리서 만들
었단 그 전설도 있는 거 아닙니까. (조사자 : 이성계가 두문동에다 인분
을,) 예. (조사자 : 그래서 사람을 못 살게 했대요?) 거기다가 인제 그 이방
원이가 또 찾아 간 거예요. 그 때 두문동 칠십이현들이 회의를 헌 겁니다.

"우리가 선비는 두 임금을 안 섬긴다 그러지만, 우리는 고려의 충신이다. 안 섬긴다 글지만은 그래도 조선 백성들은 굳이 구해야할 거 아니냐."

(조사자 : 백성은 구해야 된다.) 응응.

그르믄 이 중에서 누구를 내 보낼 것인가. 회의를 한 겁니다. 그 때 방촌 황희가 황희 선생이 추대가 된 거예요.

"니가 나가서, 조선 백성을 구해라."

그릏게 훌륭헌 분 아닙니까.

┃엮은이 소개

임철호 연세대학교 국어국문학과를 졸업하고 동 대학원에서 문학박사 학위를 받았다. 현재 전주대학교 인문대학 한국어문학과 교수로 재직 중이다. 인문대학장, 인문과학연구소장을 역임하였다. 주요 저서와 논문으로 『임진록 연구』(정음사, 1986), 『설화와 민중의 역사의식』(집문당, 1989), 「조선족설화의 형성과 장르적 성격」(『우리말글』 45집) 등이 있다.

권은영 전북대학교 국어국문학과를 졸업하고 동 대학원에서 문학박사 학위를 받았다. 현재 전북대학교와 전주대학교에 시간강사로 출강하고 있다. 주요 논문으로 「여성농악단 연구」(2004), 「현지조사 시 설화 구술 상황에서의 '몰입'(fiow)」(2011), 「마을 지배담론의 재생산과 이야기판」(2012), 「1980년대 이후 고창농악 연행주체에 관한 연구」(2013) 등이 있다.

이화영 전주대학교 한국언어문학과를 졸업하고 동 대학원에서 박사과정을 수료하였다. 현재 전주대학교에 시간강사로 출강하고 있다. 주요 논문으로 「이성계설화의 전승과 의미 연구」(2010), 「'정보 전달형' 이야기판 연구－전라북도 고창군 조용구 화자를 중심으로」(2013)가 있다.

증편 한국구비문학대계 5-9
전라북도 장수군

초판 인쇄 2013년 10월 21일
초판 발행 2013년 10월 28일

엮 은 이 임철호 권은영 이화영
엮 은 곳 한국학중앙연구원 어문생활사연구소
출판기획 장노현

펴 낸 이 이대현
펴 낸 곳 도서출판 역락
편   집 권분옥
디 자 인 이홍주

주   소 서울시 서초구 반포4동 577-25 문창빌딩 2층
등   록 1999년 4월 19일 제303-2002-000014호
전   화 02-3409-2058, 2060
팩   스 02-3409-2059
이 메 일 youkrack@hanmail.net

값 36,000원

ISBN 978-89-5556-090-9 94810
     978-89-5556-084-8(세트)